염소가 웃는 순간

山羊獰笑的剎那

염소가 웃는 순간

찬호께이

강초아 옮김

한스미디어

차례

아화阿嬅 주인공이자 화자. 홍콩 문화대학文化大學 통계학과 1학년 남학생. 자신처럼 평범하고 지루한 사람은 귀신 나오는 기숙사에 살아도 절대 괴담의 주인공이 될 리 없다고 생각하지만, 기숙사 생활 첫날부터 무시무시한 악령과 대치한다.

즈메이直美 번역과 1학년 여학생. 소심하며 사교성이 없다. 기숙사로 향하는 버스 안에서 아화의 도움을 받는다. 원래는 영어 이름인 나오미Naomi지만, 아화가 일본 이름 나오미直美로 착각하고 한자를 중국어 발음으로 읽어 '즈메이'라고 부른다.

위키 통계학과 1학년 남학생. 밤새껏 인터넷 서핑을 하며 잡다한 지식을 머릿속에 집어넣는 게 취미라 '위키피디아'의 '위키'라는 별명으로 불린다. 아화, 버스와는 고등학교 동창이며, 카키색을 몹시 좋아한다.

버스 화학과 1학년 남학생. 장난기 많은 성격에 매우 수다스럽다. 커다란 덩치 때문에 '버스'라고 불린다. 신입생 오리엔테이션에서 처음 만난 칼리를 좋아한다.

야묘夜猫 의학과 1학년 여학생. 재수해서 동급생들보다 한 살이 많다. 큰 키에 펑크록 스타일의 패션을 좋아한다. '밤 고양이'라는 뜻의 별명인 '야묘'로 불린다. 칼리의 고등학교 선배로 그녀를 지나치게 보호하려 든다.

칼리卡莉 응용물리학과 1학년 여학생. '칼리'는 아버지가 지어준 이름으로 목성의 위성인 '칼리스토'에서 따온 것이다. 차분하고 다정한 성격이며, 별을 무척 좋아해 천문학 동아리에 들어간다.

샤오완小丸 신문방송학과 1학년 여학생. 활달하고 사교적인 성격으로 기자가 되는 게 꿈이다. 괴담이나 악령 이야기에 관심이 많다.

산산姍姍 중문학과 1학년 여학생. 미모가 빼어나다. 차분하고 품위가 있어 부잣집 아가씨처럼 보이지만, 위기의 순간에는 의외로 강단을 보여준다.

아량阿亮 기숙사 학생회 간사를 맡은 4학년 남학생. 리더십 있는 성격으로, 신입생들에게 기숙사 괴담에 내해 들려준다.

노픽관 1층 평면도

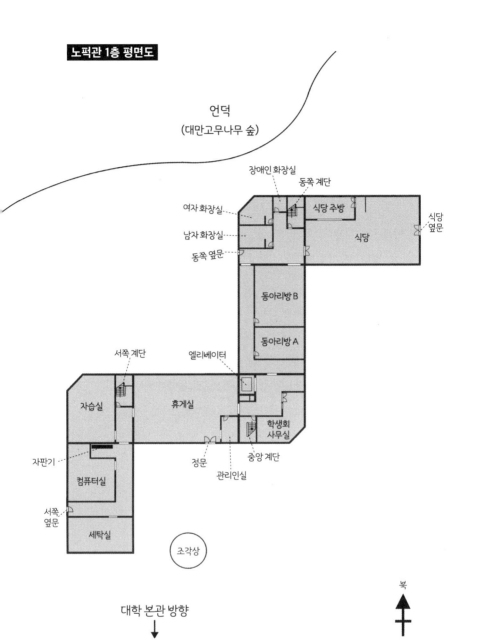

언덕
(대만고무나무 숲)

장애인 화장실
동쪽 계단
여자 화장실
식당 주방
남자 화장실
식당
식당 옆문
동쪽 옆문
동아리방 B
동아리방 A
서쪽 계단
엘리베이터
자습실
휴게실
학생회 사무실
자판기
컴퓨터실
정문
중앙 계단
관리인실
서쪽 옆문
세탁실
조각상

대학 본관 방향

북

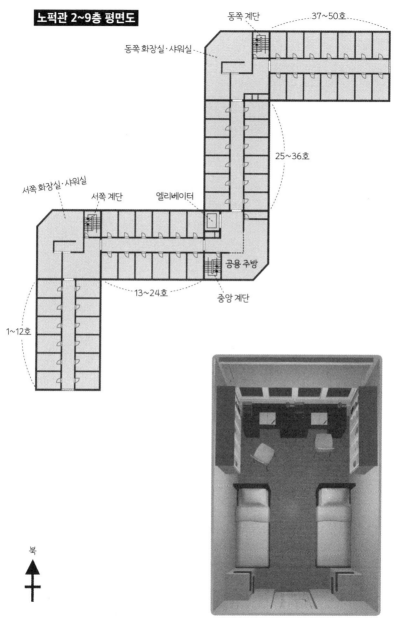

노픽관 2~9층 평면도

동쪽 계단

37~50호

동쪽 화장실·샤워실

25~36호

서쪽 화장실·샤워실

서쪽 계단

엘리베이터

공용 주방

13~24호

중앙 계단

1~12호

북

기숙사 방 안 배치도

본문의 각주는 모두 옮긴이 주입니다.

오늘 아침은 엉망진창이다.

출근시간 한참 전부터 집주인이 나를 깨웠다. 서장님이 나를 이스트베스Eastbeth 저택으로 불렀기 때문이다.

저택에 도착할 때까지 그저 그런 절도사건일 거라고 짐작했다. 상류층 사람들은 돈도 체면도 엄청 따지다 보니 은 식기 하나만 없어져도 난리법석을 떨며, 경찰이 자기들 노예라도 되는 양 오라 가라 한다.

하지만 내가 틀렸다.

매일 출퇴근하며 지나가는 3층 높이의 이스트베스 저택이 시커멓게 탄 채 지붕까지 폭삭 주저앉았다.

아직도 뿌연 연기가 새벽노을 아래서 피어오르는 중이었다. 소방관들이 폐허가 된 저택에서 시체를 꺼내 한 구씩 밖으로 옮기고 있었다.

소방대장의 설명을 들으니 새벽 3시쯤 불이 시작된 모양이었다. 불길은 걷잡을 수 없이 번져 세 시간 동안 거대한 저택을 거의 평지로 만들어버렸다.

"정말 귀신이 곡할 노릇입니다. 이런 평범한 저택에서 난 불이 지난달 면화공장 화재보다 끄기 어려웠다니 말입니다."

소방대장이 한마디 덧붙였다.

백작 부인과 일곱 살 딸, 세 살 아들, 그리고 나이 지긋한 집사와 하녀 네 명의 시체가 차례로 현장을 떠났다. 저택에서 살아남은 사람은 없었다.

오늘의 화재가 고의적인 방화든 사고로 인한 것이든 우리 경찰은 골칫거리를 떠안게 된 셈이다. 사고로 난 불이라면 방화범을 잡아야 하는 책임은 면할 수 있겠다고 생각하며 소방대장에게 물었다.

"어디서 불길이 시작된 겁니까?"

"아직 모릅니다."

소방대장은 고개를 저었다. 망연자실한 표정이었다.

"잠깐, 이스트베스 백작은요?"

현장에서 옮겨진 시체들 중에 저택의 주인 남자는 없었다는 사실이 문득 떠올랐다.

"저 안에 있겠지요."

소방대장이 엄지손가락으로 잿더미가 된 저택의 폐허를 가리켰다.

십오 분쯤 후 저택 쪽에서 이십 대로 보이는 젊은이가 헐레벌떡 달려왔다. 얼굴이 새파랗게 질린 그가 다급히 말했다.

"형사님, 좀 가보셔야겠습니다!"

"백작을 찾았습니까?"

"음, 아마도요."

나와 소방대장은 무너진 저택 안으로 발을 옮겼다. 젊은 소방대원이 우리를 데려간 곳은 무너지기 전이라면 복도의 끝이었을 벽 앞이었다. 벽 밑에 지하로 향하는 통로가 있었다. 2층과 지붕이 이미 타버렸기 때문에 햇빛이 그대로 통로 안을 비쳤다. 통로를 따라 길게 이어진 돌계단이 보였다.

"불길이 저 아래서 시작된 것 같습니다."

젊은 소방대원이 램프를 건네주며 얼른 내려가 보라는 듯 손짓했다.

희미한 불빛에 의지해 우리는 조심스럽게 아래로 내려갔다. 돌계단은 거의 2층 정도 깊이까지 이어졌고, 계단을 다 내려가자 시커멓게 탄 나무 문이 열린 채 달려 있었다.

문 너머 방 안에 몇 명의 소방대원이 있었다. 그런데 그들은 화재 뒤처리를 하고 있지 않았다. 그저 우두커니 서 있다가 우리가 나타나자 마치 구세주라도 만난 듯 바라보는 것이었다.

나무 문으로 들어가자 상당히 큰 지하실이 우리를 맞이했다. 나는 램프를 들어 방 안을 비춰봤다. 갑자기 오싹한 기운이 등골을 타고 내리는 걸 느꼈다.

바닥에 괴이한 모양의 오각성五角星이 그려져 있었다.

오각성은 지하실 바닥을 반 정도는 차지할 만큼 컸다. 위아래로 뒤집힌 모양의 오각성을 동심원 두 개가 둘러싸고 있었다. 오각성 안에는 염소 머리가 그려져 있는데, 염소의 양 뿔과 두 귀와 수염이 오각성의 각 꼭짓점을 향해 있었다.

염소 머리가 나를 보며 교활한 미소를 짓고 있다.

나는 그 자리에 못 박힌 듯 멈춰 서고 말았다. 이 신비한 도안 때문이 아니라 그 위에 놓여 있는 물체 때문이었다.

오각성 한가운데 시커먼 시체 두 구가 놓여 있었다. 한 구는 등을 대고 누운 자세였고, 다른 한 구는 그 시체 위에 올라타 엎드린 자세였다. 두 시체의 팔다리가 서로 엉켜 있었다. 외형이나 신체적 특징으로 보건대 남녀 한 쌍의 시체로, 불이 났을 때 두 사람은 성행위를 했던 것 같다.

도안 바깥쪽에도 여섯 구의 시체가 있었는데, 그들의 팔다리는 기이한 각도로 꺾여 마치 미친 듯이 춤을 추는 모양새였다.

시체를 발견한 소방대원은 도안 위에 누워 있는 시체가 이스트베스 백작이라고 추정했다. 백작 위에 올라탄 시체나 다른 시체들은 아직 신원이 밝혀지지 않았다.

나는 백작과 뒤엉켜 있는 여성의 시체를 살펴보다가 모골이 송연해졌다. 시커멓게 그을렸지만 입술이 분명 양쪽으로 길게 당겨진 채 양 끝이 미세하게 위로 솟구친 표정이었다.

말하자면 그녀는 불에 타 죽는 순간까지 괴이한 미소를 짓고 있었다.

그 미소는 바닥에 그려진 염소의 표정과 똑같았다.

—『멘데스 이스트베스 경의 주술에 관한 비밀The Witchcraft Mystery of Sir Mendes Eastbeth』(1889)

염소가 웃는 순간

제1장

1

"버밍엄관에 배정됐어? 좋겠다!"

시끌시끌한 기차에서 꾸벅꾸벅 졸던 내 귀에 누군가의 말이 꽂혔다. 나는 반사적으로 고개를 들었다. 잔뜩 꾸미고 나온 여학생 둘이 큰 짐가방을 들고 문가에 서 있었다.

"헤헤, 아메이 말이 내가 평생의 운을 기숙사 배정에 다 썼을 거래! 버밍엄관은 작년에 리모델링해서 싹 고쳤잖아. 방에서 보이는 전망이 엄청 좋대. 졸업 전에 두 학기를 거기서 지낼 수 있다니 정말 운이 좋았지. 참, 넌 어디로 배정됐어?"

둘 중 나이가 좀 더 많아 보이는 단발머리 여학생이 물었다.

"응, 난 요크관."

다른 여학생이 못마땅한 듯 입술을 삐죽거리며 대답했다. 대답과 함께 갈색으로 염색한 긴 머리를 흔드는 모습이 언젠가 텔레비전에서 봤던 모델 같다. 귀여운 척하는 것 말고는 아무것도 할줄 몰랐었는데.

"요크관 정도면 괜찮지. 노픽관이 아닌 게 어디야."

단발머리 여학생이 달래듯이 말했다.

"노픽관이 왜?"

"선배들이 말해주지 않았어? 노픽관엔 좀…… 사악한 기운이 떠다닌대."

"사악한 기운?"

"거기서 11년 전에 불이 났는데, 사감 교수 일가족이 불에 타 죽었단 말이야. 그 뒤로 노픽관에 원혼이 떠돌아다닌다는 말이 있어. 너 '노픽관의 7대 불가사의'라고 들어본 적 없어?"

"7대 불가사의? 그거 일본 괴담 아냐?"

모델을 닮은 여학생은 꽤 놀란 얼굴이었다.

"비슷해. 어쨌든 노픽관은 괴이쩍은 전설로 가득한 이상한 기숙사야. 어쩌면 11년 전의 화재도 악령이 사감 가족을 희생양으로 삼으려고……."

단발머리 여학생이 눈썹을 추켜올리며 겁을 줬다.

"으아, 그만해! 그런 이야기 무서워……."

모델처럼 긴 머리를 늘어뜨린 여학생이 두 귀를 막으며 간드러진 목소리로 말했다.

"흐흐흐, 너 정말 겁이 많구나. 어렸을 때 놀림 많이 받았겠는데? 기숙사 괴담은 바람둥이 가십처럼 어느 기숙사에나 다 있어. 그것도 층마다 있는걸! 기숙사에 그런 이야기 하나 없으면 오히려 서운하지. 작년에 요크관 5층에선 이런 일이 있었는데. 같은 방 쓰던 남학생 둘이 여자애 하나를 두고 결투를 벌였는데, 나중에 알고 보니 세상에! 그 여자애가 사귀던 남자가 셋이나 더 있더라

염소가 웃는 순간

는 거야……."

"그럼 다섯 다리였다고? 어떻게 그럴 수가!"

두 사람의 화제는 마녀가 순진한 남학생의 순정을 농락했다는 이야기로 넘어갔다. 입방아에 오르기 좋은 이야깃거리다. 나는 더 이상 그들의 이야기에 귀 기울이지 않았다. 사실 나는 낯선 사람들의 수다를 엿듣는 취미가 없다. 다만 방금 들은 이야기 중에 한 단어가 관심을 끌었던 것뿐이다.

나는 주머니에서 두 번 접힌 종이를 꺼내 펼치고 그 안에 적힌 내용을 다시 읽어봤다.

치자화戚家燁, **학번 C10082176, 이과대학 통계학과 1학년**
노퍽관 241호
홍콩 문화대학 학생처
2011년 9월 2일

'노퍽관이라……'

이 기차가 서는 역에는 학교가 홍콩 문화대학 한 곳뿐이다. 그러니 이 기차에서 대학생으로 보이는 승객이 나처럼 짐가방을 갖고 있고 기숙사에 대해서 이야기하고 있다면, 그 목적지가 나와 다른 곳일 가능성은 내가 로또에 당첨될 확률보다 낮다.

문화대학 기숙사는 건물별로 노퍽관, 버밍엄관, 요크관, 랭커셔관 등으로 불린다. 영국의 지명을 따서 붙인 것이다. 이렇게 옛 식민지 시대의 유습遺習이 남아 있는 기숙사 이름에 대해선 지난주 신입생 오리엔테이션 캠프 때 선배들에게 들었다. 캠프 중에 학교 곳곳을 둘러보긴 했지만, 나 같은 신입생에게 요크관이니 버밍엄관이니 하는 이름은 단지 기숙사를 지칭하는 이름 그 이상도 이하도 아니었다. 그 단어가 상징하는 의미나 기숙사의 생활 방식 같은 것은 전혀 아는 바가 없었다.

대학 신입생들은 대부분 기숙사 생활을 자신의 삶이 바뀌는 터닝 포인트로 여긴다. 부모의 속박에서 벗어나 미지의 세계로 향하는 첫걸음 단계니까. 그런 만큼 다들 설렘 반, 불안감 반의 심정일 것이다.

나 역시 그런 신입생들 중 한 명으로, 앞으로도 그런 보통 대학생으로 지내게 될 터였다. 왜냐하면 지금껏 평범하기 이를 데 없는 삶을 살아왔기 때문이다.

그렇다. 누가 내 특징을 묻는다면 '평범하다는 점입니다'라고 대답할 것이다. 사실 오리엔테이션에서 이렇게 자기소개를 했더니 같은 조 여학생들이 웃음을 터뜨렸다. 나는 평범한 가정에서 자랐고, 평범한 고등학교를 졸업했으며, 평범한 성적으로 대학에 합격했다. 내 인생은 그야말로 '평균값'이다. 0에서 10까지의 범위가 있다고 한다면 나는 언제나 한 치의 오차도 없이 5를 가리킨다.

일본식 카레를 먹을 때도 늘 '보통 맛'을 선택한다. 너무 좋은 것, 너무 나쁜 것, 너무 빠른 것, 너무 느린 것, 너무 강한 것, 너무 약한 것 등은 모두 나와 인연이 없다. '너무'라는 단어를 써서 나를 나타낼 수 있는 말은 오로지 '너무 평범하다'뿐일 것이다.

비록 이런 성격이 재미없는 건 사실이지만, 내 특성에서 평범함은 절대 바꿀 수 없는 요소라고 생각한다.

그래서 배정받은 기숙사가 귀신이 나온다는 소문이 떠도는 곳이라 해도 전혀 개의치 않았다. 신입생 오리엔테이션에서 7대 불가사의니 뭐니 하는 괴담을 들었을 때 나의 반응은 보통의 학생들과 똑같았다. 일단은 '세상에, 그런 일이 있었다니!'라며 조금 놀랐고, 그 후 시간이 흐르면서 그 황당무계한 이야기들을 자연스럽게 잊어버렸다.

귀신도 나처럼 평범한 사람은 재미없어서 애초에 찾아오지 않을 것이다. 귀신에 씌는 등 괴이한 경험을 하는 것은 너무 특별해서 나하고 어울리지 않는다. 내가 다닌 고등학교에도 귀신에 얽힌 이야기가 몇몇 있었다. 그 지역에서 가장 무시무시한 괴담이 떠도는 건물이 바로 우리 고등학교였지만, 나는 그 학교에 다니는 동안 귀신 그림자도 보지 못했다.

"……문화대학역, 문화대학역입니다."

안내방송이 울리면서 기차가 회색 플랫폼으로 나아갔다. 문화대학역은 소박했다. 아니, 남루했다. 마주 보는 형태로 지어진 두 플랫폼 외에 역사에 있는 것이라곤 편의점 하나와 고객 창구가 두 개뿐인 은행이 전부였다. 주변에 대학교 외에 다른 시설이 없다 보니 아마도 경제적인 이유로 이처럼 '소박'한 역사가 생겨났을 터였다.

신제新界* 지역에 위치한 문화대학 캠퍼스는 꽤 광활하다. 땅이 곧 금덩이인 홍콩에서 100만여 제곱미터를 독자적으로 점유했

---

* 홍콩섬과 주룽(九龍)을 제외한 홍콩 지역을 아우르는 명칭으로, 홍콩 전체 면적의 86퍼센트를 차지한다. 영국은 1842년 홍콩섬을 점령한 이래 홍콩의 영역을 확장할 필요성을 느껴 1860년에는 주룽을, 1898년에는 주룽 북쪽과 주변 지역들까지 조차해 '신제(New Territory)'라 명명했다.

고, 교내에 독립된 버스 노선까지 운행하고 있다. 교수와 학생의 숫자는 같은 크기의 주택지구나 상업지구의 인구밀도에 절대 미치지 못한다.

패스트푸드점이며 이런저런 상점 운영자들은 이 역에서는 돈을 벌기가 어렵다는 걸 알고 있으며, 결과적으로 문화대학역은 계속해서 이런 모습을 유지해왔다.

이런 것도 나쁘지 않다. 인구밀도가 너무 높은 도시는 답답하다. 교외 지역의 캠퍼스 생활은 내 인생에 좋은 기회가 될 것이다.

나와 함께 기차에서 내린 사람은 많지 않았다. 개강까지 일주일 정도 남은 데다 오늘은 금요일이니 대개는 집에서 주말을 보내고 다음 주에나 기숙사에 들어올 터였다. 나는 성격이 급한 편은 아니지만, 집에 있어봐야 할 일도 없고 해서 기숙사 등록 첫날에 온 것이다. 하루라도 일찍 새로운 환경에 적응하면 좋지 않은가.

나는 옷과 생필품이 든 배낭을 고쳐 메며 개찰구를 지나갔다. 역사 바로 앞에 문화대학교 교내 버스정류장이 있었다. 정류장 옆에는 건물이 몇 채뿐이고, 도로 가에 자동차 두세 대가 주차돼 있었다. 정류장 바로 앞에 학교 운동장이 있는데 잘 관리된 푸른 잔디가 파란 하늘과 멋지게 어우러졌다. 나는 풀 냄새가 깃든 신선한 공기를 들이마셨다. 운동장 너머로 짙푸른 산등성이가 보였다. 어쩐지 기분이 좋다.

'문화대학을 선택하길 잘했어.'

그때 왼쪽 발가락에 엄청난 통증이 느껴졌다. 뭔가에 짓밟힌 것이다. 이어폰을 꽂은 남학생이 묵직해 보이는 캐리어를 끌고 내 옆을 지나가는 중이었다. 발등에 찍힌 시커먼 흔적으로 볼 때 방금 저 캐리어 바퀴가 내 발을 밟고 간 게 분명하다.

"쏘리!"

남학생이 뒤돌아보며 미안하다는 표정을 지었지만, 녀석의 발은 계속 앞으로 나아가고 있었다. 멈춰 설 생각이 전혀 없어 보인다. 나는 녀석을 불러 세우려다 그만뒀다. 뭘 어쩐단 말인가? 치료비라도 받아내? 발가락이 아프다 못해 마비된 것 같지만, 그래도 뭐 가벼운 타박상일 것이다. 에라, 일을 키우느니 그냥 재수 없었다고 생각하고 말아야지.

다만 방금까지 좋았던 기분은 싹 날아가 버렸다. 나는 발가락 통증을 참으며 절뚝절뚝 버스정류장으로 걸어갔다.

노픽관은 캠퍼스 서쪽의 산자락 밑에 자리 잡고 있었다. 본관이나 다른 기숙사 건물들과는 좀 떨어져 있어서 교내 버스 노선도 달랐다. 노픽관은 문화대학에서 가장 큰 기숙사로 약 8백 명의 학생이 배정된다고 한다. 그렇지만 지금은 노픽관행 버스정류장에 있는 사람이 제일 적다. 조금 떨어져 있는 다른 정류장에는 사람들이 꽤 길게 줄 서 있는데. 아무래도 캠퍼스 서쪽에는 기숙사가 노픽관뿐이라 그럴 것이다. 방금 나를 짓밟고 간 녀석은 저쪽 정류장에서 휴대폰만 들여다보며 내 쪽으로는 신경도 쓰지 않는다.

이게 바로 우리가 사는 사회의 모습이다. 남을 다치게 해놓고 조금도 미안해하지 않는다. 죄송하다는 말 한마디만 형식적으로 던지고 모든 일을 머릿속에서 지워버린다. 우리는 이처럼 천박한 세상에서 살고 있다. 하지만 그렇기에 인류는 예전의 잘못을 망각하고 낯 두껍게 계속해서 삶을 살아갈 수 있는 것이리라. 다시 말해 '망각'이라는 능력 덕분에 오늘날 인류 문명을 건설할 수 있었고…… 왼쪽 발가락이 아프다. 멀리멀리 나아가려던 생각이 통증 때문에 현실로 돌아왔다. 인류 문명이 나랑 무슨 상관이람.

나는 고개를 숙이고 발등을 내려다봤다. 시커먼 바퀴 자국은 꽤 짙었다. 마치 신발에 원래부터 있던 디자인처럼 보였다. 발가락을 살짝 움직여봤다. 새끼발가락이 특히 아팠다.

설마…… 뼈가 부러진 건 아니겠지? 나는 최악의 결과를 떠올렸다. 뼈를 다친 거라면 문제가 심각하다. 어디든 잠깐 앉아서 신발을 벗고 살펴봤으면 좋겠는데, 그렇다고 정류장의 줄을 포기하고 싶지는 않다. 나는 세 번째로 서 있다. 줄이 긴 편은 아니지만 여기서 이탈했다간 버스에서 서서 가야 할 수도 있다. 무거운 가방을 멘 채 좁은 통로에서 이리저리 떠밀릴지도 모르고, 또 어느 덜떨어진 녀석의 캐리어 바퀴에 발이 깔릴지도 모른다.

내 뒤에 줄을 선 사람은 작달막한 키에 촌티가 풀풀 날리는 여학생이었다. 콧잔등에 나이 지긋한 아주머니나 쓸 법한 검은색 사각 테 안경이 걸쳐져 있었다. 안경 렌즈는 맥주병 바닥보다 두꺼워 보였다. 머리도 귀 뒤에서 양갈래로 땋은 모양이 한물간 스타일이다. 나이 들어 보이는 회색 트레이닝복을 위아래로 입은 것까지 전형적인 '오타쿠'였다.

내 앞으로는 남학생과 여학생이 한 명씩 서 있었다. 남학생은 짧은 머리를 샛노랗게 물들이고 마치 로큰롤 가수처럼 차려입었다. 검은색 가죽 재킷에 일부러 해지게 만든 청바지를 입고 형형

색색 금속 장신구를 주렁주렁 달았다. 남학생이 어깨를 끌어안고 있는 여학생은 전혀 다른 스타일이다. 파란색 체크무늬 블라우스에 짙은 파란색 긴 치마를 입었고, 머리는 하나로 묶어서 길게 늘어뜨린 포니테일이다. 딱 봐도 조용한 성격 같다. 유일하게 화려해 보이는 장신구는 왼쪽 손목에 찬 흰색 천 재질 밴드 정도였다. 이런 여자가 이런 남자와 사귀다니, 여자는 나쁜 남자에게 끌린다는 말이 정말일까? ……생각이 자꾸만 멀리 나간다. 발가락 통증이 다시 한 번 나를 현실로 돌려놓았다. 지금 가장 시급한 '임무'는 신발을 벗고 부상 정도를 확인하는 것이다.

나는 줄을 이탈하지 않고 신발을 벗어보기로 했다. 오른발 앞쪽으로 왼쪽 신 뒤축을 밟고 왼발을 끌어올렸다. 양말을 신은 상태로 보기엔 피가 나지는 않은 것 같다. 양말을 벗어봐야 골절인지 아닌지 판단할 수 있을 터였다. 촌스럽게 머리를 땋은 뒤쪽 여학생이 나를 쳐다보는 것 같았지만, 그러거나 말거나 나는 내 발에만 신경 썼다. 왼발바닥을 위로 향하고 양말을 벗으려는데 내가 묵직한 배낭을 메고 있다는 데 생각이 미쳤다. 순간 내 몸은 균형을 잃고 오른쪽으로 기울어지려 했다. 나는 왼손으로 양말을 붙잡은 채 본능적으로 오른손을 허우적거렸다.

……망했다.

재빨리 오른손을 거둬들이고 왼발도 내려놓아 옆으로 쓰러지는 건 막았지만, 나는 이미 천인공노할 실수를 저지르고 말았다.

내 앞에 선 여학생이 얼굴을 빨갛게 물들이고 눈썹을 찌푸리며 나를 빤히 쳐다봤다. 두 팔로 가슴을 가린 채 아주 복잡한 표정을 짓고 있었다. 내가 방금 그녀의 가슴을 만졌기 때문이다.

"미, 미안합니다!"

"무슨 짓이야, 이 미친놈아!"

여학생 옆의 금발남이 소리 질렀다. 나는 깜짝 놀라 남학생을 쳐다봤다. 욕을 해서가 아니라 여자 목소리였기 때문이다.

유심히 살펴보니 펑크록 가수 같은 그는 여성이었다. 누구라도 나처럼 착각할 만했는데, 옷차림뿐만 아니라 키도 175센티미터인 나보다 더 컸던 것이다.

"뭘 쳐다보는 거야!"

금발남, 아니 금발녀가 또 소리 질렀다. 그러고 보니 나는 아주 무례하게 여겨질 정도로 그녀를 훑어보고 있었다. 이런, 빼도박도 못하게 변태로 몰리게 됐다.

"정말 죄송해요. 실수로 그런 거예요!"

나는 얼른 시선을 떼고 다시 한 번 사과했다. 허리도 깊숙이 숙였다. 조금 전 형식적인 사과가 어쩌고, 사회가 어쩌고 하며 비판적인 생각을 했던 내가 후회스러웠다. 그 화살이 나에게 되돌아온 것 같다.

"야……!"

금발녀가 앞으로 한 발짝 나서며 나를 때릴 것처럼 굴었다.

"그만해……."

포니테일 여학생이 조그만 목소리로 금발녀를 말렸다.

"이 자식이 방금 널……!"

"그만하라니까!"

포니테일 여학생이 씩씩거리는 금발녀의 말을 잘랐다. 방금 벌어진 '사고'는 순식간의 일이라 내 뒤의 촌스러운 여학생 말고는 알아채지 못했을 것이다. 금발녀가 계속해서 큰 소리를 낸다면 포니테일 여학생은 오히려 더 민망해질지도 모른다.

"네가 그렇게 나온다면 그만둘게."

금발녀가 경멸스럽다는 듯 나를 흘낏 보더니 포니테일을 자기 앞에 서게 했다. 포니테일과 나 사이를 갈라놓은 것이다. 나는 바보처럼 연신 고개를 주억거리며 미안하다는 말을 거듭했다. 그때 포니테일이 금발녀를 피해 나를 몰래 쳐다보는 게 느껴졌다. 그녀의 시선은 내 아래쪽을 향해 있었다. 내가 양말이 반쯤 벗겨진 왼발로 땅을 딛고 있었던 것이다. 신발은 옆에 내팽개쳐져 있었다. 그제야 나는 내 꼴이 얼마나 우스운지 알아차렸다. 계속해서 왼발의 부상을 확인해야 할지, 아니면 통증을 참고 얼른 신발을 신어야 힐지 갈팡질팡했다.

다행히 마침 버스가 도착했다.

포니테일과 금발녀는 맨 뒷좌석으로 가서 앉았다. 더 이상 그들의 심기를 거스르고 싶지 않은 나는 운전석 바로 뒷자리를 택했다. 두 사람과 되도록 멀리 떨어지고 싶었다. 문화대학 교내 버스는 학기 중에만 무료로 운행한다고 들었다. 개강 전인 오늘은 문화대학 학생이든 교직원이든 혹은 외부인이든 모두 3홍콩달러를 내야 한다. 오리엔테이션 캠프 때 선배들에게 정보를 입수한 나는 미리 주머니에 동전을 챙겨 왔다. 그러지 않았다면 배낭을 메고 절뚝거리며 버스에 올라타 동전을 찾느라 또 한 번 낭패를 봤을 것이다.

"학생, 1홍콩달러를 덜 냈어요."

고개를 돌리니 운전기사가 불러 세운 사람은 정류장에서 내 뒤에 섰던 키 작은 여학생이었다. 그녀는 지금 막 동전을 요금함에 넣은 참이었다. 거대한(그녀의 몸집이 작아서 더 거대해 보이는) 초록색 캐리어를 밀고 안쪽으로 향하던 여학생은 당황한 표정으로 운전기사를 돌아봤다.

"2홍콩달러만 냈잖아요."

운전기사가 운전석 바깥으로 몸을 내밀며 말했다.

"버, 버스 요금, 2홍콩달러가 아, 아닌가요?"

모기 소리만 한 목소리가 흘러나왔다. 그녀는 어쩔 줄을 몰라 전전긍긍하고 있었다.

"4년 전에 올랐어요."

운전기사는 덤덤한 목소리로 말했지만, 키 작은 여학생은 잡아먹히기 직전의 작은 동물처럼 운전기사를 바라봤다.

"죄, 죄송……."

그녀는 뒤를 돌아봤다. 버스에 올라타던 승객들이 문가에 멈춰 서서 기다리고 있었다. 교내 버스는 통로가 좁아서 캐리어나 배낭을 지닌 사람이 통로에 있으면 그 옆으로 지나갈 수 없다.

여학생이 서둘러 주머니를 뒤졌지만 한참 만에 꺼낸 것은 지폐 몇 장과 껌 포장지였다. 차창 밖을 내다보니 줄 선 승객들이 웅성거리고 있었다. 그중 맨 앞에 선 남자가 불만 어린 눈길로 쩔쩔매는 여학생을 쳐다봤다.

"이, 이게……."

나는 다시 여학생 쪽으로 눈길을 돌렸다. 그녀는 막 조그만 지갑을 찾아내 그 안을 뒤적이고 있었다. 입에서 알아듣기 힘든 말이 흘러나왔고, 지갑 입구로 100홍콩달러짜리 지폐 모서리가

염소가 웃는 순간 |

슬쩍 보였다. 소액권 지폐도 없는 모양이었다. 아무래도 누군가에게 100홍콩달러를 10홍콩달러나 20홍콩달러짜리로 바꾸려는 것 같았다. 하지만 운전기사도, 그녀 뒤에서 차갑게 노려보는 남자도 도움의 손길을 뻗지 않았다. 키 작고 촌스러운 여학생이 아니라 포니테일 여학생이었다면 줄 선 남자들이 나서서 도와주려고 하지 않았을까?

나는 얼른 주머니에서 1홍콩달러짜리 동전을 꺼내 요금함에 넣었다.

"응? 저기……."

여학생이 나를 쳐다봤다.

"내가 대신 내줄게요. 계속 그러고 있으면 기다리는 분들이 화낼 거 같네요."

그녀는 어쩌면 좋을지 모르는 듯 그 자리에 멍하니 서 있었다. 운전기사가 "학생, 통로 막지 마요"라고 한 뒤에야 나를 향해 고개를 꾸벅하고는 안쪽으로 들어갔다.

승객들이 줄지어 버스에 올라탔다. 사람이 그리 많지는 않았지만 다들 짐가방을 갖고 있어서 버스 안은 꽉 찼다. 역시 아까 줄을 벗어나지 않은 것은 옳은 선택…… 아니, 그러다 변태 치한으로 몰릴 뻔했으니 그다지 옳은 선택은 아니었는지도 모르겠다.

버스는 정류장 옆 오르막길을 달리다가 대학 본관을 지나 서쪽으로 나아갔다. 본관에서 노픽관까지는 걸어서 십오 분 정도 걸리는 거리로, 교내 버스로는 오 분이 채 걸리지 않는다. 기차역에서 노픽관까지는 버스로 십 분이면 도착한다. 그런데 그 십 분 동안에 초반과 후반의 풍경이 크게 달랐다. 기차역에서 본관까지는 거리에 건물이 많았다. 본관도 도서관, 대강당, 학생회관, 과외활동센터 등으로 이루어진 여러 층짜리 건물이다. 그런데 본관을 지나는 순간 전혀 다른 풍경이 펼쳐졌다. 캠퍼스 서쪽 산자락 밑 노픽관으로 향하는 길 양쪽으로 갑자기 낡아빠진 난간이며 녹슨 철조망이 나타났고, 쓰러져가는 옛 단층집도 드문드문 보였다. 난간과 철조망 등에 대학 측에서 붙인 공고문이나 깃발 같은 게 없었다면 대학 캠퍼스를 벗어난 줄 알았을 것이다.

버스가 노픽관 앞에 도착했다. 이 '산골짜기'에 건물이라고는 거대한 노픽관뿐이다. 9층짜리 복합형 건물인 노픽관에는 층마다 쉰 개가 넘는 방이 있다. 가로로 긴 형태의 건물로, 위쪽에서 내려다보면 두 개의 L자가 뒤집어져서 연결된 모양이거나, M자를 양쪽으로 잡아 늘려서 평평하게 만든 모양처럼 보인다.

기숙사 정문은 남쪽을 향해 있고, 북쪽에는 숲이 우거진 언덕이 누워 있다. 정문 앞쪽은 한창 푸르게 잎을 내민 잔디밭이고, 잔디밭 옆에 교내 버스정류장이 자리해 있다. 잔디밭에는 청동으로 보이는 조각상이 세워져 있는데, 추상예술에 조예가 없는 나로선 무엇을 조각한 것인지 알 수 없었다. 동물 같기도, 사람 같기도 했고, 어떻게 보면 무슨 고철 덩어리나 대포 같기도 했다.

잔디밭에 선 나는 다시 한 번 심호흡을 하며 풀냄새를 들이마셨다. 이번에는 캐리어로 내 발을 깔아뭉개는 사람이 없겠지!

"저, 저기……."

모기 소리만 한 목소리가 뒤쪽에서 들렸다.

뒤돌아보니 회색 트레이닝복을 입고 사각 테 안경을 낀 아까 그 여학생이다. 그녀는 위축된 모양으로 서서 나를 보고 있었다.

염소가 웃는 순간

"무슨 일인데요?"

"저, 저기…… 1홍콩달러는 제가 꼭……."

"아, 그거요? 겨우 1홍콩달러인데 괜찮아요."

"아…… 고, 고맙……."

여학생은 더듬거리며 고맙다는 한마디도 제대로 하지 못했다.

나는 고개를 끄덕이며 씩 웃었다. 그리고 몸을 돌리려는데 그녀도 노픽관 기숙생일 거라는 데 생각이 미쳤다. 커다란 캐리어를 끌고 나와 같은 버스를 타서 여기에 내렸으니 말이다.

"그쪽도 여기 기숙사에 들어오나요? 난 아화阿嬅*라고 해요. 통계학과 1학년이고, 2층 방이에요."

내가 말했다. 앞으로 이 산골짜기에서 9개월을 함께 보내야 하는데 일찌감치 '이웃'을 맺어두는 깃도 좋지 않은가.

"저, 저는 8층에…… 번, 번역과 1학년 네, 네오……."

그녀는 찬찬히 말하려고 노력했지만 그럴수록 발음이 더 부정확해져서 자기 이름조차 제대로 말하지 못했다.

"나오미Naomi?"

나는 그녀의 캐리어에 달린 이름표를 보고 말했다. 발음은 '네'처럼 들렸지만 이름표에는 파란색으로 'Naomi'라고 적혀 있었다.

"그러니까 한자 이름은 즈메이直美인 거지? 나, 일본 예능 프로에 나오는 와타나베 나오미Watanabe Naomi, 渡邊直美라는 여자 연예인을 좋아해. 예쁘진 않지만 엄청 웃기잖아……."

---

* 본명은 치자화(戚家嬅)지만 애칭인 '아화'로 소개했다. 친한 사이에서는 이렇게 이름 한 글자를 따서 '아(阿)' 또는 '샤오(小)'를 붙여 부른다.

"어, 어⋯⋯."

그녀는 입을 벌렸지만 완전한 문장을 말하지 못했다. 뭐라고 대꾸해야 할지 몰라 그러는 것 같았다.

아! 나도 참 눈치가 없다. 즈메이가 좀 촌스러운 옷차림이긴 하지만, 양갈래로 비뚜름히 땋은 머리가 그녀 딴에는 애써 단장한 결과물일지 모른다. 그런데 나는 '예쁘진 않지만'이라는 표현을 쓴 것이다.

"어이! 아화!"

익숙한 목소리가 들렸다. 고개를 돌리니 위키와 버스가 기숙사 정문을 나와 이쪽으로 오고 있었다.

나는 손을 들어 두 사람을 향해 인사했다. 그때 즈메이가 내게 고개를 숙여 보이고는 기숙사 쪽으로 급히 걸어갔다. 그녀가 위키와 버스 옆을 지나쳐 가는데, 버스가 고개까지 돌려 그녀를 쳐다봤다.

"아화, 저 여자애 네 친구야?"

버스가 물었다.

"지금 막 알게 됐어."

"오!" 버스가 눈을 커다랗게 뜨며 과장된 표정을 지었다. "아화, 너 다시 봤다! 기숙사에 온 첫날부터 여자애를 꼬시다니! 아니지, 기숙사에 들어가기도 전에 마수를 뻗쳤잖아. 네가 이겼다, 이 자식아!"

"무슨 소리를 하는 거야!"

나는 너스레를 떠는 버스의 뒤통수를 한 대 때렸다. 즈메이가 멀리 간 뒤라 다행이지, 버스가 한 말을 들었다면 서로 민망했을

염소가 웃는 순간

것이다.

"아화가 저런…… 특이한 타입을 좋아하는 줄은 몰랐는데."

위키가 평온한 어조로 말했다.

"너희들 도대체 무슨 말을 하는 거야?"

나는 웃어야 할지, 울어야 할지 난감했다. 위키까지 나를 놀리다니!

"아화의 하렘에 대한 이야기지!" 버스가 일부러 음흉한 표정을 지으며 말했다. "예쁘든 않든 가리지 않고 손을 뻗는 당신, 기숙사의 모든 여학생을 정복하고 핑크빛 대학 생활을 누리리라! 주지육림의…… 악!"

이번에는 나도 봐주지 않고 온 힘을 다해 버스의 뒤통수를 가격했다.

"넌 만화를 너무 많이 봤어."

"아화, 난 피가 끓는 모범 청년이야. 지금껏『원피스』나『드래곤볼』같은 소년만화만 봤고,『투 러브루^{To Love-ru}』나『러브 히나^{Love Hina}』처럼 미소녀의 몸매를 전시하면서 청춘의 열정과 순애보를 그린 저속한 작품은 쳐다보지도 않았다고!"

쳐다보지도 않았다면서 어떻게 그리 자세히 알고 있냐?

"참, 기숙사 입실 등록은 했어?"

버스의 엉뚱한 장광설을 막기 위해 내가 물었다.

"우리 둘 다 벌써 마쳤지. 난 오늘 아침에 왔고, 버스는 오후 2시쯤 도착했거든. 내가 입실 등록하는 데 데려다줄게."

위키가 대답했다.

나는 고개를 끄덕이며 두 친구와 어깨를 나란히 하고 기숙사 정문으로 들어갔다.

"사실 아까 그 여학생이 옷차림은 촌스러워도 말이야, 사람은 내면이 아름다워야 하는 거 아니냐……."

나는 내가 뱉은 말을 금세 후회했다. 버스와 위키가 약속이라도 한 것처럼 코미디라도 보는 듯한 표정으로 나를 빤히 쳐다봤기 때문이다. 버스는 입술을 꽉 물고 입꼬리까지 실룩이고 있었다. 뭐라고 한마디하고 싶지만 또 뒤통수를 가격당할까 봐 꾹 눌러 참는 눈치였다.

2

버스와 위키와 나는 같은 고등학교를 다녔다. 이름처럼 몸집이 거대하고 뚱뚱한 버스는 2층 버스처럼 생겼다고 해서 '버스'라는 별명이 붙었다. 녀석은 입이 걸다 못해 시끄럽고 뼛속까지 낙관주의자인 호인이다. 가끔 장난이 지나치긴 하지만, 녀석과 같이 있을 때면 어떤 자리에서든 어색한 순간이 없었다. 하지만 녀석을 싫어하는 친구들도 분명히 있었다. 솔직히 버스는 심하게 시끄러운 편이다.

버스와 나는 오래전부터 친하게 지낸 반면, 위키하고는 대학에 들어오기 직전에야 처음 대화를 나눴다. 고등학교 때는 한 반이 된 적이 없었고, 버스와 위키가 가깝게 지내서 나도 몇 번 얼굴을 마주쳤을 뿐이었다. 그런데 이번 오리엔테이션 캠프에서 같은 조에 배정되어 우리 둘이 같은 학과일 뿐만 아니라 똑같이 노픽관에 배정됐다는 것을 알고 서로 친해졌다.

문화대학의 기숙사 건물과 호실은 컴퓨터로 임의 배정되고, 룸메이트 역시 컴퓨터가 선택한다고 들었다. 다만 함께 방을 쓰고 싶은 친구가 있다면 임의 배정 전에 학교에 신청할 수 있다. 기숙사 입실 후에도 2주 동안은 룸메이트를 바꿀 수 있는 기회를 준다. 나도 낯선 사람보다는 고등학교 친구와 한 방을 쓰는 게 나을 것 같아서 위키와 함께 쓰겠다고 신청했다.

물론 그 사실을 안 버스가 펄펄 뛰었다. 위키와 내가 자기를 '가지고 논 다음 버렸다'는 둥 별소리를 다 했다. 하지만 위키와 나는 이 문제에 있어서 확실한 공통 의견을 갖고 있었다. 버스와 룸메이트가 된다면 한순간도 조용하게 지내지 못할 거라는 점이었다. 하루 24시간을 저 괴짜 녀석과 함께 지냈다가는 일주일도 못 가서 미쳐버릴지 모른다. 그런 면에서 위키와 나는 비슷한 데가 많았다. 둘 다 말수가 적고 여가시간에는 컴퓨터 게임이나 인터넷 서핑, 독서 정도나 하는 성격이다. 그러니 우리는 서로 이상적인 룸메이트라고 할 만했다.

그런데 사실 위키도 아주 정상은 아닌 것 같다.

별명이 왜 '위키'냐고 물었더니 그는 자기가 인터넷 서핑을 너무 좋아해서 버스가 붙여준 별명이라고 대답했다. 버스의 말에 따르면, 위키는 잠도 자지 않고 인터넷 자료를 읽는다. 인터넷 사이트를 돌아다니며 정보를 수집하는 게 그에게는 드라마를 보는 것처럼 흥미진진하다는 기였다. 별명이 '위키'이긴 하지만, 그렇다고 위키피디아만 보는 건 아니었다. 정부 기관의 웹사이트부터 포르노 토론 게시판, 심지어 역대 기상정보까지도 흥미롭게 읽는다고 했다. 심각한 인터넷 중독자다. 어릴 때는 도서관에 처박혀 지내는 책 중독자였는데, 열 살 때 부모님이 컴퓨터를 사준 뒤로는 컴퓨터 앞에 찰싹 달라붙어 떨어지지 않았다고 했다.

그러나 위키의 가장 비정상적인 점을 꼽는다면 그건 인터넷 중독이 아니라 '카키색' 중독이라는 거였다.

위키가 몸에 걸친 것들 중에서는 반드시 카키색 무언가를 찾을 수 있다. 그는 바지든 티셔츠든 양말이든 언제나 한 가지라도 카키색 물건을 몸에 지니고 다녔다. 사실 내 눈에는 카키색이나 황토색이나 진초록색이나 다 그게 그걸로 보인다. 그런데 오리엔테이션 캠프 때 그런 말을 했더니 위키가 펄쩍 뛰면서 카키, 진카키, 연카키의 뜻에 대해 일장연설을 늘어놓는 거였다. 눈에 무슨 카키색 감정기라도 달렸는지, 카키색에 대한 그의 집착은 결코 보통 수준이 아니었다.

인터넷 중독자에 카키색 애호가라는 두 가지 괴벽이 있긴 하지만, 그래도 위키는 좋은 룸메이트가 될 거라고 믿는다. 오리엔테이션 때 같은 방을 썼지만 함께 지내는 데 아무런 문제가 없었다. 위키의 괴벽은 버스의 시끄러움에 비하면 남에게 미치는 영향이 훨씬 적지 않은가.

"이 돼지갈비 덮밥, 의외로 맛있네. 육질도 부드럽고 엄청 촉촉해. 비주얼도 좋으니 특제 소스만 더해지면 유명 음식점 수준에 비할 만하지……."

버스가 볼이 미어져라 돼지갈비를 뜯으면서 요리 평론가의 말투를 흉내 냈다. 나는 기숙사 입실 등록을 하고 방 열쇠를 받은 뒤 짐 정리와 방 청소를 하고, 발가락 상처까지 확인한 다음 위키, 버스와 더불어 기숙사 식당에서 저녁을 먹는 중이었다.

"그 정도는 아닌 것 같은데? 하지만 내가 고른 파스타도 그럭저럭 괜찮아. 전에 위키가 기숙사 식당 요리에 기대하지 말라고 하는 바람에 괜히 겁먹었잖아."

내가 버스의 말을 끊고 말했다.

"우리 사촌 매형이 기대하지 말라고 했다는 거였지. 노픽관 식당은 맛없기로 유명하대. 매형 말로는 그냥 라면이나 끓여 먹는 게 낫다면서."

위키가 아이스 커피를 한 모금 마신 뒤 대꾸했다. 그는 오늘 카키색 카무플라주 반팔 티에 무릎까지 오는 카키색 반바지를 입고, 카키색 야구모자까지 썼다. 여기다 카키색 조끼만 갖춰 입었다면 탐험가나 야전 병사라고 해도 될 정도나.

"어? 그 예쁜 사촌 누나가 언제 결혼하셨어?"

버스가 돼지갈비를 입에 문 채 고개를 번쩍 쳐들었다.

"지난달에."

위키는 늘 그렇듯 덤덤한 목소리로 대답했다.

"그런 미인이 결혼하는데 나한테 말도 하지 않다니, 넌 정말 의리도 없구나! 내가 진작 알았다면 결혼식장에 쳐들어가서 〈졸업〉의 마지막 장면을 연출했을 텐데……."

버스가 삐친 듯한 몸짓을 보이며 말했다.

"넌 우리 사촌 누나를 딱 한 번 본 것뿐이잖아? 오버도 정도껏 해야지."

"〈졸업〉이 뭐야? 영화야?"

내가 물었다.

"1967년도에 나온 미국 영화야. 마지막에 남자 주인공이 결혼식이 치러지는 교회에 난입해 신부를 데리고 도망치지."

위키가 대답했다.

허, 버스 녀석은 정말 못 말린다. ……잠깐, 설마하니 진짜 그런 사건을 벌이지는 않겠지?

"버스, 너무 실망하지 마. 우리 사촌 매형도 뚱뚱해."

위키가 커피를 한 모금 더 홀짝이며 말했다.

"무슨 소리야?"

버스가 의아한 표정을 지었다.

"말하자면, 너 같은 뚱보도 아름다운 여인과 결혼할 수 있다는 거지."

위키가 여전히 무표정을 유지한 채 뼈 있는 농담을 던졌다.

"이 자식! 난 당연히 엄청난 미인하고 결혼할 거야. 올해 안에 너희들이 놀라 자빠질 만큼 예쁜 여자친구를 사귀고 말 테니까 두고 봐!"

버스가 호언장담을 늘어놓았다.

하지만 버스는 지금까지 한 번도 여자친구를 사귀어보지 못했다. 고등학교 때 친하게 지낸 여자애가 몇 명 있었지만, 그 누구도 버스를 연애 상대로 여기지 않았다. 버스가 뚱뚱한 탓이 아니라 너무 시끄럽기 때문이었다. 반대로 위키를 쫓아다니는 여자애들은 꽤 있었다. 하지만 위키는 귀찮아하면서 다가오는 여자애들을 밀어냈다. 위키는 괴짜이긴 해도 성적도 좋고, 체격도 나쁘지 않은 데다 비교적 단정하게 생긴 이목구비까지 더해져서 분명 여자들이 좋아할 만한 녀석이다.

나로 말할 것 같으면, 연애운 역시 평범하다고 하겠다. 고등학교 때 한 여자애는 나를 두고 "연애할 대상으로는 보이지 않는다"고 말한 적이 있다. 아마 내가 너무 평범하고 재미없다는 뜻일 것이다.

"위키, 너희 사촌 매형이 문화대학 선배였어?"

내가 화제를 제자리로 돌려놓았다.

"응. 나도 사촌 누나 결혼식에 가서야 매형 될 분을 처음 봤어. 근데 내가 문화대학에 합격했고 노픽관에 배정됐다고 하니까 그분이 신이 나서 기숙사에 대해 얘기해주더라고. 매형은 건축공학과에 다니면서 2년 동안 노픽관에서 지냈대."

"언제 졸업했는데?"

"거의 10년 전이지. 그러니까 매형이 기숙사 식당 음식이 맛없다고 한 건 10년 전의 얘기야. 그사이에 식당 협력업체나 요리사가 바뀌었을지도 모르잖아."

노픽관 식당은 1층 동쪽에 있었다. 아침 7시부터 저녁 8시 반까지 이용할 수 있고, 중국 요리, 서양 요리, 일본 요리 등 메뉴도 다양했다. 물론 고급 요리는 기대하면 안 된다.

노픽관은 남학생과 여학생이 함께 쓰는 기숙사로 1층에는 식당, 휴게실, 동아리방, 세탁실 등의 공용 공간이 있고, 2, 3, 6, 7층은 남학생 방, 4, 5, 8, 9층은 여학생 방으로 이루어져 있다. 선배들 말에 따르면 예전에는 2층부터 5층까지가 남학생 방, 6층부터 9층까지가 여학생 방이었는데, 8년 전에 남학생들이 자기들도 높은 층을 쓰고 싶다고 항의해서 지금과 같이 바뀌었단다. 올해 나와 위키는 운이 좋지 못해 2층 방으로 배정받았다. 7층은 공기도 맑고 채광도 좋고, 바다 쪽을 향한 방에서는 멋진 일몰도 볼 수 있다고 한다.

오늘은 기숙사 입실 첫날이라 학생들이 많지 않았다. 당연히 식당도 한산했다. 나와 버스, 위키까지 포함해도 식당에 있는 사람은 열 몇 명밖에 되지 않았다. 식당 조명도 전기세를 아끼기 위해 절반 정도는 꺼놓은 상태다. 그러다 보니 학생들은 모두 출입문 근처 탁자에 앉아 있었다.

"음, 이제 밥도 먹었겠다, 우리 저녁엔 뭐 할까?"

버스가 배를 두드리며 말했다. 녀석은 돼지갈비 덮밥을 2인분이나 먹어치웠다. 입고 있는 초록색 티셔츠의 배 부분이 불룩 튀어나와 있었다. 그러고 보니 버스의 티셔츠에는 노란색으로 거대하게 丼* 자가 쓰여 있다. 정말 놀라운 녀석이다.

"난 일찍 자려고. 내일 아침 시내에 가서 필요한 물건 좀 사야 하거든. 잠자리도 가리는 편이라 하루 빨리 익숙해져야지."

내가 말했다.

"나도 잠 좀 자야겠어. 밤에 일어나 또 인터넷 서핑 하려고. 어젯밤에 고대 이집트 제2왕조에 관한 사이트를 찾았는데, 세 번째 파라오의 일생까지만 읽었거든."

인터넷광 위키가 휴대폰을 들여다보며 말했다.

"야, 너희들은 청춘이 아깝지도 않냐? 오늘은 우리가 대학 기숙사에서 독립생활을 시작하는 역사적인 날이라고! 젊은이여, 이 아름다운 순간을 잠 따위로 낭비할 것인가? 수면이나 생리적인

---

* 일본 한자로 발음은 '돈', 뜻은 밥이나 면을 가리킨다.

염소가 웃는 순간

어떤 문제가 그렇게 중요하단 말인가······."

버스가 과장된 동작으로 팔을 벌리면서 말했다.

가만뒀다간 대통령 당선 소감이라도 발표하듯 한바탕 웅변을 토해낼 것 같아서 내가 얼른 물었다.

"그럼 버스 넌 뭘 하고 싶은데?"

"아, 그건······ 우리 셋이서 잘 생각해보자고. 분명히 좋은 아이디어가 떠오를 거야."

"쳇, 자기도 아무 생각 없었으면서!"

내가 픽 웃었다. 좋은 아이디어래봐야 방에서 〈드래곤 퀘스트
Dragon Quest IX〉나 〈프론티어Frontier〉 같은 게임이나 하자고 할 것이다.

"나는······!"

내 맞은편에 앉은 버스가 말을 꺼내다 말고 갑자기 내 어깨너머를 뚫어져라 쳐다봤다. 입은 헤벌쭉 벌리고 두 눈은 스파크가 튈 듯 빛을 내면서 말이다.

"안녕, 칼리!"

버스가 오른손을 번쩍 들면서 외쳤다.

녀석에게 '칼리'라는 이름의 친구도 있었나? 게다가 이름으로 보아 분명히 여자다. 버스가 노픽관에 아는 친구가, 그것도 여자애가 있었다니! 나는 의구심을 품고 고개를 돌려봤다. 그리고 나의 의구심은 곧바로 경악으로 바뀌었다.

이렇게 공교로운 일이 다 있을까? 배식구 앞에 서 있는 파란색 옷의 여학생은 바로 내가 버스정류장에서 '실수로 만졌던' 포니테일 여학생이었다.

나는 도망치고 싶었지만 그럴 수 없었다. 우리 일행이 앉은 탁자에서 배식구까지는 3미터도 안 되는 데다, 돌아본 순간 포니테일 여학생과 눈이 마주쳤기 때문이다. 내가 눈이 삔 게 아니라면 포니테일의 미간이 살짝 찌푸려졌다. 그녀 역시 나처럼 깜짝 놀란 것이 분명했다. 하지만 우리는 서로 모르는 척했다. 적어도 나는 그랬다.

"칼리, 여기서 다 만나네?"

버스가 포니테일에게 말했다. 지금껏 한 번도 본 적 없는 상냥한 표정이었다. 위키 쪽을 흘깃 보니 항상 포커페이스인 녀석도 진귀한 동물이라도 보듯 버스를 바라보고 있었다.

"아, 응…… 쉬바이추^{休百傈}, 안녕?"

칼리가 당황한 듯 머뭇거리며 인사했다. 나 때문에 민망했던 상황이 떠올라서일까? 아니면 버스 녀석을 어떻게 대하면 좋을지 몰라서 그런 걸까? 어쩌면 둘 다일지도 모르겠군.

"그냥 버스라고 불러줘. 내 친구들을 소개할게. 이쪽은 아화, 이쪽은 위키야. 둘 다 통계학과고, 우리처럼 신입생이지."

본명이 쉬바이추인 버스가 낭랑한 목소리로 말했다. 녀석이 '이쪽'과 '우리'라는 표현을 쓴 데서 칼리와 가까워지고 싶어 한다는 걸 알 수 있었다.

"안녕?"

내가 어색하게 웃으며 칼리를 향해 고개를 살짝 숙였다.

"우리 세 사람은 고등학교 동창이야."

위키가 말했다.

"다들 반가워."

칼리가 미소 지으며 말했다. 잘못 본 것인지 몰라도 그녀는 나와 다시 눈이 마주쳤을 때 눈을 한 번 깜빡거렸다. 마치 '지나간 일은 꺼내지 말자'고 말하는 것처럼.

"이 친구는 칼리라고 하는데 응용물리학도고, 나랑 같은 천문학 동아리야."

버스의 말에 내가 놀란 목소리로 입을 열었다.

"천문학? 네가 언제 천문학에……."

내가 말을 마치기도 전에 버스가 탁자 밑으로 내 발을 찼다.

"천문학 동아리에 언제 들어갔냐고? 오리엔테이션 캠프 사흘째 날 동아리 견학 때였지."

버스가 내 질문을 비틀어 받아 대답했다.

나는 녀석의 눈치를 보며 입을 다물어야 했다. 입을 나불댔다간 또 발을 걷어차일 것이므로.

"칼리, 너 혼자 식사하는 거야? Come join us!"

버스가 얼른 말을 돌리며 칼리에게 동석을 권했다. 이 녀석은 부자연스러운 영어 한마디 끼워 넣으면 자신의 꼼수가 숨겨질 거라고 믿는 걸까?

"아니야, 벌써 먹었어. 친구들하고 휴게실에서 이야기하고 있었거든. 식당 문 닫히기 전에 음료수 좀 사려고 온 거야."

칼리가 대답했다. 그러고는 배식구에서 음료를 준비하고 있는 아주머니 쪽으로 고개를 돌렸다.

"어어, 그렇구나. 그러면 우리……."

안 돼! 버스 이 자식은 칼리를 그냥 보내지 않을 작정이다. 분명히 나와 위키까지 끌고 휴게실로 가 칼리의 친구들 사이에 끼려고 하는 수작이다. 여학생이 음료수를 사러 온 걸 보면 그 무리에는 남학생이 없다는 뜻이다. 잘 알지도 못하는 남자들이 나타나 괜히 친한 척 여자애들 사이에 얼씬거렸다간 분명 눈총이나 받을 것이다. 버스, 서두르기만 해서 되는 일이 아니라고! 그럴수록 호감도는 바닥을 찍는다는 거 모르냐?

이 중요한 순간, 예상치 못하게 위키가 버스의 말을 끊고 들어갔다.

"참, 아까 버스가 우리한테 다음 달의 유성우 이야기를 해주더라고. 아화랑 나도 같이 보러 가자면서."

"유성……."

의문문이 입 밖으로 채 나오기도 전에 나는 탁자 밑에서 또 발을 걷어차였다. 이번에는 버스가 아니라 위키였다는 점이 다르지만.

오늘 내 발에 악운이 끼었나 보다. 하루 종일 깔리고 차이고 난리도 아니군.

"응?" 칼리의 표정이 약간 달라졌다. "11월 초의 용자리 유성 말하는 거야?"

"그게 아니라 버스 말로는, 용자리 유성우는 대기권에 들어올 때 마찰열로 다 타버려서 홍콩에선 별똥별 하나도 보기 어려울 거래. 버스가 같이 보러 가자고 한 건 월말의…… 오리온자리 유성우야. 버스, 내 말이 맞지?"

"어, 어, 맞아! 오리온자리가 맞아."

버스가 아무리 둔하다고 해도 이 순간 칼리의 눈빛이 달라졌다는 건 모를 수가 없을 터였다.

염소가 웃는 순간

"오리온자리 유성우는 내가 제일 좋아하는 유성우야!" 칼리는 신이 나 보였다. 방금 전과는 말투가 완전히 달라졌다. "사자자리 유성우처럼 장관은 아니지만, 오리온자리 유성군의 모혜성이 핼리혜성*이거든! 어릴 때 우리 아빠가 핼리혜성 이야기를 많이 해주셨어. 너무 늦게 태어나서 핼리혜성을 보지 못한 게 정말 아쉬워. 76년에 한 번 오는 기회를 1986년에 놓쳤잖아! 다음에 핼리혜성이 태양계에 들어오는 건 2061년인데, 그땐 내가 일흔 살 할머니야……."

"핼리혜성 말이지…… 그러고 보니 아까 버스가 뭐라더라…… 물병자리 유성우도 이야기했는데?"

위키가 말했다.

"어머, 버스 너도 그걸 알아?" 칼리가 흥분을 감추지 못하며 말했다. "5월에 활동하는 '물병자리 에타 유성군'**의 모혜성도 핼리혜성이야! 물병자리 유성우는 규모가 크지 않아서 천문학 마니아들도 잘 모르는데, 버스 너 천문학 공부를 많이 했구나!"

"그, 그렇지. 물병자리 '이타' 유성우 말이지…… 그냥 조금 아는 정도야."

버스가 억지로 웃는 얼굴을 만들었다.

내 생각에는 버스도 '이타'가 뭐 하는 건지 모를 것이다.

---

* '혜성'이란 빛나는 꼬리를 길게 끌며 태양 둘레를 타원 모양으로 도는 별을 말하며, '핼리혜성'은 76.2년을 주기로 도는 혜성이다. '유성군(流星群)'은 태양 둘레를 도는 유성의 집합체를 말한다. 혜성이 붕괴되며 뿌려진 물질이 유성군의 원인 물질로 알려져 있으며, 그 원인 물질을 만들어낸 혜성을 '모혜성(母彗星)'이라고 한다.
** 물병자리 유성군에는 5월에 활동하는 '에타 유성군'과 7월 말에서 8월 초에 활동하는 '델타 유성군'이 있다.

"아이스 홍차 두 잔, 아이스 커피 한 잔, 핫초코 한 잔 나왔습니다. 종이 캐리어 드릴까요?"

불쑥 끼어든 아주머니의 목소리에 칼리가 음료 네 잔을 가만히 쳐다봤다. 자신이 네 잔을 한꺼번에 들 수 있을지 가늠하는 듯했다. 그때 위키가 팔꿈치로 버스를 툭 쳤다.

"아! 내가 도와줄게!" 버스가 벌떡 일어나 잔뜩 멋을 부린 투로 말했다. "휴게실이 먼 것도 아니잖아. 종이 캐리어 하나라도 덜 쓰면 환경보호에 공헌하는 셈이지."

그러자 칼리가 미소를 지으면서 고개를 끄덕였다.

빈 식판을 들고 자리에서 일어나는데 위키가 목소리를 낮춰 버스에게 말했다.

"버스 너, 나한테 밥 사라."

"한 번, 아니 열 번이라도 살게! 나중에 유성우인지 뭔지 하는 것 좀 가르쳐줘……."

식판을 정리대에 넣은 버스는 칼리와 함께 나란히 앞서 갔다. 그 틈을 타서 내가 위키에게 물었다.

"위키, 너도 천문학 마니아야?"

"아니. 마침 오늘 아침에 유성우를 다룬 사이트를 봤거든."

위키가 어깨를 으쓱거리고 웃으며 대답했다.

휴게실은 건물 정문으로 들어오면 바로 만나게 된다. 소파와 낮은 탁자가 여러 개 놓여 있는데, 모양이 통일되지 않고 제각각이었다. 아주 낡지는 않았지만 때 탄 모습을 보니 오랜 역사가 느껴졌다. 분명히 중고품이거나 노픽관을 거쳐간 졸업생들이 기증했을 것이다. 정문 현관과 마주 보는 구석 자리에는 40인치 텔

염소가 웃는 순간

레비전이 있고, 별로 편안해 보이지 않는 의자 몇 개가 텔레비전 앞에 늘어서 있다. 텔레비전 브랜드는 전혀 들어본 적 없는 것이었다. 학생들의 요구로 저렴한 제품을 구입한 게 분명하다. 하지만 우리 같은 학생들은 방송이 나오기만 하면 화질이나 색감 등은 아무래도 상관없다. 텔레비전 옆에 놓인 진갈색 목제 책장에는 만화책 등 여러 권의 책과 보드게임 등이 꽂혀 있었다. 역시 예전의 기숙생들이 기증했을 것이다.

휴게실에 있는 사람은 서너 명뿐이었고, 각자 다른 자리에 떨어져 있었다. 여학생들이 모여 앉아 왁자지껄 수다를 떠는 광경을 상상했던 나는 조금 의아해하며 그들을 바라봤다.

"야묘,* 나 왔어."

칼리는 창가의 L자형 초록색 소파 쪽으로 걸어갔다. 거기 한 사람이 앉아 있었는데, 그 순간 나는 또 하나의 문제를 맞닥뜨렸다는 걸 직감했다. 포니테일 여학생이 있는 곳에는 당연히…….

"하! 또 너냐, 변태자식!"

몇 시간 전에 들었던 새된 소리가 다시 귀에 꽂혔다. 소파에 앉아 있는 사람은 바로 정류장에서 봤던 금발남, 아니 금발녀.

"야묘!"

칼리가 금발녀를 향해 소리쳤다. 조금 화가 난 목소리였다. 아마 민망했던 상황을 다시 떠올리고 싶지 않은 모양이었다.

"어? 둘이 아는 사이야?"

버스가 눈치도 없이 물었다.

---

* '야묘(夜猫)'는 원래 '밤 고양이'라는 뜻으로, 밤에 주로 활동하는 사람을 가리킨다.

"오, 오늘 교내 버스정류장에서 저 여학생 발을 밟았거든." 내가 얼른 둘러대고 야묘를 향해 말했다. "정말 미안해. 일부러 그런 게 아니니 넓은 아량으로 이해해주시기 바랍니다."

"그, 그래! 야묘 네가 좀 봐줘. 이미 지나간 일이잖아."

칼리가 옆에서 거들었다.

야묘는 여전히 분이 풀리지 않은 눈치였지만 더는 뭐라고 하지 않았다. 다만 우호적이지 않은 눈빛으로 잠시 나를 째려봤다.

그때 버스가 들고 온 음료를 탁자에 내려놓으며 끼어들었다.

"아화, 사과할 때는 성의를 보여야지. 맨입으로 용서해달라고 하면 쓰나?"

세상에, 이 녀석은 또 무슨 꿍꿍이람?

"어, 그러니까 네 말은……."

"말로만 사과하지 말고 행동으로 보이라는 소리지! 얼른 가서 간식이라도 좀 사다 바쳐라!"

버스가 내 엉덩이를 걷어차는 시늉을 했다. 그러더니 서비스직 종사자들이 지을 것 같은 환한 미소로 야묘에게 인사했다.

"안녕? 난 버스라고 해. 화학과 1학년이고, 칼리와 함께 천문학 동아리에 들어갔어……."

이 녀석, 칼리와 가까워지기 위해 나를 철저히 이용해먹고 있군. 내가 간식을 사 오면 자연히 우리 일행이 여학생들 사이에 끼어서 이야기 나눌 수 있을 거라는 계산이다. 뭐, 이왕 이렇게 된 거, 친구의 연애 사업을 도와주는 셈 치자. 그러고 보니 내가 자기 '여신'의 가슴을 만진 사실을 버스가 안다면 절교 선언까지는 아니더라도 주먹 몇 대는 날리지 않을까? 지금 나를 이용해먹는

염소가 웃는 순간

것으로 '퉁 치고' 어물쩍 넘어가야겠다.

　나는 주머니를 만지작거리며 컴퓨터실 옆에 있는 자판기로 향했다. 노픽관은 각 층이 네 구역으로 나뉜다. 1층 서쪽의 첫 번째 구역에는 세탁실, 컴퓨터실, 자습실이 있고, 두 번째 구역은 휴게실과 정문 현관이다. 첫 번째 구역과 두 번째 구역 사이에는 서쪽 계단이 있고, 이 계단에서 멀지 않은 곳에 식품 자판기 몇 대가 설치돼 있다. 자판기에선 병이나 캔 음료 외에 감자칩, 땅콩, 초콜릿 같은 과자류도 판매한다. 컴퓨터실이나 자습실에서 학업에 매진하던 학생들이 근처의 자판기에서 간단히 체력을 보충할 수 있어서 편리하다. 휴게실에서 한가롭게 수다를 떨거나 텔레비전을 보는 학생들 역시 동쪽 끝에 위치한 식당까지 갈 필요 없이 몇 걸음만 움직이면 먹을거리를 구할 수 있다. 다만 자판기 식품은 식당보다 비싸게 판매된다. 똑같은 아이스 홍차를 자판기에서는 식당보다 두 배나 비싼 가격으로 사야 한다.

　"아화, 난 아이스 커피로 부탁해. 브랜드는 상관없어."

　위키가 나를 불러 세워 10홍콩달러 동전을 건네줬다.

　"방금 커피 마셨잖아?"

　"너무 졸려. 어젯밤에 인터넷 서핑을 늦게까지 했거든. 겨우 세 시간 잤어."

　위키가 피곤한 미소를 지어 보였다. 그러고 보니 안경 너머로 보이는 눈이 꽤 충혈돼 있었다. 어젯밤 이집트 왕조 이야기를 탐독하느라 새벽녘까지 깨어 있었겠지.

　"야묘, 샤오완은 옷 갈아입으러 올라가서 아직 안 왔어?"

　서쪽 계단 쪽으로 난 문으로 향하는데 등 뒤로 칼리와 야묘의 말소리가 들렸다.

"응, 아직 안 왔어……."

휴게실을 벗어나자 그들의 목소리는 들리지 않았다.

오후에 입실 등록을 한 뒤 위키와 버스가 나를 데리고 노픽관을 한 바퀴 돌아준 덕분에 자판기가 어디 있는지는 잘 알고 있었다. 그런데 서쪽 계단 쪽으로 뻗은 복도의 모습이 낮에 봤을 때와는 사뭇 달랐다. 낮에는 햇빛이 들어서 자습실과 컴퓨터실이 밝고 깔끔해 보였다. 복도 바닥도 깨끗하고 반짝반짝했다. 그런데 고작 몇 시간 지난 지금은 전혀 다른 느낌이다. 텅 빈 복도, 백열등 몇 개만 켜진 자습실과 컴퓨터실, 그리고 창밖의 벌레 소리 외에는 그저 적막함뿐이다. 서늘하고 고요한 공기가 무겁게 내려앉아 약간 괴이한 공간처럼 변해버렸다.

오늘이 입실 첫날이라 그런 걸까? 노픽관의 총 수용 인원은 700여 명이나 되니 평소였다면 밤늦게까지 컴퓨터를 하거나 자습실에서 공부하는 학생들이 여럿 있었을 것이다. 그런데 오늘은 아무도 없다. 사실 저녁 무렵이 되면서 기숙사에 사람이 점점 줄어들고 있다는 느낌을 받기는 했다. 입실 등록을 한 뒤 방 청소를 하거나 짐만 정리하고 집으로 돌아간 학생들도 많을 터였다. 집에 가서 개인 물품을 좀 더 챙기고 하루이틀 후 돌아오려는 것이다. 아마 내일부터는 학생들이 점점 몰려들어 북적북적해지겠지? 그때가 되면 지금의 괴이한 적막감이 오히려 그리워지지 않을까?

자판기 앞에 도착한 나는 무엇을 살지 잠시 고민했다. 진열대에 빈 공간이 하나도 없는 걸 보니 관리인이 상품 진열을 잘 해

염소가 웃는 순간

놓은 것 같다.

여러 사람이 함께 먹어야 하니 나눠 먹을 수 있는 간식을 사야겠다. 먼저 감자칩과 오징어채를 골랐다. 여학생들은 단것을 좋아할 것 같아서 초콜릿을 한 봉지 추가했고, 열량이 낮은 치즈 크래커도 샀다. 전부 합쳐서 40홍콩달러가 좀 넘었다.

그런데 난 왜 이리 세심하게 신경 쓰는 거지? 나는 버스가 여학생을 꾀는 데 이용되었을 뿐인데, 이런 배려까지는 필요 없지 않을까? 하지만 버스에게 불만이 있는 것은 아니다. 입장을 바꿔 생각해보자. 나도 좋아하는 여자애가 생겨서 이런 입장에 처하면 친구 녀석을 부려먹을 것이다. 다만 지금 이 순간 버스가 점수를 따는 데 사용될 간식거리를 가득 안고 있자니 나 자신이 미련퉁이처럼 느껴지는 건 어쩔 수 없다. 그래서 나는 위키의 아이스 키피와 내가 마실 콜라만 사고, 버스의 음료는 일부러 사지 않았다. 말하자면 아큐阿Q*식의 작은 복수라고 할까?

과자며 음료수를 잔뜩 들고 가자니 걷기가 불편했다. 불편한 걸음으로 서쪽 계단 앞쪽으로 나오니 벽에 달린 형광등이 깜빡거렸다. 점화 장치가 고장난 모양이었다. 간신히 모퉁이를 돌아 휴게실로 돌아오자 휴게실 전등도 빠르게 깜빡이고 있었다. 점화 장치 문제가 아니라 전압이 불안정한 건가? 오늘 밤은 기숙사에서 묵는 사람이 적으니 전력 사용량도 적을 수밖에 없다. 이런 날에도 전압에 문제가 있다면 기숙생이 전부 입실한 뒤에는

---

* 루쉰의 소설 「아큐정전」에 나오는 인물로, 부당한 일을 당해도 언제나 자신만의 논리로 '내가 이겼다' '내가 참아준다'는 식의 정신 승리를 한다.

정전 사태가 자주 일어날지 모른다. 역시 노트북 컴퓨터를 한 대 사야겠다. 데스크톱 컴퓨터로 과제를 하다가 정전이 되면 큰일 나니까 말이다.

"하이! 아화가 왔네."

목소리를 높여 외친 사람은 버스다.

친구들은 소파에 편안하게 앉아서 이야기를 나누고 있었다. 버스가 의기양양하게 나를 향해 손을 흔드는 걸 보니 녀석의 계략이 성공한 모양이었다. 분명 위키가 또 나서서 거들어줬을 것이다. 위키가 여자들의 호기심을 자극하는 화제를 꺼내지 않았다면 까칠한 성격의 야묘가 남자들의 동석을 받아들였을 리 없다. 역시 위키는 어딜 가나 여자들의 관심을 받는 훈남이다.

위키와 버스는 L자형 소파 맞은편 긴 의자에 앉아 있었다. 소파와 긴 의자 사이에는 낮은 탁자가 놓여 있고, 소파에는 다섯 명의 여학생이 앉아 있었다. 소파가 문을 등진 상태라 처음에는 뒷모습만 보였다. 가까이 가서 여학생들의 앞모습을 본 나는 속으로 탄성을 질렀다.

가장 오른쪽에는 파란색 긴 치마를 입은 칼리가, 그 옆에는 로큰롤 스타일의 금발녀 야묘가 앉아 있었다. 야묘 옆에는 노란색 헤어밴드로 앞머리까지 완전히 넘겨 이마를 훤히 드러낸 여학생이 있었다. 얼굴에 주근깨가 도드라진 그녀는 헐렁한 빨간색 축구 팀 유니폼에 형광 초록색 반바지를 받쳐 입었다. 거기에 분홍색 슬리퍼까지 더해지니 마치 나라마다 다른 색깔로 칠해놓은 세계지도 같았다. 국가 간 경계가 요만큼도 애매모호하지 않은 세계지도 말이다. 이런 조합은 우리 같은 '일반인'은 상상도 하기 힘든 스타일이다.

물론 그 여학생의 모습도 매우 놀라웠지만, 내가 속으로 탄성을 내지른 건 다른 이유 때문이었다.

L자형 소파의 짧은 쪽 자리, 즉 색색깔 세계지도 여학생 왼쪽에는 남자라면 절대 그냥 지나치지 못할 여학생이 있었다. 출중한 외모, 아니 단지 '출중'이란 단어로는 그녀의 미모를 다 설명할 수 없을 것이다. 촉촉한 눈, 오똑한 코, 끝이 살짝 올라간 입술이 마치 예술 작품처럼 계란형 얼굴의 가장 적절한 위치에 자리해 있었다. 한마디로 예쁘게 빚어낸 인형 같은 얼굴이었다. 갈색빛을 살짝 띤 머리카락이 회백색 상의 위로 드러난 쇄골을 은근슬쩍 가리고 있었고, 검은색 바탕에 앙증맞은 흰 꽃무늬가 점점이 박힌 짧은 치마를 입었다. 치마 밑에는 검은색 무릎양말을 신었는데, 허벅지가 살짝 드러난 모습까지 무척 세련되고 섹시해 보였다. 그녀의 미모가 바로 내가 깜짝 놀란 첫 번째 이유였다.

두 번째 이유는 그녀 옆에 내가 예상치 못한 인물이 있었기 때문이었다. 다름 아닌 즈메이였다.

즈메이는 낮에 입었던 회색 트레이닝복이 아니라 연노란색 티셔츠와 암청색 트레이닝복 바지를 입고 있었다. 그렇다, 여전히 트레이닝복이다. 게다가 너무 자주 빨아서인지 색깔까지 바랬다. 하지만 가난하기보다는 근검절약하는 사람이라는 인상이었다. 검은 테 안경과 비대칭으로 땋은 머리는 여전했다. 놀라운 미인과 즈메이가 나란히 앉아 있으니 마치 알프스산과 마리아나 해구의 높이 차이만큼 이질적이었다. 다른 네 명의 여학생 앞에는 음료수 컵이 놓여 있는데, 즈메이 앞에만 작은 은색 보온병이 있었다. 직접 따뜻한 차를 만들어 챙겨 온 모양이다. 보온병 뚜껑이 살짝 우그러진 것도 그녀를 더욱 볼품없어 보이게 했다.

그나저나 즈메이가 칼리 일행과 아는 사이일 줄이야! 교내 버스정류장에서는 서로 알은체하지 않았고, 어쩐지 즈메이에게는 친구가 없을 것 같았다. 말이나 행동을 보면 꼭 반에서 따돌림을 당해 점심시간마다 구석진 곳에서 빵으로 점심을 때우는 아이들이 생각났기 때문이다. 나는 중고생 시절에 그런 아이들을 많이 봤다. 그런 친구를 괴롭힐 생각은 없었지만 나서서 도와주지도 않았다. 자칫하면 나도 왕따 신세로 전락할 수 있었고, 나는 평범하기 짝이 없는 녀석이니까. 평범한 사람은 평범하게 살아야 한다. 그게 나의 생존 철학이다.

"네가 아화구나? 간식을 쏘다니, 미안하게 됐어! 와, 내가 제일 좋아하는 오징어채도 있네? 예전에 칼리랑 같이 갖고 있던 돈을 합쳐서 오징어채를 샀는데, 칼리가 배고프다고 내 몫까지 다 먹어버린 거 있지. 그 뒤로 삼 일 동안 칼리를 모른 체했더니 나중에 울면서 커다란 봉지로 오징어채를 사주더라고……."

노란색 헤어밴드를 한 세계지도 여학생이 숨도 쉬지 않고 말을 쏟아냈다. 나는 뭐라고 대꾸해야 좋을지 몰라 우물쭈물하다가 즈메이에게 인사할 타이밍도 놓치고 말았다.

"샤오완!" 칼리가 얼굴을 붉히며 야묘 너머로 헤어밴드 친구의 팔을 잡아당겼다. "창피하게, 그런 초등학교 적 얘기는 그만해."

"아하하하, 뭐 어때? 그게 무슨 창피한 얘기라고. 애들아, 이런 이야기 들으니까 칼리가 더 귀엽게 보이지 않니?"

샤오완이라는 여학생은 침을 튀겨가며 떠들었다. 칼리의 기분은 전혀 신경 쓰지 않는 눈치다.

"아, 너는 샤오완이라고 하는구나?"

나는 탁자 위에 간식거리를 내려놓고 어색한 말투로 더듬더듬 물었다.

"아이쿠, 내 정신 좀 봐! 난 린샤오완林小丸이라고 해. 그냥 샤오완이라고 불러줘. 아완阿丸이라고 불러도 좋지만, 샤오완쯔小丸子라고는 부르지 마. 물론 위완魚丸, 궁완貢丸, 샤오린완小林丸이라고도 절대 부르면 안 돼."* 샤오완은 거침없이 말하며 거침없이 과자 봉지를 뜯었다. "난 신문방송학과 1학년이야. 졸업하면 방송국 기자가 될 생각이야. 전문 뉴스 앵커가 되는 게 목표지만, 그게 어렵다면 현장을 뛰는 리포터도 좋을 것 같아. 어쨌든 사회의 어두운 면을 파헤쳐서 시민들에게 진실을 알려주고 싶거든! 최종 목표는 퓰리처상인데……."

"퓰리처상은 미국 언론사 기자들한테 주는 상이야."

위키가 끼어들었다.

나는 그 틈을 타서 위키 앞에 아이스 커피를 놓아주고, 남은 잔돈도 건넸다. 그런 다음 버스 옆의 빈자리에 앉았다.

"어머, 그래? 뭐, 괜찮아! 그럼 미국에 가서 일하면 되지. 아니면 우선 미국에서 몇 년 일하다가 홍콩에 돌아와서 일하고, 다시 미국으로 가서……."

---

* '샤오완쯔'는 일본 애니메이션 〈마루코는 아홉 살〉의 주인공 마루코의 중국판 이름이다. '위완'은 생선 완자, '궁완'은 고기 완자라는 뜻이며, '샤오린완'은 일본 이름인 '고바야시 마루'의 한자를 중국어 발음으로 읽은 것으로, 영화 〈스타트렉〉에 '고바야시 마루 테스트'가 나온다.

샤오완은 오징어채를 잘근잘근 씹으면서 불분명한 발음으로 말했다.

나는 문득 샤오완이 오래전부터 알고 지낸 친구 같다는 느낌을 받았다. 말하자면 여자판 버스였다. 물론 외모는 완전히 다르지만, 말하는 모습이 버스와 똑같았다. 나는 버스 쪽을 흘깃했다. 웬일로 녀석은 평소의 시끄러운 모습이 아니라 조용히 미소를 띤 얼굴로 긴 의자에 앉아 있었다. 맞아, 아름다운 여성 앞에서 평소처럼 나댈 수는 없겠지. 평소의 버스였다면 분명 샤오완과 콤비로 나서서 만담을 쏟아내며 다른 사람이 끼어들 틈을 주지 않았을 것이다.

"산산, 너도 자기소개해."

샤오완이 옆에 앉은 미녀의 어깨를 두드렸다.

"아화, 안녕? 난 중문학과 1학년, 이름은 산산이라고 해."

미녀가 예의 바르게 나를 향해 꾸벅하며 인사했다. 그 순간 나는 시선을 어디에 둬야 할지 몰라 허둥댔다. 얼굴이든 몸 어디에 든 시선을 두는 게 왠지 무례한 행동처럼 여겨졌다. 나는 그냥 그녀를 향해 꾸벅 인사하고 바보 같은 웃음만 돌려주고 말았다.

이어서 즈메이가 입을 열었다.

"나, 나는 나오미야. 번역과 1학년……."

즈메이의 목소리는 여전히 모기만 했다. 말할 때도 고개를 들지 않아서 탁자에게 자기소개를 하는 모양새가 됐다.

"우린 신입생 오리엔테이션에서 같은 조였어."

샤오완이 즈메이의 말을 끊고 또 대화를 주도했다.

"칼리는 초등학교 동창인데 졸업하고는 소식이 끊어졌다가 오늘 낮에 다시 만났어. 진짜 놀라운 하늘의 뜻 아냐? 오랫동안 못 만났던 동창생을 대학 기숙사에서 재회하다니! 만약 내가 남자였다면 운명으로 맺어진 커플이 되었을 텐데!"

알고 보니 즈메이, 산산, 샤오완은 오리엔테이션에서 같은 조로 만났고, 샤오완과 칼리가 초등학교 동창이어서 이렇게 다 함께 모이게 된 거였다. 교내 버스정류장에서 즈메이와 칼리가 서로 알은체하지 않았던 것이 이해가 됐다.

그때 갑자기 칼리가 나를 향해 말했다.

"난 샤오완을 만난 뒤 방금 야묘랑 샤오완 친구들과 함께 본관 식당에서 저녁 먹고 왔어." 샤오완이 엉뚱한 소리를 계속 늘어놓을까 봐 끼어든 것 같았다. "참, 이쪽은 야묘라고 하는데 내 룸메이트야."

낡은 청바지와 까만 가죽 재킷 차림인 야묘는 입을 삐죽거렸다. 좀 누그러지긴 했지만 여전히 내가 비호감인 모양이었다.

"야묘와 칼리는 같은 응용물리학과야? 아니면 천문학 동아리?"

내가 먼저 우호적인 손길을 내밀었다.

"아니야. 야묘는 내 고등학교 1년 선배인데, 진짜 원하는 대학에 가고 싶어서 재수한 거야. 지금은 같은 1학년이지."

"칼리, 왜 그런 쓸데없는 말을……."

야묘가 칼리에게 투덜거렸다.

"뭘, 난 아주 멋있다고 생각하는데? 부단히 노력해서 목표를 달성하고 결국 남들의 인정을 받았잖아. 정말 대단해! 문화대학 의학과 경쟁률이 얼마나 센데……."

"세상에, 네가 의학과라고?"

내가 깜짝 놀라 외쳤다. 이런, 내 태도에 야묘가 기분 나빠 하지 않을까?

"맞아."

예상외로 야묘는 담담하게 대답했다. 나와 같은 반응을 많이 겪어본 것 같았다. 그도 그럴 게, 몸에 걸친 금속 체인이나 눈에 띄는 금발 같은 로큰롤 스타일은 의대생과 거리가 멀어 보였다.

"나도 깜짝 놀랐어!" 샤오완이 또 끼어들었다. "저녁 먹다가 야묘가 의대생이란 소리 듣고 국물을 뿜을 뻔했다니까! 의대생이 이렇게 쿨한 모습이라니, 누가 상상이나 했겠어! 이거야말로 일본 드라마에서나 볼 수 있는 설정 아냐? 낮에는 의사, 밤에는 지하 클럽에서 공연하는 인디밴드 보컬, 그렇게 두 가지 삶을 사는 거야. 공연 중 갑자기 팬이 기절하자 무대에서 뛰어 내려와 응급 조치를 하는……."

"밴드를 하는 건 아니야. 그냥 이런 스타일을 좋아하는 거지."

야묘가 말했다.

우리 중에서 외모가 가장 '불량한' 사람이 성적은 가장 좋을 줄이야! 문화대학 의학부는 합격 기준이 매우 높고 까다롭기로 유명하며, 대학 내에서도 입학하기가 가장 어려운 학과다. 통계 학과와는 결코 비교할 수 없는…….

"그러면 다들 신입생인 거네?"

내 말에 모두가 시선을 교환하며 아무도 부정하지 않았다.

"딱 좋네! 우리 모두 신입생이야!" 샤오완이 아이스 홍차를 한 모금 마시고 얼음을 씹으며 말했다. "지금부터 우린 사이좋은 이

웃이야. 다들 필요한 게 있으면 날 찾아와! 필기구, 기타 문구, 라면, 간식, 곡식, 땔감, 소금이나 기름도!"

어이, 곡식부터 기름까진 빌릴 일이 없을 것 같은데? 노픽관엔 층마다 공용 주방이 있으니까. 하지만 전기 포트, 전자레인지, 인덕션 정도의 간단한 설비만 있어서 복잡한 요리는 할 수 없다. 관리실에서도 기숙사 안에서 요리하는 걸 좋아하지 않는다고 했다. 위생 문제 외에도 안전 문제가 생길 수 있기 때문이다. 선배들 이야기에 따르면 전자레인지로 달걀을 삶으려던 얼간이도 있었고, 인덕션에다 뜨거운 기름을 쏟아서 옆사람에게 화상을 입힐 뻔한 사고도 있었다.

"넌 기숙사 몇 층이야?"

위키가 초콜릿 하나를 집으면서 샤오완에게 물었다.

"521호! 엘리베이터와 가까워서 편해! 산산도 5층이야. 514호지." 샤오완은 방 호수까지 알려줬다. "기숙사 학생회에서 층별 대항 경기를 한다면 산산이랑 난 같은 팀이 되는 거야! 내 룸메이트는 고등학교 동창인데 내일 입실할 거야."

"나하고 아화는 2층이라 너한테 물건 빌리러 가려면 아주 불편하겠는데?"

위키가 웃으면서 말했다.

"그러면 칼리와 야묘를 찾아가면 되겠다. 걔들은 4층이거든."

"남학생은 여학생 층에 가면 안 되지 않아?"

산산이 물었다. 말은 느리지도 빠르지도 않았고, 두 손으로 핫초코 잔을 받쳐 든 모습도 우아했다. 마치 귀족 학교를 졸업한 우등생 아가씨 같았다.

"남학생은 밤 9시부터 아침 9시까지 여학생 층에 갈 수 없어. 여학생은 밤 11시부터 아침 9시까지 남학생 방에 갈 수 없고."

야묘가 말했다. 그러면서 나를 두 번 힐끔거리는 걸 보니 난 아무래도 변태로 낙인찍힌 모양이다.

"왜 그런 차이가 있는 거지?"

칼리가 물었다.

"그야 여학생을 보호하기 위해서지. 밤에 남학생이 복도를 돌아다니면 샤워하고 나오는 여학생이 불편하잖아. 남자애들이야 상관없지만."

버스가 신사적인 말투로 대답했다. 평소였다면 말끝에 '알몸뚱이를 보여도 남자들은 잃을 게 없지'라고 덧붙였을 텐데.

"그러네…… 버스, 넌 몇 층이야?"

칼리가 물었다.

"나, 나?" 버스는 좋아서 어쩔 줄 모르는 표정이었다. "난 309호. 필요한 거 있으면 언제든 찾아와. 컴퓨터도 잘 아니까 컴퓨터 쪽에 문제 생겼을 때도 도와줄 수 있어."

"그런 걱정은 하지 마. 컴퓨터는 나도 잘해."

야묘가 차가운 목소리로 내뱉었다.

버스의 표정이 미묘해졌다. 야묘가 나서서 자신이 점수 딸 기회를 채갈 줄은 몰랐다는 표정이다. 잘했어요, 야묘 누님! 마땅히 경계해야 할 놈은 내가 아니라 버스랍니다! 뭘 빌리겠다며 방에 찾아가서는 칼리를 꼬실지도 모른다고요.

"야묘는 작년에 P대학에 합격했는데 의대에 가려고 재수했어. 입학을 포기한 곳이 바로 P대학 정보공학과거든. 그래서 웬만한 남자들보다 컴퓨터를 훨씬 잘 알아."

칼리가 웃으면서 말했다. 야묘는 언뜻 수줍은 표정을 짓는 듯하더니 곧 차가운 표정으로 돌아왔다.

P대학 정보공학과라면 역시 경쟁률이 높은 곳이다. 칼리가 몇 번이나 대단하다고 추켜세울 만도 하다.

나는 무심코 즈메이 쪽을 바라봤다. 즈메이는 조용히 친구들의 대화에 귀 기울일 뿐 지금껏 한 번도 끼어들지 않았다. 내 시선을 느꼈는지 그녀가 황급히 고개를 숙이고 낡은 보온병을 만지작거렸다. 어쩌면 즈메이도 자기는 8층에 산다며 대화에 끼고 싶은지 모른다. 내가 나서서 대화에 끌어들이고 싶었지만, 혹시 그랬다가 그녀를 오히려 더 불편하게 만들까 봐 망설여졌다. 어쩌면 당황해서 아까보다 더 말을 더듬을지도 모른다.

그러고 보니 즈메이는 나와 구면이라고 친구들에게 이야기했을까? 아니, 하지 않았을 것이다. 그러니 아까 내게 다시 자기소개를 했겠지. 샤오완이 놀릴까 봐 나를 처음 본 척한 것 같다. 옷을 갈아입어서 위키와 버스는 그녀를 알아보지 못한 모양이다. 알아봤다면 또 둘이서 나의 취향이 어쩌고 하면서 놀려댔겠지. 나야 그런 말을 들어도 상관없지만, 수줍음 타는 여학생 앞에서까지 그러면 서로 어색해질 것이다.

"자, 그렇다면 말이지⋯⋯." 샤오완이 갑자기 목소리를 낮추고 우리 셋에게 의미심장한 표정으로 말했다. "칼리와 야묘가 어느 방에 배정됐는지 맞혀볼래?"

"그건 왜? 기숙사에 특별한 방이라도 있는 거야?"

내가 반문했다.

"당연하지!" 샤오완이 킬킬거리며 말했다. "내가 방금 칼리와 야묘는 4층에 산다고 했잖아."

"설마!"

버스가 감자칩 반쪽을 손에 든 채 소리를 꽥 질렀다. 그 덕분에 옆에 앉은 나까지 화들짝 놀랐다.

"설마 '그 방'이야?"

"그 방이라니?"

내가 버스 쪽으로 고개를 돌리며 물었다.

"노픽관의 귀신 나오는 방, 444호!"

버스의 말이 떨어지자마자 샤오완이 두 손으로 탁자를 짚으며 우리 쪽으로 몸을 훅 숙이고 말했다.

"바로 그거야! 칼리와 야묘는 전설적인 444호……."

나는 침을 꿀꺽 삼켰다.

"……맞은편 방, 443호야."

"풋!"

웃음을 터뜨린 사람은 위키였다.

"그냥 맞은편 방이잖아! 난 또 진짜 444호인 줄 알았네."

버스가 김샜다는 듯이 대꾸했다.

"맞은편인 것만 해도 엄청나지!" 샤오완은 주먹을 불끈 쥐고 흥분한 듯 말했다. "전설적인 방 바로 맞은편이란 말이야. 어쩌면 444호보다 더 스릴 있을지도 몰라."

노픽관의 여러 괴담 중 하나가 얽혀 있는 444호실에 대해선 나도 오리엔테이션 캠프 때 이미 들었다. 예전에 444호실에서 지내던 두 여학생이 그 방에서 섬뜩하고 괴이한 사건을 겪었다고 한다. 괴담 이야기를 해주던 선배는 최대한 공포 분위기를 조성하려고 애썼지만 이야기꾼으로선 영 젬병이었다. 그도 그럴 것이 우리 조에서 가장 새가슴인 여학생조차 별로 무서워하지 않았고, 위키는 세 번째 괴담을 들을 때쯤 졸고 말았다.

"그렇게 따지면 나하고 위키는 2층이니까 〈나무에 매달린 시체〉 괴담의 근거지야."

내가 말했다.

"그거랑은 다르지!" 샤오완이 과장되게 손을 내저었다. "〈444호실〉은 노픽관 7대 불가사의 중 첫 번째라고! 기숙사에서 가장 오래된 귀신 이야기야!"

"오늘 나랑 야묘가 방문 열어놓고 청소하고 있는데, 기숙생들이 복도에서 얼쩡거리며 우리 쪽을 흘깃대더라. 아마도 그 방을 구경하고 싶었던가 봐……."

칼리가 말했다.

"쳇, 노픽관 7대 불가사의라니, 난 그런 괴담 나부랭이는 안 믿어." 쿨한 분위기로 무장한 야묘가 아이스 커피를 한 모금 마시고 말을 이었다. "명칭도 일본을 따라 한 것 같아. '7대 불가사의'라니, 분명히 누가 지어낸 이야기일걸."

"명칭 같은 거야 시대에 따라 달라지는 거지!" 샤오완이 이번에는 야묘 쪽으로 몸을 틀고 말했다. "예전엔 '7대 괴담'이라고 불렀대. 어쨌든 공포스런 일곱 가지 전설이라는 게 중요하지!"

"그런데 말이야, 노픽관의 7대 불가사의에서 첫 번째 이야기는 〈살아 있는 조각상〉 아냐?"

말이 별로 없던 산산이 의문을 제기했다.

"응? 나는 〈444호실〉이라고 들었는데?"

샤오완이 반박했다.

"난 〈거울에 비친 모습〉인 줄 알았는데."

칼리가 말했다.

"맞아, 나도 〈거울에 비친 모습〉이 첫 번째라고 들었어."

버스가 거들었다.

"나……."

즈메이마저 한마디 보태려고 하는데, 갑자기 위키가 이상한 말을 내뱉는 바람에 열띤 토론이 중단됐다.

"활화경수오수사活火鏡樹五數四."

"무슨 말이야?"

버스의 물음에 위키가 천천히 대답했다.

"활화경수오수사. 노픽관의 일곱 가지 귀신 이야기 순서야. 이야기 제목에서 한 글자씩 딴 거지. 〈살아 있는 조각상活雕像〉 〈불길 속의 원혼大火冤魂〉 〈거울에 비친 모습鏡中倒影〉 〈나무에 매달린 시체樹影懸屍〉 〈5층 반五樓半〉 〈방문 세기數房門〉 〈444호실四四四室〉. 이중에서 〈444호실〉 괴담이 가장 무섭다는 건 사람마다 의견이 다를 수 있지만, 그게 가장 오래된 이야기라는 건 분명 잘못됐어."

"왜? 〈불길 속의 원혼〉만 사건 발생 연도가 정확하고, 나머지는 언제 적 이야긴지 확인할 수 없잖아."

샤오완이 반박했다.

"〈불길 속의 원혼〉은 11년 전에 벌어진 사건이지. 그러니까 만약 〈444호실〉이 가장 오래된 사건이라면 11년보다 더 오래전의 일이어야 해." 위키가 캔커피를 한 모금 들이켜고 말을 이었다.

"샤오완, 〈444호실〉 괴담의 주인공이 어떤 인물이었지?"

"어떤 인물이냐니? 나도 잘 모르지. 룸메이트였던 두 여학생이라는 것밖에……."

"노픽관 4층은 8년 전까지 남학생이 사는 층이었어. 그러니까 그 괴담이 진짜라면 11년 전의 〈불길 속의 원혼〉보다 먼저 일어난 일일 리가 없지."

그 말에 샤오완이 멈칫하더니 생각에 잠긴 듯한 목소리로 대꾸했다.

"정말…… 그러네……."

"그나저나 내가 한 말을 곱씹어보자면……." 위키가 웬지 교활한 미소와 함께 괴이한 목소리로 말했다. "7대 불가사의 이야기들이 생각보다 꽤 최근에 벌어진 일이잖아. 어쩌면 또다시……."

"으악!"

비명을 지른 사람은 여학생이 아니라 버스였다. 녀석은 용수철처럼 자리에서 튀어 올랐다. 그리고 목 뒤를 부여잡으며 뒤쪽을 돌아봤다.

"뭔가 목 뒤를……!"

고개를 돌리며 입을 열었던 버스가 갑자기 말을 멈췄다. 녀석이 말을 잇지 못한 이유는 별것도 아니었다. 버스가 앉은 의자 등받이 위로 음료수 캔이 보였는데, 캔을 쥔 손의 주인은 위키였다. 위키가 차가운 커피 캔을 의자 뒤로 해서 버스의 뒷목에 슬쩍 갖다 댔던 것이다.

다들 와자하니 웃음을 터뜨렸다. 버스는 위키를 한 대 치기라도 할 듯 을러대는 자세를 취했지만, 깔깔대며 웃는 칼리를 흘낏

거리더니 이내 본래의 자세로 돌아왔다. 말과 행동을 너무 조심하는 버스의 모습은 내가 봐도 어색했다.

위키는 기숙사 괴담에 대해 어떻게 그리 잘 알고 있을까? 오리엔테이션 캠프에서 선배들이 괴담을 들려줄 때는 듣다가 잠들어버렸던 녀석이 말이다. 순간 해답이 번뜩 떠올랐다. 인터넷 서핑을 통해 노픽관 괴담에 대해 읽었을 것이다. 오리엔테이션 때는 이미 알고 있는 이야기라 지루해서 잠들었는지 모른다.

나는 문득 기차에서 들은 두 여학생의 이야기가 생각나 질문을 던졌다.

"11년 전에 정말 불이 났을까?"

노픽관의 7대 불가사의는 그저 전설 같은 이야기일 뿐이라고 생각했는데, 오늘 기차에서 들은 바에 따르면 일부 사실일 수 있겠다는 생각도 들었다.

"아마도."

위키가 대답했다. 말하는 동안 종종 하품을 해대는 걸 보면 카페인이 별 영향을 미치지 못하는 모양이었다.

"그래서 이 기숙사에는 성불하지 못하고 떠도는 원혼들이 있는 거야!" 샤오완이 다시 흥분한 표정을 드러내며 말했다. "홍콩에서 귀신이 나온다고 알려진 곳은 대부분 큰 사고가 일어났던 장소야. 특히 큰 화재가 났던 경마장은 많은 사망자가 나와서 지금까지도 홍콩섬에서 귀신 소동이 가장 잦은 지역 중 하나지……."

"화재라면 여기서도 한 번만 있었던 게 아니야."

갑자기 낮게 깔린 목소리가 내 뒤쪽에서 넘어왔다. 고개를 돌려보니 암청색 트레이닝복 차림의 남자가 우리에게서 멀지 않은 곳의 1인용 소파에 앉아 있었다. 까무잡잡한 피부에 몸집이 건장한 그는 손에 검은색 하드커버 책을 들고 고개를 숙이고 있었다. 우리의 시선이 그에게 꽂히자 그도 고개를 들어 우리를 쳐다봤다.

"갑자기 끼어들어서 미안. 일부러 엿들은 건 아니고 그냥 들려서 들은 거야. 지금 여기 휴게실엔 너희들과 나뿐이잖아."

휴게실을 둘러보니 그의 말대로 우리 일행에 그 남자까지 아홉 명만 남아 있었다. 좀 전까지만 해도 잡지를 보거나 이야기를 나누는 학생들이 몇 명 더 있었는데. 설마 우리가 너무 떠들어서 나간 것은 아니겠지?

"여기 노픽관 학생이세요?"

버스가 쓸데없는 질문을 했다. 저런 옷차림으로 밤 9시가 넘은 시간에 이곳 휴게실에서 책을 읽는 사람이 노픽관 기숙생이 아니면 뭐란 말인가.

"참, 내 소개를 해야지. 난 아량阿亮이라고 해. 4학년이고, 여기 3층에 살아. 올해 기숙사 학생회 간사를 맡았지. 너희들은 전부 신입생이지? 노픽관에 온 걸 환영한다."

"선배님이시군요. 시끄럽게 해서 죄송해요."

칼리가 말했다.

우리도 얼른 선배를 향해 고개를 숙였다.

"아니야. 신경 쓰지 마. 나도 처음엔 너희들과 똑같았어. 기숙사 입실 첫날에 잔뜩 들떠서 새로 사귄 친구들과 밤새 수다를 떨었지. 하지만 3년이 흐르고 나니 내 동기들 중에는 첫날부터 와서 입실 등록하는 애들이 없어. 오늘 기숙사에 온 사람은 내가 유일한 것 같네. 하하."

선배가 억지웃음을 두어 번 흘렸다.

"근데 선배님, 노픽관에서 화재가 한 번만 있었던 게 아니라고 요?" 샤오완이 흥미롭다는 듯 질문했다. "아차, 저는 린샤오완이 라고 합니다."

"또 자기소개할 필요 없어. 아까 다 들었으니까. 네가 샤오완 이지? 너희들은 나를 아량이라고 부르면 돼."

선배가 의자를 당겨와 내 오른쪽에 앉았다. 지금까지 우리는 이 공간에 우리만 있다는 듯이 크게 웃고 떠들었는데, 우리 이야 기를 제삼자가 다 듣고 있었다고 생각하니 좀 민망했다.

"난 '여기서' 화재가 한 번만 있었던 게 아니라고 했지, '노픽관 에서'라고 하지 않았어. 노픽관에선 11년 전에 불이 났지. 근데 심 각성의 정도를 따진다면 노픽관이 지어지기 전에 벌어진 그 사건 이 백배는 더 무섭고, 백배 더 기이할 거야."

아량 선배의 시선이 우리들을 한 명씩 훑었다. 얼굴에는 미소 가 걸려 있었지만, 말투는 표정과 달리 음산하고 괴이하게 느껴 졌다.

"예전에 여기 무슨 건물이 있었는데요?"

내가 묻자 아량 선배가 나를 바라보며 입을 열었다.

"이야기는 문화대학이 설립되기 이전으로 거슬러 올라가. 문 화대학은 1960년대에 설립됐어. 서원書院 세 곳을 합병해서 만들 었지. 그 서원들은 2차 세계대전 후인 1940년대 말에서 1950년 사이에 세워졌고. 노픽관은 서원 합병 이후에 지었으니까 약 40 여 년의 역사를 가진 셈이지. 노픽관 이전에는 이곳에 단층 건물 이 있었어. 그 건물은 1910, 20년대에 지어졌는데 제2차 세계대

전 때 폭탄이 떨어져서 무너졌지. 그 후 1960년대에 기숙사가 들어서기 전까지는 폐허로 남아 있었어."

"그럼 선배가 말하는 화재란 게 전쟁 때 있었던 폭탄으로 인한 화재인가요?"

샤오완이 실망한 빛을 감추지 않고 물었다.

"당연히 아니지. 그렇게 난 불은 이야기할 가치가 없어." 아량 선배가 웃으며 대답했다. "내가 말하려는 화재는 폭탄으로 타버린 건물이 지어지기 '전'의 일이야. 너희들, 식민지 시대의 홍콩에 영국인들이 많이 살았다는 거 알고 있지?"

우리는 고개를 끄덕였다.

"당시 영국의 관료며 부유층이 홍콩으로 많이 넘어왔지. 식민지 정부의 관료나, 청나라 정부 혹은 중화민국 정부와 일하는 외교관, 무역하는 상인, 휴가 겸 극동 지역의 이국적인 풍경을 구경하러 온 부자들 등등. 그 가운데 백작 작위를 가진 한 귀족이 있었는데, 100년쯤 전에 그 사람이 바로 이 자리에 3층짜리 거대한 저택을 지었어. 그의 이름은 멘데스 이스트베스였지."

"오오오!"

샤오완이 괴상한 소리를 질렀다. 이 이야기에 아주 솔깃해진 모양이었다.

"이스트베스 백작은 당시 나이가 많지 않았어. 아마 마흔에서 쉰 사이였을 거야. 겉보기엔 평범한 영국 신사로, 아내와 어린 자식 둘과 함께 살았지. 저택에서 일하는 사람은 나이 든 집사 한 명과 하녀 네 명뿐이었어. 그 시절엔 귀족이 하인들을 잔뜩 두고 부리는 게 예사라, 백작이 그런 큰 저택에 다섯 명의 하인만 두는 게 오히려 드문 일이었어."

"100년 전이면 1910년쯤의 일인 거죠?"

내가 물었다.

"아니, 그보다 훨씬 더 전이야. 이스트베스 백작이 홍콩에 건너 온 연도는 정확하지 않아. 하지만 1889년 이전인 것은 확실해."

"왜 하필 1889년 이전이라는 거예요?"

산산이 물었다.

"1889년에 그 저택에 살던 사람들이 모두 죽었거든. 백작 가족 네 명에 하인 다섯 명까지 전부 하룻밤 사이에 죽었어. 심각한 화재로 타 죽었지."

얼마쯤 예상했던 내용인데도 이 말을 들은 순간 나는 묘한 충격을 받았다. 친구들도 나처럼 무척 놀란 눈치였고, 야묘조차도 미간을 찌푸리고 있었다.

"당시 대저택이 완전히 불에 타서 거의 평지가 됐지. 램프와 촛불을 사용하던 시대라 화재가 흔한 일이긴 했지만, 이상하게도 이스트베스 저택 화재는 불길이 엄청났어. 하룻밤 만에 대저택이 완전히 타버렸거든. 게다가 소방대와 경찰이 화재 원인을 조사하던 중 괴이한 사실을 알아냈지. 불이 시작된 곳이 저택 지하실이었는데, 바로 거기서 신원 불명의 시체가 여럿 발견된 거야."

"신원 불명?"

감자칩을 씹던 버스가 불쑥 끼어들었다.

"전하는 바에 따르면 백작의 부인과 자식들, 하인들까지 모두 저택 안에서 죽었는데, 백작 본인은 저택에서도 좀 특별한 곳에서 따로 발견됐대. 바로 지하실이야. 게다가 백작의 시체와 더불어

염소가 웃는 순간

누구인지 알 수 없는 시체 일곱 구가 나왔어. 그 지하실은 무슨 제단 같은 용도로 사용됐던 걸로 밝혀졌는데, 바닥에 마법진魔法陣* 같은 도안이 그려져 있던 걸로 보아 무슨 주술 의식 같은 걸 했던 모양이야."

"주술! 유럽의 마녀 의식 같은 거요?"

샤오완의 눈이 빛을 발했다. 이런 이야기를 아주 좋아하는 모양이었다.

"아마도. 나도 정확하게 아는 건 아니야." 아량 선배가 머리를 긁적였다. "당시 지하실에서 발견된 시체들은 전부 숯처럼 새카맣게 탄 채 팔다리가 이상한 모양으로 꺾여 있었대. 이스트베스 백작도 마찬가지였고. 지하실에 갇혀서 산 채로 타 죽은 거야."

아량 선배의 생생한 묘사에 우리는 등줄기를 타고 흐르는 오싹한 기운을 느꼈다. 단, 야묘만 빼고. 아니, 위키도 빼자. 아무래도 이야기에 집중하지 못하는 것 같다. 너무 졸려서 그런 걸까?

"나중에 조사를 통해 영국에서 전해진 소식으로는 이스트베스 백작에게 또 다른 신분이 있었대. 19세기 말 유럽의 권력자나 귀족들은 주술 같은 신비주의에 관심이 많았는데, 이스트베스 백작도 그런 부류였어. 그 사람들 사이에서 이스트베스 백작은 '흑주교黑主教'로 불렸대. 어쨌든 발화 원인이 밝혀지지 않아서 식민지 정부는 사건 조사를 대강 마무리해야 했어. 하지만 사정을 아는 사람들은 전부 같은 이야기를 했어. 흑주교가 주재하는 의식

---

* 마법을 부리기 위해 그려놓은 원이나 다각형 문양. 단순히 원 하나를 그리는 것부터 시작해 이중 원이나 오각성, 주문을 상징하는 글자나 부호 등을 그려 넣기도 한다.

중에 문제가 생겨 제단에 실수로 불이 붙었을 거라고 말이야. 결과적으로 흑주교 자신의 생명과 신도들, 가족들의 생명까지 희생해 제물로 바친 셈이 됐다는 거야.” 아량 선배는 잠시 말을 멈췄다가 침착한 목소리로 덧붙였다. “여기까지가 노픽관 7대 불가사의에 포함되지 않은 ‘또 다른 화재 사건’의 전설이야.”

이 말을 끝으로 휴게실에는 정적이 깔렸다. 이야기가 무서워서라기보다는 괴이한 점 때문에 그런 것 같았다. 신원 불명의 시체라든가 특별한 사망 장소 등이 꼬리를 무는 연상 작용을 일으켜 다들 묘한 기분에 휩싸인 듯했다.

침묵을 깨뜨린 사람은 야묘였다.

“하! 정말 허튼소리네요. 주술이니 사교邪教니 하는 이야기가 듣기에는 흥미롭지만, 이 도시엔 전혀 어울리지 않는다고요. 여기는 홍콩입니다. 19세기 유럽 신비주의? 누굴 바보로 아세요? 『다빈치 코드』도 아니고!”

“하지만 홍콩은 영국의 통치를 150년간 받았어. 근거가 확실하잖아!” 샤오완이 나서서 반박했다. “아량 선배 이야기는 근거가 있는 이야기야. 19세기 영국에서 신비주의가 유행했던 것은 나도 알아. 황금여명회Hermetic Order of the Golden Dawn나 장미십자회Rosicrucians라고 들어본 적 있어? 당시 영국 상류사회에는 그런 신비주의 단체가 많았어. 회원들은 주술이나 마법 연구에 열을 올렸고, 유대교의 신비주의나 이집트 고대 종교에 빠져 있었지…….”

샤오완은 이런 신비로운 이야기에 관심이 많은 것 같았다. 졸업 후에 기자가 된다면 분명 성공할 것이다. 샤오완이 고대 이집트를 언급한 순간, 나는 위키가 요 며칠 그와 관련된 웹사이트를 돌아다녔다던 말이 떠올랐다. 위키의 반응은 어떨지 궁금해 돌아봤더니 세상에, 의자 등받이에 완전히 기댄 채 눈을 감고 있었다. 잠든 것인지, 피곤해서 눈만 감고 있는 것인지는 모르겠지만.

"그래도 좀 억지스러워!" 야묘가 허리를 꼿꼿이 세우고 샤오완을 향해 변론을 펼쳤다. "입에서 입으로 전해지는 전설은 한 사람을 거칠 때마다 양념이 쳐지고 윤색되기 마련이야. 대부분 뚜렷한 증거도 없이 그냥 '친구의 친구'한테 들은 이야기라고 하지. 게다가 이 화재 사건은 19세기 말의 홍콩에서 있었던 일이라고. 그러면 '친구의 친구의 친구의 친구'한테 들은 수준이란 말이야! 100년 전의 이야기를 어떻게 꾸며대든 누가 알겠어? 어쨌든 증거가 없잖아!"

"꼭 직접 증거가 있어야 하는 건 아니야. 객관적인 간접 증거로도 얼마든지 진위를 판단할 수 있어! 아까 말한 것처럼 19세기 유럽에서는……."

샤오완은 승복하지 않았다.

"증거, 있는데."

우리의 눈이 아랑 선배에게 집중됐다. 샤오완과 야묘는 특히 더 눈을 휘둥그렇게 떴다. 입씨름하던 것도 잊은 듯했다.

"증거가 있다고요?"

버스가 물었다. 그는 한참 전부터 감자칩을 집던 손도 멈추고 아랑 선배의 이야기에 정신이 팔려 있었다.

"있지."

아랑 선배가 고개를 끄덕였다.

"문헌 기록이 있나요?"

샤오완이 물었다.

"그것보다 훨씬 확실한 증거야." 아량 선배가 뜸을 들이며 천천히 덧붙였다. "그 지하 제단이 아직 우리 발아래 존재하거든."

그 말이 섬광탄처럼 우리 모두를 얼어붙게 했다. 다들 부자연스러운 동작으로 발밑을 흘끗거렸다. 산산과 즈메이는 두 발을 모아 움츠리고 있었다. 바닥을 딛고 있는 것조차 무서운 모양이었다.

"그…… 그게 아직 있다고요?"

칼리가 떨리는 목소리로 물었다.

"그렇다니까. 아주 괴이하지?" 아량 선배가 한쪽 입꼬리를 올리며 대답했다. "두 번이나 새 건물을 짓고 증축했는데도 그 지하실은 여전히 남아 있어. 건축가들도 그 괴이한 이야기를 듣고는 제단을 부쉈다가 악운이라도 따를까 봐 겁을 냈던 것 같아."

"아량 선배는 그 지하실에…… 가봤어요?"

내가 물었다.

"응, 한 번. 1학년 2학기 때였는데, 기숙사 기념 행사에서 선배들이 흥이 올라서 우리한테 이스트베스 백작 이야기를 들려주고 지하실까지 데려가서 '답사'를 시켜줬지." 여기까지 말한 아량 선배는 쓴웃음을 지었다. "나도 처음엔 선배들이 신입생들을 놀리는 줄만 알았어. 하지만 두 눈으로 진짜를 보고 나자…… 뭐랄까, 이게 장난이라면 몰래카메라로 출연자를 속이는 방송 프로그램보다 훨씬 더 성공적이라고 해야 할 거야. 말하자면 장난이 세계적인 수준인 거지."

"건물 지하실 따위에 무슨 '수준'이 있담?"

야묘는 여전히 황당무계한 이야기라는 입장이었다.

"말로 설명하기가 어렵네. 어쨌든……."

"선배!" 샤오완이 돌연 큰 소리로 외쳤다. "저희도 데려가 주세요! 너무 보고 싶어요!"

"그게…… 문이 잠겨 있을지도 모르는데……."

"괜찮아요! 들어갈 수 없으면 그냥 돌아오죠, 뭐!"

샤오완이 눈을 반짝반짝 빛내며 말했다. 완전히 신이 난 눈치였다.

아량 선배는 머리를 긁적이다 몸을 일으켰다.

"좋아. 하지만 너무 기대하진 말고. 난 정말 충격적이었지만 너희들은 별거 아니라고 생각할지도 모르잖아."

샤오완은 소파에서 튕기듯 일어섰다. 환호성이라도 내시를 기세였다.

그때 칼리가 겁에 질린 목소리로 중얼거렸다.

"거기 가는 거…… 정말 괜찮을까?"

"가보자!" 야묘도 일어서며 말했다. "아무리 특별한 장소라고 해도 난 안 믿어. 그래봐야 곰팡이가 핀 지하실이겠지. 무서울 게 뭐 있어? 사람들은 자기 머릿속 상상 때문에 두려워하는 거야."

야묘의 말에 칼리가 고개를 끄덕였다. 산산 역시 야묘의 말이 일리가 있다고 생각했는지 칼리를 따라 일어섰다. 다들 가기로 결정했다면 나 역시 함께 가는 수밖에.

자리에서 일어나 몇 걸음 내딛고 보니 위키와 즈메이만 여전히 자리를 지키고 있었다. 나와 함께 나섰던 버스는 칼리 옆으로 다가갔다. 나는 위키와 즈메이 쪽으로 발을 돌렸다.

"안 갈래." 내가 묻기도 전에 위키가 먼저 나를 슬쩍 보며 말했다. "눈이 뻑뻑하고 졸려. 커피가 전혀 도움이 안 되네."

위키는 이내 모자를 벗어 얼굴을 덮어버렸다. 안경도 벗지 않고 나와 버스가 앉았던 자리 쪽으로 다리를 뻗고 누워버렸다.

"방에 가서 자지 않고?"

"괜찮아. 여기서 잠깐 쉬면 돼. 갔다 와서 나 좀 깨워줘. 지하실에 뭐가 있는지도 말해주고."

위키는 깍지 낀 손을 가슴 위에 올려놓더니 곧 고른 숨소리를 내기 시작했다.

"야, 위키……."

정말 괜찮겠냐고 물으려는데 진짜 잠이 든 것 같아 그만뒀다. 이 자식은 참 잘 잔다. 오리엔테이션 캠프 때도 잠깐 사이에 잠들곤 했다. 하지만 십여 분만 자고 나면 다시 활기를 되찾고 우리와 함께 단체 게임을 하곤 했다.

"너는 어떡하려고?"

즈메이에게 물었다.

"나…… 나도 안 갈래."

즈메이가 긴장한 얼굴로 고개를 저었다.

"여럿이 함께 가잖아. 겁낼 거 없어. 이건……."

"아화, 우리 간다! 안 갈 거면 여기 있어라. 좋은 구경 놓쳤다고 후회하진 말고!"

버스가 휴게실 문 앞에서 외쳤다.

"좀 기다려!"

내가 소리쳤다.

다시 즈메이를 보니 일어날 생각이 조금도 없어 보였다. 나는 그녀에게 손을 흔들어 보이고 자리를 떠났다.

아량 선배, 샤오완, 버스, 칼리, 산산, 야묘, 그리고 나까지 일곱 명이 휴게실을 나가 복도를 걸었다. 우리는 기숙사 동쪽으로 가고 있었다.

맨 뒤에서 따라가던 나는 괜히 고개를 돌려 뒤를 봤다. 위키와 즈메이 둘만 남겨둔 휴게실이 너무 적막할 것 같았다. 창밖에서 들리던 벌레 소리도 언제부터인지 뚝 그쳐 있었다. 건물 전체가 적막에 휩싸인 듯했다. 마치 어둠 속의 한구석에 들어와 있는 기분이었다.

3

노픽관에는 층마다 계단이 셋, 엘리베이터가 하나씩 있다. 1층의 네 구역 중에서 맨 서쪽의 첫 번째 구역은 세탁실, 컴퓨터실, 자습실이고, 두 번째 구역은 휴게실, 세 번째는 동아리방 두 개와 기숙사 학생회 사무실, 네 번째는 식당이다. 이 네 구역 사이에 계단이 각각 위치해 있다. 좀 더 자세히 말하면, 휴게실에서 컴퓨터실 쪽으로 나가면 서쪽 계단이 보이고, 휴게실에서 동아리방 쪽으로 나가면 중앙 계단 통로에 연결되며, 식당과 동아리방 사이에 동쪽 계단이 있다.

엘리베이터는 중앙 계단 옆에 있는데, 5층 이상이 아니면 기숙생 대부분이 계단을 이용한다고 들었다. 사람이 많아서 엘리베이터를 타려면 너무 오래 기다려야 하기 때문이었다.

"지하실은 이쪽으로 들어가야 해."

아량 선배가 식당 문 옆의 동쪽 계단 쪽으로 걸어갔다. 식당에는 출입문이 두 개 있는데, 하나는 동쪽 계단 입구와 붙어서 기숙사 내부에 있고, 다른 하나는 기숙사 외부로 통하는 동쪽 끝에 있었다. 동쪽 끝 문을 이용하면 정문으로 들어와 복도를 한참 걸을 필요 없이 건물 밖에서 식당 안으로 곧장 들어올 수 있다. 다만 이 두 개의 문은 식당 영업시간에만 개방한다. 저녁 8시 반에 식당 불이 꺼지면서 이 문도 잠기게 된다.

그 밖에 노픽관 건물을 드나들 수 있는 문으로 휴게실 쪽의 정문 외에도 옆문이 두 개 있다. 하나는 세탁실과 컴퓨터실 사이에 있고, 또 하나는 동쪽 계단 복도로 들어오는 문이다. 이 동쪽 옆문으로 이어진 복도에 우리는 지금 서 있었다.

"지하실이 동쪽 계단과 이어져 있나요?"

아량 선배가 바깥으로 통하는 동쪽 옆문으로 가지 않고 계단으로 향하자 내가 의아해하며 물었다. 나는 지하실 입구가 기숙사 동쪽 뒤편에 자리 잡은 언덕 언저리에 있을 줄 알았다. 건물 바깥에 있는 어느 방공호나 하수도의 출입구를 상상하기도 했다. 지하실 입구가 기숙사 내에 있으리라고는 결코 생각하지 못했다.

"동쪽 계단과 연결돼 있다기보다는 건축가가 지하실 입구를 막지 않았다고 하는 게 맞을 거야. 지하실을 창고로 쓸 생각이었는지도 모르지."

아량 선배가 대답했다.

염소가 웃는 순간

우리는 선배를 따라 동쪽 계단 입구로 발을 옮겼다.

식당 영업시간이 끝나서인지 동아리방에도 사람이 없었다. 노 픽관 1층 동쪽에는 지금 우리 일행만 있었다. 형광등 조명이 충 분히 밝았지만 왠지 주변은 어둠에 깊이 잠식돼 있는 듯한 분위 기였다. 아마 심리적 요인 때문에 그렇게 느껴지는 거겠지? 불이 꺼진 식당과 동아리방의 짙은 어둠이 유리창을 뚫고 나와 오래 된 형광등 빛을 조금씩 침식해 들어가는 것만 같았다.

나는 여전히 일행 중 가장 뒤에서 걷고 있었다. 계단 입구로 막 들어가려는 순간 무심코 왼쪽을 흘낏 보게 됐다. 의심스러운 그 림자 하나가 내 눈에 비쳤다.

긴 머리 소녀다.

동쪽 옆문에는 한 변이 1미터쯤 되는 정사각형 유리가 달려 있었다. 그 유리 너머로 바깥의 좁은 오솔길과 언덕이 내다보였 다. 찰나의 순간, 일 초도 안 될 그 순간에 나는 빨간 치마를 입 은 일고여덟 살쯤 된 여자아이를 봤다. 아이는 오솔길을 걷고 있 었다.

기숙사 사감의 아이일까? 아니지, 노픽관 사감은 기숙사에 거 주하지 않는다고 들었다. 캠퍼스에 교원 아파트가 따로 있었다. 올해의 노픽관 사감은 공학과 교수인데, 내가 기억하기로 그의 가족은 캠퍼스 동쪽에 마련된 집에 살고 있었다.

혹시 관리인의 아이일까? 그것도 말이 안 된다. 노픽관 관리인 도 기숙사에 거주하지 않는다. 두 명인데 낮 근무와 밤 근무를 교대로 한다고 들었다. 그리고 밤에 일하는 관리인은 예순 살의 독신 남성으로 손주도 없었다.

그럼 내가 잘못 본 걸까? 노픽관 동쪽 옆문은 건물 뒤편의 언덕과 마주해 있다. 기숙사 근처에는 다른 집도 없으니 이론상으론 저 오솔길을 지나갈 사람은 없었다. 그렇지만 분명히 누군가 지나가는 걸 봤다. 게다가 옆문 바깥쪽에는 조명등이 달려 있어서 건물 안보다 바깥이 더 밝다.

설마…… 유령?

"아화! 거기서 뭐 해?"

샤오완이 부르는 소리에 겨우 깊은 생각의 골짜기에서 빠져나왔다. 나는 머리를 흔들며 생각을 떨쳐내려 했다. 이제 겨우 밤 9시가 넘었으니 귀신이 나타나기에는 너무 이른 시간이다.

일행 쪽으로 얼른 걸음을 옮겨보니, 일곱 명 모두 동쪽 계단 입구 구석에 몰려 서 있었다. 1층의 계단은 2층을 향해서만 놓여 있고 아래쪽으로는 연결되어 있지 않기 때문에 계단 옆에 여유 공간이 약간 있었다. 폭이 약 2미터, 길이는 5미터쯤 되는 직사각형 공간인데, 그곳에 종이 상자며 부서진 의자, 바퀴 달린 알림판 등 잡동사니가 쌓여 있었다. 알림판에는 이런저런 포스터와 공지문이 붙어 있었다. 노픽관 건립 기념 행사인 '노픽 축제' 안내문이나 기숙사 학생회가 주최하는 축구 시합 안내문, 층별 퀴즈대회 공고문, 장학금 신청방법 등등의 내용으로 날짜는 모두 작년 것이었다.

아랑 선배가 종이 상자들과 알림판을 치우자 사람이 지나갈 만한 통로가 생겼다. 그 끝의 벽에 내 가슴 높이쯤 되는, 약간 녹슨 연회색 철문이 달려 있었다.

"바로 여기야."

아량 선배가 좁은 통로로 들어갔다. 잔뜩 흥분한 샤오완이 그 뒤를 따랐고, 다른 사람들도 한 명씩 따라갔다. 잡동사니가 직사각형 공간의 앞쪽에만 쌓여 있었던 것인지, 철문 바로 앞은 아무것도 없이 비어 있었다. 다행히 일곱 명이 붙어 서 있을 정도의 공간은 됐다.

"아, 열려 있어요!"

샤오완이 문고리를 가리키며 말했다. 1960, 70년대에나 쓰였을 법한 T자 모양의 빗장이 달려 있었는데, 걸쇠 구멍에 자물쇠는 걸려 있지 않았다.

아량 선배가 빗장을 열고 철문을 당겼다. 눅눅한 곰팡이 냄새가 코를 훅 찔렀고, 아래로 내려가는 계단이 모습을 드러냈다. 계단은 능묘로 통하는 통로처럼 난간 없이 어둠 속으로 죽 뻗어 있었다.

"오오오!" 샤오완이 기세 좋게 소리 질렀다. "손전등 있어요? 나가서 하나 가져올까요?"

그러자 아량 선배가 씩 웃으며 문 안으로 한 발 내딛더니 손을 뻗어 오른쪽 벽을 더듬었다. 팟 하는 소리와 함께 노란 빛이 계단을 비췄다. 벽에 전등까지 설치돼 있었다니.

샤오완이 김샜다는 듯한 표정을 지었다. 그녀는 이 지하실을 피라미드나 옛 무덤 정도로 상상했던 걸까? 모험이 기다리고 있는 발굴 현장 같은 곳 말이다. 하지만 아량 선배가 켠 검은색 스위치나 전구 소켓, 노란색 전구 등은 모두 아주 오래된 것처럼 보였다. 노픽관의 역사는 거의 50년이나 되었지만, 수도며 전기 설비는 안전 규정에 부합하도록 모두 신식으로 수리한 상태다.

그런데 이렇게 꾀죄죄한 동그란 전등 스위치가 남아 있었다니! 이런 건 철거되기만을 기다리는 옛 건물에서나 구경해봤다. 소켓에서 나온 전선은 통로 벽에 못으로 고정돼 있었다. 못들은 모두 보기 싫은 적갈색으로 녹이 슬었다. 슬쩍 건드렸다간 툭 떨어질 것만 같다. 아마 이 전구들은 노픽관을 지을 때 설치해놓은 것이리라.

계단 통로는 한 사람씩만 지나갈 수 있을 만큼 좁았다. 우리는 한 줄로 서서 조심조심 들어갔다. 앞장선 사람은 아량 선배, 그다음이 샤오완, 그리고 이번에는 내가 세 번째였고, 네 번째는 산산이 뒤를 따랐다. 칼리는 약간 겁에 질린 것 같았고, 버스는 칼리를 지키는 기사처럼 그녀 옆에 딱 붙어 있었다. 야묘는 칼리가 '기사의 마수'에 걸리지 않도록 지켜야 하니 앞에 나설 수가 없었다.

"앗!"

산산이 중심을 잃고 미끄러지며 비명을 질렀다. 바로 앞에 있던 내가 잽싸게 붙잡아줘서 다행히 넘어지지는 않았다.

"고마워."

산산이 말했다.

한순간이나마 잡아본 산산의 손은 부드러웠다. 그 감각이 내 손 끝에 잠시 남아 있었다. 그녀의 몸을 붙들던 순간 나는 사실 얼굴이 빨개지고 가슴이 뛰었다. 물론 이런 반응은 인지상정이리라. 산산은 빼어난 미인에다 손도 무척 고왔다. 하늘은 참 불공평하다. 이렇게 많은 장점을 한 사람에게 몰아주다니!

계단 통로는 생각보다 길었다. 돌계단 표면은 상당히 잘 다듬어져 매끄러울 정도였다. 다만 끄트머리는 조금씩 갈라지고 떨어져나가서 오랜 세월을 느끼게 했다. 벽과 계단 모두 아무 장식 없는 평범한 회색 벽돌로 되어 있었다. 이상하게도 거미줄은 보이지 않았다. 관리인이나 청소부가 정기적으로 이곳까지 들어와 청소하는 걸까? 모퉁이를 두 번 돌아 이층집 높이 정도만큼 아래로 내려갔을 때 계단이 끝났다.

통로 끝에는 한 변이 4미터쯤 되는 정사각형 공간이 있었고, 계단과 마주 보는 벽에 나무 문이 하나 보였다. 척 보기에도 아주 오래된 문 같았다. 문에는 유럽풍 무늬가 새겨져 있었고, 문 위쪽에 웬 짐승의 머리 같은 독특한 장식물이 달려 있었다. 길한 의미의 장식물인지, 사나운 기운을 내뿜는 괴수의 머리인지는 알 수 없지만. 아량 선배의 이야기가 사실이라면 이 문은 100년쯤의 나이를 먹은 셈이다. 물론 중간에 화재로 불탄 뒤에 새로 달았을 테지만.

"마음의 준비들은 다 됐어?"

아량 선배가 신비한 분위기를 더하듯 우리에게 묻더니, 천천히 나무 문 손잡이를 잡았다. 솔직히 말해서 나는 어떤 마음의 준비를 해야 할지 알 수 없었다. 그렇지만 우리 중에서 마음의 준비가 가장 잘 된 사람이 샤오완이라는 건 확신할 수 있었다. 샤오완은 더 기다리기 어렵다는 듯 안달하며 이미 문 앞에 바짝 다가서 있었다.

끼익 소리와 함께 문이 열렸다. 문 열리는 소리는 메아리처럼 겹겹이 되울리며 기이한 소리로 돌아왔다. 문 너머 공간은 새카만 어둠이었다. 계단 통로의 빈약한 전등 빛도 문 너머 세 걸음 정도까지만 비췄다. 나는 공기가 좀 달라졌다는 느낌을 받았다. 통로의 냄새가 단지 곰팡내라면, 문 너머에서 느껴지는 것은 그야말로 오래된 저택의 냄새였다. 차디찬 대리석과 목재의 깊은 냄새.

"무슨 마음의 준비까지……."

야묘가 투덜거리는 순간, 아량 선배가 문 너머 벽면 어딘가를 눌렀다. 방금 전 통로의 전등 스위치를 눌렀을 때처럼 팟 소리와 함께 문 너머 공간이 확 밝아졌다. 그리고 우리 눈앞에 펼쳐진 광경은 우리가 서 있는 정사각형 공간과는 천양지차였다. 그 광경은 야묘조차도 충격으로 말을 멈추게 만들 정도였다.

그것은 교활하게 웃고 있는 염소였다.

나무 문 너머는 상당히 넓은 팔각형의 지하실이었다. 회색 석재 벽돌로 이루어진 바닥에는 지름이 8미터쯤 되는 동그란 형태의 도안이 그려져 있는데, 그 도안이 바닥 면적의 절반쯤을 차지했다.

도안은 두 개의 동심원과 그 안쪽의 역오각성, 그리고 오각성 안의 괴이한 형상으로 이루어져 있었다. 이 지하실에 처음 들어온 사람이라면 가장 먼저 그 괴이한 형상에 눈길을 빼앗길 것이다. 염소의 머리였다. 날카롭게 솟은 염소의 양 뿔은 역오각성의 위쪽 꼭짓점 두 개를 각각 향해 있고, 염소의 살짝 아래로 처진 두 귀는 역오각성의 왼쪽과 오른쪽 꼭짓점을, 그리고 수염이 달린 아래턱은 아래쪽 꼭짓점을 향해 있었다.

우리는 문 앞에 서서 염소의 얼굴을 마주했다. 오각성 한가운데 자리한 염소의 두 눈과 우리의 눈이 마주쳤다. 염소가 우리 얼굴을 기분 나쁘게 응시하고 있었다.

두 개의 동심원 사이, 오각성의 각 꼭짓점 위쪽에는 각기 다른 부호가 새겨져 있었다. 부호들의 모양은 꿈틀거리는 지렁이 같기도 하고, 오선지 위의 음표 같기도 했다. 어쩌면 아랍어나 그리스어 문자인지도 몰랐다. 어쨌든 나는 한 번도 본 적 없는 부호였다.

오각성의 꼭짓점과 꼭짓점 사이, 다섯 개의 공간에는 영어 알파벳이 적혀 있었다. 적어도 내 눈에는 영어로 보였다. 다섯 개의 공간 중 위쪽 세 공간에는 'SAMAEL'이라는 단어가 알파벳 두 개씩 짝지어 각각 적혀 있었고, 아래쪽 두 공간에는 'LILITH'라는 단어가 알파벳 세 개씩 짝지어 각각 적혀 있었다. 두 단어 모두 문 쪽에서 봤을 때 온전히 읽을 수 있게 쓰였고, 원을 따라서 균등하게 이어져 있지 않았다. 따라서 'SAMAELLILITH'나 'AELLILITHSAM' 등의 한 단어가 아니라 두 개의 단어라는 걸 확신할 수 있었다.

벽돌 바닥의 염소 그림은(아량 선배 말대로라면 '마법진'이겠지만) 유화 물감으로 그린 것이었다. 실제로 지하실을 보니 '만약 장난이라면 세계적인 수준의 장난'이라고 한 아량 선배의 말이 이해가 됐다. 그림은 몹시 정교했다. 얼굴의 세부적인 부분까지 빠짐없이 그렸고, 특히 두 눈동자는 기이한 빛을 내뿜는 것처럼 보였다. 색깔은 상당히 옅었는데, 오랜 세월이 지나면서 안료가 산화되고 습기와 바람의 침식을 받아 바랜 듯했다. 염소와 부호는 빨간색으로, 오각성과 알파벳과 두 개의 원은 검은색으로 되어 있었다.

"엄청나지?"

아량 선배가 제일 먼저 입을 열었다.

우리는 그제야 천천히 팔각형 지하실 안으로 발을 들였고, 다들 괴이한 모양의 도안에서 눈을 떼지 못했다.

"이건…… 이건 정말 대단해요!"

샤오완이 외쳤다. 그녀는 몸을 굽혀 도안의 바깥쪽 원을 살짝 만져봤다. 혹시 그림이 지워지지는 않는지 확인하는 듯했다.

"세상에, 이건 진짜야! 책에서 이 도안을 본 적이 있어. 선배, 이건 엄청난 뉴스라고요! 유물을 발견한 건지도 몰라요!"

"뉴new는 아닌 것 같은데……." 아량 선배가 머리를 긁적이며 말을 이었다. "여기 좀 봐. 전구가 달려 있다는 건 학교 측에서 이 지하실의 존재를 알고 있다는 뜻이야. 또 선배들로부터 후배들에게 지하실의 전설이 전해진 걸 보면 이곳의 존재가 딱히 비밀은 아니었던 거야. 샤오완, 넌 이곳이 언론에 보도될 가치가 있다고 생각하겠지만, 그런 생각은 예전의 신문방송학과 선배들도 당연히 하지 않았을까? 그렇지만 이때껏 유물이나 유적지로 널리 인정받지 못한 걸 보면 그다지 가치 있는 장소는 아니란 거야. 게다가 이스트베스 저택의 화재가 진짜인지 여부도 알 수 없어. 야묘 말처럼 구전되면서 살이 붙은 이야기일지도 몰라. 이 지하실은 과거에 주술 등 신비주의를 신봉했던 인물이 있었는데 그가 이렇게 꾸며놨다는 것 정도만 증명할 뿐이지."

"마, 맞아! 바로 그거예요!"

야묘가 맞장구쳤다. 그 모습이 어쩐지 아량 선배가 자기편을 들 줄은 몰랐다는 듯한 느낌이었다. 그녀가 이번에는 샤오완을 향해 말했다.

"돈 좀 있는 미치광이가 자기가 무슨 대단한 주술사라도 되는 줄 착각하고 이런 지하실을 만들었을 거야! 백번 양보해서 노픽관 이전에 이곳에 있던 저택이 진짜 화재로 무너졌다고 해도 그게 어떻게 주술과 관련 있다고 증명할 수 있겠어?"

"그럼 왜 여길 그냥 놔두는 걸까? 창고나 자습실 같은 걸로 활용하면 될 텐데."

산산이 주변을 둘러보며 말했다.

나도 산산의 시선을 따라 지하실을 훑어봤다. 기둥도 없이 팔각형으로 이루어진 공간은 면적이 20제곱미터쯤 되고, 천장 높이는 6미터 정도로 상당히 높았다. 전등은 모두 네 개로 벽에 설치돼 있었다.

"계단이 좁고 험해서 창고로 쓰긴 어려울 거야." 아량 선배가 말했다. "동아리방으로 쓰려고 해도 일단 통풍 문제가 있겠지. 어딘가에 통풍구가 있는 것 같기는 한데, 100년이나 된 지하실을 다시 사용하려면 대대적으로 수리해야 할 거야. 수리 비용 때문에 지금까지 비워뒀는지도 모르지."

"게다가 이런 사악한 기운이 서린 곳에서 공부하려는 사람도 없을 것 같아."

내가 바닥에 그려진 염소 그림을 가리키며 말했다.

"다들 너무 겁이 많은 거 아냐?" 버스가 갑자기 나섰다. "그냥 그림일 뿐이야. 무서워할 이유가 없다고. 야묘 말이 맞아. 이건 미치광이 갑부의 걸작이고, 화재의 전설이니 뭐니 하는 건 후대 사람들이 갖다 붙인 이야기일 거야. 우리가 나중에 후배들에게 이 이야기를 들려줄 때쯤엔 악마가 현신해서 타락천사와 전쟁을 벌였다는 이야기가 되어 있을지도……."

나는 버스가 웬일로 수긍할 만한 말을 하나 싶었다. 하지만 반쯤 듣다 보니 녀석의 의도가 눈에 훤히 보였다. 녀석은 야묘의 환심을 사려는 거였다! 옛말에 '도적 떼를 소탕하려면 우두머리부터 쳐라'라고 했다. 그러니까 버스는 좋아하는 여자애의 '우두머리'를 먼저 제압하려는 수작이었다. 하지만 이것만큼은 버스에게 말해주고 싶다. 기독교 교리에 따르면 타락천사가 바로 악마라는 것 말이다. 타락천사와 악마의 전쟁이라니, 그건 내분이라고 해야 하지 않을까?

버스의 말을 받아 야묘가 또 입을 열었다.

"맞아, 그냥 바닥에 그림이 그려져 있을 뿐이지, 지하실이야 특별할 게 뭐 있어? ……하지만 아랑 선배가 여기까지 데려와줬는데, 이왕 온 거 찬찬히 살펴보고 가자!"

처음에 지하실을 맞닥뜨렸을 때 야묘는 침착하려고 꽤 애쓴다는 느낌이었다. 염소 그림의 위용이 가히 충격적이었으니 당연한 반응이었다. 지금 그녀의 태도는 허세라기보다 이곳의 분위기에 점차 적응한 듯한 느낌이었다. 사실 나도 야묘의 말에 동의하는 쪽이었다. 이 지하실에서 괴이쩍은 것은 단지 바닥에 그려진 염소 머리 마법진뿐이다. 그것만 아니라면 별것 아닌 평범한 지하실이 아닌가. 게다가 염소 머리 역시 바닥에 그려진 그림일 뿐이다. 평상심을 유지한다면 무서워할 이유가 없다. 유럽의 오래된 건축물에도 이런 괴상한 짐승의 석상이 많지 않은가. 이성적으로 생각하자. 조각상이나 그림이나 일종의 장식품일 뿐이다.

우리는 여기저기 흩어져서 지하실 벽이며 바닥을 건성으로 훑어봤다. 처음에는 다들 바닥의 도안을 밟으면 무슨 일이라도 벌어질 것처럼 도안을 피해서 걸음을 뗐다. 하지만 샤오완은 달랐다. 그녀는 아예 무릎을 바닥에 대고 마법진을 꼼꼼히 뜯어봤고, 무릎걸음으로 한 걸음씩 나아가더니 결국 마법진 한가운데, 염소 눈이 있는 곳까지 진출했다. 그런 샤오완을 보면서 다른 친구들도 점차 꺼림칙한 기분을 떨쳐버리고 바닥 그림을 신경 쓰지 않고 걸어다녔다.

야묘의 말대로 이 지하실에서 특별한 점은 찾아볼 수 없었다. 벽과 바닥은 같은 재질의 벽돌로 지어져서 똑같은 회색이다. 만져보면 차갑고 반들반들한 느낌이라 아마도 꽤 비싼 석재가 아닐까 싶다. 전체적으로 신경을 많이 써서 지은 지하실이라는 느낌은 있었다. 100년쯤 전에(이스트베스 저택의 전설이 사실이라면) 이런 석재를 마련해 꼼꼼히 다듬고 차곡차곡 쌓아올리려면 많은 노력과 시간이 들었으리라. 나는 샤오완처럼 무릎을 바닥에 대고 그림에 특별한 점이 있는지 살폈다. 하지만 아무리 봐도 색이 좀 바래고 안료에 미세한 균열이 생겼다는 것 외에는 아무런 특징도 발견할 수 없었다.

아랑 선배는 무심한 척 지하실을 오갔다. 산산과 칼리는 나무 문 앞에 서 있었다. 문에 조각된 무늬를 관심 있게 들여다보는 것 같았다. 버스는 놀랍게도 칼리 옆이 아니라 야묘 옆에 붙어 있었다. 두 사람은 문에서 가장 먼 쪽에 서서 벽을 향한 채 이야기에 열을 올리고 있었다. 둘이 무슨 얘기를 하는 거지?

그때 샤오완이 바닥을 톡톡 두들겼다. 염소 그림이 있는 바닥

밑에 혹시 숨겨진 공간이라도 있는지 확인하는 거였다. 그녀의 실망한 표정을 보니 그런 건 없는 것 같았다. 만약 바닥 밑에 숨겨진 통로나 밀실 같은 게 있다면 이 지하실에서 벌어진 사건은 영화 〈다빈치 코드〉보다 더 엄청난 이야기가 되지 않을까?

나는 아량 선배 옆으로 슬쩍 다가갔다. 선배 옆에 아무도 없는 틈을 타서 궁금했던 것을 물어봤다.

"아량 선배, 선배는 이스트베스 저택 이야기가 가짜라고 생각하세요? 아까 휴게실에선 꽤 자세하게, 근거도 확실한 것처럼 이야기했잖아요. 근데 왜 갑자기 야묘 편을 들어준 건지…….."

"난 진짜라고 생각해. 그런데 샤오완과 야묘의 의견이 갈렸잖아. 이런 상황에선 내가 그렇게 나와야 두 사람이 서로 대화하기 편할 것 같아서 그랬어."

선배는 역시 선배다. 생각도 깊고 행동도 정말 성숙하다.

"그나저나 위키하고 여학생 하나는 무서워서 오지 않은 건가?"

"즈메이는 무서워서 오지 않은 거지만, 위키는 너무 졸리다며 그냥 휴게실에 있겠대요." 내가 쓴웃음을 지으며 대답했다. "위키는 좀 괴짜예요. 아마 이 지하실 정도로는 녀석을 놀라게 하지 못할걸요."

"어, 그래?"

나와 아량 선배는 이야기를 나누면서 샤오완 쪽으로 걸어갔다. 바닥에 무릎을 대고 웅크리고 있는 샤오완의 모습은 마치 발굴 조사를 진행 중인 고고학자 같았다. 옷차림은 발굴 조사에 전혀 어울리지 않지만 말이다. 어느 고고학자가 빨간 축구 유니폼에 형광 초록색 반바지를 입겠는가?

그때 버스가 우리 쪽으로 걸어오며 중얼거렸다.

"별거 없네, 뭐." 버스는 염소의 왼쪽 뿔 위에 멈춰 서서 말을 이었다. "이 염소 머리도 처음엔 정말 놀라웠는데, 계속 보니까 왠지 우습지 않아? 결국 여긴 불가사의와는 거리가 먼 보통의 지하실일 뿐이야."

그때 샤오완이 몸을 일으켰다. 수다스런 그녀가 버스에게 반박하지 않는 걸 보면 역시 꽤 실망한 것 같았다. 샤오완은 바닥 밑에 비밀 공간이 없다면 괴이한 화재의 흔적이라도 찾고 싶었을 것이다. 그러나 지하실 바닥에 이상한 점은 아무것도 없었다. 숯처럼 시커멓게 탄 사람 시체는 차치하고라도 약간의 그을음조차 발견하지 못했다.

나는 이 상황을 원만하게 정리하려고 친구들을 향해 말했다.

"그렇지만 어쨌든 이 지하실의 존재가 이스트베스 저택 이야기에 어느 정도는 진실성을 더해주는 것 같아. 어쩌면 지금처럼 진짜인지 아닌지 알 수 없는 상황이기 때문에 전설이 되어 전해진 게 아닐까?"

샤오완이 고개를 끄덕이며 말을 받았다.

"맞아, 사실이라는 증거도, 거짓이라는 증거도 없어. 확실한 것은 하나도 없는 상태, 이런 게 정말 재미있는 일이지."

그러자 다들 나와 샤오완 쪽으로 모여들었다.

"어쨌든 기숙사에 온 첫날부터 이런 곳에 와보다니 좋은 경험이었어. 기숙사 지하에 이런 옛 무덤 같은 공간이 숨어 있을 줄이야!"

산산이 말했다.

"그, 그럼! 다른 기숙사 친구들한테 얘기해주면 우리 노픽관을 부러워할 거야!"

칼리도 거들었다. 그녀는 아직도 조금 두려운지 말투가 어색했다. 그런 칼리에게 야묘가 붙어 있으니 정말 다행이었다.

"그럼 이제 그만 나가 볼까?"

아량 선배가 말했다.

"잠깐!" 버스가 느닷없이 튀어나왔다. 뭔가 꿍꿍이가 있는 표정이었다. "이대로 돌아가면 좀 아쉽잖아요. 나가기 전에 작은 게임 하나 하는 게 어때요?"

"무슨 게임?"

"혹시 '네 모퉁이 두드리기拍四角' 알아?"

버스가 눈썹을 추켜올리면서 나쁜 짓을 꾸미는 듯한 목소리로 물었다.

"그게 뭔데?"

산산이 물었다.

"나도 처음 들어보는데?"

칼리가 말했다.

"아! 어두운 방에서 네 사람이 하는 그 게임?"

샤오완이 버스의 제안에 활기를 되찾은 듯 물었다.

"응, 바로 그거야!"

"그거? 그게 뭔데?"

내가 샤오완을 쳐다보며 물었다. 만일 '어두운 방에서 하는 게임'이라는 말이 버스의 입에서 나왔다면 녀석이 게임을 핑계로 여자애들에게 접근해보려는 수작이라고 생각했을 것이다. 하지만 샤오완도 아는 게임이라니 그런 속셈은 아닌 듯했다.

"헤헤, '초혼招魂 게임'이라고도 불러." 샤오완이 킥킥 웃으면서 설명했다. "일단 자정에 사각형 방에서 불을 끈 다음 네 사람이 방의 각 모퉁이에 서. 첫 번째 사람이 벽을 더듬으며 시계 방향으로 이동해서 다음 모퉁이에 도착하면 거기 있던 사람의 어깨를 두드려. 그러면 이번엔 거기 있던 사람이 시계 방향으로 이동하는 거야. 마치 바통을 넘겨주고 받으며 이어달리기를 하는 것처럼 말이야. 그렇게 계속 진행하다가 사람이 없는 모퉁이에 도착하면 기침을 하고, 다음 사람이 있는 모퉁이가 나올 때까지 계속 나아가는 거야. 이렇게 계속해서 진행하다 보면 기침 소리가 점점 사라진대. 분명히 사람이 없는 모퉁이가 있는데도 말이지. 마치 아무도 모르는 사이에 사람이 한 명 늘어나서 함께 게임을 하는 것처럼……."

"안 할래! 무서워! 그런 공포 게임은 싫어!"

칼리가 울 것 같은 표정으로 외쳤다.

흐흐흐, 버스 녀석, 이번엔 잘못 짚었군.

"그렇지 않아!" 버스가 긴장한 듯 얼른 해명했다. "난 게임을 이용해서 이곳이 평범한 지하실이란 사실을 증명하려는 거야. 화재니 주술이니 하는 얘기, 난 믿지 않아. 우리가 여기서 그런 '금지된 게임'을 해서 아무 일도 일어나지 않는다면, 그 얘기가 가짜라는 걸 증명할 수 있지 않겠어?"

"맞아! 무서워할 거 하나도 없어."

야묘가 맞장구쳤다.

세상에, 야묘가 버스의 말에 동의할 줄이야!

"게다가 지금은 자정도 아니잖아. 칼리, 재미있게 논다고 생각해. 너무 걱정하지 마. 절대 아무 일도 없을 거야. 내가 보장할게."

"그래도……."

야묘의 설득에 칼리도 마음이 흔들리는 것 같았다.

"좋아, 게임 시작하자! 이런 기회가 언제 또 오겠어? 즐기지 않으면 손해라고!"

샤오완이 흥분한 목소리로 외쳤다.

"난 상관없어."

아량 선배가 어깨를 으쓱했다.

"아화도 하겠다고 하면 게임에 참가할게."

산산이 말했다.

산산이 내 이름을 언급할 줄은 생각도 못 했다. 사실 나는 이런 괴이쩍은 게임은 하고 싶지 않았다. 하지만 내가 빠지겠다고 하면 너무 궁색해 보이지 않을까? 평범한 남자는 정말 슬픈 존재다. 아리따운 여인이 내 이름을 불러줬는데 어떻게 빠져나간단 말인가.

"조, 좋아. 잠깐 동안만 할 거니까, 뭐." 나는 어쩔 수 없이 동의했다. "근데 우리는 일곱 명인데 어떻게 하지?"

"이 지하실은 다행히 모퉁이가 넷이 아니잖아." 버스가 웃으며 말했다. 어쩐지 뭔가 미리 계산을 해둔 것 같은 분위기였다. "우린 일곱 명이고 모퉁이는 여덟 개야. 한 사람이 모자라지만 그건 상관없어. 원래 이 놀이는 진행할수록 사람이 늘어나는 게……."

그때 칼리의 얼굴빛이 눈에 띄게 흐려졌다. 나는 그런데도 전

염소가 웃는 순간

혀 개의치 않는 버스의 태도가 아무래도 수상쩍었다. 대체 어쩌려고 저러는 거지? 지금은 위키가 없어서 녀석을 도와줄 사람도 없는데 말이다.

버스가 손목시계를 풀면서 말을 이었다.

"근데 불빛이 전혀 없으면 앞사람과 부딪칠 수도 있고 위험할 것 같아. 내 손목시계는 야광 기능이 있으니까 이걸 가운데다 놓을게. 그러면 흐릿하게나마 윤곽은 보일 거야."

버스는 손목시계를 지하실 가운데 바닥에 내려놓았다. 시계 표면의 은은한 푸른빛이 규칙적으로 깜빡거렸다.

"좋아, 그럼 각자 모퉁이로 가서 서봐! 아화, 꾸물대지 말고 움직여!"

버스가 내 등을 떠밀면서 문 왼쪽 모퉁이로 걸어갔다.

"야, 너 불 끄고 나서 여자애 몸 슬쩍 만지려는 거 아냐?"

내가 목소리를 낮춰 물었다.

"나 바보 아니거든. 그런 수작 부릴 만큼 미개한 버스가 아니란 말이야. 게다가 저것 봐. 칼리는 내 앞사람이 아니야."

버스의 말처럼 칼리는 지하실의 다른 쪽 모퉁이로 머뭇머뭇 걸어가고 있었다.

"아화, 네가 여기 서. 나는 가서 전등을 끌게."

버스가 문 옆에 있는 스위치를 가리켰다. 우리는 각자 자리를 잡고 게임을 준비했다. 만약 지하실 문이 남쪽이라면 지금 내 위치는 남동쪽 벽면의(벽면을 마주한 상태에서) 왼쪽 모퉁이다.

버스는 지하실 문이 있는 남쪽 벽면의 왼쪽 모퉁이에 섰다. 내 뒤로는 동쪽 (벽의 왼쪽) 모퉁이에 야묘가, 그 뒤 북동쪽 모퉁이에 칼리가 자리했다. 샤오완, 아량 선배, 산산은 각각 서쪽, 북서쪽, 북쪽 모퉁이에 자리했다. 문 오른쪽인 남서쪽 모퉁이는 빈 상태다.

"여러분, 시계 방향으로 이동하는 거 잊지 마세요! 다들 이동할 쪽을 바라보고 서서 왼손을 벽에 대세요. ……그렇지, 그렇게!"

우리는 버스의 지시를 따라 차가운 벽에 왼손을 얹었다.

"그럼 시작은…… 칼리부터 하자."

"왜 나야!"

칼리가 울상을 지었다.

"빈 모퉁이와 딱 마주 보는 자리잖아. 나부터 시작하면 빈 모퉁이가 연달아 두 개 생기게 돼서 재미없을 거야." 버스가 설명했다. "자, 다들 준비됐지? 이제 불 끈다!"

"잠깐, 잠깐만!"

칼리가 소리 치더니 심호흡을 몇 번 했다. 게임에 앞서 마음을 다잡으려 애쓰는 거였다.

"칼리, 걱정 마. 내가 바로 네 앞이잖아."

야묘가 말했다. 그러자 칼리는 안심이 좀 되는지 버스를 향해 고개를 끄덕였다. 오케이라는 표시다.

"자, 시작!"

팟, 소리와 함께 모든 전등이 동시에 꺼졌다. 칠흑 같은 어둠이 덮치는 순간 어디선가 가느다란 비명 소리가 들렸다. 칼리인지 아니면 다른 누구인지는 알 수 없었다.

'빛'이란 참으로 놀라운 존재다. 똑같은 공간인데도 밝을 때와 어두울 때 느껴지는 감각이 완전히 다르다. 나는 내가 여전히 괴이한 염소 머리 그림이 그려진 지하실에 있다는 것을 알고 있다. 하지만 감각으로는 알 수 없는 세계에 떨어진 것만 같다. 공기 중의 냄새도 바뀐 것 같다. 손바닥으로 전해지는 차디찬 벽돌의 느낌도 방금 전과 다르다. 소리도 어둠의 영향을 받아서 더 낮게 변했다.

눈이 어둠에 익숙해지자 손목시계의 야광 불빛이 눈을 찔렀다. 새카만 공간 한가운데 자리한 파란색 빛은 마치 밤하늘의 북극성처럼 밝게 빛났다. 그런데 손목시계의 빛이면 눈앞의 윤곽을 알아볼 수 있을 거라던 버스의 말은 틀렸다. 나는 손목시계와 나 자신의 거리조차 가늠할 수 없었다. 내 눈에 보이는 야광은 암흑의 신비로운 세계 속에서 한 점의 빛이 멀어졌다 가까워졌다 하며 떠다니는 것 같았다.

작은 발소리가 지하실 안을 울렸다. 밀폐된 공간이라 소리가 벽에 반사되고 있었다. 분명 내 뒤쪽에서 발소리가 나는데 앞쪽에서도 똑같이 미약한 발소리가 울리는 것이다. 나는 은근히 불안해하며 소리의 흐름에 귀를 기울였다. 어떤 손이 내 어깨를 두드릴 것에 최대한 대비하면서 말이다.

그런데도 내 어깨에 손이 닿은 순간 나는 너무 놀라 심장이 목구멍 밖으로 튀어나올 뻔했다. 야묘가 어둠 속을 걷는 고양이라는 별명처럼 정말 소리 없이 걸어온 걸까? 혹시 고양이처럼 어둠을 뚫고 사물을 볼 수 있는 능력이 발달한 걸까? 야묘의 신호를 받은 나는 천천히 나아갔다. 얼마 후 벽 모퉁이가 만져졌다. 확실히 모퉁이다. 내 앞사람이 손 뻗으면 닿을 거리에 있다는 뜻이다. 나는 팔을 앞으로 내밀어 더듬었다. 역시나 버스의 살집 있는 어깨가 만져졌다. 버스가 출발한 후 나는 그가 있던 위치에 서서 다음 번 접촉을 기다렸다.

"콜록."

멀지 않은 곳, 어느 모퉁이에서 기침 소리가 들렸다. 버스 앞의 모퉁이가 처음부터 빈 모퉁이였으니 버스가 그곳에 도착해 기침했을 것이다. 진행하다 보면 정말로 '새로운 참가자'가 생겨나 점차 기침 소리가 사라지게 될까? 얼마 후 다른 기침 소리가 들렸다. 그곳은 맨 처음 칼리가 출발하면서 생긴 빈자리일 터였다. 그렇다면 기침을 한 사람은 칼리 뒤에 있던 산산일 것이다.

얼마를 더 기다렸는지 모르겠다. 내가 알기로 사람은 어둠 속에 있을 때 시간이 좀 더 느리게 흐른다고 인식한다.

갑자기 누군가 내 어깨를 두드렸다.

나는 벽을 더듬으며 앞으로 나아갔다. 얼마 후 손에 닿는 느낌이 달라졌다. 아, 지하실 문이 있었지. 나는 문틀과 나무로 된 문짝을 만졌다.

문틀을 지나니 금세 벽 모퉁이다. 손을 휘저었지만 역시나 앞에는 아무도 없다. 나는 기침을 하고 다시 앞으로 나아갔다. 다음 모퉁이에서 나는 익숙한 버스의 두툼한 등을 만나게 될 것이다.

우리는 그렇게 지하실을 뱅뱅 돌며 게임을 계속했다. 나는 몇 차례 어깨를 두드리는 손길을 느꼈고, 또 두어 번 빈자리를 만나 기침을 했다. 그리고 다시 문틀과 문을 만졌다. 시간이 갈수록 이 초혼 놀이가 아무런 의미도 없다는 생각이 들었다. 버스나 야묘의 말처럼 유령이나 주술 이야기가 황당무계하다는 걸 증명하는 데 의의가 있는 것일까?

염소가 웃는 순간

"콜록."

멀리서 들려온 기침 소리에 나는 생각을 멈췄다.

"콜록."

또 빈자리. 그래, 새로운 참가자가 생겨난다니, 그게 무슨 말도 안 되는 소리람.

잔뜩 긴장했던 마음을 풀어버리려는 찰나, 어깨에 닿는 손길이 느껴졌다. 나는 앞으로 나아갔고, 곧 버스의 등이 만져졌다. 버스가 출발한 지 얼마 안 되었을 때였다.

"콜록."

앞에서 기침 소리가 들렸다.

이 기침 소리는 나에게 의혹을 안겼다.

기침 소리가 빈번해진 것 같은네? 착각일까?

어쨌든 게임 속도는 처음보다 점점 더 빨라지고 있었다. 처음에는 다들 조심조심 벽을 더듬으며 걸었지만, 한 바퀴 돌고 나자 걷는 속도가 조금씩 빨라졌다. 아마 보폭도 처음보다 커졌으리라.

"콜록."

또 다른 방향에서 기침 소리가 들렸다.

기침 소리, 호흡 소리, 옷자락이 쓸리는 소리, 발소리. 지하실의 텅 빈 공간에 계속해서 이런 소리가 섞이고, 벽에 부딪혀 돌아오고 있었다.

"콜록."

"콜록."

뭔가 이상하다.

신경을 곤두세우고 들어봐도 이상하다. 뭔가 맞지 않다. 기침 소리가 너무 잦다.

논리적으로 생각해보면, 내가 이동해서 앞사람 어깨를 두드린 뒤 뒷사람이 내 어깨를 두드릴 때까지 기침 소리는 두 번 들려야 마땅하다. 우리는 일곱 명이서 여덟 개의 모퉁이를 도는 놀이를 하고 있으니 이동 중인 사람을 제외하고 여섯 명이 여섯 개의 모퉁이에 서 있는 셈이다. 그러니까 두 자리가 비어 있다. 내 바로 앞 혹은 바로 뒤가 빈자리인 경우가 아니라면 기침 소리는 두 번이어야 한다.

그런데 나는 방금 기침 소리를 세 번 듣지 않았나? 어둠은 사람의 감각을 어지럽힌다. 혹시 내가 횟수를 잘못 센 걸까?

툭 하고 내 어깨를 두드리는 손길이 있었다.

나는 앞으로 이동했고 빈자리를 발견했다. 기침을 한 후 다시 이동해 앞사람의 어깨를 두드렸다.

이 사람이 버스가 맞는 걸까? 갑자기 불안해졌다. 왠지 의심이 들기 시작했다. 어둠이 나의 오감을 마비시키고 있다.

"콜록."

내가 앞사람의 어깨를 두드린 뒤 첫 번째 기침 소리가 들렸다. 나는 정신을 바짝 차리고 수를 셌다.

"콜록."

두 번째.

"콜록."

역시! 내가 틀린 게 아니었다. 세 번째 기침 소리가 났다. 그렇다면 이곳에 사람이 하나 더…… 아니, 모퉁이가 하나 더 늘어난

염소가 웃는 순간

걸까?

"콜록."

네 번째 기침 소리에 머리털이 쭈뼛 섰다.

머릿속이 엉망진창이다. 그때 어깨에 닿는 손길이 느껴졌다. 나는 의혹을 잔뜩 품은 채, 그러나 어쩔 도리 없이 규칙대로 벽을 따라 이동했다.

"콜록."

다음 모퉁이가 비어 있어서 기침을 했다.

벽을 따라 다시 이동해 다음 모퉁이에 도착했다. 손을 휘저었지만 만져지는 것이 없었다. 빈 모퉁이다.

사람이 없다.

여기도 사람이 없는 모퉁이라고? 당혹감을 최대한 억누르면서 다시 기침을 하고 앞으로 나아갔다. 왜 내 앞에 빈 모퉁이가 하나 더 있지? 이 지하실은 팔각형이 아니었던가. 내가 잘못 기억하고 있는 걸까? 나는 지하실 모퉁이가 여덟 개라는 애초의 기억조차 의심하게 됐다. ……설마 어둠 속에서 지하실이 계속해서 형태를 바꾸고 있는 걸까? 사람이 없는 빈 모퉁이를 두 개 더 지나고 다음 모퉁이에 도착했다. 이번에는 최대한 힘껏 앞사람을 붙잡았다.

"아야! 아화, 왜 그렇게 억세게 잡고 그래?"

작은 목소리지만 분명히 버스다.

버스의 목소리가 이렇게 반갑게 들리는 날이 올 줄이야! 내가 버스에게 모퉁이가 늘어났다고 말하려는 순간, 버스가 내 손을 떼고 앞으로 이동했다.

"콜록."

"콜록."

"콜록."

다시 누군가 내 어깨를 두드릴 때까지 몇 번이나 기침 소리를 들었는지 알 수 없었다. 게임의 속도가 느려지는…… 아니, 우리가 느리게 걷고 있는 게 아니라 지하실이 커진 것이다. 이 지하실에 새로운 벽이, 새로운 모퉁이가 계속 나타나고 있다. 그래서 우리가 한 바퀴 도는 길이가 길어졌다……. 나는 앞으로 이동했다. 빈 모퉁이. 기침을 하고 다시 이동했다. 또 빈 모퉁이. 그다음 모퉁이에 도착했을 때도 사람이 없었다.

언제인지 몰라도 나와 버스 사이에 새 모퉁이가 생겨났다.

나는 연달아 기침을 한 뒤 빠른 걸음으로 나아갔다.

그런데 다음 모퉁이에도 버스가 없었다.

너무나 당황스러웠다. 모퉁이 각도는 달라진 것 같지 않은데, 본래의 지하실이 아닌 다른 공간으로 떨어져 나온 것만 같았다. 어쨌든 또 기침을 하고 한편으로는 숨을 몰아쉬면서 왼손으로 벽을 더듬으며 뛰듯이 나아갔다. 그러나 아무리 나아가도 버스가 있는 모퉁이에 닿지 않았다. 지하실이 무한대로 확대된 것 같았다. 바닥의 마법진까지 포함해 공간이 왜곡되고, 교차하고, 계속해서 새로운 벽이 생겨나고……. 순간적으로 어둠 속에서 교활한 미소를 짓고 있는 염소의 얼굴이 보이는 듯했다.

나는 도대체 어디에 있는 걸까? 몸이 덜덜 떨린다. 떨림을 멈출 수가 없다. 다리도 마비된 느낌이다. 왼손을 벽에 딱 붙이고 오른손은 앞으로 내민 채 어둠 속을 비틀비틀 걸으며 다음 사람이 있는 모퉁이를 찾아 헤맸다. 왼손에서 좀 다른 느낌이 전해졌다. 하지만 그 촉감에 대해 생각해볼 여유가 없었다. 내 머릿속엔 오로지 사람이 있는 모퉁이를 찾아야 한다는 생각뿐이었다. 버스라도 좋고, 새로운 참가자라도 좋다.

그때 왼손에 어떤 촉감이 느껴졌다.

문틀이다.

내가 얼마나 오래 달렸는지, 얼마나 멀리 왔는지는 모르겠지만, 내 왼손에 닿은 게 문틀이라는 건 분명히 알 수 있었다.

문틀 옆에는 전등 스위치가 있다.

손목시계의 파란 야광은 어둠속에서 여전히 미약한 빛을 내뿜고 있다. 하지만 그 빛은 하늘의 유성처럼 닿을 수 없는 존재같이 여겨졌다. 나는 문틀을 따라 손을 움직였다. 손끝에 전등 스위치가 걸렸다.

돌연 두려운 마음이 들었다. 불을 켰을 때 어떤 광경이 눈앞에 펼쳐질지 두려웠다. 하지만 다른 선택지가 없었다.

이를 악물고 스위치를 켰다. 느닷없이 쏟아진 빛에 눈을 찡그린 나는 손바닥을 이마에 대고 눈이 빛에 적응하길 조용히 기다렸다.

다시 빛이 존재하는 지하실. 눈앞의 광경이 점점 선명하게 다가온다. 그리고 이해할 수 없는 광경이 나를 기다리고 있었다.

나는 지하실 문 옆에 서 있고, 지하실은 여전히 팔각형 바닥에 여덟 개의 모퉁이, 바닥의 염소 머리 마법진까지 변함이 없다. 달라진 것은…… 버스를 비롯한 여섯 명이 지하실 한가운데 모여 있다는 점이었다. 그들은 웃음을 참느라 입술을 씰룩거리며 나를 바라보고 있었다.

"이거 지금……."

"으하하하하! 아화 너 진짜 바보다!"

모두가 와르르 웃음을 쏟아냈다.

그 순간 내 의문도 멈췄다. 세상에! 내가 너무 순진했나? 나를 놀리는 장난인 줄도 몰랐다니! 지하실에 새로운 모퉁이가 생겨난 게 아니라 사람들이 하나둘 모퉁이를 벗어났던 거였다. 그래서 빈 모퉁이가 계속 늘어났던 것이다.

"아화, 혼자서 참 빨리도 달리더라. 나중에 마라톤이라도 참가하게?"

버스가 장난스레 말했다.

"버스, 너 너무 못됐다. 어떻게 그런 장난을……."

샤오완이 웃음 사이로 말하며 버스의 등을 마구 때렸다.

"너희들…… 너희들 언제부터 이 장난을 모의한 거야?"

나는 힘이 쭉 빠져 바닥에 주저앉은 채 그들을 바라봤다. 저들은 내가 홀로 지하실 벽을 따라 허둥지둥 뛰다가 마침내 전등을 켜고 낭패하는 꼴까지 감상할 작정이었으리라.

"모의한 게 아냐. 전부 버스의 아이디어야."

산산이 미소를 지으며 말했다.

"야묘가 도와주지 않았다면 성공하지 못했을 거야? 흐흐흐."

버스가 야묘를 향해 엄지손가락을 치켜세웠다. 야묘 역시 보기 드물게 함박웃음을 짓고 있었다.

"너 이 자식, 어떻게 된 일인지 사실대로 말해!"

내가 이마의 땀을 훔치며 따졌다.

"별거 없어." 버스가 으스댔다. "아까 야묘한테 이런저런 장난으로 널 놀려먹으려 하는데 어떠냐고 물으니까 바로 오케이하더라. 오늘 야묘 발을 밟고 제대로 사과하지 않은 널 탓해야 하지 않겠어?"

젠장, 날 이용해서 야묘와 친해지려는 수작이군. 그래야 칼리에게 접근하기 쉬울 테니까!

"기본적으로는 게임 형식을 빌려서, 너 혼자 바보처럼 지하실을 빙빙 도는 꼴을 보는 게 계획이었지."

야묘가 씩 웃으면서 말했다.

아까 버스와 야묘가 한쪽에서 긴히 나누던 얘기가 바로 나를 골려먹을 의논을 한 거였군. 쳇!

"대단하지? 완벽하지?" 버스가 연극배우처럼 가슴을 내밀고 팔을 흔들면서 말했다. "원래는 초혼, 즉 귀신을 불러내서 새로운 참가자가 생기게 하는 게임인데, 반대로 참가자가 점점 줄어드는 상황은 예상 못 했을 거야. 죽여주지 않냐?"

나는 모퉁이가 늘어나는 줄 알았다고 말하려다 얼른 입을 다물었다. 그 말까지 했다간 또 한바탕 나를 놀려댈 테니까.

"게임 시작하기 전에 다른 사람들한테도 그 이야길 한 거야?"

내가 물었다.

"아니야. 처음엔 나랑 야묘만 하기로 계획했어. 그래서 특별히 널 우리 둘 사이에 자리 잡게 유도했지."

녀석이 내 등을 밀면서 모퉁이로 데려간 것도 의도한 행동이었군.

"그런 다음엔?"

"그야 간단하지. 게임이 반쯤 진행됐을 때 앞사람한테 속삭이는 거야. '이 게임은 사실 아화를 놀리려고 하는 장난이니까 지금 바로 손목시계 쪽으로 이동해라. 그러면 나중에 아화 혼자 남아서 바보처럼 빙빙 도는 꼴을 볼 수 있다'라고 말이야. 그러곤 앞사람 대신 내가 벽을 따라 걸어가서 다음 앞사람의 어깨를 치는 거지. 그렇게 몇 번 반복하면 사람이 점점 줄어들어. 그리고 아화 네 앞자리가 비어 있는 걸 눈치채지 못하게 하려고 가끔은 모퉁이 두어 개를 되돌아가기도 했지."

손목시계를 풀어둔 것도 앞사람의 윤곽을 확인하기 위해서가 아니라 나 몰래 모일 지점을 표시한 거였구나!

"다른 사람들이 전부 중앙에 모이고 내 앞에 야묘만 남았을 때 내가 성공했다고 알려줬지. 마지막으로 나도 네 어깨를 친 다음 야묘와 함께 중앙으로 이동했어. 그 후엔 네가 당황하면서 벽을 따라 뛰는 꼴을 감상했고."

다들 터지려는 웃음을 꾹 참고 있는 듯했다. 칼리조차도 피식피식 웃음을 흘렸다. 버스! 나의 크나큰 희생으로 네가 원하는 바를 얻었으니 제대로 은혜를 갚아야 할 거다. 아니면 내가 너의 연애 사업을 방해할지 몰라…….

"미안해, 아화. 어둠 속에 있는데 버스의 말을 따를 수밖에 없었어."

아량 선배가 말했다.

"맞아, 이런 장난 쳐서 미안해."

산산도 말했다.

아아, 역시 두 사람은 선인이었어! 특히 산산은 천사 같은 얼굴에 마음까지 거의 부처님 같다.

"흐흐흐, 이번에 제대로 혼내줬으니 낮의 그 일은 이제 잊어주마!"

야묘가 칼리의 어깨를 감싸며 나에게 말했다. 어휴, 피해 당사자인 칼리도 가만있는데 왜 야묘 네가 나를 물고 늘어지는 거야! 하지만 차라리 잘된 것도 같다. 야묘는 이제 정말 나를 봐주기로 한 것 같으니. 앞으로 계속 그녀의 눈치를 보는 것보다는 이렇게 된통 당한 걸로 죗값을 치르는 게 이득일지도 모른다.

"자! 시간도 늦었는데 이제 그만 돌아가자."

아량 선배가 손뼉을 치며 말했다.

다들 고개를 끄덕였다. 야묘가 다가와 나를 일으켜줬다. 결과적으로 볼 때 게임을 한 이후 다들 부쩍 친해진 느낌이었다. 야묘와 샤오완도 전설이 진짜냐 가짜냐 하는 논쟁을 더 이상 하지 않았다. 버스의 장난은 단점보다 장점이 많았던 셈이다.

다 같이 나무 문 밖으로 나오자 아량 선배가 지하실 전등을 끄고 문을 닫았다. 전등이 꺼지던 순간, 그러니까 전구가 번쩍이며 완전히 꺼지기 직전 나는 나무 문 너머를 흘깃 쳐다봤다. 순간 오싹한 한기가 등골을 타고 내렸다.

지하실 안쪽 멀리, 어두침침한 전등 빛 아래 웬 사람의 형체가 보였다.

허리까지 닿은 긴 머리, 축 늘어뜨린 두 팔.

흐릿한 그 형체는 나무 문과 마주한 벽 모퉁이에 등을 보이고 서 있었다.

자세히 바라볼 틈도 없이 지하실은 새카만 어둠으로 덮이고 나무 문이 닫혔다. 아량 선배가 왜 그러냐는 듯한 눈빛으로 나를 쳐다봤다. 아마 내 표정이 묘했을 것이다. 나도 내가 어떤 표정을 지었는지 잘 모르지만, 분명 괴상한 표정이 떠올랐을 터였다.

다른 사람들은 그 형체를 보지 못했는지 자연스럽게 대화를 나누고 있었다. 나는 고개를 흔들었다. 피곤한 나머지 헛것을 본 거겠지. 버스의 장난에 혼이 나갈 정도로 휘둘리고 난 직후라 그럴 만도 하다. 어쩌면 낡은 전등이 깜빡거리면서 착시 현상을 일으켰는지도 모른다. 어두운 지하실, 머리가 긴 사람 형체……. 그래, 아까 샤오완이 꺼낸 444호실 괴담 때문에 무의식중에 잠깐 환영을 봤을 뿐이다.

맞아, 분명해.

하지만……. "7대 불가사의 이야기, 생각보다 꽤 최근에 벌어진 일이잖아. 어쩌면 또다시……."라고 했던 위키의 말이 마치 독사처럼 어둠 속에서 불쑥 튀어나와 나를 습격했다.

흐릿한 노란 불빛을 받으며 우리는 좁은 계단을 걸어 올라갔다. 모두가 기분 좋게 수다를 떨며 걷고 있는데, 나만 홀로 맨 끝에서 따라가며 〈444호실〉 괴담을 떠올리고 있었다.

긴 머리 귀신이 등장하는 괴담 말이다.

제 2 장

* * *

　한밤중에 잠이 깬 여학생은 룸메이트가 일어나 공부하고 있는 모습을 봤다. 둘 다 4학년이니 졸업논문과 시험 준비로 바쁜 시기였다. 그래서 별로 이상하게 여기지 않았다. 룸메이트는 언제나 스탠드만 켜고 공부해서 빛 때문에 잠을 방해받지는 않았다. 여학생은 자다가 깰 때면 공부하고 있는 룸메이트의 모습을 슬쩍 보고는 돌아누워 도로 잠들곤 했다.

　이런 나날이 한 달 넘게 이어지고 있었다. 룸메이트는 갈수록 더 초췌해졌다. 여학생은 룸메이트에게 잠을 충분히 자라고 충고해야 하나 고민하기도 했다. 그러나 룸메이트는 워낙 줏대 있는 성격인 데다, 혹시 그런 말을 했다가 수면에 방해돼서 불평한다고 오해할까 봐 아무 말도 하지 않았다.

　어느 날 밤 여학생은 종이 넘기는 소리에 잠에서 깼다. 평소와 다름없는 룸메이트의 모습에 별생각 없이 돌아누워 다시 잠을 청하려는데……

"미안한데, 불빛 좀 낮춰줄래?"

잠에 취한 룸메이트의 목소리가 들렸다.

어떻게 된 일이지? 룸메이트는 책상에서 공부하고 있는데? 여학생은 말없이 몸을 돌리고 머리맡에 벗어둔 안경을 썼다. 그리고 침대에 누워 있는 룸메이트를 봤다. 이불로 얼굴을 반쯤 가리고 누워 있었다. 여학생은 화들짝 놀라 책상 쪽을 다시 쳐다봤다. 긴 머리를 늘어뜨린 누군가의 뒷모습이 보였다. 낯선 여자가 책상 앞에 앉아 천천히 책장을 넘기고 펜으로 뭔가를 끄적이고 있었다. 여학생은 너무 놀라 그대로 굳어버렸고, 꼼짝도 못 한 채 그 여자의 뒷모습만 바라봤다. 사람인지 귀신인지 모를 저 여자가 제발 빨리 사라져주기만을 기도하면서. 일 분이 한 시간처럼 길게 느껴졌다.

곧 긴 머리 여자가 펜을 내려놓더니 스탠드를 껐다. 방은 삽시간에 어둠에 휩싸였다. 여학생은 숨을 죽이며 자는 척했다. 자신이 깨어 있는 걸 들킬까 봐 겁이 났다. 그런데 긴 머리 여자가 움직이는 소리가 들리지 않았다. 발소리도 없었고, 침대 쪽으로 다가오는 느낌도 나지 않았다. 어느덧 희붐한 새벽빛이 창 안으로 비쳐들었다. 방 안에는 여학생 자신과 룸메이트 둘만 있었다. 긴 머리 여자는 흔적도 없이 사라지고 없었다.

아침해가 떠오르길 기다려 여학생은 벌떡 일어나 룸메이트를 깨웠다. 그녀는 울면서 간밤에 겪은 일을 빠짐없이 털어놓았다.

룸메이트도 놀라서 어쩔 줄을 몰라 했다. 알고 보니 룸메이트는 이 여학생이 한밤중에 일어나 공부하는 줄 알았던 것이다. 자신이 요즘 들어 초췌해진 것은 원래 잠이 깊지 못한 편인데

스탠드 빛 때문에 한 달 넘게 잠을 설쳐서라고 했다. 그렇지만 공부하는 친구에게 불평하기가 미안해서 참았던 거였다.

잠시 후 용기를 낸 두 사람은 창가에 있는 책상을 살펴봤다. 바인더 속지와 펼쳐진 참고서가 마구 널려 있었다. 바인더 속지에는 흘려 쓴 글자가 가득했다. 뭐라고 썼는지 전혀 읽을 수 없었고, 포스트잇에 쓴 글자만 겨우 알아볼 수 있었다.

내일 돌아올게

두 여학생은 졸업할 때까지 그 방에서 자지 않았다. 나중에 알고 보니, 과거에 444호실에서 지냈던 여학생이 교통사고로 죽었다는 거였다. 우수 학위를 받고 졸업하기 위해 공부에 매진하던 그녀는 그날도 기숙사에서 늦게까지 공부할 생각이었다. 그런데 외국에 살던 친척이 홍콩에 와서 가족 모임을 한다는 소식을 듣고, 모처럼 외출했다가 돌아오는 길에 사고를 당했다. 그 여학생은 책상 위에 참고서와 필기도구를 잔뜩 늘어놓은 채 급히 나간 터였다. 룸메이트가 책들을 치울까 봐 포스트잇에 "내일 돌아올게"라고 적어놓은 채.

— 노퍽관 7대 불가사의 일곱 번째 이야기, 〈444호실〉

1

"다녀왔어?"

위키가 하품을 하면서 말했다.

오래된 계단 통로를 지나 1층으로 올라오니 머릿속에 들러붙었던 불안감이 씻은 듯이 사라졌다. 지하실의 염소 머리, 흐릿하게 깜빡이던 전등 빛, 진짜 본 것이 맞는지 헷갈리는 기이한 사람형체 등 모든 것이 먼지처럼 사라진 느낌이었다. 사람은 환경의 영향을 많이 받는 존재다. 다시 '정상적인' 기숙사 풍경을 마주하니 생각도 현실적으로 돌아왔다. 휴게실로 걸어가는 짧은 시간 동안 버스는 칼리 옆에 붙어서 대화를 시도했고, 야묘는 그들 옆에서 산산, 샤오완, 아량 선배와 함께 지하실 이야기를 나눴다. 우리가 의기양양하게 두 사람만 남은 휴게실에 나타났을 때 위키는 막 잠에서 깬 듯 허리를 쭉 펴고 있었다.

"위키, 너 좋은 구경거리 놓쳐서 어떡하냐? 아화가 멋진 쇼를 보여줬거든."

버스가 슬랩스틱 코미디*를 하듯 우스꽝스런 표정과 동작을 하며 두 손으로 나를 가리켰다.

"뭐? 지하실 보러 간 거 아니었어? 아화가 무슨 쇼를 했는데?"

위키가 카키색 모자를 쓰고 눈가를 문지르며 물었다.

"이야기가 길다. 일단 앉아서 천천히……."

버스는 원래 앉았던 자리가 아니라 위키와 마주 보는 소파에 자리 잡았다. 의도가 빤히 보였다. 자기처럼 다들 아까와 다른 자리에 앉게 되면 여학생들이 흩어져서 앉을 테고, 그러면 칼리 옆에 앉을 가능성이 커진다는 계산일 것이다.

"어머, 벌써 11시네. 우린 이만 방으로 올라가야겠어."

칼리가 휴게실 시계를 보며 말했다.

"시간이 그렇게 흘렀단 말이야?" 샤오완이 말을 받았다. "수면 부족은 미용의 적! 여성들에게 충분한 수면은 너무나 중요하거든요! 계속 수다 떨고 싶지만 오늘은 여기까지! 다들 함께해서 즐거웠어. 기숙사 입실 첫날에 이런 신기한 경험을 하다니 이 세상에 태어나길 정말 잘했……."

나는 샤오완의 장광설을 무시하고 즈메이를 바라봤다. 그녀는 여전히 처음의 자리에서 보온병만 만지작거리며 고개를 들고 샤오완의 '연설'을 듣고 있었다. 우리가 지하실에 가고 없는 동안에도 그녀는 아마 저 자리에 똑같이 앉아 있었을 것이다. 가끔 간식을 집어 먹고 위키의 고른 숨소리를 들으면서. 혼자서 한 시

---

* slapstick comedy. 과장되고 우스꽝스러운 몸짓과 어수선한 분위기가 특징인 코미디. 대표적인 슬랩스틱 코미디언으로 찰리 채플린이 있다.

염소가 웃는 순간

간 넘게 멍하니 앉아 있으면서 먼저 방으로 돌아가지도 않고 불평 한마디 하지 않다니! 아무래도 중고등학교 시절에 친구들의 괴롭힘을 자주 당해서 이런 상황에 익숙해진 것 같다.

"그럼 여자들은 먼저 갈게."

야묘가 말했다. 즈메이와 산산도 고개를 끄덕였다.

즈메이는 곧 소파에서 일어났다.

"잠깐! 간…… 간식이 아직 남았잖아. 그래도 아화가 사 온 건데 다 먹고 헤어지자!"

버스가 붙들고 늘어졌다.

"이 시간에 먹으면 살이 안 찔 수가 없어. 버스, 너도 다이어트할 생각이 있다면 그만 먹는 걸 권할게."

칼리가 대꾸했다.

나는 웃음을 터뜨릴 뻔했다. 칼리의 말은 세심하고 다정했지만, 한편으로는 그녀가 버스의 뚱뚱한 몸매를 싫어한다고 말하는 것 같았다. 버스의 귀에도 분명히 그렇게 들렸을 것이다. 얼굴빛이 달라진 버스가 더 이상 붙잡지 않는 걸 보니 확실했다.

"이만 갈게. 앞으로 잘 부탁해."

산산이 우리를 향해 고개를 숙여 보였다.

"내일 만나게 되면 다시 이야기하자."

"응, 내일 봐."

나는 그들에게 손을 흔들었다. 여학생 다섯 명이 엘리베이터 쪽 출입구로 나갔다.

여학생들이 나가고 목소리도 들리지 않을 만큼 멀어졌다는 확신이 들자 나는 버스를 붙잡고 욕을 퍼부었다.

"이 새끼야, 이성異性이 눈앞에 있으면 이성理性이 날아간다더니 딱 그 짝이네? 여자 꼬시려고 형제 같은 친구를 팔아?"

"아화, 화내지 마. 이게 다 널 위한 일이야. 원수는 가능한 맺지 말고 최대한 좋게 풀어야 하는 법, 나 덕분에 야묘의 태도가 훨씬 좋아졌잖아. 나의 이런 마음을 좀 알아줘. 몸에 좋은 약이 입에는 쓴 것처럼……."

버스가 히히 웃으며 말했다.

"흥! 몸에 좋은 약이 입에 쓰긴 무슨…… 쓴맛은 내가 보고 너만 좋은 일 시킨 셈이지! 네가 천문학이나 천체물리학에 요만큼도 관심 없다는 걸 내가 칼리한테 일러바치지 않을 것 같아?"

"형님! 아화 형님! 제가 잘못했습니다. 너그러운 아량으로 좀 봐주십쇼! 이 험한 세상에 제가 바라는 거라곤 그거 하나뿐입니다! 아화, 이번만 봐주면 앞으로 네가 시키는 거 뭐든 다 할게!"

"내일 당장 나하고 위키한테 거하게 밥이나 사라! 정성이 갸륵하면 봐주지!"

내가 웃으면서 말했다. 우리의 이런 '악연'이야 아주 뿌리 깊다. 버스로 인해 골탕 먹는 것은 내 운명이려니 해야 한다.

"아하, 버스 너 칼리 좋아하는구나."

아량 선배가 말했다.

아차, 선배와 같이 있었지! 그걸 잊고 있었다. 버스의 비밀이 만천하에 알려지게 됐다.

"선배! 아량 선배님! 너그러운 아량으로 좀 봐주십쇼! 이 험한 세상에 제가 바라는 거라고는……."

"됐어. 여학생들한테는 입도 뻥긋 안 한다." 아량 선배가 버스의 구구절절한 애원을 끊어내며 말했다. "이런 일이야 많이 겪었지. 청춘이 왜 청춘이겠냐."

그때 위키가 물었다.

"대체 지하실에서 무슨 일이 있었던 거야? 버스가 아화한테 어쨌는데?"

나는 어리둥절해하는 위키를 향해 빙그레 웃었다. 그리고 우리가 지하실에서 본 것과 버스가 제안한 '금지된 게임', 나를 속이고 골탕 먹인 일 등에 대해 들려줬다.

"와하하! 버스가 이번엔 영리하게 잘해냈네! 대단하다! 계획과 실행, 목적, 결과까지 다 완벽해. 아화, 이번엔 네가 패배를 인정해야겠다. 버스 말대로 덕분에 야묘가 더 이상 널 적대하지 않게 됐으니 너도 정말 이득을 봤네. 물론 가장 큰 이득을 본 사람은 '똑똑한 버스님'이지만."

"그런데 의외인걸. 버스가 좋아하는 여자애가 산산이 아니라 칼리라니. 산산이 제일 예쁘잖아."

아량 선배가 말했다.

"멀리 있는 장미보다 가까이 있는 들국화가 낫다."

버스가 문학청년 흉내를 내며 대답했다.

"뭐 하는 거야, 위대한 시인?"

위키가 피식 웃으며 버스를 타박했다.

"산산 같은 대단한 미인이면 분명히 쫓아다니는 남자들이 많을 거야. 그리고 산산은 성격이 좋긴 하지만 자존심도 엄청 셀 것 같잖아. 그런 타입은 연애 상대로는 별로야. 그에 비해 칼리는 여자친구로서 최고의 조건을 갖췄지. 귀엽고 날씬하고, 뭣보다도

청순하고 애교도 많잖아. 말투나 태도도 부드럽고 우아해. 거기다 공부만 열심히 한 숙맥 느낌도 약간 있고…… 최고의 여자친구지!"

버스가 연애 고수처럼 일장연설을 늘어놓았다. 하지만 실제 연애 경험은 전무한 녀석이었다. 내 생각에 버스는 칼리를 먼저 만났기 때문에 그녀를 좋아하는 게 분명하다. 만일 산산을 먼저 만났다면 산산을 좋아했을 것이다.

"선배는 산산이 마음에 들어요? '나의 칼리'에게 흑심만 품지 않는다면 제가 얼마든지 선배의 연애 사업을 도와드릴게요!"

버스가 은근하게 말했다. 녀석도 참 부끄러운 줄을 모른다. '나의 칼리'라니, 칼리 본인이 이 말을 들었다면 난리가 났을 텐데.

"난 여자친구 있어. 아화하고 위키는 사귀는 친구 없니?"

아량 선배가 씩 웃으며 물었다.

"네, 저야 이렇게 평범하니 여자들이 관심을 안 보여요. 위키도 없긴 하지만, 저나 버스하곤 상황이 다르죠. 고등학교 때 위키는 자기한테 고백한 여자애들을 여럿 거절했대요. 그때는 위키랑 친하지도 않았는데 제 귀에까지 그런 소문이 들어왔죠. 버스, 위키가 거절한 여자애가 몇 명이나 돼?"

"고등학교 때만 따지면 적어도 여덟 명. 참 복에 겨운 녀석이라니까."

버스가 탁자에 놓인 초콜릿을 한 움큼 집어 위키에게 던졌다.

"눈이 높아서 그런 게 아니에요. 고백했던 여자애들이 딱 봐도 저랑 안 맞을 것 같았고, 나중에 헤어지거나 무슨 일 생겼을 때 귀찮게 굴지도 모르잖아요. 그런 애들은 처음부터 거절하는 게

편해요."

위키가 어깨를 으쓱하며 덤덤하게 말했다.

아랑 선배가 대단하다는 듯이 짧게 휘파람을 불었다.

"그러면 아화 너도 여자애들한테 관심 없어? 대학 신입생 때가 여자친구 사귀기엔 제일 좋은데."

대학생이 되었다고 너도나도 이성 친구를 사귀려고 하지만, 나는 딱히 연애에 대해 생각해본 적이 없었다.

"아화, 산산 어때? 네 눈에도 엄청 예쁘지? 다른 사람이 채가기 전에 네가 선수를 치면…… 흐흐흐……."

버스가 음흉하게 말했다. 여학생들이 없으니 본모습을 드러내는 것이다.

산산이 제일 예쁜 것은 사실이었다. 하지만 지금 내 머릿속에 떠오르는 여학생은 산산이 아니라 그 옆에 앉았던 즈메이다. 세상에! 그렇게 촌스러운 여자애가 더 생각나다니, 내 머리가 어떻게 됐나 보다. 남자 백 명이 있다면 그중 아흔아홉 명은 산산을 선택할 것이다. 만일 나머지 한 명도 산산을 선택하지 않는다면, 그 이유는 그가 동성애자이기 때문일 것이다.

"이런 얘기 하기엔 너무 이른 거 아냐? 우린 오늘 막 만났잖아. 걔네들 모두 남자친구가 있을지 누가 알아?"

내가 말했다. 나에게 던져진 질문을 피하려는 심산이었지만, 반쯤은 진심이었다.

"그건 그렇지. 아니야, 칼리는 절대 남자친구 없어! 남자의 직감이라고!"

버스가 가슴을 펴며 자신 있게 말했다. 나는 '남자의 직감'은 자주 틀리더라고 한마디하려다 말았다. 정확한 건 남자의 직감이 아니라 여자의 직감이지.

"걔네들 전부 남자친구가 없는 상태라면, 아마 샤오완을 따라다니는 남자가 제일 많을 거야."

위키가 불쑥 내뱉은 말에 우리는 모두 눈이 둥그레졌다.

"위키, 너 잠이 덜 깼냐? 칼리와 산산 둘만 '평균 이상'이잖아? 게다가 나보다 더 말 많은 괴짜 여자애를 누가 좋아하겠어?"

버스가 눈썹을 추켜세우며 매몰차게 말했다.

녀석이 이렇게 분별력 있는 모습을 보여주는 건 드문 일이었다. 자신이 쉴 없이 떠드는 데다 그중 쓸데없는 말이 쓸 만한 말보다 백배는 더 많다는 걸 알기는 아는 모양이었다.

"샤오완이 입은 옷 못 봤어?"

위키가 초콜릿을 입에 넣으며 물었다.

"봤지. 색 배합이 무시무시하더라. 거기에 뭐 특별한 의미라도 있어? 혹시 요즘 그런 스타일이 유행이야?"

내가 물었다. 나는 패션이나 유행에는 관심이 없었다. 카키색 마니아인 위키라면 나보다 그런 쪽으로 잘 알 것 같았다. 아니면 위키가 요즘 인기 있는 패션 사이트를 둘러봤는지도 모른다.

"스타일 말고 상의 말이야."

위키가 자신이 입은 옷의 목 주변을 잡아당기며 말했다.

"그 축구 유니폼이 왜?"

아량 선배가 물었다.

"일본 J리그의 가시마 앤틀러스 팀 유니폼이에요. 정가가 거의 2만 엔이죠. 그런 옷을 기숙사에서 일상복으로 입는 걸 보면 샤오완은 상당한 부잣집 딸일 겁니다."

위키가 덤덤하게 대답했다.

"잠깐, 부잣집 딸을 노리는 남자들이 있긴 하지만, 그렇다고 어떻게 부자라는 이유만으로 여자를 좋아하겠어?"

내가 따져 물었다.

"부잣집 딸의 잠재력을 얕보지 마라." 위키가 입술을 삐죽이며 말했다. "그리고 꽃다운 나이 때 안 예쁜 여자가 없다는 말처럼 샤오완도 외모가 나쁘지 않아. 좀 시끄럽긴 하지만 돈을 아주 중요하게 여기는 남자라면 신경 안 쓸걸. 물론 난 샤오완을 따라다니는 남자가 제일 많을 거라고만 했지, 그 남자들 마음이 진심일 거라고는 하지 않았어."

와, 정말이지 현실적이고 진혹한 평가다.

"그 유니폼이 노점에서 산 40홍콩달러짜리 짝퉁은 아닐까?"

버스가 웃으며 말했다.

"아닐 거야. 바느질도 정교하고, 팀 휘장도 진짜였어. 색깔은 전에 내가 유니폼 판매 사이트에서 본 것보다 좀 짙은 것 같았지만, 아마 그 사이트에서 사진을 제대로 찍지 못해서 그럴 거야."

역시 위키는 인터넷에서 이런 잡다한 지식을 습득했구나.

"난 칼리가 가난뱅이라도 상관없어."

버스가 갑자기 내뱉은 말에 나는 웃음을 터뜨렸다.

"버스, 그런 말은 칼리랑 사귄 뒤에나 해."

"넌 이제 천문학 공부부터 해야 해. 큰곰자리의 위치, 목성의 위성 개수 같은 거 말이야."

위키가 거들었다.

"물병자리의 '이타'라고 하지 않았어? 웬 큰곰자리?"

버스가 물었다.

"어휴, 어쨌든 네가 좋아하는 여자애 취미니까 이 기회에 공부 좀 열심히 해."

위키가 고개를 저으며 쓴웃음을 지었다.

"이제 너희들도 방에 가서 쉬어야지?"

아랑 선배가 말했다. 시계를 보니 어느새 11시 19분이었다.

"간식부터 다 먹고요. 아화의 마음이 담긴 건데 버리면 안 되 잖아요."

버스가 감자칩을 씹으면서 말했다.

"너 때문에 사 온 거잖아!"

내가 오징어채를 집으며 쏘아붙였다. 버스 녀석, 이거 다 먹고 살쪄서 칼리에게 거절이나 당해라!

"아화, 저기서 갖고 놀 거 있나 좀 봐봐."

버스가 텔레비전 옆의 책장을 가리키며 말했다. 책장에 보드게 임, 체스판, 게임용 카드 등이 있었던 게 생각났다.

"마침 우리 네 명인데 카드 놀이 할까? 아랑 선배, 방으로 가실 거예요?"

"아직 졸리진 않아. 좀 더 있다가 갈게."

선배가 대답했다.

나는 트럼프 카드*가 있기를 바라며 책장 쪽으로 갔다. 이런,

---

* trump card. 다이아몬드(◆), 클로버(♣), 하트(♥), 스페이드(♠) 카드 각 열세 장과 조커 카드 한 장으로 구성된 서양식 게임용 카드로, 정식 명칭은 '플레잉 카드(playing card)'다. 열세 장의 카드에는 각각 2, 3, 4, 5, 6, 7, 8, 9, 10, J(잭),Q(퀸), K(킹), A(에이스)라고 적혀 있다.

염소가 웃는 순간

또 버스가 시키는 대로 움직이다니 나도 참 구제불능의 호인이 군. 책장에서 무심히 책을 몇 권 꺼내서 보니 대부분 10여 년이 지난 만화책이었고, 중간 중간 통속소설도 있었다. 역대 기숙사 학생회에서 제작한 기념 앨범들도 책장 세 번째 칸에 연도 순으로 꽂혀 있었다. 권수는 열 몇 권에서 스무 권 정도 되었고, 모두 얇은 두께였다. 앨범 옆에는 검은색 하드커버 책이 한 권 꽂혀 있었다. 아량 선배가 보던 책이다. 지하실로 내려갈 때 여기 책장에 돌려놓았나 보다. 책장 아래쪽 칸에는 체스판, 부루마불이라는 보드게임, 그리고 트럼프 카드 두 벌이 있었다. 체스판 옆에 반투명한 플라스틱 상자가 있었는데 그 안에도 보드게임들이 들어 있는 듯했다. 하지만 원하던 카드를 찾았으니 그 상자는 열어보지 않았다.

나는 빨간색 트럼프 카드 한 벌을 들고 자리로 돌아왔다. 또 나더러 카드를 섞으라거나 나눠주라고 부려먹기 전에 얼른 버스에게 카드를 건넸다.

"어? 꿀벌* 카드네? 기숙사 휴게실에 이런 고급 트럼프 카드도 다 있군."

버스가 카드 상자를 들여다보며 말했다. 상자에서 카드를 꺼낸 버스는 조커 카드를 따로 빼서 옆에 내려놓았다. 꿀벌 브랜드의 조커 카드는 교활한 표정의 어릿광대가 아니라 광대 분장을 한 어린아이가 거대한 꿀벌 위에 서 있는 그림이다. 내가 잘못 기

---

* Bee. 미국의 플레잉 카드 업체 USPCC가 출시한 카드 브랜드. 각 카드 뒷면이 벌집 문양으로 채워져 있다.

억하고 있는 게 아니라면 이 카드는 미국에서 만든 것이다. 우리 집에도 이 카드가 한 벌 있다.

'교활한 어릿광대'에 생각이 미치자 지하실에서 봤던 염소 머리가 문득 떠올랐다.

그리고 깜빡이는 불빛 사이로 보이던 괴이한 사람의 형체도.

"아량 선배, 노픽관의 7대 불가사의에 대해 잘 아세요?"

내가 물었다. 뭘 알아내려는 건 아니었지만, 그 형체가 내 등에 가시처럼 박혀 있는 것 같아 못내 불편했던 터였다.

"일곱 가지 귀신 이야기지, 뭐. 들어본 적 없어?"

"들어보긴 했는데, 그게……." 나는 침을 삼키고 잠시 망설이다 물었다. "진짜 있었던 일일까요?"

내가 가장 알고 싶은 것은 444호실 여학생이 교통사고로 죽은 일이 정말로 있었는가 하는 점이었다. 위키는 이 이야기가 사실이라면 8년 전에 벌어진 일이라고 했다. 그렇다면 4학년인 아량 선배는 뭔가 들은 내용이 있을지도 모른다.

"모르겠어. 〈불길 속의 원혼〉 외에 다른 이야기는 다 허구일 거야."

"〈불길 속의 원혼〉은 진짜예요?"

카드를 섞던 버스가 손을 멈추고 물었다.

"그럴걸." 아량 선배가 머리를 긁적였다. "너희들이 들은 버전은 어떤 이야긴데?"

"11년 전에 노픽관 사감의 일가족 다섯 명이 기숙사 화재로 사망했고, 그 뒤로 귀신이 자주 나타난다고요. 한밤중에 기숙사에서 유령이 돌아다니는 걸 본 학생들도 많고요."

버스가 대답했다.

"일가족 다섯 명이 아니고 네 명 아냐?"

내가 물었다.

"나도 네 명이라고 들었어. 그 화재로 기숙생 세 명도 사망했고, 부상자는 더 많대." 위키도 끼어들었다. 그가 잠시 멈췄다가 다시 말했다. "우리 사촌 누나 남편이 당시 노픽관 기숙생이었잖아. 그러니 그분 말이 제일 믿을 만하지."

"중요한 건 몇 명이 죽고 몇 명이 부상을 입었는지가 아니야. 사건의 원인과 과정이지."

아량 선배가 미간을 찌푸리며 말했다.

"방화라고 하던데요?"

버스가 말했다.

"음…… 그렇다고 할 수 있지." 아량 선배는 어딘지 괴로운 듯 떨떠름한 태도로 말했다. "사감이 외도를 했는데 부인이 그 사실을 알게 됐대. 부인은 원래도 정신병력이 있었는데 그 일로 충격받은 나머지 가스를 틀어서 온 가족을 '동반자살'로 이끌려고 계획했어. 그런데 뭘 잘못 건드렸는지 가스가 폭발하면서 불이 났지. 결국 사감 일가족은 가스에 중독돼 사망한 게 아니라 불에 타서……."

대강 들어서 알고 있던 내용인데도 선배의 입을 통해, 그것도 사고 현장이었던 노픽관에서 들으니 정말 실화였으리라는 생각이 강하게 들었다.

"그 후로 사망자들이 유령이 되어 나타난다는 소문이 돈 건가요?"

"맞아. 사감 가족은 원래 9층에 살았어. 9층 동쪽을 전부 그 가족이 썼대. 꽤 좋은 조건이었지. 화재가 난 후 9층 동쪽은 완전히 불에 타서 본래 모습을 찾아볼 수 없게 됐고, 새로 수리하더라도 후임 사감은 거기서 살지 않겠다고 했대. 그래서 기숙사 방으로 개조됐는데, 그 후로 9층에서 사감 가족이 귀신으로 나타난다는 소문이 돈 거야."

"귀신이 어떤 식으로 나타난대요?"

위키가 꽤 관심 있다는 듯 물었다.

"한밤중에 복도에서 하얀 형체가 둥둥 떠다니는 걸 봤다거나, 우는 소리, 싸우는 소리, 비명 소리가 들렸다거나…… 그런 식이지." 아량 선배가 또 머리를 긁적였다. "〈불길 속의 원혼〉은 7대 불가사의 괴담들 중에서 공포의 정도는 확실히 떨어지지만, 유일하게 실제 기록이 남아 있는 이야기야. 기숙사 반 층이 다 타버린 큰 사고였으니 숨기려고 해도 숨길 수 없었을 거야."

선배의 말은 7대 불가사의는 전부 실제 사건인데 그중 〈불길 속의 원혼〉만 그 진상을 숨기지 못했다는 것처럼 들렸다. 그렇다면 444호실 여학생이 교통사고로 죽었다는 이야기도 실화일까? 평범한 사고였다면 학교나 유족이 사생활 보호를 이유로 정보 공개를 하지 않았을 가능성도 충분하다.

"그 사감은 이름이 뭐예요?"

위키가 물었다.

"양팅선楊庭申 박사야." 아량 선배가 잠깐 생각에 잠겼다가 덧붙였다. "경제학과 교수라고 들었어. 사고를 당하기까지 노픽관 사감 업무를 5, 6년 정도 맡았대."

"자, 그 이야기는 그만하고 게임이나 합시다."

버스가 말했다. 우리가 이야기하는 동안 버스는 카드를 다시 섞고 네 더미로 나누어 탁자에 올려놓았다.

우리는 각자 한 더미씩 카드를 집어 들었다. 나와 위키는 원래 앉았던 긴 의자에, 버스는 소파에, 아랑 선배는 아까 자신이 옮겨온 의자에 앉았다. 의자와 탁자 간격이 카드 놀이를 하기에 딱 좋았다.

"버스, 이게 뭐야?"

위키가 대뜸 물었다.

나는 내 몫의 카드를 아직 열어보지 않은 상태였다. 나눠준 버스의 손길이 꼼꼼하지 못해서 내 카드는 어지럽게 흩어져 있었다. 내가 두 손으로 카드를 모으는 사이 위키는 벌써 자기 카드를 부채 모양으로 착 펼쳐 들고는 버스를 향해 따져 물은 것이었다.

"너, 무슨 꼼수를 쓴 거야?"

미간을 찌푸리고 손에 쥔 카드와 버스를 번갈아 쳐다보던 위키가 탁자 위에 카드를 펼쳐놓았다. 일렬로 펼쳐진 열세 장의 카드를 보고 나는 그대로 얼어붙었다. 하트 카드 열세 장이 2부터 A까지 순서대로 한 마리 용처럼 예쁘게 나열돼 있었다.

"우아! 너 어쩌면 이렇게 운이 좋냐? 이런 식이면 이번 판은 칠 필요가 없······."

버스가 말하다 말고 자기 손에 쥔 카드를 뚫어져라 쳐다봤다. 그는 충격을 받은 듯 얼어붙은 채 카드에서 눈을 떼지 못했다. 이윽고 버스가 자기 카드를 탁자 위에 천천히 펼쳐놓았다. 그 순간 나도 버스와 똑같은 반응을 보일 수밖에 없었다.

버스의 패는 다이아몬드 카드가 순서대로 배열돼 있었다.

"이…… 이거, 우연이겠지?"

내가 놀라서 말했다. 그 순간 내 카드에 생각이 미쳤다. 내 손에 들린 열세 장의 카드를 선뜻 확인할 용기가 나지 않았다.

나는 천천히 고개를 돌려 아량 선배를 쳐다봤다. 카드를 세워들고 있어서 뒷면만 보였지만, 선배의 패도 마찬가지인 듯했다. 그의 눈빛도 똑같은 공포를 드러내고 있었다. 선배는 어쩔 줄 몰라 하며 자신의 카드와 버스, 위키, 나를 번갈아 쳐다봤다.

나는 심호흡을 한 뒤 떨리는 손으로 내 앞에 놓인 카드를 한장씩 뒤집었다. 맨 처음 나온 것은 '스페이드 A'. 스페이드 문양이 카드의 절반 이상을 차지했고, 스페이드 문양 안에 벌집이 그려져 있다. 다음 카드는 K, 그다음은 Q, 또 다음은 J……. 스페이드 카드가 순서대로 열세 장이었다. 위키와 버스처럼 카드가 한마리의 용처럼 연결된다.

아량 선배도 자기 카드를 내려놓았다. 짐작대로 그는 클로버카드가 2부터 A까지 연결된 패였다.

이…… 이건 너무 괴이한 일이잖아!

"버스! 너 무슨 수작을 부린 거야?"

위키가 짜증을 부렸다. 별로 놀란 것 같지는 않았다.

"아, 아니야!" 버스가 목소리를 높였다. "내가 이런 기술이 있었으면 당장 카지노 가서 떼돈을 벌었겠지! 어떻게 이런 일이……."

"카드를 제대로 섞은 건 맞아?"

잔뜩 긴장한 내가 재우쳐 물었다.

"그럼! 너도 봤잖아!"

버스의 대답에는 초조한 기색이 어려 있었다.

"버스, 일부러 패를 이렇게 나눈 거 아니야?"

위키가 담담한 어조로 물었다.

"아니라니까! 하늘에 맹세코 나 버스는 카드 놀이에서 속임수를 쓰지 않는다!"

버스가 손가락 세 개를 세워 보이며 맹세를 했다.

휴게실에는 우리 네 사람뿐이다. 순간 나는 묘한 기분이 들어 천천히 주변을 둘러봤다. 마치 미지의 존재가 어두운 구석에서 우리를 몰래 지켜보고 있는 듯했다. 그 존재가 눈에 보이지 않는 손을 뻗어 이런 식으로 카드를 배열해놓고는 악의적인 미소와 함께 우리를 조롱하…….

"그럼 다시 섞자."

위키가 아무 일 아니라는 듯 말하며 손을 탁탁 털고 의자 등받이에 기댔다.

"다시 섞어? 위키, 넌 이게 이상하지 않아?" 내가 큰 소리로 물었다. "카드를 섞어서 나눠줬으면 이런저런 카드가 섞여 있어야 하잖아! 네 가지 무늬가 각각 서너 장씩 섞여 있어야 합리적이지! 같은 무늬가 전부 한 사람에게 가는 경우가 어딨어? 숫자도 이렇게 순서대로 배열된 게 너무 이상해."

"맞아, 우연히 이렇게 될 리가 없지. 진짜 우연이라면 천문학적인 확률로나 이런 상황이 나올 거야. 기네스북에 올라갈 정도겠지." 위키가 씩 웃으며 말했다. "하지만 버스의 카드 섞는 기술과 관련이 있다면?"

"카드 섞는 기술?"

버스가 의아해하며 물었다.

"카드가 처음부터 각 무늬별로 2부터 A까지 순서대로 배열돼 있었다고 가정하자. 버스가 이걸 정확히 중간에서 갈라 둘로 나눈 뒤 한 장씩 교차되게 섞는 거야. 이 작업을 한 번 더 반복하고 나서 시계 방향으로 카드를 한 장씩 돌리면 이런 식으로 패가 나오지."

위키가 가벼운 말투로 설명했다.

"버스, 카드 섞기 전에 배열 순서를 확인했어?"

"에…… 아니……."

"그럼 이런 상황이 벌어질 가능성이 있었다는 거네. 카드 한 벌을 정확히 절반으로 나눈 다음 정확히 한 장씩 교차되게 섞는 상황이 자주 벌어지지는 않겠지만, 정말 우연히 네 사람이 각 무늬별로 순서대로 배열된 카드를 받았다는 것보다는 이렇게 되었을 확률이 더 높겠지. 게다가 이 카드는 종이 질이 좋은 꿀벌 브랜드잖아. 카드끼리 잘 달라붙지 않으니까 이렇게 완벽하게 카드가 섞일 가능성이 좀 더 높지. 살면서 한두 번쯤 이런 기이한 우연이 겹칠 수도 있는 거 아니겠어? 그렇게 놀랄 일은 아니야."

이렇게 쿨하고도 침착한 면모 때문에 여자들이 위키를 좋아하는 것 같다. 위키 말대로 카드를 절반으로 갈라 한 장씩 교차되게 섞는 상황이 두 번 벌어진다면, 카드 순서는 스페이드 A, 하트 A, 다이아몬드 A, 클로버 A, 스페이드 K, 하트 K…… 이런 순서가 될 것이다. 이것을 시계 방향으로 한 장씩 네 사람에게 나눠준다면 지금과 같은 패를 받게 된다.

"하지만 아까 여러 번 섞었던 것 같은데…… 내가 잘못 기억하고 있나?"

버스가 중얼거렸다.

버스는 카드를 전부 거둬들여서 다시 섞었다. 꽤 정성 들여 섞었고, 우리는 그런 버스의 손에서 눈을 떼지 않았다.

버스가 다시 카드를 네 더미로 나누자 위키가 제일 먼저 집어 갔다.

위키의 표정에 변화가 없는 것을 보고 우리 세 사람도 카드를 집었다. 이번에는 정상적이었다. 내 손에는 스페이드 네 장, 다이아몬드, 클로버, 하트가 각각 세 장씩 들어왔다. 아까는 버스가 정말 매우 드문 우연을 만나 그렇게 섞었나 보다.

"다이아몬드 3을 가진 사람이 누구야? 다이아몬드 3부터 시작하자."

버스도 안심한 듯 한 손으로 패를 쥐고 다른 손으로는 이제 거의 바닥이 난 감자칩을 집었다.

"내가 갖고 있……."

내가 입을 여는데 뒤쪽에서 발소리가 들렸다.

야묘가 휴게실로 들어와 우리 쪽으로 걸어오는 중이었다. 그녀는 로큰롤 느낌이 거의 들지 않는 옷으로 갈아입었지만, 자주색 티셔츠만큼은 여전히 전위적인 인상을 줬다. 티셔츠 앞면에 'Sex Pistols*'라는 밴드 이름과 영국 국기가 그려져 있었던 것이다.

"혹시 칼리 못 봤어?"

---

* 영국의 펑크록 밴드 섹스 피스톨스. 1970년대에 펑크록 장르를 널리 알리는 데 공헌했다.

웃음기가 하나도 없는 얼굴로 야묘가 물었다. 어쩐지 좀 초조해 보이는 모습이었다.

"아까 같이 방으로 가지 않았어?"

"같이 갔었지. 내 말은 칼리가 나중에 다시 여기 왔다거나, 요 근처를 지나가지 않았느냐고."

우리 네 사람은 서로 시선을 교환했고, 내가 고개를 저으며 대답했다.

"아니, 못 봤어. 너희들이 다 같이 나간 후로는 아무도 다시 보지 못했는데?"

"그럼 어떻게 된 거지……."

야묘가 오른손 엄지손톱을 물어뜯으며 중얼거렸다.

"칼리가 안 보여?"

버스가 긴장한 투로 물었다.

"방에 도착한 다음 칼리가 화장실에 다녀오겠다며 나가더라고. 근데 삼십 분이 지나도록 오지 않길래 화장실로 가봤는데 아무도 없는 거야."

"다른 쪽 화장실에 간 건 아닐까? 너희는 443호실이니까 동쪽 화장실이 가깝지만, 혹시 무슨 사정이 있어서 서쪽 화장실에 갔을지도 모르잖아."

위키가 말했다. 노픽관은 층마다 화장실 겸 샤워실이 두 군데 있는데, 각각 동쪽 계단 옆과 서쪽 계단 옆에 위치해 있었다. 물론 남학생 층에는 남자 화장실과 남자 샤워실만 있고, 여학생 층에는 여자 화장실과 여자 샤워실만 있다.

"거기도 가서 봤는데 아무도 없어." 야묘는 주변을 계속 두리번거리며 말했다. "혹시 너희들을 찾아 여기로 왔거나, 자판기에 음료라도 사러 왔을 줄 알았는데……."

칼리가 자판기로 가려면 휴게실을 지나가야 한다. 그랬다면 우리와 인사를 나눴을 것이다. 물론 버스가 또 들러붙을까 봐 일부러 서쪽 계단을 통해 자판기로 갔을 수도 있지만, 칼리가 버스의 마음을 눈치챘을 것 같지는 않다.

시계를 흘낏 보니 벌써 11시 반이었다.

"건물 안에서 길을 잃은 건 아니겠지?"

버스가 물었다.

"그건 아닐 거야. 노퍽관이 크긴 해도 미로처럼 복잡하진 않잖아."

야묘는 초조한 표정으로 말했다.

"함께 찾아보자!"

버스가 패를 내려놓고 벌떡 일어섰다.

"아니야, 그럴 것까진……."

야묘는 말을 맺지 못했다. 어떻게 해야 할지 고민스러운 모양이었다.

"버스 말대로 하는 게 좋겠어." 위키도 일어섰다. "만약 칼리가 갑자기 몸에 이상이 생겨서 어디 쓰러져 있기라도 하면 어떡해. 오늘은 기숙사에 사람이 별로 없어서 구석진 곳이나 계단 사각지대 같은 데 쓰러져 있다면 큰일이잖아. 얼른 찾아봐야 해."

"마, 맞아!"

버스가 소리 높여 찬성했다. 아마 위키가 이런 가능성을 이야기하기 전까지는 상황의 심각성을 인지하지 못했을 것이다.

"조를 나눠서 찾아보자." 아량 선배가 선배답게 나서서 제안했다. "아화랑 야묘가 같이 여학생 층을 찾아봐. 버스하고 위키는 남학생 층을 찾아보고. 난 1층 출입구들을 확인해볼게. 저녁에는 정문만 열어놓고 옆문들은 잠가 놓지만 확인해보는 게 좋겠지."

"어…… 야간에는 남학생이 여학생 층에 가면 안 되잖아요?"

내가 말했다.

"그러니까 야묘와 함께 가라는 거야. 돌발상황이니 이런 일로 따질 사람은 없을 거야. 오늘따라 관리인도 어디로 갔는지 보이지 않네. 그러니까 우리끼리 해결해야지."

우리는 선배의 시선을 따라 정문 현관 옆에 있는 관리인실 창을 바라봤다. 창 너머는 텅 비어 있고 좁은 방 안에 의자만 덩그러니 놓여 있었다.

"자, 출발하자. 십오 분 뒤에 여기로 돌아와서 다시 만나자."

아량 선배가 손뼉을 딱 쳤다. 선배는 혼자서 세탁실 쪽으로 향했고, 위키는 서쪽 계단으로, 버스는 동쪽 계단으로 향했다. 나와 야묘는 중앙 계단을 통해 4층까지 올라가기로 했다.

관리인실 옆을 지나면서 나는 무심코 오른쪽에 있는 기숙사 정문으로 시선을 던졌다. 그 순간 익숙한 공포가 나를 덮치는 것을 느꼈다.

유리로 된 정문 너머로 가로등이 비치는 잔디밭과 이상한 모양의 조각상이 보였다. 그리고 조각상 옆에 서 있는 웬 형체…….

지하실에서 봤던, 긴 머리를 늘어뜨린 사람의 뒷모습이다.

"아화, 뭘 보는 거야?"

야묘가 소리치자 나는 고개를 돌렸다. 이번에는 절대 시선을 떼지 않고 그 괴이한 형체를 확인할 생각이었다. 잔디밭으로 나가 저것이 사람인지 귀신인지 무엇인지 확인하고 싶었다. 하지만 잠깐 고개를 돌렸다가 다시 쳐다봤을 때 그 형체의 뒷모습은 감쪽같이 사라지고 없었다.

남은 것은 방금 전 나에게 달라붙어 떨어지지 않는 공포스러운 감각뿐이었다.

2

"아화, 왜 그렇게 멍해 보여?"

야묘의 말에 나는 퍼뜩 정신을 차렸다. 우리는 중앙 계단을 통해 2층과 3층 사이 중간까지 왔다.

"아, 아니야. 좀 피곤해서 그래."

나는 방금 귀신을 봤다고 야묘에게 말할 자신이 없었다. 정말 귀신을 본 건지, 헛것을 본 건지 나부터가 의심스러운데 남에게 말해봐야 긁어 부스럼일 뿐이다. 어쩌면 오늘 낯선 환경과 낯선 사물, 새로운 친구들과 새로운 경험 속에서 머리에 과부하가 걸려서 그런 게 아닐까? 그래서 환시가 나타난 것일지도 모른다.

"정신 좀 차려! 칼리가 지금 애타게 우리를 기다리고 있을지도 모른다고……."

야묘가 근심 어린 목소리로 말했다.

"칼리하고 너는 사이가 참 좋구나."

나는 별생각 없이 중얼거렸다. 그런데 야묘가 뜻밖의 반응을 보이는 것이었다.

"너! 우린 그런 사이가 아니야!"

야묘는 계단을 오르던 걸음마저 멈추고 분노가 섞인 눈빛으로 나를 노려봤다.

"어? 그런 사이라니…… 아! 난 그런 뜻이……."

소심하게 대꾸하던 나는 순간적으로 야묘의 입장을 눈치챘다. 야묘도 내가 '그런 사이'라고 생각한 것은 아님을 한발 늦게 알아차린 것이다. 괜히 자기 혼자 앞서 생각해서 나에게 소리친 것이리라. 얼굴을 붉히면서 민망해하는 표정이 다 말해주고 있었다.

어쨌든 나는 단 한순간도 야묘가 동성애자라고는 생각해본 적 없었다.

야묘는 도로 입을 다물고 계단을 오르기 시작했다.

말없이 뒤따르던 나는 어색한 분위기를 깨기 위해 입을 열었다.

"난 말이지, 동성애가 나쁘다고 생각하지 않아. 감정이란 건 두 사람 사이의 문제니까……."

그런데 야묘가 다시 걸음을 멈추고 나를 노려보는 것이었다.

"아니, 아니!" 나는 급히 말을 쏟아냈다. "너랑 칼리가 동성애 관계라는 게 아니고, 그냥 내가 그렇게 생각한다는 거야! 어…… 너희가 동성애자든 아니든 난 전혀 상관없어! 괜찮아! 아, 아니, 난 말이지, 만약에 너희가 동성애자라고 해도 다른 사람들처럼 무시하거나 배척하거나 하지 않을 거고…… 아무에게도 말하지 않을 거니까 걱정 말라는……."

방금 깨달았다. 내가 야묘를 좀 무서워한다는 사실을. 지금 나는 뱀과 눈이 마주친 개구리가 된 심정이다. 기숙사 입실 첫날부터 천적을 만나다니…….

"하…… 아화, 너 진짜 바보구나."

야묘가 한숨을 쉬면서 말했다. 어쩐지 화가 났다기보다는 씁쓸해하는 표정이었다.

"어…… 나는…….."

"그만 말해. 넌 바보라서 말할수록 상황이 더 나빠지니까." 야묘가 이번에는 진짜로 쓴웃음을 지었다. "나랑 칼리는 연인이 아니야. 그 애는 날 친언니처럼 따르는 것뿐이야."

나는 고개를 끄덕였다. 하지만 야묘의 말을 곱씹어보니 뭔가 깊은 의미가 있는 것 같았다. 칼리는 야묘를 친언니처럼 여긴다. 그럼 야묘는? 야묘도 칼리를 친동생처럼 여길까? 아니면 짝사랑? 야묘가 정말 칼리를 좋아할지라도 고백하지는 못할 것이다. 지금의 좋은 관계를 오히려 망칠 수도 있으니까. 정말이지, 사람의 감정이란 복잡하다.

어쨌든 버스의 가장 큰 적은 확실히 야묘인 것 같다. 헷!

"오늘 버스정류장에선 정말로 널 한 대 패주려고 했어." 나의 천적님께서 입을 열었다. "칼리는 남자랑 손 한 번 잡은 적도 없단 말이야. 그런데 너 같은 변태가 그 애 가슴을 만지다니, 네 손톱을 하나하나 뽑아버리지 못한 게 한이야……."

야묘의 무시무시한 말에 나는 다급히 변명했다.

"일부러 그런 거 아니야! 진짜 아니야!"

"그때는 몰랐지. 아무리 봐도 네가 억울한 척 꾸며대는 것 같았거든."

"나는 정말 억울…… 어? '그때는' 몰랐다고? 그럼 지금은 내

결백을 믿는 거구나?"

"응." 야묘가 한숨을 쉬면서, 반쯤은 웃으면서 말했다. "지하실에서 숨을 헐떡이면서 미친 듯이 뛰는 꼴을 보고 네가 진짜 바보라는 걸 알았어. 진짜 바보만이 정류장에서 한 발로 서서 양말을 벗는 행동을 하겠지. 그나저나 그때 왜 그런 짓을 한 거야?"

웃어야 할지 울어야 할지 모르겠다. 야묘가 나를 죽일 듯이 굴었던 게 다 그것 때문이었다니. 하지만 내가 생각해도 당시 내 행동은 좀 의심스러웠다.

"말도 마. 어떤 새끼가 내 발을 밟고 가서 발가락이 부러진 줄 알았거든……." 나는 한숨을 쉬며 말했다. "지금은 칼리를 찾는 데 집중하자."

"그래."

야묘가 다시 계단을 올랐다.

4층에 도착하자 문득 어떤 생각이 떠올랐다.

"5층에 가봤어?"

"5층? 아니……."

"4층 화장실이 너무 더러워서, 혹은 바퀴벌레라도 나와서 5층 화장실에 갔을지도 모르잖아. 거기서 실수로 문이 잠겼다면?"

"그래!"

야묘는 계단을 두세 단씩 건너뛰면서 5층으로 달려갔다. 나도 얼른 따라붙었다. 야묘를 놓쳤다간 한밤중에 여학생 층을 어슬렁거리는 변태로 몰릴 것이다.

중앙 계단을 벗어난 야묘가 쏜살같이 5층 동쪽 화장실로 달렸다. 계단을 나오자 양옆 벽에 방 호수를 알리는 표지판이 붙

염소가 웃는 순간

어 있었다. 한쪽에는 '501~524호', 반대쪽에는 '525~550호'라고
쓰여 있다. 노픽관은 서쪽부터 동쪽까지 크게 네 구역으로 나뉘
는데, 1층을 제외한 모든 층이 오십 개의 방으로 이뤄져 있다. 서
쪽부터 세 번째 구역까지는 구역마다 열두 개씩, 마지막 구역에
만 열네 개의 방이 있다.

　야묘가 536호실 옆의 화장실 겸 샤워실로 들어가 칼리의 이
름을 불러댔다. 나는 화장실 문 앞에서 기다렸다. 아무리 순진한
나라도 여자 화장실에 들어갈 정도로 바보는 아니었다. 이번에
걸리면 황허강에 뛰어들어도 결백을 증명할 수 없으리라.

　일 분이 안 되어 야묘가 화장실에서 나왔다.

　"없어. 다른 쪽 화장실로 가보자."

　야묘는 단숨에 서쪽 화장실로 달려갔다. 나도 그녀의 뒤를 바
짝 따랐다.

　"칼리! 칼리!"

　야묘가 화장실 문 앞에서부터 칼리의 이름을 외쳤다. 한밤중
이니 너무 큰 소리는 내지 말라고 말하고 싶었다.

　야묘가 내는 소리 말고는 주변이 너무도 조용했다. 5층은 우
리 두 사람밖에 없는 듯 괴괴한 분위기였다.

　"여기도 없어……."

　야묘가 완전히 풀이 죽은 모습으로 나타났다.

　"혹시 샤오완을 찾아가지 않았을까?"

　내가 말했다. 아까 동쪽 화장실에서 달려올 때 복도 양쪽의
표지판을 보다가 샤오완이 521호, 산산이 514호에 산다고 했던
말이 떠올랐다. 화장실과 가까운 곳에 514호가 있고, 521호도

514호에서 서너 개의 방만 지나면 있다.

"그런 거라면 나한테 얘기하고 갔을 텐데……."

야묘가 반신반의하며 말했다. 우리는 521호로 향했다.

"샤오완!"

내가 문을 두드리며 외쳤다.

반응이 없다.

"샤오완! 나야, 야묘!"

야묘도 문을 두드렸다.

역시 반응이 없다.

용기를 내어 문손잡이를 돌려봤지만, 잠겼는지 돌아가지 않았다. 문에 귀를 대봐도 방 안은 아무 소리 없이 고요하기만 했다. 한밤중에 여학생 층에 와서 방 안의 동정을 살피다니, 그야말로 변태로 몰리기 딱 좋은 상황이다.

"아무도 없는 것 같은데 산산 방에 가볼까?"

514호로 가서 또다시 문을 두드렸지만, 역시 아무 반응이 없고 문도 잠겨 있었다. 그래도 야묘는 계속해서 문을 두드렸다.

"그렇다면 혹시 8층……."

내가 중얼거렸다. 산산과 샤오완이 야경을 구경하려고 즈메이를 따라 8층으로 갔는지도 모른다. 가는 길에 우연히 칼리를 만나 함께 8층으로……. 그건 좀 이상하다. 만약 샤오완과 산산이 4층에 살고, 8층에 가는 길에 5층에 사는 칼리를 만났다면 말이 된다. 하지만 실제로는 반대다. 5층에 사는 샤오완과 산산이 즈메이의 방으로 올라가면서 군이 4층을 거쳐 가는 건…….

"칼리가 혹시 자기 방에 돌아와 있지는 않을까?"

갑자기 야묘가 말했다.

"뭐라고?"

"어쩌면 칼리는 벌써 방에 와 있을지도 몰라. 노픽관은 층마다 계단이 셋, 엘리베이터가 하나 있어. 우리가 서로 엇갈렸다면? 샤오완과 산산도 방에 없는 걸 보면 나나 칼리를 만나러 우리 방으로 왔을 수도 있잖아."

그럴듯한 말이다. 8층보다는 4층에 갔을 가능성이 크다. 샤오완은 444호실 괴담에 관심이 많으니 야묘와 칼리의 방인 443호실에 놀러 갈 만도 하다.

"맞아, 지금 443호에 모여 있을지도…… 네가 왜 방에 없나 의아해하면서 말이야."

야묘와 나는 중앙 계단을 통해 4층으로 내려가 동쪽으로 향했다. 노픽관은 층마다 쉰 개의 방이 순서대로 배치되어 있다. 서쪽 끝이 1호실, 동쪽 끝이 50호실이다. 야묘의 방은 443호니 4층 동쪽의 거의 끄트머리에 있다.

우리의 목적은 칼리를 찾는 것이지만, 막상 443호실 문 앞에 서자 맞은편 방을 신경 쓰지 않을 수가 없었다. 443호실 문과 2미터도 떨어지지 않은 곳에 정면으로 마주한 문이 그 유명한 444호실이다.

겉보기로는 444호실 문도 다른 방과 다를 게 없었다. 똑같이 갈색 나무 문에 동그란 은색 손잡이가 달려 있고, 하얀 플라스틱 문패에 검은색으로 방 호수가 적혀 있다. 문패는 약 10센티미터 길이의 직사각형으로 새로 단 것처럼 보였는데, 플라스틱 판 위에 4라는 아라비아 숫자 세 개가 새겨진 모양이 마치 슬롯머신에서 잭팟이 터졌을 때를 연상케 한다. 단지 숫자가 7이 아니라 4라는 점만 다를 뿐.

444호실 쪽을 힐끔 쳐다본 나는 다시 야묘 쪽으로 주의를 돌렸다. 야묘가 443호실 문을 열려는 순간, 나는 어떤 위화감에 사로잡혔다.

문패가 왜 새것일까? 나무 문 자체나 손잡이는 10여 년은 된 듯 낡아 보인다. 그런데 문패는 새것처럼 윤이 난다. 오래돼봐야 2, 3년이나 됐을까? 왜 문패를 새로 단 걸까? 다른 층의 문패도 새것이었는지는 모르겠지만 어쩔 수 없이 그런 생각이 떠올랐다.

444호실에서 정말로 무슨 일이 있었다고 가정하자. 소문이 나서 기숙생들이 그 방에 배정되는 걸 꺼려했다면 학교 측에서 이 문제를 해결해야 했을 것이다. 444호실을 비워둘 수도 있겠지만, 그러면 학교 측에서도 귀신이 나온다는 소문을 인정하는 꼴이 된다. 이는 학교의 외부 이미지에도 영향을 줄 수 있다. 그렇다면 학교 측이 할 수 있는 일은 한 가지다.

호수를 새로 배치하는 것.

새로운 학년이 시작될 때 '행정적인 이유로 방 호수를 새로 배치해 문패를 바꿔 단다'고 공지하면 학생들은 어느 방이 원래의 444호실인지 알 수 없게 된다. 설령 예전에 444호였던 방에 배정되더라도 '이 방이 바로 그 444호실'이라는 걸 모르니 모두가 그 사건에 대해 의식하지 않고 살게 될 것이다.

그렇다면 어떤 식으로 새롭게 배치했을까? 방 호수를 아무 순서 없이 마구잡이로 붙일 수는 없다. 444호를 다른 호수로 바꾸는 방법은 두 가지다. 하나는 순서를 뒤집는 것. 즉, 서쪽부터 동쪽으로 1에서 50호까지 붙이던 순서를 뒤집어서 동쪽부터 서쪽으로 1에서 50호까지 붙이는 것이다.

두 번째 방법은 더 간단하다. 계단 쪽 벽에 붙인 '401~412호'와 '413~450호'라는 표지판도 바꾸지 않아도 된다.

바로 마주 보는 방의 문패끼리 서로 바꾸는 것이다.

401호는 402호와 바꾸고, 403호는 404호와 바꾼다.

그렇다면 444호실은…….

"어? 나는 불을 끈 적이 없는데?"

야묘가 문을 열자 어두운 방이 우리를 맞이했다. 복도의 전등 빛이 방 안으로 새어 들었지만 어둠을 몰아내지는 못했다. 방문과 마주 보는 위치에 창문이 있고, 창문 아래 책상 두 개가 나란히 놓여 있었다. 그리고 한 책상 앞에 누군가 뒷모습을 보인 채 앉아 있었다.

"칼리! 너 어디 갔었어?"

야묘가 물었다. 그리고 벽에 달린 전등 스위치로 손을 올리며 방으로 들어가려 했다.

그 순간 나는 거의 본능적으로 야묘의 손목을 낚아챘다. 야묘가 뭐라고 투덜댔지만 무슨 말인지 알아들을 수 없었다. 나는 넋이 나간 얼굴로 어둠 속의 흐릿한 형체만 멀거니 바라봤다.

저건 칼리가 아니다.

야묘도 알아챈 모양이었다. 나는 덜덜 떨었다. 단단히 붙든 야묘의 팔에도 내 떨림이 전해지고 있었다. 야묘와 나는 나란히 서서 어둠 속의 형체를 응시했다.

그건 머리를 길게 늘어뜨린 여자의 뒷모습이었다.

복도에서 흘러든 빛 속에 흐릿한 뒷모습만 보일 뿐 앞모습은 보이지 않았다. 책상 앞에 앉은 그 '사람'이 어둠 속에서 책상을 내려다보고 있었다. 마치 책을 보면서 공부를 하고 있는 것 같다.

그 모습을 바라보는 야묘의 숨소리가 아주 낮고 무거워졌다. 감정을 억누르고 있는 듯했다.

우리는 방과 복도 사이에 서서 그 낯선 형체를 주시했다. 가끔 책장 넘기는 소리만 사락사락 들려왔다. 문득 황야의 뱀이 떠올랐다. 뱀 한 마리가 수풀 사이를 느리게 기어가는 소리 같았다.

무모한 짓인지 모르겠지만, 나는 나를 계속 불안하게 만드는 저 형체의 정체가 무엇인지 확인하고 싶었다.

벌써 세 번째 저 형체를 보고 있다.

맨 처음은 지하실에서, 그다음은 잔디밭에서였다. 이제는 내가 실제로 저 형체를 봤다는 걸 확신할 수 있다. 세 번 모두 같은 존재다.

이전에 본 형체도 환시가 아니었다.

나는 야묘의 팔을 놓고 방 안으로 한 걸음 들어갔다.

탁.

괴이한 긴 머리 여자가 움직이던 손을 멈췄다. 내 발소리를 들은 것 같다.

이제는 야묘가 내 손을 붙잡았다. 손힘이 꽤 센데도 나는 아픈 줄을 몰랐다. 땀으로 축축해진 야묘의 손에서 그녀가 느끼는 공포와 불안이 고스란히 전해졌다.

그때 긴 머리 여자가 벌떡 일어섰다. 두 팔을 축 늘어뜨리고 가만히 서 있다. 금방이라도 몸을 돌려 우리를 바라볼 듯했다.

염소가 웃는 순간

나는 다시 한 걸음 다가갔다.

탁.

나의 두 번째 발소리에 긴 머리 여자가 몸을 홱 돌렸다. 하지만 나는 아무것도 확인하지 못했다. 순식간에 여자가 사라졌기 때문이다. 이제 복도의 불빛이 비추는 것은 빈 의자와 책상 위에 가득 펼쳐진 책들, 그리고 창문의 커튼뿐이다.

"그, 그, 그, 그, 그……."

야묘는 '그'라는 말만 다섯 번 내뱉었다. 뒷말을 이어나갈 힘이 없는 모양이었다.

나는 전등 스위치를 올렸다.

팟! 방 안이 밝아졌다. 이상한 점은 보이지 않았다.

긴 머리 여자의 흔적은 완전히 사라졌다.

"아, 아, 아화, 너, 너도 봤지?"

야묘가 더듬거리며 물었다.

내가 묻고 싶은 말이었다. 나는 그저 고개만 끄덕였다. 눈으로는 방 안의 구석구석을 계속해서 훑어보면서.

"그, 그거 뭐, 뭐였어?"

야묘가 내 팔을 꽉 움켜쥐며 물었다.

"나도…… 모르겠어."

나는 힘을 쥐어짜내 대답한 다음 마음을 다잡고 책상으로 다가갔다. 야묘가 내 팔을 놓지 못한 채 나를 따라 책상으로 걸음을 옮겼다. 책상 위에는 참고서, 공책, 샤프 연필, 형광펜 등이 잔뜩 놓여 있었다.

"이, 이것들 내 거 아니야……."

야묘가 떨리는 목소리로 말했다.

참고서는 영어 교재는 아닌, 알 수 없는 외국어 교재였다. 참고서가 맞겠지? 표지에 빨간색, 파란색 기하학 무늬가 있는 것을 보면 일반적인 대학 교재 같다. 나는 잠시 망설이다가 조심스럽게 참고서 한 권을 집어 들어 책장을 몇 장 넘겨봤다. 작은 글씨로 알파벳이 빽빽하게 쓰여 있었는데 나는 알아볼 수 없는 언어였다. 프랑스어인지, 이탈리아어인지, 스페인어인지, 아니면 폴란드어인지도 알 수 없었다. 다만 영어가 아니라는 건 확신할 수 있었다.

참고서를 덮고 이번에는 옆에 있는 공책을 살폈다. 흘려 쓴 글씨가 가득했지만, 마찬가지로 한 글자도 알아볼 수 없었다. 중국어는 아예 찾아볼 수 없었다.

나는 다시 한 번 책상 위를 훑어봤다.

그리고 보고 말았다.

'그 종이'를.

가로와 세로가 6, 7센티미터쯤 되는 노란색 종이쪽지에 한마디가 적혀 있었다.

―내일 돌아올게.

이 한마디를 확인한 순간 심장이 미친 듯이 뛰기 시작했다.

나는 지금 전설 속의 귀신이 나온다는, 살아 숨 쉬는 현장을 맞닥뜨린 것이다.

나는 야묘를 쳐다봤다. 야묘도 나를 쳐다봤다. 그녀의 눈동자에는 당혹감이 어려 있었고, 또 충격을 받은 내 모습이 담겨 있었다.

우리 둘은 약속이나 한 듯 책상에서 몇 걸음 물러서다가 냉큼 복도로 나왔다. 책상 앞에 더 있다가는 뭔가 사악한 일이 벌어질 것 같았다. 야묘 역시 나와 같은 예감이었을 것이다.

"나, 나, 나왔어."

우리는 문 앞에 선 채 방 안의 책상에서 눈을 떼지 못했다.

"야묘, 그 종이쪽지 봤지?"

"응, 봤어."

"아까 방에서 나올 땐…… 이상한 점 없었어?"

이런 질문은 쓸데없을지 모른다. 하지만 지금 내 뇌는 반쯤 마비된 상태라 의식의 흐름대로 그냥 내뱉을 수밖에 없었다.

"없었어. 그, 근데……." 야묘가 침을 삼키는 소리가 들렸다. "책상 위의 물건들이 다 바뀌었어…… 나, 나랑 칼리가 챙겨온 옷이며 물건도 싹 없어졌고……."

나는 다시 방 안을 훑어봤다. 수납장에 제목을 알아볼 수 없는 책들과 과자, 라면, 그릇, 젓가락, 컵, 세면도구 등이 정리돼 있었다. 확실히 기숙사 입실 첫날의 방이라고 보기는 어려웠다. 방 왼쪽과 오른쪽에 각각 놓인 두 침대 위에는 파란색 시트와 이불이 펼쳐져 있고, 만화 캐릭터가 그려진 베개도 보였다. 한쪽 침대 머리맡에는 자명종 시계도 있다. 옷장은 두 개 다 문이 닫혀 있다. 솔직히 지금 내가 아무리 용기를 쥐어짠다 해도 저 옷장 문은 절대 열지 못할 것이다.

"책하고 시트, 이불 전부 너나 칼리가 가져온 게 아니야? 한 번도 본 적이 없는 것들이야?"

야묘가 자기는 전혀 모르는 물건이라는 듯 고개를 끄덕였다.

"우리, 우리 이제 어떡하지?"

야묘는 이제 말을 더듬지 않았지만, 목소리가 공포에 질려 있었다.

"나, 나도 모르겠어."

사실 나 역시 정신이 반쯤 나가 버렸다. 이런 무시무시한 상황을 맞닥뜨렸는데 어떻게 지금 당장 대처법을 떠올릴 수 있겠는가? 우리는 방문 앞에 멍하니 서 있을 뿐이었다. 이렇게 계속 서 있어봐야 아무 소용이 없다는 걸 알면서도.

"우리…… 도움을 청하자."

내가 입을 뗐다.

"도움?"

"우리 둘이 이 상황을 해결할 순 없어. 친구들을 찾아서 같이 의논해보자."

내 머릿속에 떠오른 방법은 '술사를 찾아서 악령을 성불시킨다'와 '엑소시스트를 불러서 퇴마 의식을 한다', 두 가지였다. 그 어느 것도 나나 야묘 둘이서 해낼 수 있는 방법은 아니었다.

"응, 응."

우리는 천천히 방문에서 물러났다. 방 안의 전등은 끄지 않았다. 방을 향한 채 천천히 뒷걸음질해서 복도로 후퇴했다. 감히 몸을 돌릴 수가 없었다. 몸을 돌려 등을 보였다간 미지의 뭔가가 튀어나와 우리를 덮칠 것만 같았다.

우리는 동쪽 계단 앞까지 물러났다. 계단으로 통하는 문을 조심스레 열고 몸은 여전히 복도로 향한 채 계속해서 계단 입구로 후퇴를……

"야!"

갑작스런 외침에 나와 야묘는 동시에 펄쩍 뛰었다. 평범한 사람 목소리였지만 놀라지 않을 수 없었다. 야묘는 다시 내 팔에 매달렸다. 우리는 나무 인형처럼 삐걱거리며 어색한 몸짓으로 소리가 들린 곳을 돌아봤다. 버스가 계단에 서 있었다.

"난 7층까지 찾아봤는데 소득이 없어…… 어라? 너희들 손 꼭 붙잡고 뭐 하는 거야?"

버스는 의아해하는 한편 살짝 놀리는 듯한 말투였다. 그러나 곧 우리의 표정이 이상하다는 걸 눈치챘다.

"표정이 왜 그래? 귀신이라도 봤어?"

이 자식, 잘 때려 맞히네.

"응, 봤어."

평소였다면 내 대답이 농담처럼 들렸겠지만, 지금은 넋 나간 우리의 표정 때문인지 버스도 농담으로 받아들이진 못했다.

"귀신을 봤다고?"

버스가 묘한 표정을 지었다.

"정말이야. 귀신이 나왔어. 방금 우리 방에서……."

야묘가 어찌할 바를 모르겠다는 듯이 대답했다.

버스는 두말없이 우리 옆을 지나서 복도로 나가더니 야묘와 칼리의 방으로 성큼성큼 걸어갔다. 겁 없이 나오는 버스를 보니 왠지 마음이 조금 놓였다. 버스가 믿음직스럽다기보다는 지금은 녀석처럼 신경줄이 튼튼하고 목소리도 크고, 소위 '기가 센' 사람이 필요한 상황이었다. 평소와 다를 바 없는 녀석의 행동이 넋이 나간 야묘와 나를 현실로 돌려놓는 느낌이었다. 귀신을 목격한 방금 전의 상황이 일순간의 환상처럼 느껴질 정도였다.

버스가 443호실 문 앞에 잠시 멈추더니 우리를 향해 손짓했다. 야묘는 443호 쪽으로는 한 발짝도 다가가고 싶지 않은 눈치였다. 나는 그런 야묘를 이끌고 닫히지 않은 443호실 문 앞으로 걸어갔다. 문 앞에서 다시 방 안을 들여다보니 책상 위에 알아볼 수 없는 외국어 책이며 공책이 여전히 널려 있고, 커튼도 역시 열려 있었다. 가벼운 바람이 불어와 책상 위의 종이들이 팔락팔락 불규칙적인 소리를 냈다.

"귀신은?"

버스가 물었다.

"책상 위를 봐. 종이쪽지가 있잖아."

내가 책상 위로 손가락질하면서 말했다.

버스는 미간을 살짝 찌푸리고 주저 없이 책상 앞으로 걸어갔다. 나와 야묘는 문 앞에 그대로 서 있었다. 섣불리 움직일 용기가 나지 않았다.

"응, 이거 말이야? '내일 돌아올게.' 444호실 괴담이잖아."

버스가 고개도 돌리지 않고 말했다.

"아까 책상 앞에 긴 머리를 늘어뜨린 여자가 앉아 있었어. 근데 어느 순간 갑자기 사라져 버리더라고."

내가 말했다.

버스는 책상 위를 살펴볼 뿐 아무 말이 없었다.

"그······ 그 '사람'이 지금 버스 네가 서 있는, 바로 그 자리에 있었어······."

야묘가 말했다.

염소가 웃는 순간

버스는 여전히 말이 없었다. 우리를 등진 채 뭔가를 빤히 쳐다 볼 뿐이었다.

"버스?"

나는 뭔가 이상하다는 느낌을 받았다. 버스가 두 팔을 늘어뜨린 자세로 꼼짝도 하지 않았다.

"버스!"

야묘도 놀란 듯 버스를 불렀다.

갑자기 버스가 몸을 반쯤 틀었다. 고개가 한쪽으로 비스듬히 기울어져 있었다.

"너, 희, 들, 누, 구, 야?"

버스가 고개를 돌리지 않은 채 괴이한 어조로 물었다. 목소리는 버스가 맞지만 말투는 선혀 다른 사람이었다. 바짝 얼어붙은 나는 아무 소리도 내지 못했다.

"너, 희, 들, 누, 구? 왜, 내, 공, 부, 를, 방, 해, 해?"

버스는 여전히 고개를 돌리지 않았지만 그의 목은 불규칙적으로 흔들리고 있었다.

"나……."

대체 어떻게 반응해야 할지 알 수 없었다. 야묘는 내 등 뒤로 숨어버렸다. 공포감에 이를 딱딱 부딪치는 소리가 들렸다.

"내, 공, 부, 를, 방, 해, 하, 면……."

내 발은 바닥에 못 박힌 것처럼 움직여지지 않았다.

"다…… 죽인다!"

버스가 갑자기 몸을 확 돌렸다.

야묘와 나는 뒤로 나동그라질 뻔했다. 그런데…….

"와하하하! 둘이 뭐 하냐?"

버스가 손을 높이 치켜들고 혀를 쭉 빼문 채 우리를 바라봤다. 귀신 모습을 흉내 낸 것이었다. 다음 순간 녀석이 배를 잡고 한참을 웃어댔다.

"이런 걸로 날 골탕 먹일 수 있다고 생각했어?"

버스가 책상 끝에 걸터앉으면서 말했다.

"너…… 빙의된 게 아니었어?"

"아화, 아직도 연기하는 거야?" 버스가 책상 위의 책을 집어 들면서 말했다. "이번에는 너랑 야묘가 편먹고 장난 치기로 한 거지? 지하실 쇼의 복수? 이 몸이 바로 알아챘지! 혹시 칼리도 한편이야? 옷장에 숨어 있는 건가? 난 그렇게 쉽게 속지 않는다고."

"버스, 장난이 아니야! 전부 진짜라고! 책상 위의 저 책들, 난 본 적도 없는 것들이야!"

야묘가 분노와 공포가 뒤섞인 목소리로 고함을 질렀다.

"야묘, 이제 그만해." 버스가 책상 위의 물건을 한쪽으로 밀치고 그 자리에 엉덩이를 댔다. 그리고 손에 든 책을 이리저리 넘겨 보면서 말했다. "이게 의대생 책인가? 하나도 못 알아먹겠다. 진짜 심오하네. 역시 우등생은 다르구나. 이런 참고서로 날 속이려고 하다니……."

꾸르륵.

버스는 말을 마치지 못했다.

마칠 수가 없었다.

나와 야묘의 눈앞에서, 상식으로는 설명할 수 없는 일이 벌어졌다.

책상이 입을 쩍 벌리고 버스를 삼켜버렸다.

평평한 책상이 갑자기 1미터 높이의 원추 형태로 솟아오르더니 중간쯤에 균열이 생겼다. 그 균열이 동굴처럼 벌어졌고, 왼쪽과 오른쪽에서 버스를 덮쳐 삼켜버린 것이다. 짧은 한순간이었지만 나는 그 '동굴' 안을 봤다. 시뻘건 공간에 새하얀 이가 날카롭게 돋아 있었다. 내가 무슨 반응을 보이기도 전에 버스는 책상의 시뻘건 입안으로 먹혀 들어갔다. 그렇게 갑작스럽게 우리 눈앞에서 사라져버렸다.

야묘와 나는 눈만 껌뻑거리며 버스가 책상에 먹히는 과정을 지켜봐야 했다. 책상은 금세 본래 모습으로 돌아왔다. 다만 표면이 둥글게 솟아 있었다. 자기 몸보다 덩치 큰 먹이를 삼킨 구렁이처럼…….

"저, 저, 저……."

야묘가 또다시 말을 더듬었다.

우지끈!

책상에서 이상한 소리가 나더니 책상 위로 느닷없이 팔 하나가 솟아올랐다. 물에 빠진 사람이 수면 위로 팔을 뻗으며 구조 요청을 하는 것처럼. 순간 정신이 번쩍 들었다. 이건 버스를 구할 마지막 기회다. 나는 더 생각할 것도 없이 앞으로 달려나갔다. 하지만 곧 걸음을 멈출 수밖에 없었다.

책과 공책이 입을 벌리고 버스의 팔을 물어뜯기 시작했다.

마치 먹이를 다투는 개 떼같이. 혹은 전리품을 끌고 자신들의 소굴로 돌아가는 개미 군단같이.

버스의 팔이 천천히 사라져갔다. 손바닥은 최후의 싸움을 벌이듯 마지막 순간까지 책상 위에서 버둥거렸다.

손까지 완전히 책상 안으로 사라지기 직전, 나는 버스의 손바닥 한가운데서 어떤 부호를 봤다.

　　　　　　　　　`

거의 검은색으로 보이는 어두운 빨간색으로 모양이 쉼표와 비슷했다. 어디선가 본 적이 있는 듯했지만 생각이 나지 않았다.

게다가 눈앞의 상황이 내 머릿속을 마비시켰다.

버스의 팔이 책이며 공책 등과 더불어 책상 안으로 완전히 모습을 감추었다.

끝장이다.

나는 방 한가운데 멍하니 서 있었다. 무언지도 모를 존재가 오랜 친구를 먹어치우는 꼴을 두 눈 뜨고서 보고만 있었다.

노란색 종이쪽지가 팔랑거리며 내 발 앞에 떨어졌다. '내일 돌아올게'라고 적힌 쪽지다.

창밖에서 바람이 불었다. 쪽지가 바람에 뒤집어졌다.

쪽지 뒷면에도 뭐라고 적혀 있었다.

—내 책은 건드리지 마.

"으아아아아!"

야묘가 돌연 비명을 내지르며 복도를 내달렸다.

그래, 도망치자. 눈앞의 것이 괴물이든 귀신이든 뭐든 위험한 존재다. 버스가 잡아먹혔다. 여기 그냥 있다가는 나도, 야묘도 책상의 식후 간식이 될 것이다.

　　　　　　　　　염소가 웃는 순간

나는 야묘를 뒤쫓아 복도를 달렸다. 야묘는 넘어졌는지 거의 기다시피 하며 계단 쪽으로 달아나는 중이었다. 나는 금세 야묘를 따라잡고 한 손으로 그녀의 팔을, 다른 손으로는 그녀의 허리를 붙들었다. 둘이서 한 덩어리가 된 우리는 구르듯이 동쪽 계단으로 뛰어들었다. 야묘가 또 나를 변태 취급해도 어쩔 수 없다. 지금은 우리가 버스처럼 '그것'에게 사로잡혀 두 번째 희생양이 되는 걸 막는 게 더 중요하니까.

정신을 차렸을 때 우리는 2층 계단에 있었다. 죽을 둥 살 둥 달려서 어느새 계단을 두 층이나 달려 내려온 것이다.

"쫓, 쫓아오지는 않는 것 같아……."

내가 숨을 헐떡이며 말했다.

"아, 아화……."

야묘의 눈에 눈물이 차올랐다. 공포에 질린 야묘는 입도 제대로 다물지 못하고 울먹였다. 지금까지 봤던 강한 인상과는 완전히 다른 모습이었다. 이 상황에선 누구나 이런 반응을 보일 수밖에 없지 않을까? 사실 나도 주저앉아 울어버리고 싶을 지경이니까. 공포도 공포지만 친구가 비참하게 죽는 꼴을 봤으니 눈물을 흘리는 게 지극히 정상적인 반응이다. 그러나 아까 그 상황이 너무나 비현실적이었던 탓일까? 이상하게도 눈물이 나지 않았다. 마치 몸이 정상적인 감각을 잃어버리기라도 한 듯……

나는 야묘의 팔을 붙잡고 벽에 등을 기댄 채 구역질을 삼켜냈다. 텅 빈 계단을 불안한 눈으로 둘러보면서.

탁, 탁……

발소리다. 한 사람이 아니다.

"응? 왜 여기에 주저앉아 있어?"

아랑 선배와 위키였다.

나는 입을 열었지만 어떻게 설명해야 할지 알 수 없었다. 이 건물에 귀신이 나온다? 괴물이 있다? 아니면…… 버스가 죽었다?

"어이, 왜 그래? 괜찮아?"

위키가 우리 앞으로 다가왔다.

"버, 버스가 책, 책상에 잡아먹혔어."

야묘가 더듬더듬 대답했다. 역시 나보다 정신력이 강하다. 그 말을 입에 올릴 수 있다니.

"뭐라고?"

아랑 선배와 위키가 서로 마주 봤다.

"귀신을 봤어. 진짜 귀신이야. 444호실 괴담은 진짜였어. 버스가 죽었어."

내가 덜덜 떨며 말했다.

선배와 위키가 깜짝 놀란 얼굴을 했다. 나와 야묘의 상태를 보고 가볍게 대처할 상황이 아니라는 걸 직감했으리라.

"아화, 천천히 설명해봐. 처음부터 천천히."

선배가 낮은 목소리로 말했다. 어쩐지 안심이 되는 말투였다.

나는 야묘와 내가 443호실에 가게 된 이유에서부터 방문을 열고 낯선 형체를 본 것, 버스가 책상에 잡아먹힌 것, 그곳에서 도망쳐 나온 상황 등을 설명했다.

선배는 머리를 긁적이며 의아하다는 듯 물었다.

"정말이야?"

"왜 거짓말을 하겠어요! 버스는 우리 눈, 눈앞에서 그, 그, 그것한테 잡아먹혔는데……."

야묘가 흥분해서 소리쳤다.

"야묘네 방이 예전의 444호실인 거예요. 학교 측에서 소문을 덮으려고 방 호수를 맞은편 방 호수와 바꿔서……." 상황을 한 차례 이야기하고 나자 나는 꽤 침착해졌다. "방문에 달린 문패가 새것이었어요. 확실히 문제가 있다는 거죠."

"문패가 새것이라고 해서 학교 측에서 방 호수를 새로 배치했다는 증거는 안 돼. 문패가 떨어졌거나 숫자가 흐려져서 수리했을 수도 있잖아."

위키가 말했다.

"어쨌든 야묘랑 내가 괴담 속의 공포 사건을 실제로 겪었잖아!"

내가 반박했다. 지금은 샤오완과 야묘의 논쟁과는 분명히 다른 상황이다. 야묘와 내가 두 눈으로 목격한 증거가 있기 때문이다. 우리 둘이 바로 증인이다.

"가서 살펴보자."

선배가 위로 올라가는 계단을 가리켰다.

"안 돼! 또 그런 일이 벌어지면……."

야묘가 겁먹은 목소리로 말했다.

"책상에 접근하지만 않으면 되는 거 아냐? 버스가 책상에 걸터앉았다가 습격당했다면서? 그러니까 책상에 가까이 가지만 않으면 안전할 거야. 같이 갈 거지?"

위키가 물었다.

야묘는 여전히 망설였다. 다시 한 번 현장을 확인하고 싶은 나는 야묘를 향해 고개를 끄덕여 보였다. 야묘가 내 팔을 단단히 움켜쥐자 나는 그녀와 함께 천천히 몸을 일으켰다.

우리 네 사람은 공포의 4층 복도로 향했다. 복도로 나오자 443호실 문이 열려 있고, 방 안의 불빛이 복도로 새어 나오고 있었다. 선배와 위키가 443호실로 조심조심 걸음을 옮기고, 문 옆에 붙어서 방 안을 살핀 뒤 슬그머니 안으로 들어갔다.

나와 야묘도 두 사람 뒤에 바짝 붙어서 움직였다. 문 안으로 들어가 한 차례 둘러보는데…… 이럴 수가! 방 안 모습이 아까와는 완전히 달랐다. 책상 위에 아무것도 없고, 수납장도 텅 비어 있다. 침대 시트 색깔도 다르고, 침대 옆에 캐리어 두 개도 놓여 있다. 침대 위에는 책이며 옷가지 등이 어지럽게 널려 있다.

"원래대로 돌아왔어!"

야묘가 내 등 뒤에서 외쳤다.

"이것들 모두 너랑 칼리가 가져온 거야?"

내가 침대 위의 물건들을 가리키며 묻자 야묘가 고개를 끄덕였다.

"방 안의 물건들이 달라졌다는 거지?"

선배가 물었다.

"맞아요. 방금 전엔 이렇지 않았거든요."

내가 대답했다.

"아까 혹시 다른 방에 잘못 들어갔던 건 아니겠지?"

위키가 방 안을 걸어다니며 물었다.

나는 문패를 확인했다. 틀림없이 아까와 마찬가지로 443호다.

"혹시 버스가 또 널 골탕 먹이고 있는 건 아닐까? 옆방 441호

염소가 웃는 순간

나 445호 애들과 짜고 장난 치는 건지도……."

선배가 웃음을 지으며 물었다.

"오늘 4층엔 우리 방 말고는 사람이 없어요! 첫날이라 다들 문 열고 청소할 거 아니에요? 오후에 칼리랑 내가 청소할 때 444 호실 구경하러 왔던 애들 말고는 아무도 없었…… 아, 칼리!"

맞아, 우리는 지금 칼리를 찾던 중이었다. 칼리는 어디로 간 거지? 설마 버스처럼…….

"얘들아, 여기 있어도 우리가 할 수 있는 일은 없어. 우선 관리인한테 알리고 의논해보자." 선배가 말했다. "귀신 소동이 진짜든 아니든 칼리가 보이지 않는 건 사실이잖아. 그리고 아화와 야묘 말대로라면 버스도 사고를 당한 것 같으니 긴급 상황이야."

우리는 고개를 끄덕이고 다 함께 방을 나왔다. 선배가 방문을 닫았지만 잠그지는 않았다. 그때 위키가 대담하게도 옆방 문을 두드려봤다. 심지어 444호실도 두드렸고, 반응이 없자 문고리를 돌려보기까지 했다. 역시 주변의 방들은 모두 잠겨 있었다. 위키는 여전히 버스의 악질적인 장난이라고 여기는 것 같았다. 옆방으로 건너가는 수법을 써서 우리를 속인 거라고 말이다.

도대체 무슨 일이 일어난 걸까? 방이 어떻게 원래 모습으로 돌아온 거지? 아니, 귀신이 나타났던 마당에 지금 이 문제를 고민해봐야 소용없다. 중요한 것은 버스가 왜 책상에 잡아먹혔는가 하는 점이다. 혹시 444호실의 금기를 어기고 책상 위 물건을 함부로 건드렸기 때문은 아닌지……. 칼리는 또 어디로 사라진 걸까? 샤오완과 산산의 방도 비어 있었는데 두 사람은 즈메이의 방에 갔을까?

"어라, 너희들은 왜 여기 있어?"

선배의 목소리에 나는 상념에서 깨어났다. 휴게실 안으로 막 들어갔을 때였다. 놀랍게도 관리인실 앞에 샤오완과 산산, 즈메이가 서 있었다.

"산산 방의 자물쇠가 고장나서요. 방문이 열리지 않아 관리인을 찾아 내려왔죠." 샤오완이 대답했다. "제 방에서 오리엔테이션 조원끼리 모여서 의논하다가 삼십 분쯤 지나서 헤어졌는데, 산산이 다시 나타나 자기 방 문이 열리지 않는다는 거예요. 그래서 같이 내려왔는데 주변을 찾아봐도 관리인이 안 보이네요."

아, 그래서 아까 야묘와 내가 5층에서 샤오완과 산산을 만나지 못했던 거구나. 엘리베이터로 이동해서 우리와 엇갈렸던 모양이다.

"그나저나 칼리 못 봤어?"

야묘가 다급한 목소리로 물었다.

"못 봤는데? 어, 야묘 너……."

샤오완이 의아해하는 눈으로 야묘를 바라봤다. 야묘가 너무 어두운 표정을 짓고 있어서일까? 아니면 내 팔을 붙잡고 있어서일까?

"칼리가 없어졌어." 내가 입을 열었다. "한참 찾았는데 안 보여. 게다가…… 버스도……."

"버스가 뭐?"

"아화 말로는 버스가 죽었대." 위키가 담담하게 말했다. "야묘 방에서 귀신이 나타났는데, 그 귀신이 책상으로 변해서 버스를 집어삼켰대."

샤오완이 그게 무슨 소리냐는 듯한 눈으로 나를 쳐다봤다. 우리가 무슨 불가사의한 이야기를 한다는 것처럼. 사실이 그랬다. 나는 정말 불가사의한 상황을 이야기하고 있었다. 나 스스로도 내 머리에 문제가 생긴 것은 아닌지 의심스러울 만큼 이해할 수 없는 상황이었다.

나는 여학생들을 위해 다시 사건 정황을 설명했다. 그들은 진지하게 내 이야기에 귀 기울였다. 말 많고 끼어들기를 좋아하는 샤오완도 침착하게 들어줬다.

"그러니까 버스가 귀신한테 잡혀갔고, 칼리는 실종됐다는 거지?"

샤오완이 심각한 목소리로 물었다.

"맞아. 이런 귀신 이야기가 내 눈앞에서 벌어질 줄은……."

내가 말했다.

"그러게, 괴담이 전부 사실일 가능성이 있다고 했잖아." 샤오완이 한숨을 내쉬었다. "게다가 이렇게 되고 보니 정말 앞뒤가 맞는 것 같네."

"무슨 소리야?"

야묘가 떨리는 목소리로 물었다.

"너희들, 기숙사가 지금 너무 조용한 것 같지 않아?" 샤오완이 주위를 둘러보며 말을 이었다. "아까 오후에 방 청소하다가 5층에 몇 명이나 왔는지 궁금하더라고. 오늘 입실했으면 나처럼 문 열어놓고 청소 중일 테니까 복도에 나가서 그런 방이 몇 개나 되나 세봤어. 일고여덟 개쯤 되더라고. 그러니까…… 오늘 입실 등록한 사람이 적게 잡아서 전체의 10퍼센트라고 하자. 그중에서 절반만 오늘 밤에 기숙사에 남아 있다고 쳐도 이삼십 명은 되잖아. 그런데 왜 우리 말고는 아무도 보이지 않을까? 아까 휴게실에서도 우리뿐이었잖아. 이상하지 않아?"

"샤오완, 네 말은……."

아량 선배가 입을 열었다.

"아마도 원혼에게 잡혀갔겠죠?"

샤오완이 음산한 목소리로 말했다.

"뭐? 그러니까 귀신이 기숙생들을 잡아가서 죽였다고?"

위키가 가벼운 말투로 물었다. 샤오완의 말을 어이없어하는 것처럼 들렸다. 하지만 그런 느낌을 받은 사람은 나뿐인 모양이었다.

"원혼이 사람을 잡아가면 그냥 죽이는 줄 알아?" 샤오완이 말했다. "그렇게 간단한 일이 아니야. 죽이기만 하는 게 아니라 그 사람에게 자기 역할을 대신하게 해서 원한에 대한 앙갚음을 계속하려고 하지. 원한을 품고 억울하게 죽은 사람의 넋, 즉 '원혼'은 원래 특정 장소에 붙들려서 떠나지 못하는 신세가 되거든. 보통은 자기가 죽은 장소나 생전에 애착을 품었던 장소에서 맴돌게 되는데, 그런 원혼을 '지박령地縛靈'이라고 부르기도 해. 원혼이 그 장소를 떠나 자유로워지려면 다른 누군가를 끌어들여서 자기가 품은 원한의 마음, 즉 '원념'을 넘겨줘야 해. 그런데 이렇게 원념이 넘겨질 때마다 그 원한은 더욱 깊어지게 돼. 그래서 원혼은 갈수록 더욱 사악해지게 되지."

"그러니까 원혼이 기숙생들을 잡아가서 자기처럼 귀신으로 만들었다는 거야? 버스도 지금 그런 신세가 됐다고?"

"그리고 원혼의 다음 목표는 우리들이겠지."

샤오완이 사악한 미소를 지어 보였다.

우리는 아무도 입을 열지 않았다. 그야말로 무시무시한 상황이었다.

"나도 단지 추측일 뿐이지만." 샤오완이 손을 탁탁 털면서 말했다. "기숙사에 우리 말고는 아무도 없다는 건 확실히 정상은 아니잖아."

"그럼 우리 이제 어떻게 해?"

야묘가 물었다. 야묘는 더 이상 내 팔을 붙들지 않았다. 아무래도 나보다 샤오완이 더 믿음직스러운 모양이었다.

"나도 모르겠어. 일단은 칼리를 찾은 뒤에 생각해보자. 낙관석으로 보자면, 버스도 죽은 게 아닐지도 몰라. 원혼이 네려가서 어딘가에 가둬두기만 한 거라면 아직 희망이 있어."

샤오완의 말에 나는 갑자기 용기가 생겼다. 그래, 버스는 죽은 게 아니다! 책상에 잡아먹히긴 했지만, 그건 칼에 가슴을 찔리거나 불에 타서 잿더미가 되는 것과는 다르다. 버스는 칼리처럼 원혼에게 잡혀갔지만, 아직 죽지 않았다. 분명히 구해낼 가능성이 있다.

"더 늦기 전에 팀을 나눠서 찾아보자!"

내가 용기를 북돋우며 말했다.

"그래, 내가 아화 너랑 같이 갈게. 아까 무슨 일이 있었는지 좀 더 자세히 듣고 싶어."

샤오완이 손을 들고 말했다. 나도 고개를 끄덕였다.

"남은 사람들은 둘로 나눠서 움직이자." 아량 선배가 상황을 정리했다. "기숙사 구석구석 살펴보고 이상한 점이 없는지, 칼리와 버스의 흔적이 없는지 찾아보자. 관리인이나 다른 학생들을 만나면 지금의 상황을 잘 설명해주고. 혹시 뭐든 이상한 점을 발견하면 다른 친구들에게…… 그렇지, 너희들 지금 휴대폰 갖고 있니?"

고개를 끄덕이는 사람도 있었고, 젓는 사람도 있었다. 휴대폰을 기숙사 방에 두고 나온 나는 고개를 저었다.

"그러고 보니…… 너희들 휴대폰에 별문제 없어? 이상하게 내 휴대폰은 먹통이야."

샤오완이 주머니에서 휴대폰을 꺼내 보여줬다. 화면이 이상하게 일그러져 있었다. 마치 한창 진행 중이던 컴퓨터 게임 화면이 멈춘 것처럼 색색깔 점들로 화면이 가득했다.

위키도 주머니에서 휴대폰을 꺼냈다. 휴대폰과 함께 주머니에 있던 동전이 몇 개 굴러 떨어졌다. 위키는 동전을 주운 뒤 우리 앞에서 휴대폰 화면을 몇 번 눌러 보였다. 하지만 화면은 새하얗게 된 채 아무 반응이 없었다.

"참, 아까 내가 기숙사에 있는 공중전화로 전화를 걸어봤는데, 그것도 고장 난 것 같더라고. 수화기에서 아무 소리도 들리지 않았거든."

산산이 말했다.

"이것 참, 우리가 상대하는 원혼이 생각보다 센 놈인 것 같네."

샤오완이 말끝에 쓴웃음을 지어 보였다. 마치 자기가 불길한 말을 해서 미안하다는 듯.

"자, 뭔가 발견한 사람은 휴게실에 와서 기다리기로 하자. 전할 말이 있으면 저 게시판에 써놓고 가면 되고. 오케이?"

선배가 관리인실 창 옆에 붙은 게시판을 가리키며 말했다.

우리 모두 고개를 끄덕였다.

"그럼 출발하자!"

아량 선배와 산산은 기숙사 동쪽으로 이동하고, 위키와 즈메이, 야묘는 자습실 쪽으로 향했다.

휴게실에는 샤오완과 나만 남았다.

"아화, 사건의 처음부터 끝까지 자세히 설명해줘. 아주 사소한 부분까지 빠뜨리지 말고 전부."

샤오완이 나를 붙잡고 물었다. 엄격한 전문가처럼 느껴지는 말투가 이런 불가사의한 현상에 대한 지식이 풍부해 보였다. 나는 443호실에서 겪은 일에 대해 다시 들려줬다.

"샤오완, 심령 현상에 대해 잘 아는 것 같네?"

"그냥 공부 좀 했어."

샤오완이 의미심장한 미소와 함께 대답했다.

휴게실 정문 너머로 바깥의 잔디밭이 눈에 들어왔다. 문득 내가 중요한 사실 하나를 말하지 않았다는 게 생각났다.

"나, 나 443호실 귀신을 본 게 세 번째야!"

나는 침을 꿀꺽 삼켰다.

"세 번째?"

샤오완이 무슨 소리냐는 듯 내 쪽을 봤다.

"맨 처음은 지하실에서 봤고, 두 번째는 저기 잔디밭에 있었어. 443호실에서 본 건 세 번째야. 분명 세 번 다 뒷모습이 똑같았어."

내가 단숨에 말을 쏟아냈다.

"지하실에서도 봤다고?"

"응, 지하실에서 나올 때 봤어. 지하실 안 모퉁이에 서서 벽을 바라보고 있었어."

샤오완은 한동안 생각에 잠기더니 불쑥 말했다.

"가자, 8층으로!"

"8층? 8층은 왜?"

"노펀관 7대 불가사의 중에 8층과 관련된 괴담 기억나?"

"8층……이라면 〈거울에 비친 모습〉?"

"맞아. 내 생각엔…… 우리가 〈거울에 비친 모습〉에 나오는 귀신을 불러낸 것 같아."

샤오완이 잔뜩 흥분한 마음을 짓누르는 듯한 투로 말했다.

제 3 장

* * *

　노픽관 8층 서쪽 화장실에는 서로 평행하게 마주 보는 거울
이 있다. 기숙사 건물 전체에서 유일하게 그곳에만 서울이 하나
더 있는데, 그 이유는 아무도 모른다. 그 화장실에서는 거울 앞
에 서면 거울 속 모습이 되비치고 되비쳐서 무한히 반복되어 나
타나는 걸 볼 수 있다. 맨 처음 자신의 얼굴이 보이고, 그 너머
로 뒤통수가 보이고, 그 너머로 또 얼굴이 나타나고, 이어서 뒤
통수, 얼굴, 뒤통수, 얼굴, 뒤통수…… 이렇게 끝없이 이어진다.
　어느 해 겨울밤, 8층의 한 여학생이 논문 심사를 앞두고 밤
새워 논문을 쓰고 있었다. 그날은 토요일이라 대부분의 학생이
주말을 보내기 위해 집으로 갔고, 기숙사에 남은 학생은 얼마
되지 않았다. 방에서 혼자 컴퓨터로 논문을 쓰던 여학생은 새벽
3시쯤 피곤함을 씻어내기 위해 화장실로 갔다. 차가운 물로 세
수를 하면 정신이 좀 들 것 같았다.
　여학생은 수도꼭지를 틀고 차가운 물에 수건을 적셨다. 찬

기운이 손가락을 타고 두피까지 전해지는 듯했다. 그녀는 찬 공기를 마시며 젖은 수건으로 얼굴을 닦았다. 닦을 때마다 머리가 맑아지는 기분이었다.

고개를 들자 거울 속에 피곤한 자신의 얼굴이 보였다. 그녀는 두 손으로 뺨을 두드렸다. 뒤쪽 거울에 비친 자신의 등이 눈앞의 거울에 되비친 모습이 보였다. 거울을 보던 그녀는 갑자기 위화감을 느꼈다. 뭔가 이상했다. 거울에 얼굴은 보이지 않고 오로지 등, 등, 등뿐이었다. 눈을 비빈 다음 몸을 이리저리 돌려가며 각도를 바꿔봐도 거울 속에는 뒷모습만 반복될 뿐 얼굴은 보이지 않았다.

여학생은 자신이 너무 피곤해서 착시 현상이 나타난 건 아닌지 생각하며 뒤로 늘어뜨린 긴 머리를 오른손으로 쓸어내렸다. 동시에 거울 속 뒷모습도 똑같은 동작을 했다. 그녀는 거울에 무한히 반복돼 나타난 뒷모습을 하나하나 유심히 쳐다봤다. 그러다 거울의 '깊은 곳'에서, 말하자면 열 몇 번째의 등 너머에서 얼굴을 볼 수 있었다.

하지만 그 얼굴은 그녀의 얼굴이 아니었다. 끔찍한 미소를 짓고 있는 낯선 여자의 얼굴이었다.

소스라치게 놀란 여학생은 화장실 문을 박차고 나왔다. 방으로 뛰어 들어와 이불 속에 숨어서 집에 간 룸메이트에게 전화를 걸었다. 자다가 깬 룸메이트는 히스테리에 가까운 친구의 이야기를 참을성 있게 들어줬다. 다 듣고 나서는 네가 피곤해서 헛것을 본 거라는 등 몇 마디 하고 나서 전화를 끊어버렸다.

다음 날 오후 룸메이트가 기숙사에 돌아와보니 친구는 아직도 침대에 누워 있었다. 룸메이트는 이불 위로 친구를 톡톡 치면서 간밤의 일을 사과했다. 그러나 친구는 꼼짝도 하지 않았다. 조심스럽게 이불을 들춰보니 친구가 얼굴을 베개에 묻고 엎드려 있었다.

너무 무서워서 이렇게 이불을 뒤집어쓰고 엎드린 채 잠들었구나. 룸메이트는 그렇게 생각하며 이불을 좀 더 끌어내렸다.

그 순간 그녀는 비명을 지르고 말았다.

친구의 몸은 엎드린 게 아니라 천장을 향해 누워 있었다.

목이 180도 돌아가서 뒤통수가 위를 향한 상태였다. 긴 머리는 가슴 위에 흐트러져 있었다.

침대 위에 누워 있는 건 차갑게 식은 시체였다.

— 노력관 7대 불가사의 세 번째 이야기, 〈거울에 비친 모습〉

1

나는 샤오완을 따라 1층의 동쪽 계단 입구로 갔다.

"샤오완, 우리가 뭘 불러냈다고? 그게 무슨 뜻이야? 그리고 아까 8층에 가자더니 왜 여기로 와? 왜……."

"잠깐만." 샤오완이 손을 펼쳐 내밀며 나를 제지했다. "한꺼번에 질문하지 말아줘. 뭐부터 대답해야 할지 모르겠잖아."

"그럼…… 왜 동쪽 계단에 온 거야? 다시…… 지하실에 내려가 보게?"

내가 걱정스러운 목소리로 물었다. 다시는 그 끔찍한 지하실에 발을 들이고 싶지 않은데, 지금 그 입구가 우리 눈앞에 있었다.

"방향을 확인하려는 거야. 들어갈 생각은 없어."

"방향?"

"응……."

샤오완이 지하실로 통하는 철문을 뚫어져라 쳐다보면서 한 손은 앞으로 내밀고, 다른 한 손은 왼쪽을 가리켰다.

"기숙사 정문은 남쪽을 향해 있고, 옆문은 서쪽…… 동쪽 계단은 남쪽에서 북쪽 방향, 문과 계단은 평행이고……."

샤오완이 혼자 중얼거렸다. 대체 지금 뭘 하고 있는 거냐고 물어보려는데 샤오완이 먼저 입을 뗐다.

"아화, 그 계단이 몇 번 꺾였지?"

"그 계단? 지하실로 내려가는 계단 말이야? 아마…… 두 번?"

"방향은?"

"먼저 오른쪽으로 꺾고, 그다음 왼쪽으로 꺾고?"

나는 최대한 기억을 쥐어짜내 대답했다.

"그럼 틀림없어. 내가 잘못 기억한 게 아니네." 샤오완이 손을 내린 뒤 말을 이었다. "계단이 두 번 꺾일 때 방향은 반대지만 각도는 비슷했어."

내가 고개를 끄덕였다. 첫 번째 계단 모퉁이에서 산산이 넘어질 뻔했던 게 기억났다.

샤오완은 입을 다물고 무슨 풍수학자라도 된 듯 오른손 손가락을 꼽아가며 뭔가를 골똘히 계산했다. 정말 풍수에 대한 지식이 있는 걸까?

"역시 맞구나. 이제 8층으로 가자."

샤오완이 나를 보며 말하더니 계단으로 발을 올렸다.

"엘리베이터 안 타고?"

나는 지하실에서 빙빙 돈 데다 443호실에서 겪은 일까지 더해져서 다리가 후들거리던 참이었다. 8층까지 계단으로 올라갈 힘이 없었다.

"계단으로 가는 게 좋겠어. 힘들 것 같으면 한 걸음씩 천천히 올라가자."

'천천히' 올라간다고 해도 8층이나 되는데 당연히 힘들지!

샤오완은 계단으로 가야 하는 이유를 말해주지 않았다.

그렇지만 나는 불평하지 않았고, 불평할 기운도 없었다. 샤오완은 자신의 결정에 확실한 이유가 있는 듯했다. 자신만만한 태도를 보니 반대하기가 어려웠다. 우리는 한 발 한 발 계단을 올라갔다.

"저기……." 겨우 한 층 올랐는데 나는 다리를 들 힘도 거의 없었다. "샤오완, 아까 '방향'에 대해선 왜 그렇게 곰곰이 따진 거야?"

"기문둔갑奇門遁甲이라는 말 들어봤지?"

"풍수학 같은 데 나오는 말 아냐?"

"응, 그래." 샤오완은 고개도 돌리지 않고 내 앞에서 걸으며 설명했다. "기문둔갑의 '문門'은 휴생상두경사경개休生傷杜景死驚開라는 팔문八門을 의미해."

"휴상…… 뭐?"

"휴상이 아니라, 휴생상두경사경개. 여덟 개 문의 이름이야. 휴문, 생문, 상문, 두문, 경문, 사문, 경문, 개문. 이 여덟 개의 입구는 곧 여덟 방향을 가리켜. 생, 휴, 개는 길한 방향이고 두, 경景은 보통 수준의 방향, 그리고 사, 경驚, 상은 흉한 방향이지."

"풍수에서 길한 땅이니, 흉한 땅이니 하는 그런 거?"

"그래, 그런 거라고 보면 돼." 샤오완이 어깨를 으쓱했다. "아까 내가 지하실 계단이 몇 번 꺾였느냐고 물었을 때 두 번이라고 대답했지?"

"응."

"노픽관의 정문은 남쪽이야. 기숙사 건물은 서쪽에서 동쪽으로 네 구역으로 나뉘는데, 각각의 구역이 남북, 동서, 남북, 동서, 이런 방향으로 지어졌지. 세 군데의 계단은 각 구역의 연결 지점에 있고, 지하실로 통하는 그 철문은 북쪽이야."

모두 맞는 말이다. 나는 기숙사에 오기 전에 지도를 보면서 노픽관의 구성이며 방향 등을 구체적으로 확인했었다. 어느 쪽 방에 햇빛이 잘 드는지, 여름에 더운 구역은 어디인지 등을 가늠하기 위해서였다.

"그러니까, 지하실 계단은 맨 처음에는 북쪽을 향해. 그리고 첫 번째 모퉁이에서 오른쪽으로 45도 정도 꺾였지. 즉 거기서 계단은 북동쪽을 향해. 다시 아래로 내려가다가 왼쪽으로 45도 꺾였으니까 이젠 북쪽을 향하는 거야. 그렇게 북쪽으로 내려가다가 우리는 지하실에 도착했어."

"맞아. 그래서?"

"지하실은 북쪽에 있고, 입구는 남쪽이야. 지하실이 팔각형이니까 벽면 여덟 개가 각각 여덟 방위에 대응하게 돼. 아화, 우리가 거기서 무슨 게임을 했지?"

"게임? 그 '모퉁이 두드리기' 말이야? 점점 사람이 줄어서……."

샤오완이 걸음을 멈추고 나를 돌아봤다.

"그 놀이를 두 글자로 뭐라고 부른다고 했지?"

순간 나는 얼어붙었다.

초혼招魂.

내 표정을 본 샤오완은 다시 계단을 오르기 시작했다. 내가 자신의 말을 이해했다는 걸 알아차린 모양이었다.

"그 놀이가 꼭 성공하리란 보장은 없어. 게다가 보통은 자정에 해야 효과가 있대. 그렇지만 우리는 정말로 엄청난 놈을 불러내고 말았어. 그때 하필이면 사람이 한 명 적어서 빈 모퉁이가 있었잖아. 그게 바로 금기를 건드린 것 같아."

샤오완이 씁쓸하다는 듯 말했다.

"금기를 건드렸다고?"

"지하실 여덟 개의 벽면이 여덟 방위를 가리킨다고 했지? 우리가 비워둔 자리가 어느 방향인지 기억나?"

그때 나는 지하실 문을 바라보고 왼쪽 방향에 있었다. 문이 남쪽이라면 내 위치는 남동쪽일 것이다. 시계 방향으로 내 앞에는 버스가 있었는데, 문이 있는 벽면의 왼쪽 모퉁이가 버스의 자리였다. 그리고 버스의 앞자리가 비어 있었는데, 그곳은…….

"남서쪽?"

"그래, 남서쪽이야. 팔문에서 '사문死門'이라고 불리는 방향이지. 가장 흉한 방향이야."

나는 걸음을 멈췄다.

"가장…… 흉한 방향이라고?"

목소리가 저절로 떨렸다.

샤오완도 멈춰 서서 대답했다.

"사문은 팔괘八卦 중 곤坤에 해당하고, 목화토금수 오행五行 중에선 토土에 해당해. 음기가 가장 강하고 불길한 방향이지. 옛 사람들은 사문으로 장례 행렬이나 잡은 짐승 등만 드나들게 했어. 길하고 좋은 일은 절대 그 방향에서 치르지 않았지."

나는 샤오완의 눈을 들여다봤다. 막힘 없이 설명했지만 그녀의 눈빛에도 분명 불안감이 서려 있었다. 그 불안감은 상황의 심각성과 원인을 제대로 이해하는 사람이기에 느낄 수 있는 것이었다.

"그런데 우린 하필 그 방향을 비워놓고 놀이를 했지. 그 자리에 없는 손님을 초청하는 놀이를."

"우리가 원혼을 불러냈다……?"

우리가 정말 그런 끔찍한 실수를 저질렀단 말인가!

"풍수학에선 북동쪽과 남서쪽에 대한 다른 이론도 있어." 샤오완이 화제를 돌렸다. "북동쪽과 남서쪽을 잇는 선을 특별한 이름으로 부르는데……."

"뭐라고 부르는데?"

"귀문선鬼門線."

나는 헉 하고 숨을 들이켰다.

"학파마다 풍수의 계산법이 조금씩 다르지만, 남서쪽에 대한 의견은 놀랍게도 일치해. 기본은 다 통한다잖아. '귀문선'의 이론으로 설명하면 남서쪽은 곧 '내귀문內鬼門'에 해당해. 많이 쓰이는 말은 아니지만 내귀문을 '여귀문女鬼門'이라고 부르기도 하지."

그 순간 긴 머리 여자의 뒷모습이 눈앞에 떠오르는 듯했다. 지하실 안쪽 모퉁이에 서서 벽을 바라보고 있던 여자의 뒷모습이.

"남서쪽이 내귀문이면 북동쪽은 외귀문이겠지. 귀문에는 출입문이나 창문을 만들면 안 돼. 거기다 문을 만들면 악귀를 불러들일 수 있거든. 그 놀이 할 때 누가 제일 먼저 시작했는지 기억해?"

그때 누가 제일 먼저……. "왜 나야!"라고 빈 모퉁이의 맞은편 자리에 있던 칼리가 외쳤었다.

칼리는 북동쪽에 있었다.

샤오완의 물음에 대답하려고 입을 열었지만, 내 입에선 아무 말도 나오지 않았다.

"칼리는 외귀문에 서서 놀이를 시작했고, 지금 실종됐어. 아화, 너는 지하실에서 여자 귀신을 봤지. 오늘은 음력으로 8월 12일 정묘일丁卯日이야. 정묘일은 일직월파日值月破에 해당하는 날로, 이날에는 매사에 조심해야 해. 금기되는 일이라도 했다간 재앙이 찾아오지. 그때 내가 방위와 날짜를 따져봤다면 그런 놀이는 결단코 하지 않았을 텐데⋯⋯."

이 상황의 원인이 거기에 있었을 줄이야!

우리는 모두 바보 멍청이였다. 자업자득이다.

버스는 자신의 그 잘난 아이디어로 인해 죽은 것이니 누굴 원망할 것도 없다⋯⋯. 아니지, 내가 그때 소신껏 이런 사악한 게임은 하지 않겠다고 고집했더라면 지금과 같은 상황은 오지 않았을 텐데⋯⋯.

내 잘못이다.

아니, 지금 후회해봐야 소용없다. 나는 고개를 흔들어 후회의 마음을 털어냈다. 할 수만 있다면 칼리만이라도 구해내야 한다.

"근데 8층엔 왜 가는 거야? 〈거울에 비친 모습〉 괴담도 이 일에 관련 있어?"

"원혼은 근원도 없이 갑자기 생기는 게 아니거든. 우리는 여자 귀신을 불러냈어. 그 귀신도 근원이 있겠지. 노픽관 7대 불가사의 중에서 '긴 머리의 낯선 여자'는 444호실 괴담과 거울 괴담에만 나와. 네가 444호실 귀신을 만났다면 당연히 8층의 거울 속 귀신을 조사해봐야지."

샤오완은 말을 마치고 다시 계단을 오르기 시작했다. 나도 조용히 뒤를 따랐다.

"아화, 거울은 특별한 도구야. 동서고금을 통틀어 종교 의식이나 주술, 마법 등에서 거울을 쓰는 경우가 매우 많아. 거울이 사악한 존재를 물리친다거나 미래를 보여준다는 믿음 때문이기도 하고, 거울을 보는 사람과 거울에 비친 모습은 하나의 영혼을 공유한다고 믿는 사람들도 있었어. 또 거울은 이승과 저승을 이어주는 '통로' 역할을 하기도 한대. 그렇다면 혹시 8층의 거울은 괴담 속 여자 귀신이 현실 세계로 넘어오는 출입구가 아닐까? 어쩌면 거울을 통해서 444호실에 나타났을지도 몰라."

나는 샤오완의 말에 숨은 의미를 알 것 같았다.

"그렇다면 〈거울에 비친 모습〉과 〈444호실〉에 나오는 귀신이 같은 원혼……?"

"맞아. 난 그렇게 추측해. 어떤 여학생이 교통사고로 원혼이 됐다면, 처음엔 그냥 자기 방으로 돌아가서 하던 공부를 계속하려고 하겠지. 근데 그런 날이 계속되다 보면 원념이 쌓이고 쌓여서 자기처럼 공부에 열심인 여학생에게 마수를 뻗치는 거야. 그 여학생은 원혼을 대신해줄 존재로 선택되어 희생된 걸지도……."

"그럼 내가 본 게 바로 그…… 원혼일까?"

"모르지." 샤오완이 고개를 저었다. "어쩌면 충분한 희생양을 확보하지 못했는지도 몰라. 444호실에 살았던 그 여학생은 아마도 〈거울에 비친 모습〉 속의 원래 있던 원혼을 대신하게 된 걸 거야. 어쩌면 몇 번이나 원념을 이어받은 후의 희생자일지도."

염소가 웃는 순간

"그러면 칼리는······."

"이 연쇄 작용의 목표 중 하나겠지. 잊지 마. 칼리는 '외귀문'에서 있었어. 그리고 원래 444호실이었을 가능성이 있는 방을 배정받았고. 그러니 원혼이 칼리를 노릴 만도 하지."

그렇다면 칼리는 지금 굉장히 위험한 상태다. 어느새 걸음이 빨라진 나는 샤오완과 나란히 걷게 되었다. 내가 걸음을 서두르자 샤오완도 더 빨리 계단을 올랐다.

8층까지 단숨에 올라왔더니 숨이 턱까지 차올랐다. 하지만 우리는 한시도 숨을 돌릴 수 없었다. 샤오완과 나는 8층 복도를 걸어 동쪽 계단에서 서쪽 계단으로 이동했다.

복도는 어둡고 조용했다. 바늘 떨어지는 소리도 들릴 만큼 적막했다. 역시 샤오완의 예상대로 기숙사에는 우리밖에 남아 있지 않은 듯했다. 아까 야묘와 함께 4, 5층을 둘러볼 때도 비슷한 느낌이었다. 기숙사 전체가 뭔가에 지배받고 있는 것 같았다. 우리는 장기판의 말이 되어 '공포'라는 보이지 않는 적과 싸우고 있다······. 하지만 이 대국은 불공평하다. 우리는 오로지 잡아먹히는 쪽에 놓여 있다.

8층 서쪽 화장실 입구는 다른 층과 마찬가지로 구부러진 벽으로 문을 대신해 입구를 가려놓았다. 구부러진 벽 위쪽에는 타일이 붙어 있는데, 여학생 층은 분홍색 타일, 남학생 층은 파란색 타일로 되어 있었다.

샤오완은 곧장 화장실 안으로 들어갔다. 내가 들어가지 않고 문앞에서 발을 멈추자 샤오완이 물었다.

"왜 그래? 무서워?"

"아니, 여자 화장실이잖아. 누가 보고 변태 취급하면 어떡해?"

"이 바보야! 여기 다른 사람이 있다면 하늘에 감사할 일이지!"

샤오완이 웃으면서 면박을 줬다.

하긴 그렇다. 오늘 나는 멍청한 짓을 계속하는 것 같다.

나는 샤오완을 따라 괴담의 주 무대인 화장실로 들어갔다. 여자 화장실은 처음이라 노픽관의 다른 여자 화장실과 다른 점이 있는지는 알 수 없었다. 남자 화장실과 다른 점이라면 소변기가 없다는 점일까? 화장실 입구는 좌우 두 개의 통로로 나뉘는데 왼쪽은 샤워실이고, 오른쪽으로 꺾어 들어가면 화장실 개인칸이 두 줄로 배열돼 있었다. 샤워실과 화장실은 서로 통하도록 되어 있는데 입구에 L자 모양의 벽이 있어서 밖에서는 두 구역으로 구분된 것처럼 보인다.

샤워실과 화장실 사이 벽에는 세면대가 한 줄로 배치돼 있고, 세면대 위쪽에는 당연히 거울이 달려 있었다. 그리고 그 맞은편 벽에도 거울이 붙어 있었다. 가로 3미터, 세로 2미터 정도 되는 커다란 거울인데, 이쪽에는 필요 없어 보이는 거울이 왜 붙어 있는지 의아했다. 2층 남자 화장실에선 이쪽 벽이 그냥 벽으로만 되어 있고, 모퉁이에 청소 도구가 들어 있는 철제 함이 있었다. 그런데 이곳에는 철제 함 대신 빨간색 플라스틱 통에 대걸레 하나가 놓여 있었다.

양쪽의 거울에는 마주한 거울 속 모습이 무한대로 비쳐 있다.

"거울이 참 신기하다!"

내가 중얼거렸다.

샤오완은 화장실 개인칸과 샤워실을 일일이 살펴보며 사람이 없다는 걸 확인하고는 거울 앞에 서서 말했다.

"확실히 이상해. 8층의 이 화장실에만 거울이 하나 더 있거든."

"다른 여자 화장실엔 없어?"

굳이 물어볼 필요도 없었지만, 그래도 나는 확인하고 싶었다.

"응, 없어."

샤오완은 겁도 없이 거울 앞에서 요리조리 움직이며 살펴봤다.

나도 샤오완의 시선을 따라 거울을 봤다.

"뭐, 그냥 보통 거울 아냐?"

거울 속에 연달아 비친 샤오완의 모습을 보며 내가 말했다. 〈거울에 비친 모습〉 괴담에서처럼 샤오완의 얼굴, 뒤통수, 얼굴, 뒤통수, 얼굴……이 수없이 연이어 나타났다. 거울은 모든 빛을 완전히 반사하진 못하기 때문에 반사될 때마다 조금씩 어두워진다고 한다. 그래서인지 거울 속 화면들은 뒤로 갈수록 점점 흐려지고 어두워져서 내가 알아볼 수 있는 건 열 몇 개의 화면뿐이었다.

나도 거울을 마주하고 서봤다. 하지만 거울에는 내 뒤통수가 보이지 않았다. 앞뒤로, 양옆으로 왔다 갔다 하며 들여다봐도 내 눈에는 거의 20년을 보아온 익숙한 얼굴만 보였다. 그렇다, 완전히 평행하게 마주한 두 거울에서는 자신의 뒤통수를 볼 수 없다. 빛은 직선으로만 나아가므로 내 뒤통수가 비친 거울 속 모습은 내 머리에 가려져서 보이지 않는 게 맞다.

두 개의 거울로 자신의 뒤통수를 보려면 어느 정도 각도가 필요하다. 반사된 화면이 앞 거울에 비쳐야 하기 때문이다. 그렇다면 괴담에 나오는 무한대의 뒤통수라는 것은 어떻게 된 거지? 혹시 이야기 속 여학생이 본 것은 자신의 뒤통수가 아닌 게 아닐까? 나도 모르게 몸이 흠칫 떨렸다. 지금 나는 바로 '그 거울'을 바라보고 있었다.

"문제는 없는 것 같은데……."

샤오완이 거울 앞에서 손짓 발짓을 하더니 나중에는 벽 앞에 쭈그리고 앉아 거울 가장자리를 자세히 들여다봤다. 거울과 벽 사이에 이상한 점이 없는지 살펴보는 듯했다. 샤오완이 거울을 확인하는 동안 나는 멍하니 옆에 서 있었다. 잠시 후 실망한 듯한 샤오완의 표정을 보니 아무 이상이 없는 모양이었다. 그녀의 표정은 지하실 바닥의 마법진을 살펴봤을 때와 비슷했다.

"거울엔 문제가 없어."

샤오완이 최종 결론을 내리고 뒤로 몇 걸음 물러났다.

"이상한 점이 없다…… 우리가 확인하는 방법이 잘못된 건 아닐까?"

"그럴 수도 있지." 샤오완이 고개를 갸웃거렸다. "괴담에선 죽은 여학생이 차가운 물로 세수한 뒤에 고개를 들었을 때 이상한 점을 발견했지."

우리는 세면대 쪽으로 돌아섰다.

"시험……해볼 거야?"

나도 모르게 목소리가 떨렸다.

"누군가는 해봐야지."

샤오완의 목소리는 차분했지만, 나처럼 망설이고 있다는 게 느껴졌다. 괴담이 진짜라면 우리가 지금 하려는 행동은 자살이나 다름없었다.

"가위바위보로 정하자."

내가 손을 내밀며 말했다. 솔직히 나는 도전하고 싶지 않았지만, 비겁하게 이런 모험을 여자에게 떠넘길 수는 없었다. 하지만 지하실에서 내가 비겁한 놈이 되기를 감수했다면 지금 이런 사태도 일어나지 않았을 텐데⋯⋯.

"좋아. 가위, 바위⋯⋯." 오른손을 내밀고 가위바위보를 중얼거리던 샤오완이 돌연 멈췄다. "잠깐만, 이긴 사람이 해, 진 사람이 해?"

"이긴 사람이 하자."

진 사람이 하는 걸로 하면 이 가위바위보 한 판은 곧 목숨을 건 도박이 된다⋯⋯. 아니다, 그런 생각은 하지 않는 게 좋겠다.

"시작한다! 가위, 바위, 보!"

샤오완이 주먹을 흔들다가 '보'라고 말하는 순간 우리는 동시에 오른손을 내밀었다.

영화에선 이런 경우 보통 둘이 똑같은 걸 내게 해서 긴장감을 높이곤 하던데, 나도 그런 장면을 연출하고 싶었다. 그렇지만 현실은 전혀 그렇지 못했다. 나는 보를, 샤오완은 바위를 냈다.

이번만큼은 진짜 이기고 싶지 않았는데⋯⋯.

나는 용기를 내 세면대 앞으로 다가갔다. 괴담에서 어느 세면대를 썼는지는 나오지 않는다. 나는 아무 세면대나 선택해 수도꼭지를 돌렸다. 차가운 물이 쏟아졌다. 쏴 하는 소리가 화장실을 울리며 적막을 깨뜨렸다. 나는 물줄기에 손을 댔다. 차가운 느낌에 머리칼이 쭈뼛 선다⋯⋯. 물이 차가워서인지, 공포 때문인지는 모르겠지만.

나는 샤오완을 한 번 돌아보고 나서 다시 용기를 내 세면대

쪽으로 얼굴을 숙였다. 손으로 물을 받아서 얼굴에 끼얹었다. 물이 얼음처럼 차다. 이제 겨우 9월인데, 뭐라 해도 초가을밖에 되지 않았는데 왜 이렇게 찰까? 기숙사가 교외에 있어서 실외 수도관을 통해 물이 나오기 때문일까? 한순간 등줄기를 따라 소름이 쫙 돋으며 얼굴이 마비되는 듯했다.

얼굴에 몇 차례 물을 끼얹은 후 고개를 들면 결과를 알게 될 것이다.

나는 세면대 가장자리를 붙잡고 굽혔던 허리를 천천히 폈다……. 차가운 물방울이 이마에서 눈썹으로, 눈꼬리로 흘러내렸다. 나는 입을 벌리고 심호흡을 했다.

내 눈앞에 있는 것은, 나……였다.

물에 젖은 내 얼굴이 거울 속에 보인다.

여전히 내 얼굴만 보이고, 뒤통수는 보이지 않는다.

눈동자를 옆으로 돌려봤다. 샤오완은 여전히 내 뒤편 왼쪽에 서서 나를 보고 있었다. 그녀의 눈빛에 불안감이 서려 있다. 또한 약간의 기대감도 실려 있다.

나는 세심하게 거울 속 화면을 관찰했다. 아무리 봐도 이상한 점이…… 없다.

모든 것이 정상이다.

긴 머리 여자도 없고, 교활한 미소를 띤 얼굴이나 긴 이빨을 드러내고 무지막지한 손톱을 휘두르는 괴물도 없다.

나는 몸을 똑바로 세우고 뒤로 세 걸음 물러났다. 조마조마한 마음으로 몸을 돌린 뒤 다른 화장실보다 '하나 더 있는' 거울을 바라봤다.

샤오완도 나와 같이 그 거울을 살폈다.

나와 샤오완, 그리고 무한히 반사되는 거울 속 모습이 비친다.

"아……무것도 없네!"

샤오완이 말했다. 샤오완은 다시 거울 앞으로 다가가 거울 뒤의 벽을 살펴보고 손으로 톡톡 두드려봤다.

내심 복잡한 심정이었다. 〈거울에 비친 모습〉 괴담의 주인공처럼 비참한 결말을 맞고 싶지 않다. 하지만 아무런 이상도 찾지 못하면 칼리와 버스를 찾을 길도 막막하다.

"다른 쪽으로 손을 써봐야겠어."

샤오완이 자신의 틀린 판단에 실망한 듯 한숨을 쉬었다.

"다른 쪽? 7대 불가사의의 다른 괴담?"

"그것도 물론 방법이겠지만, 내용상 가장 가까운 〈거울에 비친 모습〉도 유용한 단서를 주지 못하는데 다른 괴담들은 더 의미 없을 거야."

샤오완이 또 고개를 기울이며 생각에 잠겼다.

"그럼 다른 단서가 있어? 뭔가 특별한 발견 같은 거?"

"음, 한 가지 있긴 해. 아주 사소한 거긴 한데…… 아까 너희들이랑 다 같이 휴게실에 있다가 방에 돌아갔을 때 누군가 내 방에 들어왔었다는 느낌을 받았어."

"누군가 들어왔었다고?"

"방 열쇠는 나한테만 있는데 마치 어떤 사람이…… 아, 아니지. '사람'이 아니겠구나, 그렇지?"

샤오완이 자조적인 웃음을 띠었다.

"방에 무슨 문제가 있었어?"

"침대에 올려놓았던 옷이 보이지 않았어. 칼리하고 저녁 먹고 휴게실에 모이기 전에 방에 들러서 옷을 갈아입고 내려갔거든. 그때 재킷이랑 티셔츠를 침대 위에 올려놨었는데 돌아와 보니 없어졌더라고."

"물건 잃어버렸다고 관리인한테 바로 알리지 않았어?"

"처음엔 눈치를 못 챘어. 근데 나중에 방을 둘러보는데 뭔가 이상한 게 느껴지는 거야. 내 기억이 틀렸나 하고 의아해하던 차에 산산이 나타나 자기 방 자물쇠가 고장났다고 했지."

맞아, 그다음은 셋이서 관리인을 찾으러 내려왔다가 아량 선배를 비롯한 우리를 만나서……. 칼리와 버스는 이미 없어진 뒤였지만.

아니, 그렇게 생각하지 말자. 그들의 생사는 아직 알 수 없다.

"여기 계속 있어봐야 소용없으니까 그만 나가자."

샤오완이 출입구 쪽으로 발을 돌리며 말했다. 나도 고개를 끄덕이는데 문득 떠오르는 생각이 있었다.

〈거울에 비친 모습〉 속의 주인공은 화장실에서 사망한 게 아니다. 자기 방으로 돌아가 룸메이트에게 전화해 도와달라는 말까지 하고 나서 죽었다.

그렇다면 전화 통화 후에 무슨 일이 있었던 걸까? 나는 괴담에서처럼 거울 속에서 흉측한 얼굴의 여자를 보지는 못했지만, 이 기숙사에서 괴이한 뒷모습의 형체는 세 번이나 봤다. 어쩌면 나는 이미 원혼의 목표물이 될 조건을 갖춘 게 아닐까? 갑자기 온몸에 소름이 돋았다.

화장실에선 아무 일도 벌어지지 않았지만, 어딘가 방으로 들어가는 순간 마수의 손길이 내게 뻗치는 건 아닐까?

나는 죽고 싶은 마음이 조금도 없었다. 하지만 칼리와 버스의 목숨을 구하려면, 그들의 생사나마 확인하려면 일부러 방에 들어가서라도 원혼을 유인해야 한다.

8층에는 즈메이의 방이 있다. 즈메이의 방을 빌려서 원혼을 불러내자. 즈메이가 방문을 잠갔는지는 모르겠지만, 잠겨 있다면 발로 차서라도 열어야지. 오늘 살아남는다면 문 수리비는 그때 가서 생각하자.

나는 화장실 출입구로 향하는 샤오완에게 말했다.

"샤오완, 혹시 즈메이 방이 몇 호인지 알아? 내 생각에 원혼은 거울에 비친 사람이 방으로 들어간 뒤에……."

그 순간 샤오완이 뒤를 돌아봤다.

샤오완은 내 말을 듣고 있지 않았다. 그녀는 내 등 너머 어딘가를 바라보고 있었다. 뭔가 소름 끼치는 장면을 목격한 것 같은 눈빛으로. 무슨 말을 하고 싶은 듯 입을 벌렸지만 목소리는 내지 못했다.

나는 그녀의 시선을 따라 뒤를 돌아봤다. 그리고 봤다.

흉측한 얼굴의 여자도, 긴 머리의 뒷모습도 아니었다.

칼리.

언뜻 매우 정상적인 모습으로 보이는 칼리. 귀신에 씐 것 같지도 않다.

단 하나 정상이 아닌 것은 칼리가 있는 장소였다.

칼리는 거울 속에 있었다. 열 몇 개의 화면 너머, 이 화장실에만 '하나 더' 있는 거울 속에.

칼리는 주먹 쥔 손으로 거울을 두드리고 있었다. 때때로 다급한 얼굴로 뒤돌아보기도 했다. 뭐라고 고함을 질러댔지만 소리는 거울 밖으로 전해지지 않았다.

칼리는 거울 앞에 서 있었지만, 열 개쯤의 거울 화면을 사이에 두고 있어서 우리와 칼리의 거리는 가깝고도 멀었다. 거울 속에서 칼리는 나와 샤오완 옆에 서 있었다. 하지만 그것은 거울 속에 비친 모습일 뿐이었다. 칼리는 십여 개의 거울 너머에서 무력하게 유리를 두드리며 도와달라고 외치고 있었다.

"칼리! 칼리! 칼리!"

샤오완이 외쳐댔다.

칼리에게 샤오완의 목소리는 들리지 않는 듯했지만, 우리의 모습은 확실히 보이는 듯했다. 칼리와 눈이 마주쳤을 때 그녀의 얼굴에 떠오른 기쁨과 안심의 표정도 봤다. 하지만 그것도 잠시일 뿐, 곧 공포와 무력감 속에 묻혀버렸다.

나는 칼리와의 거리를 좁혀보려고 거울 앞으로 다가갔다. 거울 속 내 모습이 칼리에게 가까워졌다. 하지만 가까이 갈수록 거울 속의 내가 칼리를 가려버렸다. 거울 속 내 모습이 일종의 평면 판넬처럼 칼리를 가려서 그녀의 모습이 보이지 않았다. 내가 옆으로 한 걸음 옮기자 거울 속 칼리가 다시 모습을 드러냈다.

"샤오완, 어떻게 하지?"

샤오완은 아무 대꾸 없이 거울 앞으로 달려들어 힘껏 거울을 두드렸다.

"칼리! 칼리!"

"샤오완, 어떻게 할지 생각을 좀 해보자!"

내가 다시 말했다.

칼리는 샤오완의 어릴 적 친구다. 이런 상황에서는 샤오완도 냉정을 찾기가 쉽지 않을 것이다.

"으아악!"

샤오완이 갑자기 비명을 질렀다.

거울을 들여다보니 칼리의 등 뒤로 시커먼 그림자가 서 있었다. 칼리가 열 번째의 거울 화면에 있었다면, 시커먼 그림자는 열다섯 번째쯤의 거울 화면에 있었다. 멀리 있는 거울 화면일수록 어둡기 때문에 그림자의 모습이 또렷하지 않았다. 그러나 실루엣만 봐도 그 정체를 알 수 있었다.

내가 세 번이나 봤던 긴 머리 귀신이다.

그런데 이번에 나타난 귀신은 더 이상 뒷모습이 아니다.

게다가 그 악령은 한 발짝 한 발짝 앞쪽의 거울 화면을 넘어서 칼리에게 접근하고 있었다.

"칼리! 뒤를 봐!"

나도 샤오완처럼 거울을 두드렸다. 어서 칼리가 눈치채기를 바랐다. 하지만 칼리는 우리를 향해 거울을 두드리고 고함을 지를 뿐, 뒤에서 다가오는 악령은 전혀 알아차리지 못했다.

"칼리! 뒤! 뒤를 봐!"

샤오완이 손으로 거울을 가리켰지만 칼리는 뒤돌아볼 생각을 전혀 하지 못했다.

긴 머리 악령이 거울 하나를 휙 넘어왔다. 이제 칼리와의 사이에는 거울 네 개뿐이다.

악령은 팔을 늘어뜨린 채 한 발 한 발 칼리에게 접근했다.

"칼리!"

"아화! 뭐라도 해봐!"

샤오완이 나를 향해 소리 질렀다. 세상에, 이럴 때 나라고 무슨 방법이 있겠는가!

"거울을 깰까?"

내가 입에서 나오는 대로 소리쳤다.

"그랬다가 칼리가 못 나오면 어떡해? 칼리를 구할 유일한 기회를 잃어버리는 거라면?"

샤오완이 숨가쁜 목소리로 내뱉었다.

다시 거울 속 칼리를 봤다.

악령은 이제 거울 화면 세 개를 앞두고 있었다.

악령의 얼굴도 거의 알아볼 수 있었다. 피범벅으로 얼룩진 하얀 원피스 차림에 풀어헤친 머리는 허리까지 닿아 있다. 신발도 신지 않은 맨발이다. '창백한 귀신'이라는 말과는 어울리지 않게 피부색은 짙었다. 거의 검은색으로 보일 정도였다. 빛이 부족해서 또렷이 보이진 않지만 악령의 입 위치가 좀 이상하게 느껴졌다.

"상황이 심각하니까 도박이라도 해보자!"

나는 그렇게 말하고 플라스틱 통에 있던 대걸레를 집어 들었다.

"샤오완, 뒤로 물러서!"

내가 외치자 샤오완이 뒤로 몇 발 물러났다.

나는 거울 앞에서 온 힘을 다해 대걸레 자루를 휘둘렀다. 앗! 거울 앞 몇 센티미터를 남기고 나는 동작을 멈췄다. 거울 속 칼리를 보며 순간적으로 떠오르는 생각이 있었다.

"아화!"

샤오완이 의아한 듯 나를 불렀다.

하마터면 큰일 날 뻔했다! 칼리의 손이…… 뭔가 이상하다.

칼리의 오른손.

두 손으로 거울을 두드리고 있는 칼리.

오른쪽 손목에 흰색 밴드를 두르고 있다!

버스정류장에서도 칼리는 저 손목 밴드를 두르고 있었다. 그러나 그때는 분명 왼쪽 손목이었다!

나는 잽싸게 몸을 돌렸다. 세면대 위 거울은 평상시와 같다. 도와달라고 외치는 칼리도 없고, 점점 다가오는 악령도 없다. 칼리와 악령은 오로지 이 화장실에 하나 더 있는 거울 속에만 있다.

하지만 거울 속 칼리의 손목 밴드가 왼쪽이 아니라 오른쪽 손목에 있다는 것은…….

거울 속 모습은 바로 칼리가 거울에 비친 모습이다!

그렇다면…….

"문제가 있는 거울은 이쪽이야!"

나는 세면대 쪽으로 달려들어 온 힘을 다해 대걸레를 휘둘렀다. 샤오완이 뭐라 대꾸하기도 전에 대걸레 자루로 세면대 위의 거울을 찍었다.

그러나 거울은 깨지지 않았다.

대걸레는 마치 수면을 내리찍은 것처럼 거울 안으로 쑥 들어갔다.

대체 무슨 일이 벌어진 걸까? 나는 죽을힘을 다해 대걸레를 붙잡았다. 하지만 순식간에 거울 안으로 빨려 들어가고 말았다.

다음 순간, 나는 화장실 바닥에 나동그라졌다. 손에는 여전히 지저분한 대걸레를 쥔 채로.

얼른 몸을 일으켜보니 나는 혼자서 8층 화장실 안에 있었다. 하지만 이 화장실은 내가 아까까지 샤오완과 함께 있던 곳이 아니다. 이곳은 방금 전의 화장실과 모든 위치가 반대다. 마치 거울에 비친 모습처럼.

세면대 위의 거울을 보니 얼빠진 표정으로 유리를 더듬고 있는 샤오완의 모습이 보였다. 시선이 좌우로 빠르게 움직이는 걸 보니 샤오완은 내가 보이지 않는 모양이었다. 나는 고개를 돌려 맞은편 거울을 봤다. 칼리가 거기에 있었다. 이번에는 왼쪽 손목에 밴드를 두르고 있다.

악령 역시 그 거울 안에 있다. 이제는 칼리와의 사이에 두 개의 거울만 남겨둔 상태다.

방금 나동그라지며 호되게 찧은 엉덩이가 얼얼했지만, 나는 다시 대걸레를 쥐고 거울로 달려들었다. 거울 표면에 손을 댄 순간 마치 수면 위로 돌을 던진 것처럼 거울이 일렁거리며 파문을 그렸다. 손에 힘을 주어 꾹 누르자 또다시 내 몸이 거울 안으로 빨려 들어갔다.

나는 더 생각할 겨를도 없이 똑같은 방법으로 여러 개의 거울을 뛰어넘었다. 칼리와의 거리가 점점 가까워졌다. 칼리의 얼굴에 점점 더 놀라움과 흥분의 빛이 떠올랐다. 하지만 칼리 뒤쪽의 악령도 어느새 바짝 다가와 칼리와의 사이에 거울 하나만 남겨두고 있었다.

"칼리! 칼리!"

내가 외쳤다. 칼리와 나 사이에는 아직 거울 두 개가 남아 있다. 내가 막 세면대를 넘어 거울로 들어가려는데…….

악령이 마침내 칼리가 있는 공간으로 넘어왔다.

칼리가 천천히 뒤돌아봤다. 아마도 무슨 소리를 들은 모양이었다. 칼리가 사시나무 떨듯 몸을 떨기 시작했다. 이제 악령의 얼굴이 분명하게 보인다. 시커먼 얼굴. 말라죽은 고목나무 껍질처럼, 혹은 거북 등처럼 쩍쩍 갈라진 얼굴. 눈과 코는 약간 함몰됐고, 입은 길게 찢어져 입술 끝이 양 뺨까지 뻗쳐 있다. 마치 기괴한 미소를 짓고 있는 괴물같이……. 악령이 오른손을 뻗어 칼리의 목을 향해…….

"칼리! 도망쳐!"

칼리는 그대로 굳은 채 꼼짝도 하지 못했다.

칼리와 나 사이에는 이제 거울 하나만 남았다. 우리의 거리는 겨우 몇 센티미터인데 나는 칼리가 악령에게 당하는 꼴을 고스란히 지켜보고만 있게 됐다.

버스가 당했을 때처럼.

아니! 더 이상 이런 일이 일어나게 내버려둘 순 없다! 어디서 그런 힘이 솟았는지 나는 창 던지기 선수처럼 대걸레를 힘껏 던졌다. 대걸레가 공중을 날아 거울에 명중하더니, 물속에 뛰어들듯 거울을 뚫고 들어갔다. 행운이 따랐는지 대걸레 자루가 악령의 목을 관통했다.

"칼리!"

내가 고함을 질렀다.

대걸레가 거울에 꽂혀 있어서인지 이번에는 내 목소리가 칼리에게 닿았다. 칼리가 나를 돌아보더니 그 자리에 주저앉아 나뭇가지 같은 악령의 손가락을 피했다. 대걸레는 거울에 꽂힌 채 자루 끝이 악령의 목을 뚫고 나갔다. 나는 기회를 놓치지 않고 대걸레를 밀어붙이면서 칼리가 있는 거울 안으로 뛰어들었다.

"아, 아화!"

칼리의 목소리가 들렸다.

나는 고개를 돌릴 틈도 없었다. 내 손에 쥔 대걸레에는 지금 악령의 목이 꿰여 있다. 악령은 바닥에서 버둥거리며 기괴한 소리를 질러댔다. 짐승의 멱을 따는 소리 같기도 하고, 태풍이 몰아치며 내는 날카로운 바람 소리 같기도 했다. 검은색 피가 대걸레 자루를 타고 똑똑 떨어졌다. 나는 힘을 풀지 않고 세면대 쪽으로 계속해서 악령을 밀어붙였다. 마지막으로 우악스럽게 한 번 더 힘을 쓰자 악령의 상반신이 세면대 위 거울 속으로 쑥 빠져나갔다.

"꺼져!"

내가 고함을 질렀다.

악령이 거울 속으로 빨려 들어간 순간, 날카로운 소리와 함께 거울이 깨졌다. 거울이 수십 개의 조각으로 갈라졌고, 대걸레도 두 동강이 났다. 악령이 내지르던 기괴한 소리도 순식간에 사라졌다.

나는 숨을 몰아쉬며 세면대 앞에 서 있었다. 거울의 파편 속에 내 모습이 비쳤다. 고개를 돌리면 이 화장실에만 하나 더 있는 거울이 내 앞의 깨진 거울과 거울이 깨지고 드러난 분홍색 타일 벽을 비추고 있다.

칼리가 그 거울 아래에 웅크리고 앉아 있다.

나는 혹시라도 또 악령이 습격할까 봐 대걸레 반 토막을 내려놓지 못한 채 칼리 옆으로 조심스럽게 다가갔다.

"칼리…… 괜찮아?"

나는 몸을 굽히면서 바보 같은 질문을 던졌다. 그 말밖에는 달리 할 말이 없었다.

"으아앙!"

칼리가 갑자기 내 목을 끌어안고 대성통곡을 했다.

"이제 괜…… 괜찮아."

나는 칼리의 어깨를 토닥였다. 여자애를 품에 안아본 것은 이번이 처음이었다. 하지만 진심으로 말하건대, 이런 엉망진창인 상황에서 여자와 포옹하고 싶지는 않았다.

세면대 위 거울이 깨졌기 때문에 무한 반복되던 거울 속 화면은 이제 없다. 거울은 더 이상 이상한 점을 보이지 않았고, 마찬가지로 샤오완도 보이지 않았다. 이 텅 빈 화장실에는 훌쩍거리는 칼리와 나만 남았다.

여기는 거울 속 세계일까, 아니면 현실 속 노픽관의 다른 화장실일까? 칼리와 나는 지금 어디에 있는 걸까? 잠깐, 그런 생각은 잠시 내려놓자. 적어도 칼리가 살아 있지 않은가.

몇 분 후 칼리가 안정을 되찾기 시작했다. 여전히 코를 훌쩍거렸지만 눈물은 더 이상 흘리지 않았다.

"괜찮아. 겁내지 마."

나는 칼리를 부축해 일으키면서 부드럽게 달랬다. 칼리는 눈물이 그렁그렁한 채 내 어깨를 붙잡고 일어났다.

"아, 아화…… 그거 뭐였어?"

칼리가 아직 충격에서 벗어나지 못한 듯 더듬거리며 물었다.

"모르겠어. 아마도 악령이겠지. 샤오완이 그러더라고."

"아, 샤오완!" 칼리가 갑자기 거울을 보며 물었다. "샤오완은? 샤오완은 어딨어?"

나는 고개를 저었다.

"나만 넘어온 것 같아. 별 탈 없기를 빌어야지……."

칼리가 다시 내 가슴에 기대 울음을 터뜨리려 하자 내가 잽싸게 물었다.

"넌 어쩌다 여기 온 거야? 무슨 일이 있었던 거야?"

좀 잔인한 질문일지도 모르지만, 지금은 칼리도 현실을 마주해야 한다. 이 정도로 악령이 완전히 물러났을 리는 없다. 악령은 어느 순간 다시 나타나 우리를 습격할 것이다.

칼리가 고개를 들고 말했다.

"나…… 난 그냥 화장실에 갔을 뿐인데, 방으로 돌아갈 수가 없었어."

"돌아갈 수가 없었다니?"

"복도가 이상하게 변하고 문패도 없어졌더라고. 게다가 아무리 모퉁이를 돌아도 우리 방이 나오질 않는 거야……."

"그래서 8층까지 온 거야?"

"8층?"

"여기는 8층 서쪽 화장실이야."

사실 내 말도 정확한 건 아니었다. 이곳은 8층 서쪽 화장실의 '거울 속'이다.

칼리가 당황한 듯 주위를 둘러봤다.

"난 계단을 오른 적이 없는데! 나, 난 복도에서 우리 방을 찾아

염소가 웃는 순간

서 계속 달렸어. 그러다 그걸 봤⋯⋯ 흑⋯⋯."

"뭘 봤는데?"

"머리가 긴 사람이었어. 복도에 서서⋯⋯."

"머리가 긴 사람⋯⋯ 역시 그랬군."

"보자마자 너무 무서워서 뒤돌아서 달렸어⋯⋯." 칼리는 목이 멘 목소리로 말을 이었다. "아주 오래 달렸는데 뒤돌아볼 때마다 그 사람이 멀지 않은 곳에 있는 거야. 그러다 이 화장실로 뛰어들었고, 거울 속에서 너랑 샤오완을 봤어⋯⋯."

이 기숙사는 정말 문제가 있는 곳이다.

"그렇구나. 좀 전에 야묘가 네가 돌아오지 않는다면서 우리한테 같이 찾아달라고 하더라고. 그래서 여기저기 널 찾으러 다녔는데, 그러다 기숙사에 귀신이 나온다는 걸 알아차렸어. 샤오완이 이런 심령 분야에 지식이 있어서 겨우 널 찾을 수 있었던 거야. 나도 대걸레로 악령을 무찌를 수 있을지 확신하진 못했지만⋯⋯."

그때 칼리가 갑자기 얼굴을 붉히며 뒤로 반걸음쯤 물러났다. 꽉 잡은 내 팔은 여전히 놓지 못한 채.

"어, 아까는⋯⋯ 고마웠어."

그제야 나는 칼리가 남자와 손 한 번 잡은 적 없던 야묘의 말이 떠올랐다. 나도 갑자기 어색해져서 더듬더듬 말했다.

"아, 아니야, 뭘⋯⋯."

"우리⋯⋯ 이제 어떻게 하지?"

"돌아갈 방법을 찾아봐야지."

"돌아가? 어디로 돌아가?"

칼리가 의아한 듯 물었다.

"현실 세계로. 샤오완의 말에 따르면, 7대 불가사의 중 〈거울에 비친 모습〉에 나오는 귀신이 8층의 이상한 거울을 통해 나쁜 짓을 한대. 그래서 샤오완과 내가 8층에 와서 단서를 찾아 조사하던 중 네가 거울 속에 갇혀 있는 걸 본 거야. 아마 너는 악령에게 쫓기다가 언제인지는 몰라도 거울 안에 있는 이세계異世界에 들어왔나 봐……."

칼리가 입을 딱 벌렸다.

"내가…… 거울 안에 들어온 거야? 너희들이 들어온 게 아니라?"

나는 어쩔 수 없이 고개만 끄덕였다.

"넌 계단을 올라간 적도 없고 방문의 문패도 사라졌다고 했잖아. 게다가 기숙사에 마주 보는 거울이 있는 화장실은 한 곳뿐이야. 어떻게 생각해도 문제가 있는 곳은 우리가 지금 있는 이곳이지. 악령이 널 이곳에 몰아넣은 거야."

칼리는 또 울상을 지었다.

근데 긴 머리의 뒷모습과 아까 내가 물리친 악령은 정말 같은 원혼일까? 나는 처음으로 의문을 느꼈다. 겉모습은 확실히 똑같았지만, 행동은 조금 달랐다. 왜 칼리를 바로 공격하지 않고 이 괴이한 장소로 도망치게 만들었을까? 악령이 혹시 칼리를 농락하며 그녀의 정신이 붕괴되도록 압박하는 걸까?

"칼리, 현실 세계로 나갈 방법을 찾아보자."

나는 바닥에서 큼지막한 거울 파편을 집어 들었다. 순간 망설여졌지만 마음을 다잡고 벽에 붙은 큰 거울과 마주 보도록 파편을 내려놓았다. 악령이 그 안에서 튀어나올까 봐 두려웠지만, 지금 내가 생각할 수 있는 방법은 이것뿐이었다. 마주 보는 두 개의 거울로 무한히 반복되는 거울 화면을 만드는 것 말이다.

하지만 이번에는 아무 일도 일어나지 않았다. 거울 속에 악령도, 샤오완도 나타나지 않았다. 나는 손을 뻗어 양쪽 거울을 툭툭 건드려봤다. 거울 표면은 얼음처럼 딱딱할 뿐 수면처럼 일렁거리지 않았다. 통로가 막힌 것이다.

칼리는 내 팔을 꽉 붙들고 계속 내 옆에 붙어 있었다. 나는 조금 전 샤오완이 했던 것처럼 거울 위아래를 통통 두들겨봤다. 칼리도 나를 따라 했지만 아무 소용이 없었다.

"밖에 나가 보자."

칼리의 생각처럼 긴 머리 악령이 복도에 숨어 있다가 우리를 덮칠까 봐 두려웠지만, 지금은 다른 선택지가 없었다.

우리는 덜덜 떨면서 조심스럽게 화장실 출입구로 나아갔다. 나는 반 토막 남은 대걸레를 휘둘러서 구부러진 벽 너머에 아무것도 없다는 걸 확인한 뒤 조금씩 발을 옮겼다.

그런데 벽을 돌아 나가 화장실 밖을 내다본 순간 두 눈이 휘둥그레지고 말았다. 이해할 수 없는 광경이 눈앞에 펼쳐져 있었다.

그곳은 대춧빛 꽃무늬 벽으로 둘러싸인 으리으리한 공간이었다. 벽 곳곳에 화려한 목제 가구가 들어차 있었다. 우리 바로 앞에는 지름이 1미터 정도 되는 원형 탁자가 있고, 탁자 위에는 요염한 붉은 장미 몇 송이가 꽂힌 은 꽃병이 놓여 있었다. 탁자 옆으로는 팔걸이와 등받이 부분을 섬세하게 조각한, 기다란 나무 의자가 두 개 있고, 초록색 쿠션이며 방석들이 의자를 장식하고 있었다. 전체적인 조명은 은은하고 부드러웠다. 벽마다 등이 두 개씩 달려 있는데, 전등이 아니라 유리등 안에 작은 불꽃이 타고 있는 램프였다. 한쪽 벽에는 예복을 입고 양산을 든 신사 숙녀들이 정원에서 꽃을 구경하는 모습이 그려진 유화 액자가 걸려 있었다.

빅토리아 시대의 영국식 거실 같다고 할까? 왠지 적막하고 오래된 옛 시대의 냄새도 풍기는 듯했다.

"아화!"

칼리가 놀란 목소리로 나를 불렀다. 뒤돌아보니 우리가 방금 빠져나온 화장실 입구가 온데간데없었다. 등 뒤가 그냥 벽으로 바뀌어 있었다. 벽을 두들겨봤지만 단단한 벽 소리만 들릴 뿐이었다.

나는 다시 으리으리한 공간을 둘러봤다. 창은 하나도 없고, 한쪽 끝에 출입문이 하나 있었는데 문틀에도 가구와 마찬가지로 정교한 조각 장식이 새겨져 있었다. 문 옆에는 작은 탁자가 있고, 탁자 위 은쟁반에 연갈색 액체가 담긴 유리병과 술잔 몇 개가 놓여 있었다. 연갈색 액체는 아마도 브랜디나 위스키일 것이다. 은쟁반 옆에는 반듯이 접혀 있는 신문이 보였다. 나는 불안 안 마음을 달래며 탁자 쪽으로 걸어갔다.

"아화……."

칼리가 내 팔을 꽉 붙들고 따라왔다.

신문을 내려다본 나는 눈앞이 어지러워졌다. 가끔은 내 예감이 너무 잘 맞는 게 싫다.

신문에는 고전적인 글씨체로 'The Daily Telegraph'라고 인쇄

염소가 웃는 순간

돼 있었다. 그 왼쪽으로 날짜도 보인다.

February 20, 1889.

칼리와 나는 122년 전의 세계로 떨어진 것이었다.

2

"1889년…… 아화! 우리 지금…… 우리 지금 100여 년 전으로 온 거야?"

내가 신문을 빤히 바라보고 있자 칼리도 날짜를 보고 놀란 목소리로 물었다.

"나도 모르겠어."

나는 고개를 저었다. 어쩌면 이것도 악령의 장난인지 모른다. 환영으로 우리를 미혹시키거나 낯선 시공간으로 보내버린 것이다. 버스가 책상에 먹히는 장면을 목격하고, 거울을 통과하고, 대걸레로 악령을 퇴치하는 경험을 통해 나는 담력이 훨씬 커졌다. 그래서인지 100여 년 전으로 거슬러 온 상황에서도 나는 꽤 침착했다.

대체 우리는 왜 이곳으로 넘어왔을까? 바로 그 이유를 찾는 게 중요했다. 심령학에 조예가 있는 샤오완이 있었다면 분명히 단서를 찾아냈을 텐데. 샤오완의 활약이 없었다면 8층에 가서 칼리를 찾지도 못했을 것이다. 지금은 칼리와 나 둘뿐이니 서로 의지하면서 한 걸음씩 나아가는 수밖에 없다.

달칵.

갑작스런 소리에 칼리와 나는 고개를 들었다. 마치 갑자기 사냥꾼을 마주친 영양처럼 소스라치게 놀라면서. 그 소리는 정교한 조각이 새겨진 문틀에서 들려온 것이었다. 우리는 어디에 숨어야 할지 몰라 허둥거렸고, 그사이 나무 문이 열렸다. 나는 급히 칼리 앞을 막아서서 대걸레를 쥔 손에 힘을 줬다. 여자 앞이라고 영웅 행세를 하려는 게 아니라, 닭 한 마리 잡을 힘 없는 칼리보다야 내가 강하기 때문이었다. 그리고 나는 악령을 퇴치하는 데 성공한 경험도 있지 않은가.

그런데 눈앞에 나타난 것은 긴 머리 귀신이 아니었다.

이십 대로 보이는 한 여자가 문을 열고 나타났다. 흰 목깃과 흰 소매가 달린 검은 블라우스를 입고 흰 앞치마를 두르고 있었다. 머리에도 흰색 수건을 쓰고 있었다. 그녀는 아무렇지 않게 우리 앞을 지나 탁자로 걸어가 술병과 잔이 있는 쟁반을 들고 나갔다. 문을 열고 들어와서 나갈 때까지 나와 칼리 쪽은 쳐다보지도 않았다.

마치 우리 두 사람이 없다는 것처럼 말이다.

"바, 방금 그 여자……."

칼리가 벌벌 떨며 말했다.

"이 집의 하녀인가 봐."

하녀라는 건 굳이 언급할 필요가 없었다. 치마가 좀 길긴 해도 그 여자가 입은 옷은 요즘 유행하는 '메이드 카페'의 종업원 옷과 비슷했다. 상식이 있는 사람이라면 '메이드' 복장이라는 걸 대번에 알아볼 것이다. 만일 일본 도쿄의 아키하바라에서 저런 옷차림의 메이드를 봤다면 좋았을 테지만, 이렇게 음산한 곳에서는 결코 반갑지 않다.

"우리를 보지 못하나 봐."

칼리가 말했다.

나도 이상하다는 생각이 들었다. 우리가 탁자 뒤에 서 있는데도 하녀는 우리에 대해 아무런 반응도 보이지 않았다.

비록 조명이 밝은 편은 아니지만 하녀가 엄청난 근시가 아니라면 우리를 못 봤을 리 없는데……. 혹시 눈이 나쁜데도 안경을 끼지 못한 걸까? 지금이 진짜 19세기 말이라면, 하녀가 돈이 없어서 안경을 사지 못했을 가능성도 있다.

"나가서 살펴보자."

나는 쓸데없는 생각을 밀어내고 눈앞의 상황에 집중하기로 했다. 이곳에 가만히 있어봐야 별 도움도 안 될 것이다. 게다가 혹시 이빨을 드러낸 악령이 벽에서 튀어나오지 말라는 법도 없다. 혹시 현실 세계로 돌아갈 통로가 어딘가에 있을지도 모른다.

칼리가 고개를 끄덕이며 내 팔을 잡았다. 우리는 한 걸음씩 나무 문으로 다가갔다.

조심조심 문을 여니 넓은 복도가 펼쳐졌다. 문 오른쪽에는 아래로 내려가는 계단이 보였다. 계단은 칠흑같이 어두웠고 어쩐지 불길한 기운이 가득했다. 복도 양쪽 벽에는 창문이 하나도 없이 불꽃이 흔들리는 램프 등만 걸려 있었다. 석유등인지 가스등인지는 알 수 없었다. 영화에서 보던 장면처럼 램프 불빛이 복도를 따라 계속 이어져 있었다.

램프와 램프 사이에 은회색 서양 갑옷과 투구가 전시돼 있었다. 투구 가리개가 덮여 있지 않아서 텅 빈 갑옷 안이 훤히 보였다. 가만 바라보니 왠지 섬뜩한 느낌이 들었다. 비어 있는 갑옷과 투구에 보이지 않는 눈이 있어 우리를 지켜보는 것 같았다. 내가 등을 보이는 순간 갑옷이 살아 움직이는 건 아닐까? 두 손에 든 날카로운 검을 휘둘러 칼리와 나를 단숨에 베어버리는 건 아닐까?

우리는 조심스럽게 갑옷 앞을 지나 복도를 따라 걸어갔다. 복도 벽에는 액자에 끼워진 유화 작품이 여러 점 걸려 있었다. 모두 100년이 넘은 유럽풍 그림으로 전쟁이나 예복을 입은 남녀, 그리스 신화 속 나체 인물 등을 묘사한 것이었다.

"아화!"

칼리가 조그맣게 나를 부르며 손가락으로 오른쪽 앞을 가리켰다. 그쪽으로 시선을 돌리자 오른쪽 벽 위에 가로 2미터쯤 되는 직사각형 거울이 걸려 있었다. 거울의 틀이 유화의 액자 틀과 비슷해서인지 우리는 거울 앞에 이를 때까지 그것이 거울인 줄도 몰랐다.

"그, 그 귀신이 이 거울에 있진 않겠지?"

칼리가 잔뜩 긴장한 목소리로 물었다.

"그, 그러진 않을 거야…… 혹시 저 거울 안에 있더라도 내가 또 찔러버리지 뭐."

나는 손에 쥔 반 토막 대걸레를 휘두르며 괜히 대담한 척했다.

"응."

칼리는 안심한 표정을 지었다. 내 또래 여자애가 이렇게 나를 믿어주다니, 확실히 괜찮은 기분이었다. 하지만 지금은 그런 기분에 젖을 때가 아니었다. 나는 마음을 단단히 먹고 대걸레를 앞

염소가 웃는 순간

으로 내민 채 천천히 거울 앞으로 걸어갔다.

거울 앞에 선 나는 입을 떡 벌리고 말았다.

그 안에 흰 옷을 입은 악령은 없었다. 복도의 벽과 유화 액자, 램프, 양탄자 같은 물건만 있었다.

'오직' 벽과 유화 액자, 램프, 양탄자 같은 물건만…….

거울 속에 칼리와 나는 없었다.

"아, 아하!"

칼리도 곧 알아차렸다. 우리는 거울 앞에 서 있는데 거울 속에는 우리가 없다. 혹시 이게 거울이 아니라 투명한 유리인가? 유리 너머로 또 다른 복도가 있는 게 아닐까? 하지만 우리 등 뒤 벽에 군복을 입은 남자의 그림이 걸려 있는데, 그 그림의 좌우가 바뀐 채 거울에 비쳐 있다. 거울에 비친 복도에는 사람이 없다.

나는 대담하게도 등 뒤의 그림 액자를 옆으로 밀어봤다. 액자가 가볍게 흔들렸다. 그 순간 거울 속에서 놀라운 장면이 펼쳐졌다. 거울 속 액자가 저절로 움직인 것이다. 물론 내가 액자를 민 방향과 반대 방향으로. 마치 인터넷에 나오는 귀신 영상처럼 사물이 저 혼자 움직인 것처럼 보였다.

타닥.

미약하지만 발소리가 들렸다.

순식간에 우리의 눈은 거울에서 소리가 난 방향으로 옮겨갔다. 하녀 한 명이 오른쪽에서 우리를 향해 걸어오고 있었다. 아까 우리가 본 하녀와 똑같은 복장이었다. 다만 이 하녀는 사십 대쯤 된 나이에 몸매도 투실했다.

칼리와 나는 어쩔 줄 몰라 그 자리에 꼼짝없이 서 있었다. 거울에 정신을 빼앗겨서 하녀가 우리에게 다가오는 것도 몰랐던 것이다.

그런데 놀라운 일이 벌어졌다. 하녀가 걸음을 멈추지 않고 우리 앞으로 10센티미터쯤 떨어진 곳을 지나쳐 가는 거였다. 게다가 다른 이유로 나는 또 심장이 멎을 뻔했다. 거울 앞을 지나갈 때 하녀의 모습은 거울에 온전히 비쳤다. 그렇다면 칼리와 내 모습만 거울에 비치지 않는다는 것이다.

마치 귀신처럼.

"우린 왜 거울에 비치지 않지?"

칼리가 다급하게 물었다. 나는 얼른 그녀의 입을 막았다. 하녀가 우리 목소리를 들을 수 있을지도 모른다. 하지만 하녀는 걸음을 멈추지 않고 계속해서 복도를 나아가 모퉁이 쪽으로 향했다.

내가 칼리의 입에서 손을 떼자 그녀가 울상을 하고 더듬더듬 말했다.

"우리 목소리도 들리지 않나 봐. 너랑 나만 거울에 비치지도 않고…… 아화, 우, 우리는 이미 죽어서 귀, 귀신이 된 걸까?"

"아니야, 그런 근거 없는 생각, 하지도 마." 나는 칼리를 달래려고 애썼다. "우리가 귀신이 됐다면 왜 100여 년 전으로 왔겠어? 말이 안 되잖아! 만약에 귀신이 된 거라면 노픽관에 남아서 학생들을 놀래키며 다니겠지, 이런 이상한 세계로 떨어질 리 없어."

"그건…… 네 말이 맞아."

"지금은 나쁜 생각 하지 말자. 우리가 다른 사람에게 보이지 않는다면 들킬 염려는 없어. 오히려 다행일 수도 있지. 만일 우리가 여기서 사람들 눈에 보였다간 정신병자 취급 당할지도 몰라.

의학이 발달하지 않은 시대니까 어떤 이상한 방법으로 우리를 치료하겠다고 나올지도 모르지."

칼리가 고개를 끄덕였다. 하지만 마음이 별로 놓이지 않는지 떨떠름하게 웃어 보였다.

솔직히 나 스스로도 내 말을 믿기 어려웠다. 어쩌면 칼리 말대로 우리는 이미 죽어서 영혼이 100여 년 전으로 보내진 것인지도 모른다. 혹은 샤오완의 설명처럼 어떤 원혼에 잡혀서 그 원혼의 '대체물'이 됐는지도 모른다.

한편으로 생각해보면, 우리가 정말 귀신이 된 거라면 더 이상 걱정할 거리가 없는 셈 아닌가. 가장 나쁜 일이 이미 발생한 셈이니까. 하지만 그게 아니라면 칼리와 나는 더 나쁜 상황을 피해야 하고, 이 상황을 벗어날 방법을 찾아야 한다.

우리는 복도를 따라 나아갔다. 몇 걸음 못 가서 복도가 두 갈래로 나뉘었다. 어느 쪽으로 갈지 망설이는데 어디선가 조그맣게 피아노 소리가 들렸다.

"칼리, 너도 들려?"

칼리가 고개를 끄덕였다.

우리는 피아노 소리를 따라 왼쪽 길로 걸음을 옮겼다. 얼마쯤 걸어가자 모퉁이가 나타나고, 모퉁이를 돌자 피아노 소리가 조금 커졌다. 모퉁이에서 얼마 가지 않아서 복도가 끝나고 커다란 아치형 입구가 나왔다. 문이 달려 있지 않아서 그 너머 공간이 바로 보였다. 상당히 큰 응접실이다.

제일 먼저 눈에 들어온 것은 빨간 치마를 입은 금발머리 여자아이였다. 이쪽을 등지고 앉아 진갈색 그랜드 피아노를 치고 있었다. 밝고 경쾌한 곡이다. 뒷모습이 열 살도 안 되어 보이는데 피아노 실력이 무척 뛰어났다. 내가 잘못 아는 게 아니라면 이 곡은 차이콥스키의 발레 모음곡인 〈호두까기 인형〉 중 한 곡이다. 그 가운데 어느 곡인지는 클래식에 문외한인 나로선 알 수 없었다.

여자아이를 지켜보고 있는데 칼리가 내 옷자락을 잡아당겼다. 그녀가 불안한 얼굴로 응접실의 다른 쪽을 가리켰다. 우리는 아치문 옆에 있었고, 문과 마주 보는 곳에 피아노를 치는 소녀가 있었다. 칼리의 시선을 따라 오른쪽을 바라보니 정상적이면서도 비정상적인 광경이 그곳에 있었다.

응접실 오른쪽에는 긴 의자 세 개와 탁자 네 개, 나보다 키가 큰 태엽시계, 그리고 장식품을 진열한 장식장 등이 보였다. 태엽시계 가까운 곳에 있는 긴 의자에는 화려하게 차려입은 부인이 앉아 있고, 서너 살 먹은 남자아이가 부인의 품에 기댄 채 서 있었다. 그리고 조금 멀리 떨어진 탁자 옆에 마흔에서 쉰 살쯤 돼 보이는 금발 남자가 서 있었다. 그의 시선은 피아노를 치는 소녀에게 닿아 있고, 오른손에 술잔을 들고 있다. 남자 옆의 탁자에는 술병 하나가 은쟁반 위에 올려져 있다. 조금 전 복도 저쪽에서 젊은 하녀가 들고 간 술병일 것이다. 그들은 마치 가면무도회에 참가한 사람들처럼 모두 빅토리아 시대의 영국식 복장을 하고 있었다. 칼리와 나만 무도회에 잘못 들어온 불청객인 셈이었다.

여기서 '정상적이면서도 비정상적인 광경'이란 그들 가족이 아니었다. 이 상황에선 그들이야말로 정상적인 모습일 것이다. 술잔을 든 남자 뒤쪽으로 커다란 벽거울이 있는데, 거울 속에 칼리와 내 모습은 없고 빅토리아 시대의 옷을 입은 그들만 보였다. 또 다른 벽에는 창이 있는데 밖이 어두워서 창밖 풍경은 보이지 않았다. 창을 발견한 나는 섬뜩한 느낌에 몸서리를 쳤다. 단지 창밖 풍경이 보이지 않는 게 아니라 창밖의 세계가 아예 존재하지 않는 것 같았기 때문이다.

그 어둠은 내가 지금까지 본 모든 칠흑 같은 어둠보다도 더 어두웠다. 이 표현은 엄밀히 말해 논리성이 없지만, 나는 분명히 그렇게 느꼈다.

응접실 안에 있는 사람들도 역시 칼리와 나를 보지 못했다. 그들을 보면서 머릿속에 한 가지 확신이 생겼다. 신문의 날짜를 봤을 때부터 바로 떠올랐던 생각이다.

아량 선배가 이런 말을 했던 걸 기억한다. "이스트베스 백작은 당시 나이가 많지 않았어. 아마 마흔에서 쉰 사이였을 거야. 겉보기엔 평범한 영국 신사로, 아내와 어린 자식 둘이 함께 살았지. 저택에서 일하는 사람은 나이 든 집사 한 명과 하녀 네 명뿐이었어."

저 사람들은 아마도 이스트베스 백작의 가족이리라. 그 화재가 일어나기 전의 모습일 것이다. 아량 선배 말로는 이스트베스 가족 네 명과 고용인 다섯 명이 하룻밤 사이에 모두 불에 타 죽었다고 했다. 여기까지 생각하자 나도 모르게 몸이 떨렸다.

누군가가 불에 타서 죽었다는 말을 들었을 때 일반적인 사람이라면 당연히 공포를 느낄 것이다. 하지만 그것은 공포라는 단어가 가지는 글자 그대로의 의미일 뿐이다. 지금 저들은 내 눈앞에 있고, 시대가 다르다고 해도 그들 가족과 우리는 별다를 것이 없다. 이스트베스 부인은 아들의 머리를 부드럽게 쓰다듬고 있고, 이스트베스 백작은 미소 띤 얼굴로 딸의 멋진 피아노 연주에 빠져 있다. 어디로 보나 화목한 가족의 모습이다.

그런데 저들은 1889년의 어느 날 참혹한 죽음을 맞이한다.

무정한 불꽃과 지옥 같은 불길 속에서 저들은 고통과 절망을 느끼며 자신의 신체가 타들어가는 걸 봤겠지…….

"아화?"

칼리가 나직이 나를 불렀다. 그녀의 눈빛이 불안한 듯 흔들리고 있었다. 지금의 상황이 불안한 걸까? 아니면 방금 전 내 몸의 떨림이 그녀에게 전해진 걸까? 그래서 내가 눈앞의 가족을 두려워하는 건 아닌지 그녀가 걱정하는 걸까?

저들이 우리 목소리를 듣지 못한다고는 해도 나는 칼리에게 소리를 내지 말라고 손짓했다. 그러면서 지금 상황이 별로 나쁘지 않다는 뜻으로 미소를 지어 보였다. 지금의 상황은 단지 이해하기 어려울 뿐, 결코 긴 머리 귀신과 싸울 때보다는 위험하지 않다.

피아노 연주는 몇 분 더 이어졌다. 그동안 우리는 아치형 문 옆에서 가족들을 바라봤다. 연주가 끝나자 백작이 술잔을 내려놓고 리듬감 있게 천천히 박수를 쳤다.

"좋아, 조이JOY! 훌륭해."

백작이 영어로 말했다.

내 영어 실력이 좋지 못하다는 게 걱정됐다. 그들이 지금처럼 계속 간단한 영어로 말한다면 좋겠지만, 말이 길어지면 나는 알아듣지 못할 것이다. '조이'라면 저 여자아이 이름이겠지? 설마 100년 전 영국의 유행어 같은 건 아니겠지?

여자아이가 고개를 돌리고 아빠를 향해 환한 미소를 지었다.

"아빠, 한 곡 더 들려드릴까요?"

이스트베스 백작이 대답하려는데 나이 지긋한 노인이 우리 옆을 지나갔다. 칼리와 나는 노인의 기척을 전혀 느끼지 못했다. 칼리가 노인을 보더니 자기 입을 틀어막았다. 놀라서 비명을 지를 뻔했나 보다.

머리가 하얗게 센 그 노인은 예순에서 일흔 살쯤 돼 보였다. 걸음걸이를 보니 젊은 사람 못지않은 노익장임을 알 수 있었다. 그는 이스트베스 백작처럼 화려한 옷차림은 아니었지만 칼같이 다린 양복을 입고 있었다.

"주인님, 크롤리 씨가 오셨습니다."

백작을 '주인님'이라고 부르는 걸 보니 노인은 아마 이 집안의 집사인 것 같다.

"서재로 안내하게. 나도 곧 갈 테니."

백작의 대답에 집사는 가볍게 고개를 숙이고 다시 우리 옆을 지나 응접실을 나갔다.

"여보, 오늘도 밤을 새울 건가요? 크롤리 씨만 오면 늘 밤 새워 이야기를 나누시네요. 남자들은 무슨 할 말이 그렇게 많은지 모르겠군요."

백작 부인이 살짝 불평했다.

부인의 말뜻이 다 이해되는 걸 보니 내 영어 실력도 나쁘진 않은 것 같다.

"크롤리 씨는 지식이 많고 대영제국의 모든 영토를 다 가본 사람이오. 런던 고위층 인사들은 다들 그와 교류하려고 애쓰고 있소. 이번에 우리와 인연을 맺게 됐는데, 그건 나 멘데스 이스트 베스의 영광이라오." 백작이 아내의 이마에 입을 맞추고 말을 이었다. "아이들 데리고 먼저 잠자리에 들구려. 나는 크롤리 씨에게 잘 아는 크루즈 회사를 소개받기로 했소. 이번 여름에 델리로 휴가를 갈까 하거든."

"듣기 좋은 말씀은 잘하시네요."

부인이 샐쭉하게 말했지만 표정은 상냥했다.

그녀가 두 아이를 향해 말했다.

"얘들아, 이만 잘 시간이다!"

엄마에게 기대 있던 남자아이는 눈동자를 굴리면서 긴 의자에서 내려섰다. 여자아이는 아빠 앞에서 한 곡 더 연주하지 못해서인지 조금 시무룩해 보였다. 하지만 착하게도 곧 피아노 의자에서 일어났다. 태엽시계를 보니 9시 15분을 가리키고 있었다. 이 시대에는 이렇게 일찍 잠자리에 들었나 보다.

이스트베스 백작이 먼저 자리를 떠났고, 부인과 아이들도 칼리와 나를 지나쳐 응접실을 나갔다.

"아화, 따라갈 거야?"

칼리의 물음에 나는 고개를 끄덕였다. 아무도 없는 응접실에 남아 있어봐야 불안하기만 할 것이다. 그런데 백작과 백작 부인 중 누구를 따라가는 게 좋을까? 잠시 고민하는 그 순간 예상치 못한 일이 벌어졌다.

백작의 딸이 갑자기 고개를 돌려 나를 쳐다봤다.

아이는 복도 가운데 멈춰 서서 칼리와 나를 빤히 쳐다봤다. 우리는 아치형 문 옆에 서 있었고, 우리 주변에는 아무것도 없었다.

아이의 눈길을 잡아끌 만한 물건도 없는데, 소녀의 시선은 바로 우리가 서 있는 자리에 멈춰 움직이지 않았다. 소녀의 갑작스러운 행동에 칼리와 나는 놀라서 꼼짝도 하지 못했다.

"조이, 왜 그러니?"

백작 부인이 딸에게 물었다.

소녀는 대답하지 않고 천천히 고개를 돌려 엄마를 따라갔다. 아이의 눈빛은 분명 칼리와 나를 알아차린 듯했다. 우리 모습을 확실히 알아보진 못했더라도 적어도 우리의 존재를 느끼긴 한 것 같았다.

백작 부인과 두 아이가 모퉁이를 돌아 사라지자 칼리와 나는 한숨을 내쉬었다. 다행히 우리는 아직 '투명 인간' 상태로 다른 사람에게 발각되진 않은 모양이다. 아니, 이게 정말 다행인 걸까? 그들의 눈에 우리 모습이 보이는 것과 보이지 않는 것 중 어느 쪽이 더 나은 걸까?

"빨간 치마 입은 아이가 우릴 봤을까?"

칼리가 물었다.

"아마도…… 앗!"

칼리의 질문에 대답하려던 나는 갑자기 어떤 장면이 떠올랐다.

"왜 그래, 아화?"

"나, 나 저 여자애를 본 적이 있어!" 나는 몸을 덜덜 떨며 말했다. "기숙사 동쪽 계단 쪽에서 옆문에 있는 유리 너머로 봤어. 일고여덟 살쯤 된 여자애가 빨간 치마를 입고 걸어가고 있었거든!"

내 말에 칼리가 믿을 수 없다는 듯 두 눈을 크게 떴다.

"너, 너 정말로 걔가 아까 그 여자애라고 확신해?"

"아, 아니……." 나는 잠시 냉정을 되찾고 말을 이었다. "어쩌면 다른 아이일지도 모르지. 하지만 분명히 빨간 치마를 입고 있었어. 그때도 이런 밤에 어린 아이 혼자 기숙사 바깥을 돌아다니고 있어서 이상하다고 생각했거든. 올해 노픽관 사감을 맡은 교수님은 반대편 캠퍼스 쪽에 산다고 들었고, 관리인도 가족이 없다는데 이상한 일이잖아."

"그…… 그러면 그 여자애의 원, 원혼이 지금까지 기숙사 부근을 맴돈다는 거야? 100년이 넘도록?"

칼리의 말에 내 머릿속이 확 밝아지는 듯했다. 여태까지 나는 왜 그 생각을 못 했을까? 칼리 말대로라면 지금의 상황이 일목요연해진다. 100여 년 전 이스트베스 저택 사람들이 무시무시한 죽음을 맞았고, 그들의 영혼이 이곳을 맴돌며 원념을 쌓았다. 이 원념이 쌓이고 쌓여 무고한 사람들을 하나둘 죽음으로 끌어들였고, 그러면서 이런저런 괴담이 생겨나게 됐다.

그리고 샤오완의 말처럼 우리는 지하실에서 실수로 악독한 지박령이라는 원혼을 불러내고 말았다. 지박령을 둘러싸고 있던 어떤 금기를 우연히 깨뜨린 바람에 노픽관은 지금 사람들의 혼을 농락하고 끌어가는 사냥터가 되고 말았다…….

그런데 그 긴 머리 악령은 누구란 말인가? 원념이 쌓이고 쌓인 결과 그런 모습의 여자 귀신으로 나타난 걸까? 기숙사 동쪽 옆문 너머로 본 여자아이 유령은 무엇을 위해 나타났던 것일까? 도무지 짐작조차 할 수 없었다.

"내가 옆문 너머로 본 게 백작의 딸 유령이라면, 그 유령과 긴 머리 귀신과는 무슨 관계지……."

염소가 웃는 순간

내가 중얼거렸다.

"아화, 그럼 우린 여기서…… 그 긴 머리 귀신의 정체를 알아내야 하는 걸까?"

"아마 그래야 하겠지. 만약 이스트베스 가족의 화재 사건이 열쇠라면, 그들에게서 단서를 찾아야 할 거야." 나는 복도를 가리키며 덧붙였다. "얼른 따라가 보자. 백작 가족들의 행동을 살펴보자고."

우리는 살금살금 걸어서 복도 모퉁이까지 갔다. 그리고 더욱 조심스럽게 고개만 내밀어 주변을 살폈다. 우리를 봤을 가능성이 있는 소녀를 특히 주의해야 한다. 모퉁이를 돌아 한 걸음 나아가자 복도에는 아무도 없었다. 우리는 조금 더 걸어가 삼거리까지 갔다. 조금 진 응접실로 갈 때 피아노 소리를 듣고 왼쪽 길을 택했던 지점이다. 우리가 처음에 걸어왔던 복도 쪽을 보니 역시 아무도 없었다. 벽에 걸린 램프와 유화 액자, 그리고 나도 칼리도 다시는 가까이 가고 싶지 않은 커다란 거울이 보일 뿐이었다.

우리는 응접실로 갈 때의 왼쪽 길이 아닌 오른쪽 길로 들어섰다. 이쪽으로 가면 분명 서재나 침실이 나올 것이다. 조금 걸어가 복도 끝에 이르자 닫힌 문이 나타났다. 문에 귀를 대고 안쪽의 동정을 살폈다. 아무 소리도 들리지 않자 나는 조심스럽게 문손잡이를 돌렸다.

돌아가지 않는다.

힘주어 몇 번 더 돌려봤지만 손잡이는 손톱만큼도 움직이지 않았다.

"잠겼어?"

나는 칼리를 향해 머리를 긁적이며 이해가 되지 않는다는 표정을 지었다. 이 문 안쪽은 서재나 침실이 아닐지도 모르겠다. 백작은 이쪽이 아니라 복도의 다른 쪽으로 갔단 말인가? 하지만 아까 복도 삼거리에서 살펴봤지만 저쪽 복도에도 사람은 없었다. 일 분도 안 되는 시간에 이 긴 복도를 지나갔단 말인가!

"다른 쪽으로 가보자." 내가 말했다. "우리가 처음에 나무 문열고 복도로 나왔을 때 문 오른쪽에 계단이 있었잖아. 혹시 그계단으로 내려갔을지도 몰라."

우리는 갑옷이 있던 곳을 향해 복도를 걸어갔다. 큰 거울을 지날 때는 걸음을 빨리하며 거울 쪽은 쳐다보지도 않았다. 나는 여전히 반 토막 난 대걸레를 무기 삼아 들고 있었지만, 악령이 덮치면 이길 가능성은 없었다.

"이쪽으로 간 건 아닌 것 같아……."

내가 어두운 계단을 바라보며 말했다.

"왜 그렇게 생각해?"

"이게 서재나 침실로 가는 계단이라면 벽에 달린 램프를 켜놓았을 거야."

나는 계단 벽에 달린 램프를 가리키며 말했다. 램프들이 꺼져있어서 계단이 캄캄했다.

"맞아." 칼리도 고개를 끄덕였다. "그러면 역시, 방금 그 잠긴 문이 서재와 침실로 통하는 건가?"

"그런가 봐. 그 문 안쪽에 다시 위층으로 올라가는 계단이 있을지도 모르고."

대체 왜 그 문을 잠가 놓은 걸까? 아무리 생각해도 이해되지

　　　　　　　　　　　　　염소가 웃는 순간 |

않았다. 도둑을 막기 위해 해가 지면 응접실의 출입문과 창문을 잠그고 저택의 다른 공간과 분리하는 것은 이해가 된다. 하지만 응접실 복도에는 램프가 여전히 켜져 있다. 일반적으로 말해서 밤에 램프를 끄는 것도 하녀의 업무다. 램프를 끄지 않으면 불이 날 수도……. 아, 그렇지! 이스트베스 저택은 실제로 불이 났다. 설마 이것이 화재의 원인이었을까?

"계단으로 내려가 볼래?"

칼리의 말에 내 생각이 끊겼다.

"내, 내려간다고?"

나는 조금 의아했다. 겁 많은 칼리가 이런 제안을 할 줄이야.

"저 아래…… 아래가 혹시 그 지하실이 아닐까? 우리가 현실 세계로 돌아갈 수 있는 단서가 저 아래 있을지도……."

칼리는 불안한 표정이었지만 자기 의견을 분명히 말했다.

나는 그제야 깨달았다. 이스트베스 저택과 노픽관의 공통점은 바로 그 지하실이다!

"내가 왜 그 생각을 못 했지? 칼리, 네 말이 맞아!"

나는 칼리를 향해 나직이 외쳤다.

그리고 이내 계단으로 한 걸음 내디뎠다. 그런데 너무 어두워 위험해 보였다.

"우선 램프를 켜야겠어."

"사다리도 라이터도 없는데 어떡하지?"

그러고 보니 높이 달린 램프에 불을 켜는 것도 문제였다. 이럴 때 손전등 하나만 있으면 딱 좋을 텐데.

"응접실에 가서 쓸 만한 도구가 있나 찾아보자."

내가 말했다. 그런데 혹시 우리가 의자를 들고 복도를 이동할 때 하녀들이 보고 기절이라도 하는 건 아닐까? 의자가 공중을 떠다닌다고 말이다. 아니, 지금은 그런 걸 걱정할 때가 아니다.

우리는 얼른 응접실 쪽으로 걸어갔다. 그런데 복도 모퉁이를 돌자마자 자리에 멈춰 서야 했다. 저 앞에 보였던 응접실의 모습이 거의 보이지 않았다. 응접실 안을 밝히고 있던 램프들이 꺼진 것이었다.

"하녀가 와서 불을 껐나 봐."

우리는 아치형 입구 안으로 조심조심 들어갔다. 응접실은 램프 두 개만 켜져 있어서 어두침침했다. 다행히 사람의 모습은 보이지 않았지만, 구석에서 뭔가 끔찍한 것이 갑자기 튀어나와 우리를 덮칠 것만 같았다.

칼리와 나는 응접실을 한 바퀴 돌았다. 위험이 없다는 것을 확인한 다음 쓸 만한 도구를 찾아봤다. 의자는 너무 무거워서 들고 나가기 어려웠다. 혹시 성냥이 있는지 찾아보자고 내가 말했다. 성냥 한 갑이면 램프를 켜지 않더라도 그 음산한 계단을 내려가는 동안 충분히 발밑을 밝힐 수 있을 것이다. 100년쯤 전에는 성냥이 일상적인 생필품이었을 테니 응접실에도 어딘가에 있을 것이다. 우리는 조용히 응접실을 뒤졌다. 하지만 장식품이 진열된 수납장이나 서랍에는 커튼 천이나 컵 같은 것밖에 없었다.

어둠 속에서 침묵이 이어지자 괜히 어색한 느낌이 들었다. 그래서 나는 그냥 생각나는 대로 이야기를 꺼냈다.

"어…… 칼리, 너랑 야묘는 무척 친한 거 같더라?"

"응, 내가 고등학교 때 학교 근처에서…… 치한을 만났는데 야

염소가 웃는 순간

묘가 구해줬어. 덕분에 난 아무 일 없이 빠져나올 수 있었지."

칼리가 서랍 안을 뒤지면서 말했다.

나는 동작을 멈추고 칼리를 바라봤다. 그녀는 고개를 숙이고 있어서 내 시선을 알아차리지 못했다. 칼리와 나는 몇 시간 전에 야 알게 된 사이인데, 이런 이야기를 나에게 해도 되는 걸까? 자기를 위해 악령과 싸우던 내 모습을 보고 나를 신뢰하게 된 걸까? 버스가 알게 된다면 엄청 질투하겠지……. 아, 버스는 이제 없구나. 새삼 가슴이 아팠다.

"그날 난 좀 늦게 집에 가는 길이었어. 학교 근처 골목에서 한 남자를 마주쳤지." 칼리가 이야기를 계속했다. "그 남자가 갑자기 내 앞에서 바지를 내리는 거야. 내가 놀라서 비명을 질렀는데 어디선가 야묘가 나타나서 그 남자 사타구니를 걷어찼어. 알고 보니 그즈음 학교 근처에 변태가 나타난다는 소문이 있었는데, 야묘가 방과 후에 학교 근처를 순찰 중이었대. 자기 손으로 그 놈을 잡겠다고 말이지."

"그때부터 야묘랑 친해졌어?"

"응, 그렇지. 야묘는 학교에서 인기가 아주 많았어. 그런 선배가 나 같은 후배랑 자주 어울려줬지."

맞아, 야묘는 칼리보다 한 살이 많은 재수생이라고 했지.

나는 어쩌다 보니 두 사람의 관계를 좀 더 깊이 알게 됐다. 두 사람이 서로 어떤 감정을 품고 있는지 알려고 한 건 아니었다. 그들이 어떤 관계든 나와는 상관없는 일이고, 궁금하지도 않다.

"참, 칼리 넌 고등학교 때부터 천문학에 관심 있었어?"

장식장에 있는 항아리 뚜껑을 열며 내가 물었다. 항아리 안에

제3장

225

서 성냥이 나오기를 바랐지만 그 안은 텅 비어 있었다.

"아니, 난 초등학교 때부터 이미 천문학을 좋아했어."

칼리의 말투가 갑자기 명랑해졌다. 천문학 이야기를 하는 동안에는 그녀가 우리 앞의 끔찍한 현실을 잠시나마 잊을지도 모르겠다.

"난 천문학에는 완전 문외한이야."

"다음에 같이 유성우 보러 가자. 천문학 동아리에 들어와도 되고. 어차피 버스도 있으니까 동아리에서 재밌게…… 왜 그래?"

갑자기 움직임을 멈춘 나에게 칼리가 물었다. 버스가 악령에게 당한 사실을 칼리는 아직 모르고 있었다…….

"아무것도 아니야. 좋아, 돌아가면, 버스랑 야묘랑 다 같이 유성우 보러 가자."

나는 칼리에게 버스가 책상의 마수에 사로잡혔다는 말을 할 수 없었다. 그런 이야기를 해봐야 우리 눈앞의 문제를 해결하는데 도움도 되지 않는다.

"약속했다?"

칼리가 싱그럽게 웃으며 말했다.

나는 화제를 바꾸고 싶었지만, 버스의 모습이 자꾸만 머릿속을 맴돌았다. 그때 문득 위키가 버스를 놀리느라 했던 말이 떠올랐다. 그래서 별생각 없이 물어봤다.

"그…… 큰곰자리 위치하고 목성의 위성이 몇 개인지도 알아?"

그러자 칼리가 고개를 휙 돌려 나를 쳐다봤다.

"아화, 너 알고 있었어?"

칼리는 놀랍고도 기뻐하는 표정이었다. 눈까지 반짝반짝 빛났다. 흐릿한 빛 사이로도 얼굴을 붉히는 그녀의 모습이 눈에 들어왔다. 설마 내 눈이 삔 것은 아니겠지?

"왜? 내가 뭘 아는데?"

"큰곰자리하고 목성의 네 번째 위성 말이야."

나는 여전히 오리무중이었다. 칼리가 묻는 말을 알아들을 수 없었다.

"그건 버스하고 위키한테 들은 말이야. 난 그런 거 몰라."

칼리는 고개를 살짝 숙였다. 표정이 조금 복잡해 보였다.

"그…… 그건 내 이름이야."

"응?"

"아화, 목성을 영어로 뭐라고 하는지 알아?"

"주피터Jupiter…… 맞아?"

내 영어 실력이 변변찮은 건 사실이지만 이런 중학교 수준의 단어는 알고 있다.

"맞아. 주피터는 로마 신화에 나오는 주신主神이야. 그리스 신화에 나오는 신들의 왕인 제우스라고 생각하면 돼. 제우스는 애인이 많은 바람둥이였는데, 어느 날 칼리스토Callisto라는 이름의 아름다운 공주에게 사랑을 고백했어. 천문학자들이 바로 그 이름을 따다가 목성의 네 번째 위성에 붙인 거야."

"그러니까 '칼리'라는 이름은 그리스 신화와 천문학에서 온 거구나? 그럼 큰곰자리는 어떻게 된 거야?"

"제우스와 칼리스토의 관계 때문에 신들의 여왕이자 제우스의 아내인 헤라가 엄청 분노했어. 질투심에 몸살을 앓던 헤라는 결국 칼리스토를 커다란 곰으로 변신시켜 버렸지. 그게 바로 큰곰자리의 유래야."

천문학 이야기를 시작하자 칼리는 다른 사람이 된 것 같았다.

"버스가 거기까지 생각한 줄은 몰랐어……."

칼리가 다시 말했다.

칼리는 버스에 대해 매우 좋은 인상을 받은 게 분명했다. 그런 칼리가 나중에 버스의 소식을 알게 되면 얼마나 괴로울까…….

그나저나 위키 녀석은 이런 잡다한 지식을 잘도 알고 있군. 칼리의 이름과 학과, 동아리를 듣자마자 이런 사실을 대번에 눈치챈 모양이었다. 그런 면에선 버스보다 위키가 칼리와 더 잘 어울리는…….

뎅!

갑작스런 소리에 심장이 덜컥했다.

금속성 물체가 부딪치는 소리가 연이어 들렸다. 높낮이가 고르지 않고 크지 않은 소리였지만, 조용한 공기 중에 일순간에 파문을 일으켰다.

"태엽시계야!"

칼리도 깜짝 놀랐지만 금세 소리의 정체를 알아냈다.

응접실에 있는 태엽시계가 내는 소리였다. 원래는 시간을 알리기 직전에 전주곡처럼 울리는, 딩동댕동 하는 익숙한 멜로디인데 태엽시계가 음을 틀리는 바람에 소리가 이상해진 것이었다.

"깜짝이야, 무슨 태엽시계가……."

나는 입을 열다 말고 태엽시계를 가만히 쳐다봤다. 아무래도 뭔가 이상했다.

시계는 긴 바늘이 12, 짧은 바늘이 3을 가리키고 있었다.

딩동댕동 하는 전주곡 다음으로는 뎅, 뎅, 뎅, 하고 세 번의 종소리가 울렸다.

"방, 방금 전에 9시 좀 넘지 않았어?"

칼리도 알아차렸다.

이스트베스 가족이 응접실을 떠났을 때가 9시 15분이었다. 그 후 칼리와 내가 응접실로 되돌아와 성냥을 찾기까지 아무리 길게 잡아도 십 분은 지나지 않았다. 그런데 태엽시계는 왜 여섯 시간이나…….

무슨 일이 벌어진 걸까? 나는 복도로 향하는 아치형 출입구를 바라봤다. 웬일인지 출입구 너머가 응접실 안보다 더 밝았다. 나는 출입구로 다가가 바깥을 살펴봤다. 복도의 램프가 전부 밝혀져 있었다.

"누, 누가 와서 복도의 불을 켰나 봐? 그나저나 왜 지금 3시가 된 거지?"

칼리가 내 등 뒤에서 불안한 목소리로 말했다.

"걱정 마."

나는 그렇게 말하며 옆에 내려놓았던 대걸레를 집어 들었다.

복도 모퉁이 뒤쪽에서 무슨 소리가 들리는 것 같았다. 잘못 들었나 싶었지만 잠시 후 그쪽에 뭔가 있다는 걸 확신했다. 복도 모퉁이 쪽이 점점 더 밝아졌다. 빛의 중심이 우리 쪽으로 점점 가까워지고 있었다.

"아화!"

칼리가 조그맣게 외쳤다. 우리는 아치형 출입구 오른쪽 벽에 딱 붙어 섰다.

모퉁이 뒤의 불빛이 점점 밝아지며 흔들거렸다. 누군가 램프를 들고 걸어오는 모양이었다. 그 '누군가'가 사람인지 뭔지는 알 수 없었다.

멀리 있는 벽의 유화를 알아볼 수 있을 만큼 불빛이 밝아지더니, 웬일인지 그때부터 도로 어두워지기 시작했다.

"저 사람들, 그냥 돌아가나 봐?"

칼리가 말했다.

불빛이 점점 더 약해졌다.

그 순간 나는 소스라치듯 깨달았다.

"아니야, 돌아가는 게 아니라고! 쫓아가야 해!"

나는 칼리를 붙잡고 복도를 뛰었다.

"왜, 왜 그래?"

칼리는 목소리를 덜덜 떨며 나와 함께 달렸다.

모퉁이를 돌자 복도에는 역시 아무도 없었다. 불빛만이 거울과 갑옷이 있는 복도 쪽에서 새어 나오고 있었다. 우리는 다시 복도의 삼거리까지 달렸다. 그리고 거기서 불빛의 중심을 찾아냈다.

내 짐작이 맞아떨어졌다. 불빛이 점점 어두워진 건 그들이 왔던 길로 돌아가서 멀어졌기 때문이 아니었다. 그들이 잠긴 문을 열고 걸어 나오는 동안 우리 쪽에선 불빛이 점점 밝아졌고, 그들이 삼거리를 지나 저쪽 길로 들어가자 우리 쪽에선 불빛이 도로 어두워진 거였다.

내가 짐작하지 못한 것은 램프를 든 사람들이었다.

나는 하녀나 집사가 램프를 들고 저택을 순찰 중이거나 화장실에라도 가는 줄 알았다. 그러니 그들을 따라가면 램프가 있는 곳을 찾을 수 있을 거라 생각했다. 그런데 저 앞에서 걸어가는 이들은 하녀도 집사도 아니었다.

그들은 긴 로브*를 걸치고 로브에 달린 후드까지 뒤집어쓰고 있었다. 로브는 검은색 혹은 진자주색으로 보였다. 모두 일고여덟 명쯤이었고, 맨 앞과 맨 뒷사람이 램프를 들고 있었다.

여기서 저런 사람들을 만날 거라고는 상상도 못 했다. 여러 명의 사람이 저렇게 괴상한 복장을 하고 어디로 가는 걸까? 마치 영화에서나 보던 중세시대 수도사들 같다. 혹은 비밀결사의 조직원이거나…….

"아!"

나도 모르게 소리를 내뱉었다. 이스트베스 백작의 또 다른 신분은 주술 집단의 '흑주교'라고 했다. 저들은 백작의 신도들이고, 여기 모인 목적은 바로 지하실 제단에서 의식을 치르는 것이리라. 저들을 따라가면 성냥을 찾지 않아도 지하실에 내려갈 수 있다.

하지만 천천히 걸어가는 신도 행렬을 보며 나는 불길한 예감을 떠올리고 말았다. 아니, 예감이라기보다는 '연상'이라는 단어가 맞을 것이다. 나는 결국 무슨 일이 벌어질지 알고 있으니까. 이스트베스 백작과 그의 신도들은 언젠가 의식을 치르다가 실수로 불을 내고 지하실에서 산 채로 타 죽는다. 지금 저들을 따라갔다가 칼리와 나도 똑같은 위험에 처하는 건 아닐까? 화재 발생일이 1889년의 어느 날인지는 알지 못한다. 설마 오늘일까? 여기까지 생각하자 그만 다리에 힘이 풀리고 말았다.

* robe. 무릎 아래까지 내려오는 기다란 겉옷으로 가운처럼 헐렁하게 걸쳐 입는다.

"칼리." 나는 칼리를 돌아봤다. "저들은 지금 지하실에 가는 것 같아. 근데 오늘이 이스트베스 저택에 불이 났던 그날일지도 몰라. 저들을 따라가면 우리까지 위험에 처할 수 있다는 걸 감수해야 해."

"아화, 네 생각은 어때? 저 사람들을 따라가는 게 좋겠어?"

칼리가 조심스럽게 물었다.

나는 고개를 끄덕였다.

"그 지하실은 분명 문제를 해결하는 열쇠야. 하지만 네가 무섭다면……."

"난 네 판단을 믿어."

칼리가 단호하게 말했다. 하지만 그녀의 손은 얼음장같이 차가웠다. 침착한 표정을 억지로 지어내고 있는 것이리라.

우리는 마음을 다잡고 신도 행렬의 뒤에 따라붙었다. 나는 용기를 내 맨 뒤에서 램프를 들고 걷는 사람 옆에 바짝 붙었다. 후드 아래의 얼굴이 궁금했다. 내가 본 얼굴은 평범한 사십 대의 서양인 남자로 팔자수염을 기르고 있었다. 약간 살집 있는 얼굴이 손에 든 램프 빛 때문인지 괴이하게 느껴졌다. 하지만 입이 쭉 찢어진 긴 머리 귀신에 비하면, 이 남자는 놀이공원에서 손전등을 들고 아이들을 놀래키는 매표소 직원 수준이다.

이 사람들 역시 칼리와 나를 보지 못하는 것이 분명했다. 나는 마음을 놓고 그들의 모습을 자세히 살폈다. 두세 명씩 어깨를 나란히 하고 걷고 있어서 그들 사이를 뚫고 앞으로 나아갈 순 없었다. 그래서 맨 뒤에서 램프를 든 남자 외에 행렬 끄트머리의 또 다른 남자의 얼굴만 제대로 볼 수 있었다. 그 남자는 광대

뼈가 튀어나오고 입술이 얇은 게 특징이었다. 왠지 잘못 건드렸다간 큰일 날 것 같은 인상이었다.

그들이 똑같이 걸치고 있는 로브는 후드까지 온통 짙은 자주색이었다. 로브 가장자리에는 금실이나 은실로 수가 놓였고, 후드 앞부분에는 거꾸로 된 오각성 무늬가 있었다. 로브는 성인 한 사람을 다 감쌀 만큼 큼지막하고 바닥에 질질 끌릴 정도로 길었다. 후드를 푹 눌러쓰면 얼굴도 거의 보이지 않을 것 같다. 팔자수염이 난 남자의 오른손이 로브 자락 바깥으로 나와 있는 걸 보니 소매가 로브 안에 숨겨져 있는 모양이었다.

칼리와 나는 그들을 따라 복도를 걸어갔다. 복도 끝에 이르자 옆에 나 있는 계단으로 내려갔다. 계단은 왼쪽으로 세 번 꺾였고, 계단 끝에서 다시 복도가 나타났다. 그 복도는 비교적 소박했다. 유화 액자나 다른 장식물도 없었고, 램프만 몇 개 달려 있었다. 복도에 창이 있는 걸 보니 아까 우리가 있었던 곳은 2층 이상 되는 높이였나 보다. 그러나 창밖은 여전히 새카만 어둠이라 이곳이 1층인지 몇 층인지 판단할 수 없었다.

이 복도에는 교차로가 여러 개 있었다. 몇 걸음 걸으면 두 갈래 길이 나왔고, 또 조금 걸으면 두 갈래 길이 나왔다. 칼리와 나 둘이서만 계단을 내려왔다면 지하실을 찾는 데 시간이 꽤 걸렸을 것이다. 다섯 개의 교차로를 지나고 나서 드디어 복도의 끝에 도착했다. 복도 끝은 벽으로 막혀 있었다. 맨 앞의 사람들이 뭔가를 작동시켰는지 가로막힌 벽에서 낮고 무거운 소리가 났다. 나는 사람들 사이로 벽이 천천히 움직이는 걸 봤다. 마치 문이 열리듯 벽이 밀려나자 다시 복도가 조금 이어지고, 그 끝에 아래로 내려가는 계단이 보였다. 흐릿한 불빛 아래서도 나는 여기가 낯익은 장소라는 걸 알아봤다.

바로 지하실로 향하는 계단이다.

앞장선 사람이 지하실 통로로 발을 디뎠다. 길이 좁고 험해서인지 어깨를 나란히 하고 걷던 사람들이 한 명씩 계단으로 내려 갔다. 행렬의 끝에서 램프를 들고 걷던 남자가 마지막으로 벽 문을 통과하자 문이 천천히 닫히기 시작했다. 칼리와 나는 헐레벌떡 그 안으로 들어갔다. 들어와 보니 마지막 남자가 벽에서 밧줄을 잡아당기고 있었다. 밧줄은 천장에 달린 도르래에 연결돼 있었다. 밧줄을 당길 때마다 벽 문이 조금씩 닫혔다. 꽤 힘을 쓰는 걸 보니 문이 아주 무거운 모양이었다. 밧줄을 여러 차례 당겼는데도 벽은 겨우 몇 센티미터만 닫혔다.

일행이 모두 계단으로 내려가고 나서도 마지막 남자는 열심히 밧줄을 당겼다. 그래서 램프를 두 개 들었구나 싶었다. 마지막 사람이 남아서 문을 닫아야 하기 때문이었다. 칼리와 나는 그 남자를 무시하고 그냥 계단을 내려가기로 했다. 경사가 심한 계단에서 나는 왼손으로 칼리의 손을 잡고 걸었다. 오른손에는 악령 퇴치를 위한 신령한 대걸레가 쥐여 있었다.

통로의 불빛이라고는 맨 앞에 선 사람이 든 램프뿐이었다. 일행의 뒤를 따라가는 칼리와 나는 너무 어두워서 거의 감각에 의존해 한 걸음씩 내디뎌야 했다. 경사도 심해서 몇 번이나 균형을 잃고 넘어질 뻔했다.

계단을 두 번 꺾어서 내려가자 나무 문이 나타났다. 친구들과 함께 몇 시간 전에 왔던 곳이다. 100여 년 전의 지하실 입구는 몇 시간 전에 봤던 모습과 별다르지 않았다. 무늬가 새겨진 낡은 나무 문과 위쪽 문틀에 걸려 있는 괴수 머리가 보였다. 원래의 문은 화재로 타버렸을 거라고 생각했는데 그렇지 않은 모양이었다. 눈앞의 나무 문은 100여 년 후의 모습과 거의 똑같았다.

선두에 선 사람은 벌써 지하실로 들어갔다. 일행이 모두 들어가고 나서도 나무 문은 열려 있었다. 아마 벽 문을 닫고 올 남자를 기다리는 모양이었다.

지하실로 들어가니 익숙한 얼굴이 우리를 맞이했다.

바닥에 그려진 염소 머리 도안이다.

괴이한 도안은 세월을 뛰어넘는 저주인 듯 우리를 조롱하는 것 같았다. 오각성, 신비한 부호, 영어 알파벳, 그리고 염소 머리까지 몇 시간 전에 본 도안과 똑같았다. 색깔은 훨씬 짙고, 오각성과 원을 그린 검은색은 아스팔트처럼 새까맣고, 염소 머리의 빨간색은 피처럼 붉었다.

지하실은 상당히 밝았다. 여덟 개의 벽마다 램프가 달려 있고, 기둥이 달린 금속 받침대 위에서 화로 불이 피어오르는 중이었다. 화로는 입구에서 멀리 있는 탁자 양옆에 하나씩 있었다. 탁자 위에는 검은색 양초가 꽂힌 촛대, 은색 술잔, 이름을 알 수 없는 식물 한 다발, 작고 날카로운 칼, 금속으로 만든 역오각성 장식품 등이 있었다. 그 외에도 이런저런 물건이 보였지만 정확히 무엇인지는 알아볼 수 없었다. 탁자 뒤쪽의 벽에는 거울이 걸려 있는데 복도에 걸려 있던 거울과 크기가 비슷했다. 다만 이 거울은 금속 테두리로 둘러져 있고, 위쪽 테두리에는 나무 문에 달린 것과 같은 괴수의 조각상이 붙어 있었다.

로브를 입은 사람들이 두 무리로 나뉘었다. 한쪽은 탁자 옆에 섰고, 다른 한쪽의 세 사람은 문 오른쪽에서 멀지 않은 곳에 서서 이야기를 나눴다.

"저기 봐, 이스트베스 백작이야."

우리 목소리가 그들에게 들리지 않는다고 하지만, 그래도 나는 목소리를 낮춰 칼리에게 말했다. 탁자 옆에 선 네 사람 중에서 두 사람이 후드를 벗었는데, 그중 하나가 이스트베스 백작이다. 또 한 사람은 처음 보는 남자로 백작보다 젊고 머리 모양이 단정했으며, 비교적 태연한 표정에 눈빛이 위엄 있어 보였다. 후드를 쓴 두 사람은 후드를 벗은 두 사람과 어느 정도 거리를 두고 서 있었다. 약간 허리를 숙이고 있는 후드를 쓴 사람들은 시종인 것 같았다.

문 오른쪽에 모여 있는 세 사람도 여전히 후드를 쓴 채였다. 칼리와 나는 조심스럽게 왼쪽 구석으로 갔다. 잠시 후 램프를 든 사람이 들어와 문을 닫았다. 그가 후드를 벗자 역시나 아까 벽문을 닫느라 뒤에 남았던 팔자수염 남자다.

이스트베스 백작 옆의 키가 좀 작은 사람을 제외하고 이제는 모두가 후드를 벗었다. 행렬의 맨 끝에 있던 광대뼈가 솟은 남자도 마찬가지다. 후드를 벗은 사람들은 모두 남자로 이십 대부터 오십 대까지 나이 대가 다양했다. 그들은 천천히 지하실 가운데로 걸음을 옮겨 바닥의 도안을 둘러쌌다. 백작과 위엄 있는 눈빛의 남자, 그리고 아직 후드를 쓰고 있는 키 작은 사람은 탁자 앞에 섰다. 세 사람 중에서 가운데에 위치한 이스트베스 백작이 목소리를 높여 말했다.

"여러분, 의식을 시작하기 전에 한 가지 사실을 알려드립니다."

백작의 표정은 가족들을 대할 때와 완전히 달랐고, 목소리에도 감정이 전혀 없었다. 마치 학생들을 훈계하는 교사나 군인을 통솔하는 장교 같았다.

"크롤리 씨는 이미 저의 모든 비의秘儀를 전수받아 대사제大司祭 자격을 얻었습니다. 오늘부터 크롤리 씨는 저와 같은 지위를 가집니다. 이는 우리가 바포메트의 강림을 영접할 준비가 끝났음을 의미합니다."

비의, 대사제, 지위, 바포메트……. 알아들을 수 없는 단어가 많았다. 놀랍게도 나는 영어로 하는 그의 말을 모두 알아들었지만, 생소한 단어들의 의미는 알지 못했다.

백작의 말에 누군가 이렇게 대꾸했다.

"아무."

'아무'라니! 이게 대체 무슨 말인가?

"오늘 의식은 대사제가 주관할 것입니다."

백작은 말을 마치고 옆으로 물러났다. 옆에 있던 남자가 가운데 섰다.

저 사람이 바로 '런던 고위층 인사들'이 교류하고 싶어 한다던 '크롤리 씨'인 모양이다.

"여러분, 우리가 꿈에서도 그리던 순간이 곧 도래합니다."

크롤리의 목소리는 오페라 무대의 바리톤처럼 매혹적이었다.

"저는 세계 각국을 돌아다니면서 바포메트의 무녀를 찾았습니다. 그녀의 마력을 통해 우리는 오늘 바포메트님이 세상에 강림하는 모습을 보게 될 것입니다. 바포메트님은 우리를 이끌고 스스로 왕이라고 칭하는 무지몽매한 인간들을 깨부술 것입니다."

크롤리가 키 작은 사람의 후드를 벗겼다. 젊고 아름다운 여자였다. 이목구비가 조화를 이룬 갸름한 얼굴에 피부는 희면서도 투명하고 발그레했고, 윤이 나는 길고 까만 머리는 뺨을 따라 흘러내렸다. 열여덟에서 스무 살 정도로 보였고, 산산만큼이나 눈부신 미모였다.

"아무."

염소 머리 도안을 둘러싼 다섯 명이 다시 화답했다.

크롤리는 탁자 뒤로 가서 두 손으로 술잔을 들어 올렸고, 백작과 여자는 염소 머리 도안을 밟고 섰다. 이제 보니 다섯 명의 신도는 오각성의 다섯 개 꼭짓점 앞에 서 있었다. 그들은 원래 크롤리를 바라보는 방향으로 서 있었는데, 이제는 모두 마법진 안쪽을 바라보는 방향이 됐다. 그들이 합장을 하고 고개를 숙였다. 의식을 시작하는 모양이었다.

다음 순간 나는 경악스러운 장면을 목격했다.

바포메트의 무녀라는 여자가 자주색 로브를 벗자 실오라기 하나 걸치지 않은 알몸이 나타났다. 백작도 로브를 벗었고, 그 역시 알몸이었다.

크롤리는 탁자 뒤에서 술잔을 들고 뭔지 모를 주문을 외웠다. 알몸의 백작이 염소 도안 위에 반듯이 누웠다. 요염한 몸매의 미녀가 백작의 몸 위에 걸터앉는다⋯⋯. 포르노 영화에서나 볼 법한 장면이 눈앞에서 벌어질 줄이야! 내 왼손에서 떨림이 전해졌다. 내 옆에 칼리가 있다는 것이 퍼뜩 떠올랐다. 칼리를 흘낏 쳐다보자 몹시 당황한 듯 얼굴이 빨갰다. 나는 일반적인 남학생답

염소가 웃는 순간

게 인터넷으로 포르노 영화를 본 적이 있다. 하지만 그렇게 허물 없이 지내는 버스하고도 포르노를 함께 본 적은 없었다. 그런 내가 만난 지 몇 시간도 되지 않은 여자애와 이런 장면을 보고 있는 것이다.

크롤리는 계속 주문을 외고, 다섯 명의 신도는 표정 하나 바뀌지 않고 자리를 지키고 있다. 백작과 여자는 이제 허리를 움직이며 성교가 한창이다. 칼리와 나는 어쩔 수 없이 이 당황스러운 의식을 지켜볼 수밖에 없었다. 여자의 간드러진 교성과 크롤리의 주문이 뒤섞이면서 지하실에 메아리가 되어 울렸다. 이름난 여배우 이상으로 아름다운 여자가 알몸으로 남자와 몸을 섞고 있었지만, 그걸 보면서도 나는 전혀 흥분되지 않았다. 오히려 혐오감이 스멀스멀 피어올랐다. 이 세상에서 가장 추악한 기운이 눈앞의 남녀에게서 뿜어져 나오는 것 같았다.

"욱……."

칼리 쪽에서 난 소리였다. 돌아보니 칼리는 눈앞의 장면에서 고개를 돌리고 있었다. 민망하거나 부끄러워하는 게 아니라 고통스러운 듯한 표정이었다. 아마 칼리도 나처럼 뭐라 표현하기 힘든 혐오감을 느끼는 것이리라.

"하하하하하!"

갑자기 날카로운 웃음소리가 터져 나왔다.

다시 마법진 쪽을 바라보니 여자가 움직임을 멈추지 않은 채 웃고 있었다. 몹시 기괴한 웃음이었다. 환희의 웃음이 아니라 어쩐지 사악하게 느껴지는 웃음이었다. 그녀의 몸 아래 깔린 백작의 얼굴을 보니 눈에 눈동자가 사라지고 흰자위만 보였다. 영혼이 사라지고 육신이라는 껍데기만 바닥에 누워 있는 것 같았다.

"하하하하하하하!"

여자의 웃음소리가 갑자기 폭발했다. 그녀는 두 손을 백작의 가슴에 얹고 미친 여자처럼 웃음을 터뜨렸다. 그녀의 얼굴도 몸도 달라진 건 전혀 없었지만, 나는 이제 그녀에게서 단 한 점의 아름다움도 찾을 수 없었다.

그때였다. 확 하는 소리와 함께 크롤리 양옆에 있는 화로에서 불꽃이 높이 솟구쳤다.

"바포메트시여! 바포메트시여!"

크롤리가 소리 높여 외쳤다. 그의 눈에서 광기가 느껴졌다. 그는 날카로운 비수를 집어 들고 허공에 마구 휘둘렀다. 단정했던 그의 머리도 잔뜩 흐트러져서 산발이 됐다.

"바포메트가 강림하신다!"

크롤리가 고함을 질렀다.

순간 화로의 불길이 사라졌다. 벽에 걸린 램프도, 옆에 놔둔 램프도 모두 삽시간에 꺼졌다. 그러나 지하실은 어두워지지 않았다. 오히려 더 밝아졌다. 바닥의 마법진이 빛을 뿜어내고 있었다.

"아무!"

눈부신 빛이 백작의 왼쪽에서 솟아올랐다. 곧이어 그의 오른쪽에서도 빛이 솟았다. 그렇게 네다섯 개의 노란 빛줄기가 바닥에서 뿜어져 나왔다. 마법진의 원을 둘러싸고 있던 신도들이 당황하기 시작했다. 그들은 합장하는 것도 잊고 주변을 두리번거렸다.

빛줄기 하나가 돌연 방향을 바꾸더니 오각성의 오른쪽 위 꼭짓점에 선 팔자수염 남자의 가슴을 꿰뚫었다.

갑작스러운 상황에 칼리와 나는 비명을 지르고 말았다. 빛줄기는 뱀처럼 구불거리며 마법진을 둘러싼 사람들에게 쏘아졌다. 빛줄기에 가슴을 꿰뚫린 사람들은 험하게 가지고 놀았던 인형처럼 팔다리가 기이한 각도로 꺾이고 손발이 오그라들었다. 그러다 펑 하는 소리와 함께 시뻘건 불꽃이 로브 아래쪽에서 터져 나와 순식간에 위쪽으로 타올랐다.

"바포메트시여! 당신이 원하시는 제물이 왔습니다!"

이렇게 외친 사람은 크롤리가 아니라 백작의 몸 위에 걸터앉은 알몸의 여자였다. 그녀는 고개를 쳐들고 광기 어린 웃음소리를 쏟아냈다.

크롤리 쪽을 바라보니 그는 다른 신도들과 마찬가지로 빛줄기에 관통당해 온몸에 불이 붙은 채 허우적거리고 있었다.

"아, 아화……!"

칼리가 내 왼손을 꽉 잡았다. 그러나 그녀가 뭐라고 말하기도 전에 우리 눈앞에 더욱 무시무시한 장면이 펼쳐졌다.

알몸의 여자가 고개를 홱 돌려 우리를 쳐다본 것이었다.

그녀의 눈빛은 사냥감을 발견한 포식자와 같았다. 그녀가 우리를 보면서 미소를 지었다. 심장이 얼어붙을 것 같은 공포스런 미소였다.

빛줄기가 불꽃에 휩싸인 시체를 바닥에 내동댕이치기 시작했다. 이제 우리 쪽으로 빛줄기가 쏘아질 거라 생각한 순간, 빛줄기는 돌연 백작과 여자의 몸에 꽂혔다. 여자는 여전히 우리를 노려보고 있었다. 불꽃이 그녀와 백작의 몸에 뜨거운 혓바닥을 날

름거리는데도 그녀는 악마 같은 웃음을 멈추지 않았다. 그녀의 입이 조금씩 조금씩 옆으로 길게 찢어지기 시작했다. 피부색은 점점 시커멓게 변해갔다. 그리고 이마에 괴이한 푸른색 빛이 나타나더니 영어 알파벳 모양으로 변해갔다.

"BABA……LON?"

일곱 개의 알파벳이 낙인처럼 여자의 이마에 새겨졌고, 불꽃은 더욱 맹렬하게 타올랐다. 여자와 백작의 몸이 불의 연료가 되어 불길을 더욱 거세게 만드는 듯했다. 불길이 세지면서 숨 막히는 열기가 우리 얼굴에 쏟아졌다. 나는 지하실을 빠져나가려고 칼리의 손을 끌고 잽싸게 문으로 향했다.

그러나 문손잡이가 움직이지 않았다.

"아화! 빨리 열어!"

"안 돼! 잠겼어!"

불길은 동그란 마법진 중심에서 바깥으로 점점 퍼져갔다. 문이 열리지 않는다면 칼리와 나도 여기서 타 죽을 상황이었다.

"열리지가 않아!"

발로 차봤지만 두꺼운 나무 문은 꿈쩍도 하지 않았다. 순간 나는 아랑 선배의 말이 떠올랐다.

"아랑 선배가 지하실에 통풍구가 있다고 했어. 한번 찾아보자. 그쪽으로 나갈 수 있을 거야!"

칼리가 고개를 끄덕였다. 우리는 불길을 피해 벽을 따라 움직이며 크롤리의 시체가 나동그라진 탁자 앞으로 이동했다. 탁자를 뒤엎고 바닥을 살폈지만, 단단한 벽돌만 보일 뿐 통풍구 같은 건 없었다. 불길이 점점 더 다가오고 있었다. 벽 위쪽을 찾아봐도 통풍구의 흔적은 전혀 보이지 않았다.

칼리가 갑자기 바닥에 주저앉아 울기 시작했다.

"끝났어…… 이젠 끝났다고…….'

"칼리, 포기하면 안 돼!"

나는 칼리의 어깨를 붙잡았다.

"통풍구가 있다고 해도 사람이 나갈 만큼 크지는 않을 거야. 엉, 엉…… 아화, 구해줘서 고마워. 나 때문에 너까지…….'

"힘 빠지는 소리 좀 하지 마! 마지막 순간까지 포기하면 안 돼!"

"지금이 마지막 순간이야…….'

"칼리!"

갑작스런 목소리가 끼어들었다. 칼리를 부른 것은 내가 아니었다.

"칼리! 아화!"

샤오완이다! 샤오완의 목소리가 분명하다.

"샤오완! 어디야?"

내가 외쳤다. 칼리도 정신을 차리고 주변을 둘러봤다.

"여기! 아화! 여기야!"

목소리를 따라 고개를 돌리니 불가사의한 장면, 아니 우리를 안심시키는 장면이 눈앞에 나타났다.

샤오완의 목소리는 거울 속에서 들려왔다. 거울 속에 샤오완과 야묘, 아랑 선배가 보였다. 샤오완이 거울을 마구 두드리고 있었다.

"샤오완!"

칼리가 반쯤 기다시피 거울 앞으로 달려갔다.

"아화, 이 거울이 통로일까?"

"그런 것 같아!"

나는 손으로 거울 표면을 눌러봤다. 하지만 뚫고 들어갈 수는 없었다.

"샤오완!"

칼리가 손으로 거울을 두드렸다.

불길은 이제 몇 십 센티미터 거리까지 다가왔다. 얼른 방법을 찾지 않으면 친구들이 보는 앞에서 타 죽게 생겼다.

어떻게 해야 거울을 통과할 수 있을까? 그때 마침 손에 들고 있던 반 토막 대걸레가 생각났다.

이 세계에 올 때 썼던 방법은······.

"칼리! 내 목을 끌어안아! 절대로 손을 놓으면 안 돼!"

"왜? 어떻게 하려고?"

칼리는 어리둥절해하면서도 곧바로 내 목에 팔을 두르고 힘을 꽉 줬다.

"샤오완! 뒤로 물러서! 준비, 하나, 둘, 셋!"

나는 손에 들고 있던 대걸레 자루를 거울에 꽂아 넣었다.

대걸레가 거울 표면에 닿은 순간, 거울이 수면처럼 일렁이며 파동을 일으켰다. 그리고 강력한 힘이 대걸레를 빨아들였고, 칼리와 나까지 거울 속으로 끌어당겼다.

거울을 통과하려면 그걸 깨겠다는 각오로 죽을힘을 다해 쳐야 한다. 나는 그렇게 해서 노픽관 8층의 거울에서 100여 년 전의 세계로 들어왔다.

"아화! 칼리!"

정신이 들었을 때 칼리와 나는 바닥에 쓰러져 있었고, 친구들이 우리를 에워싸고 있었다.

"돌아왔나?"

내가 일어나 앉으면서 주변을 둘러봤다.

"칼리!"

야묘가 달려들어 칼리를 끌어안았다.

"여기…… 세탁실이야?"

옆에 있는 세탁기를 보며 내가 물었다. 내 등 뒤로는 전신거울이 하나 붙어 있었다. 여기는 분명히 노픽관 1층에 있는 세탁실일 것이다. 거울은 김이 서린 듯 흐릿하고 몽롱했다. 흐릿한 김이 곧 걷히고 거울 속에 칼리와 나, 친구들의 모습이 좌우가 바뀐 모습으로 비쳤다.

"아화, 방금 정말 위험했어."

샤오완이 말했다.

"다들 봤어?"

둘러싼 친구들의 표정이 어두웠다. 유령을 맞닥뜨린 듯한 표정이다.

"내가 너랑 칼리가 거울에 먹혔다고 했는데 처음엔 다들 믿지 않더라고. 근데 여기 거울에서 너희 둘이 불길에 휩싸인 걸 발견했지. 이제는 다들 믿을 수밖에 없겠지?" 샤오완이 쓴웃음을 지으며 말했다. "거울은 이세계異世界로 들어가는 통로야. 너희는 거울에 뛰어들었으니까 나오는 출구도 거울인 거지. 그래서 내가 친구들을 대동하고 기숙사의 거울들을 찾아다녔던 거야. 그러다 다행히 여기서 너희들을 발견했지."

"거울 속에서 대체 무슨 일이 있었던 거야?" 아량 선배가 물었다. "샤오완 말로는 아화 네가 거울에 들어간 뒤에 거울이 갑자기 깨졌다던데?"

"8층의 거울이 깨졌나요?"

내가 되물었다. 악령을 물리친 다음 거울이 깨졌던 게 생각났다.

"응, 갑자기 깨졌어. 그래서 너희들 모습을 볼 수 없게 됐고."

샤오완이 말했다.

"칼리하고 아화가 무사하면 된 거야. 우선 밖으로 나가자. 무슨 일이 있었는지는 나중에 이야기하자고."

야묘가 말했다.

나는 고개를 끄덕이며 칼리 쪽을 쳐다봤다. 칼리는 긴장이 좀 풀렸는지 나와 눈이 마주치자 씩 웃어 보였다.

"어라? 칼리 너 언제부터 이런 문신 스티커를 붙이고 다녔어?"

야묘가 칼리의 왼팔을 보며 물었다. 야묘가 가리킨 곳에는 검은색 부호 같은 것이 새겨져 있었다.

불길한 예감이 마음속 깊은 곳에서 피어올랐다.

그때 시커먼 팔이 불쑥 튀어나와 칼리를 휘감았다.

칼리의 어깨 위로 또 다른 누군가의 머리가 솟아올랐다. 그을린 듯 시커먼 피부에 긴 머리와 쭉 찢어진 입을 가진 여자가 뒤에서 칼리를 끌어안은 것이었다. 여자의 뺨이 칼리의 뺨에 거의 맞닿았다. 여자의 얼굴에서 흰 연기가 피어올랐고, 잘 구워진 고기 같은 피부의 검은 딱지 사이로 선홍색 결이 비쳐 보였다.

칼리는 물론 우리 모두 어떤 대응도 하지 못하고 자리에 붙박혀 있는데, 칼리가 뒤로 훅 끌려갔다. 여자가 칼리를 끌고 거울 속으로 사라졌다. 동시에 높이 2미터, 폭 1미터의 거울에 핑 하는 소리와 함께 균열이 생기고, 이내 조각조각 깨지며 파편이 바닥에 흩어졌다.

"카, 칼리!"

야묘가 비명을 질렀다.

다들 공포에 휩싸인 채 당혹스러워했다. 하지만 지금 나보다 더 당혹스러운 사람이 있을까?

나는 칼리의 팔에서 부호를 봤다.

ן

버스가 책상에 잡아먹힐 때도 손바닥에 비슷한 부호가 나타났다. 그때는 무슨 부호인지 몰랐는데 지금은 알겠다.

방금 전 지하실에 갔을 때 알게 됐다.

그건 지하실의 마법진에 그려져 있던 부호였다.

빛줄기에 꿰뚫린 뒤 불길에 휩싸여 죽은 신도들이 서 있던 위치마다 바닥에 부호가 그려져 있었다.

제 4 장

* * *

　노픽관 5층과 6층 사이에는 괴이한 층이 하나 숨겨져 있다고 한다.

　어느 날 한 커플이 통행금지 시간 직전에 기숙사에 돌아왔다. 당시 노픽관은 2층부터 5층까지 남학생 층, 6층부터 9층까지는 여학생 층으로 구분돼 있었다. 이 커플은 마침 한 명은 5층, 한 명은 6층에 살았다. 두 사람은 함께 엘리베이터를 탔고, 남자가 5층과 6층을 동시에 눌렀다. 엘리베이터에는 두 사람뿐이어서 다정하게 끌어안고 있었다. 엘리베이터 문이 열리자 남자는 아쉬워하며 여자를 안았던 팔을 풀고 문 쪽으로 몸을 돌렸다. 여자가 잘 가라고 인사하려는데 남자는 문 밖으로 나가지 않고 멀뚱히 서 있었다. 여자는 남자가 장난 치는 줄 알고 웃으면서 남자의 등을 떠밀었다. 남자는 비틀거리다가 앞으로 몇 발자국 내딛으며 문 밖으로 나갔다. 그때 여자는 엘리베이터 문 밖이 익숙한 기숙사 복도가 아니라는 걸 알아차렸다. 벽은 흰

페인트가 여기저기 벗어져 있고, 층수와 방 호수의 배치를 알려주는 안내판도 보이지 않았다. 복도의 전등도 깜빡거렸고, 낯선 복도의 먼 곳에서 기괴한 소리가 조그맣게 들려왔다.

다음 순간 여자는 엘리베이터 층수 표시판에 5층과 6층 모두 불이 들어온 걸 발견했다. 고개를 돌리자 남자가 겁에 질린 표정으로 왼쪽을 쳐다보고 있었다. 복도 저쪽에서 뭔가가 다가오는 걸 보고 있는 듯했다. 엘리베이터 안에 있는 그녀의 눈에는 보이지 않았지만, 남자는 분명 형언할 수 없이 공포스러운 형체를 목격한 듯했다.

남자가 덜덜 떨며 엘리베이터에 도로 타려고 했다. 그런데 여자가 당황하는 바람에 열림 버튼 대신 닫힘 버튼을 누르고 말았다. 엘리베이터 문이 닫히던 순간, 여자는 남자의 충혈된 눈, 일그러진 얼굴을 봤다. 그리고 손톱이 금속으로 된 문을 긁는 날카로운 소리가 들렸다. 엘리베이터가 다시 열렸을 때 보인 것은 그녀에게 익숙한 6층 복도였다. 여자는 복도에서 친한 친구를 발견했다. 친구를 데리고 다급히 엘리베이터를 타고 5층으로 내려갔다. 그러나 5층에서 문이 열렸을 때 다시 내다본 복도는 아무런 이상한 점이 없었다.

여자는 친구와 함께 5층을 돌아다니며 남자를 찾았다. 하지만 남자는 자기 방에도, 어디에도 없었다. 관리인에게 이 사실을 알리고 감시 카메라를 확인했지만, 이상하게도 새카만 화면만 보일 뿐이었다. 남자는 실종된 것처럼 건물 어디에서도 발견되지 않았다. 무슨 일이 벌어졌는지 아무도 알지 못했다. 심지어 여자가 꾸민 장난이라고 의심하는 사람도 있었다.

이틀 후 새벽 3시, 관리인이 기숙사 전체를 순찰하고 1층에 내려왔을 때였다. 갑자기 엘리베이터 문이 열리는 소리가 들리더니 실종됐던 남자가 그 안에서 기어 나왔다. 온몸이 피투성이였다.

"안 돼…… 오지 마……."

남자가 메마른 입술로 숨을 헐떡이며 말했다. 고통스럽게 신음하면서 네 발로 기어왔다. 관리인이 급히 구급차를 불렀고, 남자는 병원으로 이송됐다. 놀랍게도 남자의 몸에는 외상이 없었다. 의사도 그의 몸에 묻은 피가 어디서 난 것인지 알지 못했다. 남자는 정신착란 증세를 보여 정상적인 대화가 불가능했기 때문에 실종됐던 이틀간 무슨 일이 있었는지 알 수 없었다.

일주일 후 엘리베이터 업체에서 나와 점검을 했지만, 기계적 문제는 전혀 발견하지 못했다. 다만 엘리베이터가 오르내리는 통로 안에서 이상한 것이 발견됐다. 5층과 6층 사이 엘리베이터 통로에 검붉은색으로 찍힌 손자국과 함께 똑같은 붉은색으로 '구해줘'라는 글자가 적혀 있었다.

ㅑㄹㅐㅎㄱ

글자는 비스듬히 누워 있었고, 묘하게도 거울에 비친 것처럼 좌우 반전된 형태로 쓰여 있었다.

마치 누군가 벽 안쪽에서 글자를 쓴 것처럼.

— 노픽관 7대 불가사의 다섯 번째 이야기, 〈5층 방〉

1

한순간에 세탁실에는 일곱 명만 남았다.

칼리가 정체를 알 수 없는 존재에게 잡혀가자 온도가 빙점 아래로 떨어진 듯했다. 공기가 끈적한 풀처럼 느껴지며 숨 쉬기가 쉽지 않았다. 왠지 나 혼자 소리 없는 세계에 떨어진 것 같았다. 친구들이 소리를 지르고 공황 상태에 빠지는 걸 보면서도 내 귀에는 아무 소리도 들리지 않았다. 야묘는 미친 사람처럼 틀만 남은 거울을 붙잡고 끊임없이 뭐라고 외쳐댔다. 산산은 얼굴이 하얗게 질려서 그 자리에 못 박힌 듯 서 있었다. 아량 선배는 당황한 얼굴로 주변을 둘러봤다. 자기도 칼리처럼 갑자기 잡혀갈까 봐 두려워하는 것 같았다. 즈메이는 세탁실 구석에 웅크린 채로 손을 덜덜 떨고 있었다. 위키는 미간을 잔뜩 찌푸린 채 깨진 거울 조각만 노려봤다. 지금껏 한 번도 본 적 없는 불안한 표정을 짓고서.

그리고 샤오완은······.

"빨리! 이쪽으로 모여!"

샤오완이 외치는 소리에 나는 정신을 차렸다.

샤오완은 히스테리에 빠진 야묘를 이끌고 세탁실 가운데로 이동했다. 모두 가운데로 모이자 샤오완은 목 놓아 통곡하는 야묘를 산산에게 맡긴 다음 우리들과 거울 사이를 막아섰다. 그녀가 둘째, 셋째 손가락만 세운 왼손으로 똑같이 두 손가락만 세운 오른손을 감쌌다. 그러고는 입안으로 무슨 소린가를 중얼거리며 세탁실 곳곳을 경계했다.

"샤오완, 지금 뭐 하는 거야?"

내가 물었다.

"이건 부동명왕수인不動明王手印*이라고 해. 부동명왕심주不動明王心咒와 결합하면 악귀를 물리칠 수 있어."

"너 그런…… 술법을 할 줄 알아?"

아량 선배가 물었다.

"불교 밀종密宗의 책을 몇 권 읽었거든요. 책에 다 나와 있어요."

"하지만 우리가 맞서는 건 서양의 악귀잖아. 불교 술법이 먹힐까?"

내가 초조하게 물었다.

"서양 귀신이든 뭐든 알게 뭐야? 일단 써보는 거지!"

샤오완은 대답하느라 주문 외던 소리를 잠시 멈췄지만, 손은 여전히 '수인'을 맺은 채 거울 앞에서 규칙적으로 움직였다.

---

* '수인(手印)'이란 부처나 보살이 특정한 손의 형태로 깨달음의 내용 및 활동을 나타내는 것을 말한다.

염소가 웃는 순간

"아화, 서양의 악귀라니? 저 검은 귀신이 어떻게 나타난 건지 아는 거야?"

산산이 놀란 목소리로 나에게 물었다.

"너희들 거울로 다 본 거 아니었어? 이상한 주술 의식, 지옥에서 온 불꽃……."

내 대답에 샤오완이 고개를 획 돌렸다.

"무슨 의식? 우린 아까 거울 속에서 너랑 칼리가 불길에 휩싸인 것만 봤어. 거기서 무슨 일이 있었지?"

나는 샤오완과 함께 8층으로 칼리를 찾으러 갔을 때 그녀의 진지한 면을 봤다. 지금 그녀는 훨씬 더 리더십 있고 강단 있는 모습이었다.

"거울 속에서 이 모든 것의 원인을 본 것 같아. 나랑 칼리……."

"잠깐만." 샤오완이 수인을 유지한 채 사방을 경계하며 말했다. "우선 휴게실로 돌아가자. 여기는 음기陰氣가 강해서 휴게실이 좀 더 안전할 것 같아."

"음기?"

"세탁실은 창이 하나뿐이라 햇볕이 적고 습기가 많아. 그래서 유령이나 사악한 기운이 모이기 쉽지. 휴게실은 창문이 크고 커튼도 없어서 매일 햇볕이 잘 들었을 거야. 그런 데는 귀신이 접근하기 어려워."

나는 음양 이론이 서양의 악귀에게도 통할지 의심스러웠지만 샤오완의 말에 반박할 수 없었다. 옷차림이 괴상하고 말 많은 여학생이 우리들 남학생보다 훨씬 믿음직스러웠다. 방금 칼리가 끌려갈 때 꼼짝도 하지 못한 내가 부끄러웠다. 어떻게 그렇게 맥

없이 당할 수 있었는지!

우리는 샤오완의 말에 따라 세탁실을 나와 아무도 없는 컴퓨터실과 자습실 옆을 지나 휴게실로 자리를 옮겼다. 휴게실에는 아무도 없었다. 창가의 초록색 소파 앞 탁자에는 우리가 먹다 남긴 간식과 트럼프 카드가 그대로 놓여 있었다. 벽시계는 이제 12시 46분을 가리키고 있다. 야묘가 와서 칼리가 사라졌다고 말했을 때로부터 겨우 한 시간 조금 더 지났을 뿐이다. 연이어 공포스럽고 괴이한 사건을 겪다 보니 한 시간이 마치 일주일처럼 길게 느껴졌다.

"여긴 안전할 거야."

샤오완이 술법사처럼 주변에 사기邪氣나 음기가 없는지 살핀 뒤 입을 뗐다.

우리는 약속이나 한 듯 각자 원래 앉았던 자리에 앉았다. 그러나 나와 위키 사이에는 버스가 없었고, 야묘 옆에도 한 자리가 비었다. 다들 불안한 표정을 짓고 있는 와중에 샤오완만은 자신만만한 태도였다.

"칼리……."

야묘가 얼굴을 가리고 훌쩍였다. 야묘에게 이런 연약한 면도 있었다니…….

"아화, 거울 속에서 겪은 일을 이야기해줘."

샤오완이 명령하듯 말했다.

나는 거울에 뛰어든 후 대걸레로 악령을 물리친 것, 1889년의 세계로 떨어진 것, 저택에서 〈호두까기 인형〉의 피아노 소리에 이끌려 이스트베스 백작의 가족을 만난 것, 그리고 백작의 신도들을 따라 지하실로 가서 의식을 지켜본 일 등을 빠짐없이 설명했다. 이스트베스 백작과 한 여자의 '의식'에 대해서는 말하기가 민망했지만, 샤오완이 상황을 제대로 파악할 수 있도록 자세히 묘사했다.

"정확히 '바포메트'라고 들었어?"

샤오완이 나를 뚫어져라 쳐다보며 물었다.

"아마도? 어쨌든 비슷한 발음이었어…… 샤오완, 그 이름을 들은 적이 있구나?"

"그 이름을 어떻게 몰라!" 샤오완은 내가 그 이름을 모른다는 게 믿을 수 없다는 눈빛이었다. "너 '성전기사단Knights Templars'이라고 알아?"

"그건 영화나 소설에서 자주 등장하는 중세의 기사단이잖아."

산산이 끼어들었다.

"맞아. 성전기사단은 기독교 기사단인데 마지막에는 교회의 명령으로 해산했어. 왜 그랬는지 알아?"

나는 고개를 저었다. 잡학박사인 위키를 쳐다봤지만 그도 딱히 할 말이 없는지 잠자코 샤오완의 말에 귀 기울이고 있었다.

"성전기사단은 말이야……." 샤오완은 나를 쳐다보면서 말을 이었다. "기독교 교리를 어기고 우상을 숭배하거나 음란한 의식을 치렀기 때문에 해산됐어. 그들이 숭배한 '우상'이 바로 바포메트야."

우상숭배, 음란한 의식……. 그 말을 듣자 내가 거울 속 세계에서 본 것들이 떠올랐다.

"그러면 100여 년 전의 화재는 실재했던 일일 뿐 아니라 주술

의식과 관련이 있다는……."

아량 선배도 말문이 막힌 듯했다.

"아화, 아까 몇 년도라고 했지?"

위키가 갑자기 물었다.

"나하고 칼리가 탁자에 놓인 〈더 데일리 텔레그래프〉라는 신문을 봤는데, 날짜가 1889년 2월 20일이라고 쓰여 있었어."

"연도가 전설과 맞아떨어지네." 아량 선배가 다시 입을 열었다. "지하실의 기운이 좀 사악하기는 했어도 그 화재 뒤에 이런 놀라운 진실이 숨어 있을 줄은…… 난 그저 신비주의에 빠진 광신도가 램프라도 떨어뜨려서 불이 났을 거라고 생각했는데……."

"그렇다면 아화하고 샤오완이 봤던 그 여자 귀신은 바로 아까 칼리를…… 잡아간 괴물이겠지? 그리고 100여 년 전에 무슨 '무녀'로 선택된 여자고?"

산산이 물었다. '죽인'이라고 말하려다 얼른 '잡아간'으로 바꾼 듯했다. 끔찍한 사실을 입 밖에 내어 말하기가 두려웠을 것이다.

"아화, 너 그 여자 이마에 떠오른 영어를 봤다고 했지?"

샤오완이 묻자 나는 고개를 끄덕였다.

"BABALON…… 성경의 계시록에서 나온 이름일 텐데."

"성경? 기독교의 성경?"

사악한 바포메트에다 성경과도 관련이 있다니!

"계시록에는 세상이 멸망하기 전에 '짐승을 탄 음부淫婦*'가 강림한다고 기록돼 있어. 방탕한 그 여자 이마에 '바빌론'이라고 쓰

* 음란하고 방탕한 여자를 말한다.

염소가 웃는 순간

여 있다고 해서 '바빌론의 음부'라고 불리지. 우연의 일치는 아니 겠지?"

샤오완이 억지로 미소를 지었다. 분위기를 좀 가볍게 해보려는 의도였지만, 그녀의 이야기는 점점 더 무거워지기만 했다.

"악마는 무슨! 계시록 따위! 바빌론이라고? 난 그런 거 신경 안 써! 어서 칼리나 찾아와!"

야묘가 갑자기 발작적으로 소리 질렀다. 눈이 벌겋게 충혈된 그녀는 울분에 차서 몸을 덜덜 떨고 있었다.

야묘의 발악 앞에서 우리는 침묵에 잠겼다. 위키는 고개를 푹 숙였고, 샤오완도 더 이상 말을 잇지 못했다. 산산 옆에 있던 즈메이는 소파 위로 발을 올리고 무릎을 끌어안은 자세로 앉아 있었다. 마치 밑에서 귀신이 튀어나와 발을 잡아챌까 봐 두려워하는 것 같았다.

"밖에 나가서 도움을 청하자. 이제는 우리끼리 해결할 수 있는 수준을 넘어섰어."

한참 만에 내가 침묵을 깼다.

"아화, 도망가자는 거야? 칼리를 이대로 놔두고?"

야묘가 성난 눈빛으로 나를 추궁했다.

"그게 아니고, 우리는 다들 평범한 사람이라서 마귀나 악령을 상대할 능력이 없잖아. 그러니까……"

"그, 그래도 샤오완이 있잖아! 샤오완은 칼리를 구할 방법을 알 거야!"

야묘가 샤오완을 돌아봤다. 두세 시간 전만 해도 야묘는 샤오완과 핏대를 세우며 논쟁했다. 주술 같은 건 다 황당무계한 엉터리라며 샤오완을 무시했으면서, 이제는 그녀를 가장 믿음직한 사람으로 우대하고 있었다.

"일단 진정해." 샤오완이 양손을 들고 우리를 말렸다. "이 상황을 분석할 시간을 좀 줘. 알겠지?"

나와 야묘가 보일 듯 말 듯 고개를 끄덕였다.

"도움을 청하러 가자는 아화의 말도 일리가 있어. 상황이 우리의 능력 밖이라는 것도. 하지만 세 가지가 걱정이야. 첫째, 우리가 여기를 떠나면 칼리와 버스는 구할 수 없게 될 거야. 무엇보다 시간이 중요해. 거울 통로를 발견해 아화를 돌아오게 한 것처럼 서둘러 방법을 찾아서 두 사람을 구해야 해. 둘째, 도와줄 사람을 찾는다고 해도 문제가 있어. 이 문제를 해결하는 데 과연 어떤 사람이 적합할까? 경찰? 심령술사? 신부? 무속인? 우리가 겪은 일을 이해시키려면 며칠이 걸릴지 몰라. 어쩌면 우리를 정신병자 취급할지도 모르지."

맞는 말이다. 이런 괴상한 일을 직접 겪어보지 않고서야 어떻게 우리 말을 믿어줄까?

"세 번째 걱정은 뭐야?"

아랑 선배가 물었다.

"이 일은 우리 때문에 벌어진 거예요. 매듭은 묶은 당사자가 풀어낼 수 있죠. 그러니까 이 사건을 해결할 수 있는 사람도 아마 우리뿐일 거예요."

"우리가 이 사건의 원흉이라는 거야?"

산산이 의아해하며 물었다.

샤오완은 고개를 끄덕이고, 나에게 설명했던 것처럼 지하실의 초혼 의식과 여덟 방위 등에 대해 설명해줬다.

"그, 그러니까 칼리가 '여귀문'을 향해 서 있어서 목표물이 됐다는 뜻이야?"

야묘가 넋이 나간 듯 물었다.

"나도 확신하는 건 아니야. 다만 그럴 가능성이 크다는 거지."

샤오완이 씁쓸하게 대답했다.

"흑……"

야묘가 또다시 울음을 터뜨렸다. 그 장난을 계획한 주동자는 버스지만 야묘도 공범이었다. 말하자면 야묘 자신이 칼리를 죽게 만든 셈이었다.

"잠깐! 우리가 맞서야 하는 게 악마의 주술이야, 아니면 원한 맺힌 악령이야?"

산산이 물었다.

"두 가지가 사실은 하나인 것 같아." 샤오완이 우리를 둘러보며 말을 이었다. "그 의식이 지옥문을 열어서 바포메트를 소환했을 수 있어. 하지만 지난 100여 년간 마왕이 강림했다거나 세상의 종말이 찾아오진 않았잖아. 그러니까 이스트베스 백작의 주술은 실패한 것 같아. 하지만 그 의식은 여전히 불가사의한 힘을 남겨뒀다고 짐작해. 사악한 영혼 같은 것들이지. 그런 힘이 이 지역에 줄곧 영향을 미쳤기 때문에……"

"그래서 노픽관의 7대 불가사의가 생겨난 거구나!"

내가 외치자 샤오완이 고개를 끄덕였다.

"맞아. 내 생각에 그 '힘'은 일정한 시간이 지나면 한 번씩 나타나는 것 같아. 원혼이라든지 여자 귀신 같은 현상으로 우리들

삶에 끼어드는 거지. 100여 년 전의 화재로 죽은 사람들이 그 힘에 의해 어떤 원념의 집합체가 되어 444호실이나 8층 화장실의 거울 등에서 희생자를 끌어들이기 위한 덫을 놓는 거야. 원념을 점점 더 깊게 만들기 위해서 말이야."

순간 나는 온몸에 소름이 끼쳤다.

샤오완이 다시 친구들을 둘러보며 말했다.

"우리가 지하실에서 한 '금지된 놀이'가 원혼을 깨우는 모종의 연결고리가 된 것 같아. 지금은 아무리 멀리 도망쳐도 소용없을 거야. '그것'이 계속 우리를 따라다닐 테니까. 다들 나와 같은 결정을 하라고 강요할 수는 없어. 이런 괴이한 사건을 맞닥뜨리면 당연히 달아나고 싶겠지. 하지만 우리는 어떤 결정을 내리든 함께해야 한다고 생각해. 흩어지면 오로지…… 버스와 칼리 같은 결말밖에는 없을 테니까. 간단하게 다수결로 정했으면 좋겠어. 도움을 청하러 갈지, 아니면 여기 남아서 우리끼리 해결 방법을 찾을지."

우리는 서로 시선을 교환하다가 하나둘 고개를 끄덕였다.

"기숙사에서 나가야 한다고 생각하는 사람은 손을 들어줘."

나는 손을 들지 말지 망설였다. 위키는 표정도 바꾸지 않고 왼손을 들어올렸다. 위키를 보고 용기가 난 것인지 나도 야묘의 원망 어린 눈빛을 무시하고 천천히 오른손을 들었다. 그 밖에는 즈메이만 안절부절못하며 나를 쳐다보더니 오른손을 반쯤 들었다. 마치 내 의견에 동의하지만 눈치가 보여서 의사 표현을 분명히 하기 힘든 듯했다.

"기숙사에 남아야 한다는 사람은 손을 들어줘."

샤오완의 말에 야묘가 단호하게 오른손을 들었다. 아랑 선배와 샤오완, 산산은 서로 쳐다보더니 천천히 손을 들었다.

"그럼 다수결의 원칙에 따라 일단 기숙사에 남아서 단서를 찾아보자."

샤오완이 자신의 곱슬머리를 움켜쥐며 말했다.

"아화가 대걸레로 악령을 물리친 적이 있으니까 '그것'도 실체가 있는 게 증명됐어. 그렇다면 우리도 승산이 있어."

샤오완의 말은 의견이 부결된 나를 위로하려는 것 같았다. 버스가 사라진 후 나는 그가 죽지 않았다고 스스로를 수없이 설득해왔다. 노력한다면 버스를 구할 수 있을 거라고 믿으려 했다. 하지만 칼리는 내 눈앞에서 그 시커먼 괴물에게 잡혀갔다. 나는 저항할 용기를 잃어버렸다. 여기 있는 사람들은 미치광이 춤사위처럼 팔다리를 허우적거리며 화마에 삼켜진 자들을 보지 못했다. 그 의식 앞에서 뿜어져 나오던 메스꺼운 혐오감도 겪지 않았다.

칼리가 있었다면 그나마 좀 낙관적이었을까? 칼리를 잃은 뒤로는 모든 노력이 헛수고였다는 생각을 지울 수가 없다. 아무리 저항해도 우리를 기다리는 결말은 오로지 죽음뿐이라는 생각……

"어디서 단서를 찾아야 할까?"

아랑 선배가 물었다.

"아화 말로는 원혼을 제일 처음 본 곳이 지하실이라니까 그곳이 열쇠일 거예요. 하지만 거긴 사기가 너무 강해서 함부로 들어가면 우리 모두 당할 수 있어서……"

샤오완의 말을 듣고 있는데 머릿속에 번뜩 떠오르는 생각이 있었다.

"아, 아니야! 지하실이 처음이 아니야!" 갑작스런 내 말에 모두가 나를 쳐다봤다. "내, 내가 말했던 이스트베스 백작의 딸! 그 꼬마가 나랑 칼리를 본 것 같았다고 했잖아. 그래서 따라갈 수 없었고, 응접실에 있었는데 갑자기 여섯 시간이 흘렀고……."

"아까도 이야기했어."

야묘가 차갑게 대꾸했다.

"아까 말하지 않은 게 있어. 실은 내가 그 여자애를 그전에도 봤어. 근데 100여 년 전이 아니야. 이 건물 동쪽 옆문에 달린 유리창 밖으로 빨간 옷을 입은 여자애가 걸어가는 걸 봤어. 그 옷차림이 백작의 딸과 똑같아!" 나는 침을 한 번 삼키고 말을 이었다. "지금 생각이 났어. 그건 내가 지하실에 가기 '전'이었어! 너희들과 함께 지하실에 가던 길에 본 거야."

"잘못 기억하는 게 아니라고 확신해?"

샤오완이 의심스럽게 질문했다.

"확신해! 그때 네가 나한테 뭐 하고 있냐고 물었잖아. 그때 난 밤 10시에 기숙사 밖에 웬 어린애가 혼자 있나 하고 이상하게 생각했어! 괴이한 사건은 우리가 지하실에 가기 전에 이미 시작됐다고!"

내 말에 샤오완의 표정에 어둠이 드리워졌다. 당시 상황이 기억나는 모양이었다.

"그렇다면 지하실에서 초혼 놀이를 하기 전에 이 사건이 시작됐다는 건데, 그러면 원혼은……."

샤오완이 중얼거렸다.

"잠깐! 아화, 그 여자애 얼굴을 확실히 봤어?" 아량 선배가 물었다. "우리가 지하실에 갈 때 옆문과는 거리가 좀 있었잖아. 게다가 기숙사 밖은 불빛도 별로 없고. 빨간 치마를 입은 다른 여자아이를 백작의 딸로 착각한 건 아닐까?"

"이 근처에 어린애가 있어요? 기숙사 사감은 노픽관과 한참 떨어진 캠퍼스에 따로 집이 있고, 관리인은 혼자 산다고 들었는데……."

"그건 맞지만, 어린애가 기숙사 주변에 있는 게 이상한 일은 아니야. 어떤 교수가 딸을 데리고 기숙사에 와서 밀린 일 처리를 할 수도 있는 거잖아."

그 말을 듣자 내가 너무 단순하게 생각한 것 같기도 했다. 사감이 무슨 일이 있어서 차에 딸을 태우고 함께 기숙사에 왔는데, 혼자서 관리인을 찾아가 이야기하는 동안 딸이 차에서 내려 돌아다니다가 내 눈에 띄었을 수도 있다. 아니면 기숙사 학생의 어린 여동생이 오빠나 언니가 다니는 대학을 구경하러 가족들과 함께 왔었던 건지도 모른다.

"그러게요……."

나는 고개를 끄덕일 수밖에 없었다.

"그럼 우리 다시 지하실로 들어가는 거야?"

아량 선배가 샤오완에게 물었다.

"음…… 아뇨, 거울이 좋겠어요." 샤오완이 잠시 말을 멈추더니 다시 설명했다. "먼저 거울을 찾아야 해요. 거울은 이세계의 통로라고 했잖아요. 아화도 거울을 통해서 100여 년 전으로 갔다 왔고요. 그럴 수 있었던 신비한 힘은 분명 거울과 관련이 있어요. 거울을 찾으면 다시 칼리를 구할 수 있을지도 몰라요."

그러자 야묘가 소파에서 벌떡 일어섰다.

"그럼 얼른 출발하자!"

"참, 출발 전에 무기가 될 만한 걸 챙기는 게 좋겠어. 혹시 긴 머리 귀신이라도 나타나면 싸워야 하니까."

샤오완이 휴게실을 둘러보며 말했다.

내가 보기에 휴게실에는 무기로 쓸 만한 것이 없어 보였다.

"관리인실에 공구함이 있어. 적당한 도구가 있을 거야."

아량 선배가 현관 옆 관리인실을 가리켰다.

관리인실은 다행히 문이 열려 있었다. 하지만 우리가 찾는 도구는 별로 보이지 않았다. 무기로 선택할 수 있는 것은 70센티미터 정도 되는 쇠지렛대와 빗자루, 긴 우산 정도였다. 드라이버도 보였지만 이건 아무리 뾰족해도 귀신에게 치명타를 주기가 힘들 것이다. 무기는 남학생들이 책임지기로 했다. 아량 선배는 쇠지렛대, 위키는 우산을 골랐고, 나는 다시 한 번 길쭉한 청소 도구를 호신용 부적으로 삼았다.

1층 화장실은 동쪽 계단 옆에 있고, 남녀 화장실에 하나씩 거울이 있었다. 아량 선배가 맨 앞에 나섰고, 위키는 중간을, 내가 맨 뒤를 맡았다. 샤오완은 수인을 맺은 채 걸어갔다. 화장실 문 앞에 이르자 갑자기 고함 소리가 들렸다. 일행의 꽁지에 있던 나는 아직 화장실 안으로 발을 들이기도 전이었다.

"왜 깨졌지?"

남자 화장실 바닥에 유리 파편이 잔뜩 흩어져 있고, 벽에 걸린 거울은 틀만 남은 상태였다.

여자 화장실도 상황은 똑같았다. 샤오완이 재빨리 2층으로 우리를 이끌었다. 동쪽이든 서쪽이든 화장실이며 샤워실이며 거울이란 거울은 다 깨져 있었다.

"어, 얼른 3층에……."

야묘가 초조해하며 말했다.

"아냐. 그건 기력 낭비야." 샤오완이 야묘의 말을 잘랐다. "세탁실 거울에서 이상한 점을 발견하기 전에 1, 2층 화장실 거울을 다 살펴봤잖아? 그때 거울들은 멀쩡했어. 그런데 십 몇 분 만에 소리도 없이 거울이 깨졌다는 건 그 악령이 한 짓이 분명해. 통로를 막은 거지."

"그, 그럼 칼리는……."

야묘가 샤오완의 팔을 붙잡았다. 늪에 빠진 사람이 구명 밧줄을 움켜쥐는 것처럼 간절했다.

"포기한다는 게 아니야. 거울을 더 확인해볼 필요는 없다는 거지." 샤오완이 야묘의 어깨를 토닥이며 말했다. "우리…… 엘리베이터로 가자."

"8층으로 가게?"

내가 물었다.

"아니, 5층과 6층으로 갈 거야. 〈5층 반〉이라는 괴담, 다들 알지?"

"남학생이 이틀간 실종됐는데 그 여자친구가 5층과 6층 사이 '존재하지 않는 층'에 간 거라고 말했던 괴담?"

"맞아. 그 괴담이 사실이고, 역시 '그 힘'에 의해 벌어진 일이라면 엘리베이터와 '5층과 6층 사이'는 거울 외에 이세계로 건너가는 또 다른 통로일 거야."

"하지만 7대 불가사의의 다른 괴담들에도 이세계와 연결되는 요소가 어느 정도는 다 있잖아. 근데 왜 특별히 〈5층 반〉을 선택한 거지?"

아량 선배가 물었다.

"〈5층 반〉 괴담에서는 엘리베이터 업체 직원이 5층과 6층 사이에서 피 묻은 손자국과 '구해줘'라는 글자를 발견했어요. 그 글자는 좌우가 반전돼 있었다죠. 거울과 관련 있는 것 같지 않나요?"

샤오완의 말에 나는 벼락이라도 맞은 듯 가슴이 쿵쾅거렸다. 지금까지는 〈5층 반〉 괴담과 〈거울에 비친 모습〉 사이에 공통 요소가 있다는 걸 알아차리지 못했다. 원혼은 이세계에 잠복해 있다가 8층 여학생이 우연히 거울 통로를 열자 그녀를 죽인 것이었다. 5층 남학생은 아예 그 미친 세계로 떨어졌고, 결국 정신 착란까지 일으켰다……. 그렇다면 칼리와 나는 '그쪽'에 떨어졌지만 운 좋게 현실로 돌아온 것이다. 100여 년 전의 대저택에서 한 시간도 채 머물지 않았는데 나는 거의 미쳐버릴 것 같았다. 그 남학생은 '그쪽'에서 더 무섭고 괴이한 일들을 겪으며 이틀간 괴롭힘을 당했으리라.

"아! 그래서 네가 8층에 갈 때 계단으로 가자고 했던 거구나. 엘리베이터에 문제가 있다고 본 거야?"

팀을 나눠 칼리를 찾으러 갈 때 샤오완은 엘리베이터를 타지 않았다.

"그래." 샤오완이 고개를 살짝 끄덕였다. "너랑 나까지 실종될

염소가 웃는 순간

까 봐 걱정돼서…… 하지만 지금은 상황이 다르니까 마음 단단
히 먹고 실행해보는 수밖에."

우리는 서쪽 계단을 통해 1층으로 내려왔다. 적막한 휴게실을
지나 엘리베이터 앞에 이르렀다. 노픽관의 엘리베이터는 설치한
지 상당히 오래되어 은색 문 곳곳에 긁힌 자국이 많았다. 문가에
달린 층수 표시판에는 1부터 9까지 아라비아 숫자가 나와 있다.
지금은 숫자 1이 빛나고 있으니 엘리베이터가 바로 우리 눈앞의
문 안에 멈춰 있다는 뜻이다.

우리 일곱 명은 엘리베이터 문 앞에서 선뜻 앞으로 나서지 못
했다. 친구들은 어떤지 몰라도 나는 은색 문을 보며 떠오르는
장면이 있었다. 바로 지하실 문이 은색 문과 겹쳐지는 것이었다.
문을 열면 또다시 기괴한 공간이 나타나고, 시커멓고 음울한 기
운이 우리를 집어삼킬 것만 같다.

"내가 버튼을 누를게."

샤오완이 우리를 한 명 한 명 눈에 담은 뒤 층수 표시판의 버
튼을 눌렀다.

띵!

맑은 알림 소리와 함께 금속 문이 천천히 열리고, 익숙한 엘리
베이터 내부가 나타났다. 연노랑 조명이 엘리베이터의 갈색 내벽
과 회색 바닥을 환히 밝혔다.

샤오완이 엘리베이터에 문제가 없는지 확인한 다음 한 명씩
문 안으로 발을 들였다. 열세 명이 정원이라 공간이 꽤 남았다.

"이제는 돌이킬 수 없어."

샤오완이 말했다. 그러고는 문 오른쪽의 층수 표시판에 엄지

와 집게손가락을 얹었다. 집게손가락은 6에, 엄지손가락은 5에 얹혀 있다.

"뭐든지 함께해야 한다며?"

내가 쓴웃음과 함께 빗자루를 휘두르며 말했다.

여기서 악령과 맞서는 것보다 도움을 청하러 가는 게 더 지혜로운 처신이라는 내 생각은 여전했다. 그렇긴 해도 지금 여럿이 함께 나서니 다시 이스트베스 저택으로 간다면 칼리나 버스를 구해낼 수 있을 것 같은 기분이 들었다.

이런 기분이 단지 착각이 아니기를 속으로 기도했다.

방금 내가 한 말에 모두가 고개를 끄덕였다.

샤오완이 괴담 속 남학생처럼 5층과 6층 버튼을 눌렀다. 엘리베이터 문이 천천히 닫혔다.

엘리베이터가 한 층 한 층 올라가기 시작했다. 은색 직사각형 금속판에 왼쪽부터 오른쪽으로 아홉 개 숫자가 새겨져 있고, 엘리베이터가 올라감에 따라 1, 2, 3 순으로 숫자에 연노랑 불빛이 들어왔다. 올라갈수록 엘리베이터 안의 긴장감도 점점 더 높아갔다.

숫자 4가 연노랑 빛을 발했다.

우리는 층수 표시판을 가만히 주시했다.

4가 어두워지고 5가 빛을 발했다. 옆에서 누군가 심호흡하는 소리가 들렸다.

엘리베이터 문이 아무런 예고도 없이 갑자기 열렸다. 마치 누군가가 열림 버튼을 누른 것같이.

문이 열리자 벽면에 붙은 방 호수 안내판이 눈에 들어왔다.

501~524호와 525~550호, 두 방향을 가리키는 화살표가 새겨져 있다. 내가 이미 봤던 것과 다를 바 없다.

나는 층수 표시판을 살폈다. 5는 밝고, 6은 어두웠다.

"실패인가?"

아량 선배가 엘리베이터 밖을 살피면서 중얼거렸다.

"문을 닫았다가 다시 열어봐요."

샤오완이 말했다.

엘리베이터 문이 천천히 닫혔다가 곧 다시 열렸다. 문 밖 벽면에 6층 방 호수 안내판이 보였다.

"실패했나 봐……."

샤오완이 혼잣말을 했다.

그때 아묘가 돌연 문 밖으로 나가며 소리쳤다.

"칼리! 칼리!"

그러나 대답은 없고, 야묘의 목소리만 복도를 울렸다.

"야묘, 함부로 돌아다니면 안 돼!"

샤오완이 급히 야묘의 뒤를 따랐다. 아량 선배, 위키, 산산도 따라 나갔다. 나는 즈메이가 먼저 나가기를 기다렸다. 혹시 뒤에서 악령이 덮치면 빗자루를 든 내가 그나마 대적할 수 있을 것이다. 즈메이가 막 나가려 할 때였다.

삐이!

한동안 열려 있던 엘리베이터 문이 저절로 닫히기 시작했다. 나는 열림 버튼을 향해 재빨리 손을 뻗었다.

그런데 큰 실수를 저지르고 말았다.

열림 버튼이 아니라 닫힘 버튼을 누른 것이다.

엘리베이터 문은 기다렸다는 듯 닫히고 말았다.

문 바로 옆에 있던 즈메이는 닫히는 문을 보며 어쩔 줄 모른 채 멍하니 서 있었다. 문이 닫힌 엘리베이터 안에 즈메이와 나, 둘만 남았다.

나는 몇 번 더 열림 버튼을 눌러봤다. 하지만 아무 반응이 없었다. 잠시 후 바닥이 조금 흔들린다 싶더니 천천히 움직이기 시작했다.

즈메이가 나를 쳐다보고는 엘리베이터 구석으로 물러났다. 나는 절박한 심정으로 6층 이하의 버튼을 이것저것 눌러댔다.

"긴장하지 마……."

내가 말하자 즈메이는 고개만 끄덕였다.

엘리베이터 문이 다시 열렸다. 다행히 5층 방 호수 안내판이 보였고, 층수 표시판에서도 5가 빛을 발했다.

"괜찮아, 괜찮아." 한숨 돌린 내가 즈메이에게 웃으면서 말했다. "엘리베이터 문이 열리면 또 어느 이세계에 건너와 있을까 봐 두려웠는데 다행이다."

즈메이도 고개를 살짝 내밀고 살펴보더니 조금 안심하는 눈치였다.

"응, 응."

즈메이가 어색한 미소를 지어 보였다.

"계단을 이용해 샤오완이 있는 6층으로 가자."

내가 복도를 가리키자 즈메이가 마늘이라도 찧듯 고개를 세게 끄덕였다. 엘리베이터를 타고 싶지 않은 건 즈메이도 마찬가지인 모양이었다.

염소가 웃는 순간

5층 복도는 완전히 정상으로 보였다. 나는 빗자루를 움켜쥐고 앞서 걸었다. 즈메이는 내 뒤에 바짝 붙어서 따라왔다. 엘리베이터 옆이 바로 중앙 계단이다. 계단으로 통하는 문을 열자 위쪽에서 몇 사람이 말하는 소리가 들렸다. 나는 즈메이를 데리고 빠르게 계단을 올랐다. 즈메이는 키가 작아서 그런지 나처럼 걸음이 빠르지 못했다. 나는 몇 걸음마다 한 번씩 멈춰서 즈메이를 기다려야 했다.

6층으로 나가는 문 앞에 도착해 문을 열려는데 문이 저절로 열렸다. 건너편에서 샤오완 일행이 문을 연 것이리라. 나는 반가운 목소리로 말을 걸었다.

"샤오완, 아까는 내가……."

나는 말을 끝맺지 못했다.

문을 열고 나온 사람은 처음 보는 여학생 두 명이었다.

나는 너무 놀라 몇 발짝 뒷걸음질 쳤다. 까딱 잘못했으면 계단에서 나동그라질 뻔했다. 두 여학생은 웃고 떠들면서 7층으로 올라갔다. 그들은 티셔츠에 트레이닝복 겉옷을 걸치고 슬리퍼를 신고 있었다. 기숙사 학생들의 일상적인 복장이다.

우리가 지하실에 다녀온 후 기숙사에서 우리 일행이 아닌 사람은 한 명도 보지 못했는데……. 나는 황급히 그들을 불러 세웠다.

"잠깐만요! 저기요!"

그렇지만 그들은 나를 돌아보지 않았다. 즈메이와 나는 서로 시선을 교환했다. 즈메이도 그들을 불러 세우려고 입을 열었다. 하지만 모기 같은 소리로 "저, 저기, 말, 말씀 좀……"까지밖에 내뱉지 못했다.

그들을 따라 올라가려고 한 발짝 내디뎠을 때였다. 6층 복도 쪽에서 또 다른 목소리가 들리는 것 같았다. 6층 복도로 나가는 문을 재빨리 열어봤다.

믿을 수 없는 광경이 펼쳐졌다.

특별해서가 아니라 지나치게 평범한 광경이라 믿을 수 없었다.

엘리베이터 앞 복도에 평상복을 입은 여학생 셋이 서서 잡담을 나누고 있었다. 그중 한 사람은 컵을 들고 있었다. 중앙 계단 출입구 옆에는 층마다 공용 주방이 마련돼 있는데, 그 안에서 긴 머리 여학생이 라면을 끓이는 것 같았다. 말하자면 우리 눈앞에 평범하기 짝이 없는 기숙사 생활 모습이 펼쳐진 것이다.

"아, 아화, 샤, 샤오완은?"

즈메이가 더듬더듬 묻자 내가 손을 흔들어 보였다. 걱정하지 말라는 뜻이었다. 나는 다시 한 번 담소 중인 여학생들에게 말을 걸었다.

"저기, 죄송한데……."

그들은 나를 완전히 무시했다.

"잠시만요, 뭐 좀……."

그들에게 좀 더 가까이 다가갔다.

이상하다.

이상하다.

이상하다! 나는 뭔가 잘못됐다는 느낌을 받았다.

왜 여학생이지? 노퍽관 2, 3, 6, 7층은 남학생 층인데. 나는 벽에 붙은 숫자를 확인했다. 분명히 6이다.

손에 컵을 쥔 여학생을 쳐다보다가 그 이유를 깨달았다.

그러자마자 현기증을 느꼈다.

노퍽관은 체제를 바꾸기 전에 2층부터 5층까지 남학생, 6층 이상은 여학생이 쓰게끔 되어 있었다. 컵을 든 여학생의 티셔츠에는 '댄스 동아리 99'라고 새겨져 있었다. 그리고 그 옆 벽에 붙은 포스터에 이런 글자가 보였다.

제21회 노퍽 축제
2000년 2월 20~25일

젠장! 나는 또 과거에 떨어졌다.

2

"즈메이, 당황하지 말고 들어……."

나는 포스터에 적힌 11년 전의 날짜를 확인하고 즈메이를 돌아봤다. 즈메이는 아직 상황을 파악하지 못한 것 같았다. 두꺼운 안경 너머의 눈동자가 어지럽게 흔들리고 있었다. 샤오완과 다른 친구들을 찾는 것 같았다.

"왜, 왜?"

내가 빗자루로 벽에 붙은 포스터를 가리켰다.

"2011년이 아니야. 우리는 '그 힘'에 의해 과거로 끌려왔어."

즈메이의 얼굴이 창백해졌다. 당장이라도 기절할 듯 몸이 뒤로 스르르 넘어갔다. 나는 재빨리 즈메이의 팔을 잡고 부축했다. 내

손이 닿자 즈메이가 파드득 몸을 떨더니 얼른 바로 섰다. 그러고
는 천천히 뒤쪽 벽에 몸을 기댔다.

"걱정 마. 나는 1889년에도 갔다 왔잖아. 2000년쯤이야 어린
애 장난이지!"

나는 즈메이를 안심시키려고 허세를 부렸다. 속으로는 두려움
에 벌벌 떨면서 말이다. 1889년에선 운 좋게 벗어났지만, 이번에
는 꼼짝없이 당할지도 모른다.

"하, 하지만 거, 거울이 다 깨졌는데?"

즈메이의 지적에 나는 대답할 말이 없었다. 말을 더듬는 즈메
이는 수동적으로 보이지만 자기만의 생각이 누구보다 분명한 친
구다. 샤오완은 노픽관의 거울들이 다 깨졌을 거라고 했다. 정말
그렇다면 거울을 통해서는 현실 세계로 돌아갈 수 없다……. 아
니지, 우리는 거울을 통하지 않고 이 세계로 넘어오지 않았는가!
그렇다면…….

나는 멀지 않은 곳에 있는 엘리베이터 문을 쳐다봤다. 그러고
혼자서 엘리베이터 앞으로 걸음을 옮겼다.

내가 옆에서 걸어가는데도 이야기 중인 여학생들은 조금도 반
응이 없었다. 그들의 시선은 유령처럼 나를 투과했다. 마치 나
홀로 평화로운 사람들 틈에 끼어들어 고독한 아웃사이더가 된
기분이었다. 나는 내 속에 꿈틀거리는 묘한 기분을 억누르며 엘
리베이터 앞에 섰다.

망설이지 않고 엘리베이터 버튼을 눌렀다.

반응이 없다.

내가 누른 버튼에도, 층수 표시판의 어느 숫자에도 불이 들어

오지 않았다. 몇 번 더 힘주어 버튼을 눌러도 엘리베이터는 고장 난 듯 꼼짝도 하지 않았다. 들리는 소리라고는 여학생들의 말소리, 공용 주방에서 물 끓는 소리뿐이다.

나는 다시 즈메이 옆으로 돌아왔다. 즈메이는 힘없이 나를 쳐다봤다. 칼리처럼 울지는 않았지만 즈메이 역시 당장이라도 주저앉아 버릴 것 같았다.

"엘리베이터가 반응을 안 해."

"어, 어떡해?"

즈메이가 넋이 나간 채 웅얼거렸다.

"그 지하실에 가보자."

내 말에 즈메이가 바짝 긴장하는 게 느껴졌다. 마치 내 말이 바늘이 되어 그녀를 찌르기라도 한 것처럼.

"그, 그, 그건…… 나, 나, 난 무서……."

"지금은 무서워해봐야 소용없어."

다들 지하실을 구경하러 갈 때 겁 많은 즈메이는 휴게실에 남았다. 하지만 지금은 그럴 수도 없었다.

"거기가 유일한 출구일지도 몰라. 꼭 가야 해."

즈메이가 난처한 표정을 지었다.

"걱정 마. 내가 지켜줄게."

즈메이의 얼굴이 빨개졌다. 그제야 내가 한 말이 작위적이라는 생각이 들었다. 영화 속 잘생긴 남자 주인공이나 할 법한 말을 입에 올린 것이었다. 솔직히 난 자신이 없었다. 칼리는 두 눈 뻔히 뜨고 있던 내 앞에서 순식간에 잡혀갔다. 내가 아무리 노력한다고 해도 일개 사람일 뿐인데, 그런 초자연적인 힘을 이겨내기

란 거의 불가능한 일이다.

우리는 중앙 계단을 통해 6층에서 1층으로 내려갔다. 즈메이의 걸음에 맞춰 계단 모퉁이가 나올 때마다 위험이 없는지 확인하느라 시간이 꽤 많이 걸렸다. 3층 계단참에서 또 낯선 사람을 만났다. 이번에는 종이 상자를 든 남학생이었다. 상자에는 여러 가지 색깔의 큼직한 테이프가 담겨 있었다. 무대 도구 같은 걸 만드는 데 쓰는 재료 같았다. 남학생도 우리를 보지 못하고 빠른 걸음으로 옆을 지나갔다.

1층으로 나가는 문을 여는데 뭔가 다른 느낌이 들었다. 휴게실 쪽에서 여러 가지 소리가 뒤섞여 들렸다. 휴게실을 들여다보니 학생들이 삼삼오오 모여 있었다. 손짓 발짓 해가며 친구와 수다를 떨기도 하고, 조용히 앉아 텔레비전을 보기도 했다. 관리인실 창 너머로는 머리가 하얗게 센 할아버지와 중년 부인이 대화하는 모습이 보였다.

나는 휴게실 벽에 걸린 시계를 봤다. 7시 반.

정문으로 바깥을 내다보니 앞뜰의 잔디밭이 눈에 들어왔다. 바깥도 평범하기 그지없는 저녁 무렵의 풍경이다. 아마도 이게 노픽관의 평소 모습이겠지.

즈메이도 나처럼 휴게실과 계단 사이에 서서 노픽관의 일상을 멍하니 감상했다. 이게 정상적인 대학 캠퍼스 생활 아닐까? 우리는 왜 기숙사에 온 첫날부터 악령과 목숨을 걸고 싸우는 말도 안 되는 재앙에 휘말린 걸까?

기숙사 학생회 사무실에서 동아리방 쪽으로 복도를 걸어가는데 어디선가 또 다른 말소리가 들렸다.

"회장하고 부회장은?"

한 여학생이 동아리방 문가에 선 채 바닥에 웅크리고 앉아 있는 남학생에게 물었다. 남학생은 방금 전 3층 계단참에서 본 친구였다. 그는 동아리방 바닥에 여러 색깔의 종이 테이프를 늘어놓으며 거대한 크기로 N자와 R자를 만드는 중이었다. 대형 현수막을 제작하려는 건가?

"재료가 부족하다고 시내에 가서 사 온대."

남학생이 대답했다.

"재료 사러 두 사람이나 가야 해? 또 몰래 빠져나가는 건 아니겠지? 어휴! 당장 내일이 노페스트Norfest인데 현수막을 오늘까지 미루다니, 오늘 밤 잠은 다 잤네. 날도 추운데 밤에 꼭대기 층에 가서 현수막도 설어야 해……."

"그만해. 오늘이 정월 대보름인데 기숙사에 남은 것만 해도 어디야. 저기 도안이나 잘라줘."

"흥, 기숙사 외벽에 홍보 문구를 붙이자고? 정말 엉터리 의견이었어……."

두 사람은 학생회 임원인 모양이었다. 노픽관은 매년 2월에 6일간 축제를 열어 층별 체육대회며 이런저런 문화활동을 한다고 들었다. 마지막 날에는 잔디밭에서 파티를 하며 가수를 초청해서 공연도 한다. 이 축제를 '노픽 축제'라고 부르며, 영어로는 '노픽Norfolk'과 '페스티벌Festival'의 합성어인 '노페스트'라고 부른다.

노픽 축제에서 제일 중요한 행사가 층별 체육대회였다. 각종 경기를 통해 가장 높은 점수를 받은 남학생 층과 여학생 층에 실용적인 상품을 제공한다. 예를 들면 부엌의 냉장고를 바꿔준다거나 화장실에 손 건조기를 설치해주기도 한다. 또 층마다 '참모단'이라는 걸 꾸려서 다른 층 학생들을 매수하는 활동도 펼친다.

나는 더 이상 그들의 대화를 듣지 않고 즈메이와 함께 동쪽 계단으로 향했다. 계단은 몇 시간 전에 본 모습과 별다르지 않았다. 정확히는 '11년 후에 본 모습'이라고 해야 맞겠지만 말이다. 종이 상자, 부서진 의자, 알림판 등이 쌓여 있는 계단 옆에는 다행히 아무도 없었다. 나는 상자와 알림판을 밀어내고 내 가슴 높이쯤 오는 철문을 찾았다. 누군가 이 앞을 지나간다면 알림판이나 종이 상자가 저절로 움직이는 걸 보고 노픽관 7대 불가사의를 8대 불가사의로 변경하려 할지도 모르겠다.

나는 철문의 T자형 빗장을 붙잡았다. 그런데…….

"아, 아화, 왜 그래?"

내가 갑자기 손을 멈추자 즈메이가 놀란 듯 물었다. 나는 몸을 옆으로 해서 그녀에게 빗장을 보여줬다. 은색 자물쇠가 걸려 있는 빗장을. 두어 번 흔들어봤지만 마치 항의라도 하듯 금속이 부딪치는 소리만 들릴 뿐이었다.

"잠겼어. 처음에 다 같이 왔을 땐 잠겨 있지 않았는데."

"여, 열쇠가 과, 관리인실에 있을까?"

"그럴 수도 있겠지. 하지만 어떻게 찾지? 서랍이 저절로 열리는 걸 보면 관리인이 놀라 자빠질걸."

"밤, 밤까지 기다렸다가 과, 관리인이 순찰을 돌러 나가면 몰래 들어가서 찾아보자."

의외로 즈메이가 침착하게 대답했다. 그녀는 여전히 안절부절 못하면서 말을 더듬었지만 자기 의견을 분명히 내놓았다.

염소가 웃는 순간

나는 고개를 끄덕이고 알림판 등을 제자리로 돌려놓았다.

우리는 계단 입구를 벗어났다. 음산하고 좁은 공간에 계속 있고 싶지 않았다. 악령과 싸워야 한다면 휴게실에서 싸우고 싶다. 도망치거나 숨기에 그나마 나은 장소니까.

휴게실로 돌아와 낯선 사람들 틈에 있자니 그것도 불편했다. 사람들이 많으니 내가 이 세계에서 아웃사이더라는 느낌이 더 강하게 들었다. 즈메이와 나는 현관 근처에 앉아 있다가 관리인이 자리를 비우면 잽싸게 관리인실에 들어갈 작정이었다. 하지만 관리인은 중년 부인과 계속 대화하며 자리를 비울 생각이 없어 보였다.

"관리인은 통금시간이나 돼야 순찰을 돌려나 봐." 내가 주변을 둘러보면서 말했다. "아니면 세탁실에 가볼까? 저번에 세탁실 거울이 출구였으니까 혹시 이 세계에서도 그 거울이 도움이 될지 몰라."

즈메이가 내키지 않아 하는 얼굴을 했다. 세탁실에서 끔찍한 일을 겪었으니 그럴 만도 하다. 칼리가 검게 그을린 여자에게 끌려간 게 즈메이 입장에선 특히 더 끔찍한 장면이었을 터이다. 버스가 책상에 잡아먹히는 모습을 목격한 내 심정과 비슷하지 않을까? 즈메이는 다 같이 지하실에 가는 것도 무서워했는데 지금 세탁실에 가는 건 죽으러 가는 심정이나 마찬가지일 것이다.

우리는 휴게실에 있는 학생들을 피해서 서쪽 문으로 조심조심 걸어갔다. 세탁실은 서쪽 끝에 있고, 세탁실과 휴게실 사이에는 자습실과 컴퓨터실이 있다.

"즈메이, 혹시 모르니까 내가 거울을 살펴볼 때 좀 멀리 떨어져 있어…… 어?"

복도를 걸으며 옆을 보니 즈메이가 보이지 않았다. 뒤돌아보니 그녀는 자습실 문 앞에 꼼짝 않고 서 있었다.

"왜 그래?"

나는 얼른 즈메이 옆으로 달려갔다. 분명 세탁실에 가기가 겁이 나서 움직이지 못하는 것이리라. 그런데 그녀는 뭔가를 목격하고 놀란 사람처럼 눈을 크게 뜬 채 벌벌 떨고 있었다. 그녀의 시선을 따라 고개를 돌린 나 역시 그 자리에 못 박힌 듯 굳어버렸다.

전등 불빛이 환한 자습실 안에 한 사람이 앉아 있었다. 책 몇 권이 놓여 있는 책상 앞에 앉아 고개를 숙이고 연필로 글씨를 쓰고 있었다. 어린 여자아이였다. 일고여덟 살쯤 된 여자아이.

빨간 치마를 입은 여자아이.

아이는 이스트베스 백작의 딸을 떠올리게 했다. 하지만 외모는 전혀 달랐다. 눈앞의 여자아이는 검은 머리의 중국인이다. 금발 머리 소녀와는 요만큼도 닮지 않았다. 옷도 달랐다. 다만 밝은 빨간색 옷이라는 점만 같았다. 그 아이는 내가 동쪽 옆문을 통해 본 빨간 옷을 입은 소녀도 떠올리게 했다.

웬 꼬마가 대학교 기숙사 자습실에서 공부하고 있을까? 주변의 시끌시끌한 소리가 순식간에 사라지고, 고요한 공간에 연필로 종이를 긁는 소리만 가느다랗게 들렸다. 여자아이는 조금도 위험스러워 보이지 않았다. 하지만 이 상황이 너무 생경하게 다가왔다. 마치 폭풍우가 치기 직전의 이해할 수 없는 고요함이랄까?

즈메이는 아무 말이 없었다. 꼼짝 않고 서서 아이를 지켜볼 뿐이었다. 즈메이의 어깨를 두드리자 나를 돌아보는 그녀의 눈빛이 당혹감으로 몹시 흔들렸다.

"들어가 보자."

나는 즈메이의 손을 잡고 자습실 문으로 이끌었다. 즈메이는 두려움에 떨며 들어가지 않으려 했다. 하지만 나는 기어이 그녀의 손을 끌고 여자아이에게 다가갔다.

숙제를 하는 걸까? 아이는 영어 단어를 쓰고 있었다. 책상 위의 책들은 중국어로 쓰인 교과서다. 수학 문제집도 보인다. 교과서 표지에는 '2학년 B반 양러윈楊樂筠'이라고 쓴 종이가 붙어 있었다. 아이 이름이겠지?

"오빠랑 언니, 무슨 일이에요?"

갑자기 여자아이가 고개를 들고 물었다.

나는 너무 놀라 뒤로 두 걸음 물러섰고, 등 뒤에 있던 즈메이와 부딪쳤다.

아이는 우리를 볼 수 있다.

시선이 마주쳤다. 분명히 우리 얼굴에 시선을 던졌다.

"어, 어어⋯⋯ 그냥 와봤어."

내가 긴장한 목소리로 겨우 대답했다.

"으응."

여자아이는 아무렇지 않다는 듯 콧소리를 섞어 대답하고는 숙제를 계속했다. 이 순간 어떤 반응을 보여야 할지 아무 생각도 나지 않았다.

"있잖아요, 이거 좀 가르쳐주세요."

아이가 고개를 들고 나에게 말했다.

나는 용기를 끌어모아 여자아이에게 바짝 다가갔다. 아이가 푸는 문제집을 들여다보니 그림을 보고 적절한 영어 문장을 완성하는 문제였다. 빈 괄호를 대부분 채웠는데, 새장 속의 새가 노래하는 그림 옆에는 'The bird is singing'까지만 적혀 있고 괄호 하나가 비어 있었다.

"이거, 영어로 뭐라고 해요?"

여자아이가 새장을 가리키며 물었다.

"그, 그거! 새장은 영어로 '케이지'라고 해. C, A, G, E."

나는 대답을 하며 아이 얼굴을 빤히 쳐다봤다.

"아! 맞아! 선생님이 가르쳐주셨는데. 고마워요, 오빠."

아이는 싱그럽게 미소 지으며 'in the cage'를 써 넣었다.

아이의 미소를 보자 나는 용기가 생겼다. 우리를 농락하려는 유령이라면 절대 이런 반짝이는 미소를 짓지 못할 것이다.

"저기…… 네 이름이 양러윈이니?"

내가 묻자 아이가 나를 향해 고개를 끄덕였다.

"너 왜 여기 살아?"

이번에는 러윈이 고개를 갸웃거렸다. 내가 아주 이상한 질문을 한다는 듯한 표정이었다.

"아빠가 여기서 숙제하라고 했어요. 모르는 게 있으면 기숙사 언니 오빠들한테 물어보래요."

"아빠? 아빠랑 엄마랑 이 근처에서 사는 거야?"

그러자 러윈이 위쪽을 가리켰다.

"위층에 살아요."

그제야 나는 모든 것을 이해했다. 여기는 11년 전의 세계다. 그때는 사감 가족이 9층에 살았다. 아랑 선배는 그때 사감이 경제학과의 양팅선 교수라고 했다. 이 아이도 양씨니까 분명히 사감의 딸일 것이다.

"양팅선 박사님 딸이구나?"

"응!" 러윈이 이상하다는 듯 말을 이었다. "오빠랑 언니는 우리 아빠를 왜 몰라요? 다른 기숙사에 살아요?"

"어어, 우리는 여기 친구를 만나러 왔거든."

"그렇구나." 러윈이 교과서를 덮었다. "오늘은 다른 언니 오빠들이 다 바빠요. 내 숙제를 도와줄 시간이 없대요."

"여기 언니 오빠들이 숙제할 때 자주 가르쳐줘?"

"그럼요. 3층에 사는 잘생긴 오빠는 숙제도 가르쳐주고 주스도 사줘요."

"그렇구나."

"근데 오빠는 왜 빗자루를 들고 있어요?"

러윈이 천진난만하게 물었다. 그제야 빗자루를 움켜쥐고 있는 내 모습이 우스워 보이겠다는 생각이 들었다.

"아, 친구 방이 더러워서 청소해주려고."

정말 웃지 못할 핑계다.

"으응." 러윈은 책과 문제집을 정리하더니 의자에서 폴짝 뛰어내렸다. "이제 난 집에 가요. 너무 늦으면 엄마가 화낼 거야. 바이바이."

"바이바이…… 러윈, 몸 조심해."

나는 원래 하려던 말을 도로 삼켰다.

러원은 내가 이상한 말을 한다고 생각하는 것 같았지만 기분 좋게 손을 흔들고 자리를 떠났다. 아이의 경쾌한 발걸음이 자습실 문 앞에 이르자 갑자기 환영처럼 사라졌다. 빨간색 치마를 입은 뒷모습이 연기처럼 공중으로 흩어진 것이다.

순간적으로 가슴이 쿵 내려앉는 걸 느꼈다. 두려움보다는 슬픔의 감정이 느껴졌다.

100여 년 전, 이스트베스 백작의 딸은 '조이Joy'라고 불렸다. '기쁨'이라는 뜻이다. 그리고 11년 전, 사감의 딸 이름은 기쁠 락樂자가 들어간 '러원樂筠'이었다. 백작 가족은 100여 년 전의 화재로 목숨을 잃었다. 사감 가족도 11년 전 똑같은 운명에 처해졌다. 두 가족의 딸 조이와 러원은 나이가 비슷했다. 내 눈앞에 나타났을 때 아이들은 둘 다 빨간색 치마를 입고 있었다.

두 아이는 다른 사람들은 보지 못하는 우리를 봤다.

우연일 리 없다. 두 여자아이는 어떤 운명적인 관련이 있는 게 분명하다.

우리가 이렇게 과거로 넘어온 것은 단지 악령의 농간 때문이 아닌지도 모르겠다. 혹시 어떤 영혼이 우리에게 중요한 메시지를 전하기 위해 불러들인 건 아닐까? 그래서 내게 화재 사건을 목격하게 한 것이다. 러원이 11년 전 사감의 딸이라는 걸 알고 나니 그 생각에 더욱 확신이 생겼다. 즈메이와 나를 2000년으로 불러들인 것도 분명 11년 전의 화재를 목격하게 하려는 의도이리라.

백작의 딸도, 양팅선 교수의 딸도 화재에서 죽음을 피하지 못했다.

혹시 백작의 딸과 교수의 딸 모두 바포메트의 '그 힘' 때문에 목숨을 잃은 걸까? 지박령이 된 아이들이 이런 방법으로만 우리에게 도움을 청할 수 있는 거라면? 그렇다면 지금 내가 여기 있는 이유는 어떤 '임무'를 수행하기 위해서다. 당시의 사건을 통해 단서를 찾고 지금까지 이 구역에 영향을 미치고 있는 사악한 힘을 없애야 한다…….

"즈메이, 내 말 잘 들어. 우리는 11년 전의 기숙사 화재를 경험하게 될 거야…….

즈메이에게 내 생각을 전하려는데 그녀의 상태가 이상했다. 넋이 완전히 나간 사람처럼 꼼짝도 하지 않고 내 뒤에 서 있었다.

"즈메이? 즈메이!"

내가 어깨를 붙들고 흔들자 그녀가 겨우 반응을 보였다.

"괜찮아?"

즈메이는 어쩔 줄 몰라 하는 아이처럼 고개만 저었다. 괜찮다는 것인지, 괜찮지 않다는 것인지 알 수 없었다. 그녀는 무슨 말인지 할 듯 말 듯 입을 열었다 닫고, 또 열었다 닫아버렸다.

"즈메이, 왜 그래?"

"나…… 난…….." 즈메이가 고개를 세차게 흔들었다. "난 여기 있으면 안 돼……."

그녀는 금방이라도 울음을 터뜨릴 것 같았다.

"금방 돌아갈 방법을 찾을 거야."

나는 즈메이를 달랬다.

"무서워…… 무서워…….."

즈메이는 둑이 터지듯 돌연히 무너졌다. 커다란 눈물방울이 툭, 툭, 떨어졌다. 세탁실에서 칼리가 잡혀가는 걸 목격하고, 일행과 떨어져 11년 전으로 넘어오고, 여자아이가 허공으로 사라지는 걸 봤으니 당연히 견디기 힘들 것이다.

따르르르르르르르르……!

느닷없는 경보음이 조용한 공기를 깨뜨리며 울려 퍼졌다. 즈메이가 펄쩍 놀라 내 팔에 매달렸다. 나는 본능적으로 빗자루를 치켜들었다. 처음에는 뭔가 나타나 우리를 덮칠 거라고 예상했다. 잠시 후 위험이 없다는 걸 확인한 뒤 즈메이를 이끌고 휴게실로 달렸다.

휴게실은 텅 비어 있었다. 전등도 절반만 켜져 있었다.

벽시계를 확인하니 시침이 3을 가리키고 있었다. 기시감에 휩싸이는 순간이었다.

똑같은 상황이다. 100여 년 전의 저택에서 칼리와 나는 갑자기 여섯 시간을 뛰어넘었다. 지금도 비논리적으로 흘러간 시간을 목격했다.

펑!

엄청난 폭발음이 건물 위층에서 들렸다. 소리로 보아 멀리서 폭발이 난 것 같았지만, 폭발음과 동시에 지진이라도 난 듯 건물 전체가 흔들렸다.

우물쭈물하고 있는데 기숙생들이 계단에서 내려와 휴게실로 뛰어들었다. 잠옷이나 평상복 차림인 그들은 당황한 표정이 역력했다. 경보음에 놀라서 깬 것인지 어떤 학생은 방에서 신는 슬리퍼를 그대로 신고 현관까지 뛰어 내려왔다.

"여학생 층에 불이 난 것 같아!"

휴게실에 뛰어 들어온 남학생이 외쳤다. 그러자 휴게실로 들어

염소가 웃는 순간

왔던 학생들이 바깥의 잔디밭으로 허둥지둥 빠져나갔다. 바깥에 나간 학생들이 고함을 치고 손가락으로 한쪽을 가리키기 시작했다. 즈메이와 나도 밖으로 나갔다. 기숙사 동쪽 꼭대기 층에서 거센 불길이 솟고 있었다.

"여학생 층이 아니라 사감 사택이야!"

"폭발음은 뭐였지? 가스가 폭발했나?"

"엘리베이터에 갇힌 사람은 없을까?"

"여학생들이 설마 엘리베이터를 타진 않겠지?"

그러고 보니 잔디밭에 모인 사람은 대부분 남학생이었다. 막 기숙사를 빠져나온 여학생들은 여기저기 흩어져 상황을 묻고 있었다. 도로에서 소방차 사이렌 소리가 들렸다. 사다리를 실은 소방차가 금세 나타났다. 차에서 뛰어내린 소방관늘이 소방 호스를 끌어오고 마스크를 착용하는 등 화재 진압 준비를 했다.

"어떡해! 학생회 사람들이 옥상에 있어!"

누군가 비명을 지르듯 외쳤다.

보름달이 뜬 어둑한 하늘 아래, 기숙사 외벽에 반쯤 걸려 있는 현수막이 보였다.

소방관 한 팀이 먼저 기숙사로 진입했다. 동시에 두 번째 소방차가 구급차 두 대와 함께 도착했다. 현장은 혼란스럽기 짝이 없었다. 여학생이 울음을 터뜨렸고, 어떤 남학생은 여자친구의 이름을 부르짖었다. 진입하는 소방관들을 위해 학생들에게 한쪽으로 비켜 서도록 지휘하는 사람도 있었다.

몇 분 후 먼저 진입했던 소방관들이 건물 밖으로 나왔다. 그들은 정신을 잃은 학생들을 둘러업고 있었다. 구급요원이 달려가 부상자들을 들것에 싣고 응급처치를 하기도 했다. 부상자들은 온몸에 그을음이 묻고 뿌연 재를 뒤집어쓴 상태였다. 연기 속에 고립됐던 모양이다.

나는 응급처치 장면을 바라보다가 한 부상자에게 시선이 꽂혔다.

엇! 나는 눈을 비비고 다시 그 부상자를 봤다. 숨을 헐떡이고 있는 그는 들것에 실린 채 내 옆을 스쳐 지나가 구급차에 실렸다.

나는 다리에 힘이 풀려 주저앉을 지경이었다. 내가 본 것을 믿을 수 없었다. 짧은 순간이었지만, 가로등 빛도 밝지 않았지만, 잘못 봤을 리 없다. 내가 아는 사람이었다.

하지만 그가 어떻게……?

"아, 아, 아화……."

혼란에 빠져 있는 내 팔을 즈메이가 힘껏 잡아당겼다. 즈메이는 호흡곤란에 빠진 듯 숨을 제대로 쉬지 못했다. 즈메이가 당긴 쪽으로 뒤돌아본 나는 숨이 턱 막히고 머리칼이 쭈뼛 서는 느낌이었다.

흰 옷을 걸치고 긴 머리를 허리까지 늘어뜨린 여자가 사람들 사이에 서 있었다. '그것'과 우리의 거리는 5미터도 되지 않았다. 다른 사람들 눈에는 그것이 보이지 않는 모양이었다. 즈메이와 나의 모습이 보이지 않는 것처럼.

거기까지였다면 나도 이 정도로 놀라지는 않았을 것이다. 그것과 몇 번 싸운 경험도 있지 않은가. 하지만 이번에는 그것의 모습 때문에 침착할 수 없었다.

그것의 목에 나무 막대기가 꽂혀 있었다.

　　　　　　　　　　　　　　　염소가 웃는 순간

반 토막이 난 대걸레 자루가!

그것이 점점 이쪽으로 다가왔다. 한 걸음 한 걸음 내딛을 때마다 반 토막이 난 대걸레가 위아래로 흔들거렸다. 검은색 액체가 그것의 상처에서 흘러나와 대걸레 자루를 타고 방울방울 떨어져 내렸다.

이 기괴한 모습 앞에서 나는 어떤 용기도 내지 못했다.

"아, 아화! 빨, 빨리 도망……."

즈메이가 주춤주춤 물러서며 말했다.

그래, 삼십육계가 최고다!

나는 즈메이를 이끌고 소방차 쪽으로 내달렸다. 그런데 순식간에 그것이 나타나 소방차와 우리 사이를 가로막았다. 어떻게 여기까지 이동한 걸까? 눈 깜빡할 사이에 2미터가 훨씬 넘게 이동한 것이다. 즈메이와 나는 다시 반대 방향으로 달렸다. 그러나 곧 그것이 또 우리 앞에 나타났다.

바깥쪽으로 도망치는 것은 불가능하다……. 나는 소방관들이 드나드는 기숙사 정문을 곁눈질했다. 즈메이를 절대 놓치지 않겠다는 각오로 그녀의 손을 붙잡은 나는 이를 악물고 기숙사 안으로 뛰어들었다. 뒤돌아보니 그것이 쫓아오기는 했지만 그래도 5미터쯤은 떨어져 있었다.

즈메이와 나는 중앙 계단으로 뛰어 올라갔다. 화재 때문에 뿌연 연기가 대기를 채워 숨이 잘 쉬어지지 않았다. 하지만 지금은 그걸 신경 쓸 때가 아니었다.

"콜록…… 아, 아화! 그, 그게 지금 뒤, 뒤에!"

둘이서 반 층 정도 올랐을까, 아래 계단 입구에 그것이 나타났다. 계단으로 통하는 문이 열리는 소리는 못 들었는데! 어쨌든 그것이 우리를 뒤쫓는다.

"일단 뛰어!"

내가 외쳤다.

다음 층에 도착한 우리는 벽에 붙은 숫자를 보고 발을 멈춰야 했다.

9층이라고? 뒤돌아서서 우리가 올라온 계단을 내려다봤다. 정말 9층 높이는 될 것 같다.

그러나 우리는 1층에서 한 층만 더 올라왔을 뿐이다. 그런데 왜 벌써 9층일까?

나는 복도로 나가는 문을 앞에 두고 한 가지 사실을 떠올렸다.

이 문 너머에 화재의 근원지가 있다.

나는 칼리와 함께 100여 년 전의 화재 사건에 휘말렸었다. 지금은 즈메이와 함께 이 현장에 와 있다. 이게 정말 우연일까? 문제는 우리를 이곳으로 불러들인 것이 악령인지, 아니면 빨간 치마의 소녀들인지 알 수 없다는 것이다. 빨간 치마를 입은 두 소녀……. 문득 의아하게 여겨졌던 말이 떠올랐다. 그 말과 구급요원의 들것에 실려 옮겨지던 부상자의 얼굴……. 여기까지 떠올린 나는 아찔한 충격에 휩싸여 몸을 떨기 시작했다.

"아, 아화! 괴, 괴물……!"

즈메이가 소리 질렀다.

그것이 바로 몇 계단 아래에 나타났다. 나는 문을 열고 복도로 뛰쳐나갔다. 복도에는 열기가 가득했다. 불꽃이 여기저기서 솟아올랐다. 오른쪽을 보니 열린 문 안에서 불이 용솟음치고 있었다. 11년 전 9층 동쪽은 전부 사감 가족이 사용했다. 그러니 중앙 계단 옆이 바로 사감 사택의 현관이었다. 집 안은 그야말로 불바다였다. 가구가 무시무시한 소리를 내며 타들어갔다. 반대쪽으로 달아나려 했지만 몇 걸음 못 가 멈춰 서고 말았다.

목에 대걸레 자루가 꽂힌 괴물이 복도 한가운데 서 있었다.

갈 곳이 없다.

나는 불타는 문 쪽으로 천천히 후퇴했다. 저 악령은 우리를 태워 죽일 셈인가?

"콜록, 콜록, 콜록……."

즈메이가 연기를 마시고 연신 기침을 했다.

방법이 없다. 저 녀석과 다시 한 번 싸우는 수밖에.

전부를 위해 빗사루를 고쳐 쥐고 빌을 떼려는데…….

움직일 수가 없다.

두려워서가 아니다. 발이 말을 듣지 않는다. 움직여지지 않는다.

발밑을 보니 시커먼 손들이 내 두 발을 붙잡고 있었다.

시커먼 손들이 갑자기 힘을 주어 당기자 나는 비틀거리며 넘어졌다. 즈메이가 비명을 지르며 내 손을 붙잡았다. 사람처럼 보이는 검은색 물체 두 개가 내 두 발에 하나씩 달라붙어 있었다. 왼발에는 나이 많은 남자, 오른발에는 긴 머리 여자. 내가 이들을 '사람처럼 보이는 물체'라고 한 것은 이들의 모습이 사람 같지 않았기 때문이다.

그들은 불에 탄 시체였다.

옷 여기저기 구멍이 뚫렸고, 피부는 시커멓게 그을려 거북 등처럼 쩍쩍 갈라졌다. 그들은 바닥을 기듯이 움직였다. 표정 없는 얼굵은 광대뼈가 피부 밖으로 드러났고, 치아 몇 개가 빠져서 입술 사이로 튀어나와 있다. 그들의 손은 쉼 없이 바닥을 기며 나를 덮치려 했다. 먼저 내 발목을 잡더니 다음에는 종아리, 이제는 가랑이 위로 올라오려 한다. 피범벅인 손으로 내 다리를 붙잡고 뻘 겋고 시커먼 손자국을 남기면서 나를 타고 기어오른다.

머릿속이 하얗게 변했다. 본능적으로 빗자루를 휘둘렀지만 놈들은 통증도 느끼지 못하는 모양이었다. 나는 불타는 집 쪽으로 천천히 끌려가고 있었다.

"아화! 아화! 아화……."

즈메이가 죽어라 내 어깨를 잡아당겼다.

끝장이다. 이번에는 진짜 끝장이다.

띵!

작은 전자음이 들렸다.

고개를 번쩍 쳐들었다. 즈메이 뒤로 9층 엘리베이터 문이 천천히 열렸다.

출구! 저건 출구다!

"즈메이, 도망가! 엘리베이터 문이 열렸어! 저기가 출구야! 어서 가!"

나는 온 힘을 다해 시체들을 뿌리치며 외쳤다.

"안, 아니……."

즈메이는 손을 놓지 않은 채 정신없이 소리 질렀다. 뭐라고 하는지 알아들을 수 없었지만, 아마 나를 두고 가지 않겠다는 말 같았다.

"바보 같은 소리! 지금 도망가야 해! 빨리, 즈메이!"

이제 시체들은 내 허리를 부여잡았다.

"시, 싫어……."

나는 연기를 마셔서 숨 쉬기가 너무 힘들었다. 곧 기절할 것 같았다. 지금 샤오완이 있었다면 어떻게 도망쳐야 하는지 알 텐데……. 샤오완?

샤오완이 보여준 '부동명왕수인'이 떠올랐다. 집게와 가운뎃손가락을 세운 왼손으로 오른손 집게와 가운뎃손가락을 감싼다. 나는 몽롱한 가운데 빗자루를 내려놓고 샤오완이 했던 것처럼 수인을 맺었다. 샤오완이 외던 주문은 알지 못하니 그냥 되는 대로 '나무아미타불'을 중얼거렸다. 그러면서 나를 붙잡은 시체 쪽으로 수인 맺은 손을 내뻗었다.

놀랍게도 허리를 당기는 시체의 악력이 약해졌다.

즈메이도 그걸 느꼈는지 다시 한 번 죽을힘을 다해 나를 잡아당겼다. 나는 즈메이와 함께 한쪽으로 나가떨어졌다. 시체들은 사택 문 앞에서 버둥거렸다. 손으로 계속해서 바닥을 긁어대면서. 하지만 나는 이미 다리를 몸 쪽으로 바짝 끌어당긴 뒤였다. 시체들은 나에게 닿지 못할 것이다.

즈메이와 나는 비틀거리며 엘리베이터 안으로 뛰어들었다. 나는 들어가자마자 바닥에 쓰러지듯 누워 숨을 골랐다. 즈메이는 쉬지 않고 닫힘 버튼을 눌러댔다. 긴 머리 여자 귀신이 여전히 복도 한가운데 서서 엘리베이터 안의 우리를 응시하고 있었다. 악의를 풀풀 날리며 우리를 비웃었다. 지금은 우리가 어찌어찌 도망쳤지만 다음번에는 결코 그냥 보내주지 않겠다고 말하는 듯이.

엘리베이터 문이 닫히는 순간, 악령이 미소 짓는 것을 봤다.

엘리베이터가 아래로 내려가는 걸 느끼며 나는 정신을 잃었다.

"……아화! 아화!"

다시 눈을 떴을 때에는 전구가 매달린 천장이 보였다. 공기는 깨끗했고, 연기라곤 전혀 없었다.

"아화!"

샤오완의 목소리다.

나는 휴게실 소파에 누워 있었다. 샤오완, 아랑 선배, 위키가 나를 둘러싸고 있었다. 즈메이는 소파 옆 긴 의자에 앉아 컵을 쥐고 있었다. 충격으로 넋을 잃은 모습이다. 즈메이 옆에는 야묘와 산산이 앉아 있었다.

"아화! 엄청 걱정했어!" 샤오완이 소리쳐 말했다. "네가 사라진 걸 알아차리고 여기저기 찾았는데 보이질 않더라고. 설마 〈5층 반〉 괴담처럼 피투성이가 된 채 엘리베이터에서 기어 나올 줄이야……."

이번엔 정말 위험했어. 마침 다행히 네가 보여준 수인이 떠올라서 살아남았지. 그리고 즈메이가 혼자 도망가지 않고 나를 구하려 애쓴 것도…….

나는 이렇게 말하고 싶었다. 그런데 그전에 더 중요한 게 생각났다.

11년 전의 세계에서 내가 본 것.

나는 벌떡 일어나 소파 등받이를 넘은 다음 긴장한 눈빛으로 세 사람을 향해 섰다.

"아화, 왜 그래?"

아량 선배가 물었다.

나는 대답도 없이 세 사람을 주시했다. 그러다 천천히 뒷걸음질 쳐서 책과 보드게임이 있는 책장으로 갔다. 나는 가지런히 꽂힌 학생회 기념 앨범 중에서 2000년도 앨범을 꺼냈다.

세 번째 페이지에서 진실을 찾아낼 수 있었다.

나를 숨 막히게 했던 진실.

"칼…… 칼리가 잡혀간 후에 내가 한 말 기억해? 내가 동쪽 옆 문으로 이스트베스 백작의 딸 같은 유령을 봤다고 한 거."

"그 이야기는 이미 끝난 거 아냐? 다른 아이일 가능성이……."

"백작 딸의 유령인지 아닌지는 중요하지 않아. 그때 내가 빨간 옷을 입은 여자애를 봤다고 말했어. 그렇지?"

나는 심각한 목소리로 말했다.

"응."

다들 고개를 끄덕였다.

"아량 선배, 그때 나한테 뭐라고 말했는지 기억나요?"

"기숙사 밖은 불빛도 별로 없고, 빨간 옷을 입은 다른 여자아이를 백작의 딸로 착각한 게 아니냐고……."

"아니야." 내가 선배의 말을 끊었다. "당신은 그때 '빨간 치마를 입은 다른 여자아이'라고 말했어. 나는 '빨간 옷'이라고만 말했는데, 어떻게 그게 치마라는 걸 알았지? 이스트베스 백작의 딸이 치마를 입고 있었던 건 나하고 칼리만 봤는데."

"내가 빨간 치마라고 했나? 기억이 안 나는데. 그런 사소한 걸 꼭 따져야 해?"

아량 선배가 웃으며 말했다.

"절대로 사소하지 않아." 나는 손에 든 앨범을 치켜들고 차갑게 말했다. "당신이 빨간 치마라는 걸 알고 있는 이유는 우리와 한 편이 아니기 때문이지. 왜냐하면 당신은 11년 전에 죽었거든! 2000년도 기념 앨범에 학생회 단체 사진이 나와 있어. 간사들 이름과 학과까지. 맨 앞줄 왼쪽에서 두 번째, 트레이닝복을 입은 이 남학생이 바로 아랑 선배야. 아래에 이렇게 써 있군. 부회장 페이쯔량費子亮, 건축공학과 4학년."

다들 어떤 반응도 보이지 않았다. 샤오완과 위키만 뒤로 몇 걸음 물러서며 아랑 선배와 거리를 벌렸다.

"난 아까 11년 전 과거로 돌아갔다 왔어. 거기서 당신이 구급차에 실려가는 걸 봤지. 당신은 그해에 화재로 사망한 학생이자 원념에 붙잡힌 희생자야!"

나는 숨 쉴 틈도 없이 말을 쏟아냈다.

"우리가 지하실에서 초혼 의식을 했기 때문에 악령이 나타난 게 아니야. 내가 옆문으로 빨간 옷을 입은 여자아이를 본 뒤로 이상한 일이 벌어진 것도 아니야! 우리가 휴게실에 모여 있을 때 이미 문제는 시작됐어. 당신은 우리한테 먼저 말을 붙여서 100여 년 전의 화재 사건을 알려주고 마법진이 그려진 지하실로 가게끔 유도했어! 지금 생각해보니 이건 전부 당신이 계획한 거였어. 그러니까 당신이 바로 100여 년 전의 원념과 결합한 악령의 정체란 말이지!"

마침내 친구들도 내 말을 이해했다. 다들 자리에서 일어나 의심스러운 눈길로 아랑 선배를 바라봤다. 그는 아무 대꾸도 하지 않았다. 그저 표정 없는 얼굴로 우리들의 경악한 얼굴을 둘러볼 뿐이었다.

어느새 아랑 선배의 얼굴에 기괴한 미소가 떠올랐다.

눈이 가늘어지고 입꼬리가 위로 솟구치며 웃는 듯한 표정이 되었다. 하지만 저 표정을 보고 '웃는 얼굴'이라고 말할 사람은 아무도 없을 것이다. 마치 죽은 존재가 살아 있는 존재를 흉내 낸 듯한 괴상한 표정이었다.

그 모습을 본 샤오완이 내 옆으로 달려왔다. 야묘는 겁도 없이 책장에 있던 장기판을 집어 들어 아랑 선배에게 던졌다. 하지만 장기판은 선배를 가격하지 않고 그의 가슴을 그대로 통과했다. 마치 입체 홀로그램을 보는 것 같았다.

"히."

아랑 선배가 우리 앞으로 한 발찍 내딛었다. 고개를 비스듬히 기울여서 귀가 어깨에 닿았고, 입꼬리는 여전히 기괴하게 치켜 올라간 채였다.

그때였다. 슉 하는 소리와 함께 그의 왼팔이 뱀처럼 길게 늘어나 야묘의 팔을 휘감았다.

"이거 놔!"

야묘가 소리쳤다. 우리는 급히 야묘를 붙잡으려고 했지만, 아랑 선배가 한 발 먼저 그녀를 잡아당겼다. 야묘는 바닥에 나동그라졌다. 아랑 선배가 야묘를 붙든 채 건물 동쪽으로 한 걸음씩 움직였다. 우리는 다 함께 달려들어 야묘를 붙잡았다. 그러나 여섯 명이 매달렸는데도 아랑 선배는 우리까지 질질 끌며 걸어갔다.

나는 문득 아랑 선배의 의도를 알아차렸다.

"그 지하실로 끌고 가려는 거야!"

"아, 안 돼!"

야묘가 소리 질렀다.

"샤오완! 부동명왕수인을 써! 11년 전에 그 수인을 쓰니까 효과가 있었어!"

내가 야묘를 잡아당기며 외쳤다.

샤오완이 급히 수인을 맺었지만 아량 선배의 힘이 약해지는 느낌은 없었다. 우리는 어느새 동아리방 옆 복도까지 끌려갔다.

"왜 그래? 안 먹혀?"

산산이 물었다.

"너무 멀어! 가까이 가서 써야 해!"

샤오완이 앞으로 달려나갔다.

아량 선배가 갑자기 오른팔을 들어 채찍처럼 휘둘렀다. 그 순간 내가 샤오완을 잡아챘다. 채찍은 샤오완이 있던 자리를 후려쳤고, 그 자리에 길쭉한 홈이 푹 파였다.

"위, 위험했어……"

샤오완이 바닥에 넘어진 채로 중얼거렸다.

"샤오완, 쓸 줄 아는 수인이나 주문이나 뭐든 있으면 다 시도해봐! 원거리 공격이 가능한 걸로 말이야!"

내가 소리쳤다.

"원거리, 근거리, 그런 구분이 없어…… 아, 한 가지 있는데 제대로 연습해본 적이 없어서 기억이 잘……"

"되든 안 되든 일단 해봐!"

야묘가 이를 악물고 소리 질렀다. 아량 선배에게 팔이 휘감긴 그녀는 찢어질 듯한 고통을 참고 있었다.

염소가 웃는 순간

"아, 알았어! 할 수 있어!"

샤오완이 정자세로 서서 아랑 선배를 향해 수인 맺은 두 손을 내밀었다.

"임臨, 병兵, 두鬥……."

나는 야묘를 꽉 붙잡은 채 샤오완을 쳐다봤다. 그녀는 뭔가 복잡한 주문을 외는 게 아니라 천천히 한 글자씩 읊고 있었다.

"구자호신주九字護身咒."

역시 야묘의 어깨를 잡고 있던 위키가 툭 내뱉었다.

"……자者, 개皆, 진陣, 열列, 재在, 전前!"

샤오완이 마지막 글자를 읊으며 주먹 쥔 왼손을 오른손 손바닥에 얹고서 앞으로 밀어냈다. 아랑 선배를 공격하는 듯한 모습이었다. 놀랍게도 그 순간 선배가 걸음을 멈췄고, 더 이상 우리를 끌어당기지 못했다.

"됐다!"

"샤오완, 한 번 더!"

"응! 임, 병……."

샤오완이 다시 아홉 개의 수인을 완성하자 아랑 선배의 표정이 이상하게 변하기 시작했다. 그는 뭔가에 공격받은 것처럼 맹렬하게 몸을 뒤틀었다.

"풀려났다!"

야묘를 휘감았던 선배의 기다란 왼팔이 줄어들었다. 야묘를 잡아당기고 있던 우리들은 갑자기 힘이 풀리자 뒤로 나뒹굴었다. 위키의 카키색 모자도 바닥에 떨어졌다.

"……재, 전!"

"으아악!"

아랑 선배가 머리를 감싸며 몸부림쳤다. 그의 가슴에 은은한 빛무리가 아홉 개 나타났다. 마치 아홉 발의 총알을 맞은 것같이.

샤오완이 다시 한 걸음 다가가면서 바닥에 무릎을 꿇은 아랑 선배를 향해 한 번 더 아홉 개의 수인을 맺었다.

"임, 병, 두, 자, 개, 진, 열, 재, 전!"

아랑 선배가 갑자기 뒤로 몸을 젖혔다. 그의 가슴에 맺혔던 빛무리가 강해지더니 괴상한 소리를 내며 선배의 몸을 태워버렸다. 샤오완은 너무 놀라 뒤로 물러섰다. 빛무리는 복도의 다른 사물에는 옮겨 붙지 않고 선배의 몸만 칭칭 휘감았다. 아랑 선배는 불타면서 계속 몸을 버둥거렸는데, 그 움직임은 생명체가 죽어갈 때의 몸부림과는 어딘가 달랐다. 마치 죽은 형체가 타들어갈 때 보이는 물리적인 반응처럼 보였다. 몇 초 후 빛의 화염이 차차 잦아들었고, 바닥에는 재만 남았다.

"우리가, 이겼어?"

야묘가 믿을 수 없다는 듯 물었다.

"이겼다! 샤오완, 대단해!"

내가 흥분하여 소리 질렀다.

"휴우……." 샤오완은 바닥에 주저앉았다. "아화가 알아차려서 정말 다행이야. 안 그랬다면 아랑 선배가 유도하는 대로 한 명씩 해를 입었을 거야. 이런 방법으로 우리 사이에 감쪽같이 끼어 있었다니 정말 사악한 방법이야……."

"그럼 이제 드디어 모든 문제가 해결된 거야?"

산산이 물었다.

"그렇겠지." 샤오완이 대답했다. "내가 보기에 기숙사의 원넘이 아량 선배의 형태를 빌려서 나타났던 것 같아. 우리를 원혼의 일원으로 끌어들여서 더 강한 원넘을 만들려고 말이야. 방금 그 주문이 원넘의 힘을 직접적으로 파괴했으니까……."

"그럼 이 사건도 일단락이 된 거구나!"

내가 말했다.

쿵.

뭔가 내 눈앞에 떨어졌다. 우리는 동시에 아래를 쳐다봤다.

둥글고 길쭉한 나무 막대였다.

나는 곧 그 물체를 알아봤다. 잠시 긴장이 풀렸던 마음이 삽시간에 오그라들었다.

그건 바로 긴 머리 귀신의 목에 꽂혀 있던 반 토막 난 대걸레 자루였다.

나는 천천히 고개를 들어 위쪽을 향했다가 다시 샤오완의 얼굴을 봤다. 그리고 두 번째 충격이 나를 덮쳤다.

샤오완의 이마에 검붉은 색깔의 부호가 나타난 것이다.

나는 천천히 고개를 들었다.

긴 머리 여자 귀신이 그곳에 있었다. 천장에 붙어서, 바로 우리 머리 위에.

우리가 고개를 들고 쳐다보자 천장에 박쥐처럼 매달려 있던 악령이 고개를 획 틀어 우리와 시선을 맞췄다. 사악한 웃음이 느껴졌다. 다음 순간 시커멓고 끈적거리는 액체가 쏟아지며 샤오완의 얼굴을 덮치고 이내 그녀의 상반신을 휘감았다. 거대한 악령 같은 그 액체는 샤오완을 휘감은 채 다시 천장으로 튀어 올라 철썩 달라붙었다. 몸부림치는 샤오완은 하반신까지 액체로 뒤덮여갔다. 형광 초록색 반바지와 핑크색 슬리퍼가 우리 머리 위에서 마구 흔들렸다.

"샤오완! 샤오완!"

야묘가 비명처럼 샤오완을 불렀다.

액체는 천장에서 엘리베이터 쪽으로 미끄러져 갔다. 나는 그것을 뒤쫓아 달렸다. 하지만 액체가 나보다 훨씬 빨랐다. 엘리베이터 앞에 도착했을 때는 문이 막 닫힌 참이었다. 검은 액체가 느릿느릿 문틈으로 흘러 들어갔다.

"샤오완! 샤오완!"

친구들도 엘리베이터 앞에 도착했다.

"우! 우……!"

엘리베이터 안에서 미약한 목소리가 들렸다.

"쇠지렛대! 쇠지렛대 어딨지?"

나는 관리인실에서 찾은 도구에 생각이 미쳤다.

"휴게실!"

산산이 외치자 나는 다시 휴게실로 달렸다. 소파 옆에서 쇠지렛대를 주워 들고 엘리베이터로 돌아와 문틈에 꽂았다. 힘껏 지렛대를 누르자 엘리베이터 문이 끽 소리를 내며 조금 열렸다.

"손전등! 손전등 있는 사람?"

내가 다시 고함쳤다.

이번에는 위키가 달려와 주머니에서 휴대폰을 꺼내 전원을 켠
뒤 액정화면 빛으로 엘리베이터 안을 비췄다.

샤오완이 틀렸다. 아직 끝난 게 아니었다.

엘리베이터 안에는 시뻘건 손바닥이 잔뜩 찍혀 있었다. 피범벅
인 손자국 사이에 '세 번째'라는 세 글자가 보였다.

째 번 세

글자도 피처럼 빨갰다.

무엇보다 나를 소름끼치게 한 것은 세 글자가 좌우 반전된 형
태로 쓰여 있다는 것이었다.

누군가 단단한 벽 안쪽에서 쓴 것처럼.

제 5 장

★ ★ ★

　노펴관 북쪽 언덕 위에는 대만고무나무들이 무성히 자라는 숲이 있었다. 기숙사 동쪽 계단참에서 창밖을 내다보면 나뭇잎이 수런거리고 기근氣根*이 바람에 흔들리는 모습이 훤히 보인다. 황혼 무렵 대만고무나무 숲이 해를 가리면 2층 창밖으로 보이는 하늘은 이미 아득해진다.

　어느 여름날 해 질 녘, 노펴관 2층에 사는 남학생이 도서관에 다녀오는 길이었다. 그는 기숙사 동쪽 계단으로 2층에 올라가다가 무심코 창밖을 내다봤다. 그리고 자신이 본 광경에 놀라 얼어붙고 말았다. 대만고무나무 가지에서 아래로 축 늘어져 있는 것은 기근이 아니라 시체들이었다. 바람에 시체들이 한들한들 흔들리고 있었다. 모두 혀를 빼물고 있었고, 죽어서도 눈을

---

*　공기 중에 노출돼 있는 식물의 뿌리를 말하며, 우리말로는 '공기뿌리'라고 한다. 대만고무나무의 기근은 보통 줄기나 가지에서 생겨나 아래로 축 늘어지며 자란다.

감지 못한 듯 눈알이 튀어나와 있었다. 그 눈들이 마치 남학생을 노려보는 것 같았다. 온몸에 소름이 돋은 남학생은 눈을 비비고 다시 바라봤다. 시체가 걸려 있던 가지에는 평범한 기근이 늘어져 있을 뿐이었다. 남학생은 너무 열심히 공부해서 헛것을 봤거나, 아니면 빛에 의한 착시 현상이었나 보다고 생각했다.

다음 날에도 남학생은 해 질 녘에 기숙사 방으로 올라가다가 대만고무나무에 매달린 시체들을 봤다. 어제와 똑같았다. 무시무시한 얼굴에 눈알이 눈구멍에서 튀어나와 있고, 회갈색 피부는 나무껍질 같았다. 남학생은 겁에 잔뜩 질렸다. 그런데 시체 숫자가 어제보다 한 구 적었다. 그가 고개를 돌렸다가 다시 창밖을 봤을 때는 시체들이 사라지고 없었다. 길쭉길쭉한 기근이 흔들리고 있을 뿐이었다.

사흘째 날 해 질 녘, 남학생은 또 대만고무나무에 걸린 시체들을 봤다. 이번에는 고개를 돌렸다가 다시 봐도 시체가 그대로였다. 다만 전날보다 시체가 한 구 줄어서 전부 다섯 구였다. 참혹한 몰골의 시체들이 자신을 쏘아보는 것 같았다. 소름이 끼친 남학생은 밖으로 뛰쳐나가 언덕을 바라봤지만 시체라곤 보이지 않았다. 아무래도 시체는 계단참의 창을 통해서만 보이는 것 같았다.

넷째 날 또 나무에 걸린 시체를 보고 있는데 마침 그의 룸메이트가 옆에 있었다. 룸메이트에게 네 구의 시체를 가리켜 보였지만 친구는 보이지 않는다고 했다. 다른 친구들에게도 시체 이야기를 꺼냈지만 다들 착시라거나, 기가 허해서 그렇다며 부적이나 십자가를 주거나 할 뿐이었다.

염소가 웃는 순간 |

시체들은 매일 한 구씩 줄어들었고, 그 표정은 점점 더 끔찍해졌다. 이를테면 기괴하게 웃는 듯한 표정이었다. 남학생은 두려움에 떨면서도 매일같이 보다 보니 그 광경에 차츰 익숙해졌다. 아무래도 자기에게 무슨 문제가 생겼나 보다 하고 정신과 진료 예약도 했다.

일곱째 날 해 질 녘, 남학생은 계단에서 친한 여학생들을 만났다. 그들과 대화하며 계단을 오르다가 창문이 나오자 바깥을 바라봤다. 나무에 걸린 시체는 이제 한 구뿐이었다. 남학생은 씩 웃으며 내일부터는 시체가 보이지 않겠구나 생각했다. 그런데 옆에 있던 여학생이 비명을 질렀다. 곧이어 다른 여학생들도 얼굴이 하얗게 질려버렸다. 그들이 덜덜 떨며 창밖의 시체를 가리키더니 웃고 있는 남학생을 의혹에 찬 눈길로 비리봤다.

"어, 어떻게 웃을 수 있어?"

남학생은 그제야 창밖으로 보이는 한 구의 시체가 바로 자신의 룸메이트라는 걸 알아차렸다.

— **노픽관 7대 불가사의 네 번째 이야기, 〈나무에 매달린 시체〉**

1

세상에서 가장 잔인한 일은 절망에 빠진 사람에게 희망을 잠깐 안겨줬다가 곧바로 그 작은 희망마저 빼앗아버리는 게 아닐까?

지금 우리의 처지가 바로 그랬다.

버스와 칼리가 일을 당한 뒤 다들 공포에 떨었지만, 그래도 희망을 놓지 않았다. 그러나 이제 그 작은 희망마저 빼앗기고 말았다. 아량 선배의 정체와 샤오완까지 희생됐다는 사실이 우리를 최종적으로 붕괴시키고 만 것이다.

아량 선배와 샤오완은 괴이한 일들이 벌어지는 동안 자연스럽게 우리 일행의 주동 인물이 됐다. 우리는 모두 신입생이니 선배에게 의지하는 마음이 컸고, 샤오완은 풍부한 심령학 지식으로 여러 차례 우리를 위험에서 지켜줬다. 우리가 무인도에 조난당한 사람들이라면, 아량 선배는 선장, 샤오완은 생존 기술 전문가였던 셈이다. 그 두 사람이 우리 곁에 있는 한 어쨌든 살아 돌아갈 희망이 있었다.

그러나 지금 그 두 사람이 없어졌다.

아랑 선배는 악령의 일부였다. 하지만 그보다 더 충격인 것은 가장 믿었던 사람이 우리를 죽음으로 몰고 가려고 했다는 사실이었다. 게다가 샤오완이 아랑 선배의 정체 때문에 혼란스러워하던 와중에 긴 머리 여자 귀신에게 당해 우리 눈앞에서 사라졌다. 우리 중 유일하게 악령을 퇴치할 능력이 있었던 샤오완이…….

텅 빈 엘리베이터에서 피로 쓴 듯한 세 글자를 바라보며 나는 사형 선고라도 받은 심정이었다.

아니, 사형 선고라면 차라리 낫다. 적어도 언제 어떻게 죽을지는 알 수 있으니까. 단두대에서 목이 잘릴지, 교수형을 당할지, 독가스실에 넣어질지……. 지금 우리는 악령의 장난감처럼 자신의 운명을 전혀 짐작할 수 없다. 남은 시간 동안 오로지 거대한 악의에 의해 조롱당할 뿐이라고 생각하니 머릿속이 붕괴되는 느낌이었다.

엘리베이터 앞에 멀거니 서 있는 사람은 이제 다섯 명이다. 야묘, 산산, 즈메이, 위키, 그리고 나. 칼리가 거울로 끌려들어 갔을 때는 다들 어찌할 바를 몰라 허둥댔다. 지금은 허둥댈 기운마저 빼앗기고 말았다. 아무도 반응을 보이지 않았다. 우리는 그저 음산하고 괴이한 엘리베이터를 바라보며 멍하니 서 있을 뿐이었다.

이게 절망이라는 거겠지…….

그때였다.

윙…….

엘리베이터에서 모터 소리 같은 날카로운 소리가 들리더니 문이 천천히 닫히기 시작했다. 위키가 엘리베이터 쪽으로 뻗었던 손을 거두고 흰 바탕만 보여주는 휴대폰을 꺼서 주머니에 넣었다.

"끝장이야…… 우린 이제 다 죽은 목숨이야! 우리도 잡으러 올 거야……."

야묘가 벌벌 떨며 중얼거렸다.

"야묘, 너……."

"끝장이라고! 악령에게 살해될 거야!" 야묘가 내 말을 끊고 발악하듯 고함을 질렀다. "하하하, 우린 다 죽을 거야! 흑…… 칼리…… 칼리……."

웃었다 울었다 하는 그녀의 눈빛이 불안하게 흔들렸다. 정서적으로 너무 동요한 나머지 이성을 잃은 듯했다. 충분히 그럴 만했다. 버스, 칼리, 샤오완까지 세 사람이 끌려가는 모습을 직접 목격했으니.

산산과 즈메이는 야묘 옆에 있으면서도 위로할 엄두를 내지 못했다. 두 사람도 무너지기 일보 직전이었다. 한 줌 남은 정신력으로 간신히 이성을 붙들고 있을 뿐이었다.

"아화…… 우리, 이제 어떻게 해?"

산산이 입을 열었다.

이제 나는 남은 사람들 중에서 악령과 싸운 경험이 제일 많은 사람이 됐다. 내가 원하지 않더라도 친구들은 나를 리더로 여길 수밖에 없는 상황이었다.

"어떻게 하냐고? 어떻게 하냐고……."

그때 야묘가 내 말을 가로챘다.

"우린 죽을 거야! 어떻게 하는 게 무슨 상관이야? 하하하! 뒤쪽에서 갑자기 그게 튀어나와 우리를 집어삼킬 수도 있다고!"

"아니야." 나는 쇠지렛대를 꽉 쥐면서 친구들을 둘러봤다. "한 동안은 안전하다고 생각해."

"뭐가 안전해? 그 괴물이……."

"우리 몸에는 부호가 나타나지 않았잖아."

야묘는 예상치 못한 내 말을 이해할 수 없다는 듯 고개를 갸우뚱했다.

"내 얼굴에 아무 이상 없지?"

내 질문에 친구들이 고개를 끄덕였다.

"아까 샤오완이 악령에게 잡히기 직전에 이마에 어떤 부호가 나타났어." 나는 내 이마를 가리키며 말했다. "칼리 왼팔에도 비슷한 부호가 나타났었지. 야묘, 너도 봤잖아? 칼리한테 언제 문신 스티커를 붙였냐고 물었잖아."

야묘가 천천히 고개를 끄덕였다.

"버스가 책상에 먹힐 때도 손바닥에 검붉은 색 부호가 나타났어. 바로 이런 모양……."

내가 허공에 부호의 모양을 그려 보였다. 친구들은 그게 대체 무슨 모양이냐는 듯한 표정이었다.

"휴게실에 가서 다시 이야기하자."

내가 휴게실로 향하자 야묘, 산산, 즈메이가 따라왔다. 그런데 위키는 방금 전의 난리통에 벗겨진 카키색 모자를 집어 들고 가만히 있었다. 우리 네 사람이 관리인실 앞에 왔을 때까지도 위키는 엘리베이터 앞에 그대로 남아 있었다.

"위키?"

한동안은 안전하다고 내 입으로 말하긴 했지만, 그래도 혼자 떨어져 있는 것은 위험하다.

"어, 어! 갈게."

위키가 그제야 정신을 차린 듯 우리 쪽으로 달려왔다.

관리인실 창 옆에는 알림판으로 쓰는 화이트보드가 있었다. 나는 파란색 마커펜으로 희생자들의 몸에 나타났던 세 가지 부호를 그렸다.

ל ו י

"악령이 희생자를 잡으러 오면 희생될 사람의 몸에 부호가 나타나. 이 부호들, 어디서 봤는지 알겠어?"

내가 부호를 가리키면서 물었다.

야묘는 막막한 표정을 지었고, 즈메이는 멍하니 화이트보드만 바라봤다. 잠시 후 산산이 뭔가 발견했다는 듯 대답했다.

"지하실 마법진에 있던 부호!"

나는 고개를 끄덕인 뒤 두 가지 부호를 더 그렸다.

ת ו

"마법진을 이루는 오각성 꼭짓점 쪽에 있던 부호 다섯 개야."

칼리가 잡혀간 뒤로 마법진의 모양을 기억해내려고 애쓴 나는 이제 모든 부호의 위치와 모양을 떠올릴 수 있었다. 버스의 손바닥에 나타났던 부호는 역오각성의 오른쪽 위 꼭짓점에 있었던 부호다. 칼리의 부호는 오른쪽 아래 꼭짓점, 샤오완의 부호는 맨 아래쪽 꼭짓점에 있었던 것이다.

"악령은 습격하기 전에 사냥감의 몸에 부호로 낙인을 찍어. 우리는 지금 몸에 아무런 부호도 나타나지 않았으니까 악령도 당장은 우릴 공격할 생각이 없는 걸 거야."

"왜 그런 부호가 생기는 걸까?"

산산이 물었다.

"나도 모르겠어. 순수하게 추측만이라도 해보자면, 샤오완의 말처럼 '그 힘'이 일정 시기가 지나면 1889년의 지하실 화재를 재현한다는 데 실마리가 있을 것 같아. 100여 년 전 의식을 치를 때 지옥에서 온 불꽃은 오각성 꼭짓점 위치에 섰던 신도들을 제일 먼저 공격했고, 다음으로 대사제인 크롤리, 마지막으로 이스트베스 백작과 뭔지 모를 존재에 씐 여자를 공격했지. 우리 중에 두 명이 더 희생돼서 모두 다섯 명이 희생되고 나면 어떤 변화가 생길지도 몰라."

내가 말을 마치자 다들 얼굴이 어두워졌다. 내 추측이 맞는다면, 앞으로 남은 두 개의 부호가 우리 중 두 사람에게 나타날 것이다.

"아화, 그럼 우리 이제 어떻게 하지?"

산산이 다시 물었다.

나는 정문을 통해 밖을 내다봤다. 희미한 가로등이 잔디밭을 비추고, 무슨 형상인지 모를 조각상이 잔디밭 한쪽에 서 있다. 너무 고요한 것만 빼면 지금 기숙사는 평소와 다를 게 없어 보인다. 우리가 방금 기숙사에서 겪은 끔찍한 사건들이 전부 허구인 것처럼 느껴졌다.

"도망치자." 내가 친구들을 둘러보며 말했다. "우리 힘만으론 친구들을 구해내는 게 불가능해⋯⋯. 버스는 나한테 형제 같은 친구였어. 버스를 구할 수 있다면 나는 팔 하나를 자르래도 기꺼이 그렇게 할 거야. 하지만 냉정하게 따져볼 때 우린 지금 자기 자신도 지키지 못해. 그런데 무모하게 악령과 계속 맞서다간 다 죽을지도 몰라. 잔인한 이야기일지 모르지만, 생존이라는 건 원래 잔인한 일이잖아."

내 말에 야묘의 표정이 아주 복잡해졌다. 칼리를 생각하는 모양이었다. 하지만 야묘도 지금 우리가 악령과 대치하는 건 희생자를 더 늘리는 꼴밖에 되지 않는다는 걸 이해할 것이다.

"다수결로 정하자. 도망쳐서 도움을 청하는 데 찬성하면 손을 들어줘."

내가 제안했다.

나, 산산, 즈메이가 주저 없이 손을 들었고, 결국 야묘도 부들부들 떨면서 손을 들었다.

그런데 위키의 모습이 보이지 않았다.

왼쪽으로 시선을 돌리자 모두가 나를 따라 고개를 돌렸다. 위키는 우리가 앉았던 창가 소파에 앉아서 2000년도 기념 앨범을 들여다보고 있었다.

"위키!"

내가 외쳐 불렀지만 위키는 마법에라도 걸린 듯 반응이 없었다.

"위키!"

내가 한 번 더 부르며 다가가자 위키가 고개를 들었다. 그런데 그의 표정이 내 걸음을 멈추게 했다.

나를 응시하는 위키의 얼굴에 여태껏 한 번도 본 적 없는 눈빛이 떠올라 있었다. 원래가 감정을 잘 드러내지 않고 냉정한 편이었지만, 지금 그는 평소와는 다른 섬뜩한 냉정함을 드러내고 있었다. 적개심의 눈빛이라고 할까? 나에게 꽂혔던 그의 시선이 여학생들 쪽으로 옮겨갔다.

"위키, 왜 그래?"

나는 애써 아무렇지 않은 척 물었다. 평소의 위키가 아니라는 걸 눈치챘으면서도 지금은 모른 척해야 할 것 같았다.

"아무것도 아냐."

위키가 기념 앨범을 덮어 탁자에 내려놓았다.

"위키, 이제 그만 여길 빠져나가서 도움을 청하자."

내가 뒤쪽을 가리키며 말했다.

그런데 위키가 예상치 못한 행동을 했다. 소파에 털썩 주저앉아 깍지 낀 손을 무릎에 얹더니 우리 모두를 한 사람씩 훑어봤다.

"위키?"

"난 남겠어."

"무슨 말도 안 되는 소리야?" 나는 마음이 조급해졌다. "이럴 때 여기 남아서 뭘 어쩌려고? 너도 처음엔 기숙사를 나가는 데 동의했잖아? 근데 지금은 왜 그래?"

"그땐 그랬지만, 지금은 지금이지."

위키는 낯선 말투로 대답했다.

산산과 다른 친구들도 위키가 이상하다는 것을 알아차린 듯 다가오지 않고 현관 근처에서 우리를 지켜보기만 했다.

염소가 웃는 순간

"여기 남아 있다간 괴물의……!"

"신경 꺼!"

위키가 버럭 소리를 질렀다. 하지만 히스테릭한 반응은 아니었다. 그는 냉정과 위엄을 잃지 않았다.

"어쨌든 난 남을 거야."

위키는 지금 설득할 수 있는 상태가 아니었다. 평소의 정신 상태와는 완전히 달랐다. 하지만 아무리 그렇기로서니 지금 이렇게 독단적으로 나와서 뭘 어쩌겠다는 건지 이해할 수 없었다.

"알았어. 그럼 우리가 밖에서 구조 요청을 하고 와서 널 구해줄게……."

나는 천천히 뒤로 물러나면서 말했다.

"너희는…… 도망치지 못해."

위키가 말했다.

나는 순간적으로 그의 표정이 경직되는 것을 놓치지 않았다. 대체 저 녀석은 무슨 생각으로 저런 말을 하는 걸까? 저주? 충고? 혹시 저 녀석은 위키가 아니라 위키의 거죽을 쓴 낯선 존재가 아닐까? 그 생각에 몸서리가 쳐졌다.

현관 앞으로 돌아오자 여학생들이 불안한 눈으로 나를 쳐다봤다.

"손전등 있어?"

내가 담담하게 물었다. 생존은 잔인한 일이다. 위키가 우리와 함께 가지 않겠다면 우리도 그를 포기하는 수밖에 없다. 그의 묘한 행동을 설득하려다 우리의 안전까지 위험해질지 모른다.

"아까 무기 찾으러 갔을 때 관리인실에서 봤어."

산산이 대답했다.

우리는 관리인실에 들어가 20센티미터 정도 길이의 손전등을 찾아냈다. 손목에 걸 수 있게 나일론 줄이 달려 있었다. 플라스틱으로 감싸여 있어 무기로는 쓰기 어려울 것이다. 전원을 켜보니 바로 불이 들어왔다. 만약을 위해서 나는 서랍에서 새 건전지를 꺼내 손전등에 맞는 크기인지 확인한 다음 바지 주머니에 넣었다. 탈출하는 중에 건전지가 다 닳기라도 하면 우리는 오도 가도 못하는 신세가 될 것이다.

나는 손전등을 산산에게 건넸다. 조명 담당을 하라는 뜻이었다. 그러곤 쇠지렛대를 쥐었다. 무기와 손전등을 한 사람이 갖고 움직이면 돌발상황이 닥쳤을 때 나머지 사람들은 도망칠 방법이 없다. 겁 많은 즈메이는 샤오완이 습격받은 뒤로 말 한마디 없이 우리 뒤만 졸졸 따라오고 있었다. 그런 그녀에게 앞장서서 손전등을 비추라고 할 수는 없었다. 야묘는 지금 정신적인 충격이 너무 커서 중요한 일을 맡기기가 어려웠다. 어쩔 수 없이 산산에게 내 조수 역할을 맡겼다.

나는 관리인실 창밖으로 위키를 쳐다봤다. 그는 소파에 앉은 채 여전히 우리를 빤히 바라보고 있었다. 나는 고개를 돌려버렸다. 위키와 눈을 마주하기가 곤혹스러웠다.

우리 네 사람은 기숙사 정문을 나섰다. 산산과 내가 앞서고, 야묘와 즈메이가 뒤를 따랐다. 정문을 나서기 직전 나는 위키 쪽을 슬쩍 돌아봤다. 그는 간식과 트럼프 카드가 흩어져 있는 탁자를 쳐다보고 있었다. 손으로는 동전 같은 것을 가지고 만지작거리는 중이었다.

염소가 웃는 순간

나는 다시 냉정하게 고개를 돌려버렸다.

우리는 잔디밭의 오솔길을 따라 큰 도로를 향해 걸었다. 노픽
관은 대학 캠퍼스의 서쪽 산자락에 있었다. 도움을 청하려면 산
비탈을 따라 이어진 도로를 걸어서 대학 본관 건물로 가야 한다.
휴게실에서 나올 때 시계를 보니 1시 50분이었다. 이 시간에 캠퍼
스 경비원이 노픽관 쪽으로 순찰을 와줄지 의심스러웠다. 여기서
마냥 기다리느니 직접 구조 요청을 하러 가는 게 좋을 것 같았
다. 나는 신입생 오리엔테이션 때 이 도로를 걸어본 적이 있다. 노
픽관에서 본관까지는 걸어서 십오 분 정도 걸린다. 찻길과 양쪽
의 인도로 이루어진 이 도로는 좀 가파르지만 걸어가기 힘들 정
도는 아니었다. 물론 오리엔테이션 때는 밝은 대낮에다 악령에게
쫓기는 상황도 아니었다. 지금 내가 걱정하는 건 본관까지 가는
길에 무슨 문제라도 생기지 않을까 하는 거였다.

가로등이 밝지 않았지만 산산에게 손전등을 켜라고 하지는
않았다. 휴게실에서 밖을 내다볼 때는 비탈길이 어둡고 위험해
보였지만, 눈이 어둠에 익숙해지고 나자 충분히 걸을 만했다. 무
엇보다 달빛이 밝아서 다행이었다.

우리는 버스정류장을 지나 길게 이어진 비탈길을 걷기 시작했
다. 비탈길 한쪽은 암벽이고, 다른 쪽은 숲이 우거져 있었다. 숲
은 철조망으로 막혀 있었다. 우리는 빠르지도 느리지도 않은 걸
음으로 나아갔다. 나는 단숨에 본관까지 달려가고 싶었지만, 이
럴 때일수록 신중하게 행동해야 했다. 악령이 기숙사 건물 안에
서만 힘을 쓴다고 볼 수는 없다. 노픽관 주변의 일정 범위까지
영향을 미칠지 모른다. 산속에 숨어 있던 악령이 튀어나온다면

나는 손에 든 쇠지렛대로 놈과 격투를 벌여야 한다. 내가 시간을 버는 사이에 친구들이 도움을 청하러 가면 된다. 구조 요청을 하러 가면서도 나는 이렇게 스스로 희생할 각오가 되어 있었다.

그 괴물에게 붙잡힌다면 단숨에 죽임을 당할 수도 있고, 어딘가에 끌려가 갇힐 수도 있다. 최악의 결말은 우리 모두가 아무도 모르는 상태에서 악령에게 살해되는 것이다. 한 사람이라도 살아서 바깥에 이 사실을 알려야 악령에 붙잡히더라도 살아날 희망이 있다.

문득 옛날 영화 〈에일리언 2〉가 떠올랐다. 소녀가 납치되자, 결심한 일은 꼭 해내고 마는 주인공은 끝끝내 에일리언의 둥지에 들어가 소녀를 구해낸다. 이 와중에 할리우드 영화를 떠올리며 마음을 다잡다니⋯⋯. 하지만 그렇게라도 해서 스스로에게 용기를 불어넣고 싶은 게 솔직한 심정이었다.

〈에일리언 3〉의 주인공은 사악한 기업에 외계인이 이용되는 것을 막기 위해 마지막 순간 에일리언과 함께 죽음을 맞이한다. 우리의 결말이 절대로 그런 것만은 아니길 바란다. 다만 나에게 그런 선택의 여지가 있을지⋯⋯.

어쨌든 다른 사람들에게 우리가 처한 상황을 알리는 게 급선무였다. 적어도 몇 명이나 죽었는지는 알려야 한다. 내가 죽더라도 이 사태를 세상에 알리고 더 이상 이런 사악한 일이 벌어지지 않도록 해야 한다.

우리는 말없이 오 분 정도 걸었다. 비탈길은 올라갈수록 점점 더 추워졌다. 9월의 밤공기가 이렇게 차가울 줄은 몰랐다. 며칠 전만 해도 더워서 에어컨을 틀어야 겨우 잠이 들었는데. 이게 시

염소가 웃는 순간

내와 교외 지역의 차이일까?

"아화……."

산산이 입을 열었다.

"왜?"

나는 걸음을 멈추지 않고 시선만 돌려 산산을 바라봤다.

"주변이 너무 조용한 것 같지 않아?"

확실히 이상할 정도로 조용한 밤이었다. 걷는 내내 우리 일행의 발소리와 숨소리만 들렸다. 주변에 잡초가 가득한데 벌레 소리도, 바람 소리도, 풀잎이 수런거리는 소리도 들리지 않았다.

내가 산산의 물음에 대답하려 할 때였다.

쏴아아.

갑자기 치기운 바람이 몰아쳤다. 보이지 않는 손에 의해 나무와 수풀이 마구 흔들리는 것처럼 요동치며 시끄러운 소리가 울렸다. 산비탈을 따라 불어오는 바람이었다. 먼지가 몰아치는 느낌에 손으로 눈을 가려야 했다.

"네가 그런 말 하자마자 바람이 부네."

내가 웃으며 말했다. 산산도 나처럼 미소를 지었다. 뒤돌아보니 야묘와 즈메이도 손으로 얼굴을 가린 채 불안한 얼굴로 우리를 보고 있었다.

"괜찮아. 악령은 아무래도 기숙사 바깥까지는 손을 뻗치지 못하는 것 같아. 우리 넷이 힘을 합하면 해낼 수 있을 거야."

"근데…… 아화, 위키는 왜 그러는 거야? 아까 정말 이상했어."

산산이 물었다.

"감정이 좀 격해졌나 보지."

나는 일부러 별문제 아니라는 듯 대답했다.

"혼자서 기숙사에 있다가…… 무슨 일이라도 생기면……."

산산이 지레 겁먹은 듯 말을 멈췄다.

"너무 걱정하지 마. 우리가 빨리 도움을 청해서 도와주면 되지."

산산이 고개를 끄덕였다.

사실 그에 대한 가설이 하나 있었지만 차마 말할 수 없었다. 사실 난 방금 전의 위키가 진짜 위키가 아닐 가능성을 의심하고 있었다.

이런저런 괴담을 들어보면 사람이 귀신에 씌는 내용이 많지 않은가? 만약 악령에게 그런 능력이 있어서 위키를 지배하고 있다면, 위키는 우리의 안전을 위협하는 존재인 셈이다. 아량 선배는 악령의 장기말이었다. 샤오완이 아량 선배를 퇴치한 후 악령은 새로운 꼭두각시를 만들었는지 모른다. 아량 선배의 정체를 알고 난 후 나는 악령이 인간의 약점을 이용해 함정을 판다는 생각이 들었다. 살인마처럼 차가운 위키의 시선과 이해할 수 없는 그의 행동을 보며 내 의심은 더욱 깊어졌다.

하지만…… 혹시 그런 모습이 위키의 또 다른 본모습은 아닐까? 위키를 가까이서 겪은 게 얼마 되지 않았으니 이 가능성도 완전히 배제할 순 없다.

팟!

갑자기 눈앞이 어두워졌다.

"아화!"

산산이 외쳤다. 동시에 뒤쪽에서 조그만 비명이 터져 나왔다.

무슨 일이지? 잠시 어리둥절하던 나는 원인을 알아챘다.

"가로등이 꺼졌네."

팟 소리와 함께 도로 양쪽의 가로등이 거의 꺼진 모양이었다. 비탈길 위에 빛이 두세 점 보일 뿐이었다. 그러고 보니 밤하늘의 보름달도 어느새 구름 뒤로 숨어버렸다. 구름 사이로 몽롱한 빛무리만 은빛으로 조금 비칠 뿐이었다.

"산산, 손전등 좀 켜봐."

나는 쇠지렛대를 가슴 앞에 세워 들고 경계심을 높였다.

"어? 안 켜지는데?"

산산이 놀란 목소리로 말했다.

너무 어두워 산산의 실루엣만 겨우 보이고, 손전등 전원 버튼을 누르는 소리만 선명히 들렸다. 버튼 소리가 여러 번 들렸지만 손전등은 켜지지 않았다.

"건전지를 바꿔보자."

나는 주머니에서 새 건전지를 꺼냈다. 겨드랑이에 쇠지렛대를 끼운 다음 어둠을 더듬어 산산의 왼손을 찾아 건전지를 쥐어줬다.

달칵.

손전등의 어딘가를 여는 소리가 들리고, 건전지 비닐을 벗기는 소리가 이어졌다.

"역, 역시 반응이 없어!"

다시 전원 버튼을 눌러본 산산이 당황한 목소리로 말했다.

"건전지를 반대로 끼운 건 아니지?"

"아니야! 분명히 만져보고……."

산산은 그렇게 말하면서 몇 번 더 전원 버튼을 눌러댔다.

아무리 눌러도 불은 들어올 기미가 없었다.

"어쩔 수 없네. 다들 내 뒤로 바짝 따라붙어. 흩어지면 안 돼!"

"응."

세 명의 여자 목소리가 동시에 들렸다.

나는 오른손으로 쇠지렛대를 꽉 쥐었다. 산산이 내 왼쪽에 달라붙어 팔짱을 꼈다. 야묘나 즈메이가 나를 붙잡는 느낌은 없었다. 나는 둘이서 손을 꼭 잡고 따라오겠거니 생각했다.

우리의 걸음은 점점 더 빨라졌다. 어쨌든 우리는 지금 산비탈 정상의 빛을 향해 가는 중이었다. 연노랑 가로등 빛이 망망대해의 부표처럼 느껴졌다. 그 빛만 바라보며 우리는 한 발 한 발 걸음을 내디뎠다.

결국 '그것'이 우리를 쫓기 시작한 것이다.

아무도 입을 열지 않았지만 아마 친구들도 그렇게 짐작하고 있을 터였다.

출발 전에 손전등을 켜보고 새 건전지까지 챙기며 단단히 준비했는데, 결국 다 소용없는 짓이었다. 게다가 멀쩡했던 가로등까지 꺼지다니! 기숙사에선 휴대폰과 유선전화가 다 먹통이 됐다. 악령의 손이 점점 가까이 다가오고 있는 게 분명하다.

어둠 속에서 인간의 거리 감각은 믿을 게 못 된다. 분명 조금만 걸어가면 닿을 듯했던 가로등이 아무리 걸어도 닿지 않았다. 비탈길은 무한히 뻗은 광야였고, 가로등은 광야의 신기루나 마찬가지였다. 비탈길을 오르는데 문득 지하실에서 겪은 기분 나쁜 기억이 떠올랐다. 버스의 고약한 장난에 걸려들어 혼자서 끝도 없이 달렸던 기억······.

저 가로등은 대체 어디쯤에 있는 것일까?

그때 한 가지 무서운 생각이 머릿속을 스쳤다.

내 팔짱을 낀 친구가 진짜 산산일까?

나도 모르게 걸음을 멈추고 말았다.

"아화, 왜 그래?"

산산의 목소리에 적이 안심이 됐다.

"아무것도 아니야. 다들 괜찮지?"

"응, 괜찮아."

야묘의 목소리가 들렸다.

"응……."

즈메이의 목소리에도 이상은 없다.

"하."

한 사람의 목소리가 더 들렸다.

"방금…… 누가 '하'라고 했지?"

나는 공포를 누르며 물었다.

"그…… 그거 아화 네 목소리 아니었어?"

산산이 되물었다. 목소리에 떨림이 느껴졌다.

나는 대답하지 않았다. 나의 침묵이 지금까지 억눌러온 친구들의 불안감에 불을 지피고 말았다.

"아, 아화, 혹시, 뭐, 뭔가 우리 뒤, 뒤를……."

야묘가 더듬거리며 말했다.

"얘들아, 우리 아무래도 저기 가로등까지 얼른 뛰어가야겠어!"

내가 단숨에 말했다.

그리고는 산산의 손목을 잡고 달리기 시작했다.

수십 걸음쯤 달려가자 주위가 점점 밝아지기 시작했다. 어둠 속의 거리 감각은 정말 믿을 수가 없다. 우리는 이미 산비탈 정상에 가까이 와 있었다. 꺼지지 않은 가로등 두 개는 정상적인 전등 빛보다 어두웠다. 빈사 상태 같다고 할까? 그래서 멀게만 느껴졌던 모양이었다.

나는 불빛 아래서 일행의 얼굴을 확인했다. 산산, 야묘, 즈메이. 모두 내 옆에 있었다. 다들 숨을 몰아쉬며 놀란 눈으로 주변을 두리번거렸다.

우리 뒤로 쫓아오는 것은 없었다.

그럼 아까 '하'라는 목소리는 잘못 들은 걸까? 나뭇잎을 건드리는 바람 소리였을까? 우리 모두 너무 긴장해서 있지도 않은 소리에 놀랐던 걸까?

"괜찮아, 괜찮아."

내가 미소를 지으며 말했다.

"아까는 내가 착각한 거야…… 산산?"

산산이 바짝 얼어붙은 채 앞쪽을 바라보고 있었다. 하얀 편인 산산의 얼굴이 입술까지 창백해졌다. 마치 악령보다 더 두려운 뭔가를 목격한 사람처럼.

산산의 시선을 따라 나도 앞을 봤다.

심장이 멎을 뻔했다.

저 앞에 빛이 보인다. 우리가 비탈길을 오르며 본 빛은 세 개였는데, 그중 두 개는 지금 우리 옆에 있는 가로등이고, 또 하나가 저 앞에서 기다리고 있다.

우리 눈앞에 잔디밭이 펼쳐져 있다. 잔디밭 한쪽에는 무슨 형상인지 모를 조각상이 있고, 잔디밭 너머로 9층짜리 건물이 보인다. 우리가 본 세 번째 빛은 바로 저 건물의 창을 통해 새어 나오는 빛이었다.

우리 눈앞에 노픽관이 있었다.

2

야묘와 즈메이도 눈앞의 건물을 보고 할 말을 잃고 말았다.

비탈 위에 왜 노픽관이 하나 더 있을까? 이 비탈길 끝에 둥근 로터리가 나오고, 로터리를 지나면 본관과 도서관이 나와야 하는데……. 그러나 우리 눈앞에 있는 것은 분명히 노픽관과 똑같은 건물이다.

우리가 걸어온 도로 쪽으로 고개를 돌렸다.

나는 또 경악해야 했다.

비명을 지른 것도 아닌데 여학생 셋도 나를 따라 시선을 돌렸다. 그들 역시 고개를 돌린 채 얼어붙고 말았다.

우리 뒤로는 내리막길이 아니라 오르막길이 펼쳐져 있었다.

우리는 분명 산비탈을 올라왔다. 그러니 우리 뒤로는 내리막길이 보여야 하는데…….

그렇다면 저 앞의 건물은 또 다른 노픽관이 아니라 원래의 노픽관이다.

"왜, 왜 여기로 돌아왔지? 분명 오르막길을 올라왔는데?"

야묘가 헐떡이며 물었다.

"여기…… 여기서 기다려."

내가 말했다.

"뭐 하게?"

산산이 놀라서 물었다.

나는 비탈길을 두 걸음 정도 올라갔다가 돌아온 후 쇠지렛대를 야묘에게 건넸다.

"야묘, 네가 힘이 좀 세니까 이걸 쥐고 있다가 혹시 뭐라도 나타나면 휘둘러버려."

"아화, 너……."

"실험을 해봐야겠어."

말을 마친 나는 다시 발을 돌려 비탈길을 뛰어 올라갔다. 즈메이가 나를 부르는 소리가 들렸지만 돌아보지 않았다. 열 몇 걸음 나아가자 두 개의 가로등 빛이 미치는 범위를 완전히 벗어났다. 주변은 완전히 칠흑 같았다. 내 발소리와 헉헉거리는 숨소리만이 침묵의 밤을 가르고 있었다. 아까 넷이서 이 도로를 올라올 때는 인도로 걸었지만, 지금 나는 찻길 가운데를 달리는 중이었다. 달리면서 걸음 수를 셌다. 245걸음 달렸을 때 너무 숨이 차서 속도를 늦췄다. 멈추는 것은 위험하다는 생각에 이를 악물고 계속 달렸다.

"431, 432……."

비탈길 위에 몇 개의 불빛이 빛나고 있었다.

길이 차츰 평평해지고 어둠도 조금씩 물러났다.

681걸음째 발을 내디뎠을 때 나는 그 자리에 멈춰야 했다.

"아화!"

산산, 야묘, 즈메이가 앞에 있었다. 그들은 잔디밭 앞 버스정

염소가 웃는 순간

류장 표지판 아래 서 있었다. 산산이 나를 보고 손을 흔들었다.

뒤를 돌아본 나는 수렁에 빠진 심정이었다. 내 뒤는 또다시 오르막길이었다.

나는 친구들 쪽으로 가서 숨을 고르며 말했다.

"내가, 내가 어디서 오, 오는지 봤어?"

"비탈길 위에서……" 산산이 당황한 목소리로 대답했다. "아화, 너…… 방금 비탈길을 똑바로 올라갔던 거야?"

나는 몸을 굽히고 손을 허벅지에 얹은 채 힘없이 고개를 끄덕였다.

"가로등이 보이기 직전까지 줄곧 오르막길이었어……"

"그, 그 악령은 우리를 내보내지 않을 작정인가 봐!"

야묘기 소리 질렀다. 그러고는 또 우는지 웃는지 모를 표정으로 얼굴을 일그러뜨렸다.

"그게 우릴 잡으려고 나섰어! 우린 다 죽을 거야!"

나는 기숙사를 나오기 전에 위키가 했던 말이 떠올랐다.

—너희는…… 도망치지 못해.

방금 전 나는 산비탈 정상을 향해 똑바로 달렸고, 심지어 가로등에 도착하기 직전 뒤돌아봤을 때는 분명 내리막길이 보였다. 절대 '보기에는 오르막이지만 사실은 내리막'이라는 착시 효과가 아니었다. 나는 어둠 속에서 몸의 감각을 이용해 오르막길을 달리고 있음을 체감했다. 그걸 바꿀 수 있는 자연 현상은 없다.

유일한 설명은 초자연적 힘이 작용했다는 것뿐이다.

샤오완은 우리가 지하실에서 금지된 놀이를 한 바람에 악령을 불러내게 된 거라고 말했다. 그 악령이 우리와 연결됐기 때문에 도망치더라도 우리를 계속 따라올 거라고. 샤오완은 악령이 우리를 아예 기숙사 구역에 묶어둘 거라고는 생각하지 못한 걸까?

"아화, 반대쪽으로 가는 건 어때?"

산산이 물었다.

"반대쪽?"

산산이 기숙사 쪽을 가리켰다.

"기숙사 뒤의 언덕을 넘으면 고속도로야……."

노픽관은 산자락에 위치했고, 남동쪽으로 대학 본관에 이르는 비탈길이 있다. 기숙사 북쪽은 언덕이고 언덕 너머는 고속도로다. 기숙사 고층에서 북쪽으로 난 창을 통해 내다보면 고속도로가 보인다고 한다. 고속도로와 언덕 사이에 철조망이 쳐져 있지만, 거기까지 가기만 하면 도와줄 사람이 있을 것이다. 쇠지렛대도 있으니 철조망에 구멍을 낼 수도 있을 터였다.

"좋아. 그쪽 언덕이 좀 험하긴 하지만, 그래도 지금은 다른 선택지가 없으니 당장 출발하자."

산산과 즈메이가 고개를 끄덕였다. 하지만 야묘는 나를 빤히 보면서 떨리는 목소리로 말했다.

"잠깐만! 그, 그 언덕은 〈나무에 매달린 시체〉 괴담이 있는 곳이잖아?"

야묘 말대로 그 언덕은 노픽관 7대 불가사의 중 하나가 얽혀 있는 장소다. 언덕에 가득한 대만고무나무는 수령이 수십 년에서 100년도 넘는다고 들었다. 괴담의 주인공은 기숙사 2층 계단에서 창을 통해 대만고무나무 가지에 시체들이 걸려 있는 환영을 봤다. 시체는 매일 한 구씩 줄어들었는데 마지막으로 하나 남은 시체가 알고 보니 주인공의 룸메이트였다는 이야기다.

"그…… 그건 그냥 괴담이잖아. 설령 진짜로 나무에 시체가 매달려 있더라도 가까이 가기 전에 발견할 텐데 뭐."

내가 말했다.

"그렇지만 지금은 다들 알고 있잖아! 괴담들이 전부 사실이라는 거……." 야묘가 초조하게 대꾸했다. "444호실의 긴 머리 여자도, 거울에 비친 유령도 전부 우리 눈앞에서 재현됐어! 시체가 매달려 있다는 언덕에는 안 갈래!"

나는 야묘의 의견에 반박할 말이 없었다. 샤오완은 7대 불가사의 괴담이 악마 바포메트의 힘에 영향을 받아 벌어진 일일 거라고 했다. 그리고 우리가 겪은 괴이한 사건들을 돌이켜보면 〈나무에 매달린 시체〉 역시 실제로 벌어질 가능성이 백 퍼센트다.

"그렇지만 정말로 다른 선택지가 없잖아."

내가 무력감을 느끼며 대답했다.

"야묘, 비탈길을 따라가선 대학 본관에 갈 수 없어. 그렇다고 기숙사에 돌아가서 해가 뜨기를 기다리자는 건 아니지? 기숙사는 악령의 본거지야. 그리로 돌아가면 호랑이 아가리에 머리를 들이미는 꼴밖에 안 돼."

나는 노픽관 쪽을 쳐다봤다. 각 층마다 전등들이 켜져 있고 창문으로 불빛이 새어 나오고 있었다. 얼핏 보기에는 평범한 기숙사의 밤 풍경이다. 그러나 자세히 관찰해보면 악령이 잠들어 있는 듯 괴이할 만큼 적막하다. 기숙사 건물 전체에 사람의 기운이라고는 느껴지지 않는다.

야묘는 내키지 않아 하면서도 다수의 결정에 따랐다.

우리는 방금 전과 같은 대형을 이뤄 기숙사 뒤쪽 언덕으로 향했다. 세탁실, 컴퓨터실, 자습실이 있는 기숙사 서쪽 구역을 끼고 돌아 조금 걸어가자 언덕이 나타났다.

언덕과 기숙사 외벽은 20미터 정도 떨어져 있다. 언덕 아래에는 배수로가 나 있어서 이쪽으로 빗물이 빠진다. 배수로와 기숙사 사이는 진흙탕으로, 기숙사 앞의 초록빛 잔디밭과는 큰 대조를 이룬다. 그래도 관리인이 정기적으로 청소를 하고 잡초도 뽑아줘서 쓰레기가 널려 있지는 않다.

배수로에서 북쪽으로 올라가면 조금씩 경사가 시작되고, 10미터 정도 더 올라가면 경사가 거의 60도나 되어 아주 가파르다고 한다. 언덕 위에는 몇 갈래의 수로가 있고 계단도 두 군데 있는데, 계단은 언덕의 4분의 1 지점까지만 놓여 있다고 들었다.

노픽관 2, 3층에 해당하는 높이에 이르면 언덕이 평평해지기 시작하고, 거기서 수십 미터쯤 바깥쪽에 고속도로가 나 있다. 문제는 이 언덕 위에 괴담의 대만고무나무가 빽빽이 심겨 있다는 것이다. 어떤 나무는 6층 높이까지 솟아 있었다. 기숙사 동쪽 구역의 몇몇 방은 오후 5시 무렵만 되면 대만고무나무 숲 때문에 햇볕이 들지 않는다. 특히 2층과 3층 방이 더욱 그렇다고 한다.

"올라가기 어렵겠는데……."

나는 배수로 앞에서 고개를 들고 언덕을 바라봤다. 언덕은 숲이 우거진 작은 산일 뿐 이상한 점은 보이지 않았다. 우선은 그래 보였다. 하지만 쉽게 올라갈 만한 경사가 아니었다.

"역시 어려울까……."

산산도 실망한 듯 중얼거렸다.

"아니야. 도구만 있으면 올라갈 수 있을 거야."

나는 주변을 둘러봤다. 동쪽 옆문 근처에서 적당한 도구를 발견했다. 초록색 고무 호스였다. 호스의 한쪽 끝은 옆문 근처 수도꼭지에 고정돼 있고, 반대쪽 끝에는 물뿌리개가 연결돼 있었다. 관리인이 청소를 하거나 나무에 물을 줄 때 쓰는 용도일 것이다. 호스 굵기는 동전 크기만 했고 무척 단단했다. 똬리를 튼 뱀처럼 둘둘 말려 있었는데 길이가 20미터 정도 돼 보였다.

나는 수도꼭지에서 호스를 빼내 들고 왔다. 생각보다 무거웠지만 혼자서도 옮길 만했다.

"이걸 이용해서 올라가자."

"밧줄처럼 잡고 올라가자는 거지? 근데 이걸 어떻게 언덕 위에 묶지?"

산산이 물었다.

"내가 먼저 올라가서 나무에다 묶어놓을게."

나는 호스의 물뿌리개 쪽에 둥글게 고리를 만들어 매듭을 짓고 팔을 끼웠다. 그런 다음 호스를 어깨에 짊어졌다.

"내가 가서 묶어놓으면 너희들이 잡고 올라오면 돼."

"이렇게 가파른데 올라갈 수 있겠어?"

"누군가는 먼저 올라가야지."

"그러면……." 산산이 야묘 쪽을 돌아보며 말했다. "야묘, 쇠지렛대를 아화한테 줘. 그걸 이용하면 좀 더 편하게 올라갈 수 있을 거야."

야묘는 긴장한 표정으로 쇠지렛대를 움켜쥐었다.

"아, 안 돼…… 아화가 언덕에 올라갔을 때 악령이 우리를 덮치면 어떡해……."

"맨손으로 올라가다가 굴러 떨어지면 어떡해! 얼른 아화한테 넘겨."

산산이 미간을 찌푸리며 따졌다.

즈메이도 모기만 한 소리로 거들었다.

"맞아, 맞아. 지금은 아화한테 더 필요……."

"싫어!" 야묘는 즈메이의 말은 듣지도 않고 쇠지렛대를 꼭 붙들어 안았다. "조심조심 올라가면 되잖아!"

나는 머리를 긁적였다. 사실 야묘 말이 맞다. 쇠지렛대라도 갖고 있어야 악령이 공격했을 때 방어할 수 있다.

나는 언덕을 유심히 올려다봤다.

"사실 쇠지렛대는 없어도 돼. 그보다는 조금만 밝았으면 좋겠는데……."

그때 강한 빛이 내 얼굴을 때렸다. 나는 본능적으로 눈을 가늘게 떴다.

"어?"

빛이 내 얼굴을 스치자 나는 어떻게 된 일인지 알아차렸다. 산산이 들고 있던 손전등이 켜진 것이었다.

"손가락이 어쩌다 우연히 전원 버튼을 눌렀나 봐. 갑자기 켜졌어!"

산산이 손전등을 만지작거리며 중얼거렸다.

나는 산산에게서 손전등을 받아 들고 몇 번 눌러보며 건전지도 확인했다. 손전등은 완벽하게 작동되었다. 우리는 서로 시선을 교환하며 손전등이 켜진 걸 기뻐했다. 하지만 세 사람도 나처럼 속으로는 공포를 억누르고 있으리라. 지금까지 켜지지 않았던 건 역시 악령 때문이었던 것이다.

"산산, 손전등으로 나를 좀 비춰줘."

이런 상황이니 언제 또 '그 힘'이 발동해서 손전등을 꺼버릴지 알 수 없다. 손전등이 켜져 있을 때 재빨리 언덕에 올라가 호스를 묶는 임무를 완수해야 한다.

산산이 든 손전등 빛에 기숙사 창에서 새어 나오는 빛이 더해지니 현재로선 언덕의 지형이 잘 보였다. 나는 배수로를 넘어서 언덕을 올라가기 시작했다. 처음 몇 미터는 수월하더니 금세 경사가 가팔라지기 시작했다.

나는 가급적 평탄한 곳을 찾아 발을 딛고, 최대한 단단한 돌이나 풀을 찾아 붙들면서 차근차근 언덕을 올랐다. 불룩한 지형 중에서 겉으로는 단단해 보이는데 막상 발을 디디면 내 체중을 감당하지 못하는 곳도 있었다.

이 분 정도 걸려서 3, 4미터 높이까지 올라갔다. 첫 번째 목표 지점에 얼추 가까워졌다.

눈앞에 줄기가 튼실한 대만고무나무 한 그루가 보였다. 저 나무줄기를 붙잡을 수만 있으면 거기 의지해 좀 더 편하게 올라갈 수 있을 것이다. 경사가 심하긴 하지만 나무가 빽빽이 자라고 있어서 오히려 몸을 지탱하기엔 좋았다.

물론 숲이 우거지다 보니 올라갈수록 더 어두웠다. 나는 긴장을 풀지 않고 조심스럽게 한 발 한 발 내디뎠다. 여기서 굴러 떨어졌다간 분명 다리든 어디든 부러질 것이다. 손전등을 갖고 올걸 그랬다고 후회가 됐다. 사실 지금은 손전등을 들 손도 없지만 말이다.

대만고무나무 사이 경사면에서 움푹 들어간 곳을 발견했다. 저기를 잡을 수 있으면 좋을 것 같았다. 하지만 만약 제대로 붙잡지 못하거나 균형을 잃기라도 하면 바로 실족할 위치였다.

어쨌든 도전해보자!

나는 힘껏 도약해 1미터 넘게 뛰어올랐다. 오른손으로 움푹한 곳을 잡고, 손에 온 힘을 줘 몸을 위로 솟구치게 했다. 왼손으로 지면에 솟은 나무뿌리를 더듬어 잡고 나니 내가 던진 승부수가 먹혔음을 알 수 있었다.

나는 왼손으로 나무 둥치를 움켜쥐고 다음 방향을 가늠했다. 굵직한 나뭇가지에 매달린 기근이 바닥까지 축 늘어져 땅속에 박혀 있었다. 그리 튼튼해 보이진 않았지만 잠깐 잡고 오르는 정도는 괜찮을 듯했다.

"산산!"

나는 아래쪽을 향해 외쳤다.

"응, 아화!"

친구들은 배수로 근처에 모여서 나를 올려다보고 있었다.

"손전등을 좀 더 위로 비춰줘. 나무 사이 거리를 좀 봐야겠어!"

"알았어!"

산산이 손전등 각도를 조절해 비췄다. 빛이 더 위로 올라갔다. 왼쪽 나무들이 빽빽해서 오른쪽보다 올라가기가 쉬워 보였다.

나는 앞에 보이는 기근 하나를 당겨봤다. 튼튼하게 박혀 있는 게 역시 오래된 나무답다. 나는 기근에 의지해서 민첩하게 네 그루의 나무를 넘어갔다. 이제 곧 정상이다. 3미터 정도만 더 올라가서 나무 한 그루를 더 지나면 지면도 훨씬 평탄해진다.

나는 만족스러운 기분으로 손을 뻗어 앞쪽에 축 늘어진 기근을 붙잡았다.

그리고 다음 순간 동작을 멈추고 말았다.

기근에 손이 닿지 않은 것도 아니었고, 기근이 잘린 것도 아니었다.

다만 내 손에 잡힌 게 나무가 아니었다.

그건 마치 피부 같은 촉감이었다.

나는 오른손으로 '기근'을 붙든 채 거기에 상반신까지 기대고 있었다. 손을 놓으면 그대로 나동그라질 상황인지라 촉감이 이상해도 힘주어 잡는 수밖에 없었다. 마침내 나는 흐린 불빛 사이로 '기근'의 정체를 확인하고야 말았다.

내 눈앞에 있는 것은 다섯 개의 발가락이었다.

오른손으로 누군가의 발을 잡고 있었다.

머릿속에서 목소리가 들렸다. 고개 들지 마! 위를 쳐다보지 마! 하지만 내 눈은 대뇌의 명령을 무시하듯 천천히 위쪽을 향했다.

일그러진 얼굴이 보인다.

발의 주인은 소리 없이 나뭇가지에 매달려 있다. 남자다. 아니, 남자처럼 보인다. 살짝 열린 입술 사이로 혀가 삐저나와 있고, 목에 밧줄이 걸린 채 두 팔을 축 늘어뜨리고 있다. 구슬 같은 눈알도 눈구멍 밖으로 혀처럼 튀어나와 있다. 눈알 두 개가 얼굴 앞에서 시계 추처럼 느릿느릿 흔들리고 있다. 눈알과 눈구멍을 잇는 근육이 툭 끊어진다면 눈알은 퍽 하고 바닥에 떨어져 언덕을 따라 데굴데굴 굴러 내려갈 것이다.

내가 잡은 것은 시체의 왼발이었다.

체온이 전혀 느껴지지 않았다. 그러나 체온이 아니더라도 이 사람이 살아 있지 않다는 건 대번에 알 수 있었다. 이게 시체라는 걸 확인하고 나니 오히려 안심이 됐다.

사실 난 발을 보자마자 악령이 나타난 줄 알았다. 그런데 악령이 아니라 단지 시체일 뿐이라면 오히려 다행이었다.

물론 시체도 무섭다. 옷이 다 삭은 걸 보면 황야에서 몇 달은 방치됐던 것 같다. 일그러진 얼굴을 보면 소름이 돋아 쳐다볼 수가 없다. 그렇지만 시체는 그냥 무력하게 나무에 매달려 있을 뿐이다. 긴 머리 귀신처럼 느닷없이 입을 쩍 벌려 공격하지는 않을 것이다.

그렇다고는 해도 시체의 발을 잡고 있자니 어쩔 수 없이 오금이 저렸다. 나는 시체에 의지해 몸을 앞으로 날렸고, 왼손으로 목표한 나뭇가지를 붙잡았다.

내가 다른 곳으로 옮겨가자 반동을 받은 시체가 몇 차례 왔다 갔다 움직였다. 나뭇가지와 시체가 부딪치는 소리가 마치 시체의 신음소리 같았다.

다시 위로 올라가기 전, 나는 그 시체가 조용히 매달려 있는지 확인하려고 고개를 돌렸다. 그 순간 온몸에 힘이 빠져 언덕 밑으로 굴러 떨어질 뻔했다.

〈나무에 매달린 시체〉 괴담에서 주인공이 일곱째 날 바라본 대만고무나무에는 단 한 구의 시체만 매달려 있었다. 7일 동안 매일 한 구씩 시체가 줄어들었으니 첫날에는 일곱 구였을 것이다. 하지만 지금 내 눈에는 그보다 훨씬 많은 시체가 보였다.

내 머리 위에 수십, 아니 수백 구의 시체가 있었다.

시체들은 목에 밧줄이 걸린 채 나뭇가지에 매달려 있다. 깊은 동굴 벽에 빽빽하게 매달려 있는 박쥐들 같다. 내 손이 닿을 만한 높이에 있는 시체도 있고, 나보다 10미터도 넘게 높이 솟은 나무 꼭대기에 걸려 있는 시체도 있다. 남자 시체도 있고, 여자 시체도 있고, 노인이나 어린아이 시체도 있다. 남녀노소 구분 없이 주렁주렁 매달린 시체들에 한 가지 공통점이 있다면, 모두가 훼손이 심하다는 거였다. 아마 오랫동안 아무 데나 방치되어 있었던 모양이다. 팔이 없거나 다리가 없기도 했고, 얼굴이 썩어 문드러졌거나 내장이 튀어나온 시체들도 있다.

나는 수백 구의 시체에 포위되어 있었다. 마치 나도 이 시체들 중 하나가 되어 나뭇가지에 매달려 있는 것 같았다.

"아화! 어딨어? 안 보여!"

언덕 아래서 산산의 목소리가 들렸다.

세상에! 이토록 듣기 좋은 목소리도 없을 것이다. 산산의 외침이 나를 어지러운 생각의 흐름에서 끄집어냈다.

"나, 나 여기 있어!"

나는 호스를 잡고 흔들며 외쳤다. 호스 끄트머리는 언덕 아래 있으니 호스를 마구 흔들면 내가 무사하다는 걸 친구들도 알게 될 것이다.

손전등 빛이 어지럽게 움직였다. 내가 어디 있는지 찾느라 이리저리 비춰보는 듯했다. 빛을 비추더라도 무성한 나무들에 가려 내 모습이 잘 보이지 않을 터였다.

그때 머릿속에 한 가지 의문이 떠올랐다.

친구들 눈에도 이 시체들이 보일까? 아까 언덕 아래서 올려다볼 때는 보이지 않았다. 나무에 가려져서 보이지 않았던 걸까? 혹시 괴담에서처럼 특정한 위치에서만 보이는 걸까? 아니면 시체들이 내가 언덕에 올라온 후에 나타났기 때문에…….

잠깐, 야묘가 이 시체들을 본다면…….

야묘는 절대로 올라오려 하지 않을 것이다.

그렇다면 어떻게든 야묘와 친구들이 시체를 보지 못하게 해야 한다. 손전등을 위로 비추지 못하게 하고, 가급적 빠른 속도로 언덕을 올라오도록 해야 한다.

"잠깐 기다려! 정상에 거의 도착했어. 호스를 묶고 있어!"

내가 고함을 쳤다.

"알았어!"

산산이 대답하는 소리가 들렸다.

나는 급히 어깨에 걸고 온 호스를 내려서 옆에 있는 대만고무나무 줄기에 두 번 둘러 감고 매듭도 두 번 지었다. 힘껏 잡아당겨 보니 웬만해선 풀리지 않을 것 같았다.

"다 묶었어! 다 같이 얼른 올라와."

원래는 한 사람씩 올라오라고 할 생각이었다. 나무줄기나 호스가 세 사람의 체중을 동시에 지탱할 수 있을지 불안했기 때문이다. 그러나 나무에 걸린 시체들을 보니 여기에 오래 머무르면 안 될 것 같았다.

잠시 후 호스가 아래로 훅 당겨졌다. 매듭은 역시 풀리지 않았다. 그래도 나는 한 손은 나무줄기에, 다른 손은 호스에 얹고 혹시 모를 상황에 대비했다. 물론 매듭이 풀리더라도 세 사람의 체중을 감당할 힘은 없지만 말이다.

손전등 빛이 나무들 사이를 이리저리 돌아다녔다. 혹시라도 손전등이 시체를 비춰서 친구들의 눈에 띌까 봐 조마조마했다.

얼마 후 대만고무나무 가지 사이로 산산의 모습이 보였다. 산산은 끙끙대면서 호스를 잡고 천천히 언덕을 기어올랐다. 손전등은 그녀의 손목에 걸려 있었다. 뒤따르는 친구들은 어두워서 올라오기 힘들지 않을까? 다행히 산산 뒤로 두 사람의 모습이 더 보였다. 야묘가 두 번째였고, 키 작은 즈메이가 꼴찌로 올라오고 있었다.

나는 호스가 단단히 묶였는지 확인한 다음 왼손으로 호스를 잡고 산산을 향해 오른손을 내밀었다.

"고마워!"

산산이 내 손을 잡고 올라왔다. 대만고무나무 뒤에 자리를 잡은 그녀는 야묘와 즈메이를 향해 손전등을 비췄다.

"산산, 조금 낮춰서 비춰도 돼. 지면만 보이면 되니까."

내 말에 산산이 손전등을 낮추고 두 사람의 발밑을 비췄다.

나는 호스를 따라 조금 내려가서 기다렸다. 야묘와 즈메이가 오면 산산에게 했던 것처럼 손을 내밀어 끌어올리기 위해서였다. 야묘는 한 손에 쇠지렛대를 들고 있어서 올라오는 게 무척 힘들어 보였다.

"야묘! 손 내밀어봐! 내가 잡아줄게!"

야묘가 고개를 끄덕이고 쇠지렛대를 내밀었다. 손 대신 지렛대를 잡고 끌어올려 달라는 것이었다. 하지만 지렛대 표면이 미끄럽고 내 손에 흙이 잔뜩 묻어 있어서 그러기는 힘들 것 같았다.

야묘의 손목을 붙잡으려고 어쩔 수 없이 내가 조금 더 내려가는 데……. 갑자기 손전등 빛이 움직였다.

불빛이 위를 향했다.

불길하다!

"산산! 그러지 마!"

"으아아아아!"

뒤에서 비명 소리가 들렸다. 역시나 산산이 위를 쳐다보고 있다. 손전등도 위를 향해 있어서 나무에 걸린 시체들이 모습을 드러냈다. 수십 구의 시체가 여기저기 걸려 있다. 아까 어두울 때도 충분히 공포스러웠는데, 손전등 빛에 적나라하게 드러난 시체들은 무섭다기보다 메스꺼운 느낌이었다.

"아……."

이런!

시선을 돌리니 야묘도 고개를 들고 주변을 둘러보고 있었다. 얼굴이 새파랗게 질렸다. 이윽고 그녀의 몸이 뒤쪽으로 기울어지며 호스를 잡고 있던 손에도 힘이 풀렸다. 야묘가 굴러 떨어지게 됐다는 걸 인식한 순간 내 몸은 즉각적으로 반응했다.

나는 호스에서 손을 떼고 쏜살같이 뛰어 내려가 야묘의 팔을 낚아챘다. 동시에 그녀와 나는 60도로 기울어진 언덕에서 중심을 잃고 말았다.

그 와중에도 즈메이의 모습이 보였다. 아직 호스를 잡고 있는 즈메이가 나와 야묘를 향해 손을 뻗었다. 안 돼! 그러면 세 사람 다 떨어진단 말이야!

나는 옆에 있는 대만고무나무를 목표로 해서 야묘의 몸을 붙든 채 오른발을 박차고 몸을 날렸다. 왼쪽 손목이 퍽 소리와 함께 나무줄기에 부딪혔다. 엄청난 통증 속에서도 나무 둥치를 꽉 끌어안은 덕분에 아래로 떨어지지 않았다. 야묘도 어깨를 부딪힌 것 같았지만 다행히 나무를 붙잡고 앉아 있었다.

"산산! 손전등 좀 비춰줘!"

위쪽을 보니 산산의 얼굴이 공포로 질려 있었다. 호스가 묶인 대만고무나무 옆에 선 채 멍하니 시체만 보고 있었다.

"산산! 보지 마!"

내가 다시 소리쳤다.

산산은 그제야 정신을 차리고 나와 야묘 쪽으로 빛을 비췄다. 즈메이가 멀지 않은 곳에서 또 손을 뻗어 잡아주려 했지만 내가 고개를 저었다.

"괜찮아. 너 먼저 올라가."

야묘는 여전히 대만고무나무를 붙잡고 땅바닥에 무릎을 댄 채 앉아 있었다. 손전등 빛이 더 이상 위를 비추지 않는데도 야묘는 멍하니 고개를 들고 있었다.

"죽, 죽, 죽, 죽……."

야묘가 넋이 나간 사람처럼 웅얼거렸다.

"야묘! 정신 차려!" 나는 왼쪽 손목의 통증을 참고 야묘의 어깨를 흔들었다. "조금만 더 가면 고속도로야. 기숙사만 벗어나면 악령은 우릴 건드리지 못해!"

"그, 그, 그, 그래도……."

"위쪽은 쳐다보지 마! 환영일 뿐이야! 우리를 공포에 빠뜨리려고 장식해놓은 것뿐이란 말이야! 이 정도에 넘어가선 안 돼!"

시체들이 환영인지 뭔지 나도 알 수 없었지만, 긴급상황인 만큼 이렇게 둘러댈 수밖에 없었다.

"야묘, 고등학교 때 네가 칼리를 구해줬다며? 넌 변태를 물리칠 정도로 용감하고, 언제나 후배들을 지켜줬던 사람이잖아! 그렇지?"

칼리의 이름을 말하자 야묘의 표정에 미묘한 변화가 생겼다.

"칼리……."

"그래, 칼리를 구하려면 기필코 여길 빠져나가서 도움을 청해야 해! 계속 이렇게 떨고 있을 거야?"

"칼리…… 칼리……!"

야묘가 드디어 정신을 차렸다. 내 손을 잡고 번쩍 일어나더니 두말없이 다시 호스를 잡고 올라가기 시작했다.

위를 올려다보니 즈메이는 이미 도착해서 나무줄기를 잡고 서 있었다. 산산은 호스가 묶인 나무 옆에서 나와 야묘를 손전등으로 비췄다. 산산의 안색이 유난히 창백했다. 수많은 시체를 목격한 데다 나와 야묘가 굴러 떨어질 뻔한 상황 때문에 무척 놀란 눈치였다.

야묘와 나도 한 발짝씩 올라가 마침내 산산과 즈메이 옆에 섰다. 우리 둘이 무사한 것을 보고 안심하면서도 산산과 즈메이의 표정은 좋지 않았다. 어쨌든 우리는 수백 구의 시체들 아래 서 있으니…….

"가자, 어서 여길 벗어나자."

대만고무나무 숲 뒤쪽은 경사가 20에서 30도쯤으로 조심스럽게 움직이면 미끄러지지 않을 정도였다. 산산은 손전등으로 앞

염소가 웃는 순간 |

을 비추며 걸었다. 대만고무나무가 갈수록 띄엄띄엄해지고, 대신 무성한 풀숲이 펼쳐졌다.

풀숲을 젖혔더니 줄지어 선 나무들이 보였다.

어라? 이쪽에도 나무가 있네?

다음 순간 나는 그 자리에 얼어붙었다.

내 뒤를 따라오던 세 사람도 곧 알아차렸다.

우리 발밑의 지면은 경사가 거의 없이 평탄했다.

그곳은 철조망과 고속도로가 보여야 할 위치였다. 그런데 철조망도, 고속도로도 어디로 사라졌는지 보이지 않고, 눈앞에 펼쳐진 것은 우리가 방금 지나온 곳과 똑같은 대만고무나무 숲이었다.

대만고무나무들 중 한 그루에는 초록색 뭔가가 매여 있었다. 초록색 고무 호스가 나무 둥치에 두 번 감기고 두 번 매듭 지어져 있다.

산산도 나와 비슷한 생각을 떠올렸는지 천천히 몸을 돌려 손전등으로 뒤쪽의 풍경을 비췄다. 나무에 묶인 호스와 매듭이 우리가 앞쪽에서 본 것과 완전히 똑같았다.

우리는 지금 거울의 경계에 서서 똑같은 두 세계를 바라보고 있다.

"아……아……."

즈메이가 겨우 목소리를 짜냈다.

"아화……."

산산은 힘없이 나를 불렀다.

끝났다.

이쪽 언덕에서도 저편 비탈길에서 겪은 일이 똑같이 벌어질 줄이야! 비탈길에서는 어두워서인지 원래 자리로 돌아가서야 사태를 알아차렸다. 그런데 여기서는 왜곡된 공간의 경계가 적나라하게 펼쳐져 있다. 긴 머리 악령이 어디선가 우리를 비웃는 소리가 들리는 것 같다.

이 대만고무나무들은 우리에게 달아날 곳이 없음을 알려주는 통지서다. 그 통지서에다 수많은 죽음을 새겨서 처참한 시체의 모습으로 우리 앞에 신호를 보냈다.

"아, 아화, 우리, 이제, 이제 어떻게 하지?"

산산이 내 팔을 붙들고 울먹였다. 두 눈이 빨갛게 충혈되고 입술은 파랗게 질려 있었다. 산산도 더 이상은 냉정을 유지할 수 없는 모양이었다.

저 앞에 높이 솟은 우듬지 너머로 노펙관 고층이 보였다. 그곳의 창문을 빤히 바라보며 내가 말했다.

"이제…… 내려가야지."

"내려간다고?"

"기숙사로 돌아가야지."

"기숙사로!" 야묘가 발작을 일으키듯 새된 목소리로 외쳤다. "결국 또 그 귀신 나오는 데로 가야 해! 이렇게 고생했는데 결국 돌아간다니…… 하하하……."

한숨만 나왔다. 야묘의 말이 맞다. 모든 게 헛수고였다.

—너희는…… 도망치지 못해.

위키의 말이 또다시 머릿속에서 웅웅 울렸다.

우리 네 사람은 존재하지 않는 언덕을 내려가기 시작했다. 기숙사로 돌아가는 길에도 전진이냐 후퇴냐, 두 가지 선택지가 있었다. 전진이든 후퇴든 결과는 똑같을지 몰라도 나는 전진을 선택했다. 아직 마지막 희망을 버리지 않았기 때문이다. 앞에 보이는 건물이 노픽관이 아닐지도 모른다. 악령이 만든 신기루라면 우리가 살짝 건드리기만 해도 환영은 사라지고 철조망과 고속도로가 드러날지 모른다…….

그러나 손으로 직접 대만고무나무를 만져본 나는 그것이 환영이 아니라 실재하는 물체임을 확인했다.

"호스 잡고 천천히 내려가자." 나는 호스를 묶어둔 위치를 확인하며 말했다. "산산, 혼자서 내려가기 싫으면 손전등을 나한테…… 산산?"

산산은 대답하지 않았다. 얼빠진 듯 오른쪽 앞을 올려다보고 있었다. 뭘 발견한 걸까? 하지만 그녀는 그쪽으로 손전등을 비추지 않았다. 눈을 크게 뜨고 어두운 구석을 바라볼 뿐이었다.

"산산?"

그제야 산산이 천천히 손전등을 들었다. 손을 바들바들 떨고 있었다. 손이 떨림에 따라 손전등 빛도 흔들렸다.

그리고 우리는 보고 말았다.

가장 비참한 장면을.

나는 울음을 터뜨리고 싶었다.

산산이 손전등으로 오른쪽 앞에 있는 대만고무나무를 비췄다. 그 나무 옆에 키가 5미터도 넘는 거대한 대만고무나무가 서 있고, 바로 그 나무에 한 남자의 시체가 걸려 있었다.

뚱뚱한 몸, 초록색 티셔츠, 배 부분에 노란색으로 커다랗게 새겨진 丼이라는 한자⋯⋯.

버스.

나의 오랜 친구 버스.

두 눈을 둥그렇게 뜨고 머리는 왼쪽으로 조금 기울어 있다. 얼굴에서 턱이 뭉텅 잘려나가 윗니는 모두 남아 있는데 아랫니는 하나도 없다. 목에 걸린 밧줄은 피부 깊숙이 파고들었다. 체중 때문에 밧줄이 당장이라도 끊어질 것 같다.

버스 뒤쪽으로 샤오완과 칼리도 보인다.

샤오완의 얼굴은 비교적 온전했다. 버스의 시체처럼 공포스러운 모습은 아니었다. 그러나 간신히라도 목숨이 붙어 있으리라는 희망은 기대할 수 없었다. 하반신이 뭉텅 잘려나간 채 상반신만 나무에 걸려 있었기 때문이다.

칼리는 묶었던 머리가 풀려서 얼굴이 반쯤 가려져 있었다. 왼쪽 어깨가 오른쪽 어깨보다 낮은 걸 보니 탈구된 것 같다. 칼리는 세 사람 중 외견상 가장 온전한 모습이다. 하지만 파란 체크무늬 블라우스에 시뻘건 핏자국이 넓게 퍼져 치마에까지 번져 있다. 핏자국은 목깃에서부터 시작됐다. 가만 보니 귀에서 쇄골까지 상처가 길게 그어져 있었다.

외부에 나가 도움을 청하면 세 사람을 구할 수 있을 거라니⋯⋯ 그건 다 나 스스로를 속이기 위한 거짓말이었다.

버스, 칼리, 샤오완은 이미 죽었다.

그 사악한 존재에게 농락당한 뒤 짐승처럼 도살됐다.

"카, 카, 칼리!"

덜덜 떨리는 야묘의 목소리가 들린다. 그녀가 칼리의 시체로 달려갔다. 나는 급히 달려가 야묘의 허리를 붙잡았다.

"이거 뭐! 칼리! 칼리!"

야묘가 울음을 터뜨리며 나에게서 빠져나가려고 버둥거렸다.

"야묘! 진정해!"

"칼리가 저기 있어! 바로 저기!"

"칼리는 죽었어!"

야묘를 붙잡은 채로 우리는 동시에 넘어졌다. 넘어지고 나서도 나는 야묘를 놓지 않았다.

"아니야! 안 죽었어! 그냥 기절한 거야! 칼리! 칼리!"

"정신 차려! 이미 죽었어! 출혈 과다로 죽지 않았어도 나무에 걸려 있으니 벌써 숨이 끊어졌을 거야!"

야묘가 돌연 몸부림을 멈췄다. 바닥에 엎드려 몸을 부들부들 떨면서 나지막이 울기 시작했다. 의대생인 그녀가 내 말을 이해하지 못했을 리 없다. 단지 이 사실을 받아들이고 싶지 않을 뿐이다.

나 역시 마찬가지다.

버스는 시끄럽고 귀찮은 친구지만 나와는 형제처럼 가까웠다. 내가 고민에 빠져 있을 때면 언제나 제일 먼저 달려와 도와줬다.

그러나 나는 이번에 버스를 배신했다.

나는 쓰레기다.

칼리, 샤오완과는 만난 지 하루도 채 지나지 않았다. 하지만 삶과 죽음을 넘나드는 경험을 같이했기 때문인지 둘 다 오래된 친구처럼 느껴졌다. 믿을 수 있고 의지할 수 있는 친구.

—다음에 같이 유성우 보러 가자.

칼리와 했던 약속은 지킬 수 없게 됐다. 야묘와 버스까지 넷이서 유성우를 보러 가기로 했는데……. 콧등이 시큰했다. 눈물이 멈추지 않고 쏟아졌다.

나는 야묘를 놓아줬다. 야묘가 바닥에 머리를 대고 통곡했다. 그녀가 진정할 때까지 잠시 그냥 내버려두기로 했다. 나는 눈물을 닦고 산산과 즈메이 쪽으로 시선을 돌렸다. 산산은 버스 쪽으로 손전등을 비추던 모습 그대로 멈춰 있었다. 표정이 사라진 밀랍 인형처럼 꿈쩍도 하지 않았다. 조심히 다가가 어깨를 흔들어도 반응이 없었다. 즈메이는 옆에 있는 나무 밑에 웅크리고 앉아 있었다. 손으로 귀를 막고 다리 사이에 얼굴을 묻고 있었다. 내가 어깨를 두드리자 그녀는 작은 동물처럼 소스라치게 놀라며 나를 올려다봤다.

견딜 수 없는 상황이었다. 모두가 정서적으로 치명적인 공격을 받았다. 나는 즈메이를 일으켜 산산 옆에 가 있으라고 한 다음 울고 있는 야묘에게 다가갔다.

"야묘, 이제 가야 해."

"날 그냥 내버려둬……."

"칼리가 그러더라. 고등학교 때 인기도 많은 네가 자기를 늘 챙겨줘서 고마웠다고."

"뭐? 너……."

"칼리가 직접 한 말이야. 변태를 쫓아줬다는 말 하면서……."

나는 참혹한 칼리의 시체에 다시 한 번 눈길을 준 다음 야묘를 응시했다.

"악령이 와서 덮칠 때까지 이렇게 마냥 앉아 있을 거야? 그건 칼리가 원하는 게 아냐. 생각해봐. 여기서 굴복하면 저승에서 칼리가 왜 열심히 싸우지 않았느냐고 원망하지 않겠어? 칼리를 실망시키지 말자."

"칼리……."

야묘의 눈에서 또다시 눈물이 뚝뚝 떨어졌다.

야묘는 일어날 생각이 없어 보였다. 나는 어쩔 수 없이 산산과 즈메이 옆으로 돌아갔다. 야묘가 움직이지 않는다면 우리만이라도 내려가야 한다. 잔인한 선택이지만 한 사람 때문에 나머지 사람들까지 이 위험한 언덕에 계속 남아 있을 순 없다.

산산은 정신을 조금 차린 것 같았다. 하지만 반응이 아주 느렸다. 내가 두 번 부르고 부축해주자 그제야 자리에서 일어났다. 우리 세 사람이 호스 쪽으로 향하는데 야묘노 주춤주춤 우리 곁으로 다가왔다. 이제 포기하지 않고 싸우기로 결심한 눈빛이었다.

"내가 먼저 내려갈게. 나를 따라와."

나는 산산에게서 손전등을 받아 들고 한 손으로 호스를 붙든 뒤 한 발짝씩 언덕을 내려갔다.

내려가는 길은 훨씬 수월했다. 몇 미터쯤 내려간 뒤 뒤돌아보니 친구들도 한 사람씩 안정적으로 내려오고 있었다. 야묘는 여전히 코를 훌쩍이면서 이를 악물고 호스를 붙들고 있었다.

그때 무심코 위쪽을 바라본 나는 뭔가 이상한 점을 발견했다.

시체가 줄어들었다?

눈을 감았다가 다시 떠봤다.

시체의 수가 아까보다 적어 보였다. 혹시 각도가 달라져서 그렇게 보이는 걸까?

나는 몇 걸음 더 내려간 다음 다시 고개를 돌렸다.

시체가 더 줄어들었다.

손전등으로 비춰보지 않아도 분명히 알 수 있었다. 방금 전에 고개를 돌렸을 때는 왼손이 없는 민머리 노인의 시체가 오른쪽에 걸려 있었다. 그런데 지금은 그 시체가 보이지 않는다. 시체 숫자가 거의 절반으로 줄어들었다.

7대 불가사의 괴담이 떠올랐다.

시체가 날마다 한 구씩 줄어들었다는 이야기.

"얘들아, 내 얘기 잘 들어." 나는 신중하게 입을 열었다. "언덕 아래에 도착할 때까지 위를 쳐다보지 마."

내 말에 산산이 겁을 먹었고, 야묘는 고개를 들려 했다.

"보지 마!"

내가 화난 목소리로 소리쳤다.

야묘가 놀란 표정으로 나를 쳐다봤다. 나는 다시 나무에 걸린 시체들 쪽으로 시선을 돌렸다. 시체는 또 줄어들어서 이제 스물 몇 구만 남아 있다.

괴담 속 주인공은 하루에 한 번만 대만고무나무를 쳐다본 걸까? 그래서 시체가 하루에 한 구씩만 줄어든 게 아닐까? 사실은 하루에 한 구씩이 아니라 쳐다볼 때마다 한 구씩 줄어든 건지도 모른다.

나는 걸음을 조금 빨리했다. 경사가 심해서 위험했지만 최대한 빨리 이 언덕을 벗어나야 했다. 이 언덕 어딘가에 더 큰 위험이 도사리고 있을 것만 같다.

나는 미끄러지듯이 언덕을 내려갔다. 평지에 거의 다 도착해서야 친구들이 잘 내려오고 있는지 뒤돌아봤다. 대만고무나무 쪽을 볼 용기는 나지 않았다. 얼마 후 산산이 시야에 들어왔고, 야묘와 즈메이도 나타났다.

"고개 들지 말고 이대로 기숙사로 가자."

"응."

나는 산산의 손을 잡은 다음 야묘와 즈메이를 향해 뒤쪽으로 손을 뻗었다. 그 순간 걱정하던 일이 벌어지고 말았다.

"어? 시체는?"

야묘의 목소리다.

그녀가 언덕 위 대만고무나무를 바라보고 있다.

시체가 한 구도 없다. 평범한 대만고무나무 숲이다.

"나, 나는 그냥 칼리를 한 번 더 보려고……."

야묘가 당황하면서 나를 쳐다봤다.

부……. 우…….

땅바닥에서 이상한 소리가 났다.

손전등으로 땅을 비췄다.

부……. 우…….

괴상한 소리가 사방팔방에서 울려댔다.

우리 네 사람은 숨을 죽이고 발아래를 내려다봤다.

그리고 곧 보게 됐다.

손 하나가 땅에서 불쑥 튀어나왔다.

이어서 두 번째, 세 번째, 네 번째 손이 튀어나왔다.

셀 수 없이 많은 손이 땅에서 솟아올랐다.

"뛰어!"

내가 외쳤다.

친구들은 꿈에서 깬 듯 정신을 차리고 달리기 시작했다.

땅에서 손이 튀어나오더니 손목, 팔, 머리, 어깨, 가슴 등이 연이어 모습을 드러냈다.

시체가 땅속에서 밖으로 기어 올라오고 있다. 야수의 으르렁거림, 혹은 인간의 신음 같기도 한 괴상한 소리를 내면서. 시체들이 두 팔로 땅바닥을 짚고 힘을 주어 하반신을 빼냈다. 진흙 바닥 곳곳에 시체들이 긁어댄 손톱 자국이 생겨났다.

우리가 달리는 속도보다 시체들이 올라오는 속도가 빨랐다. 내가 막 배수로를 넘었을 때 기숙사 뒷마당의 진흙 위로 시체가 기어 나오는 모습이 보였다.

"시체를 피해서 달려!"

팔 하나가 내 앞에서 불쑥 솟아올랐다. 급히 왼쪽으로 방향을 꺾었다. 그쪽에는 머리가 반쯤 날아가 눈이 없는 시체가 있었다. 가슴이 철렁했다. 그것이 내 발을 잡기 전에 펄쩍 뛰어서 시체를 넘어갔다.

"으악!"

뒤에서 비명 소리가 들렸다. 야묘가 넘어졌다. 몇 개의 손이 야묘를 붙잡고 있었다. 산산과 즈메이는 넘어진 야묘를 보고 어쩔 줄 몰라 했다.

"멈추지 마! 기숙사까지 달려!"

나는 두 사람에게 소리친 다음 야묘에게 달려갔다. 야묘는 배수로 근처에서 넘어졌다. 나는 그녀의 팔을 잡고 일으켜 세웠다.

염소가 웃는 순간

동시에 야묘를 붙잡고 있는 시체의 손을 걷어차 떼냈다.

버스가 책상에 먹히는 장면을 보고 나서 함께 계단으로 달아나며 그랬듯이 나는 야묘의 어깨와 허리를 붙잡고 한 덩어리가 되어 거의 구르듯 달렸다. 산산과 즈메이가 앞에서 달리는 모습이 보였다. 한 사람은 왼쪽으로, 또 한 사람은 오른쪽으로 달렸다. 시체를 피하려다 보니 서로 방향이 달라진 모양이었다. 왜 가까운 동쪽 옆문으로 도망치지 않았을까? 하지만 길게 생각할 틈이 없었다. 시체는 점점 많아져서 이제 수백 개의 팔과 머리가 땅 위로 솟아올라 있다. 나무에 걸려 있던 시체들이 전부 기어 나오는 것 같다.

"야묘! 빨리 달려!"

"아, 안 돼……."

야묘의 무릎에서 피가 흐르고 있었다. 아까 넘어지면서 다친 것이다.

"안 돼도 돼야 해!"

내 입에서 이상한 말이 튀어나왔다. 어떻게든 야묘를 데리고 가야 했다.

갑자기 뭔가가 우리를 붙잡는 느낌이 들었다.

야묘의 다친 다리가 시체의 손에 붙들려 있다.

나는 그 손을 걷어차려다 멈칫했다.

칼리였다.

표정 없는 얼굴, 탈구된 어깨의 칼리가 야묘를 붙잡고 있다.

"카, 칼리……."

야묘가 중얼거렸다. 그러더니 내 손을 뿌리치고 오히려 칼리

쪽으로 몸을 웅크렸다.

"위험해!"

재빨리 야묘를 끌어내려 했지만 한발 늦고 말았다. 열 몇 개의 손이 순식간에 야묘를 낚아챘다.

시체들의 손이 야묘를 진흙 안으로 끌어들이기 시작했다. 나는 야묘의 팔을 잡아당겼지만 시체들의 손을 당해낼 순 없었다.

"아화……."

야묘는 내 이름을 중얼거린 직후 머리까지 진흙 속으로 잠겨버렸다. 마지막으로 남은 야묘의 손에 쇠지렛대가 쥐어 있었다. 내가 그 지렛대를 겨우 붙들었을 때였다.

진흙 위로 보이는 야묘의 손등에 부호가 보였다.

ℷ

오각성의 왼쪽 꼭짓점에 있었던 '네 번째 부호'다.

부호는 삼 초도 지나지 않아 내 시야에서 사라졌다. 야묘의 몸이 쇠지렛대만 남기고 진흙 안으로 완전히 끌려 들어갔다.

시체들의 손은 이제 나를 목표물로 삼았다. 나는 내 안에 끓어오르는 분노를 원동력으로 삼아 쇠지렛대를 마구 휘둘렀다. 쇠지렛대에 맞아 손가락이 꺾이거나 눈알이 터진 시체도 있었다. 그러나 시체들은 멈추지 않았다. 시체이니 통증을 느끼지도 못할 것이다.

정신없이 분노를 발산하던 나는 차차 정신을 차렸다. 여기서 시체들에게 붙잡히면 야묘와 같은 운명이 된다.

염소가 웃는 순간

나는 기숙사를 향해 뛰었다. 뛰면서 몇 번인가 시체의 손을 후려치고, 두 개의 머리통을 걷어찼다. 기숙사 동쪽 옆문으로 달려가 세차게 문을 열었지만……

덜컹.

문이 잠겨 있다. 산산과 즈메이도 문이 잠겨 있어서 다른 방향으로 달려간 걸까?

시체들은 계속해서 땅 속에서 기어 나왔다. 시체들을 피해서 앞뜰의 잔디밭까지 가기는 불가능해 보였다.

나는 쇠지렛대를 옆문 틈에 끼우고 비틀었다.

자물쇠는 생각보다 약했다. 문이 덜컥 열렸다. 나는 잽싸게 안으로 뛰어든 다음 문을 힘껏 닫았다. 그리고 등으로 문을 꽉 눌러서 시체들이 들어오지 못하게 했다.

기숙사 안에 들어오자 시체들의 괴성이 들리지 않았다.

슬그머니 몸을 돌려 문에 달린 유리창으로 바깥을 내다봤다.

눈을 비비고 다시 창밖을 봤다.

아무것도 없다.

평범한 진흙땅 위에 잡초들이 듬성듬성 고개를 내밀고 있을 뿐이다.

나는 문을 열고 고개를 내밀어 다시 확인했다.

시체가 전부 사라졌다. 시체들이 아우성쳤던 흔적도 전혀 없다.

나는 쇠지렛대를 들고 밖으로 나갔다. 경계를 늦추지 않고 천천히 배수로 가까이 갔다. 역시 아무 일도 일어나지 않는다.

방금 전의 시체들은 환영이었을까? 하지만 야묘는 내 눈앞에서 땅속으로 끌려갔다……

그때 배수로 옆에서 붉은색 얼룩을 발견했다.

야묘가 넘어져서 무릎을 다친 곳이 바로 여기다.

그렇다면 이건 야묘가 흘린 피다.

그런데 얼룩진 피의 모양이 몹시 부자연스러웠다.

그것은 위아래로 뒤집힌 오각성 모양이었다.

제 6 장

★ ★ ★

노픽관에 오랫동안 전해 내려오는 비밀스러운 규칙이 하나 있다. 바로 새벽 3시부터 해가 뜨기 전까지는 복도에서 방문을 세지 말라는 것이다. 이 규칙을 어기면 무시무시한 일이 벌어진 다고 한다.

이 규칙을 듣고 코웃음을 친 남학생이 있었다. 자신의 담력을 자랑하고 싶었던 그 남학생은 어느 날 위층에 사는 여학생을 한밤중에 몰래 불러냈다. 그 규칙이 얼마나 터무니없는 것인지 증명해 보이겠다는 거였다. 새벽 3시가 되자 여학생을 데리고 복도로 나온 남학생은 건물 동쪽에서부터 서쪽 방향으로 걸으 며 방문을 셌다. 그의 방이 동쪽 끝에 있는 50호실이었기 때문 에, 그는 동쪽에서 서쪽 끝의 1호실까지 방이 쉰 개 있다는 걸 잘 알았다.

남학생은 대담한 척 방문을 하나씩 가리키면서 숫자를 셌다.

"……31, 32, 33……."

여학생은 겁이 나서 남학생 팔에 매달린 채 따라갔다.

남학생은 웃으면서 천천히 숫자를 셌다.

"……48, 49, 50…… 51?"

복도 끝까지 왔을 때 남학생은 1호실을 가리키면서 입으로는 '오십일'이라고 셌다. 그는 의아해하며 아마 중간에 같은 방을 두 번 가리켰던 것 같다고 말했다.

이번에는 서쪽에서 동쪽으로 걸어가며 다시 방문을 세보기로 했다. 그는 숫자를 세면서 방문마다 문패에 적혀 있는 호수를 꼼꼼히 확인했다.

"……29, 30, 31……."

'삼십'까지 셌을 때 그는 자신이 또 잘못 세고 있다는 걸 알아차렸다. 32호실을 가리키면서 '삼십삼'이라고 센 남학생은 그 자리에 멈춰 섰다. 어디서부터 잘못 센 거지? 남학생은 뒤돌아보며 곰곰이 생각해봤지만 대체 어느 방문부터 잘못 센 것인지 알 수 없었다.

여학생은 아무래도 이상하다며 그만 방으로 돌아가자고 했다. 남학생도 그래야겠다며 여학생과 함께 복도를 걸어갔다.

다음 모퉁이를 돌았을 때 두 사람은 깜짝 놀랐다. 분명 끝나야 할 지점인데 어떻게 된 일인지 복도가 계속 이어져 있었다. 옆에 있는 방문을 쳐다보니 이상하게도 문패가 없었다. 당황한 두 사람은 뒤돌아서 걷기 시작했다. 그런데 뫼비우스의 띠처럼 복도가 걸어도 걸어도 끝없이 이어지는 거였다. 앞으로 걷든, 모퉁이를 돌든, 뒤돌아서 걷든 복도는 계속 눈앞에 나타났고, 방 호수도 없는 똑같은 모양의 방문이 계속해서 이어졌다.

염소가 웃는 순간

두 사람은 조용한 복도를 마구 달렸다. 이 기이하고 낯선 공간에 공포를 느끼며 도와달라고 소리쳤다. 그러나 그들의 외침소리와 발소리만 메아리가 되어 돌아올 뿐이었다. 여학생은 무서워서 울음을 터뜨렸다. 남학생은 괜히 화가 나서 여학생의 손을 뿌리치고 혼자서 앞으로 걸어갔다. 혹시나 해서 문패 없는 방문의 손잡이를 돌려봤지만 모든 문이 잠겨 있었다.

복도에서 헤맨 지 한 시간쯤 지났을 때 남학생이 방문을 걷어차기 시작했다. 여학생은 구석에 주저앉아 남학생을 보며 훌쩍거렸다. 남학생이 눈앞의 방문을 어깨로 세차게 들이받았다. 쿵소리와 함께 문이 열리면서 남학생의 몸은 칠흑같이 어두운 방안으로 날아갔다. 여학생은 깜짝 놀라 일어섰다. 깜깜한 방 안을 향해 남학생을 불러봤지만 대답이 없었다. 그녀는 방문 앞으로 가 몸을 쭉 빼고 그 안을 살펴봤다. 바로 그때 차가운 손이불쑥 나타나 그녀의 몸을 잡아챘다. 여학생은 악을 쓰며 몸부림쳤다. 그러다 뭔가 이상해서 뒤돌아보니 평소 알고 지내던 선배가 자신의 몸을 붙들고 있었고, 자신은 복도 끝 창밖으로 상반신을 내밀고 있었다. 창밖 아래를 내려다보니 기숙사 앞 잔디밭에 그 남학생이 추락해 있었다.

여학생이 있는 곳은 7층이었다. 그녀는 언제 어떻게 7층까지 올라왔는지 이해할 수 없었다. 남학생이 언제 창문을 열고 뛰어내렸는지도 기억나지 않았다.

처음 방문을 셀 때 두 사람은 3층에 있었는데……

— 노력관 7대 불가사의 여섯 번째 이야기, 〈방문 세기〉

1

"산산! 즈메이!"

기괴할 정도로 조용한 기숙사 뒷마당에서 불길한 핏자국을 발견한 나는 큰 소리로 산산과 즈메이를 불렀다. 지금은 두 사람을 찾는 게 제일 중요한 일이다.

산산은 서쪽 옆문을 향해 달렸고, 즈메이는 그 반대 방향인 식당 쪽으로 달렸다. 식당에는 입구가 둘 있는데, 하나는 기숙사 안의 동쪽 계단 쪽에 있고, 또 하나는 건물 동쪽 끝에 바깥과 통하도록 나 있다. 나는 건물을 에돌아 동쪽 끝의 식당 문으로 달려갔다. 하지만 즈메이는 보이지 않았다. 유리문이 꽉 닫혀 있고 식당 안은 어두웠다. 손전등으로 안쪽을 비춰보려고 해도 어디서 잃어버렸는지 손전등이 보이지 않았다. 나는 산산과 즈메이를 부르며 기숙사 앞 잔디밭을 가로질러 건물 서쪽 구역까지 갔다.

두 사람은 어디에도 없었다.

정문을 통해 휴게실로 들어간 걸까? 그렇다면 내가 부르는 소리를 들었을 텐데. 나는 머릿속에 떠도는 생각을 무시하려고 애썼다. 하지만 기숙사를 한 바퀴 돌아도 두 사람이 보이지 않자 점점 나쁜 쪽으로 생각이 기울었다.

두 사람도 야묘처럼 지하로 끌려 들어간 것이다.

이렇게 생각하자 더 이상 공포도 느껴지지 않았다. 악령에 대한 분노만이 내 안에 가득 끓어올랐다.

"야, 이 새끼야! 나와! 내 친구들을 내놔! 이 악독한 놈아!"

고함을 질러봐도 주변은 쥐 죽은 듯 고요하기만 했다. 악령은 나의 도발이 우습기만 하겠지. 제길!

문득 또 다른 가능성이 떠올랐다.

"위키! 위키!"

나는 날듯이 뛰어 정문으로 들어갔다.

혹시 위키가 기숙사에 남아 있다가 여자애들을 도와주지 않았을까? 물론 그가 '여전히' 위키라는 가정하에 말이다.

휴게실은 텅 비어 있었다.

내가 친구들과 함께 떠났을 때와 달라진 것도 없었다. 게시판에는 내가 그린 다섯 개의 부호가 있었고, 관리인실도 우리가 도구를 찾으며 뒤졌던 모습 그대로다. 소파 옆 탁자에 있던 간식과 트럼프 카드도 그대로였다. 다만 소파에 앉아 있던 위키의 모습이 사라졌을 뿐이다.

그런데 소파 근처에 있는 나무 의자가 넘어져 있었다. 강한 충격을 받았는지 등받이가 부서져 있다. 부서진 의자를 보자 불길한 생각이 엄습했다.

"위키! 산산! 즈메이!"

아무리 불러도 대답이 없었다. 외침 소리가 벽 속으로 스며들었는지 메아리도 들리지 않았다.

나는 세탁실로 가보기로 했다. 자습실과 컴퓨터실을 지나며 그 안을 자세히 살폈지만 친구들의 모습은 보이지 않았다. 세탁실은 한 시간 반 전과 같이 바닥에 거울 파편이 흩어져 있었다. 칼리가 습격당하던 상황이 다시금 떠올랐다.

세탁실을 나와 자습실 문을 열고 들어갔다. 책상 등이 배치된 모습은 11년 전과 조금 달랐다. 빨간 치마를 입은 꼬마 양러윈의 그림자가 머릿속에 떠올랐다. 열심히 문제집 빈칸을 채우던 아이의 모습이 눈앞에 나타날 것만 같다.

다시 휴게실을 가로질러 학생회 사무실 방향으로 나갔다. 엘리베이터 앞에서는 걸음을 늦출 수밖에 없었다. 엘리베이터 안에서 느닷없이 악령이 튀어나올지도 모르니까. 벽에 아량 선배가 만들어놓은 흔적이 고스란히 남아 있었다. 덕분에 지금 이곳이 원래의 노픽관이며, 내가 악령이 꾸며놓은 환영에 빠져 있는 게 아니라는 걸 확인할 수 있었다. 학생회 사무실에도, 동아리방에도 사람은 없었다.

동아리방을 지나 화장실로 가서 일일이 개인칸을 열어봤지만 역시 아무도 없었다.

정말 악령에게 당한 걸까……. 나는 고개를 힘껏 저었다. 그런 생각일랑 하지 말자. 시체를 확인하기 전에는 절대 그들의 죽음을 인정할 수 없다. 문득 대만고무나무 숲에서 본 버스와 칼리, 샤오완의 시체가 떠올라 또 마음이 무거워졌다.

휴게실로 돌아온 나는 이제 어떻게 해야 할지 생각에 잠겼다.

혹시 다들 자기 방으로 돌아가 있는 건 아닐까?

문득 그런 생각이 들었다.

위험에 처하면 자신이 속한 곳으로 향하는 것이 인간의 본능이다. 기숙사에서 각자 배정받은 방이야말로 안심할 수 있는 자기만의 '영지'일 것이다. 생명체의 본능은 무시할 수 없다.

나는 서쪽 계단 입구에 서서 위쪽을 올려다봤다. 계단은 무서울 정도로 조용했다.

나는 마음을 단단히 먹고 계단 첫 번째 단에 발을 올렸다.

그 순간 낯선 소리가 들렸다.

가까운 곳에서 뭔가 움직이는 소리다.

서쪽 계단이든 동쪽 계단이든 1층 계단은 위쪽으로만 나 있기 때문에 계단 옆에 작은 공간이 있었다. 길이가 5미터쯤 되는 그 공간에는 이런저런 잡동사니가 쌓여 있다. 방금 그 소리는 이 잡동사니 쪽에서 난 것 같다.

동쪽 계단 옆 빈 공간의 잡동사니를 치우면 지하실로 내려가는 문이 나온다. 악령의 근원지다. 혹시 여기 서쪽 계단 옆에도 똑같은 입구가 있는 게 아닐까? 갑자기 소름이 끼쳤다. 지금까지 벌어진 괴이한 사건들을 되짚어보면 거울과 밀접한 관계가 있었다. 거울을 통해 이세계에 떨어졌고, 이세계에서는 내가 거울에 비치지 않았고, 악령은 엘리베이터에다 거울에 비친 것 같은 글자를 남겼으며, 대만고무나무 숲에서는 거울 세계의 경계 같은 장면이 펼쳐졌다……. 어쩌면 거울에 비친 것처럼 지하실도 사실은 두 개일지 모른다. 지하실 입구가 하나는 동쪽 구역에, 또 하나

374

는 서쪽 구역에 있다면?

나는 마른침을 삼키고 쇠지렛대를 단단히 움켜쥐었다. 그리고 한 발 한 발 신중하게 계단 옆의 잡동사니 더미로 갔다. 상자들을 치우고 교내 알림판을 밀어냈다. 서서히 드러나는 벽을 바라보는데 심장 뛰는 소리가 다 들릴 것 같았다. 여기에도 옅은 회색 철문이 있다면······.

다행히 알림판 뒤로 드러난 것은 평범하고 단단한 벽이었다. 철문 같은 건 없었다.

"휴······."

나는 참았던 숨을 길게 내뱉었다. 서쪽 계단 옆에는 지하실 입구가 없다. 내 걱정이 지나쳤나 보다. 고개를 돌리는데 뭔가가 시야에 들어와 내 걸음을 붙들었다.

계단 아래 어두침침한 구석에 팔꿈치 한 쌍이 보였다. 겹쳐서 쌓아둔 종이 상자 뒤쪽에 팔꿈치가 드러나 있다.

나는 얼른 쇠지렛대를 치켜들었다. 기숙사 뒷마당에서 우리를 공격했던 시체들의 손이 떠올랐다. 하지만 곧 팔꿈치의 주인을 알아차렸다. 저 밝은 회색 소매는 분명 산산이 입은 옷이다.

"산산?"

그러자 팔꿈치가 움찔거렸다.

나는 용기를 내 종이 상자를 옆으로 치웠다. 역시나 상자로 가려진 좁은 공간에 산산이 웅크리고 앉아 있었다. 넋이 나간 듯 푸르죽죽한 얼굴에 눈동자가 풀려 있었다. 나와 눈이 마주치자 그녀가 온몸을 떨기 시작했다. 어떤 움직임도, 말 한마디도 없이 떨기만 했다.

"산산!"

어쨌든 나는 너무 기뻤다. 적어도 한 사람은 살아 있으니까.

나는 산산이 밖으로 나올 수 있도록 상자들을 치웠다. 무릎을 끌어안고 있는 산산의 손은 온통 피범벅이었다. 진흙이 묻어 있는 줄 알았던 얼굴도 자세히 보니 피범벅이었다.

"산산! 어딜 다쳤어?"

나는 놀란 목소리로 물으며 산산을 일으키려고 팔을 붙들었다. 내 손이 닿은 순간 산산이 겁을 내며 뒤로 물러났다.

"산산?"

"나, 나, 나, 나는 이, 이, 일부러 그런, 그런 게 아니야……."

산산이 알아듣기 힘든 말을 중얼거렸다.

"일부러 그런 게 아니라고? 왜 그래? 많이 다쳤어?"

나는 산산의 팔을 잡아당겨 몸 곳곳을 확인했다. 배 부분에도 온통 피가 묻어 있었다.

"나, 나, 난, 이, 이, 일부러…… 샤, 샤오완…… 죽인 거, 아, 아니……."

"뭐?"

"저, 정말이야, 이, 일부러 그, 그런 거 아니……."

나는 산산 앞에 꿇어앉아 그녀의 어깨를 감쌌다. 산산의 몸은 몹시 차가웠다. 하지만 팔을 이리저리 살펴봐도 다친 데는 보이지 않았다. 옷도 찢어진 데가 없었다.

"산산, 나 아화야. 무서워하지 마."

나는 산산의 얼굴 가까이 내 얼굴을 마주하고 달랬다. 그녀의 눈동자가 살짝 움직이는가 싶더니 나에게 시선을 맞췄다. 뒤이어 산산의 입에서 애처로운 소리가 흘러나왔다. 그녀는 얼굴을 감싸면서 울음을 터뜨렸다. 순식간에 얼굴이 눈물로 범벅이 됐다.

"아화…… 흑…….'

"이제 안심해. 내가 있잖아."

나는 산산을 품에 안고 등을 두드려줬다.

"나…… 샤오완을 죽였어…….'

산산이 불분명한 발음으로 웅얼거렸다.

"무슨 소리야? 샤오완은…….'

나는 대만고무나무에 걸려 있던 샤오완의 시체를 언급하려다 입을 다물었다.

"그게 아니라…… 아까 샤, 샤오완이 내 발을 잡았어…… 내가, 내가 돌로, 돌로…… 하지만 진짜 죽이려던 게 아니었어…….'

그제야 나는 이해했다. 산산은 나와 야묘처럼 땅속에서 기어 나온 시체들 중에 아는 얼굴을 본 것이다. 야묘는 칼리를 봤고, 산산은 샤오완을 봤다.

"땅 밑에서 올라온 샤오완을 돌로 쳤어?"

"응…… 일부러 그런 게 아니야…… 근데 샤, 샤오완의 머, 머리에 도, 돌이 부딪…… 그래서 주, 죽었…… 피, 피가 많이…….'

산산의 몸에 묻은 피는 샤오완의 피였다.

살아남으려면 친구를 죽였다는 생각에서 벗어나야 한다. 산산에게는 쉽지 않은 일이겠지만 말이다. 그녀가 충격을 받은 것도 이해가 된다. 사실 〈바이오 해저드Bio Hazard〉라는 게임처럼 좀비가 되는 등 산산이 이상한 변이를 일으킨다면 나 역시 친구를 해칠 자신이 없다.

산산의 울음소리가 빈 공간을 웅웅 울렸다. 누가 계단 위에서 흑흑 하면서 우는 것처럼 들려서 마음이 어지러웠다.

"우선 여기서 나가자."

나는 산산을 부축해 일으켰다. 그녀는 온몸에 힘이 다 풀려 제대로 일어서지도 못했다. 나는 산산을 거의 업다시피 해서 계단 입구를 벗어났다. 복도를 걸을 때는 산산의 허리를 안고 팔을 내 목에 두르게 했다. 휴게실에 가까워질 즈음에는 산산도 조금씩 걸을 수 있게 됐지만 여전히 계속 비틀거렸다. 몸도 계속 떠는 데다 내 손목을 잡은 힘이 세졌다 약해졌다 하는 걸로 봐서 금방 정신을 차릴 것 같지 않았다.

휴게실에서 피범벅인 산산을 지켜보던 나는 마음을 굳히고 그녀를 동쪽으로 데려갔다.

"시, 싫어, 싫어……."

엘리베이터 앞을 지나려는데 산산이 한 발짝도 떼지 않으려 했다.

"괜찮아, 무서워할 거 없어."

내가 부드럽게 달랬다. 산산이 나를 얼마나 믿고 의지할지는 모르지만, 나는 최대한 두려움을 누르고 대담한 모습을 보여줬다. 다행히 잠시 후 산산은 부들부들 떨면서도 나를 꽉 붙들고 엘리베이터 앞을 지났다.

우리는 화장실로 들어가 깨진 거울 파편을 피해 세면대 앞에 섰다. 수도꼭지를 틀자 차가운 물이 쏟아졌다. 따뜻한 물이 나왔으면 참 좋았겠지만 1층 화장실에는 온수기가 없었다. 그렇다고 지금 산산을 데리고 2층으로 올라가는 것도 무리였다.

나는 산산의 손을 잡고 물줄기로 가져갔다. 핏자국이 씻겨나갔다. 붉게 물든 물이 빙글빙글 돌면서 하수구로 빠져나갔다. 얼마 안 있어 산산의 손이 깨끗해졌다. 나는 내가 입은 티셔츠 자락을 물에 적셔 산산의 얼굴을 닦아줬다. 옷에 묻은 피는 어쩔 수 없지만 손과 얼굴은 깨끗해졌으니 산산도 마음이 좀 편할 것이다.

　"됐다, 이제 깨끗해졌네."

　나는 산산을 향해 웃어 보였다. 거울이 깨져버려서 자기 모습을 확인할 순 없지만, 산산은 멍한 표정으로 나를 보며 고개를 끄덕였다. 나도 세수를 했다. 정신이 좀 맑아지는 느낌이었다.

　다시 산산을 부축해 휴게실로 돌아왔다. 소파에 기대 앉은 산산은 피곤에 지친 모습으로 멍하니 앞만 바라봤다.

　"여기서 기다리고 있어……."

　내가 말을 마치기도 전에 산산이 벌떡 일어나 내 손을 잡고 고개를 저었다.

　"잠깐 가서 음료수 사 올게."

　"나, 나, 나만 두고 가지 마……."

　나는 머리를 긁적였다. 어쩔 수 없이 다시 산산을 부축해 자판기 쪽으로 갔다. 사실 이렇게 하는 게 맞는 건지도 모른다. 휴게실에서 자판기까지가 멀지는 않지만, 그래도 혼자 남아 있으면 잠깐 사이에 무슨 일이 벌어질지 모른다.

　자판기 앞에 도착해서야 나는 동전이 없다는 걸 깨달았다.

　이 상황에 동전이 무슨 상관이람.

　나는 쇠지렛대를 자판기 오른쪽 틈에 찔러 넣고 비틀었다. 냉장고 문이 열리듯 자판기가 열렸다. 음료수가 가지런히 들어 있는 칸에서 차가운 콜라와 핫초코 캔을 하나씩 꺼냈다. 핫초코는 뚜껑을 따서 산산에게 줬다.

"이거 마시면 좀 나아질 거야."

산산은 조금 머뭇거리더니 이내 핫초코 캔을 받아 들고 꿀꺽꿀꺽 마셨다. 달디단 초콜릿은 마음을 진정시키는 효과가 있다. 게다가 산산은 지금 몸이 무척 차가우니 따뜻한 음료가 큰 위안이 될 것이다.

나도 단숨에 콜라 반 캔을 마셨다. 비탈길을 두 번 달리고, 언덕에서 죽을 뻔하고, 100여 년 전과 11년 전을 오가고……. 목이 말라 죽을 지경이었다. 이럴 때는 탄산음료보다 이온음료로 수분을 보충하는 게 좋을 테지만, 지금 당장 내 뇌가 원하는 건 톡 쏘는 콜라를 벌컥벌컥 들이켜는 거였다.

음료수 몇 캔을 더 꺼내서 휴게실로 돌아왔다.

산산과 나는 소파에 나란히 앉았다. 따뜻한 캔을 쥐고 앉아 있는 산산을 보니 처음 인사를 나눴을 때가 생각났다. 그때는 빼어난 미모와 남다른 분위기 때문에 가까이하기가 어려웠는데, 녹초가 되어 늘어져 있는 지금의 모습은 칼리나 즈메이 같은 평범한 여학생과 다름없어 보였다.

나는 콜라 한 캔을 다 마시고 두 번째 캔을 땄다. 산산을 혼자 두고 즈메이나 위키를 찾으러 갈 수는 없다. 그렇다고 산산을 데려갈 수도 없는 게, 그녀는 지금 기숙사를 뒤지고 다닐 상태가 아니다. 사실 눈앞의 이 상황에 나는 아무 대책도 없었다. 도망치는 게 불가능하다면 어떻게든 악령에게 한 방 먹여주고

염소가 웃는 순간

싶은데 어떻게 해야 할지 속수무책이었다.

탁자 위 간식 중에서 초콜릿을 하나 집는데 기숙사 기념 앨범에 눈길이 갔다. 2000년도 기념 앨범. 이 앨범을 통해 나는 아랑 선배의 정체를 밝혀냈다.

그리고 보니 아까 위키가 이 앨범을 보고 있었다. 나는 앨범을 펴고 세 번째 페이지에서 멋진 미소를 짓고 있는 아랑 선배를 찾았다. 앨범은 총 28쪽밖에 되지 않았다. 몇 장 더 넘겨봐도 별로 특별할 것 없는 사진들로 채워져 있었다. 아랑 선배가 단체사진에 등장할 때마다 한 번씩 들여다보는 거 말고는 별로 구경할 게 없었다.

그런데 위키는 이 기념 앨범을 보고 나서 달라진 모습을 보였다. 설마 아랑 선배의 원념이 앨범에 남아 있다가 위키에게 옮겨 간 걸까?

아, 정말 모르겠다.

나는 앨범을 덮고 내려놓았다. 앨범 옆에는 검은색 하드커버 책이 있었다. 아랑 선배가 우리에게 말을 걸 때 들고 있다가 책장에 도로 꽂았던 책이다. 아랑 선배의 정체를 밝히기 위해 기념 앨범을 꺼낼 때는 이 책이 책장에 꽂혀 있었다. 그런데 지금은 여기 놓여 있다면 위키가 꺼내서 읽었던 게 아닐까?

나는 책을 집어 들었다. 내 움직임에 산산이 눈을 설핏 뜨더니 내가 일어설 것 같지 않았는지 다시 말없이 눈을 감았다.

책은 별로 두껍지 않았고, 표지에도 아무런 표시가 없었다. 앞표지, 뒤표지, 책등 어디에도 글자나 그림, 로고 같은 게 하나도 없었다. 표지의 재질은 종이인지 가죽인지 알 수 없었고, 크기는 일반적인 만화책 크기와 비슷했다. 표지가 조금 누렇게 변한 데다 물에 젖었던 흔적도 있는 걸 보면 꽤 오래된 책 같다. 표지에 아무 표시도 없으니 어디가 앞쪽이고 어디가 위쪽인지도 알 수 없었다. 나는 손에 잡은 그대로 표지를 열어봤다.

위아래가 뒤집힌 글자가 네 줄 적혀 있었다.

"여기가 첫 장인가 보네……."

오른쪽부터 펼쳤는데 글자가 뒤집혀 있는 걸 보면 영어 책처럼 가로쓰기로 인쇄된 것 같다. 책을 돌려서 글자를 제대로 읽은 나는 소스라치게 놀랐다.

멘데스 이스트베스 경의 주술에 관한 비밀
지은이 : 윌리엄 H. 웨슬리
The Witchcraft Mystery of Sir Mendes Eastbeth, 1889
by William H. Wesley

멘데스 이스트베스 백작! 이 이름이 내 눈을 찔렀다.
이게 뭐지? 100여 년 전 저택의 화재 사건을 기록한 건가?
얼른 다음 장으로 넘겨봤다.

오늘 아침은 엉망진창이다.
출근시간 한참 전부터 집주인이 나를 깨웠다. 서장님이 나를 이스트베스 저택으로 불렀기 때문이다.

순식간에 처음 몇 쪽을 읽어내렸다. 이스트베스 저택의 화재를

염소가 웃는 순간 |

소설 형식으로 기록해놓은 글 같다. 괴이한 지하실과 팔다리가 비틀린 시체, 이스트베스 백작의 몸 위에 걸터앉아 미소를 짓고 있는 여자 시체 등에 대해 경찰과 소방관이 관찰한 내용이 묘사돼 있다.

칼리와 내가 겪은 100여 년 전의 사건과 완전히 일치하는 내용이었다.

다시 첫 페이지를 봤다. 지은이는 '윌리엄 H. 웨슬리'라는 사람으로 이름 외에는 아무런 정보도 없었다. 책 제목과 지은이 이름은 영어와 중국어로 적혀 있지만, 본문은 모두 중국어다. 인쇄 상태가 깨끗하지 않은 데다 잉크 색깔도 많이 퇴색했다. 윌리엄 웨슬리는 어떤 사람일까? 당시 이스트베스 사건을 담당했던 수사관일까? 이 책은 웨슬리가 영어로 쓴 조사 보고서를 중국어로 번역해놓은 것일까?

책 제목을 보다가 문득 한 가지를 알아차렸다.

책 제목이 '멘데스 이스트베스 경의 주술에 관한 비밀'이다. 정확히 '주술'이라는 단어를 썼다. 말하자면 웨슬리는 화재 현장에 가서 '주술'이나 '마법'과 관련된 단서를 찾았다는 것이다. 어쩌면 이 책에 사건의 진상이 기록돼 있는지도 모른다. 나는 다시 몇 페이지를 읽다가 마음을 바꿔 바로 후반부를 펼쳤다. 처음부터 찬찬히 읽을 시간이 없었다. 그 주술 의식에 대해서 알아야 한다. 정말 바포메트의 힘이 원념으로 남아 작용하고 있는지 알아내야 한다. 그래서 그 힘에서 벗어나는 방법을 찾아내야 한다. 나는 빠르게 책장을 넘기면서 유용한 단서가 없는지 유심히 살폈다.

한 구절이 내 주의를 끌었다.

……후드에 오각성이 수놓인 로브…….

나는 침을 꿀꺽 삼키고 그 대목부터 읽기 시작했다.

★ ★ ★

나는 후드에 오각성이 수놓인 로브를 뒤집어썼다. 로브를 입는 게 그들의 눈을 피할 수 있는 유일한 방법이다.

그들은 램프를 들고 여기저기서 모여들었다. 나는 틈을 살피다가 한 무리의 사람들 끄트머리에 몰래 따라붙었다. 그들은 지금 찾고 있는 놈이 자신들 중 한 사람으로 끼어들었다는 사실을 전혀 모를 것이다. 그러니 나는 기회를 틈타 도망칠 수 있다.

안타깝게도 잠입수사로도 여태 별다른 단서를 찾지 못했다. 이스트베스가 그들의 간부 중 한 사람이라는 것만 확인했을 뿐이다.

나는 앞서가는 사람들이 눈치채지 못하게 다시 저택 안으로 숨어들었다. 빌어먹을 저택이 크기도 하다. 집주인은 분명히 대단한 부자이리라. 그런데 한편으로 생각해보니, 이스트베스 백작이 간부라면 교단의 고위급 인사 가운데 귀족이 더 있을 수도 있다. 그래서 서장님이 수사를 방해했던 것이다. 나는 서장님이 이스트베스와의 친분관계 때문에 그러는 줄 알았다.

염소가 웃는 순간

그렇지만 내 추측이 맞는다면 막후의 검은 손은 분명히 이스트베스보다 더 큰 힘을 가진 놈이다. 서장님은 이미 그놈에게 위협을 당했으리라.

복도가 꺾이는 지점 가까이 갔을 때 다급한 발소리가 들렸다. 나는 벽에 딱 붙어서 모퉁이 너머를 엿봤다.

로브를 둘러쓴 사람들이다. 그들 틈에 몰래 끼어들 방법을 궁리하는데 중대한 문제를 발견했다.

그들이 입은 로브는 짙은 자줏빛이었다.

이런! 왜 색깔이 다르지? 아까 정원에서는 회색 로브였는데?

그래, 저택 안의 단원은 정원의 단원과 계급이 다른 것이다. 그러니 복장도 다르겠지. 회색 로브를 입은 내가 저들에게 접근하면 당장 눈에 띌 수밖에 없다. 그들만의 암호를 모르니 접촉하면 정체를 들킬 것이다.

나는 얼른 몸을 돌렸다. 정원으로 돌아갈 작정이었다. 장원莊園 밖으로 나갈 길이 없다고 해도 몸을 숨길 수는 있을 것이다.

그러나 이미 늦었다. 복도 끝 모퉁이를 돌자 자줏빛 로브를 입은 한 사람이 램프를 들고 천천히 다가왔다. 황급히 주변을 둘러봤지만 빠져나갈 구멍이 없었다. 출입문도 창문도 없고, 심지어 상자나 궤짝도 안 보인다. 꼼짝없이 들키게 됐다.

이렇게 된 이상 미련 없이 통쾌하게 싸우기로 하자.

한쪽은 예닐곱 명이 함께 움직이고, 다른 쪽은 혼자다. 그렇다면 선택은 하나. 혼자인 사람이 무슨 소리를 내서 예닐곱 명의 무리가 달려오기 전에 단숨에 저 사람을 기절시키자. 하지만 나를 방어할 물건이라고는 하나도 없는 복도에서 저 사람이 반응하기 전에 제압하려면 어떻게 해야 하나? 나는 더 이상 생각할 시간이 없었다. 예닐곱 명의 무리가 모퉁이를 돌면 더 이상 승산이 없다.

나는 후드를 깊숙이 눌러써서 얼굴을 가리고 고개를 숙인 채 정원으로 나가는 문을 향해 걸었다. 자줏빛 로브를 입은 사람이 내 앞에 있었다. 내가 모퉁이를 돌아 나타나자 그 사람이 흠칫 놀라는 게 느껴졌다. 그는 램프를 들어 올려 나를 비추려고 했다. 나는 두어 걸음 더 다가가 그와의 거리가 4, 5 미터쯤 됐다 싶을 때 전속력으로 그에게 달려들었다. 그는 미처 대응하지 못했고, 나는 그를 쓰러뜨린 뒤 손으로 그의 입을 틀어막았다.

그러나 상대방을 너무 얕봤다. 이 초나 지났을까, 나는 어느새 반대로 바닥에 엎어져 있었다. 오른팔이 등 뒤로 꺾인 상태였다. 잠깐 사이에 대체 무슨 일이 벌어진 걸까? 어쨌든 상대방이 모종의 방법을 써서 내 손에서 빠져나가자마자 나를 제압했다는 것만 이해했다.

끝장이다.

"자넨 아직도 이렇게 충동적이군."

귓가에 이런 말이 들리더니 꺾였던 오른팔이 풀렸다.

나는 놀란 얼굴로 뒤를 돌아봤다. 그리고 후드 아래의 얼굴을 봤다. 앗! 그는 지금까지 내가 세 번이나 마주쳤던 신비한 노인이었다.

"소리 내지 말게. 날 따라와."

노인은 나를 일으켜주더니 재빨리 복도 끝으로 이동했다.

염소가 웃는 순간

그가 벽을 몇 번 만지자 달칵 소리와 함께 벽이 문처럼 열렸고, 벽 문 안에 사람 허리 높이쯤 되는 통로의 입구가 보였다.

"어서 들어오게."

노인이 허리를 굽히고 들어가 나에게 손짓했다. 이제는 그를 믿는 수밖에 없었다. 노인이 벽 문을 닫은 후 비밀 통로로 들어갔다. 한 사람이 겨우 지나갈 만한 통로는 폭이 1미터도 안 돼 보였다. 노인이 내 앞을 막고 있으니 앞쪽에 뭐가 있는지도 볼 수 없었다.

"노인장, 저기……."

"쉿, 조용히. 이곳은 벽이 얇아. 말소리가 새어 나갈 수 있어. 안전한 곳에 가서 천천히 이야기하세."

노인이 목소리를 잔뜩 낮추고 말했다.

나는 입을 다물었다.

일 분쯤 갔을까, 우리는 비밀 통로의 끝에 도착했다.

"자네 이름이 웨슬리지?" 노인이 작은 소리로 말했다. "잘 듣게. 잠시 후에 무엇을 보든 놀라지 말게. 절대 소리를 내서는 안 되네. 들키면 우리 둘 다 살아남지 못해."

나는 고개를 끄덕였다. 노인이 벽에 달린 밧줄을 잡아당기자 비밀 통로의 끝이 열렸다. 그가 통로 너머로 건너가자 나도 급히 뒤를 따랐다.

통로 너머는 어두운 공간이었다. 노인의 몸이 램프를 가리고 있어서 주변이 제대로 보이지 않았다. 노인이 비밀 통로를 닫은 뒤 램프를 치켜들었다. 그리고 무시무시한 광경이 펼쳐졌다. 놀라지 않으리라고 마음을 다잡긴 했지만, 아무리 그래도 그것은 내 상상을 뛰어넘는 광경이었다.

수많은 시체들.

우리는 원형으로 된 거대한 벽돌 방에 있었다. 기둥은 없고 바닥에는 벽돌을 깔았다. 시체들은 바닥에 있는 게 아니었다. 천장에 고정해놓은 쇠사슬에 묶여 늘어뜨려져 있었다. 그 모습은 참혹하고 공포스러웠다. 어떤 시체는 손발이 없고, 어떤 시체는 상반신만 있었으며, 배에서 내장이 흘러나와 대롱거리는 시체도 있었다. 눈 코 입도 하나같이 일그러져 있는데, 마치 죽기 직전에 세상에서 가장 끔찍한 장면을 목격한 듯한 표정이었다.

소리를 지를 뻔한 나는 간신히 입을 틀어막고 노인을 따라 시체들 밑을 지나갔다. 차마 위를 올려다볼 수 없었다. 올려다보는 순간 소리를 내뱉게 될까 봐, 그래서 우리를 공격하려는 사람들이 눈치챌까 봐 두려웠다.

거대한 벽돌 방을 가로지르자 낡고 오래된 나무 문이 나타났다. 노인이 문을 열고 나를 먼저 들여보냈다. 안으로 발을 들이자 아래로 향하는 계단이 놓여 있었다. 노인과 나는 한참을 내려가서 작은 방에 도착했다. 그 방은 나무 문처럼 낡고 초라했지만, 기본적인 생활 도구는 갖춰져 있었다.

"여긴 안전하네. 이제 말해보게."

노인이 자주색 로브를 벗으며 말했다.

"노인장, 방금 거기가 어딥니까? 왜 그렇게 많은…… 시체들이 있는 거죠?"

"만마전萬魔殿이야."

염소가 웃는 순간

"만마전?"

"요즘 젊은이들은『실낙원失樂園』도 읽지 않나?"

노인이 술병과 잔 두 개를 꺼내며 말했다.

"밀턴이 쓴 서사시『실낙원』말입니까? 거기 나오는 지옥의 수도이자 사탄의 궁전인 만마전*이라고요?"

"잘 아는군." 노인이 살짝 웃었다. "진짜 만마전은 당연히 아니지만, 광신도들이 그 이름을 빌려왔지. 하지만 저들이 언젠가 진짜 만마전으로 통하는 길을 찾을지 누가 알겠나……."

"잠깐만요! 노인장, 당신은 대체 누굽니까? 바포메트 교단의 신도입니까?"

"당연히 아니지. 그러니까 자네를 구해준 거고." 노인이 술잔에 위스키를 따라 내게 건넸다. "난 자네와 마찬가지로 교단을 조사하는 사람일세. 자네와 다른 점이라면, 겨우 2주 조사한 자네와 달리 난 저들을 뒤쫓은 지 20년이 됐다는 걸세."

"20년?"

내가 펄쩍 뛰었다.

"우습지 않은가? 나는 이 무시무시한 곳에 거점까지 만들어놨지만, 아직까지도 핵심을 잡아내지 못했어."

노인이 위스키를 한 모금 마시고 쓴웃음을 지었다.

"바포메트 교단이란 건 대체 뭡니까? 어떤 사람들이 참여하는 거죠? 왜 흑주교라는 이스트베스 백작이 화재로 사망한 겁

---

* 『실낙원』에 나오는 '만마전'의 원어는 'Pandemonium'이며, '복마전(伏魔殿)'으로 번역하기도 한다.

니까? 화재 현장에서 발견된 시체들은 또 어떤 사람들이고요?"

"궁금한 게 많구먼." 노인이 한숨을 쉬고 물었다. "얼마나 알고 있나?"

"바포메트 교단이 비밀결사라는 것, 신도 수가 많고 고위층 인사가 적지 않다는 것, 어떤 종교 의식에 열을 올리고 있으나 그 목적은 알려지지 않았다는 것, 그리고 몇 년 전 도시에서 실종된 사람들이 대부분 이 교단과 관련 있다는 것…… 제가 알고 있는 건 이 정도입니다. 이게 사실이란 증거는 찾지 못했지만요."

"만마전에 걸려 있는 시체들이 바로 자네가 찾는 증거일세."

노인은 덤덤하게 대답했지만 나는 충격으로 입을 다물지 못했다.

"그, 그 시체들이 전부 실종자라고요? 하, 하지만 수백 구나 되던데, 제가 맡은 실종자 명단은 열다섯 명뿐인데……."

"그건 신고를 하지 않아서 그런 거지."

"이 교단은 살인을 저지르는 사교 집단이군요?"

"틀렸어. 그들은 전부 자원한 거야. 그들 역시 신도거든."

노인의 말에 나는 다시 한 번 머릿속이 하얘졌다.

"그들도…… 신도라고요?"

"지금부터 내가 할 이야기가 터무니없게 들리겠지만 전부 사실이라네." 노인의 안색이 무겁게 가라앉았다. "바포메트 교단은 수백 년의 역사를 가진 조직일세. 교단의 목적은 단 하나, 바포메트의 강림이야."

"강림?"

염소가 웃는 순간

"바포메트가 뭔지 아나?"

나는 고개를 저었다.

"바포메트는 지옥의 악마 중 하나일세."

"악마라고요?"

"황당무계하게 들리나? 하지만 지옥은 분명히 존재하네. 이렇게 말할 수도 있겠지. 우리가 모르는 이세계가 있는데, 그 괴이한 세계에는 우리 선조들이 악마라고 부르는 생물이 살고 있다고…… 아니, '생물'이라는 표현은 틀렸어. 어쨌든 의식을 가진 어떤 존재지."

나는 멍하니 노인을 쳐다봤다. 혹시 망령이 난 게 아닌가 싶었지만 노인의 진지한 눈빛은 결코 그렇게 보이지 않았다.

"바포베트는 늘 염소의 형상으로 세상에 나타난다네. 사탄의 분신이지. 13세기에 바포메트를 믿는 사람들이 조직을 이루기 시작해서 비밀결사를 만들었네. 심지어 귀족과 기사 계급도 참여했지. 성전기사단이 바로 이 교단의 전신이라네. 신도들은 오랫동안 악마를 강림케 할 방법을 찾았네. 수많은 고문헌을 연구하고, 세계 각지를 돌아다녔지. 그리고 이번 세기 초에 드디어 바포메트를 소환할 수 있는 비밀스런 의식의 방법을 알아냈지."

"잠깐! 성전기사단은 교황에게 충성을 바치는 천주교 기사단이잖습니까?"

"그건 위장술이라네. 성전기사단은 오랫동안 전쟁을 치르면서 세력이 커졌지. 일찍이 수많은 악마적 지식을 얻었어. 그 시대에 지식이란 금기였지. 귀족이나 겨우 가질 수 있는 특권이었어. 기사단이라는 신분이 없었다면 바포메트를 숭배하던 사람들이 결집하고 옛 마법을 공부할 수 없었을 걸세."

"그러니까 이 교단은 지금 그 의식이라는 걸 진행하는 거군요? 그 의식을 위해 신도들이 죽음을 선택하고요?"

내가 문 바깥을 가리키며 말했다.

"맞아, 바로 그런 걸세. 악마 소환에 필요한 첫 번째 재료가 인간의 목숨이야. 고대의 희생 제물이 그랬듯 그 무엇보다 필요한 게 신선한 피거든. 이들은 광신도일세. 바포메트 소환을 위해 생명을 바치는 건 그들에게 영광이야. 사실 비밀 의식에 참여하는 사람이 전부 죽는 건 아닐세. 죽지 않은 사람은 자줏빛 로브를 입는 상급 신도가 될 수 있네."

"그렇다면 신도들은 의식을 주관하는 사람에 의해 살해되는 겁니까?"

"사람에 의해서가 아니야. 바포메트에 의해 죽는 거지."

나는 이해하기가 힘들었다.

"만마전의 시체를 떠올려보게. 이상한 점이 없었나?"

"시체들이 대부분 훼손됐더군요."

"그것도 그렇고, 한 가지 더 있네. 죽음에 이를 때 그들의 얼굴이 공포에 질린 표정이라는 걸세." 노인이 표정을 일그러뜨리며 말을 이었다. "내가 알아낸 바에 따르면, 죽음을 맞이하는 자들은 의식 중에 기이한 현상을 겪네. 어떤 사람은 몸이 폭발하고, 어떤 사람은 보이지 않는 도끼에 손이나 발이 잘리고, 또 심장 발작이 일어나기도 한다네."

"그런 걸 다 어떻게 알아내신 겁니까?"

"의식에서 살아남은 사람들이 이야기하는 걸 엿들었어. 그리고 난⋯⋯." 노인이 웃는 듯 마는 듯한 표정으로 나를 빤히 바라봤다. "몸을 숨긴 채 의식을 직접 목격했다네."

"뭐⋯⋯ 뭘 보셨죠?"

"평생 그런 미친 광경은 다시없을 거야." 노인이 다시 위스키 한 모금을 마셨다. "의식은 바닥에 바포메트의 낙인을 새긴 후 진행한다네. 다섯 명의 신도가 각자 오각성의 꼭짓점에 서면 사제가 주문을 외지. 내가 훔쳐보던 날에는 다섯 명의 신도 중 네 명이 죽었네. 그중 한 사람은 허공으로 떠오르더니 눈에 보이지 않는 손에 의해 목이 졸리는 것처럼 보였어. 다른 사람은 왼팔이 떨어져 나갔는데, 마치 뭔가가 그를 양쪽으로 잡아당겨 찢는 것 같았지. 나머지 두 사람의 죽음은 제대로 보지 못했네. 내가 그들이 바닥에 쓰러진 걸 알아차렸을 때 이미 한 사람은 눈알이 빠져서 바닥에 굴러다녔고, 또 한 사람은 핏물이 흥건한 바닥에 누워 있었다네. 이 모든 일이 단 몇 초 사이에 벌어졌어."

"신도들은 이런 죽음에 두려움을 느끼지 않습니까?"

"당연하다고 여기는 거겠지. 그들은 '희생 제물'을 만마전에 넣어두면 바포메트가 강림한 후 부활시켜 자신의 부하로 삼는다고 믿거든⋯⋯ 그러나 비밀 의식은 계속 실패했고, 내가 사제급 신도에게 들은 바로는, 그들은 사제와 다섯 명의 신도 외에 의식을 성공시킬 매개체가 더 필요한 게 아닌지 고민하게 됐어."

그때 내 머릿속에 이스트베스 백작의 죽음이 떠올랐다.

"매개체라고요? 혹시 그렇다면 남녀 한 쌍이 바로 그 매개 체입니까?"

"남녀 한 쌍이라고? 모르겠군. 왜 그런 말을 하는 건가?"

"이스트베스 백작 사건에서 발견된 내용은 모르시는군요. 이스트베스 저택에 바포메트의 낙인이 새겨진 지하실이 있었는데, 그곳에서 여덟 명이 죽었습니다. 다섯 명은 오각성 옆에서, 그리고 한 사람은 의식을 주관하는 사제의 자리에서 죽었죠. 그런데 바닥에 새겨진 염소 머리 위에 한 쌍의 남녀 시체가 더 있었습니다. 남자는 이스트베스 백작이었죠."

그러자 노인이 놀란 눈으로 나를 쳐다봤다.

"그, 그들이 교합을 하던 중이었나?"

"맞습니다. 어떻게 아셨죠?"

"음, 빠져 있다는 것이 그것이었군…… 몰래 교단의 옛 기록을 읽은 적이 있네. 그중에서 '바빌론의 무녀'를 언급한 기록이 있어. 악마 소환의 핵심은 이마에 'BABALON'이라고 새겨진 창부娼婦라는 내용이었네…… 신의 아들인 예수 그리스도는 처녀의 수태를 통해 태어났지. 그러니 사탄의 아들은 그와 정반대 방법으로 태어나야 하는 걸세. 즉 그들은 의식을 치르는 동안 교합해야 해……."

"그렇지만, 이스트베스 백작도 실패한 거 아닙니까? 그들 전부가 불에 타 죽었잖아요."

노인이 미간을 찌푸리며 대답했다.

"아닐세. 실패했다고 말하기 어렵군." 그는 잠시 입을 다물었다. "나 역시 그가 실패했다고 봤다네. 하지만 자네 말을 듣고

염소가 웃는 순간

보니 어쩌면 그가 성공했는지도 모른다는 생각이 드네. 단지 완전한 성공이 아니었을 뿐이지. 이스트베스 백작은 죽은 것이 아니라 육신을 버린 거야. 영혼은 이미 바포메트와 결합했을 걸세. 그리고 의식을 이어가기 위해서 더 많은 희생 제물이 필요하게 된 거지……."

★ ★ ★

책을 전부 읽은 것은 아니지만, 다음의 문장을 읽은 순간 등 뒤로 식은땀이 흘러내렸다.

　이스트베스 백작은 죽은 것이 아니라 육신을 버린 거야. 영혼은 이미 바포메트와 결합했을 걸세.

이스트베스 백작은 원혼 중 하나도 아니었고, '그 힘'에 조종당한 희생자도 아니었다.
그가 바로 '그 힘'의 지배자, 모든 일의 원흉이었다.
그는 여전히 의식을 진행하기 위해서 살아 있는 인간의 영혼을 수집하고 있는 것이다.

　의식은 바닥에 바포메트의 낙인을 새기고 진행한다네.

우리가 지하실로 내려가게 된 것도 백작이 의식의 첫 번째 조건을 만족시키기 위해 아량 선배를 이용해 우리를 끌어들였기 때문이었다.

다섯 명의 신도가 각자 오각성의 꼭짓점에 서면…….

우리가 지하실에서 벽 모퉁이에 섰을 때 그 자리는 오각성의 꼭짓점에 대응하는 위치였다. 그리고 몇몇 친구는 오각성 위에 새겨진 부호를 밟기도 했다. 그 부호가 두 번째 조건이었다.

악마 소환에 필요한 첫 번째 재료가 인간의 목숨이야. 고대의 희생 제물이 그랬듯이 그 무엇보다 가장 필요한 게 신선한 피거든.

버스, 칼리, 샤오완, 야묘는 이 의식의 희생 제물이었다.
즈메이와 위키는 지하실에 내려가지 않았으니 두 번째 조건에 맞지 않는다. 즉, 남은 희생 제물 후보는 두 사람이다.
산산과 나.
이스트베스 백작이 오각성을 밟은 다섯 명을 희생 제물로 삼는다고 가정하면……. 나는 고개를 돌려 멍하니 앉아 있는 산산을 쳐다봤다.
산산과 나, 둘 중 하나는 죽는다.
그리고 악마 바포메트가 세상에 강림한다.

2

이상하게도 사실을 알고 나니 나는 오히려 침착해졌다.

상황이 좋아진 거라곤 하나도 없는데 더 이상 두렵지 않았다. 최악의 결과를 알고 있으니 마음이 흔들리지 않는 건지도 모른다. 인간이 가장 두려워하는 것은 유령도 아니고, 자신에게 끔찍한 일이 벌어진다는 사실을 미리 알게 되는 것도 아니라고 한다. 인간은 상황을 파악하지 못하는 걸 제일 두려워한다. 한마디로 '미지未知'를 가장 두려워한다.

우리는 기숙사에서 연이어 맞닥뜨린 사건의 원인을 알지 못했다. 그저 우리가 어떤 악의에 의해 농락당하는 거라고만 짐작했다. 그래서 또 무슨 일을 겪을지 모른다는 불안감에 비정상적인 정신 상태에 빠지기도 했다. 그러나 이제 진실을 알게 된 나는 오히려 평온해졌다. 그 진실이 아무리 잔혹하다 해도 놀라 자빠질 일은 없을 것이다.

까짓것, 죽으라면 죽지.

희생 제물로서 목숨을 잃고 나면 어떻게 될까? 지옥에서 갖은 고통을 겪을까? 악마가 세상에 강림하면 세상이 지옥과 다름없이 변할까? 혹시 살아남은 이들이 죽은 자들보다 더 고통스러운 건 아닐까?

산산은 여전히 내 옆에 딱 붙어 있다. 몸의 떨림은 잦아들었지만 불안감은 여전할 것이다. 산산의 모습을 보자 갑자기 울분이 치솟았다.

왜 우리가 이런 일을 겪어야 하지? 더구나 평생을 평탄한 길만 걸어온 내가. 한편으론 이런 생각도 든다. 재미없는 인생 18년을 살아온 내가 이런 무시무시한 사건을 겪다 죽는다면, 그것은 어쩌면 한계를 넘어선 '진전'이 아닐까? 평범한 죽음보다는 그런 스릴 넘치는 죽음이 오히려 멋지지 않을까? 하지만 산산은 다르다. 그녀라면 대학에서 누구보다 빛나는 청춘을 보낼 수 있었을 것이다. 그런데 지금은 겁에 질려 내 옆에 웅크리고 있다. 참혹한 운명 앞에 속수무책으로…….

야묘도 마찬가지다. 원하는 의대 진학을 위해 재수를 했지만, 그 선택이 쉽지는 않았을 것이다. 하지만 그녀는 결국 가족과 친구들, 선생님의 기대에 부응해 자신의 선택이 옳았음을 증명해 보였다. 그런데 그 노력의 대가를 얻기도 전에, 흰 가운을 입어보지도 못하고 삶을 마감했다.

칼리는 대학에서 뜻을 같이하는 친구들과 함께 천문학의 세계에 더 깊이 탐닉할 기대에 부풀어 있었다. 기자가 되겠다는 명확한 목표가 있었던 샤오완은 언론인으로서의 앞날이 정말 기대되는 친구였는데……. 샤오완의 미래도 악령이 짓밟아버렸다.

버스는 뚜렷한 목표 의식도 없었고, 내 주변 친구들 중에 가장 '적당히' 살았다. 하지만 내게는 가장 허물없이 대할 수 있는 든든한 친구였다. 악마의 제물 따위로 바쳐질 이유가 전혀 없다.

생각할수록 억울하다.

빌어먹을 악마! 빌어먹을 바포메트! 빌어먹을 악령! 빌어먹을 이스트베스!

빌어먹을!

갑자기 〈에일리언 3〉가 생각났다.

염소가 웃는 순간

나는 벌떡 일어섰다.

산산이 놀란 눈으로 나를 쳐다봤다. 나는 산산과 눈을 마주하고 그녀의 손을 꼭 쥐었다.

"산산, 내 말 잘 들어." 산산이 내 목소리에 깃든 결연함을 눈치챈 듯 진지한 눈빛으로 나를 바라봤다. "이제 어떻게 된 일인지 알겠어. 이 책에 모든 내막이 나와 있어."

산산이 내 옆에 놓인 검은 책 쪽으로 시선을 내려뜨렸다.

"무서워할 거 없어. 이 책에 따르면 이스트베스 백작의 의식은 실패한 게 아니야. 첫 단계는 성공했지. 다음 단계로, 실제로 악마를 소환하기 위해 더 많은 인간의 목숨을 필요로 하고 있어. 우리는 그의 희생 제물인 거야."

산산의 손이 떨리는 게 느껴졌다. 나는 그녀의 손을 더욱 힘 있게 쥐었다.

"아랑 선배를 이용해서 우리를 지하실에 보낸 것도 희생 제물의 조건을 만족시키기 위해서였어. 우리는 도망칠 곳이 없어. 이스트베스 백작이 우리를 죽일 거야."

산산의 얼굴이 다시 공포의 빛으로 일그러졌다.

"난 참을 수 없어. 빌어먹을 악마에게 농락당하는 것도, 대학 생활 첫날부터 이런 말도 안 되는 이유로 목숨을 잃는 것도, 사악한 놈이 승리하는 것도 너무 화가 나. 산산, 난 대항할 거야."

"대항한다고?"

'대항'이라는 말에 산산의 얼굴에 떠오른 공포가 경악으로 바뀌었다.

"난 무슨 방법을 쓰든 이스트베스 백작과 맞서서 대항할 거야.

요즘 젊은이의 위력을 보여줘야지. 우리를 건드린 대가를 치러야해. 죽는 한이 있어도 그 자식한테 한 방 먹일 거야. 친구들 복수를 하고 말 거라고."

산산의 얼굴에 당혹스런 표정이 떠올랐다. 내가 대체 무슨 방법으로 악마에 맞서려는 건지 의아한 모양이었다.

"그 지하실을 없애버리려고." 이 한마디에 산산의 입이 떡 벌어졌다. "그 마법진이 '바포메트의 낙인'이라면 아주 중요한 거겠지? 그걸 없애버리든지 묻어버리든지 할 거야. 그게 지금 우리가할 수 있는 유일한 일 같아. 나 혼자 가서 해치울까도 생각해봤지만, 너만 휴게실에 남겨두고 가기도 그렇고…… 산산, 나랑 같이 복수하러 갈래?"

나는 산산의 눈을 응시했다. 산산도 말없이 나를 바라봤다. 그렇게 삼십 초쯤 흘렀을까, 그사이 산산은 몇 번이나 입술을 달싹거렸다.

마침내 산산이 고개를 살짝 끄덕였다.

아마 나와 산산 중 한 사람은 죽게 될 것이다. 오각성의 다섯개 부호 가운데 네 개가 버스, 칼리, 샤오완, 야묘에게 나타났으니, 남은 하나의 부호는 산산이나 내 몸에 새겨질 것이다. 누가희생 제물이 되든 산산과 나는 끝까지 싸우기로 결정했다.

만약 내가 다섯 번째 제물이라면 산산은 이 위기를 잘 넘기게되는 셈이다. 나쁘지 않은 결과다. 나는 죽을 각오를 했다. 만일산산이 다섯 번째 제물이 된다면 나는 앞으로 죄책감 속에서 살게 될 것이다. 내가 유일한 생존자가 되는 결말은 바라지 않는다. 그래서 산산과 함께 움직이기로 결정했다. 이스트베스 백작이 산산을 공격한다면 내가 죽을힘을 다해 맞설 것이다. 그러다 죽는다고 해도 아쉽지 않다.

"우, 우리 이제 어떻게 할 거야?"

산산이 조그만 목소리로 물었다.

"일단은 도구를 찾아야지." 나는 주변을 둘러본 다음 다시 산산에게 물었다. "걸을 수 있겠어?"

산산이 비틀거리며 일어섰다.

"노, 노력할게."

나는 산산의 눈에서 '결의'를 읽었다. 산산도 나처럼 친구들이 처한 운명에 울분을 느끼고 목숨을 바쳐서라도 싸우기로 결심한 눈치였다. 계란으로 바위 치기라도 어쩔 수 없다. 수레 앞을 막아서는 사마귀라고 해도 어쩔 수 없다. 우리의 의지는 누구도 꺾을 수 없을 것이다.

바포메트의 낙인을 깨뜨리려면 곡괭이 같은 게 필요한데, 그런 도구는 기숙사에 없을 것이다. 그나마 지금까지 가장 유용했던 도구가 지금 내가 들고 있는 쇠지렛대였다. 차선책으로 휘발유를 챙겨 가서 불을 지를 수도 있을 것이다. 불이 효과가 있을지는 모르겠다. 그 낙인 위에서 불이 피어오르는 것을 보기도 했고, 100여 년 전에도 큰 화재가 있었지만 낙인은 멀쩡했다. 다만 고온의 불길에 유화 물감이 훼손될 가능성이 있으니, 그렇게 된다면 낙인도 효력을 잃지 않을까?

문제는 기숙사에는 휘발유도 없다는 것이다.

휘발유 대신 쓸 수 있는 연료라면…….

"아!"

생각났다.

나는 산산에게 내 팔을 붙들게 하고 건물 동쪽으로 향했다.

식당 입구에 선 우리는 안을 들여다봤다. 복도의 불빛이 유리문을 통해 비쳐 들었지만 겨우 몇 발자국 앞까지만 보였다. 나는 유리에 얼굴을 바짝 붙이고 식당 안에 이상한 점이 없는지 살폈다.

"산산, 뒤로 물러서 있어."

산산이 뒤로 물러서자 내가 쇠지렛대로 유리문을 힘껏 내리쳤다. 유리가 부서지고 금속으로 된 틀만 남았다.

"자물쇠를 여는 것보다 이게 더 쉬운 방법이지." 나는 어깨를 으쓱했다. "유리 조심해."

식당으로 들어가 전등을 켰지만 이상한 점은 없어 보였다. 탁자도 가지런히 놓여 있고, 세트 할인가를 알리는 종이가 계산대에 붙어 있는 것까지 몇 시간 전에 본 모습과 달라진 게 없었다.

계산대 옆 나무 문에는 '관계자 외 출입금지'라는 팻말이 붙어 있다. 나는 그 문을 열고 주방으로 들어갔다.

"지, 지금 뭘 찾는 거야?"

수납장이며 서랍 등을 열어보는 나에게 산산이 물었다. 그때 마침 내 눈에 들어온 깡통이 있었다.

"저거."

나는 수납장에서 20×20×40센티미터의 직육면체에 손잡이가 달린 깡통을 꺼냈다. 깡통에는 '고급 식용유'라고 쓰여 있었다.

깡통의 무게는 10킬로그램쯤 될 듯했다. 뚜껑을 열고 냄새를 맡아보니 확실히 식용유다. 기숙사에 있는 물건 중 휘발유에 가장 가까운 것은 아마 이 식용유일 것이다.

나는 식용유를 한 통 더 꺼내고 라이터도 찾아냈다. 쇠지렛대로 바닥의 벽돌을 부수고 식용유를 부은 뒤 불을 붙인다면 바포메트의 낙인을 어느 정도 훼손할 수 있을 것이다.

양손에 하나씩 식용유 깡통을 드니 꽤 무거웠다. 걸음을 옮기는데 쇠지렛대가 바닥에 떨어져 있었다. 나는 깡통 하나를 내려놓고 쇠지렛대를 집어 들었다. 그때 산산이 내가 내려놓은 깡통의 손잡이를 쥐었다.

"내, 내가 들게."

"엄청 무거워."

"이 정도 들 힘은 있어."

산산이 두 손으로 깡통을 들었다. 생각보다 힘이 꽤 세 보였다. 나는 씩 웃으면서 한 손에 쇠지렛대와 깡통을 같이 들고 빈손으로 산산의 손목을 잡으며 말했다.

"이러면 우리 둘이 떨어지지는 않겠다."

산산도 진지하게 고개를 끄덕였다.

우리는 식당을 나와 동쪽 계단으로 향했다. 마음을 다잡긴 했지만 막상 현장으로 향하려니 조금 망설여졌다. 계단 옆의 철문을 열고 내려가면 그 교활한 미소의 염소 머리를 마주하게 된다. 눈앞에서 100여 년 전의 의식을 보며 들었던 혐오감이 여전히 내 속에 남아 있다. 나의 의지는 앞으로 나아가라고 하는데, 자꾸만 신체가 저항했다. 발걸음이 점점 무거워지는 걸 느꼈다.

산산도 그런 나를 느꼈을 것이다. 하지만 그녀는 아무 말 없이 나를 따라왔다. 내가 앞으로 한 발 내디디면 산산도 똑같이

한 발 내디뎠고, 내가 멈추면 산산도 멈추었다.

더 이상 다른 선택지가 없다! 이렇게 생각하며 이를 악문 나는 성큼성큼 걸어 동쪽 계단 입구로 들어섰다. 계단 옆에 쌓인 종이 상자며 의자, 알림판 등이 여전히 똑같은 위치에 놓여 있다. 잡동사니를 치우고 알림판을 밀어내자 회색 철문이 드러났다.

지옥으로 통하는 철문.

나는 산산을 바라봤고, 산산도 나를 바라봤다. 우리는 시선을 교환한 다음 용기를 내어 철문 앞으로 다가갔다.

끼익.

철문의 빗장을 당기자 금속 마찰음이 허공을 울렸다. 나는 빗장을 문고리 삼아 힘껏 당겼다. 곰팡내 섞인 공기가 얼굴에 훅 끼쳤다.

다음 순간 우리는 그 자리에 굳어버렸다.

철문을 열면 있어야 할 계단이 보이지 않았다. 계단 대신 종이 상자와 잡동사니가 쌓인 작은 창고가 눈앞에 나타났다.

"계단은?"

산산이 떨리는 목소리로 물었다.

나는 용기를 내 철문 안으로 들어갔다. 벽에 오래된 검은색 스위치가 있었다. 스위치를 올리자 천장에 달린 전구에 불이 들어왔다. 바로 앞에 있는 종이 상자를 열어보니 스카치테이프와 비닐 시트 같은 게 들어 있다. 그 옆에 곰팡이가 핀 매트리스가 몇 개 세워져 있다. 매트리스를 밀어내니 그냥 벽면이다.

통로가 사라졌다.

지하실이 사라졌다.

나의 첫 반응은 내 기억이 잘못됐는지 의심하는 것이었다. 지하실로 내려가는 통로가 정말 동쪽 계단 옆이었나? 서쪽 계단이나 중앙 계단은 아니었을까? 그러나 산산도 어리둥절해하는 걸 보니 우리의 기억이 틀린 건 아니었다. 한 사람이 잘못 기억할 수는 있어도 두 사람 다 그럴 리는 없다.

쇠지렛대로 벽과 바닥을 두들겨봤지만 숨겨진 공간 같은 것도 없었다. 종이 상자와 매트리스에 먼지가 뿌옇게 앉았고, 곳곳에 거미줄도 보였다. 오랫동안 사람의 발길이 끊겼던 것이다. 대체 우리는 어떻게 그 지하실에 들어갔던 거지? 아량 선배의 얼굴이 스쳐갔다.

맞아, 이건 전부 악령의 음모다. 지하실은 안내인이 있어야 갈 수 있는 곳이다…… 여기 계속 있어봐야 소용없다. 나는 창고를 나와 철문을 닫았다.

"아, 아화, 지하실이 사라졌어?"

"나도 모르겠어. 우리가 지하실에 접근하지 못하게 악령이 막아버렸나 봐. 그렇다는 건 우리의 결정이 틀리지 않았다는 뜻이지. 백작이 우리를 막는다는 건 그에게도 약점이 있다는 거야. 어쩌면 백작의 본체가 기숙사 어딘가에 숨어 있을지도 모르지. 그걸 찾아내서 소멸시키면 소환 의식도 멈출 수 있을 거야."

"그, 그럼 어디서 시작할까?"

마땅한 방법이 떠오르지 않는다. 긴 머리 악령이 나타나 습격할 때까지 기다려야 하나?

바로 그때 떠오르는 사람이 있었다.

샤오완!

칼리를 찾으러 가기 전, 샤오완이 나를 데리고 여기에 와서 지하실의 방위를 가늠하고는 칼리가 8층에 갇혀 있을 거라고 추측했다.

샤오완이라면 이 상황에서 어떻게 했을까?

7대 불가사의.

맞아, 기숙사 괴담들은 바포메트의 힘에 영향을 받아 만들어졌다. 우리가 지금껏 경험한 사건도 전부 7대 불가사의와 관련이 있었다. 7대 불가사의 중에 우리가 겪은 사건과 관련되지 않은 것은…… 〈불길 속의 원혼〉〈살아 있는 조각상〉〈방문 세기〉다.

〈불길 속의 원혼〉은 9층에서 화재 사건이 난 후로 한밤중에 귀신이 우는 소리가 들린다는 이야기다. 나는 11년 전으로 돌아가 화재 사건을 목격했다. 그러니 이 이야기는 이미 겪었다고 봐도 된다. 그렇다면 이제 〈살아 있는 조각상〉과 〈방문 세기〉에 대해 알아봐야 한다.

〈살아 있는 조각상〉은 잔디밭의 조각상이 사실은 괴수였다는 이야기로 기억한다. 자세하게 기억나지는 않지만 지금 우리의 목적과는 거리가 멀어 보인다. 우리는 지금 기숙사 내에 숨어 있는 이스트베스 백작의 본체를 찾으려는 것이다. 그는 지금 거울 세계 같은 곳에 숨어 있을 가능성이 크다. 그렇다면 괴이한 공간으로 떨어지게 되는 〈방문 세기〉 괴담이 우리의 목적에 좀 더 부합한다.

〈방문 세기〉는 남녀 학생 둘이 3층에서 방문을 세다가 그들도 모르는 사이에 7층에 올라가게 됐고, 거기서 남학생이 사고로 추락해 사망했다는 괴담이다. 그들은 문패가 없는 방이 가득한 복도를 끝도 없이 달렸다. 이는 내가 11년 전의 세계에서, 그리고 비탈길과 대만고무나무 숲에서 겪은 일과도 비슷하다. 칼리도 8층의 거울 세계에 들어가기 전 복도에서 길을 잃고 문패 없는 방문을 봤다고 했다. 어쩌면 그 '끝없는 복도'가 백작의 근거지일지도.

"우리…… 3층에 가보자."

내가 입을 열었다.

"3층?"

"방문을 세보자."

산산의 얼굴이 어두워졌다.

"그, 그 괴담을 따라 하려는 거야?"

"맞아. 그게 이세계로 들어가는 방법인 것 같아. 호랑이 굴에 들어가야 호랑이를 잡지. 지하실이 사라졌으니 그렇게라도 해봐야겠어."

산산은 내키지 않아 하면서도 결국 고개를 끄덕였다.

우리는 계단을 이용해 3층으로 올라갔다. 걸음이 자꾸만 느려졌다. 손에 든 식용유 통 때문이 아니라 계단 모퉁이를 돌 때마다 뭔가 튀어나와 우리를 덮칠 것만 같았기 때문이다. 우리는 계단참을 지날 때마다 창밖을 내다봤다. 창밖으로 대만고무나무 숲을 보며 또 시체가 걸려 있지 않은지 확인했다.

3층에 도착하니 방 호수 안내판에 한쪽은 '301~336호', 또 한쪽은 '337~350호'라고 쓰여 있다. 우리는 350호 앞으로 걸어갔다. 복도 끝 창문을 통해 찬 바람이 들어왔다. 비탈길에서 만난 괴이한 바람이 문득 생각났다. 바람에 날려온 낙엽이 창틀과 복도 바닥에 드문드문 떨어져 있었다. 전등이 밝아서 시야는 충분했지만, 빛 너머 공간에서 악령이 우리를 훔쳐보고 있으리라는 생각을 떨치기 힘들었다.

350호가 바로 〈방문 세기〉 괴담의 주인공이 살았던 방이다. 문패를 보자 야묘와 칼리의 443호(어쩌면 444호)가 떠올랐다. 나는 천천히 350호의 문손잡이를 잡고 돌려봤다. 문은 역시 잠겨 있었다. 쇠지렛대로 방문을 열 수도 있겠지만 지금 우리가 찾는 것은 350호 안에 있지 않다.

"시작하자."

내 말에 산산이 긴장한 표정으로 고개를 끄덕였다.

"1, 2, 3······."

우리는 복도를 걸으면서 양옆의 방문을 세기 시작했다.

345호를 가리키며 '육'이라고 셌고, 344호를 가리키며 '칠'이라고 셌다. 열 개도 세기 전에 괴담 속의 남학생이 우습게 여겨졌다. 나는 성적이 좋지는 않아도 통계학과에 들어온 이과생이다. 숫자에 예민하다. 내가 세는 숫자와 가리키는 방문 호수의 두 자리 수를 더해서 51이 돼야 하는데, 그렇지 않을 경우 바로 알아차릴 수 있다. 이렇게 단순한데 어떻게 잘못 세고 넘어갈 수 있을까?

"······29, 30······."

우리는 중앙 계단과 공용 주방을 지나 서쪽으로 들어섰다. 내 입이 '이십구'라고 말할 때 손가락은 당연히 322호를 가리켰다.

얼마 후 우리는 서쪽 끝에 있는 301호실 앞에 도착했다. 여기도 창문이 있었지만 동쪽처럼 바람이 불지는 않았다. 나는 301

염소가 웃는 순간 |

호를 가리키며 '오십'을 셌다. 뭔가 괴이한 일이 일어나지 않을까 했지만 주변은 조용하기만 했다. 전등도 깜빡거리지 않았다.

산산과 나는 서로 마주 봤다.

"그, 그 괴담에서는 51까지 셌는데……."

산산이 말했다.

나는 우물쭈물하다가 창문을 가리키며 '오십일'이라고 말했다. 그러나 역시 아무런 변화가 없었다.

"다시 세보자."

우리는 301호실부터 다시 세기 시작했다. 하지만 서쪽에서 동쪽으로 방문을 세는 것은 더 우스운 짓이다. 나는 301호를 가리키며 '일'이라고, 302호를 가리키며 '이'라고 셌다. 어린애들도 틀릴 수 없는 상황이다. 그렇지만 괴담을 떠올리며 차근차근 방문을 세나갔다. 동쪽 끝에 도착해 350호를 가리키며 '오십'이라고 셌을 때 나는 실망하지 않을 수 없었다. 그런 내가 너무 어리석게 여겨졌다.

"아무 일도 일어나지 않네."

내가 중얼거렸다.

산산은 말없이 나를 쳐다보기만 했다. 바포메트에 대항하자고 제안한 것도, 괴담을 이용해 이스트베스 백작의 본체를 찾자고 한 것도 나였다. 그래서 내게 무슨 뾰족한 수라도 있으리라 기대했던 걸까? 사실 나는 추리에 따라 한 발 한 발 접근했을 뿐인데……

"산산, 〈방문 세기〉 괴담에서 우리가 따라 하지 않은 게 있어?"

"똑같이 했을 텐데…… 두 사람이 한밤중에 3층 복도에서 방문을……."

"아!"

머릿속으로 번뜩 스치는 생각이 있었다.

"왜?"

"바로 그거야!"

나는 산산을 데리고 중앙 계단 옆의 공용 주방으로 갔다.

"저 조건이 빠진 거야."

내가 주방 벽에 걸려 있는 흰색 시계를 가리키며 말했다.

시간은 새벽 2시 52분.

"〈방문 세기〉 괴담에는 시간 조건이 나와 있어. 새벽 3시부터 일출 전까지 복도에서 방문을 세지 말 것."

우리가 너무 일찍 시작한 거였다.

"3시가 지나야 효과가 있을 것 같아. 조금 기다렸다가 다시 해보자."

우리는 공용 주방 옆의 긴 의자에 앉았다. 나는 식용유 통을 옆에 내려놓고 말없이 벽시계만 쳐다봤다. 초침이 느릿느릿 움직인다. 여덟 바퀴만 돌면 새벽 3시다. 초침이 유난히 느리게 움직인다는 느낌이다.

그러고 보니 모든 일이 새벽 3시와 관련 있었다. 100여 년 전의 세계로 넘어갔을 때 칼리와 나는 갑자기 새벽 3시를 알리는 종소리에 놀랐다. 그리고 곧 이스트베스 백작을 따르는 신도들의 의식을 봤다. 즈메이와 함께 11년 전의 기숙사에 갔을 때도 새벽 3시에 화재 경보가 울렸다. 〈5층 반〉 괴담에서 피범벅인 남학생이 엘리베이터에서 기어 나왔던 시간도 관리인이 새벽 순찰을 돌던 새벽 3시 무렵이었다. 〈거울에 비친 모습〉에서 여학생이 화장실 거울에서 악령을 본 것도 새벽 3시였고, 〈444호실〉에는 특정한 시간이 나와 있지 않지만 한밤중에 일어나 공부했다는 내용으로 보아 새벽 3시 이후였을 것이다.

우연일까? 아니면 '새벽 3시'에 무슨 의미가 있는 걸까? 백작의 의식이 새벽 3시에 치러졌기 때문에 바포메트의 힘이 그 시간에 가장 커지는 걸까? 불길한 생각이 들었다. 지금까지 우리가 겪은 사건들이 악령이 가장 큰 힘을 발휘한 상태에서 일어난 게 아니라면…… 앞으로 벌어질 일은 상상하고 싶지 않다.

"아화…….."

산산이 내 팔을 잡아당겼다. 산산이 가리키는 곳을 보니 시계 분침이 12의 오른쪽에 있었다. 새벽 3시 1분.

"출발하자."

나는 식용유 통을 들고 일어나 공용 주방과 가까운 325호실 앞에 섰다.

"아화, 끝에서부터…….."

"여기서부터 세도 괜찮아."

"괴담에선 끝에서부터 셌잖아?"

"〈방문 세기〉에 나온 규칙은 3시부터 일출 전까지는 방문을 세지 말라는 거였어. 어디서부터 세지 말라는 언급은 없으니까 중간에서 시작해도 될 거야." 나는 복도 양쪽을 번갈아 바라보며 말했다. "그리고 어차피 우린 복도 끝으로 갈 거니까 지금부터 세면서 갔다가, 끝에 가서 또 세면서 돌아오지 뭐."

우리는 325호실부터 시작해서 350호실 쪽으로 방문을 세면서 걸어갔다. 노픽관은 동쪽의 방이 25~50호, 서쪽 방이 1~24호로, 동쪽 방이 두 개 더 많다. 그러니까 내가 325호부터 세기 시작하면 복도 끝에 갔을 때 '이십육'을 세게 된다.

"……11, 12……."

'십이'를 셌을 때 내 손가락은 336호를 가리켰다. 이상한 점은 없다. 336호실 옆은 동쪽 화장실과 계단이고, 복도 모퉁이를 돌면 337~350호의 복도다.

그러나 모퉁이를 돌아 337호실 앞에 선 우리는 더 이상 수를 세지 않았다. 셀 필요가 없었다. 이상한 점이 있었다.

337호에서 350호까지는 복도가 일직선이고, 복도 양쪽에 각기 일곱 개의 방문이 있다. 그리고 복도 끝에는 창문이 있어야 한다. 그런데 창문이 사라지고 거기서 왼쪽으로 꺾이는 모퉁이가 생겨난 것이다.

"아, 아화, 저거, 저거 보여?"

산산이 물었다. 모퉁이를 가리키는 그녀의 손이 덜덜 떨렸다.

나는 재빨리 뒤돌아봤다. 아니나 다를까, 우리가 지나온 화장실 입구, 계단, 문 등이 전부 사라지더니 양쪽에 방문이 늘어선 복도로 변했다. 그리고 뒤쪽 복도 끝에 왼쪽으로 꺾이는 모퉁이가 생겼다.

"겁내지 마. 제대로 온 거야."

내가 주변을 경계하며 말했다. 천장도 소홀히 넘기지 않았다.

"최대한 천천히 걷자. 괴담 내용은 남학생이 창문에서 떨어진 거니까 우리도 비슷한 상황을 맞게 될지 몰라. 바닥은 단단해 보이지만 환영일 수도 있어. 계속 조심하면서 전진하자고."

염소가 웃는 순간

산산이 긴장한 얼굴로 고개를 끄덕였다.

우리는 느릿느릿 앞으로 나아갔다. 나는 왼손에 식용유 통을 들었고, 산산은 내 왼쪽 팔을 붙들었다. 내가 오른손에 쥔 쇠지렛대로 복도 양쪽의 방문과 벽을 두드려보고 문제가 없으면 한 걸음씩 나아갔다. 이렇게 하는 게 도움이 될지는 모르겠지만, 눈에 보이는 것을 믿을 수 없는 세계에서는 촉각이나 청각이 시각보다 신뢰할 만하다.

괴담과 다른 점이라면 방문의 문패가 사라지지 않았다는 것이다. 우리는 350호실 앞을 지나 모퉁이를 돌았다. 역시 또 다른 복도다. 똑같은 방문이 양쪽에 열을 지어 있다. 첫 번째 방문의 문패를 본 나는 놀랄 수밖에 없었다.

351.

노력관은 층마다 방이 쉰 개 있다. 어느 층이든 51호실은 존재할 수 없다. 그러나 이곳에는 351호실 맞은편에 352호실이 있고, 353호와 354호, 이렇게 방이 계속 이어져 있었다.

그놈이 나타났다.

산산과 나는 조심스럽게 나아갔다. 한 번 더 모퉁이를 돌자 또 복도가 나타났고, 방 호수는 363호와 364호로 시작됐다.

"우리…… 이렇게 계속 가?"

산산이 물었다.

그래, 이런 식으로 끝도 없이 나아가는 건 좋은 방법이 아니다. 나는 363호 방문과 손에 들린 쇠지렛대를 번갈아 쳐다봤다. 문을 비틀어 열면 어떤 일이 생길까? 괴담 속 남학생은 어깨로 방문을 밀치고 들어간 후 창밖에서 추락한 시체로 발견됐다. 무모하게 문을 열었다가 나도 똑같은 결말을 맞는 건 아닐까?

걱정이 너무 많으면 큰일을 못 한다! 초등학교 때 선생님이 하신 말씀이다. 그때 우리 반에서는 바둑이 유행해서 방과 후에 바둑을 두는 친구들이 많았다. 나는 바둑에 별 흥미가 없었지만 사람 수를 맞춰야 해서 자주 불려갔다. 그때 바둑 마니아였던 수학 선생님이 우리의 대결을 관전하며 조언도 많이 해주셨는데, 하루는 나를 불러 이런 말을 했다. 내가 바둑을 너무 소극적으로 둔다고, 내 진영을 지키려고만 하지 말고 상대방 진영의 약점을 찾아내서 과감히 반격하라는 거였다. 그러면서 걱정이 너무 많으면 큰일을 못 한다고 충고했다.

지금이 바로 과감히 공격해야 할 때겠지? 식용유 통을 내려놓은 나는 363호실 방문 틈에 쇠지렛대를 끼웠다.

"산산, 나를 꽉 잡아. 혹시라도 무슨 위험이 닥치면 네 안전을 먼저 챙겨야 해. 난 신경 쓰지 말고, 알았지?"

산산은 뭐라고 말하려는 듯 입을 열었다가 말없이 고개만 끄덕였다. '그럴 수 없다'고 말하고 싶었을 것이다. 하지만 긴급 상황에서는 순간의 망설임도 치명적일 수 있다는 걸 산산도 모를 리 없다. 말로 한 적은 없어도 우리는 같은 생각을 하고 있으리라. 목숨을 버려야 한다면 의미 없이 생명을 낭비하는 꼴이 되어서는 안 된다. 적어도 이스트베스 백작에게 아주 작은 타격이나마 주어야 한다. 그것이 우리의 복수다.

산산이 등 뒤에서 내 허리를 끌어안았다. 나는 힘을 주어 쇠지렛대를 비틀었다.

자물쇠는 어렵지 않게 부서졌다.

방문이 천천히 안쪽으로 열렸다.

방 안은 비정상적으로 어두웠다.

복도의 불빛이 이상하게도 방 안쪽으로 새어들지 않았다. 문틀이 빛과 어둠을 가르는 경계선처럼 보였다. 2미터 높이의 직사각형 문틀 너머는 세상의 끝인 듯 텅 빈 허공처럼 보였다.

나는 어두운 허공으로 쇠지렛대를 뻗어 이리저리 휘둘러봤다. 어디에도 닿는 느낌이 없었고, 바닥도 없는 것 같았다. 문을 비틀어 열 때 떨어진 나뭇조각을 집어서 방 안으로 떨어뜨려봤다. 기다려도 바닥에 닿는 소리가 나지 않았다. 마치 눈앞에 거대한 블랙홀이 있고, 우리는 우주의 가장자리에 서 있는 것 같았다.

안쪽으로 열렸던 방문도 어느새 사라지고 없었다. 산산은 여전히 내 허리를 껴안고 있었다. 나는 친친히 뒤로 물러섰다.

"저 너머는…… 7층의 창밖인 걸까?"

산산이 시커먼 공간을 가리키며 물었다.

"나도 모르겠어. 어쨌거나 들어가지 않는 게 좋겠어."

시커먼 방 입구가 나를 몹시 불안하게 했다.

우리는 351호와 352호 쪽으로 되돌아갔다.

"우리…… 301호에서 350호 가운데 하나를 열어보면 어떨까?"

산산이 제안했다. 그것도 좋은 방법일 것이다. 351호부터는 애초에 정상적인 방이 아니다. 기숙사에 원래 존재하는 방도 이상하게 변했을지 확인해봐야겠다.

우리는 349호와 350호 사이에 멈춰 섰다. 나는 349호를 선택했다. 〈방문 세기〉 괴담의 주인공이 살았던 방은 무의식적으로 건드리기가 꺼려졌던 것 같다. 나는 아까처럼 349호의 방문 틈에 쇠지렛대를 끼우고 비틀었다.

문 안쪽은 역시나 시커먼 공간이었다. 그러니 이 349호실은 현실 세계의 349호실이 아닌 셈이다. 복도 전체가 이미 현실 세계의 노픽관 3층이 아니다.

이곳은 바포메트가 지배하는 이세계다! 나는 그렇게 확신했다. 중요한 건 여기서 이스트베스 백작의 본체를 찾는 것이다.

"아화, 그 지하실 통로가 여기 있는 문들 중에 있지 않을까?"

"글쎄……."

시커먼 공간 앞에 서 있으려니 너무나 께름칙하고 불안했다. 우리는 349호실 앞에서 물러나 343호실 쪽으로 이동했다.

"문 너머에 지하실이 있을 수도 있고, 긴 머리 귀신이나 이스트베스 백작의 본체가 있을지도 몰라. 아니면 염소 한 마리가……."

"염소?"

"그 검은 책에 그렇게 쓰여 있었어. 바포메트는 염소의 형상을 한 악마이자 사탄의 분신이라고…… 왜 그래?"

내 말을 듣던 산산이 당황한 표정으로 나를 쳐다봤다. 마치 내게 엄청나게 무서운 말이라도 들은 것처럼.

"아, 아화, 너, 너, 〈살아 있는 조각상〉 괴담 알아?"

"잔디밭에 있는 조각상이 괴수로 변한다는 거?"

"괴, 괴수가 아니야……." 산산은 몹시 두려운 얼굴이었다. "그 이야기에서 조각상은…… 염소야…… 사람을 먹는 염소……."

나는 말문이 막혔다. 그렇게 중요한 사실을 이제야 알아채다니!

"만, 만약에 7대 불가사의가 바포메트와 관련이 있고 바, 바포메트는 염소 형상의 악마라면, 잔디밭의 염소 조각상은 절대로 우연이 아니야!"

산산은 공포에 떨면서도 자기 생각을 끝까지 말했다. 그녀의 말을 들으면서 나는 가슴이 서늘해지는 걸 느꼈다.

"아, 아화, 우리, 우리가 잘못 생각한 걸까? 악령은 기숙사에 숨어 있는 게 아니라 기숙사 그 자체일지도 몰라……."

머리카락이 쭈뼛 서는 느낌이었다.

산산의 추론이 맞는다면 우리는 줄곧 악마의 배 속에서 버둥거리고 있는 셈이었다……. 이스트베스 백작이 바포메트와 결합한 후 사악한 힘이 기숙사와 주변의 땅까지 뒤덮은 것이다. 이곳에 노픽관이 지어질 때 악마는 자신의 본체를 건물에 전이시켰을 것이다. 백작은 사람을 조종하는 등의 방법으로 기숙사 잔디밭에 조각상을 세웠다……. 아니지, 이 건물을 지은 건축가도 바포메트의 신도였을지 모른다. 모든 것이 이스트베스 백작이 희생 제물을 손쉽게 얻을 수 있도록 준비됐을지도. 이 주변에서 죽거나 실종된 사람은 사실 기숙사에 먹힌 것이고, 시체는 건물 뒤쪽 풀 한 포기 없는 진흙 땅에 숨겨져 있을 테지. 대만고무나무가 자라는 언덕은 바로 이스트베스 백작이 준비한 두 번째 만마전이고…….

백작은 사악한 힘을 이용해 기숙사의 현실을 바꿔놓는다. 목숨을 빼앗긴 사람은 이 세상에서 사라지고, 다른 사람들의 기억은 수정된다. 7대 불가사의는 현실 세계가 수정된 후에 나타나는 허점이고, 결과적으로 '괴담'이라는 형식으로 기숙생들 사이에 전해지고 있다……. 절망적이다. 이렇게 해서는 우리에게 승산이 없다!

"산산, 네 말이 맞아. 일단 이곳을 빠져나가서……."

그 순간 불길한 징조가 내 시야에 들어왔다.

산산의 왼쪽 쇄골 위에 검붉은 부호가 떠올라 있었다.

ת

희생 제물의 마지막 부호다.

"산산!"

나는 식용유 통을 내팽개치고 한 팔로 산산을 당겨 안았다. 다른 손에는 쇠지렛대를 꽉 쥐고 주변을 경계했다.

"네 쇄골에 제물의 부호가 나타났어……."

산산의 얼굴에 핏기가 가셨다. 산산은 입술을 떨면서 고개를 숙이고 옷깃을 당겼다. 그러고는 자신의 목 아래를 손으로 자꾸 때렸다. 마치 몸에 붙은 벌레라도 떼어내듯이. 위치상 산산의 눈에는 쇄골에 생긴 부호가 보이지 않을 것이다.

쾅!

왼쪽 앞에 보이는 방문이 세차게 열렸다. 나는 그쪽을 향해 쇠지렛대를 들어올렸다. 긴 머리 귀신이든 뭐든 그 안에서 튀어나올 것만 같았다.

쾅!

오른쪽 뒤에서 또 큰 소리가 울렸다. 고개를 획 돌리자 또 다른 문이 열려 있다. 문 안쪽의 어둠이 스멀스멀 기어 나왔다.

쾅! 쾅! 쾅!

사방에서 문이 열렸다. 나는 열린 문을 피해 복도 한가운데를 허둥지둥 뛰어다녔다. 산산은 내 팔을 꽉 붙들고 초조하게 주변을 둘러봤다.

"숨지 말고 나와!"

나는 고함을 질렀다. 바로 그때 산산이 내 팔을 떼어낸다는 느낌을 받았다. 아니, 산산은 그대로인데 그녀의 몸이 내게서 멀어지고 있다. 나는 쇠지렛대를 내던지고 두 팔로 산산을 껴안았다.

그 순간 주변의 풍경이 바뀌었다. 나는 어느새 창밖으로 몸을 반쯤 내밀고 있었고, 추락하려는 산산의 상반신을 붙잡고 있었다. 산산은 내 목에 팔을 두른 채 기숙사 외벽에 매달려 있었다.

"아, 아화! 아화……."

산산이 나를 붙든 손에 힘을 주며 외쳤다.

"손 놓지 마!"

나는 온 힘을 다해 산산을 끌어올리려고 했지만, 힘을 제대로 쓰기엔 자세가 좋지 않았다.

방금 전 산산의 몸이 내게서 멀어졌던 것은 산산의 발아래가 허공으로 변하면서 지탱할 바닥이 사라졌기 때문이다. 악령이 어떤 방법으로 산산의 몸을 창밖으로 보냈는지 모르겠다. 간발의 차로 그녀를 붙잡을 수 있었던 게 그나마 다행이었다.

"산산, 창틀 잡을 수 있겠어? 손 위치를 바꿔야 할 것 같아."

산산을 끌어올릴 방법을 고민하고 있는데, 갑자기 세찬 바람이 불었다.

"으악!"

산산이 비명을 질렀다. 나는 손 위치를 바꿀 엄두도 못 내고 산산을 더 꽉 붙잡았다.

그리고 숨 막히는 장면을 목격했다. 산산의 아래, 잔디밭이어야 할 자리에 초록빛 잔디는 어디론가 사라지고 시커먼 소용돌이가 보였다. 소용돌이 속에서 나는 얼굴들을 발견했다.

기숙사 뒤쪽 진흙 땅에서 봤던 시체들의 얼굴.

그들은 빙글빙글 돌거나 춤을 추면서 괴이한 소리를 질러댔다. 어떤 시체는 손을 쭉 뻗기도 했다. 산산이 소용돌이 속으로 떨어지기를 기대하는 듯한 몸짓이었다.

"밑은 쳐다보지 마!"

내가 얼른 외쳤지만 너무 늦은 경고였다. 지옥도와 같은 광경을 내려다본 산산은 맥이 빠진 듯 나를 잡은 손을 놓칠 뻔했다.

"꽉 잡아!"

소용돌이는 점점 빠르게 돌았고, 토네이도처럼 조금씩 위쪽으로 올라왔다.

"안, 안 되겠어……."

산산은 시체들이 일으키는 토네이도의 영향권에 점점 더 깊이 들어갔다. 그녀의 몸이 바람에 따라 이리저리 흔들렸다. 어떤 강력한 힘에 의해 끌려가는 것처럼 점점 더 토네이도 중심으로 끌려갔다. 갑자기 내 손에 힘이 풀렸다.

소용돌이가 산산을 집어삼키려는 순간, 나는 아예 창문을 뛰어넘어 왼손으로 산산의 손목을 잡았다.

"아, 아화! 뭐야!"

산산이 소리 질렀다. 나는 이제 오른손만으로 창틀을 붙잡고 두 사람의 체중을 지탱하고 있었다. 산산이 아래층 창틀을 붙잡을 수 있을 만큼만이라도 그녀를 끌어올리려 했지만, 바람이 너

염소가 웃는 순간

무 세서 마음먹은 대로 되지 않았다. 우리는 고목나무 가지에 마지막으로 남은 두 장의 나뭇잎이었다. 강풍에 이리저리 흔들리며 추락의 운명에 저항하고 있었다.

하지만 저항의 시간은 오래가지 못할 것이다. 산산의 손이 내 손아귀에서 조금씩 미끄러져갔다……. 나는 유일한 생존자 따위는 되고 싶지 않다. 만약 산산을 구하지 못한다면 그녀와 함께 저 지옥으로 뛰어들어 이스트베스 백작을 찾아내 복수할 것이다.

"산산, 더는 못 버티겠어." 나는 쓰게 웃으며 말을 이었다. "우리 같이 저쪽에 가서 버스랑 친구들에게 인사하자."

다음 순간 나는 창틀을 잡고 있던 오른손을 놓아버렸다.

턱!

누군가가 내 오른팔을 잡아챘다.

고개를 들어보니…….

"위키!"

창밖으로 반쯤 몸을 내민 위키가 두 손으로 내 오른팔을 붙잡고 있었다.

"위키! 두 사람 무게를 버틸 순 없어! 잘못하면 너까지 위험해!"

위키의 등장은 정말 기쁜 일이었지만, 이러다가는 위키마저 위험해질 상황이었다.

"왜 못 버텨? 너희 둘에 버스까지 더해져도 끌어올릴 수 있어!"

그러더니 위키는 정말로 나를 창틀까지 끌어올렸다. 나는 오른손으로 다시 창틀을 단단히 붙잡았다.

"아!"

그때 산산의 비명 소리가 들렸다. 나는 왼손으로 산산의 손가락을 겨우 잡고 있었는데, 지금 그 손가락이 미끄러지려 했다.

"산산! 손 놓으면 안 돼! 조금만 더 힘내……."

그때 산산이 미소 지었다. 슬픈 미소였다. 왼손에서 그녀의 손가락이 스르르 빠져나갔다.

"안 돼!"

내가 소리쳤다. 그와 동시에 위키의 목소리가 들렸다. 위키는 뭐라고 중얼대더니 창을 넘어 다이빙하듯 뛰어내렸다. 머리를 아래로 하고 떨어지던 그는 중간에서 산산의 몸을 낚아채 품에 안았다. 그런 다음 5층 정도로 추정되는 위치에서 공중제비를 돌며 건물 외벽의 수도관을 걷어찼다. 그 반동을 이용해 위로 솟구치더니 5층 창틀을 붙잡고 창문 안으로 쏙 들어갔다.

내 눈으로 보면서도 믿을 수 없는 광경이었다. 영화 속 스턴트맨도 구사하기 힘든 동작이었으니까. 아래를 내려다보고 있자니 위키가 두 층 아래 창문에서 얼굴을 내밀었다.

"아화, 창턱 넘어서 들어갈 수 있겠어?"

위키가 경쾌한 목소리로 물었다.

"어…… 응."

나는 창턱을 넘어 실내로 들어온 다음 창밖으로 고개를 내밀고 위키를 찾았다.

"아화, 우린 5층에 있을 테니 얼른 내려와! 걱정할 거 없어. 그놈은 널 어쩌지 못해!"

지옥의 소용돌이는 여전히 빙글빙글 돌았지만, 위키는 그까짓 것에는 신경 쓰지 않는다는 투였다.

나는 지금의 상황을 도무지 이해할 수 없었다.

위키가 창밖으로 다이빙하기 전에 중얼거린 이상한 구호는 뭐였을까? 내가 잘못 듣지 않았다면 위키는 이렇게 내뱉었다.

"닌자술, 비첨주벽飛簷走壁*."

위키가 닌자술을? 이거야말로 괴이한 일이 아닐 수 없다.

---

* '닌자술'이란 과거 일본에서 첩보활동을 하던 전투 집단인 닌자들의 무술법을 말한다. 그 무술법 중 하나인 '비첨주벽'은 처마 위를 날고 담벼락을 타고 달린다는 뜻이다.

제 7 장

★ ★ ★

　노픽관을 지을 때 정문 앞 잔디밭에 약 5미터 높이의 청동 조
각상을 하나 세웠다. 노픽관의 상징이라 할 수 있는 이 조각상
은 크고 작은 삼각뿔과 일그러진 사각뿔이 모여서 상당히 추
상적인 형상을 이루고 있다. 이 형상에 대해 대포를 닮았다고
하는 사람도 있었고, 고철이 한 무더기 쌓여 있는 모양이라고
하는 사람도 있었다.

　하지만 대부분은 염소를 닮았다고 말한다. 기숙사 정문에서
바라보면 조각상은 정말 고개를 늘어뜨리고 있는 염소 같다. 네
다리는 기이한 각도로 구부러진 채 몸뚱이를 떠받치고 있고, 머
리를 비스듬히 기울여 잔디밭의 풀을 뜯고 있는 모습이다. 다만
정말 염소를 조각한 것이라면 조금 이상한 점이 있었다. 삼각뿔
형태의 머리 위에 구부러진 뿔이 네 개나 돋아 있기 때문이다.

　이 조각상은 예전에 불길한 사건을 불러일으켰다는 소문도
전해지고 있다.

강력한 태풍이 홍콩에 상륙한 어느 해의 일이었다. 그날 기숙사에는 남학생 몇 명이 남아 있었다. 태풍으로 정전이 되자 학생들은 1층 휴게실에 모여서 카드 놀이를 하거나 라디오를 들으며 시간을 보냈는데, 그것도 곧 지겨워졌다. 그때 한 사람이 어리석은 제안을 했다. 비가 억수같이 쏟아지고 있는데 밖에 나가서 기숙사 둘레를 한 바퀴 도는 달리기 시합을 하자는 거였다.

남학생들은 흥이 올라서 스톱워치를 챙겨 들고 현관에 모여한 사람씩 달리기를 시작했다. 한 바퀴 달리고 돌아오면 하나같이 온몸이 푹 젖어 있었다. 뛰다가 넘어졌는지 옷에 진흙을 묻히고 나타나기도 했다. 모두가 웃고 떠들며 재밌어했다.

그때 한 남학생이 이상한 말을 했다.

"얘들아, 저 조각상 말이야. 뭔가 달라지지 않았어?"

그 말에 모두가 조각상을 바라봤다. 평소와 달라진 게 없다는 사람도 있었고, 염소의 머리 위치가 좀 달라진 것 같다는 사람도 있었다. 또 누군가는 염소 머리가 강한 비바람을 맞아서 약간 돌아간 게 아니냐고 말했다. 어쨌든 조각상의 구조에 대해 잘 아는 사람은 아무도 없었다. 각 부분이 완전히 고정돼 있는지, 아니면 뭔가로 연결돼 있는지도 알지 못했다.

잠시 후 두 남학생이 달리기를 마치고 돌아왔다. 그때 조각상이 이상하다고 말했던 남학생이 또다시 의문을 제기했다.

"저 조각상 말이야, 색깔도 달라지지 않았어?"

염소 머리 아래쪽, 즉 입 위치로 여겨지는 부분이 본래의 갈색이 아니라 빨간색으로 변한 것 같다는 거였다. 이번에도 다들의견이 제각각이었다. 빛에 의한 착시 현상이라는 의견도 있었고, 비 때문에 그렇게 보이는 거라는 의견도 있었다. 어쨌든 조각상의 변화에 대해 특별히 신경 쓰는 사람은 아무도 없었다.

이제 거의 모두 달리기를 마쳤다. 다들 물에 빠진 생쥐 꼴이었다. 그런데 인원을 확인해보니 한 사람이 돌아오지 않았다. 몇몇이 돌아오지 않은 남학생을 찾아 나섰다.

그 남학생은 조각상 바로 옆에서 쓰러진 모습으로 발견됐다. 몸은 이미 얼음처럼 차가웠고 숨도 쉬지 않았다. 병원에서는 급성 심장발작으로 인한 사망이라고 결론 내렸다. 학생들은 의아한 생각이 들었다. 몸의 이상을 느꼈다면 기숙사 현관으로 돌아와야지, 왜 조각상 쪽에서 쓰러진 걸까?

게다가 더 이상한 일이 하나 있었다. 조각상에 대해 의문을 제기했던 남학생이 누구였는지 서로 물어봤지만, 아는 사람이 아무도 없었다. 혹시 노력관에 놀러 왔던 학생이 아닐까도 싶었지만, 아무리 찾아봐도 누군지 알아내지 못했다.

그리고 그 남학생의 외모가 어땠는지를 기억하는 사람도 없었다. 다만 누군가 이렇게 말했을 뿐이다. 그 남학생의 눈 모양이 좀 이상했다고, 동공이 길쭉했다고 말이다.

마치 염소의 동공처럼.

— 노력관 7대 불가사의 첫 번째 이야기, 〈살아 있는 조각상〉

1

나는 의혹과 불안에 휩싸인 채 7층에서 5층으로 달려 내려갔다.

창을 넘어서 실내로 들어왔을 때 내가 있는 곳은 7층 동쪽 복도 끝이었다. 〈방문 세기〉처럼 산산과 나도 어느 새 3층에서 7층까지 올라와 있었던 것이다. 혹은 사악한 힘이 우리를 7층으로 옮겨놓았을지도. 어쨌든 나는 750호에서 737호 방문 앞을 지나 동쪽 계단으로 뛰어들었고, 한 걸음에 몇 단씩 계단을 뛰어내려 5층으로 갔다.

짧은 십여 초 동안 머릿속에 갖가지 의문이 떠올라 통제하지 못할 방향으로 튀어나갔다. 백작은 이미 바포메트와 합일했고, 이 기숙사 전체가 그의 화신이 된 게 아닐까? 우리는 악마의 배 속에 들어앉아 소용없는 저항을 하고 있는 건 아닐까? 위키가 악령에 씐 것은 아닐까? 우리를 구해준 것도 사실은 더 잔혹하고 끔찍한 함정에 빠뜨리기 위해서는 아닐까?

그러나 5층 복도에 도착했을 때 위키는 바닥에 주저앉아 훌쩍이는 산산을 다독거리고 있었다. 그 모습을 보자 머릿속의 의혹이 싹 가셨다.

평소의 위키다.

위키가 정말로 악령에 씌어 우리를 해치려 했다면 우릴 구해낼 필요가 없었다. 그냥 지옥의 소용돌이로 떨어지게 내버려두면 그만이었다. 지금까지 겪은 끔찍한 일들 때문에, 아량 선배의 배신이나 죽은 칼리가 야묘를 잡아간 일, 산산이 자신을 지키려고 죽은 샤오완의 머리를 돌로 내리친 일 때문에 나는 친구에 대한 믿음을 잃을 뻔했다. 친구에 대한 의심 때문에 목숨을 잃는다면 그보다 더 비참한 일도 없을 것이다.

"위키, 산산!"

나는 친구들을 부르며 달려갔다.

위키가 나를 보며 씩 웃고는 산산을 부축해서 일으켜 세웠다.

"아까는 정말 위험했어. 내가 마침 거기를 지나던 중이어서 천만다행이었지."

위키가 덤덤하게 말했다.

나는 창가로 가서 아래를 내려다봤다. 검은 소용돌이는 사라지고 원래의 잔디밭이 깔려 있었다. 소용돌이를 이루며 춤을 추던 시체들의 모습은 순전히 나의 착각이었을까?

"위키, 있잖아……." 나는 실내를 둘러보며 조심스럽게 입을 열었다. "우린 아무래도 악령의 배 속에 있는 것 같아. 이 기숙사가 바로 악령 바포메트의 실체야……."

"아하, 무슨 헛소리야?"

위키가 내 말을 잘랐다.

염소가 웃는 순간

"위키, 네가 모르는 게 있어! 우리는 기숙사 뒤쪽 언덕에서 시체들을 잔뜩 봤어! 버스, 샤오완, 칼리 모두 시체가 되어 있었어! 바포메트의 제물로 바쳐진 거야! 야묘도 당했고, 아까 산산마저 잡혔으면 의식이 완성되는 거였어! 이것 봐, 산산의 몸에 다섯 번째 제물의 부호가 나타났잖아. 만약 산산을 지키지 못하면 바포메트의 음모가 성공……."

"그런 소린 좀 이따가 해." 위키가 차분한 목소리로 끼어들었다. "우선 휴게실로 돌아가자. 산산이 충격이 클 텐데 여기서 쉴 순 없잖아."

"그럴 때가 아냐! 네가 잘 모르는가 본데, 위기가 눈앞에 닥쳤다고! 휴게실에 가서 쉴 시간이 어디……."

"잘 모르는 건 너야." 위키가 한숨을 쉬고 말했다. "날 믿어, 아화. 휴게실에 가서 차분히 얘기해줄게. 자, 산산을 같이 부축하자."

"잠깐, 긴 머리 귀신이 나오면? 무기도 없는데 어떡해?"

현실의 7층으로 돌아오고 나서는 쇠지렛대와 식용유 통이 보이지 않았다.

"내가 물리치면 돼."

"네가 운동신경이 좋긴 하지만 어떻게 물리친다는 거야?"

"아화, 이거 봐."

위키는 부축했던 산산의 왼팔을 놓고 그녀를 자기 어깨에 기대게 했다. 두 손이 자유로워진 그가 아랑 선배를 물리칠 때 샤오완이 썼던 아홉 가지 수인을 보여줬다.

"임병두자개진열재전臨兵鬥者皆陣列在前."

"세상에! 위키 너도 그걸 할 줄 아는구나!"

산산과 나는 휘둥그레진 눈으로 위키를 쳐다봤다. 그가 수인을 맺는 속도는 샤오완보다 훨씬 빨랐다. 마치 마술사의 손놀림처럼 민첩하고 유려했다.

"그래, 할 줄 알아."

"그런 능력이 있으면서 왜 숨은 거야? 왜 우리와 함께 기숙사를 떠나지 않았어? 네가 있었다면 야묘는⋯⋯."

"아화, 나중에 다시 이야기하자. 알겠지?"

위키가 다시 산산을 부축하고는 좀 지겹다는 듯이 앞서 걸었다. 나는 어쩔 수 없이 그를 뒤따랐다.

우리는 동쪽 계단을 통해 아래로 내려갔다. 1층까지 내려오자 계단 옆 공간으로 눈길이 갔다. 긴 머리 귀신이 갑자기 철문을 박차고 튀어나올 것만 같았다.

아량 선배와 싸움을 벌였던 동아리방 옆의 복도를 지나고, 샤오완이 잡혀갔던 엘리베이터 앞을 지나 우리 세 사람은 무사히 휴게실에 도착했다. 소파에 앉은 산산은 여전히 기진맥진했지만 혈색이 많이 좋아진 상태였다. 위키는 산산 옆에 앉아서 카키색 모자를 벗고 손으로 머리를 가다듬었다.

"어라? 이 음료수, 네가 산 거야?"

위키가 탁자에 놓인 스프라이트를 집으며 물었다.

"지렛대로 자판기를 비틀어 열었거든."

나는 긴 의자에 앉으며 대답했다.

"응, 맛이 이상하네." 위키는 그렇게 말하면서 몇 모금 더 마셨다. "좋아, 이제 휴게실에 왔으니까⋯⋯."

나는 위키의 눈을 똑바로 쳐다봤다.

"위키, 대답해. 이런 능력이 있으면서 왜 이기적으로 숨어버린 거야? 샤오완이 당했을 땐 너무 갑작스러워서 어쩔 수 없었다지만, 그 후엔 왜 혼자 기숙사에 남았어? 왜 악령을 퇴치할 능력이 있으면서 우리와 함께 구조 요청하러 가지 않았던 거야? 우리만 가면 더 큰 위험에 빠지리란 걸 몰랐어? 야묘가 당했어. 산산은 살기 위해서 악마가 조종하는 샤오완을 공격해야 했고. 이게 얼마나 고통스러운 일인지 모르겠어?"

나는 새된 목소리로 위키를 질책했다. 산산과 나를 구해줬으니 물론 고맙기도 했지만, 원망스런 마음은 어쩔 수 없었다.

"아화, 진실을 알고 싶어?"

묵묵히 내 질책을 듣고 있던 위키가 물었다.

"진실은 나도 알고 있어! 저 책을 읽었거든." 나는 탁자 위의 검은 책을 가리켰다. "너도 저 책을 본 거지? 의식의 목적이 뭔지, 이스트베스 백작이 바포메트와 합일한 거나 산제물을 바치는 이유 등등 나도 다 안다고."

"전부 읽어봤어?"

"아니, 그럴 시간이 어딨어? 그래도 충분히 읽었다고 생각해. 책에서……."

"난 끝까지 다 읽었어."

위키가 씩 웃었다.

"어?"

"내가 책 읽는 속도나 기억력만큼은 누구 못지않게 뛰어나거든. 인터넷에 떠도는 수많은 정보를 알려면 빨리 읽을 수밖에 없지."

"그래서, 책 속에 바포메트를 처치할 방법도 나와 있었어?"

"아니. 쓸 만한 방법은 없어."

"그러면……."

"내가 이 책을 읽은 건 악마를 봉인할 방법을 찾기 위해서가 아니었어. '진실'을 찾으려는 거였지."

"진실? 그거야 바포메트가……."

나는 말을 맺지 못했다. 위키의 눈빛이 달라졌기 때문이다. 위키가 갑자기 결연한 표정이 되어 산산과 나를 번갈아 바라봤다.

"아화, 산산, 잘 들어. 내가 '진실'을 발설하지 않는 한 우리는 안전할 거야. 그 귀신인지 뭔지는 우리를 손톱만큼도 해칠 수 없어. 그 대신 우리는 계속 이 상태에 머물러 있어야 해. 반대로 내가 진실을 발설하는 순간, 나는 더 이상 이 상황을 통제할 수 없게 돼. 둘 중 어느 선택이 나을지 지금은 예측할 수 없어. 하지만 분명한 건, 친구들을 살리려면 후자를 선택해야 한다는 거야."

"친구들을 살릴 수 있다고?" 나는 의자에서 튕기듯 일어나며 물었다. "버스, 칼리, 샤오완…… 다 구할 수 있어?"

"그래. 백 프로 확신할 순 없지만 구해낼 가능성이 아주 높아." 위키가 또다시 산산과 나를 번갈아 쳐다봤다. "너희들은 내가 진실을 말해주길 원해? 말하고 나면 다신 상황을 돌이킬 수 없어."

"당연하지! 희망이 조금이라도 있다면 절대 포기할 수 없어!"

내가 대답했다.

"응, 응!"

산산도 고개를 끄덕였다.

"좋아, 그럼 이 결정이 잘못된 게 아니길 바라는 수밖에. 솔직히 나도 이 방법밖에는 없다고 생각해."

위키가 바지 주머니에 손을 넣었다. 그가 꺼낸 것은 동전 두 개였다. 저 동전이 '진실'이라는 건가?

"아화, 이 동전을 확인해봐."

나는 평범한 1홍콩달러짜리 동전을 받아 들었다. 앞면에는 홍콩을 상징하는 꽃인 자형화紫荊花 문양이, 뒷면에는 아라비아 숫자 1이 새겨져 있다. 이리저리 돌려봐도 동전에는 특별한 점이 없었다.

위키가 동전을 돌려달라는 듯이 손바닥을 내밀었다. 내가 동전 두 개를 돌려주자, 그가 두 손으로 동전을 감싸고 두어 번 흔들더니 손을 열었다. 동전 두 개가 탁자에 떨어졌다. 하나는 앞면, 다른 하나는 뒷면이 보이게 떨어졌다. 이상한 점은 없다.

"잘 봐, 하나는 앞면, 하나는 뒷면이야."

위키의 말에 산산과 나는 고개를 끄덕였다.

위키가 동전 두 개를 집어 들고 똑같은 동작을 반복했다. 동전이 떨어지자 또다시 앞면과 뒷면이 보였다.

"잘 봐. 하나는 앞면, 하나는 뒷면."

위키는 이 동작을 몇 번이나 반복했고, 동전을 떨어뜨릴 때마다 그의 입에서 나오는 말도 똑같았다. 동전 두 개는 매번 각각 앞면과 뒷면이 나오게 떨어졌던 것이다.

위키가 열 번째로 동전을 떨어뜨렸을 때 나는 그의 손을 붙잡았다.

"위키, 지금 뭐 하는 거야?"

"아화, 이래도 모르겠어?"

"뭘 말이야?"

"뭔가, 뭔가 이상하지 않아?"

"왜, 왜 계속 같은 결과만 나와?"

나 대신 산산이 의문을 제기했다.

"아화, 네 녀석이 통계학과인 게 부끄럽다. 중문과인 산산이 너보다 낫잖아."

위키가 웃으며 말했다.

"뭐야? 대체 뭐 하는 건데?"

"동전 두 개를 떨어뜨렸을 때 나오는 경우의 수는 세 가지야. 둘 다 앞면이거나 둘 다 뒷면, 또는 각각 앞면과 뒷면이 나올 수 있지. 이 세 경우의 확률은 각각 4분의 1, 4분의 1, 2분의 1이야. 따라서 내가 동전 두 개를 네 번 던졌을 때 가장 이상적인 결과는 둘 다 앞면인 경우 한 번, 둘 다 뒷면인 경우 한 번, 각각 앞면과 뒷면인 경우가 두 번 나오는 거지. 그런데 방금 내가 열 번을 던졌는데 매번 하나는 앞면, 하나는 뒷면이 나왔어."

"그럴 수도 있지. 그게 가능성이 없는 결과는 아니잖아?"

내가 반박했다.

"연속해서 열 번이나 하나는 앞면, 하나는 뒷면이 나올 확률은 1024분의 1이야. 0.09퍼센트라고. 얼마나 낮은 확률인지 알겠지?" 위키가 상체를 앞으로 기울이며 말했다. "게다가 너희가 기숙사를 떠났을 때 나는 이걸 열 번 넘게 실험해봤어."

"열 번 넘게?"

"백 번은 던졌을 거다. 그런데 매번 똑같은 결과가 나오더라고. 연속해서 백 번이나 그런 결과가 나올 확률은 엄청나게 작아. 여섯 자리 복권에 당첨될 가능성보다 수억 배는 낮을 거야. 그러

염소가 웃는 순간

니 이건 정상적인 결과가 아니지. 정상적이라면 둘 다 앞면이거나 뒷면인 결과도 몇 번은 나와야 해."

그러더니 위키는 또다시 동전을 떨어뜨렸다. 이번에는 둘 다 뒷면이다.

"봐, 이번엔 둘 다 뒷면이잖아!"

내가 말했다.

"그래, 진실이 무엇인지 더 확실히 보여주는 결과지."

"진실?"

"우리가 방금 이 세계에 새로운 자료를 줬거든. 그 자료에 따라 오류를 수정한 거야."

산산과 나는 대체 무슨 소리냐는 듯이 위키를 쳐다봤다.

"우리가 있는 이 세계는 현실이 아니야. 새롭게 창조된 시공간이지."

나는 말문이 막혀 위키를 빤히 바라보기만 했다.

새롭게 창조된 시공간?

무슨 말을 들은 건지 내 두 귀가 의심스러울 지경이었다.

그 와중에 위키가 뜬금없는 단어까지 끄집어냈다.

"너희들, 폴터가이스트^{poltergeist}가 뭔지 알아?"

"오래된 영화 제목 아냐?"

내가 되물었다. 그 공포영화를 어쩌다 본 적이 있다. 어느 가족이 새 집으로 이사를 갔는데 그 집에 귀신이 살고 있었고, 어느 날 딸이 실종되면서 가족들이 영매의 도움을 받게 된다는 이야기로 기억한다.

"맞아. 영화 제목이기도 하지만, 내가 묻는 건 폴터가이스트가 뭘 의미하는 단어인지 아느냐는 거야. 폴터가이스트는 한마디로 '심령 현상'을 말해. 예를 들면 아무도 없는 방에서 비명 소리가 들린다거나 나무 상자가 저절로 열린다거나, 물건들이 중력을 무시하고 둥둥 떠다니거나, 창문이 이유 없이 깨지는 일 같은 불가사의한 현상을 가리키지. 원래는 독일어에서 온 단어로 '시끄러운 유령'이라는 뜻을 갖고 있어……."

"잠깐, 네가 말하는 폴터가이스트가 새롭게 창조된 시공간이라는 것과 관련이 있는 거야?"

"끝까지 들어봐. 진실은 원래 좀 복잡하잖아." 위키가 손을 내저으며 말했다. "이런 현상은 수천 년 전부터 줄곧 있었던 일이야. 미신이 만연하던 시대에는 이런 현상을 유령이 하는 짓이라고 생각했지. 하지만 과학기술이 발달하면서 학자들이 폴터가이스트 현상에 대한 물리적인 해석을 찾아냈어."

위키는 침을 한 번 삼키고 나서 말을 이었다.

"그중에 가장 많은 지지를 받는 게 폴터가이스트가 육안으로는 보이지 않는 외부의 힘에 의해 일어난다는 해석이야. 즉, 불가사의한 현상이 나타나는 건 사실 그 주변에 거대한 자기장이 있거나, 주변 환경이 우연히 공기의 이온화*를 일으켰거나, 구상珠狀번개**가 쳤기 때문이거나 하는 아주 합리적인 이유 때문이란 거지."

---

* 중성의 원자가 전자를 잃거나 얻음으로써 전하를 띠게 되는 것을 '이온화'라고 한다. 고온의 기체들이 충돌할 때 일어나기 쉬우며, 이온화가 강하게 일어나면 공기 중에 전류가 흐르게 된다.

** 뇌우가 칠 때 드물게 나타나는 공 모양의 번개로 'UFO 번개'라고도 부른다. 색색깔의 아주 밝은 빛을 띠며, 집 안으로 침입해 가구 등에 부딪혀 튕겨나가기도 한다.

염소가 웃는 순간

산산과 나는 말없이 위키의 설명에 빠져들었다.

"미국에서 폴터가이스트 현상이라고 알려졌던 것 중에 그 원인을 찾아낸 게 있는데…… 어느 집에서 창문이 이유 없이 깨지는 일이 자꾸 생기니까 집주인은 그게 귀신의 짓이라고 생각했어. 그런데 나중에 조사해보니 그 집 주변에 미군기지가 있었던 거야. 당시 미군은 초음속 전투기를 개발하고 있었는데, 시험 비행을 할 때 지면에 너무 가깝게 날았던 거야. 초음속 비행기가 날 때에는 외부로 엄청난 에너지가 방출되는데, 바로 그 충격파 때문에 주변 집의 창문이 깨졌던 거지. 이 사실을 알고 비행 고도를 높였더니 그 후로는 유리가 깨지는 일이 없었어. 아, 너무 멀리 나갔군."

오리엔테이션 캠프 때 '다양한 종류의 가키색을 어떻게 구분히는가'를 주제로 일장연설한 이후 위키가 이렇게 길게 말하는 건 처음이었다.

위키가 표정을 굳히고 설명을 이어갔다.

"하지만 아무리 해도 물리적 원인을 찾지 못한 심령 현상도 있었는데, 이에 대해선 또 다른 각도의 해석이 나왔어. 이 학설은 과학적으로는 인정받지 못하지만 충분한 사례가 수집됐어. 여러 사례를 보면 관련자 중에 십 대 청소년이 있는 경우가 많았어."

"관련자라니?"

"집주인의 자녀나 같은 건물에 사는 세입자 등등이지. 실험해본 결과, 심령 현상이 일어나는 장소에서 아이들이 떠나고 나면 금세 그 현상이 멈췄어. 또 몇 년 동안 이어지던 심령 현상이 차츰차츰 조용히 사라지기도 했는데, 알고 보니 집주인의 자녀가 자라서 성인이 되고 나선 그런 일이 완전히 사라졌대. 연구자들은 그런 청소년들이 심령 현상의 원흉이라고 생각했어. 청소년 자신은 스스로가 원흉이란 걸 자각하지 못하지만 말이야. 그들 청소년의 무의식이 어떤 힘을 발휘해 불가사의한 현상을 일으킨다는 게 연구자들의 주장이야."

"위키, 그럼 네 말은……."

나는 위키가 하려는 말이 무엇인지 얼추 짐작됐다.

"그래, 나는 우리가 극단적인 폴터가이스트 현상을 만났다고 생각해. 그러니까 '범인'은 우리 중에 있겠지." 위키가 길게 한숨을 내쉬었다. "범인의 무의식은 물건을 날아다니게 하는 수준이 아니야. 우리가 존재하는 시간축을 끊어내고 특수한 시공간을 창조해서 우리를 거기에다 집어넣은 거야."

"비약이 너무 심한 거 아냐?" 내가 큰 소리로 말했다. "접시가 날아다니는 것과 새로운 시공간을 창조하는 건 아예 다른 수준의 이야기야! 시공간을 창조하다니, 너무 황당하잖아. 실제 사례가 있어?"

"있지."

위키는 얼굴빛 하나 바꾸지 않고 대답했다.

"있다고?"

놀라서 반문한 것은 내가 아니라 산산이었다.

"시간의 틈에 대한 이야기는 들어봤어?"

위키의 물음에 산산과 나는 동시에 얼굴을 마주 봤다. 너는 들어봤냐는 뜻이었다.

"말하자면 시간의 틈을 통해 다른 시대로 넘어갔다가 현재 시대로 돌아오기도 하는, 뭐 그런 거야?"

내가 물었다.

"보통은 그런 이야기지." 위키가 고개를 끄덕였다. "좀 오래된 도시 전설을 예로 들어줄게. 20세기 초에 영국의 여대생 두 명이 프랑스로 여행 갔다가 베르사유 궁전에서 묘한 위화감을 느꼈어. 그 직후 두 사람은 관광객이 보이지 않는 낯선 곳에 와 있다는 걸 알았지. 그들은 궁정 예복을 입은 젊은 남자를 만났는데, 그가 프랑스어로 오솔길 저쪽으로는 가지 말라고 했어. 하지만 둘은 그쪽으로 걸어갔고, 으리으리한 궁전을 발견했지. 발코니에 화려하게 차려입은 미인이 서 있었어. 여대생들이 다가가려고 하자 하인들이 나타나 둘을 쫓아냈고. 그때 둘은 또다시 위화감을 느꼈고, 다음 순간 관광색으로 가득한 원래의 장소로 돌아와 있었지. 나중에 여러 자료를 찾아본 결과, 그들은 자기들이 과거의 베르사유 궁전에 갔었다는 걸 알아냈어. 그 과거란 1789년 10월 5일, 파리 시민들이 베르사유 궁전으로 난입했던 날이었지. 오솔길 저쪽으로 가지 말라고 경고한 남자는 궁전의 하인이었어. 그쪽으로 가면 성난 시민들을 만나게 되니 피하라는 거였지. 발코니에 있던 미인은 바로 마리 앙투아네트였고."

"그런 이야기가 우리랑 무슨 상관이 있어?"

내가 물었다.

"모르겠어? 두 여대생이 거짓말한 게 아니라면 어떻게 자기들이 1789년으로 넘어갔다는 걸 알았을까?"

"프랑스 혁명에 대해 경고하는 사람도 있었고, 마리 앙투아네트도……"

"아니야. 사실 그들은 자기들이 1789년으로 넘어갔다 왔다는 걸 증명할 증거가 없었어. 그들이 갔던 곳은 '1789년과 비슷한' 다른 세계였던 거야. 그런데 경고한 남자와 화려한 미인에 베르사유 궁전이 더해져서 자기들이 1789년의 베르사유에 갔었다고 믿어버린 거지. 이런 사례들 중에는 원인과 결과가 뒤집어진 경우가 많아. 왜 그렇게 되느냐 하면…… 묘한 사건을 겪은 사람은 자기 머릿속의 역사적 사실 중에서 그 사건의 정황과 들어맞는 내용을 찾게 돼. 만일 베르사유 궁전이 아니라 영국의 윈저성城에서 그런 일을 겪었다면 자기들이 엘리자베스 1세 시대로 갔었다고 믿었을 거야."

"그, 그럼 두 여대생이 실제로 갔다 온 곳은 어디라는 거야?"

산산이 물었다.

산산은 이제 기력을 많이 되찾은 모습이었다. 위키의 말이 현실적이지 못하긴 해도 진정 작용이 있는 모양이었다.

"그건 모르지. 내 말은, 그러니까 우리는 다른 각도에서 이 사건을 바라봐야 한다는 거야. 예를 들어 두 여대생 중 한 명의 무의식 속에 신비한 힘이 있었다고 가정하자. 그 힘이 우연히 특수한 시공간을 창조하게 돼서 자신과 친구를 이끌고 그 안으로 들어간 거야. 그곳에서 그들의 머릿속 지식에 있던 마리 앙투아네트나 베르사유 궁전과 관련된 정황을 맞닥뜨리지. 그러면 자기들이 그 시대의 과거에 왔다고 믿어버리게 되는 거야. 시간의 틈에 관한 이야기는 거의 이런 각도로 해석할 수 있어."

"잠깐, 네 이야기는 설득력이 없어!" 내가 외쳤다. "네 말이 사실이라고 하자. 그 여대생들은 정말로 누군가 창조한 시공간에 다녀왔을지도 몰라. 하지만 그렇다고 해서 우리가 같은 상황이란 걸 증명할 순 없잖아! 동전 어쩌고는 바포메트의 신비한 힘에 의해 영향받은 일일 수도 있고……."

"증거가 필요해? 이 세계가 창조된 시공간이란 걸 보여줄 증거는 많아. 동전은 좀 더 확실한 실험일 뿐이고."

위키가 탁자 옆에서 기념 앨범을 꺼냈다. 내가 아랑 선배가 이미 죽은 사람이란 걸 밝히는 데 썼던 2000년도 앨범이다.

"아화, 너는 아랑 선배가 11년 전의 기숙사 화재로 죽었고, 그가 우리를 함정에 빠뜨리려고 나타난 악령이라고 말했어."

위키가 기념 앨범을 펼쳐서 아랑 선배의 사진을 보여줬다.

"맞아, 확실한 사실 아냐? 선배의 손이 길어졌던 것도 그렇고, 샤오완의 주문에 소멸되기도 했고……."

"아니, 아랑 선배는 죽지 않았어."

위키가 고개를 저었다.

"죽지 않았다고? 그걸 어떻게 알아?"

"내가 지난주에 그 사람이랑 같이 밥을 먹었거든."

"뭐?"

"아랑 선배가 내 사촌 매형이야."

산산과 나는 입을 떡 벌리고 위키를 쳐다봤다. 위키가 민망한 듯 미소를 지었다.

"기념 앨범을 보고 나서야 아랑 선배의 전체 이름과 학과를 알게 됐어. 그게 얼마 전 결혼한 우리 사촌 누나 남편이랑 같더라고." 위키가 머리를 긁적이며 사진 밑에 적힌 글자를 읽었다. "사촌 매형은 문화대학을 10년 전에 졸업했는데, 그것도 아랑 선배와 맞아떨어져. 10년 전 졸업에다 건축공학과에 다녔고, 노 펙관에 살았고, 이름이 페이쯔량인 사람이 둘이나 있을 것 같진 않아."

위키의 말은 너무나 예상 밖이었다.

"그럼 네가…… 아량 선배를 원래 알았다는 거야?"

"그래. 겨우 몇 번밖에 못 만났지만. 그래도 기숙사에 들어오기 전에 만났으니까 그는 11년 전에 죽은 게 아니지."

"근데 넌 왜 아량 선배를 못 알아본 거야?"

"사촌 매형이 10년 전엔 그런 미남일 줄은 몰랐지! 지금은 버스만큼 뚱뚱하단 말이야! 설마하니 탄탄한 몸매의 아량 선배가 뚱뚱한 사촌 매형일 줄이야. 하긴 남자 외모 엄청 따지는 누나가 왜 매형이랑 결혼하나 했더니 처음 만났을 땐 매형이 잘생겼었나 봐."

"만, 만약 네 말이 사실이라면 왜 아량 선배, 아니 네 사촌 매형이 우리 앞에 나타난 걸까?"

산산이 의문을 제기했다.

"그래, 좋은 질문이야. 그리고 왜 하필이면 10년 전의 모습으로 나타났을까?" 위키가 사진 속의 아량 선배를 가리켰다. "말하자면, 아량 선배는 이 창조된 세계의 요소 중 하나라는 거야. 실재하는 인간이 아니라. 아까 예를 들었던 마리 앙투아네트와 궁전의 하인 같은 거라고."

내 머릿속은 의문으로 점점 더 복잡해졌다. 아량 선배가 악령이 아니라면 무슨 목적으로 나타난 걸까? 왜 우리를 데리고 지하실에 갔을까? 왜 이스트베스 백작과 바포메트와 관련된 걸까?

염소가 웃는 순간

어느새 내 시선은 탁자 옆에 놓인 검은 책으로 향했다.

"아화, 이스트베스 백작에 대해 생각하고 있지?" 위키가 내 시선을 눈치챈 듯 이렇게 물었다. "솔직히 아량 선배에 대해선 어떻게든 합리적인 설명을 할 수 있어. 하지만 네가 1889년으로 갔었다는 이야기는 솔직히 허점이 많아. 분명히 위조된 거야."

"무슨 소리야!" 내가 버럭 소리 질렀다. "난 조금도 거짓말하지 않았어. 칼리와 내가 본 대로……."

"아니, 네가 거짓말했다는 뜻이 아니야. 내 말은, 너랑 칼리가 본 이스트베스 저택 역시 허구의 세계라는 거지. 그 세계는 허점이 많고 역사적 사실과 모순되는 점도 많아. 곰곰이 생각해보면 금방 모순점을 발견할 수 있다고. 사실『멘데스 이스트베스 경의 주술에 관한 비밀』의 내용은 허구야. 옛날 스타일을 모방한 싸구려 공포소설이라고."

"모순? 허구?"

"기본 설정부터 말이 안 되는걸. 아량 선배에 따르면, 기숙사 지하에 지하실이 있는데 그곳에서 1889년에 화재가 났어. 불을 일으킨 범인은 주술 의식을 행한 영국의 귀족이고."

"맞아. 이 책에 처음부터 그렇게 기록돼 있잖아."

"그 내용이 사실이라고 해도 그건 절대로 노픽관이 있는 여기서 발생한 게 아니야."

위키가 단호하게 말했다.

"어째서?"

"홍콩이 몇 년도에 영국 식민지가 됐지?"

"천팔백……."

나의 역사 지식은 그야말로 일천하다.

"1842년이야. 난징조약에 홍콩 할양 내용이 있어."

산산이 대답했다. 역시 중문과다.

"맞아. 홍콩에는 1842년부터 영국인들이 거주하기 시작했어. 그런데 문화대학이 있는 이 지역은 당시 홍콩이 아니었거든."

"홍콩이 아니었다고?"

내가 물었다.

"아!" 산산이 뭔가 생각난 듯 말했다. "맞아, 문화대학은 신제지역에 있는데 이곳은 1898년에 영국 조계지*가 됐어. 99년간 영국에 빌려주는 형식이었기 때문에 1997년에 주권이 반환…… 그러면 1889년에 노픽관이 있는 이곳에 영국인들이 거주했을 리가 없어!"

"바로 그거야." 위키가 산산을 칭찬하는 눈빛으로 쳐다봤다. "그래서 난 아량 선배가 '그 지하 제단이 아직 우리 발아래' 있다고 했을 때 관심이 없었던 거야. 십중팔구 가짜 아니면 와전된 이야기일 테니까. 영국 귀족이니 주술이니 뭐니는 여기에 존재했을 가능성이 없어. 그 사건이 정말로 홍콩에서 벌어졌다면 장소는 여기가 아니라 홍콩섬이어야 합리적이지. 당시 홍콩에 온 영국 고위층 인사들은 전부 홍콩섬에 살았으니까. 이 책에는 어느 지역인지 전혀 나와 있지 않아. 내 생각에는 지은이가 지리를 잘 몰라서 지명을 특정하지 않은 것 같아. 이 책 속의 사건은 어디서든 일어날 수 있어. 런던, 스코틀랜드, 인도, 홍콩 등 어디서든 말

---

* 주로 개항 도시에 외국인이 거주하며 치외법권을 누릴 수 있도록 설정한 구역.

염소가 웃는 순간

이야. 하지만 지금의 홍콩 신제 지역은 절대 아니야. 이 책 첫 부분에 주인공이 매일 이스트베스 저택을 지나서 출근한다고 되어 있지. 시간을 20년 후로 돌려서 20세기 초 신제 지역이라고 해도 개발이 전혀 안 된 땅이었을 거야. 원주민들이 모여 살던 작은 부락이었겠지. 식민지 정부의 경찰이 그런 황무지로 출근했을 리 없지. 주인공이 경찰이 아니라 농부라면 몰라도."

그래서 위키는 지하실에 내려가지 않았던 거구나⋯⋯.

"아화, 네가 1889년으로 넘어갔었다는 이야기에는 그 밖에도 두 가지 시대적인 모순점이 있어. 그때가 1889년이란 걸 어떻게 알았느냐고 물었을 때 넌 〈더 데일리 텔레그래프〉라는 신문을 보고 알았다고 했지."

"맞아."

"19세기 말 영국의 신문이 어떻게 홍콩에 왔겠냐? 당시 홍콩에 거주하던 영국인들이 읽는 영자 신문은 〈더 홍콩 텔레그래프The HongKong Telegraph〉거나 〈더 차이나 메일The China Mail〉이었어. 따라서 네가 봤다는 신문의 존재 역시 모순이지."

"아!"

나는 벼락을 맞은 듯했다. 맞다. 그 시대에는 원양선이 우편선 노릇을 했다. 신문이 오늘날처럼 비행기로 하루 만에 배송되지 않았다. 그래서 세계 각지에서 각자 신문을 발행했고, 다른 지역 소식은 전보 등으로 주고받았다. 그 누가 원양선을 통해 수십 일 걸려 오는 신문을 받아보려 하겠는가.

"또 하나의 모순점은 뭔데?"

내가 위키에게 물었다.

"백작의 딸이 피아노를 쳤다고 했지?"

"맞아."

"아화, 넌 그게 차이콥스키의 〈호두까기 인형〉이라고 말했어. 100여 년 전에 〈호두까기 인형〉이 인기가 있었던 건 맞지만 연도가 맞지 않아. 차이콥스키는 1892년에 〈호두까기 인형〉을 발표했거든."

즉, 1889년에는 〈호두까기 인형〉이라는 곡이 있었을 리 없다. 나는 이 사실에 놀라는 한편, 이런 시시콜콜한 정보까지 기억하는 위키에 대해 다시 한 번 놀랐다.

"사실 너와 칼리의 경험이 아니더라도『멘데스 이스트베스 경의 주술에 관한 비밀』이라는 이 책 자체만으로도 의문점이 많아. 나중에 누군가 허구로 지어낸 소설이란 걸 증명할 증거가 산더미야."

"어떤 내용에서 증거를 찾은 거야?"

산산이 물었다.

"책 제목부터 싸구려라고 생각했지. 멘데스 이스트베스라는 이름부터가 날조된 것 같잖아."

위키가 웃으면서 말했다.

"그 이름에 무슨 문제가 있는데?"

"일단 성이 이상해. 이스트베스Eastbeth라고? 내가 몇 년째 인터넷 서핑을 하지만 웨스트베스Westbeth는 들어봤어도 이스트베스는 처음이야. 게다가……."

위키가 벌떡 일어서더니 관리인실 창 옆의 화이트보드에서 마커펜을 가져왔다. 그는 탁자 위의 물건을 싹 치우고 탁자에다 글씨를 쓰기 시작했다.

"이것 봐, EASTBETH라는 여덟 개 알파벳의 순서를 바꿔 쓰면……."

위키는 EASTBETH 아래쪽에 알파벳 순서를 바꾼 단어를 적은 다음 그 사이에 화살표를 그렸다.

THE BEAST.

짐승.

"샤오완도 성경의 계시록에서 '짐승을 탄 음부淫婦'에 대한 묘사가 있다고 했었지." 위키가 탁자에 쓴 단어를 가리키며 말했다. "THE BEAST는 신비주의에서 계시록의 '짐승'을 가리키는 명사야. 만약 어느 가족의 성이 '이스트베스'라면 그 집안은 계시록의 짐승과 관련이 있는 셈이지. 지은이가 일부러 은유적으로 그렇게 지었다고밖엔 생각이 안 돼. 이름인 '멘데스Mendes' 역시 그래. 그 이름은 '멘데스의 염소Mendes Goat'에서 따온 것 같아. 악마를 대표하는 '안식일의 염소'라는 뜻이지.* 이름부터 성까지 전부 악마와 관련 있는 실존 인물의 이름이 있을 수 있을까? 정말 그런 인물이 있다면 그 부모에게 왜 자식한테 그런 괴상한 이름을 지어줬느냐고 따져야 할 판이야."

"그러니까…… 이스트베스 백작은 애초에 존재하지 않았다?"

산산이 당황한 목소리로 물었다.

"그래, 그는 지은이가 만들어낸 허구의 인물이야. 악의 우두머리로 설정하기 위해 일부러 그런 허구의 이름을 붙인 거라고. 말하자면 악역의 이름을 '닥터 헬Dr. Hell'이나 '오로치마루大蛇丸'라고 하거나, 사악함이라는 뜻의 라틴어 sinístra를 차용해서 '시네스트로Sinestro'라고 짓는 것과 마찬가지야."**

이름에도 이렇게 심오한 뜻이 있을 줄이야!

"아화, 지하실에서 의식이 진행될 때 여자 이마에 BABALON이라는 글자가 나타났다고 했지?" 위키가 자기 이마를 가리키며 말했다. "그런데 샤오완은 성경에 '바빌론'의 음부가 언급된다고 했어. 샤오완이 잘못 발음한 걸까?"

위키가 다시 탁자에 글자를 쓰며 말했다.

"이 검은 책에도 BABALON이라고 나와. 하지만 다들 실수를 했지. 바빌론의 철자는 BABYLON이야, BABALON이 아니라."

---

* 고대 이집트의 도시 멘데스에서 숫염소를 숭배했기 때문에 악마의 상징인 염소 그림을 '멘데스의 염소'라고 부르게 되었다. '안식일의 염소'라는 말은 유대교에서 안식일에 염소를 희생 제물로 바치던 전통에서 유래한 것이다.

** 닥터 헬, 오로치마루, 시네스트로는 모두 만화에 등장하는 악역 이름이다.

"그건 영어가 아니라 다른 언어의 '바빌론' 철자가 아닐까?"

산산이 물었다.

"아니야. 그런 건 아니라고 확신할 수 있어. 내가 바발론BABALON의 진짜 의미를 알고 있거든."

산산과 나는 궁금증이 가득한 시선을 위키에게 던졌다.

"여기서 또 한 사람을 언급해야 해. 영국인이고 이름은 알레이스터 크롤리Aleister Crowley야."

"크롤리!"

내가 놀라 소리쳤다. 크롤리라면 이스트베스 백작의 조수이자 새롭게 사제로 임명된 남자다.

"네가 봤다던 크롤리는 내가 말하는 크롤리가 아닐 거야. 진짜 크롤리는 일흔 살까지 장수하다가 제2차 세계대전이 끝난 후에 병사했으니까. 크롤리는 확실히 신비학자였고 영국 상류사회에서 명성이 높았어. 게다가 '텔레마Thelema'라는 교파를 세워서 오래된 종교와 주술을 신봉했지. 그는 광신도들에게 종교 지도자로 추앙받는 동시에 보수적인 사람들 사이에선 '세계에서 가장 사악한 남자'로 불렸어. 또 자기 자신을 성경 계시록에 나오는 '짐승'이라고 표현한 적도 있었지. 내 생각에는 그래서 이 책의 지은이가 크롤리를 등장인물 이름으로 빌려온 것 같아."

"크롤리와 바발론은 무슨 관계야?"

산산이 물었다.

"크롤리가 세운 교파 텔레마에서 바발론은 성녀이고 대지의 어머니와 동급의 지위를 가져. 이 인물은 아마 성경에 나온 '바빌론의 음부'를 비틀어서 만들었겠지. 전통 종교에 대항하려고 그리스도교에선 나쁘게 여기는 것을 좋은 것처럼 가져와 추앙하는 거지."

"그럼 내가 본 건 성경에서 언급한 바빌론의 음부가 아니라 신비 종교에서 내세우는 허구의 인물인 거야?"

내가 물었다.

"텔레마는 크롤리가 1904년에 처음 창설했어. 그러니까 1889년에는 바발론이라는 무녀가 없었던 거지. 그때는 이런 단어 자체가 탄생하기 전이었어."

"뭐?"

"그러니까 『멘데스 이스트베스 경의 주술에 관한 비밀』에 허점이 많다는 거야. 내 생각이 맞는다면, 이 책의 지은이는 19세기 말에서 20세기 초의 신비주의와 주술에 관심이 많았던 사람일 거야. 그런데 그는 자료 조사를 꼼꼼히 하지 않고 이야기만 재미있으면 된다는 생각으로 이걸 썼겠지. 그래서 사실 여부를 무시하고 무녀니, 악마니, 의식이니 하는 것들을 전부 작품에 집어넣었어. 연도의 차이는 신경도 쓰지 않았지. 바포메트도 그래. 지은이는 역사상 유명한 악마를 빌려왔을 뿐이야. 사실을 반만 알고 썼지만, 삼류 공포소설이라면 그걸로도 충분하지. 또 샤오완이 성전기사단은 바포메트를 숭배해서 교황에게 파문당했다고 말했고 이 책에도 그렇게 나오는데, 사실은 그렇지 않아. 그 얘기를 들었을 때 바로 반박하려고 했는데 이상한 일들이 벌어지는 바람에 상황을 파악하지 못해서 입을 다물었던 거야."

"사실은 왜 파문당했는데?"

"억울한 누명을 쓴 셈이었지. 중세 유럽은 계급사회였어. 교회

와 왕실, 귀족이 모든 부와 권력을 장악했고 농노를 부렸지. 성
전기사단은 십자군전쟁으로 세력이 커졌는데, 그들은 한 나라에
속한 조직이 아니었어. 그래서 기부금을 모으고 은행업, 상업 등
을 통해 한 국가와 맞먹는 부를 쌓을 수 있었지. 14세기 초에 성
전기사단은 프랑스 국왕 필리프 4세에게 가장 많은 돈을 빌려
준 채권자였어. 필리프 4세는 평생 갚아도 다 갚지 못할 채무 때
문에 고민하던 중 교회와 손을 잡고 성전기사단에게 이단이라는
누명을 씌웠어. 그 결과 기사단원 대부분이 억울한 죽음을 맞았
고, 기사단은 해체되고 말았지. 필리프 4세는 빚을 한 푼도 갚지
않았을 뿐 아니라 기사단의 재산까지 몰수했어. 정말 비열한 음
모였지.”

　“그러니까 기사단은 바포메트를 숭배한 게 아니라는 거네?”

　“그래! 증거도 없어. 기사단원들은 고문에 못 이겨 거짓 자백을
한 거야. 바포메트라는 이름도 성전기사단이 사라진 그 사건 이
전에는 기록에 나오지도 않아. 단원들이 자백하면서 바포메트의
형상을 묘사한 내용은 비슷하기는커녕 누구는 고양이, 누구는
해골, 누구는 머리가 셋 달린 얼굴이라는 등 제각각이었어. 이렇
게 받아낸 자백이 무슨 증거가 되겠어!”

　위키는 자기 말에 도취된 듯 기사단의 억울함에 비분강개했다.
그런 위키의 마음도 충분히 이해가 된다. 사악하기 짝이 없는 정
치 음모……. 어라?

　“위키, 바포메트의 형상은 염소 아냐?”

　“그건 19세기의 일이야. 성전기사단 사건과는 500여 년 떨어
져 있어.” 위키가 목소리를 누그러뜨리며 대답했다. “19세기 중기

에 엘리파스 레비Eliphas Levi라는 프랑스 신비학자가 바포메트에 대해 염소 형상이라는 내용을 덧붙였지. 그는 염소 머리에 사람 몸을 한 초상을 그린 다음 '안식일의 염소'라고 불렀어. 그 후에 사람들이 염소와 바포메트를 연결시키게 된 거야."

위키가 아까 멘데스 이스트베스의 이름에서 '멘데스'는 '안식일의 염소' 즉 'Mendes Goat'에서 따온 거라고 하더니 바포메트, 이스트베스, 염소는 모두 관련이 있었다. 그러니 허구인 소설 작품의 맥락이라는 게 더 와 닿았다.

"그럼 바포메트의 낙인이라는 것도 허구겠네?"

내가 물었다. 오각성의 염소 머리를 생각하면 여전히 등골이 오싹했다.

"그건 진짜 있어."

위키가 검은 책을 끌어당겨 한 페이지를 펼쳐 보였다.

나는 흠칫 놀랐고, 산산은 작게 탄성을 내뱉었다. 그 페이지에는 악마의 도안이 그려져 있었다.

"이 도안이 제일 처음 등장한 건 프랑스인 스타니슬라스 드 과이타Stanislas de Guaita가 쓴 『흑마법의 열쇠La Clef de la Magie Noire』라는 책에서야. 그는 비밀결사 장미십자회의 프랑스 지부를 설립한 사람이지. '바포메트의 낙인'은 마법, 주술, 고대 종교의 요소가 결합된 것으로, 대표적인 마법진 중 하나야." 위키가 잠시 입을 다물었다. "하지만 『흑마법의 열쇠』는 1897년에 출간됐어. 그러니까 1889년의 이스트베스 백작이 이 마법진을 이용해 의식을 치른다는 건 역시 구멍 난 설정이지."

"그럼 산산의 몸에 나타났던 부호는 주술과 관련이 있기는 한 거구나?"

내가 산산을 가리키며 묻자 산산이 가볍게 몸을 떨었다. 자기 쇄골에 나타난 부호에 대해서 잊고 있었던 모양이다.

"그거는……." 위키가 쓴웃음을 지었다. "그게 바로 내가 진짜 악마가 나타난 게 아니라고 확신하게 된 핵심 증거야."

"핵심 증거?"

산산이 긴장한 듯 물었다.

"이게 뭔지 알겠어?"

위키가 책에 그려진 마법진에서 오각성 꼭짓점의 한 부호를 가리켰다.

"악마의 부호겠지……."

내가 주저하면서 대답했다.

"아니야, 이건 히브리 문자야."

"뭐?"

"바포메트의 낙인은 몇 년 전에 미국의 주술 관련 사이트에서 본 적이 있어. 도안에 있는 모든 문자와 도형에 대해서도 전부 설명할 수 있고." 위키는 손가락으로 원을 그리면서 다섯 개의 부호를 쓸었다. "이 다섯 개의 문자를 조합하면 '리바이어던'이라는 단어가 돼."

"리바이어던?"

"리바이어던은 유대교 신화에 나오는 바다 속 괴물인데, 이 이름은 성경에도 나와. 세월이 흐르면서 사악한 종교의 상징이 됐지. 보통 지상의 괴물 '베헤모스'와 함께 거론돼. 리바이어던은 지옥에서 온 괴수로, 사탄의 이빨이자 손톱이라고 불려. 바포메트의 낙인에는 바로 이 괴수의 이름이 들어가는 거야." 위키가 눈을 굴리더니 킥킥 웃으면서 덧붙였다. "하지만 고증에 따르면, 리바이어던과 베헤모스는 사실 괴수가 아니라 평범한 동물이야."

"어떤 동물?"

"고래와 하마." 위키가 자기 턱을 쥐고 우스꽝스러운 표정을 지어 보였다. "고대인들은 자연을 이해하지 못해서 낯선 동물을 신화 속 괴수로 둔갑시키곤 했지. 그 동물에다 양념을 좀 치고 특징을 과장하면 끝! 긴 뿔이 난 고래 알지? 외뿔고래라고 하는 종인데, 옛날에 어떤 사람이 해변에서 외뿔고래의 뿔을 발견했어. 그는 그 낯선 뿔을 보고 유니콘의 뿔이라고 생각했지. 이게 바로 신성한 동물 유니콘의 전설이 만들어진 배경이야."

"근데 그게 왜 핵심 증거라는 거야?"

주제와 상관없이 쓸데없는 정보를 늘어놓는 위키에게 내가 물었다.

"순서가 잘못됐거든." 위키가 마커펜을 들고 탁자에 부호들을 그렸다. "리바이어던의 첫 글자는 별의 맨 아래 꼭짓점에 있어. 그리고 시계 반대 방향 순으로……."

위키가 탁자에 오른쪽에서 왼쪽으로 다섯 개의 부호를, 아니 다섯 개의 히브리 문자를 그렸다.

לויתן

"히브리 문자는 오른쪽에서 왼쪽으로 쓰고 읽어. 이 단어를 읽으면 리바이어던, L-V-I-T-N이 돼." 위키가 세 번째 글자를 짚었다. "그런데 아화가 말한 대로라면 버스의 몸에 나타난 부호는 첫 글자인 L이 아니라 세 번째 글자인 I야. 그리고 두 번째로 당한 칼리는 V가 나타났지. 이건 뭔가 잘못된 게 확실해. 우리가 정말 악마를 만난 거라면 제물의 몸에 나타나는 낙인은 정확한 순서대로 나타나서 사악한 리바이어던이 되도록 했겠지. 그런데 그 악마는 순서를 틀렸어. 세 번째 글자를 첫 번째 글자로 잘못 알았고, 순서도 시계 방향으로 읽었기 때문에 I-V-L-N-T가 돼버렸지. 이런 실수를 할 수 있는 건 사람이지, 악마는 아니야."

위키는 인터넷에서 얼마나 많은 지식을 끌어모은 걸까? 나는 왠지 위키의 이론에서 실수를 찾아내고 싶어 이렇게 말했다.

"어쩌면 악마가 이 글자로 한 단어를 만들 생각이 아니었다면? 글자를 새로 조합하면 '이스트베스EASTBETH'가 '짐승THE BEAST'이 되는 것처럼 말이야. 이 글자들도 다르게 조합하면……."

"아니, 그건 불가능해. 글자들의 사용법이 다르거든."

위키는 다섯 개의 글자 중 가장 왼쪽에 있는 글자를 가리켰다. 야묘의 손등에 나타났던 부호다.

ז

"산산의 몸에는 '다섯 번째 부호'가 나타났다고 했지? 그러면 야묘에게는 이 부호겠지. 그런데 히브리 문자 중 몇몇은 단어의 끝에 올 때 모양을 다르게 써야 한다는 규칙이 있어. 여기 N에 해당하는 글자가 바로 그런 경우야. 이게 맨 끝에 오지 않을 때는 이렇게 써야 하거든."

‎ב

위키는 탁자의 빈자리에 새로운 글자를 썼다.

"아화, 야묘의 몸에 나타난 건 어느 모양이야?"

위키의 물음에 나는 아래쪽에 꺾이는 부분이 없는, 마법진에 쓰인 것과 같은 부호를 가리켰다. 그러자 위키가 의기양양한 표정을 지었다.

"그러니까 나는 이 현상이 악마가 철자를 새로 조합하려 한 게 아니라, 마법이나 주술을 전혀 모르고 히브리어의 규칙도 모르는 사람이 제물의 부호로만 가져다 쓴 거라고 생각해."

"마법진 하나에 이런 깊은 뜻이 있을 줄이야……."

내가 힘없이 중얼거렸다.

"당연히 깊은 뜻이 있지! 오각성을 먼저 이야기하자. 오각성은 종교와 신비주의에서 조화를 상징해. 즉 다섯 개의 꼭짓점은 땅, 바람, 물, 불이라는 네 가지 원소와 영혼을 상징하지. 그런데 뒤집힌 역오각성은 반대야. 뒤집어진 십자가가 적그리스도를 가리키듯 역오각성은 악마의 상징이지. 역오각성의 다섯 개 꼭짓점은 기독교 교리의 삼위일체三位一體*와 상반되게 성부, 성자, 성령이라는 각각의 신과, 탐욕과 음탕함을 대표하는 사마엘SAMAEL과 릴리스LILITH를 상징해."

위키가 나를 보며 계속 설명했다.

---

* 성부, 성자, 성령의 세 위격이 하나의 신, 즉 하나님 안에 존재한다는 기독교 교리.

"사마엘은 원래 대천사였어. 다섯 번째 천사장으로 200만 천사 군대를 이끌었지. 그런데 사마엘이 7대 타락천사 중 하나라거나 사탄의 진짜 이름이라고 하는 이론도 있어. 릴리스는 유대교의 고전에서 신이 창조한 첫 번째 여자야. 아담에게 불복종한 죄로 추방되어 악마의 어머니가 됐다지. 유럽 괴담에서 사람들을 괴롭히는 몽마나 요괴는 모두 릴리스의 자식이야. 민간 설화에선 릴리스가 사마엘의 아내가 됐다고 해……."

내가 위키의 버튼을 눌러버린 것 같다. 녀석은 숨도 쉬지 않고 바포메트의 낙인에 대한 숨은 배경을 시시콜콜 설명하려 들었다. 나는 그냥 염소 머리가 괴이하다고만 생각했을 뿐인데, 위키가 하나하나 분석해주는 내용을 들으니 그 도안은 마치 고대인의 '중2병'과 망상증이 합체된 결과물인 것처럼 느껴졌다.

"하지만, 위키…… 그런 모순과 허점이 무슨 의미가 있는 거야? 그 모든 괴사건을 우린 실제로 겪었잖아?"

"내가 하려는 이야기가 그거야. 우리가 있는 지금 이 세계는 현실이 아니라 누군가의 무의식이 창조한 세계야. 우리가 마주한 악령이나 악마, 신비한 지하실, 100여 년 전의 저택, 심지어 이 기숙사까지 전부 그 사람의 상상으로 만들어졌지. 이 세계의 법칙은 바로 그 사람의 주관적인 생각으로 이뤄져 있어. 예를 들면, 그 사람은 히브리어를 모르기 때문에 다섯 개의 히브리 문자를 자기 생각대로 마법의 부호로 써먹었어. 그리고 그 사람이 『멘데스 이스트베스 경의 주술에 관한 비밀』의 내용을 사실이라고 믿었기 때문에 이 세계에 이런 괴사건이 벌어지고 있어. 한마디로 그 사람이 이 세계의 신이야. 그 사람의 무의식은 이 세계 어디에나 존재하는데, 그는 자기가 세계의 지배자인 줄도 몰라. 이 세계는 그 사람의 감정에 따라 변화하고 우리 눈앞에 나타나지."

위키가 잠시 멈췄다가 말을 이었다.

"중요한 건 우리의 행동과 말이 그 사람의 생각에 직접적인 영향을 미쳐서 세계의 법칙을 수정할 수 있다는 거야. 지금까지 벌어진 상황을 되짚어보면 원흉은 사실 우리 자신이야."

2

원흉은 우리다?

"우리가 겪은 이 모든 참혹한 사건이 우리들 자신 때문에 벌어졌단 말이야?"

나는 거의 얼이 빠진 표정으로 물었다.

위키가 고개를 끄덕였다.

"근데 우리가 이 세계의 법칙을 바꿀 수 있다고? 어떻게 하면 되는데?"

산산이 긴장한 목소리로 물었다.

"입 밖에 내서 말만 하면 돼."

산산과 나는 서로 시선을 교환하다가 다시 위키를 쳐다봤다.

"이거 기억나지?"

위키가 샤오완이 했던 아홉 개의 수인을 보여줬다.

"그건 악령에게 효과가 있는 무슨…… 호신주護身咒라고 했지."

내가 말했다.

"다시 천천히 해볼 테니까 잘 봐." 위키가 이삼 초마다 하나씩 수인을 맺으면서 말했다. "이 호신주는 각각의 수인마다 이름이 있어. 개戌 자에 해당하는 이 수인은 외박인外縛印이라고 불러. 두 손으로 주먹을 쥐는 간단한 동작 같지만 나름 중요한 의미가 있어. 그리고 이건 재卯, 즉 일륜인日輪印이라고 부르고, 불교에서 미륵보살을 대표하지……."

위키가 또 설명에 도취될까 봐 내가 끼어들었다.

"그게 뭐?"

"샤오완이 아량 선배를 소멸시킬 때 맺은 수인 중에 세 개가 틀렸어." 위키의 두 손이 점점 더 복잡하게 움직였다. "샤오완은 두鬥 자인 외사자인外獅子印과 자者 자인 내사자인內獅子印을 헷갈렸어. 그 둘을 바꿔서 수인을 맺었지. 열列 자인 지권인智拳印은 정말 심각하게 틀렸어. 지권인은 왼손 집게손가락을 펴서 세우고 위쪽에 있는 오른손 주먹 속에 넣는 거야. 그런데 샤오완은 구자호신법九字護身法에 해당하지 않는 부동명왕수인不動明王手印을 맺었어. 왼손 둘째, 셋째 손가락으로 오른손 둘째, 셋째 손가락을 감싸는 수인 말이야. 이렇게 엉망진창인 수인이 먹혔다는 게 황당하지 않아?"

"그때도 틀렸다는 걸 알았어?"

내가 물었다.

"난 5년 전에 일본의 신토神道 신앙에 푹 빠졌었어. 그때 수인에 대해서도 전부 섭렵했지. 안 그러면 이렇게 익숙하게 할 수 있겠어?"

위키가 다시 한 번 아홉 개의 수인을 연속으로 맺는 모습을 보여줬다.

"게다가 샤오완은 이걸 세 번 했는데, 세 번 다 똑같은 실수를 했어. 사실상 맞게 했더라도 이건 악령에게 효과가 없어."

"왜?"

"구자호신법은 도교에서 유래한 건데, 도가신선술에 뛰어난 수행자였던 갈홍葛洪이 317년에 쓴 책 『포박자抱樸子』에 처음 나와. 산에 들어갔을 때 사기邪氣를 피하기 위한 호신술이지. '임병두자臨兵鬥者, 개진열전행皆陣列前行'이라고 계속 외면 마물들이 접근하지 못한다는 거야. 나중에 이 아홉 글자의 구자결九字訣이 일본에 전래됐어. 일본의 불교와 도교는 그들의 전통 신앙인 신토神道 신앙과 뗄 수 없는 관계야. 그러다 보니 구자호신법이 불교 밀종과 신토 신앙이 공유하는 주술이 됐지. 그런데 필사가 잘못되는 바람에 '전행前行' 대신 '재전在前'으로 지금까지 전해지고 있어. 어쨌든 중국 도교든 일본 밀종이든 구자호신법이란 이름 그대로 '호신護身', 즉 몸을 지키는 용도의 주술이야. 샤오완처럼 남을 공격하는 용도로 써서는 전혀 소용없어. 거기다 아무나 수인을 맺는다고 해서 효력이 있는 것도 아니야. 원래 수행자가 써야 효과가 있는데, 샤오완이 어딜 봐서 수행자야?"

"근데 샤오완은 어떻게 아량 선배를 물리칠 수 있었던 거지?"

"그건 샤오완이 '할 수 있다'고 말했기 때문이야."

"할 수 있다고 말했기 때문에 이뤄졌다고?"

내가 믿기 어렵다는 눈빛으로 위키를 쳐다봤다.

"맞아. 말하는 대로 이뤄져. 이건 우리가 있는 이 세계의 가장 괴이한 법칙이야." 위키가 쓴웃음을 지었다. "내가 말했지? 이 세계는 우리 중 누군가가 창조한 세계라고. 이 세계의 법칙은 그 사람의 주관적인 인식에 따라 움직여. 그러니까 우리가 그 사람이 몰랐던 사실을 이야기하면, 그게 이 세계의 법칙에 바로 영향을 줄 수 있는 거야."

산산과 나는 아리송하다는 듯 위키만 쳐다봤다.

위키는 웃음을 거두고 산산과 나를 번갈아 쳐다보면서 말을 이었다.

"이 세계는 어떤 사람의 무의식이 창조한 세계이기 때문에 '암시'라는 방법으로 매우 강력한 효과를 얻을 수 있어. 광고업계에선 이런 걸 '서브리미널 Subliminal 효과'라고 해. 한 예로, 미국에서 실험을 하면서 영화 속에 아주 빠르게 나타났다 사라지는 숨은 메시지를 넣었어. '코카콜라를 마셔라.' 관객은 그 메시지를 정확히 보지 못했지만 대뇌는 그 메시지를 접수하게 돼. 결과적으로 그날 영화가 끝나면 많은 사람들이 콜라를 마시고 싶은 느낌을 받아. 마찬가지로 이 세계의 지배자는 우리들 말에 쉽게 영향을 받아. 우리가 하는 말 한마디가 이 세계의 물리 법칙을 바꾸는 거지. 지배자의 무의식은 전지전능해. 우리의 모든 행동과 말을 알 수 있지. 하지만 우리의 생각에 들어오지는 못해. 우리의 지식을 가져갈 수도 없고. 그래서 샤오완이 '나한테 효과적인 술법이 있어'라고 말하면 그 어린애 장난 같은 수인 주술로도 '악령 아량 선배'를 물리칠 수 있는 거지."

"말도 안 돼! 원인과 결과가 완전히 뒤집혔잖아!"

"아까 동전 던지기로 보여줬잖아? 지배자는 아주 단순하게도, 동전 두 개를 던진 결과가 평균이어야 한다고 생각했어. 동전에는 앞면과 뒷면이 있으니까 확률은 절반이지. 그래서 동전 두 개를 던질 때도 각각 앞면과 뒷면이 나오면 합리적이라고 여긴 거야. 그런데 우리가 그런 현상이 불합리하다고 지적하면서 현실에 부합하는 결과를 말했어. 그랬더니 두 개 다 뒷면이 나오는 결과를 볼 수 있었지. 사실 내가 너무 부주의했어. 이런 현상은 처음부터 나타났는데 나도 알아채지 못했거든."

"처음부터?"

산산의 물음에 위키가 탁자 위에 있는 카드를 가리켰다.

"카드 놀이 할 때 버스가 나눠준 패가 각각의 무늬별로 2부터 A까지 순서대로 연결돼 있었잖아. 그걸 보고 아화 네가 뭐라고 했지?"

"내가 뭐라고 했는데?"

느닷없는 질문에 나는 잠시 어리둥절해서 입을 열지 못했다.

"이렇게 말했어. '카드를 섞어서 나눠줬으면 이런저런 카드가 섞여 있어야 하잖아! 네 가지 무늬가 각각 서너 장씩 섞여 있어야 합리적이지! 같은 무늬가 전부 한 사람에게 가는 경우가 어딨어? 숫자도 이렇게 순서대로 배열된 게 너무 이상해.' 그러고 나선 네가 말한 대로 됐잖아."

말을 마친 위키가 네 더미로 나뉘어 있는 카드를 정리했다. 카드는 우리가 칼리를 찾으러 나가며 각자 탁자 위에 엎어둔 채로 놓여 있었다.

"우리가 겪은 일은 일본의 '언령言霊 신앙'과 비슷해. 말을 하고 그게 사실이라고 굳게 믿으면 아무리 황당무계한 일도 사실로 나타나는 거야." 위키가 산산을 가리키며 말을 이었다. "나도 바

염소가 웃는 순간 |

로 언령의 힘을 이용해서 조금 전 산산을 구할 수 있었던 거야."

"아! 네가 비첨주벽이 어쩌고 하는 말을 한 게 그거였구나!"

"그래, 맞아. 다만 이 세계의 지배자가 이해하는 말이어야 해. 자기만 아는 주문을 아무 설명도 없이 외웠다간 효과가 없어."

"그럼 넌 그 언령의 힘만 믿고 7층에서 뛰어내렸단 말이야? 혹시 네 생각이 잘못된 거였으면 어쩌려고?"

"이미 실험해봤는걸." 위키가 내 옆의 부서진 의자를 가리켰다. "공수도空手道* 동작을 흉내 내면서 '나의 장풍掌風**은 목판을 부술 수 있다'고 말했더니 건드리지도 않았는데 의자가 부서지더라고. 다음은 마관광살포魔貫光殺砲라고 외쳤지만 벽을 부수진 못했고, 샤잠SHAZAM을 외쳤지만 변신하지도 않았고, '메라조마'라고 외쳐도 화염구fireball를 날리지 못했어. 이 실험으로 나는 이 세계의 지배자가 〈드래곤볼〉〈샤잠!〉〈드래곤 퀘스트〉***를 모르는 사람이란 걸 알았지."

세상에! 저 의자가 부서진 건 악령의 습격 때문인 줄 알았는데, 그래서 누군가가 무시무시한 7대 불가사의를 만났을 거라고 생각했는데……. 괴담은 그림자처럼 우리를 따라다니며 나타나고 있었다. 우리가 언급함에 따라 악령 혹은 시체 같은 것들도 나타…… 뭐?

"잠깐! 네 말은 그러니까, 우리가 맞닥뜨린 사건들이 전부……

---

* 무기 없이 손과 발을 쓰는 무술로 일본에서 유래했다.
** 손바닥으로 일으키는 바람을 뜻하는 무술 용어.
*** 〈드래곤볼〉은 손오공의 모험담을 그린 일본 애니메이션 또는 게임. 〈샤잠!〉은 '샤잠'이라고 외치면 슈퍼히어로로 변신하는 내용의 미국 애니메이션. 〈드래곤 퀘스트〉는 마왕을 해치우는 모험 이야기를 그린 일본 애니메이션 또는 게임.

우리가 화제를 7대 불가사의로 돌려서 그런 거라고?"

"맞아." 위키가 힘없이 고개를 끄덕였다. "이 세계는 우리가 말하는 대로 바뀐다고 했지. 우리가 계속 기숙사의 귀신 이야기를 하니까 귀신이 나온 거야. 그 지배자가 무서운 생각을 하도록 유도한 거, 7대 불가사의를 진짜로 만든 거, 전부 다 우리 짓이야."

세상에! 이게 정말 가능한 일일까? 나는 현기증이 났다. 그래서 우리가 밖으로 도움을 청하러 가자고 할 때 위키가 내 말을 딱 끊었던 거구나. 그때 나는 '여기 남아 있다간 괴물의 다음 사냥감이 될 거야'라고 말하려고 했는데, 내가 그렇게 말해버렸으면 위키는 정말 위험에 빠질 뻔했다.

"그래서 7대 불가사의와 바포메트, 악마는 전혀 관계가 없다?"

내가 재차 확인했다.

"전혀. 게다가 괴담의 맥락을 잘 살펴보면 그 유래도 알게 돼."

"유래라니? 그 괴담이 다 진짜라는 거야?"

산산이 물었다.

"아니, 내가 말한 유래는 괴담이 사실이 아니라는 뜻이었어. 그런 말 들은 적 있지? 대학 기숙사에 얽힌 귀신 이야기는 바람둥이 가십처럼 어느 기숙사에나 다 있다! 괴담은 저 혼자 생기는 게 아니야. 사람들이 만들어내는 거지. 입을 타고 전해지면서 이야기가 첨가되면 소문은 점점 사실처럼 부풀려져. 최초의 창작자는 실제 사건에 기반해서 이야기를 꾸몄거나, 어떤 의도를 가지고 이야기를 창작해냈을 거야. 7대 불가사의 괴담들 사이에 사실은 묘한 연계성이 있는데 우리는 그 맥락을 찾을 수 있어."

"〈방문 세기〉〈5층 반〉〈나무에 매달린 시체〉, 이런 이야기들 사이에 맥락이 있다고? 각각 독립된 이야기 아냐?"

"맥락을 알려면 순서가 중요해. 내가 말했잖아, 노픽관 7대 불가사의의 순서는 활화경수오수사^{活火鏡樹五數四}라고. 가장 오래된 이야기는 바로 〈살아 있는 조각상〉이야. 아화, 네가 대답해봐. 이 괴담을 어떻게 생각해?"

"기숙사 남학생들이 태풍 치는 날 밤에 어리석은 시합을 벌이던 중 한 남학생이 조각상 옆에서 쓰러져 죽은 거잖아. 그래서 기숙생들이 그 조각상을 요괴라고 의심하고……"

"이 괴담에서 '요괴' 부분만 빼면 평범한 사고야. 폭풍우 치는 날 그런 담력 시합을 하는 건 남학생들이 자주 하는 짓이지. 그런데 여기서 누군가가 심장이 안 좋은데도 놀림감이 될까 봐 억지로 참가했다가 사망했다면?"

위키의 말은 반박할 데가 없었다.

그때 갑자기 떠오른 생각이 있어 내가 물었다.

"하지만 그 괴담에서 조각상의 형상이 바포메트의 형상이라는 염소인 것은 우연일까?"

"괴담의 요괴는 바포메트와 관련이 없어."

"관련이 없다고? 그 괴담에서 분명 사람 먹는 염소라고……"

산산이 말했다.

"그건 서양의 악마가 아니라 중국의 전통 요괴야." 위키가 손을 흔들면서 대답했다. "괴담 창작자는 적당한 요괴를 찾다가 토루^{土螻}를 넣은 거야."

"토루?"

"산산, 『산해경^{山海經}』 읽어봤어?"

"응, 읽은 적은 있는데……."

"『산해경』이 뭐야? 불경?"

내가 물었다.

"고대의 포켓몬 도감이라고 보면 돼." 위키가 피식 웃으며 대답했다. "내가 좀 전에 고래는 리바이어던, 하마는 베헤모스가 됐다고 했잖아. 서양인들은 낯선 생물이나 자연 현상을 맞닥뜨리면 악마를 떠올렸어. 동양인들도 그런 면에서는 뒤지지 않았지. 상상력을 이용해서 갖가지 기묘한 이야기를 만들었거든. 『산해경』은 바로 그런 이야기를 모아놓은 책이야. 그 책 속에 괴물이 잔뜩 나와. 과학적으로 보면 멸종된 동물이거나 자연 현상일 가능성이 커. 『산해경』에 기록된 괴물 중에 염소와 비슷하게 생긴 '토루'라는 동물이 있는데, 아마 괴담 창작자가 그걸 빌려온 것 같아."

"토루와 바포메트가 모두 염소 형상이라면 조각상의 원형이 바포메트일 가능성은 여전히 남아 있잖아?"

산산이 물었다.

"아니야. 증거는 그 괴담 안에 나와 있어. 조각상의 뿔이 정확히 네 개라고 했잖아."

"뿔이 네 개?"

"『산해경』에 나오는 토루는 뿔이 네 개고 사람을 잡아먹는다고 되어 있어. 바포메트의 특징은 뿔이 두 개인 염소 머리에 사람의 몸이라는 거고. 둘 다 염소지만 큰 차이가 있지."

위키가 물을 한 모금 마시고 말을 이었다.

"괴담의 원형이 분명하지 않아? 한 남학생이 사고로 죽었어.

기숙사에서 불상사가 벌어졌으니 소문이 돌았겠지. 기숙사의 조각상은 추상적인 모습이고 삐죽 튀어나온 부분이 네 개인 금속 물체란 말이야. 중국 신화를 잘 아는 사람이 '사람을 먹는 뿔 네 개 달린 염소' 이야기와 남학생의 사망 장소인 조각상을 연결시킨 거야. 그게 바로 노픽관의 최초 괴담이지."

위키가 탁자에 활화경수오수사活火鏡樹五數四 일곱 글자를 쓰고 '화' 자를 가리켰다.

"그다음은 〈불길 속의 원혼〉. 이야기할 것도 없이 11년 전의 화재를 묘사한 거지. 이건 괴담이 아니라 사고 이야기야. 하지만 사고 발생 지점이 문제야. 9층에서 화재가 났고, 그 후로 9층에는 한밤중에 귀신 우는 소리가 들린다는 소문이 돌았어."

위키가 '화' 자 밑에 숫자 9를 썼다.

"세 번째 괴담은 〈거울에 비친 모습〉. 발생 지점은 8층 화장실. 9층과 8층은 한 층 차이고, 당시에는 6층 이상은 모두 여학생 층이었어. 그래서 귀신 이야기가 쉽게 퍼졌을 거야. 8층 서쪽 화장실은 노픽관에서 유일하게 거울이 하나 더 있는 곳이니까 이런 특수성은 이야깃거리가 되기에 좋지."

위키가 '경' 자 밑에 숫자 8을 썼다.

"그다음은 〈나무에 매달린 시체〉. 이건 2층에서 벌어진 일이지. 기숙사 밖에서 벌어진 〈살아 있는 조각상〉 외에 다른 두 괴담은 기숙사 고층에서 소문이 났어. 모두 여학생 층이고. 노픽관 남학생들은 기숙사의 층 구분에 불만이 많았어. 여학생만 고층을 쓴다고 말이야. 그러니 여학생들에 대해 약간의 대항 심리가 있었을 거야. 〈나무에 매달린 시체〉와 〈거울에 비친 모습〉은 재미있는 차이점이 있어. 〈거울에 비친 모습〉은 피해자가 방에서 죽었고 이야기의 등장인물은 두 명뿐이야. 그런데 〈나무에 매달린 시체〉는 2층 계단참이라는 공용 공간이고, 이야기의 공포스러운 지점은 남학생이 룸메이트의 시체를 보고 씩 웃자 그 미소를 본 여학생들이 놀라워한다는 거지. 내가 볼 때 〈나무에 매달린 시체〉의 창작 동기는 명확해. 남학생 층에서 여학생 층에 대항해 여학생들을 놀래주는 귀신 이야기를 지어낸 거야. 그 당시 남학생들이 대만고무나무에 인형 같은 걸 걸어놓고 여학생들을 골탕 먹였는지 누가 알겠어?"

위키가 '수' 자 밑에 2를 썼다.

"네 번째 괴담까지 살펴보면 분포가 상당히 기묘해."

위키가 자신이 쓴 숫자들을 가리킨 다음 '활' 자 밑에 1을 썼다.

"〈살아 있는 조각상〉은 1층에서 벌어진 사건이라고 할 수 있어. 그렇다면 지금까지 말한 노픽관의 괴담은 저층인 1, 2층과 고층인 8, 9층에서 벌어졌어. 괴담은 바람둥이 가십처럼 어느 기숙사에나, 층마다 다 있다는 말이 생각나지 않아? 게다가 노픽관은 층별 대항 경기를 하는 전통이 있단 말이야. 남한테 있으면 나도 있어야 한다는 심리랄까, 중간 층 학생들이 비어 있는 자리를 채우고 싶어 하는 것도 당연해."

"우리 층에만 귀신 이야기가 없으면 안 되지, 라는 일종의 경쟁 심리로 일부러 만들었다?"

산산이 물었다.

"그래, 그렇게 된 거야. 노픽 축제에 층별 '비밀 거래' 대회가 있다는 거 알아? 대회 점수는 함께 계산하지만 남학생 층과 여학생 층별로 최고 점수를 뽑아. 즉 남학생 층은 다른 남학생 층만 이기면 되는 거야. 그래서 이를테면 '여학생 층인 8층의 도움을 받아 남학생 층 2층을 꺾고 우리 3층이 승리를 차지하겠다'라는 음모가 자연히 생겨나게 되지. 그런 생각은 바로 다섯 번째 괴담의 탄생으로 이어졌을 거야."

위키가 탁자 위의 '오' 자를 가리켰다.

"〈5층 반〉 이야기는 5층과 6층이 동시에 관련돼 있어. 위치상 가까우니까 다른 층보다 친했을 테고, 전통적으로 5층과 6층이 합심해서 대회 전략을 짜는 경우가 많았어. 기숙사의 저층, 고층에 다 괴담이 있다면 5층과 6층의 누군가가 자기네 괴담을 만들고 싶을 만도 하지. 〈5층 반〉에선 남녀 주인공이 연인관계인데, 이전의 괴담에선 없었던 설정이야."

위키가 '오' 자 밑에 숫자 5, 6을 썼다.

"이런 상황에서 3층과 7층 학생들이 비슷한 대결 심리로 합심해 괴담을 하나 만들었을 거야. 〈방문 세기〉 괴담에서 짚어볼 대목이 있는데, 여학생이 7층 창밖으로 떨어질 뻔했을 때 '선배'가 구해주잖아? 즉 3층과 7층은 둘 다 남학생 층이라는 소리야. 그걸 따져보면 이 괴담은 8년 전 기숙사의 층 구분 체계가 바뀌고 6, 7층이 남학생 층이 된 뒤에 생겼다는 걸 알 수 있어. 마지막에 남자가 여자를 구해주는 이야기 구조는 남성의 영웅주의 클리셰야. 창작자가 3층과 7층의 남학생이기 때문에 그렇겠지?"

위키가 '수' 자 밑에 3과 7을 썼다.

"자, 이렇게 보면 1층부터 9층 중에 4층만 비었잖아." 위키가 마커펜으로 탁자 위의 숫자들을 죽 가리켰다. "그래서 4층 여학생들이 마지막 괴담 〈444호실〉을 만들게 된 거야. 이 괴담에서 특이한 점은 주인공이 죽음에 이르지 않는다는 거야. 죽지도 않고 미치지도 않았어. 사고로 죽은 여학생은 단지 '과거'의 기숙생으로 설정돼 있어. 어쩌면 이전 괴담들은 실제 사건에 기반해서 창작됐을지 몰라. 기숙생이 방 안에서 사망했거나 사고로 기숙사 밖으로 추락했거나 등등. 반면에 4층엔 그런 실제 사건이 없었다면, 어쩔 수 없이 그냥 '과거'라는 설정 아래 여자 귀신을 만들었을 수 있지."

위키가 숫자 4를 써넣고 마커펜을 내려놓았다.

"이렇게 해서 노픽관 7대 불가사의가 완성됐어. 층마다 다 대표작이 있으니 새 괴담을 만들 필요가 없지. 괴담 숫자도 마침 일본에서 유행하는 '7대 불가사의'에 들어맞잖아."

위키의 분석을 듣고 나니 모든 괴담이 합리적으로 연결됐다.

"근데 너…… 너 어떻게 그런 걸 알아낸 거야?" 내가 위키의 눈을 보면서 물었다. 이 녀석이 명탐정 셜록 홈스보다 대단한 추리 능력자처럼 느껴졌다. "네 설명이 다 사실이라면 우리는 누군가가 창조한 시공간에 갇혀 있다는 거지? 이 사실을 어떻게 알았어? 내가 봤던 100여 년 전의 세계가 허구라는 건 연도상 맞지 않는 모순이 있어서 알았고, 배후의 검은 손이 악마가 아니라는 건 히브리 문자의 허점 때문에 알았다 쳐. 근데 우리가 지금 존재하는 세계가 현실이 아니라는 건 어떻게 알았지?"

위키는 쓰고 있던 카키색 모자를 무릎에 얹었다.

"아화, 내 모자 색깔과 바지 색깔이 똑같아."

"그게 왜?"

"원래는 다른 색이었단 말이야!"

"뭐? 나는 처음부터 같은 색인 줄……."

"달랐어!" 위키가 버럭 소리 질렀다. "비슷해 보였겠지만 모자의 카키는 노란색이 조금 더 섞여 있었어! 이 바지 색깔과는 완전히 달랐다고! 오늘 특별히 티셔츠 색에 맞춰서 쓰고 나왔는데!"

"그러니까 네 모자가 바뀌었다?"

나는 정말 이 '카키광'을 이해할 수가 없다.

"아니야, 여기 봐봐. 여기 해진 부분은 한 달 전에 생겼어." 위키가 모자에 난 구멍을 보여줬다. "이 모자는 내가 오늘 하루 종일 쓰고 있었는데 왜 갑자기 색이 바뀌었겠어? '그 사람'의 무의식은 자기가 본 것, 자기가 아는 사실에 기반해서 세계를 창조할 수밖에 없어. 그래서 모자의 구멍은 그대로지만, 색깔은 백 퍼센트 완벽하게 복제하지 못한 거지. 왜냐하면 그 사람은 여러 가지 카키색의 미묘한 차이점을 모르거든. 아량 선배와 싸우다가 모자를 떨어뜨렸을 때 알았어. 그때 얼마나 놀랐는지…… 그런 다음 휴게실로 돌아갔을 때 창밖을 보고 우리가 현실 세계에 있지 않다는 걸 알았지."

"창밖에 뭐가 있었는데?"

"완전히 둥근 달이 하늘에 떠 있는 게 이상하지 않았어?"

"이상하다니? 뭐가?"

"오늘은 음력 8월 12일이야. 보름이 되려면 아직 사흘이나 남았다고."

그제야 나는 깨달았다. 샤오완도 오늘이 흉한 날이라며 음력 날짜를 언급했었다. 그런데 내가 비탈길을 달릴 때는 밝은 보름달이 떠 있었다······. 산산과 나는 동시에 고개를 돌려 창밖을 쳐다봤다. 그러곤 곧이어 벌어진 일에 온몸에 소름이 돋고 말았다.

창밖의 밤하늘에 둥근 보름달이 빛을 발하고 있었다. 그 달이 우리가 보는 앞에서 조금씩 이지러지더니 보름달에서 보름 직전의 달로 '수정'되었다.

우리 눈앞에서 버젓이, 감출 것도 없다는 듯이.

산산과 나의 두 눈은 더할 수 없이 휘둥그레졌다.

위키가 가볍게 미소를 지으며 말했다.

"결과적으로 너희들은 저걸 보고서야 내 말을 믿는구나. 내가 입 아프게 떠든 보람이 없다." 위키는 스프라이트를 한 모금 마셨다. "지배자의 무의식에서 오늘이 보름인 이유는 모르겠지만, 이 세계는 모두 허구야. 우리들의 신체까지 포함해서."

위키가 또 아무렇지 않게 경악스러운 말을 했다.

"우리 신체까지 포함해서?"

"이건 일반적인 물리학에서 시간과 양자역학의 가설이야. 자세한 이야기는 생략할게." 위키가 어깨를 으쓱했다. "인류의 자아 의식은 기억 위에 세워지는 거야. 지금의 나와 일 초 전의 내가 기억으로 연결되는 거지. 이런 연속성이 '현실'을 구성하는 거고. 그런데 '그 사람'은 우리를 본래의 시간축에서 빼냈어. 그러니까 일 초 전의 나와 지금의 나 사이에 단절이 생겼고, '위조된 현재의 나'를 만들어서 원래의 기억에 이어붙인 거지. 그래서 우리는 이 세계에 들어온 거고. 바꿔 말하면 이 세계에서 죽는 것은 진짜 죽음이 아니야. 그러니까 친구들을 구할 희망이 있어."

갑자기 코끝이 시큰해졌다. 까딱하면 눈물을 흘릴 뻔했다. 버스와 칼리 등 친구들을 구할 수 있다! 어떻게 구할 수 있는지는 모르지만 위키의 말에 희망의 불꽃이 타올랐다.

"어, 어떻게 구해?"

산산이 물었다. 그녀의 얼굴에 오랜만에 미소가 떠올랐고, 너무 감격한 나머지 말까지 더듬었다.

"나도 모르겠어. 일단 우리 중 누가 지배자인지 알아내야겠지. 아까 내가 말했지? 현 상황을 유지하면 '악령'이 우리는 해치지 못한다고. 그건 나 혼자 '언령'의 힘을 알고 있었기 때문이야. 지금은 그 비밀이 공개됐어. 지배자도 지금은 자기 무의식이 이 세계를 만들었다는 걸 알았지. 그러니까 이제 언령의 법칙이 계속 통용될지 확신할 수 없어. 이곳에서의 죽음은 실제 죽음이 아니니까 죽은 사람이 지배자일 가능성도 있어. 하지만 그 사람이 이 세계의 어디에 있을지, 그 사람을 어떻게 찾을지, 그건 나도 모르겠어. 다만…… 폴터가이스트 현상을 일으키는 청소년들은 대부분 심리적인 문제를 겪고 있었어. 문제의 원인을 해결했더니 그 현상도 줄어들었지. 내 생각엔…… 우리도 비슷한 방법으로 이 사건을 해결해야 할 것 같아."

"위키." 나는 한 가지 문제를 떠올렸다. "만약 우리가 그 사람을 못 찾으면, 혹은 그 가상의 악령에게 살해된다면 우리는 어떻게 될까? 현실 세계의 우리에게도 무슨 문제가 생길까?"

"나도 모르겠어. 하지만 내 추론이 맞는다면, 우리의 의식은 이미 현실 세계를 떠났어. 손가락으로 분침을 막아놓았다고 생각해봐. 시간은 영원히 움직이지 않겠지. 우리가 이 세계에서 전부 죽으면 현실 세계의 시간축도 영원히 멈추겠지. 미래도 없고, 과거도 없고, 우리는 아마 차원의 틈에서 먼지가 될 거야…… 이런 게 불교에서 말하는 무간지옥無間地獄일지도."

위키는 늘 그렇듯 덤덤한 어조로 말했다. 이런 말을 할 때조차 자신의 말이 얼마나 무시무시한지 자각하지 못하는 듯했다.

"그렇다면, 우리 셋 중에 한 사람일까?"

산산이 긴장한 표정으로 말을 꺼냈다.

위키가 웃음을 거두고 진지하게 우리를 쳐다봤다. 그는 우리가 기숙사를 떠나기로 결정했을 때 보여준 것 같은 딱딱한 표정으로 말했다.

"소거법으로 불가능한 사람을 골라내면 남은 사람이 바로 '범인'이겠지. 우선 나는 아니야. 내가 범인이라면 샤오완이 잘못된 수인으로 아량 선배를 물리칠 수 없었을 거야. 또 닌자술 같은 걸로 산산을 구할 수 없었겠지."

산산과 나는 고개를 끄덕였다.

"버스도 아니야. 버스의 무의식이 만든 세계라면 녀석과 녀석이 좋아하는 여자애가 마지막에 남았을걸. 게다가 버스는 만화광이 잖아. 그러니 버스가 범인이라면 내가 '마관광살포'나 '메라조바'를 외쳤을 때 단세포처럼 단순하게 이 기묘한 세계에 어울리는 효과를 만들어줬을 거야."

위키는 버스를 놀리는 투로 말했지만 표정만은 진지했다.

"칼리는 천문학 마니아야. 보름달 같은 기본적인 부분을 틀리지 않았을 테니 칼리도 기각."

나는 무심코 창밖의 달을 흘낏 봤다.

"야묘와 칼리는 아주 친했어. 칼리가 사라진 후 야묘는 정신이 완전히 붕괴된 것 같았지. 야묘가 범인이라면 제일 먼저 우리 같은 남학생들을 하나씩 없앴을 테고, 칼리만큼은 절대 다치지 않게 했을 거야."

그렇다. 야묘가 '마왕'이라면 칼리는 절대 악령에게 당하지 않았을 것이다.

"샤오완은 의심스러운 면이 있긴 해. 초자연 현상에 관심이 많고, 귀신 소동이 있는 기숙사라면 샤오완의 장기를 살릴 수 있는 최고의 무대니까. 하지만 샤오완이 범인이라면 아량 선배를 물리치고 친구들의 선망을 받을 수 있는 순간에 자기 자신을 공격했을까? 샤오완이 범인이라면 지금까지 남아서 자기가 만든 악마와 마지막 순간까지 싸우려고 했을 거야."

위키가 고개를 들고 산산과 나를 바라봤다. 나는 갑자기 긴장되기 시작했다.

"아까 동전 던지기 실험을 할 때 산산은 결과가 이상하다는 걸 알아챘어. 동전 던지기의 확률에 대해 어느 정도 이해하고 있다는 뜻이야. 그건 내가 혼자서 백 번이나 동전을 던졌을 때 매번 각각 앞면과 뒷면이 나왔던 것과는 모순돼. 그러니 산산도 아니야. 예쁜 여자는 심리적인 문제가 있는 경우가 많다는 이야기도 있지만, 직감상 산산은 사건과 관계가 없는 것 같아."

'예쁜 여자'라는 말에 산산의 얼굴이 조금 빨개졌다. 산산은 이렇게 아무렇지도 않게 자기를 칭찬하는 남자를 처음 보는 걸까? 산산에게서 시선을 거두던 나는 위키와 정면으로 눈이 마주쳤다.

응? 아니지? 내, 내가……?

"위, 위키…… 너, 너 설마 내가 범인이라는……."

내가 더듬더듬 말을 이었다.

"풋." 위키가 갑자기 웃어버렸다. "넌 절대 아니야. 친해진 지 얼마 안 됐어도 네가 상상력이라곤 젬병인 평범남이란 걸 잘 알지! 네가 이렇게 거대한 세계를 만들었을 리 없어. 거기다 바포메트니 성전기사단이니 하는 건 전혀 몰랐잖아? 처음에는 이 세계를 만든 사람으로 제일 먼저 너를 의심했어. 그래서 적대적으로 굴었던 거고. 하지만 자세히 분석해보니까 너는 절대로 아니야."

위키의 시원시원한 태도를 보니 기분이 훨씬 가벼워졌다.

"항복이다. 한참 생각했고 기숙사 곳곳의 단서를 다 조사했는데 누가 범인인지 모르겠어. 그래서 너희 둘에게 진실을 털어놔야겠다고 마음먹은 거야. 원래는 혼자서 해결해보려고 했거든. 범인을 찾아내서 이 세계를 부수면 우리들의 의식이 현실 세계의 시간축으로 되돌아갈 테니까……."

그때 내 머릿속에 퍼뜩 떠오르는 사람이 있었다.

"잠깐만. 위키 너, 즈메이를 빠뜨렸어."

"누구?"

"즈메이!"

위키와 산산이 나를 이상하다는 듯 쳐다봤다.

"즈메이가 누구야?"

산산이 물었다.

"너랑 샤오완이 오리엔테이션 때 같은 조였다고 했던 여자애. 8층에 살고 아까 저녁에 우리랑 같이 있었던 즈메이 말이야!"

산산이 눈을 크게 뜨고 천천히 말했다.

"아화, 나랑 같은 조원 중에 노픽관에 배정된 사람은 샤오완뿐이야."

샤오완뿐이라고? 나는 갑자기 뭔가를 깨닫고 전율했다.

"우, 우리가 휴게실에서 처음 인사할 때 네 옆에 앉아 있던 여자애가 너랑 샤오완이랑 같은 조가 아니라고?"

나는 두려움을 억누르며 우리가 다 같이 모여 있을 때 산산이 앉았던 자리를 가리켰다.

"내 옆자리는 비어 있었는걸?"

순간 눈앞이 새카매졌다.

"위, 위키, 우리가 휴게실에 있을 때 몇 명이었지?"

"일곱 명. 아량 선배를 빼면 남자 셋, 여자 넷……."

"여, 여학생이 다섯 명이었는데……."

산산과 위키가 나를 겁에 질린 표정으로 바라봤다.

"네가 말한 즈메이라는 여학생이 계속 우리랑 같이 있었다고?"

위키가 신중하게 물었다.

"응, 계속 같이 있었어. 아량 선배 따라서 지하실에 갈 땐 무섭다면서 휴게실에 남았고……."

"그때 휴게실엔 나 혼자였어!"

위키가 말했다.

나는 호흡곤란이 올 지경이었다.

"그, 그럼 샤오완 방에서 오리엔테이션 조원 모임 가진 건 두 사람뿐?"

내가 묻자 산산이 고개를 끄덕였다. 눈에 공포가 가득했다.

"그, 그렇지만 즈메이는 계속 같이 있었는데!" 나는 당황해선 마구 떠들어댔다. "나랑 둘이서 〈5층 반〉 괴담을 실험했었어. 11년 전의 기숙사 화재 날로 돌아갔을 땐 즈메이가 목숨을 걸고 나를 구하려고 했지. 혼자 도망가지 않고…… 즈메이가 날 부축해서 엘리베이터에서 내린 게 아니야?"

"아화, 그때 사라진 건 너 혼자였어. 우리가 널 발견했을 때 넌 엘리베이터 앞에 쓰러져 있었고, 우리가 널 휴게실로 옮겼어."

위키가 무거운 표정으로 대답했다.

나는 속이 뒤집어지고 머리칼이 쭈뼛 서는 느낌이었다.

"그, 그럼!" 나는 산산을 돌아봤다. "우리가 비탈길을 걸어 본관 쪽으로 갈 때……."

"그때는 너랑 나, 야묘 셋이었잖아."

"그럴 리가! 우리는 분명 넷이었고……."

비탈길을 걸으며 나눈 대화가 떠올랐다.

―우리 넷이 힘을 합하면 해낼 수 있을 거야.

내 말에 산산이 이렇게 물었다.

―근데…… 아화, 위키는 왜 그러는 거야?

그때는 산산이 위키의 안전을 걱정하고 있구나, 라고만 생각했다. 산산이 내가 말한 '우리 넷'을 '나, 그녀 자신, 야묘, 그리고 위키'로 받아들였으리라고는 전혀 생각지 못했다. 아량 선배가 지하실에서 나에게 위키와 즈메이가 왜 오지 않았느냐고 물을 수 있었던 것은 그가 실존하는 사람이 아니라 범인이 만들어낸 허구였기 때문이다. 그렇다면 우리들 중에서 나만 즈메이를 본 것이다.

나는 즈메이가 내성적이라서 말이 없는 줄로만 알았는데, 친

염소가 웃는 순간

구들 눈에는 즈메이가 보이지 않았다니…….

"아화! 네가 말한 즈메이는 도대체…….'

위키가 긴장한 손길로 내 어깨를 잡고 물었다.

"나만 볼 수 있었어…….'

내가 망연자실하게 중얼거렸다.

"그러면 즈메이도 아량 선배처럼 허구의…….'

아니야.

나는 입을 벌린 채 말을 삼켰다. 즈메이는 허구의 인물일 수
없다.

"아니, 즈, 즈메이는 우리처럼 현실의 사람이야!" 나는 문화대학
에 도착했을 때를 떠올리며 말했다. "난 버스정류장에서 즈메이
를 처음 만났어. 버스를 탔는데 즈메이가 잔돈이 없어서 자비를
못 내고 있으니까 운전기사와 승객들이 전부 즈메이를 쳐다봤
어. 그러니까 즈메이가 현실 속 사람이라는 게 증명돼! 게다가 위
키 너랑 버스도 즈메이를 봤잖아. 즈메이는 유령이나 허구 인물이
아니야. 그냥 이 세계에서 너희들이 즈메이를 못 보는 것뿐이야!"

"뭐? 내가 그 즈메이라는 친구를 봤다고?"

"맞아. 기숙사 앞 정류장에서 만났을 때 네가 나더러 기숙사에
오자마자 여자애를 꼬신다고 놀렸잖아?"

"그 회색 트레이닝복에 머리 땋고 안경 끼고 초록색 캐리어 끌
던 키 작은 여자애가 즈메이라고?"

위키의 물음에 나는 고개를 끄덕였다.

"어쩐지 내가 범인을 못 찾는다 했다. 난 그 애가 우리 중에 있
다는 걸 몰랐거든." 위키가 내 어깨를 놓고 소파 등받이에 기대며

말했다. "그럼 분명 즈메이란 친구가 우리가 찾는 범인이야. 그 애는 무의식적으로 이 세계를 만들었어. ……아화, 즈메이에 대해 얼마나 알아? 많이 알수록 해결방법을 찾기가 쉬울 거야."

나는 난처한 표정을 지었다.

"우리랑 같은 1학년이고 번역과야. 8층에 배정됐고, 성격은 소심하고 수줍고 말을 잘 못하고…… 다른 건 아무것도 몰라."

내 말에 위키가 산산을 돌아봤다. 즈메이라는 여학생을 아느냐는 듯이. 그러나 산산은 더욱 막막한 표정을 지을 뿐이었다.

"이러면 도움이 안 되는데……." 위키가 한숨을 쉬다가 갑자기 입을 열었다. "아화 너, 그 애를 즈메이直美라고 불러?"

"응."

"원래 이름은 나오미Naomi 아냐?"

위키는 '나오미'를 약간 '네오미'처럼 발음했다.

"나오미가 즈메이잖아? 그 뚱뚱한 일본 코미디언 와타나베 나오미의 이름 한자가……."

"나오미가 꼭 일본 이름인 건 아니야. 서양 이름이기도 하다고. 한자로 음역하면 '納奧美'라고 쓰는데 유럽이나 미국에서 자주 볼 수 있는 이름이야." 위키가 웃으면서 말했다. "그 촌스러운 애가 어떻게 유행 따라 일본 이름으로 자기 이름을 말하겠어? 자기한테 일본 이름 붙이는 여자애들은 화장하는 거나 옷차림까지 일본 연예인을 따라 하는데……."

"즈메이든 나오미든 이름이야 상관없잖아?"

내가 말했다.

"맞아. 하지만 나오미라고 하니까 그 이름의 유래가 생각나네.

염소가 웃는 순간

아주 역사 깊은 이름이야. 존이나 피터처럼 성경에 나오는……."

위키가 다시 장광설을 시작하려 했다. 나는 위키의 말을 자르고 싶었지만 그다음 말이 내 주의를 끌었다.

그 말의 의미를 깨달은 순간 나는 사건의 원인을 알아차렸다.

하지만 그걸 위키와 산산에게 말해주기 전에 무시무시한 장면을 목격하고 말았다. 휴게실 앞 잔디밭에서 거대한 괴수가 창을 통해 우리를 노려보고 있었다. 크고 작은 세 개의 삼각뿔과 네 개의 사각뿔로 이루어진 괴수. 겉으로 보기에는 청동으로 만든 조각상 같지만, 지금 그 몸뚱이는 수천 마리 뱀이 엉켜서 만들어진 것처럼 요동치고 있다.

염소를 닮은, 머리통에 네 개의 구부러진 뿔이 달린 괴수의 얼굴이 괴이한 눈빛으로 우리를 바라보고 있다. 금속으로 만든 눈동자 가운데에 기다란 구멍이 나 있다.

마치 염소의 동공처럼.

"으아악!"

내 시선을 따라 눈을 돌린 산산이 비명을 질렀다.

쿵!

괴수가 휴게실 창문을 들이받는다.

휴게실 바깥 벽이 순식간에 무너졌다. 우리 세 사람은 벌떡 일어났다. 하지만 뒤로 물러나기도 전에 무시무시한 염소 머리가 실내로 돌진했다. 거의 차 한 대만큼 큰 염소 머리가.

"도망쳐!"

내가 외쳤다. 위키가 산산의 손을 잡고 물러났다. 나도 잽싸게 도망치려는데, 그 순간 염소 머리가 바로 코앞까지 다가왔다.

"너 같은 녀석은 한주먹이면 쓰러진다!"

위키가 갑자기 크게 소리 질렀다. 그래, 언령 공격이다! 말하면 이뤄진다고 하지 않았던가! 위키가 염소 머리를 향해 왼손 주먹을 날렸다. 그러나 염소 머리는 여러 개의 독립된 금속체로 변하더니 위키의 주먹을 피해 그와 산산을 에워쌌다. 한주먹에 쓰러뜨릴 수 있다고 해도 일단 주먹이 적의 몸에 맞아야 할 것 아닌가.

"위키!"

내가 소리 질렀다.

"나……!"

위키가 입을 열자마자 금속 파편 하나가 날아와 그의 입을 막았다.

"안 돼!"

나는 정신없이 위키와 산산 쪽으로 달렸다. 그 순간 뱀처럼 보이는 금속 촉수들이 두 사람을 칭칭 감아버렸다. 그러고는 그들을 끌고 잔디밭으로 향하기 시작했다.

"아, 아화!"

금속체 더미는 위키와 산산을 휘감고 잔디밭을 향해 질주했다. 엄청난 속도였다. 나도 온 힘을 다해 뒤쫓았지만 점점 거리가 멀어졌다. 엉망진창으로 뒤엉켜 있던 금속체는 차차 염소의 모습으로 변했다. 위키와 산산은 계속 버둥거렸지만 속절없이 괴수의 몸 안으로 점점 빨려 들어갔다. 두 사람이 조각상에 거의 삼켜질 때쯤 위키가 입을 가린 금속 파편을 떼어내고 외쳤다.

"아화! 너만 즈메이를 볼 수 있었다면 분명 의미가 있는 거야! 망설이지 마! 그 애가 있는 곳을 찾아서 우리 모두를 구해줘! 너만 할 수 있······."

그 순간 위키와 산산이 조각상 안으로 완전히 사라졌다. 이어서 조각상은 본래 모양으로 돌아와 아무 일 없었다는 듯 원래 있던 자리에 멈춰 섰다.

조각상은 본모습으로 돌아왔지만, 고개를 돌리자 무너진 기숙사 외벽이 보였다. 기숙사 건물이 천천히 가라앉는 것 같았다. 마치 지하로 매장되는 것처럼. 이 세계의 모든 것이 멸망을 향해 가고 있는 것처럼 보였다.

나는 이제 즈메이를 찾아서 친구들을 구해야 한다.

오직 나만이 즈메이가 누구인지 알고 있으니까.

휴게실에서 창밖의 조각상을 발견하기 직전에 위키가 한 말이 떠올랐다. 나는 분명히 들었다.

"아주 역사 깊은 이름이야. 존이나 피터처럼 성경에 나오는데, 나오미는 원래 '기쁨'이라는 뜻이야······."

기쁨.

이스트베스 백작의 딸 '조이Joy'는 즈메이의 투영이었다!

11년 전 그날 밤, 사감 양팅선 박사의 딸은 죽지 않았다. 그녀는 11년이 지나 자신이 가족을 잃어버렸던 악몽의 장소에 돌아왔다.

즈메이가 바로 내가 만났던 빨간 옷의 소녀 양러윈楊樂筠이었다.

제 8 장

몇 년 전 노픽관에 불이 났다.

그때는 세 번째 교직원 아파트가 지어지기 전이라, 사감 가족이 노픽관 9층에 살았다. 9층 동쪽을 전부 사택으로 썼는데, 방문해본 학생들은 내부가 기숙생들 방과는 달리 아주 화려하다고 말했다.

경제학과 교수인 사감은 학생들에게 친절했지만, 한편으로는 여학생이나 조교 등과 바람을 꽤 피웠다. 정신병력이 있는 그의 아내는 남편의 외도를 꾹 참고 살았다. 하지만 어느 날 남편이 한 여학생과 함께 다정히 있는 모습을 보고는 더 이상 참을 수 없는 지경에 이르렀다. 아내는 온 가족을 동반 자살로 이끌기로 마음먹었다.

그녀는 어느 날 저녁밥에 수면제를 섞었고, 가족이 다 잠든 후 사택 출입문을 쇠사슬로 잠그고 새벽 3시에 가스 밸브를 열었다. 그녀는 온 가족이 가스 중독으로 사망하기를 바랐다. 하지만 가스 냄새를 맡은 사감이 잠에서 깨어나 외부에 도움을 청하려 했다. 사감의 아내는 다급한 마음에 라이터를 꺼내 불을 붙였다. 그 순간 방에서 폭발이 일어나 큰 불로 번졌다. 기숙생들은 급히 건물을 빠져나갔다.

화재 현장에 도착한 소방대원들은 사감 부부와 그들의 세 살 난 아들이 사망한 것을 발견했다. 일곱 살짜리 딸은 등에 심한 화상을 입었지만 병원에서 치료를 받고 목숨을 건졌다.

그 후 사택을 수리했지만 세 번째 교직원 아파트가 완공되자 학교는 9층의 사감 사택을 학생 기숙사로 개조했다. 방 수를 늘려달라는 기숙생들의 요구에 따른 것이기도 했다. 그런데 이 화재 사건 이후 학생들 사이에 죽은 세 사람의 귀신이 9층 동쪽을 떠돈다는 소문이 퍼졌다. 새벽 3시면 죽은 사감 부부가 싸우는 소리와 불에 탄 아이의 울음소리가 들린다고 했다.

— 노퍽관 7대 불가사의 두 번째 이야기, 〈불길 속의 원혼〉

염소가 웃는 순간

1

만약 즈메이가 러원이라면 모든 상황이 이해된다.

즈메이는 어릴 적 노펙관에서 살았다. 그러니 주변 환경을 잘 알 수밖에 없다. 현실의 노펙관과 몹시 비슷한 허구의 세계를 만들 수 있는 사람이라면 우리들 중 즈메이가 가장 적합하다.

즈메이가 버스에서 겪은 일도 떠올랐다.

"2홍콩달러만 냈잖아요."

"버, 버스 요금, 2홍콩달러가 아, 아닌가요?"

"4년 전에 올랐는걸요."

즈메이가 이런 실수를 한 것은 예전 습관대로 2홍콩달러만 냈기 때문이다. 2홍콩달러는 4년 전 버스비가 오르기 전의 금액이다. 나 같은 신입생은 교내 버스비가 얼마인지 모르거나 지금의 버스비가 얼마인지만 알 것이다. 하지만 즈메이는 '2홍콩달러가 아니냐'고 반문했다. 즈메이의 머릿속 문화대학은 아직 과거의 그 시절에 머물러 있는 듯하다.

'그 사람'은 자신이 이 세계를 만든 줄도 모를 거라고 위키가 말했다. 위키의 말에 동의한다. 그러면 즈메이가 나와 함께 11년 전으로 건너갔을 때 불안해했던 진짜 이유가 설명된다. 그녀는 그해가 기숙사에 불이 나서 가족들이 세상을 떠난 해라는 걸 알았을 것이다. 즈메이는 자습실 창문 앞에 멍하니 서서 '빨간 치마를 입은 아이'를 본 것이 아니라 '자기 자신'을 본 것이다.

11년 전의 자신을.

즈메이는 그때 매우 당황스러워했다. 당황한 데다 내성적인 성격 탓에 내게 어떻게 설명해야 할지 몰랐던 것 같다. 만약 내가 즈메이처럼 시간의 틈으로 들어가 어린 시절의 자신을 만났다면 나 역시 상황을 제대로 설명하기가 힘들었을 것이다.

즈메이는 자기 자신을 본 순간 '그날'이 바로 가족들이 참변을 당한 날임을 알았을지도 모른다. 그렇다면 화재 현장에서 내 다리를 붙잡았던 시체 두 구는 즈메이의 기억 속 부모님……. 세상에, 나는 즈메이를 겁 많은 여자애라고만 생각했다. 그런데 그녀는 그런 끔찍한 상황에서도 용기 있게 나를 구하려고 했다. 즈메이는 그 끔찍한 괴로움을 혼자서 얼마나 힘들게 삼켜냈을까? 또 얼마나 많은 짐이 그녀의 등에 얹혀 있을까?

"즈메이!"

나는 눈앞에서 천천히 침몰하는 기숙사를 보며 소리쳤다.

"즈메이! 어디 있어? 제발 나와줘!"

건물은 아무런 반응이 없었다.

정문이 거의 땅속으로 잠겨 들어갔다.

"즈메이!"

나는 방금 조각상이 부순 외벽 앞으로 달려가며 외쳤다.

세계가 침몰하며 내는 웅웅거리는 소리 외에 기숙사에서는 어떤 소리도 들리지 않았다.

도대체 무슨 일이 벌어진 걸까? 이 기숙사는 스스로 땅에 묻히려 하는 걸까? 나는 이대로 밖에 있어야 할까, 아니면 죽음을 무릅쓰고 안으로 들어가야 할까? 젠장, 어떤 선택도 할 수가 없다.

나는 벽에 난 구멍이 땅속으로 완전히 잠기기 전에 그 안으로 뛰어들었다. 까딱하면 부서진 탁자들 사이에 몸이 끼일 뻔했다. 휴게실 바닥은 지면보다 2미터쯤 아래로 꺼져 있었다.

그런데 내가 휴게실에 들어오자 건물이 침몰을 멈췄다. 주변이 다시 고요해졌다. 건물이 땅속에 내려앉아 버려서 밖으로 나갈 구멍이 보이지 않았다. 정문이나 창문도, 벽 구멍도 모두 흙벽으로 막혀버렸다.

"즈메이! 즈메이! 즈……."

생각해보니 다른 이름으로 불러야 하지 않을까 싶다. 내가 계속 즈메이라고 불렀던 것일 뿐 실제로는 그 이름이 아니잖은가.

"러, 러윈! 러윈! 어디 있어? 얼른 좀 나와!"

나는 고함을 치면서 주변을 계속 두리번거렸다.

그때 빨간 형체가 내 시야에 훅 뛰어들었다.

11년 전의 여자아이가 아무 소리도 없이 공기 중에서 홀연히 나타났다. 내 왼쪽 뒤, 멀지 않은 곳에서.

"러윈!"

지금의 즈메이가 아니라 어린 시절의 그녀가 나타날 줄은 예상치 못했다. 나는 마음을 다잡고 여자아이에게 다가갔다. 일곱 살짜리 여자아이는 가만히 서서 침울한 표정으로 나를 빤히 바라봤다.

"네…… 네가 나오미니?"

내가 묻자 아이가 고개를 끄덕였다. 여전히 쓸쓸한 표정으로.

"나오미, 이 세계를 없애고 우리를 현실로 돌려놔줄래?"

뭐라고 말해야 할지 잠시 고민하던 나는 무릎을 바닥에 대고 아이와 눈을 마주한 채 부탁했다. 아이는 즈메이의 '과거 자아', 즉 즈메이의 분신인 셈이다. 즈메이의 무의식에 영향을 미칠 수 있을지도 모른다.

아이는 눈썹을 살풋 찡그리며 고개를 저었다.

이런, 어떻게 해야 한담? 애원을 할까? 아니면 겁을 줄까?

이 아이가 이 세계의 지배자인 셈이지만, 슬픔에 찬 얼굴을 보니 도무지 적으로 대할 수가 없었다.

아이가 내 소매를 잡아당기면서 뒤쪽 복도를 가리켰다. 왠지 말을 할 수 없는 모양이었다.

"저리로 가자고?"

아이가 고개를 끄덕였다.

나는 아이의 손을 잡고 가리키는 방향으로 걸었다. 엘리베이터 쪽으로 모퉁이를 돌자 눈앞의 광경이 달라졌다. 1층 엘리베이터 앞에서 동쪽으로 걸었으니 동아리방이거나 학생회실이어야 하는데 눈앞에 벽, 그리고 문이 보인다. 내 눈에 익숙한 문이다. 나는 저 문 앞에서 검은색 형체 둘에게 발이 붙들린 채 한동안 꼼짝하지 못했다.

저 문은 바로 11년 전 노픽관 사감이 살았던 사택 현관이다.

나는 뒤를 돌아봤다. 역시나 내 뒤쪽은 1층이 아니라 이미 9층 복도로 바뀌었다.

불안해서 가슴이 쿵쿵 뛰었다. 하지만 러윈이 나를 보고 있으니 문 앞으로 향했다.

안으로 들어가라는 듯 아이가 나를 보며 고개를 끄덕였다.

나는 용기를 내 문고리를 잡았다. 끽 소리와 함께 문이 열렸다.

생각과 달리 문 안에는 화염도 귀신도 없었다. 가구나 인테리어는 화려하지 않았지만 현관이 매우 넓고 우리 집의 몇 배는 되어 보였다. 러윈은 나를 이끌고 집 안으로 들어갔다.

현관에 이어진 복도에서 오른쪽으로 열린 문이 보인다. 여자아이의 웃음소리가 새어 나온다. 어느새 나는 그쪽으로 걷고 있었다. 귀엽게 꾸민 아이 방이다. 분홍색 침구가 깔린 침대, 침대 머리맡의 만화 그림, 책꽂이, 옷장, 의자, 커튼 등 모든 것이 한 가지 색깔과 이미지로 꾸며져 있다. 침대에는 헝겊 인형이 가득하다. 커다란 테디베어와 털이 보들보들한 강아지 인형, 디즈니 만화 캐릭터 인형들이 잔뜩이다. 책꽂이에는 크기가 들쭉날쭉한 어린이 책이 꽂혀 있다. 반대쪽 창문 옆에 어린이 화장대가 보인다. 그곳에서 삼십 대로 보이는 긴 머리 여인이 여자아이의 머리를 빗겨주고 있다. 배가 살짝 부풀어 오른 걸 보니 여인은 임신한 것 같다. 여자아이는 나를 잡아당기는 러윈과 닮았는데 훨씬 더 어려 보인다. 서너 살쯤 된 것 같다. 엄마가 어린 딸과 웃고 이야기하며 머리를 손질해주고 있는 장면이다.

문 옆에 선 나는 두 사람과 몇 걸음 떨어져 있지 않다. 그러나 그들은 내 쪽으로 눈길도 주지 않는다. 내가 투명인간인 것 같다. 다가가야 하나, 아니면 발을 돌려야 하나 고민하는데 그들의 대화가 들린다.

"엄마, 엄마! 나는 이름이 왜 두 개야? 샤오베이가 나는 이름이 두 개라서 이상하대. 난 개가 더 이상해!"

여자아이가 발랄한 목소리로 묻는다.

"러윈, 그건 말이야, 하나는 중국어 이름이고 또 하나는 영어 이름이라서 그래."

이렇게 대답하면서도 엄마는 머리를 빗기는 손길을 멈추지 않는다.

"왜 중국어 이름도 있고, 영어 이름도 있는 거야?"

꼬마 러윈이 천진난만하게 묻는다.

"그건 말이야……." 엄마도 설명하기가 난감한지 잠시 쉬었다가 말을 잇는다. "그래야 외국인에게 소개할 때 편하니까 그렇지. 디즈니의 요정님이 만나러 왔을 때 '저는 양러윈입니다'라고 하면 못 알아들을 테니까. 그럴 때는 'My name is Naomi'라고 하면 바로 알아듣지."

"아! 그렇구나! 그럼 샤오베이는 요정님이 찾아왔을 때 큰일이네! 큰일이네!"

꼬마 러윈은 눈을 크게 뜨고서 신나한다.

"그렇지! 그러니까 영어 이름을 잘 기억해야 해. 나오미는 '기쁨'이라는 뜻이란다. 러윈樂筠에도 기쁠 락樂 자가 있잖아. 같은 뜻이야. 러윈은 즐겁게 공부하고 즐겁게 놀고……."

"웅! 즐겁게 엄마랑 살고!"

엄마가 기분 좋게 고개를 끄덕이고 딸의 머리에 입을 맞춘다.

　　　　　　　　　　　염소가 웃는 순간

"맞아, 즐겁게. 자, 어떻게 땋아줄까요, 공주님?"

엄마가 웃으며 묻는다.

"엄마가 땋아주면 다 예뻐! 최고로 예뻐!"

"그렇구나! 좋아!"

엄마가 익숙하게 딸의 머리를 땋아준다. 얼마 지나지 않아 여자아이는 두 갈래로 땋은 머리에 분홍색 고무줄을 매게 됐다.

"끝! 마음에 들어?"

엄마가 뒤에서 딸을 끌어안고 다정하게 뺨을 부비며 같이 거울을 들여다본다.

"고마워요, 엄마! 예뻐요, 좋아요!" 여자아이가 몸을 돌려 엄마에게 말한다. "하지만 엄마가 더 좋아!"

"말도 참 예쁘게 하지."

엄마와 딸이 까르르 웃는다.

내가 보고 있는 저 장면은 기억이다. 즈메이의 기억.

뒤돌아보니 일곱 살의 즈메이가 보인다. 여전히 슬픈 얼굴로 조용히 앞을 응시할 뿐이다.

"나……."

'나'라고 내뱉은 나는 무슨 말을 해야 할지 몰라 그대로 입을 다물어버렸다.

일곱 살의 즈메이는 나를 쳐다보지 않았다. 손을 내밀어 방문 손잡이를 잡고 천천히 문을 닫았다. 그런 다음 나를 이끌고 다른 쪽으로 향했다.

"당신 요즘 바쁜 것 같아."

앞에 또 다른 열린 문이 보이고, 그 안에서 목소리가 새어 나온다. 문 앞에 가보니 안쪽은 부엌 같은 방이다. 나는 방 배치가 좀 이상하다고 생각했다. 아이 침실이 부엌보다 현관에 더 가까이 자리해 있다. 아마 이 세계는 즈메이가 창조한 곳이니 11년 전의 사감 사택과 완전히 똑같지는 않을 것이다.

부엌에 네 사람이 있다. 식탁에 둘러앉아 아침식사를 하는 것 같다. 정면에 앉은 남자는 마흔 살 정도로 양복을 단정하게 차려입은 모습이 한 가족의 가장답다. 왼쪽에는 아까 딸의 머리를 묶어주던 여자가 자리했다. 그녀의 배는 이제 납작했고, 그 옆에 놓인 아기 의자에 한 살쯤 된 아기가 앉아 있다. 남자의 오른쪽에는 두 갈래로 머리를 땋은 꼬마 러윈이 보인다. 이제 조금 더 자라서 네다섯 살 정도 되어 보인다.

"여보, 당신 요즘 매일 회의다, 학교 업무다 하면서 너무 바쁜 거 아니에요?"

부인이 아기에게 이유식을 먹이면서 묻는다.

"그렇지."

남자는 고개도 들지 않고 나이프와 포크로 접시에 담긴 베이컨을 자른다.

"애들이 아직 어린데 시간 좀 내서 애들하고 놀아줘요."

"응, 그러지."

남자가 냉담하게 대답한다.

엄마 아빠가 대화하는 동안 다섯 살 러윈은 말없이 달걀을 먹으면서 식탁 아래로 고개를 숙이고 그림책을 읽는다. 러윈은 아빠와 그다지 친밀하지 못한 것 같다.

"러윈, 어서 먹어야지. 지각할라."

엄마가 러윈을 향해 말한다.

"응."

러윈은 얌전히 고개를 끄덕이고는 남은 토스트를 한입 베어 먹는다.

딩동.

복도 저쪽에서 초인종이 울린다.

"돌보미가 왔나 봐."

부인이 말한다. 꼬마 러윈이 의자에서 폴짝 뛰어내려 작은 가방을 들고 내 쪽으로 걸어온다.

"러윈, 잊은 거 없니?"

"아!"

꼬마 러윈이 엄마 옆으로 달려가더니 뺨에 입을 쪽 맞춘 다음 아빠에게도 똑같이 한다.

"엄마 아빠, 다녀오겠습니다."

꼬마 러윈이 그렇게 말할 때 내 옆에 있던 러윈이 문을 닫는다. '충분히 봤어요'라는 뜻일까? 왜 즈메이는 나에게 이런 사소한 일상의 모습을 보여주는 걸까? 이해할 수 없어 하면서도 나는 아이가 이끄는 대로 또 복도를 걸어서 모퉁이를 돌았다. 그때 눈앞에 나타난 사람의 모습에 깜짝 놀랐다.

다섯 살 러윈이 내 앞에 서 있다. 문에 붙어 있어서 표정이 보이지 않지만 방 안을 들여다보고 있다. 나는 가까이 가야 할지 말지 망설였다. 하지만 내 손을 붙든 빨간 옷의 러윈이 빠르게 앞으로 걸어갔다. 어린 러윈이 좀 더 어린 자신 옆으로 가서 섰다. 아주 기이한 모습이다. 두 아이는 자매처럼 보인다. 한쪽은

키가 크고, 다른 쪽은 키가 작고, 한쪽은 빨간 치마, 다른 쪽은 흰 옷이다. 한쪽은 긴 머리를 늘어뜨렸고, 다른 쪽은 양갈래로 땋았다.

좀 더 어린 러원은 우리를 보지 못하는 것 같다. 나는 내가 보이지 않는다는 걸 확인하고는 아이의 시선을 따라 안쪽을 쳐다봤다.

방 안은 부부 침실 같다. 커튼 사이로 비쳐든 빛에 방 안이 환하다. 너무 밝아서인지 눈앞의 장면이 더욱 묘하게 보인다. 두 사람이 발가벗고 침대에 뒤엉켜 있다.

남자는 러원의 아빠, 당시의 사감인 양팅선 박사다. 그러나 여자는 러원의 엄마가 아니라 피부가 희고 고운 젊은 여자다. 여자가 양팅선의 몸에 올라탄 채 허리를 움직이며 신음하고 있다.

나는 깜짝 놀라 그들을 바라보는 두 명의 러원을 돌아봤다. 간통의 현장이다. 나는 러원이, 그러니까 즈메이가 직접 그 장면을 목격했을 줄은 생각지도 못했다.

대여섯 살 먹은 아이는 이게 무슨 일인지 알지 못할 것이다. 그러나 어린 러원의 얼굴에서 어떤 생각을 하는지 읽어낼 수 있었다. 저 장면이 나쁜 짓이라는 걸 어렴풋이 아는 눈치다. 아이의 얼굴에 충격과 혐오, 불안이 뒤섞인 표정이 떠올라 있다.

"아!"

만족스러운 신음과 더불어 젊은 여자가 양팅선의 몸 위로 엎어진다. 두 사람은 숨을 몰아쉬면서 방금 전 행위의 여운을 만끽하고 있다.

"거봐요, 집에서 하니까 더 자극적이죠?"

여자가 상반신을 일으키면서 말한다.

"이게 얼마나 위험한 짓인 줄 알아? 아내가 돌아오면 우리 둘 다 끝장이야."

양팅선이 웃으면서 대답한다.

"뭐가 그렇게 무서운데요? 난 숨어버리면 그만이에요. 어차피 바로 아래층에 사는데 뭐. 이 집 후문이 동쪽 계단과 통하니까 그리로 내빼면 아무도 모를걸요." 여자가 애교 섞인 목소리로 속살거린다. "이따 저녁에 몰래 후문 열어놓을래요? 내가 살짝 들어올 수 있게……."

"말도 안 되는 소리 마. 그게 어떻게 가능해?"

"훗, 솔직히 말해봐요. 자기도…… 원, 하, 지, 않, 아, 요?"

"너 정말……."

양팅선이 웃으며 여자를 밀어 눕히고 자기 몸으로 누른다. 두 사람은 다시 뜨겁게 키스한다. 여자가 다시 위로 올라갔을 때 나는 한 가지 사실을 깨달았다.

저 여자의 얼굴은 내가 봤던 바발론 무녀의 얼굴이다.

이…… 이것이 그 의식의 원형일까? 즈메이가 어릴 때 봤던 장면이 『멘데스 이스트베스 경의 주술에 관한 비밀』과 뒤섞여 나와 칼리 앞에 재현됐던 걸까? 그렇다면 그때 내 마음에 차올랐던 혐오감은 즈메이의 무의식 중에 퍼져 있던 불안한 감정…….

탁.

내 옆에 있던 좀 더 어린 러윈이 갑자기 복도를 달려 모퉁이를 돈다.

따라갈까 하는데 빨간 치마를 입은 러윈이 방문을 닫고 반대쪽 복도를 가리켰다. 그래, 러윈은 지금 나에게 이 일이 어떻게 진행되는지 보여주려는 것이다.

다음 모퉁이를 돌자 또다시 열린 문이 보인다.

우리는 문간에 서서 안쪽을 들여다봤다. 아까와 같은 부부 침실인데, 창밖이 어두운 걸로 봐서 이제 밤인 모양이다. 방에는 양팅선 박사와 그의 아내가 있다. 양팅선은 침대 가장자리에 앉아 넥타이를 풀고 있다. 막 퇴근한 모양새다. 아내는 구석에 서서 은은하게 분노한 눈빛으로 남편을 쏘아본다.

"어쩌면 그렇게 염치가 없어? 내가 임신했을 때 바람 피우는 것도 모른 척 눈감아줬는데, 이제는 여자애들을 안방까지 끌어들여? 게다가 1학년 학생을! 양팅선, 머리가 돈 거 아냐?"

양팅선은 들은 척 만 척 셔츠를 벗는 데만 집중한다.

"그 여자애가 당신을 좋아하는 것 같아? 당신의 권력과 지위에 끌리는 것뿐이야. 교수라는 사람이 부끄러움도 모르고 어린 여자애랑 그러고 싶어? 소문이라도 나면 패가망신이야!"

"내가 먼저 여자한테 다가가는 거 아니야."

양팅선이 덤덤하게 대꾸한다. 그 말이 아내의 분노에 불을 지폈다.

"나쁜 놈! 어쩔 수 없이 그렇게 된 거라고? 당신이 대단한 정력가라도 되는 줄 아나 본데, 거울 좀 봐. 그냥 늙은 아저씨야! 젊고 예쁜 여자애들이 뭐하러 당신을 만나겠어? 당신이 좋은 점수 주고 추천서를 써주길 바라는 것뿐이야! 박사학위가 아깝다! 개처럼 늘 그렇게 발정이 나가지고……"

"당신은 암캐가 돼가지고 나를 발정 나게 할 줄도 모르지."

염소가 웃는 순간

양팅선이 갑자기 일어서서 아내에게 쏘아붙인다. 그는 여전히 포커페이스를 유지했지만 입에서는 신랄한 말이 쏟아진다. 아내는 남편이 그렇게 나올 줄 몰랐는지 그 자리에 굳어버렸다.

"본인 입장이나 좀 생각해보지그래? 늙고 초라해진 여자가 무슨 자격으로 나한테 설교를 해? 맞아, 난 어린 여자가 좋아. 당신 때문에 생긴 문제 아냐? 아이 둘 낳았다고 벌써 그렇게 퍼져선 어떤 남자가 당신을 좋아하겠어?"

양팅선이 한 발 앞으로 다가가자 아내가 뒤로 한 발 물러선다.

"이혼하고 싶어? 좋아. 하지만 앞으로 생활이 어떨지 생각해봐. 난 대학교수라 문제없지만 당신은? 생활비야 내가 주겠지만 요즘 방세에 괜찮은 방을 구할 수 있겠어? 일을 한다 해도 백화점 파트타임 정도겠지. 경제력도 없는데 당신이 양육권을 가져갈 수 있을 것 같아? 이봐, 당신이 지금 나한테 패악을 부릴 처지야?"

물러서던 아내는 옆에 있는 의자에 털썩 주저앉은 채 질린 시선으로 눈앞의 남자를 쳐다본다.

"패가망신시켜서 복수하려면 그렇게 해. 하지만 대학은 관료제 사회야. 나한테 문제가 생기면 학교는 어떻게든 덮어주려고 할 거야. 대학 입장에선 내가 가치 있는 자산이거든. 내 학술 연구가 없어지면 손실이 크니까. 하지만 당신은 더 모욕을 받겠지. 남편 간수 못 한 여자, 성공한 남자 뒤의 실패한 여자로 말이야. 당신이 그렇게 나오면 아이들도 고생할 테고."

양팅선의 말은 아내의 아픈 곳만 찔러댔다.

"주제파악 좀 했으면 이 생활이나 계속 누리도록 해. 유명한 학자의 부인이라는 지위를 즐기라고. 그래야 아이들도 좋은 환경에서 안정적으로 자랄 수 있어. 그런 선택도 못 할 바보는 아니지?"

말을 마친 양팅선이 욕실로 들어간다. 곧 안에서 샤워기 소리가 들린다.

나는 러윈을 돌아봤다. 그리고 내 옆에 다른 옷을 입은 러윈이 서 있는 걸 발견했다. 아이는 땋은 머리가 풀려서 손에 고무줄을 쥐고 있다. 이 아이는 여기 얼마나 서 있었을까? 아빠가 한 말을 다 들었을까? 그래, 다 들었을 것이다. 왜냐하면 이것은 그녀의 기억이니까.

러윈이 조심스럽게 엄마 곁으로 다가간다. 엄마는 딸이 다가오는데도 아무런 반응이 없다.

"엄마, 머리가 풀렸어…… 다시 땋아주세요……."

러윈이 더듬더듬 말한다.

"네 방에…… 가 있어."

엄마가 고개를 젓는다. 시선에 초점이 없다.

러윈은 풀이 죽어서 안방을 나와 내 옆을 지나서 복도 모퉁이를 돌아 사라진다.

빨간 옷을 입은 러윈이 방문을 닫고는 다시 내 손을 이끌었다. 나는 러윈이 이끄는 대로 움직였다.

다음 방문 뒤의 풍경은 좀 의외였다. 사감의 집이 아니라 1층 자습실이다. 11년 전의 자습실. 내가 전에 본 것처럼 일곱 살 러윈이 숙제를 하고 있다. 이제 러윈은 머리를 땋지 않고 늘어뜨렸다. 내 손을 잡고 있는 러윈과 같은 머리 모양이다. 자습실의 러원은 파란색 원피스를 입고 있다. 초등학교 교복처럼 보인다.

"러윈, 오늘 숙제는 모르는 거 없었니?"

익숙한 목소리가 들린 순간 나도 모르게 소름이 돋았다. 사실 그가 나타날 거라는 예상은 어느 정도 하고 있었다.

내 옆을 지나 자습실에 들어간 사람은 아량 선배다.

"없어요, 큰오빠. 오늘은 숙제가 어렵지 않았어요."

러윈이 생긋 웃으며 말한다.

의자를 가져와 러윈 옆에 앉은 아량 선배가 아이의 숙제 공책을 힐끔거린다.

"그래, 잘했네. 시험 보면 1, 2등은 거뜬하겠다. 엄마가 무척 좋아하시겠네."

러윈의 표정이 바뀐다.

"응…… 그렇겠죠."

아량 선배가 가방에서 사과 주스를 꺼내 건넨다.

"자, 사과 주스 마실래?"

"고마워요, 큰오빠! 가방에 있는 건 뭐예요?"

러윈이 아량 선배의 가방을 가리키며 묻는다. 가방에 라면과 음료수 등이 들어 있다. 아마 대학 본관에 있는 마트에 다녀오는 길인 모양이다.

선배가 가방에서 책을 한 권 꺼낸다. 내 눈에도 익은 책이다.

검은 하드커버 책, 바로 『멘데스 이스트베스 경의 주술에 관한 비밀』이다.

"학생회 사무실을 청소하다가 나온 책이야. 종이 상자에 열 몇 권 있는데, 아마 학교 선배가 자비로 출판한 소설인가 봐. 재밌을 것 같아서 가져왔지."

아량 선배가 글자로 가득한 책을 러윈에게 보여준다.

"재미있는 이야기예요?"

"응, 재미있지."

"저도 좀 빌려주세요."

러윈이 아량 선배를 올려다본다.

"내용이 어려워서 너는 읽어도 모를 텐데."

"전 글자 많은 책도 잘 읽어요. 『왕자와 거지』 『톰 소여의 모험』 『푸른 수염』……."

"네 나이에 읽기엔 안 좋아. 너무 무서워."

"괜찮아요! 『푸른 수염』에도 죽는 사람이 나오는데 하나도 안 무서웠어요."

"그렇게 간단한 게 아닌데……."

아량 선배가 머리를 긁적인다.

러윈이 그렁그렁한 눈으로 올려다보자 아량 선배가 웃으며 책을 건넨다.

"넌 못 당하겠다. 이 책은 선물로 줄게."

"정말요? 빌려주는 게 아니고 선물로요?"

"학생회 사무실에 여러 권 있으니까 괜찮아." 아량 선배가 표정을 바꾸고 진지하게 말한다. "하지만 조건이 두 가지 있어."

"무슨 조건요?"

"첫째, 이 책을 갖고 있어도 되지만 중학생이 된 후에 읽을 것."

"아! 하지만 난 지금……."

"안 돼. 지금 읽을 거라면 안 줄 거야."

"네…… 알겠어요."

"둘째, 엄마 아빠는 모르게 할 것. 너한테 이런 책을 준 걸 양 박사님이 아시면 나를 혼내실 거야."

"응."

"약속을 어기면 앞으론 안 놀아줄 거야."

러원이 입을 떡 벌리고 충격을 받은 표정을 짓는다. 약속을 유난히 강조하는 큰오빠의 모습이 낯선 모양이다.

"약속하지?"

"응, 응."

러원이 세차게 고개를 끄덕인다.

아량 선배가 바로 '숙제도 도와주고 주스도 사주는 잘생긴 3층 오빠'였다. 러원이 가족 외에 가장 친했던 사람이라 자신이 창조한 세계에 그를 등장시켰던 것 같다.

나는 다시 러원의 집 부엌에 왔다. 이번에는 식탁에 양팅선 박사 부부와 남자아이뿐이다. 아이는 러원의 남동생일 것이다. 지난번에 비해 많이 자라서 이제 세 살 정도 되어 보인다.

그런데 러원이 없다.

의아해하는데 옆에 있던 러원이 내 손을 놓고 식탁으로 다가간다. 내가 러원을 부르려는데 아이는 고개도 돌리지 않는다. 그런 러원의 뒷모습에서 나는 죽음을 향해 가는 듯한 느낌을 받았다.

러원이 자리에 앉자 가족이 식사를 시작했다. 양 박사의 외모나 분위기는 여전하다. 반면 러원의 엄마는 그새 많이 늙어버렸다. 온몸에 기력이 없고 깊은 우울에 빠진 듯한 모습이다.

러원의 남동생만 장난을 치며 재잘거릴 뿐, 세 사람은 고개를 숙이고 조용히 밥만 먹는다. 식탁에 어색한 공기가 흐른다. 한 가족이 아니라 식당에서 어쩌다 합석한 낯선 사람들 같다.

견디기 힘든 침묵이었다.

"오늘 음식이…… 아니야."

양팅선이 반쯤 말하다 만다. 그는 오늘 요리가 너무 짜거나 싱겁다고 말하려던 것일까? 나도 모르게 식탁 위를 살폈다. 그는 어쩌면 '음식 맛이 좀 이상해'라고 말하려고 했는지도 모른다.

식탁 한쪽에 약병도 몇 개 올려져 있다. 진정제, 수면제 등의 글자가 약병에 적혀 있다. 러윈의 엄마는 남편과 사이가 나빠진 후 정신병을 앓았는데, 그래서 저런 약물을 복용하는 모양이다.

내 눈앞의 저 장면은 러윈 가족의 마지막 만찬 자리다.

저 음식에는 수면제가 들어 있다.

식사를 마치면 양팅선과 아이들은 졸음을 느끼고 잠들 것이다. 저 여자는 집 안의 문을 다 잠그고 가스를 열고……. 내가 막아야 할까? 그녀의 행동을 막으면 스메이의 마음에 맺힌 응어리가 풀릴까? 그러면 우리는 현실로 돌아갈 수 있을까? 이것저것 따지지 말자고 결정한 나는 바로 식탁으로 다가가 러윈 엄마의 어깨를 잡으려 했다.

그런데 갑자기 이상한 느낌이 들었다.

여자가 식탁 앞에 등을 보이고 서 있는데, 그녀의 몸에 변화가 일어나기 시작했다. 긴 머리가 점점 더 흐트러지고, 옷이 점점 더 더러워진다.

미처 멈추지 못한 내 손이 그녀의 어깨에 닿았다. 그 순간 나는 앞에 있는 존재가 무엇인지 알아차렸다.

시커먼 피부가 쩍쩍 갈라지고, 입술이 양옆으로 찢어지고, 눈구멍이 텅 빈 얼굴. 내 앞 수십 센티미터 거리에서 그것이 고개를 돌려 나를 빤히 바라봤다.

그 악령은 바로 즈메이의 엄마였다.

즈메이의 마음속에서 다정한 엄마는 사라지고, 이미 악령과 같은 존재로 변해버린 것이다.

엄마는 자살하려고만 한 것이 아니라 남편은 물론 아무것도 모르는 일곱 살 딸과 세 살 아들까지 죽이려 했다.

순간 나는 공포와 함께 분노를 느꼈다.

"아무리 그래도 아이들까지 데려가려 하다니!"

내가 본능적으로 소리 질렀다.

다음 순간 내 발밑이 아래로 훅 빠졌다.

나는 〈방문 세기〉에서처럼 어디론가 떨어져 죽는다고 생각했다. 그러나 정신을 차려보니 바닥에 주저앉아 있었다. 주변을 둘러보니 병실 같은 공간이다.

"너무 안됐어……."

목소리가 들리는 쪽으로 시선을 돌렸다. 문 근처에서 간호사 둘이 이야기하고 있었다. 나는 자리에서 일어나 병실을 둘러봤다. 내 왼쪽으로 침대에 누워 있는 여자아이가 보인다.

일곱 살의 러윈이다.

러윈은 산소호흡기를 쓰고 눈을 감고 있다. 잠이 든 것 같다. 목 아래로 온몸이 붕대로 칭칭 감겨 있다.

"맞아요, 아직 어린데 가족을 다 잃고, 범인은 자기 엄마고…… 나중에 이 사실을 어떻게 받아들일지 모르겠어요."

다른 간호사가 대답했다.

나는 병상 가까이 다가갔다.

"매정한 말 같지만, 이런 상태라면 아이도 같이 죽는 게 나았을 거야." 좀 더 지위가 높아 보이는 간호사가 한숨을 쉬며 말했다. "일산화탄소를 많이 마셨고 화상도 심해. 살아남았다고 해도 이건 오히려 저주야. 혼자서 다 이겨내야 하잖아. 피부 이식과 복원 수술을 해야 하는데 그 고통을 견딜 수 있을까?"

"정말 비극이에요. 앞으로는 친척들이 돌봐주나요?"

"그 미친 여자의 사촌 언니가 있대요. 그다지 친하지는 않은데 친척인 거죠. 갑자기 일곱 살짜리 애가 생겼으니 그 여자도 좋지는 않을 것 같네요."

"하지만 유산이 있잖아요?"

"있죠. 아빠가 유명한 교수니까 대학에서도 꽤 지원해준다고 들었어요. 그 친척도 돈을 보고 애를 맡은 게 아닐까……."

간호사들의 대화를 듣는데 내 안에 이유를 알 수 없는 분노가 솟구쳤다. 당사자 앞에서 이러쿵저러쿵하다니, 나중에 당사자가 이런 대화가 오갔다는 걸 알면 얼마나 마음이 아플지……. 아니다, 이것은 즈메이의 기억이다. 즈메이는 정말로 '들었다'.

즈메이는 잠든 게 아니라 눈만 감고 있었던 것이다. 두 간호사의 말을 하나도 빠짐없이 들었다.

세상에!

일곱 살짜리 여자아이에게 너무 잔인한 일이다.

침대를 돌아보는데 어느새 달라진 바깥 풍경이 눈에 들어온다.

캠퍼스 풍경이다. 교복을 입은 여학생이 운동장 한쪽 벤치에 앉아 오물오물 빵을 먹고 있다.

러윈, 즉 즈메이다.

이제 열 몇 살이 되어 보인다. 중학교 1학년쯤 됐을까. 어느 학교 교복인지는 모르겠지만 여자 중학교인 것 같다. 학교 휘장에 'Girls School'이라고 쓰여 있다. 어깨에 닿은 머리카락은 손질을 하지 않은 듯 부스스하게 흐트러졌다. 콧대에는 두껍고 촌스러운 검은 테 안경이 얹혀 있다. 몸을 움츠리고 등을 둥글게 만 자세다. 그녀의 신체 언어는 '고독'이라는 두 글자를 고스란히 보여준다.

픽!

갑자기 배구공이 러윈 쪽으로 날아와 몸에 거의 맞을 뻔했다.

"어머! 미안해!"

체육복을 입은 단발머리 여학생이 러윈 쪽으로 다가온다.

"공에 맞은 건 아니지?"

즈메이가 고개를 젓는다.

여학생은 공을 두어 번 튕겨보더니 즈메이를 살펴보며 말한다.

"네가 A반의 나오미구나. 맞지? 우리랑 같이 놀래?"

즈메이가 당황하면서 단발머리 여학생을 멍하니 보기만 한다.

"어떡할래? 같이 할래?"

즈메이는 여전히 대답이 없다.

"애! 아쿼! 왜 이렇게 오래 걸려?"

다른 여학생 두 명도 다가오며 소리친다.

"아, 나오미에게 우리랑 같이 배구할 거냐고 물어보고 있었어."

둘 중 키 큰 여학생이 얼굴을 굳히며 아쿼의 팔을 끌고 그 자리를 벗어난다.

"저런 음침한 애 가까이하지 마⋯⋯."

다른 여학생이 말한다. 일부러 목소리를 낮췄지만 내 귀에는 여전히 잘 들린다.

"멍청하고 덜렁대는 자폐증 바보랑 친해져서 좋을 거 없어. 가족이 다 죽었대. 엄마가 아빠를 죽였다더라."

아쿼이 눈을 크게 뜨고 즈메이를 훔쳐본다. 세 사람이 점점 멀어져간다. 중간 중간 고개를 돌려 공포 어린 눈으로 즈메이를 힐끔거리면서.

즈메이의 표정에는 별다른 변화가 없다. 여학생들이 가고 난 후 다시 혼자서 빵을 오물거린다.

그러나 나는 즈메이의 눈에서 슬픔을 읽었다.

즈메이는 원망하지 않았다. 상대방의 악의적인 말에 분노하지도 않았다. 오히려 그 여학생들과 친구가 되고 싶어 한다는 걸 나는 직감적으로 느꼈다.

빵을 다 먹은 즈메이는 옆에 쌓아둔 책 중에서 한 권을 꺼낸다. 바로 『멘데스 이스트베스 경의 주술에 관한 비밀』이다.

책에는 물에 젖었던 흔적이 남아 있다. 아마 소방관이 불을 끄느라 생긴 자국일 것이다. 이 책은 타지 않았다. 잘 숨기느라 부모님이 찾지 못할 장소에 보관해둬서 불길을 피했는지도 모른다.

즈메이가 책장을 한 장 한 장 넘긴다. 얼굴에 경악, 긴장, 슬픔 등의 표정이 스쳐간다.

지금과 비교하면 즈메이는 책을 읽을 때 표정이 훨씬 풍부하다. 어쩌면 저 모습이 진짜 즈메이일 것이다.

염소가 웃는 순간

"즈메이……."

나는 조용히 즈메이를 불러봤다.

즈메이는 반응이 없었다. 그녀에겐 내 모습이 보이지도, 내 목소리가 들리지도 않는다. 나는 여전히 그녀의 기억 속에 갇혀 있다.

그때 즈메이에게서 변화가 일어나기 시작했다. 즈메이가 입은 교복이 차차 회색 트레이닝복으로 바뀌고, 벤치가 소파로 바뀐다. 주변 풍경이 갑자기 달라졌다. 눈을 비비고 다시 봐도 정말로 달라진 풍경이다. 나는 이제 다 자란 즈메이와 작은 집에 같이 앉아 있다. 집은 작은데 집동사니가 많아서 정신없어 보인다.

"이, 이모, 오늘 기숙사에 들어가요."

즈메이가 내 뒤를 보며 말한다. 고개를 돌리니 커리어우먼답게 꾸민 여자가 거울 앞에서 옷차림을 가다듬고 있다.

"응. 돈은 충분해?"

여자는 사십 대거나 쉰 살 정도로 보인다.

"충분해요……."

"오늘 호주로 출장 가거든. 다음 주에 올 거야. 내가 서명해야 할 서류가 더 있니?"

"……아마, 아마 없을 거예요."

"그래."

여자는 고개도 돌리지 않고 캐리어를 끌고 현관으로 간다.

"이, 이모, 저…… 초록색 캐리어 좀 쓸게요……."

"그래. 비싼 것도 아닌데 필요하면 가져가서 써." 여자가 하이힐을 신으며 말한다. "나오미, 대학 가는 건 상관하지 않겠지만, 노픽관에서 살아도 정말 괜찮겠어?"

"……응, 응."

여자는 즈메이의 눈을 빤히 보더니 이렇게 말한다.

"학교에서 도움이 필요하면 전화해. 더 할 말이 없네. 돌아와서 전화할게."

"응……."

여자는 고개를 끄덕이고 집을 나선다.

이모라는 여자는 말투가 냉정하지만 즈메이를 아끼는 마음이 느껴진다. 하지만 아끼는 방식이 그다지 따뜻하지는 않은 느낌이다.

즈메이는 캐리어를 꺼내 생활용품을 집어넣는다. 그중에는 책도 여러 권 있다. 그녀는 짐 정리를 마치고 벽거울을 보면서 꼼짝도 하지 않는다.

왜 그러지? 나를 못 보는 건 맞겠지? 근데 내 모습이 거울에도 비치지 않는 게 맞나? 즈메이가 손으로 머리카락을 만진다. 약간 흐트러진 머리.

그녀가 손가락으로 오른쪽 머리를 세 가닥으로 나눠 땋기 시작한다.

오랫동안 하지 않았던 양갈래 머리를 하려는가 보다.

웬일로 갑자기 저런 머리를 하려는 걸까? 혹시 과거와 맞설 수 있게 용기를 북돋우려는 걸까?

노픽관에서의 비참한 과거.

즈메이는 머리를 잘 땋지 못했다. 그래서 양갈래가 조금 비뚤름해졌다. 하지만 풀고 다시 땋지는 않는다.

즈메이가 캐리어를 끌고 문을 나선다. 그녀를 따라가야 하나?

나는 그녀 곁에 더 있고 싶다. 그녀가 고독하지 않기를 바란다.

즈메이가 문을 열자 강한 햇살이 눈을 찌른다. 나는 눈을 뜰 수가 없다. 밝은 햇살에 겨우 적응하고 보니 그곳은 아파트 복도나 거리가 아니라 내가 몇 시간 전에 봤던 광경이다.

파란 하늘, 넓은 운동장, 초록색 잔디.

그곳은 문화대학역이다.

"쏘리!"

그 소리에 나와 눈앞의 즈메이는 약속이나 한 듯 동시에 고개를 돌린다.

이어폰을 끼고 묵직한 캐리어를 밀고 가는 남학생이 보인다.

운 나쁘게 그 남학생과 부딪치고 발가락이 캐리어 바퀴에 깔린 재수 없는 녀석도 보인다. 배낭을 메고 길가에 서서 문화대학 풍경을 감상하던 바로 나였다.

2

또 다른 내가 눈앞에 보이니 기분이 묘하다. 마치 내가 주인공인 입체 영화를 보는 듯하다. 아니, 그 장면 속에 함께 있을 수 있으니 입체 영화 그 이상이다.

나는 불쾌한 표정으로 이어폰을 낀 녀석을 쳐다보는 나 자신을 바라본다. 그리고 곧 왼쪽의 버스정류장으로 향한다.

즈메이도 그 장면을 다 봤다. 즈메이는 나(물론 과거의 나)와 야묘가 정류장에 줄을 서는 모습도 봤다. 많은 학생들이 기차역에 내렸다. 얼마 지나지 않아 즈메이 뒤로 많은 사람들이 줄을 섰다. 정류장에서 가장 앞에 줄 선 사람은 바로 야묘와 칼리다.

두 사람을 다시 보니 복잡한 마음이 든다. 눈앞의 두 사람이 즈메이의 기억 속 모습이라는 것을 안다. 그렇지만 그들이 살아서 움직이며 즐겁게 이야기하는 모습을 보니 마음이 아프다.

"어, 안 돼."

나는 막 한 가지 사건이 떠올랐다.

또 다른 나는 곧 그 행동을 하려는 듯하다. 이제 민망한 장면이 재현될 것이다. 즈메이 앞에 선 나는 왼쪽 신발을 벗고 발가락을 살펴본다. 야묘와 칼리는 자기들끼리 대화하느라 내가 뭘 하는지 신경 쓰지 않는다.

그러고 보니 즈메이가 나를 쭉 지켜보고 있었구나!

맞아, 그러지 않았다면 이 장면이 즈메이의 기억에 남아 있겠는가. 분명 캐리어로 내 발을 깔아뭉갠 녀석이 사과다운 사과도 없이 가버리는 걸 보면서 호기심을 갖고 나를 지켜봤던 것 같다. 그녀는 내 신발 위의 바퀴 자국을 보고 내가 다친 게 아닌지 확인하려는 듯하다. 표정을 보면 몇 번이나 나에게 말을 걸려는 듯한 느낌이다. 도와줄까 하고 묻고 싶은 게 아닐까? 그러나 즈메이는 결국 아무 행동도 하지 않는다. 낯선 사람에게 말을 거는 걸 어려워하는 성격 탓이리라.

이어서 신발을 벗은 내가 바보 같은 짓을 시작한다. 왼발을 들고 양말을 당겨서 벗다가 균형을 잃고 슬랩스틱 코미디를 하듯 비틀거린다. 그러다 칼리와 야묘 쪽으로 기울어진다. 나는 다급한 와중에 칼리의 가슴을 만지고, 칼리는 화들짝 놀라 뒤로 후다

닥 물러난다. 그때 야묘가 앞으로 나서며 칼리를 뒤로 보낸다.

또 다른 내가 황급히 사과를 한다.

"미, 미안합니다!"

지금 보니 내 표정이 너무 당황스러워 보인다. 그야말로 심각한 '발연기'를 보는 기분이다.

"무슨 짓이야, 이 미친놈아!"

야묘가 다짜고짜 화를 낸다.

그때 또 다른 내 뒤에 있는 즈메이의 모습이 눈에 들어온다. 야묘가 나를 붙들고 난리를 치는 동안 즈메이가 뭐라고 말하려는 듯 손을 조금 움직인다. 하지만 즈메이가 끼어들기에는 상황이 너무 혼란스럽다. 칼리가 야묘를 말릴 때쯤 즈메이는 말을 거는 걸 포기하고 조용히 제자리에 서서 고개를 숙여버린다. 숙인 고개 사이로 우리를 계속 힐끔거리면서.

그때 버스가 도착했다. 낭패한 내가 급히 신발을 신고 절뚝거리며 칼리와 야묘의 뒤를 따라 버스에 올라탄다.

정말 엉망진창인 경험이다…….

"학생, 1홍콩달러를 덜 냈어요."

운전기사의 목소리가 꽤 크다. 버스 밖에 서서 바라보는 내 귀에도 선명하게 들릴 정도다. 막 버스에 올라타 요금을 낸 즈메이가 난처해하는 상황이다. 즈메이가 허둥지둥 지갑을 찾고, 또 다른 내가 그녀를 도와준다.

여기까지는 내가 기억하는 것과 똑같다. 승객들이 전부 버스에 오르자 나도 급히 올라타 운전기사 옆에 섰다.

버스 맨 앞에 선 나는 즈메이가 버스에서 내내 나를 빤히 보고 있었다는 걸 알았다. 그녀는 손을 꼼지락거리고 옷자락을 빙글 빙글 돌리며 뭔가를 열심히 생각하는 모양이다.

버스가 노픽관에 도착했다. 차 문이 열리자 나는 얼른 내려 정류장에 섰다. 또 다른 내가 내리더니 잔디밭 앞에서 심호흡을 한다. 칼리와 야묘가 또 다른 내 옆을 지나간다. 칼리가 나를 두어 번 힐끔거린다. 즈메이는 차에서 내린 후 주저주저하면서 배낭을 멘 내 뒤에 선다. 내 뒷모습을 멍하니 한참 보더니 조그만 소리로 말을 건다.

"저, 저기……."

"무슨 일인데요?"

"저, 저기…… 1홍콩달러는 제가 꼭……."

"아, 그거요? 겨우 1홍콩달러인데 괜찮아요."

"아…… 고, 고맙……."

"그쪽도 여기 기숙사에 들어오나요? 난 아화라고 해요. 통계학과 1학년이고 2층 방이에요."

"저, 저는 8층에…… 번, 번역과 1학년 네, 네오……."

"나오미? 그러니까 한자 이름은 즈메이인 거지? 나, 일본 예능프로에 나오는 와타나베 나오미라는 여자 연예인을 좋아해. 예쁘진 않지만 엄청 웃기잖아……."

"어, 어……."

이 장면을 보니 당시 즈메이의 마음이 어땠을지, 내가 실언한건 아닌지 걱정스러웠다.

"어이! 아화!"

익숙한 목소리에 또 다른 내가 고개를 돌려 정문에서 나오는

염소가 웃는 순간

버스와 위키를 바라본다. 즈메이는 캐리어를 끌고 자리를 떠난다. 버스와 위키 옆을 스쳐 지나가자 버스가 고개를 돌려 즈메이를 쳐다본다. 나는 즈메이를 따라갔다. 또 다른 내 옆에 있을 필요는 없으니까. 즈메이야말로 이 기억의 주인공이니까.

나는 즈메이가 입실 등록을 하고, 방 열쇠를 받고, 엘리베이터를 타고 8층으로 가는 모습을 지켜봤다. 기숙사에 도착한 후 즈메이는 기분이 확실히 달라진 것 같다. 그녀의 양갈래 머리가 불안, 공포, 슬픔을 불러들이는 것 같다. 엘리베이터가 8층에 도착했지만 즈메이는 꼼짝하지 않고 서 있다가 문이 자동으로 닫힐 때쯤에야 급히 내렸다.

즈메이는 서쪽으로 걸어가 806호실 문 앞에 섰다. 만약 그녀가 8층 동쪽 구역에 배정됐다면 더 견디기 힘들었을 것이다. 11년 전 그녀의 가족은 바로 한 층 위의 동쪽 구역에서 목숨을 잃었으니까.

즈메이는 청소를 하고 짐을 정리한 다음 침대에 앉아 길게 숨을 내쉰다. 잠시 후 손바닥으로 자기 뺨을 두 번 두드린다. 정신을 차리라는 듯, 스스로에게 하는 응원처럼 보인다.

방문을 닫고 나온 즈메이가 복도를 걷는다. 방 청소 중인 기숙생들을 두리번거리면서 서쪽에서 동쪽 구역으로. 그녀가 자기 뺨을 두드린 건 노픽관을 둘러보며 과거를 마주할 용기를 얻기 위해서였을까? 동쪽 끝인 50호실까지 온 즈메이는 계단을 통해 9층으로 올라간다. 어릴 적 살았던 곳, 가족들을 잃은 곳에 도착한 그녀는 멈추지 않고 9층 복도를 따라 동쪽에서 서쪽으로 걸어간다. 그리고 서쪽 계단을 통해 곧바로 5층까지 걸어 내려간다. 5층에서도 복도를 따라 쭉 걷는다. 나도 즈메이를 뒤따라 걸었다.

"……그 남자애가 뭐라고 했는지 알아? '선배인 줄 알았어요!' 하하하! 그 멍청이가……."

익숙한 목소리가 들린다.

열린 문을 들여다보니 샤오완이 방에서 산산과 함께 수다를 떨고 있다. 문패를 보니 521호, 샤오완의 방이다.

나도 모르게 그들에게 말을 걸 뻔했다. 그러나 곧 그들이 즈메이의 기억 속 편린일 뿐이라는 걸 떠올렸다.

이 세계의 비밀을 풀려면 '기억 속의 즈메이'를 따라 다니는 것 밖에는 방법이 없다. 즈메이가 정말로 발을 멈추는 곳을 찾을 때까지.

즈메이는 5층을 다 둘러본 다음 4층으로 내려갔다. 그녀는 왜 이렇게 여기저기 둘러보는 걸까? 처음에는 그녀가 노펙관이 자신의 어릴 적 기억과 얼마나 달라졌는지 둘러보려는 건 줄 알았다. 그러나 즈메이는 남학생 층은 아예 지나쳤다. 그녀의 목적이 무엇인지 알아차린 것은 4층에 들어섰을 때였다.

문이 열린 443호실에서 야묘와 칼리가 청소를 하고 있었다.

두 사람을 발견한 즈메이의 얼굴에 '찾았다!'라는 표정이 드리워졌다. 하지만 즈메이는 멈추지 않고 계속 걸어서 동쪽 끝까지 갔다. 그녀는 창을 향해 선 채 이따금 443호실을 돌아보며 혼자서 무슨 말인가를 중얼거렸다.

나는 가까이 다가가 그녀의 혼잣말에 귀 기울였다.

"……그, 그 남학생은 일, 일부러 당신을 만, 만진 게 아니에요.

염소가 웃는 순간

그, 그 남학생은 아까 캐리어에 발, 발가락이 깔려서 신, 신을 벗고 살, 살펴……."

즈메이는 나 대신 조금 전의 상황을 설명해주려고 연습하고 있었다! 즈메이가 기숙사를 돌아다닌 것은 자신의 과거를 마주하기 위해서가 아니라 나를 위해서였다. 버스에서 도움 준 나에게 보답을 하려는 것일까?

즈메이는 자기가 말을 잘 못한다는 걸 아는지 창밖을 향한 채 몇 번이고 할 말을 연습했다. 더듬지 않고 조금 전의 상황을 설명하기 위해서. 마침내 즈메이가 443호실을 향해 걸음을 내딛더니 다시 멈춰 섰다. 또다시 망설여지는 모양이었다.

그렇게 왔다 갔다 수차례 하더니 드디어 결심한 듯 443호를 향해 똑바로 걸어갔다.

"……그 나쁜 놈! 밝은 대낮에 그따위로 손을 놀려? 다시 만나면 가만두지 않겠어!"

즈메이와 내가 방문 가까이 갔을 때 야묘의 목소리가 들렸다.

"그만해. 일부러 그런 것 같지는 않던데."

이번에는 칼리의 목소리다.

"일부러가 아냐? 실수로 그랬다고?"

"자기 발을 보려고…… 어휴, 어쨌든 이제 그만해."

"칼리, 대학교엔 양을 노리는 늑대들이 우글우글해. 겉으로는 착한 청년 같지만 실은 다들 음흉한 속내를 품고 있다고. 경계를 풀지 마. 안 그러면 언제 어디서 마수를……."

"알았어, 알았어. 이제 저녁 먹으러 가야지? 여기 1층 식당에 갈까, 아니면 본관 식당에 갈까?"

그 말을 듣고 즈메이는 잠시 그 자리에 멈춰 섰다. 그러더니 한숨을 내쉬고 반대 방향으로 복도를 걸어갔다.

즈메이는 나에 대해 해명하기를 포기했다. 그녀의 표정을 보니 용기를 내지 못한 자신이 무척 실망스러운 듯했다.

나는 즈메이를 따라 계단으로 향하다 잠깐 사이에 그녀의 모습을 놓치고 말았다. 나는 반층 정도 계단을 올라갔다가 급히 아래쪽으로 내려갔다. 그때 모퉁이에서 천천히 계단으로 내려오는 즈메이의 모습이 보였다. 나는 한숨을 돌렸다. 즈메이의 '기억' 속에서 길을 잃고 싶지는 않다. 놓치지 않고 그녀를 따라다녀야만 문제의 단서를 찾을 수 있다.

눈앞의 즈메이는 그새 옷차림이 달라졌다. 회색 트레이닝복이 아니라 휴게실에서 모일 때 입었던 노란색 티셔츠와 파란색 트레이닝복 바지 차림이다. 손에는 그 낡은 보온병을 들고 있다.

기억 속의 즈메이가 아니라 진짜 즈메이인가?

"즈메이!"

내가 소리쳤지만 즈메이는 돌아보지 않았다.

밖은 어느새 어두워졌다. 그렇다면 나는 여전히 기억 속에 있고, 시간이 몇 시간 건너뛴 것이다.

나는 즈메이를 따라 내려갔다. 1층에 도착한 그녀가 식당에 들어가 음식을 주문했다. 그리고 아무도 없는 구석 자리 탁자에 앉아 혼자서 밥을 먹었다.

"오! 돼지갈비 덮밥이 참 싸네! 싼 만큼 양도 적으려나?"

"2인분을 시키면 되잖아."

"그럼 위키님의 말씀을 받들겠습니다. 아주머니! 돼지갈비 덮밥 2인분요! 콜라 큰 컵으로 주시고 얼음은 조금만요!"

목소리가 들린 쪽으로 고개를 돌렸다. 버스와 위키와 내가 저녁밥을 주문하고 있다. 마침 저녁 먹는 시간에 또 다른 나와 친구들을 다시 마주친 것이다. 그 시간에 즈메이도 식당에 있었다는 걸 나는 이제야 알게 됐다. 구석 자리의 즈메이를 보니 그녀는 떠들썩한 우리 쪽을 가만히 쳐다보고 있었다. 우리가 밥을 먹는 모습, 버스가 눈썹을 추켜올리며 떠드는 모습이 그녀의 눈에 고스란히 담긴다.

즈메이는 밥을 다 먹은 후 식판을 반납했다.

"이 돼지갈비 덮밥, 의외로 맛있네. 육질도 부드럽고 엄청 촉촉해. 비주얼도 좋으니……."

이건 식당의 요리를 평가하던 버스의 목소리다.

즈메이는 우리 탁자에서 멀지 않은 곳에 서서 계속 또 다른 나쪽을 봤다. 그러나 위키 옆에 앉은 나는 즈메이의 시선을 전혀 알아채지 못한다. 즈메이는 나에게 인사하고 싶은 듯했지만 결국 말없이 식당을 나가 버렸다.

"난 정말 구제불능이야……."

그때 즈메이의 마음속 목소리가 내 귀에 들리는 듯했다.

즈메이는 식당을 나가 휴게실에 들어갔다. 책장 앞에서 책과 학생회 기념 앨범을 넘겨보다가 영어 잡지 한 권을 들고 구석의 긴 의자에 자리 잡았다. 이때 휴게실에는 처음 보는 학생들이 서너 명 있었다. 즈메이는 의자를 돌려서 휴게실의 다른 자리를 등지고 앉았다. 정면으로 현관을 보는 방향이다. 이 각도는 정문을 통해 바깥의 잔디밭이 보여서 전망이 좋다.

잠시 후 네 명의 여학생이 정문을 통해 들어왔다.

"내일은 주말이니까 같이 쇼핑이나 가자! 오랜만에 만났는데 다들 모여서 놀자고!"

샤오완의 목소리다. 샤오완, 산산, 칼리, 야묘가 기숙사 휴게실로 들어온 것이다. 시끄러운 샤오완은 휴게실에 있는 모든 사람의 시선을 순식간에 끌어모았다.

"샤오완, 목소리가 너무 커! 민폐가 되잖아."

칼리가 샤오완의 팔을 잡아당기며 말했다.

"기분이 너무 좋은데 어떡해! 벌써 10년째 못 만나다가……."

"무슨 10년이야? 길어야 5, 6년인데."

"우리 여기서 더 놀다 가자. 이야기도 하고!"

샤오완이 말했다.

"그래, 방에 들어가기엔 너무 이른 시간이야."

산산이 말했다.

네 사람은 우리 뒤쪽의 소파에 자리 잡았다. 즈메이는 나처럼 네 명의 여학생이 휴게실에 들어오던 순간부터 그들에게서 눈을 떼지 않았다. 다만 나와 달리 즈메이는 안 보는 척 몰래 그들을 훔쳐봤다.

"방에 가서 옷 좀 갈아입고 올게!"

샤오완이 말했다.

"나도 짐 좀 놓고 올게."

산산이 손에 든 가방을 보이며 말했다.

"응, 그럼 여기서 기다릴게. 뭐 마실래? 식당 문 열려 있을 때 사 오는 게 좋겠어."

칼리의 제안에 샤오완이 제일 먼저 답했다.

"아이스 홍차!"

"그럼 난 핫초코 부탁해."

산산이 돈을 꺼내며 말했다.

"괜찮아, 오랜만에 만났는데 내가 살게."

칼리가 웃으며 말했다.

"칼리 정말 귀엽지? 누구나 칼리를 사랑할 거야……."

그렇게 말하는 샤오완은 버스와 정말 비슷한 이미지다.

"나 민망하게 하지 마!"

칼리가 샤오완을 밀어내며 말했다.

"빨리 와."

샤오완과 산산이 엘리베이터로 가고 나서 야묘가 말했다.

"칼리, 내가 가서……."

"아냐, 넌 여기 그대로 있어. 내가 가서 사 오면 돼."

그렇게 말한 칼리가 혼자서 식당 쪽으로 갔다.

야묘는 칼리를 따라가고 싶은 눈치였지만, 마침 그때 두세 명의 학생이 들어오자 소파 전체를 차지하고 앉았다. 휴게실을 왔다 갔다 하는 그들을 보고 혹시라도 소파 자리를 뺏길까 봐서였다. 그런 야묘를 본 학생들은 더 접근하지 않았다.

얼마 후 칼리가 휴게실로 돌아왔고, 칼리를 따라 버스와 나, 위키까지 함께 나타났다.

그들을 본 즈메이의 얼굴에 놀람과 후회의 표정이 은근히 드리워졌다. 그녀는 계속 우리를 쳐다보다가 손에 쥔 잡지를 떨어뜨렸다. 동시에 눈도 휘둥그레졌다. 나를 변태 취급했던 칼리가 나와 함께 있는 모습에 놀란 눈치였다.

"야묘, 나 왔어."

"하! 또 너냐, 변태자식!"

"야묘!"

"어? 둘이 아는 사이야?"

"오, 오늘 교내 버스정류장에서 저 여학생 발을 밟았거든."

"그, 그래! 야묘 네가 좀 봐줘. 이미 지나간 일이잖아."

우리는 거기서 아침 드라마를 찍었다. 남들이 보기엔 아마 많이 우스웠을 것이다.

그때 나는 즈메이의 표정에 나타난 변화를 알아차렸다.

부러워.

부러워.

나도 끼고 싶다.

나도 끼고 싶다.

"나도 끼고 싶다."

그 순간 또 즈메이의 목소리가 내 귀에 들리는 듯했다.

"나도 끼고 싶다."

아니, 정말로 즈메이의 목소리를 들었다. 주변을 둘러봤다. 휴게실의 모든 사람이 멈춰 있었다. 야묘에게 고개를 숙여 사과하던 나, 내 옆에서 떠들던 버스, 야묘를 말리고 있던 칼리, 그리고 처음 보는 학생들까지 모두 한 장면에서 정지 상태가 됐다. 몰래 훔쳐보던 즈메이도 굳어 있다.

"즈메이?"

나는 천장을 올려다보고 다시 주변을 둘러봤다.

"즈메이! 네가 듣고 있는 거 알아! 어디 있는 거야?"

갑자기 내 안에서 아주 복잡한 감정이 들끓었다. 부러움, 질투, 불안, 비참, 후회, 자기혐오가 다 혼합된 감정……. 아니, 이 감정은 내 안에서 일어난 게 아니다. 누군가 내 귓가에 속삭여주는 것 같다. 혹은 내 몸 속에 부어 넣어주는 것 같다고 할까?

이것은 즈메이의 감정이다.

"즈메이, 제발 나와! 우리 이야기 좀 하자!"

내가 다시 외쳤다.

바로 그때 빨간 치마를 입고 기숙사 잔디밭을 달리는 꼬마 러윈의 모습이 눈에 들어왔다.

나는 얼른 아이를 뒤쫓았다. 고개를 돌리자 어느 틈에 러윈이 동쪽 식당 바깥에서 기숙사 뒤로 모퉁이를 도는 모습이 보였다.

"즈메이! 러윈! 도망가지 마!"

나는 되는 대로 마구 이름을 불렀다.

동쪽 식당 바깥의 기숙사까지 달렸다. 모퉁이를 돌자 빨간 치마의 작은 뒷모습이 앞에서 계속 달리고 있었다. 나도 어쩔 수 없이 계속 달렸다. 기숙사 뒤에 도착했을 때 러윈은 동쪽 옆문을 지나 기숙사 서쪽으로 달리고 있었다. 나를 이끌고 기숙사를 한 바퀴 돌려는 걸까?

"즈메이! 러윈! 나오미! 네 이름이 뭐든 간에 우선 멈춰봐!"

내 말이 먹힌 건지, 그녀가 지친 건지 달리는 속도가 느려졌다.

"그래! 뛰지 마! 우리……."

내가 말을 맺기도 전에 즈메이의 발아래 지면이 갈라지면서 그녀의 몸이 아래로 내려앉기 시작했다. 이윽고 즈메이의 모습은 내 눈앞에서 완전히 사라졌다. 그녀가 사라진 위치에서 나는 모골이 송연해지는 광경을 봤다.

시체의 팔이 땅에서 솟아올랐다. 즈메이가 사라진 바로 그 지점에서 신체 일부가 훼손된 끔찍한 시체들이 천천히 기어 올라왔다.

"젠장할! 즈메이 너 정말 내가 널 찾는 게 싫은 거야?"

나는 두려움을 억누르며 크게 외쳤다.

나는 지금 이 세계가 전부 진실이 아님을 알고 있다. 저 시체들 역시 즈메이가 상상해낸 것에 불과하다. 역겹고 끔찍하긴 하지만 이성적으로 생각하면 두려워할 이유가 없다.

물론 머리는 두려워하지 말라고 하지만 몸은 어쩔 수 없이 두렵다고 반응했다. 시체들의 손이 내 무릎을 잡은 순간 나는 온몸을 부들부들 떨었다. 얼른 벗어나고 싶은 마음뿐이다.

어떻게 할까? 또 기숙사로 도망칠까? 아니, 나는 지금 반드시 해야 할 일이 있다.

나는 이를 악물고 시체들을 향해 달렸다. 그들의 팔을 걷어차고, 얼굴을 짓밟고, 썩어서 벌레가 들끓는 등을 뛰어넘었다. 나는 러윈이 사라진 위치를 향해 뛰었다. 한 무더기의 팔이 바람에 흔들리는 갈대처럼 한들거렸다.

내가 생각해도 나는 정말 미쳤다.

나는 물에 뛰어들려는 사람처럼 숨을 깊이 들이쉬었다. 그리고 팔 무더기 속으로 돌진했다. 시체들의 팔이 내 등 뒤에서 허우적댔다. 나는 늪에 빠지듯 땅 속으로 쑥 빨려 들어갔다.

얼굴까지 빠져들자 칠흑 같은 어둠이 시야를 가렸다.

손이 움직여지지 않았다.

염소가 웃는 순간

"즈메이! 즈메이!"

나는 진흙 속에서 외쳤다.

앞으로 뻗은 내 손이 갑자기 움직여졌다. 이어서 팔과 어깨도. 어디선가 차가운 바람이 불어왔다. 그러나 주변은 여전히 새카만 어둠이다. 나를 구속하던 팔들은 다 사라진 듯하다.

다음 순간 몸이 아래로 빠르게 미끄러졌다. 마치 높은 곳에서 뛰어내린 것처럼 미끄러지더니 머리가 딱딱한 돌바닥에 처박혔다. 얼마나 다쳤는지 짐작되지 않았다. 어쨌든 부상도 가짜일 테니 통증은 그냥 참자. 나는 천천히 몸을 일으켰다.

"즈메이!"

"즈메이…… 즈메이…… 즈메이…….."

사방에서 메아리가 울려 퍼졌다. 나는 거대한 방 안에 갇혀 있는 모양이다.

"즈메이!"

어둠 속을 더듬으며 나아갔지만 내 손조차 보이지 않아서 어디로 가야 할지 알 수 없었다. 몇 걸음 내딛었을 때 바닥에 튀어나온 물체에 발이 걸려 넘어질 뻔했다. 쭈그리고 앉아 더듬어보니 바닥에 평평하지 않은 벽돌이 있는 것 같았다.

내가 밤눈이 밝은 고양이나 올빼미였다면 이렇게 무력하지 않을 텐데…….

갑자기 위키의 말이 생각났다.

—우리가 겪은 일은 일본의 언령 신앙과 비슷해. 말을 하고 그게 사실이라고 굳게 믿으면 아무리 황당무계한 일도 사실로 나타나는 거야.

나는 자신만만한 목소리로 이렇게 말해봤다.

"여, 여긴 너무 어두워. 눈을 감았다 뜨고 어둠에 적응되면 세상이 훤히 보일 거야."

말을 마치고 눈을 감았다. 이런 내가 바보 같았지만 시도는 해봐야 했다.

십 초 정도 눈을 감았다가 뜨니 등불을 켠 듯 밝은 풍경이 펼쳐졌다. 그런데 눈앞의 광경은 미처 상상하지 못한 모습이었다.

수많은 시체들.

시체들이 내 머리 위에 걸려 있다. 나는 바닥과 벽이 벽돌로 된, 체육관처럼 넓은 원형 공간의 한가운데 서 있었다. 시체들은 쇠사슬에 걸린 채 허공에 매달려 있다. 하나같이 참혹하게 훼손된 모습이다. 기숙사 뒤쪽 진흙 땅에서 봤던 시체들이 그랬듯.

그러나 진흙 땅의 시체들보다 숫자가 훨씬, 훨씬 더 많았다.

나는 내가 어디에 있는지 알았다. 와본 적은 없지만 '읽은' 적이 있다. 이곳은 『멘데스 이스트베스 경의 주술에 관한 비밀』에 나온 만마전이다. 젠장, 즈메이는 왜 이런 곳을 상상해가지고!

"즈메이! 즈메이!"

주변을 둘러보며 또다시 외쳐댔다.

멀리 뒤쪽으로 조그만 빨간 형체가 벽을 마주하고 뭔가 하고 있었다. 갑자기 벽에 비밀 통로 같은 구멍이 생기더니 빨간 형체가 그 안으로 쏙 들어갔다.

"즈메이! 도망가지 마!"

나는 달리면서 계속 외쳤다.

덜컥, 덜컥, 덜컥…….

　　　　　　　　　　　　　　　염소가 웃는 순간

연이은 소리가 뒤에서 들렸다. 뒤돌아본 순간 나는 아찔한 현기증을 느꼈다.

즈메이, 너 정말 이런 걸로 날 밀쳐낼 거야?

시체들이 되살아나고 있었다.

나는 악몽 같은 공간을 가로질러 비밀 통로로 향했다. 살아난 시체들이 내 뒤를 쫓았다. 겨우 비밀 통로에 뛰어든 순간 통로 입구가 닫혔다. 뒤에서 쿵쿵 하는 소리가 들렸다. 시체들이 벽에 부딪히는 소리 같다.

즈메이의 능력에 감탄해야 할까? 상상만으로도 정말이지 대단한 세계를 창조해냈다. 즈메이의 기억 속에서 나는 책 읽기를 좋아하는 그녀를 봤는데, 이런 무시무시한 상황들은 소설을 읽으며 알게 된 것일까? 공포소설가들이 세상에 끼치는 해악이 적지 않은 것 같다.

무작정 달리자 통로 끝에 밝은 복도가 나타났다. 그곳은 이스트베스 백작의 저택이었다. 복도 끝에서 주변을 돌아보니 러윈이 복도 교차로에서 오른쪽으로 막 꺾는 중이었다. 나는 그쪽으로 날듯이 달려갔다. 오른쪽 복도에서 러윈이 왼쪽 모퉁이를 도는 모습이 보였다.

"즈메이! 러윈!"

이 저택에서 나는 점점 러윈에게 가까워지고 있었다. 어쨌든 그녀는 조그만 여자아이다. 키도 보폭도 나에 미치지 못한다. 세 번째 모퉁이를 꺾을 때쯤 나는 러윈을 거의 따라잡았다.

"러윈! 왜 도망가는 거야?"

한 사람의 그림자가 나와 러윈 사이에 서 있었다.

아니, 사람이 아니다.

이스트베스 저택의 복도에 전시돼 있던 갑옷이다. 검을 들고 내 앞에 서 있다. 투구가 열려 있는데 안은 텅 비었다. 그러나 장검을 든 팔에는 힘이 넘친다. 검을 휘두르자 내 앞 50센티미터까지 바닥에 길게 칼자국이 새겨졌다.

나는 칼을 피해 뒤로 몇 걸음 물러섰다. 갑옷의 공격을 피하며 어떻게 반격할지 궁리했다. 그러나 복도에는 유화 액자뿐이다. 벽에서 액자를 떼어내 갑옷을 향해 던졌다. 물론 아무 효과도 없었다. 갑옷은 칼질 두 번으로 액자를 동강내버렸다.

갑옷 뒤쪽으로 도망치는 러원의 모습이 보였다. 이러다 점점 더 멀어지겠군. 이 세계에서 러원을 찾기가 더 어려워지기 전에 뭔가 방법을 찾아내 갑옷을 제압해야 한다. 그 순간 나는 바닥에 나동그라지고 말았다. 갑옷이 기회를 놓치지 않고 내 어깨 위로 칼을 휘둘러 공격했다. 머릿속이 하얘졌다. 급한 나머지 나는 주먹을 휘두르며 외쳤다.

"넌 종이풀로 만든 괴물이다!"

픽!

어깨에 강한 통증이 느껴졌다. 검에 베인 통증은 아니다. 마치 종이 부채로 맞은 듯한 느낌이다. 눈을 떠보니 장검이 내 어깨에 닿은 채 가운데가 구부러져 있었다. 내 주먹은 갑옷의 흉갑을 공격해 구멍을 내놨다. 흉갑은 상당히 두꺼워 보였지만 철이 아니라 종이 상자 같은 느낌이었다.

나는 그대로 갑옷에 주먹을 더 꽂아 넣었다. 갑옷이 해체될 때까지 가격하고 또 가격했다. 갑옷은 종이풀로 만든 것처럼 가벼웠다.

나는 갑옷을 버려두고 러윈을 쫓아갔다. 벌써 러윈의 뒷모습을 놓쳤다. 그러나 이 길은 어디선가 본 적이 있다. 러윈은 분명 이 방향으로 쭉 달려갔을 것이다. 복도의 끝은 계단이고, 계단 끝에 다시 복도가 나타났으며, 다섯 개의 교차로를 지나자 벽으로 된 문 앞에 이르렀다. 칼리와 내가 이스트베스 백작 일행을 따라 들어갔던 곳이다.

다행히 문이 열려 있었다. 안으로 들어가자 계단 통로가 보였다. 빨간 옷을 입은 러윈이 통로 안으로 막 모습을 감췄다.

"즈메이!"

나도 통로로 뛰어들었다. 계단을 몇 단씩 건너뛰며 내려갔다. 몇 번이나 넘어질 위기를 겪고, 어깨와 머리를 벽에 부딪혀가며 거의 구르다시피 뛰어 내려갔다.

계단을 다 내려가니 정교하게 조각된 지하실 문이 나타났다. 문에 새겨진 조각이 당장 살아날 듯했고, 문틀 위의 괴수 장식도 입을 벌려 포효하고 있었다. 문의 위협을 싹 무시한 나는 문고리를 잡고 있는 힘껏 열어젖혔다.

문이 열리자 바닥의 염소 머리와 눈이 마주쳤다. 바포메트의 낙인 너머로 지하실 안쪽 제단과 기둥이 달린 금속 받침대 위에 불이 피워져 있었다.

그리고 지하실에는 아무도 없다.

"즈메이! 러윈! 나오미!"

나는 빈 지하실에서 소리를 질렀다.

여기가 끝이다. 모든 일이 여기서 시작됐다면 여기서 모든 것을 끝내야 한다. 나는 즈메이가 반드시 여기 어딘가에 숨어 있다는 걸 알았다.

"즈메이! 도망가지 마! 숨을 필요 없어! 난 다 이해해!"

나는 크게 외치면서 지하실 구석구석을 훑어봤다.

"우리를 해치려고 했던 게 아니라는 거 알아! 너는 그냥 친구를 사귀고 싶었던 거지!"

내 말이 먹혔는지 지하실이 조금씩 흔들리기 시작했다.

"넌 그냥 친구들 사이에 끼고 싶었던 거야. 그런 마음은 감추지 않아도 돼! 너의 그 열망이 너무 강한 나머지 이런 지하실이, 이런 세계가 우연히 만들어졌어. 이건 모두 너를 친구들과 가까워지게 하기 위한 일이었어. 네게 악의가 없다는 걸 난 다 알아!"

나는 계속해서 외쳤다.

버스의 부탁으로 내가 간식을 사 왔을 때 즈메이는 우리 일행 옆에 앉아 있었다. 즉 현실 세계의 시간축은 그 순간 끊어졌고 새로운 세계로 나뉘었다. 당시 즈메이는 우리가 떠드는 소리를 들으며 가만히 앉아 있었다. 그저 자기도 친구들과 어울리고 싶다는 생각으로 말이다. 그게 즈메이가 진짜로 원하던 거였다.

하지만 우리는 곧 444호실 이야기를 시작했고, 7대 불가사의가 화제의 중심이 됐다. 그러다 내가 11년 전에 정말로 불이 났느냐는 질문을 했다. 즈메이가 아무리 마음을 다잡고 기숙사에 왔더라도 단순한 호기심으로 옛 이야기를 꺼내는 건 받아들이기 힘들었을 것이다. 그래서 즈메이는 어릴 적의 친절한 '큰오빠'를 만들어 대화에 끼어들게 했다. 화제를 다른 데로 돌리고 싶었겠지만, 괴담 이야기는 더욱 깊어졌다. 그러다 결국 초혼 놀이를 하

염소가 웃는 순간

기에 이르렀다. 즈메이가 통제하지 못하는 무의식은 그 음험한 괴담 사이에서 초조해하다가 일련의 공포 사건까지 일으키고 말았다.

그러고 보면 아량 선배는 원래 우리를 해칠 의도가 아니었다. 즈메이는 아량 선배가 화재 때 크게 다친 걸 보고 마음이 아팠을 것이다. 세월이 흐르면서 과거에 자신을 돌봐줬던 오빠의 기억이 흐려졌어도 그녀의 무의식에는 그 기억이 계속 남아 있었다. 아량 선배가 악령으로 변한 것은 내가 그를 원흉이라고 지목했기 때문이다. 그래서 즈메이의 무의식이 세계의 법칙을 수정해 내 이야기대로 상황을 만들어간 것이다.

위키 말이 맞다. 모든 것은 우리 탓이다.

"즈메이! 자책하지 마! 우리도 다 알아! 그냥 사고였을 뿐이야! 우연과 사고가 겹친 거지!"

나는 즈메이를 달래듯 소리쳤다.

바닥이 다시 흔들렸다. 이번에는 연속으로 계속 흔들렸다.

염소 머리를 밟고 선 나는 발밑에서 뭔가 이상한 변화가 일어나는 걸 발견했다. 바포메트의 낙인이 약간 투명해진 것 같다.

아니다, 이건 바닥이 투명해진 거였다.

나는 투명한 유리를 밟고 선 것처럼 바닥을 뚫고 아래를 볼 수 있었다. 바닥 아래서 빛이 흔들렸다. 그 빛 사이로 조그맣고 빨간 그림자가 보였다.

주변을 둘러보자 불이 피워진 화로 두 개가 보였다. 나는 금속 받침대 위에 올려진 화로 하나를 엎어버렸다. 화로 불이 지하실 바닥을 태우기 시작했다. 나는 내 키만 한 기둥이 달린 받침대를 번쩍 들고 염소 머리가 있는 지하실 한가운데를 후려쳤다.

"즈메이! 즈메이!"

고함을 치면서 염소 이마를 찍어 내렸다. 펑 하는 소리와 함께 바닥에 작은 홈이 파였다.

"즈메이! 저항하지 마! 들어가게 해줘!"

"즈메이! 보고 싶어!"

세 번째로 바닥을 찍었을 때 큰 소리와 함께 낙인의 중심에서 사방으로 균열이 생기더니 범위가 점점 넓어졌다. 나는 바닥 위에서 힘껏 뛰었다. 바포메트의 낙인이 바닥과 함께 가루가 되면서 몸이 아래로 떨어졌다.

바닥이 깨지는 순간 나는 봤다.

불에 활활 타오르고 있는 집을. 바닥 아래의 집에서 가구들이 불에 집어삼켜지고 있다. 본 적이 있는 집이다. 인테리어는 좀 달랐지만 침대와 책장의 위치만으로도 어딘지 알아볼 수 있었다.

이곳은 11년 전 즈메이의 집이다.

빨간 치마를 입은 러윈이 침대 옆에 쓰러져 있다. 기절한 듯 꼼짝도 하지 않는다. 방 안 다른 곳에는 노란색 티셔츠에 파란색 트레이닝복 바지를 입고, 머리를 양갈래로 비뚜름하게 땋고, 콧등에 촌스러운 안경을 얹은 즈메이가 우울한 얼굴로 무릎을 끌어안고 있다.

"즈메이!"

즈메이가 겁에 질린 눈으로 앞을 바라봤다.

나는 방 한가운데 떨어졌다.

"아, 아화……." 즈메이가 눈물을 흘린다. "미안해…… 정말 미

염소가 웃는 순간

안해…… 내 잘못인 줄 몰랐어…… 이게 전부 내 잘못…….”

“무슨 소리야!” 나는 즈메이 앞으로 달려갔다. “위키도 말했어. 이건 폴터가이스트 현상이라고. 당사자는 이런 능력을 통제할 수 없대. 자책하지 마!”

“아니…… 이건 내가 잘못한 거야…… 내 마음이 너무 추악해서 이런 악독한 원혼과 끔찍한 시체와 괴물들을 만들어낸 거야…… 내 잘못이야…… 나는 악마에 씌었어…….”

즈메이는 눈물을 흘렸지만 울음소리도 내지 못했다.

나는 즈메이를 마주하고 앉았다.

“즈메이…….”

“난 너희들과 친구가 될 자격이 없어…… 나는 엄마의 사악함을 물려받았어. 그래서 사람들을 괴롭히는 거야…….”

“아니야, 너희 엄마는 그냥 마음의 병이 있었던 것뿐이야! 네가 통제할 수 있는 게 아니야!”

나는 즈메이의 팔을 붙잡았다. 고개를 들어보니 천장도 불바다다. 주변이 점점 뜨거워지고 호흡이 가빠지기 시작했다.

“일단 여기서 나가서 이야기하자!”

“안 돼…… 다리가 안 움직여…….” 즈메이는 쓰러져 있는 일곱 살짜리 자신을 가리켰다. “난 신경 쓰지 마. 저 아이만 데리고 나가줘. 저 애를 구하면 너희들은 현실로 돌아갈 수…….”

“그럼 너는?”

“난 구원받을 자격이 없어…….” 즈메이는 목이 멘 소리로 말했다. “난 여기서 죽는 게 나아…… 그러면 사람들에게 피해를 끼칠 일도 없잖아…….”

"무슨 소리를 하는 거야! 난 친구를 두고 가지 않아!"

내가 버럭 화를 내자 즈메이가 놀란 얼굴로 고개를 들었다.

"즈메이, 넌 우리 친구야! 네가 뭔가 잘못한 게 있다면 그건 나중에 이야기하자. 네가 잘못했다고 생각하면 친구들에게 사과를 해. 그러고 나서 다 같이 즐겁게 지내면 돼!"

"하지만 그 애들은 나를 몰라……."

"젠장! 모르면 내가 널 친구들에게 소개해주면 되잖아!"

"아니……."

나는 즈메이의 말을 무시하고 그녀를 억지로 일으켜 세웠다.

"아냐…… 날 구해도 소용없어……." 즈메이가 바닥에 쓰러진 러윈을 가리켰다. "저 애가 진짜 이 세계의 지배자야. 저 애가 진짜 내 의식이거든. 저 애를 구하면 현실로 갈 수 있……."

나는 즈메이의 말을 자르고 그녀를 둘러업은 다음 일곱 살 러윈을 안아 들었다. 둘을 더하니 곧 쓰러질 듯 무거웠다. 하지만 나는 이게 옳은 방법이라는 걸 알았다.

"지금의 너든 과거의 너든 나는 둘 다 포기 안 해!"

내 말에 등에 업힌 즈메이가 놀란 듯 내 목을 끌어안았다.

갑자기 따스한 온기가 느껴졌다.

"꽉 잡아! 이 집을 나가야겠어!"

나는 방문을 발로 걷어찼다.

바깥의 불길은 방 안보다 몇 배는 셌다.

이게 정말 상상으로 빚어낸 상황일까? 아니면 11년 전의 화재에서 즈메이가 직접 겪은 일일까? 어느 쪽이든 나는 꼭 즈메이를, 러윈을 구해낼 거다.

방을 빠져나간 순간 뒤쪽으로 큰 소리가 들렸다. 책장이 무너졌다. 꼬마 러윈이 쓰러져 있던 위치다. 나는 양옆을 살피면서 길을 찾았다. 오른쪽으로 현관이 보이는 듯했다. 나는 더 생각하지 않고 그쪽으로 달렸다.

문이 쇠사슬로 잠겨 있었다.

그래, 괴담에서 즈메이 엄마가 가족이 다 잠든 후에 문을 쇠사슬로 잠갔다고 했다. 소방관은 도구를 이용해 쇠사슬을 끊었을 것이다.

도구…… 주변에는 적당한 도구가 없다. 있어도 지금 나는 손을 쓸 수 없는 상태다.

아니다. 도구 따윈 필요 없다!

"즈메이, 꽉 잡아! 불길이 문까지 번져서 쇠사슬을 녹였어. 내가 발로 걷어차고 나갈게!"

쇠사슬을 녹였다는 건 당연히 헛소리다. 하지만 이 세계에서는 먼저 말하는 사람이 이긴다.

나는 문을 걷어찼다. 역시나 문은 발길질 한 방에 열렸다. 현관 밖은 9층 엘리베이터다.

그런데 문밖도 불바다다!

"즈메이! 바깥이 왜 불바다지?"

내가 당황해서 물었다.

"나, 나도 모르겠어……."

즈메이가 고개를 젓는 것이 느껴졌다.

팔에 안은 여자아이를 내려다보니 눈을 꽉 감고 잠들어 있다.

에잇, 어찌 된 상황이든 무슨 상관이야. 탈출만 하면 된다! 나는 즈메이를 업고 러윈을 안은 채 계단으로 향했다. 계단도 위쪽 아래쪽 전부 불길로 시뻘겋다. 나는 계단으로 한 걸음 내디뎠다. 신발을 신었는데도 발바닥이 타는 듯했다. 그러나 앞으로 나아가야만 한다.

"즈메이, 우리 순식간에 달려 내려갈 거야……."

"하, 하지만 온통 불이……."

"그게 뭐! 그 정도 통증은 참을 수 있어! 나는 반드시 1층으로 갈 거야!"

나는 곧바로 계단을 달려 내려갔다. 발에서 엄청난 고통이 올라왔지만 이를 악물고 달렸다. 오늘 내 운세는 '발에 액운이 끼었다'라고 해야 할 것 같다. 깔리고 차이더니 이젠 불에 타고 있다.

단숨에 다섯 층을 내려가서 4층에 도착했다. 불길은 줄어들 기미가 없다. 화염지옥을 달리는 기분이다. 검은 연기가 콧속으로 들어와 숨 쉬기도 어려웠다.

"아프다……."

발의 통증은 점점 더 견디기 힘들 지경이 됐다.

그때 무심코 고개를 숙인 나는 바지 절반이 불에 탄 걸 발견했다. 신발은 완전히 일그러졌다. 제일 무서운 것이 다리다. 종아리는 새카맣게 탄 고깃덩이 같고, 갈라진 살덩이 사이로 피가 뚝뚝 흘러내렸다. 마치 긴 머리 여자 귀신이 그랬듯이.

하지만 다리가 부러지지 않는 한 우리는 반드시 버틸 수 있다. 나는 그렇게 믿었다.

두 팔도 이미 마비 상태다. 호흡도 점점 더 가빠졌다. 목구멍으로 피 냄새가 훅 올라왔다. 한 걸음 한 걸음이 칼 위를 걷는

염소가 웃는 순간

것 같다. 그래도 나는 계속 전진해야 했다.

"아화!"

즈메이가 갑자기 소리 지르며 손가락으로 앞을 가리켰다.

4층과 3층 사이 계단참에 엄청난 불꽃이 솟는 가운데 검은 형체가 나타났다.

긴 머리 악령.

악령은 통로를 막고 우리가 지나가지 못하게 했다. 우리가 자신과 함께 불 속에서 순장당하기를 바라는 듯했다.

이런 상황에선 어떤 언령을 써야 할까? 샤오완이 썼던 수인이나 위키가 보여줬던 닌자술 중 하나를 써야 할까? 아니, 나는 악령의 정체를 떠올렸다.

저 악령은 즈메이가 가진 공포의 근원이다. 그녀의 기억에서 가장 고통스러운 감정이 실체화한 것이다.

그렇다면 악령은 즈메이의 엄마다.

어쩌면 즈메이는 엄마를 영원히 이해하지 못할지도 모른다. 다정했던 엄마가 어쩌다 점점 히스테릭해지고 어린 자식마저 죽음으로 몰고 가는 마녀가 됐는지를. 즈메이의 마음속에서 엄마는 이미 악령이 돼버렸다.

하지만 나는 즈메이가 단순히 엄마를 두려워하거나 증오하기만 한다고는 생각하지 않는다. 즈메이는 일부러 머리를 땋고 기숙사에 왔다. 그것은 그녀가 만들어낸 악령 속에 숨겨둔 엄마에 대한 그리움이다.

악령을 물리칠 방법은 단 하나.

"러윈 어머님, 지나가게 해주세요……." 나는 숨을 헐떡이며 애원했다. "당신 딸이에요…… 당신도 정말로 딸을 죽일 생각은 아니었을 거예요. 남편이 당신에게 한 짓 때문에, 마음의 병 때문에, 어쩔 수 없이 돌이킬 수 없는 죄를 저질렀던 거죠. 저는 당신이 후회하고 있다는 걸 알아요. 더 이상 후회할 일은 하지 마시고 제가 당신 딸을 구할 수 있게 해주세요."

악령은 꼼짝도 하지 않았다.

나는 다리의 고통을 견디면서 천천히 악령에게 다가갔다. 악령은 여전히 꼼짝도 하지 않는다. 하지만 나는 악령의 바로 앞까지 다가가 허리를 숙여 인사했다.

"엄마……"

즈메이가 등 뒤에서 울음을 삼켰다.

"오늘부터 당신 딸은 당신이 옭아맨 속박에서 벗어납니다."

말을 마치자 악령이 갑자기 재가 되어 흩날렸다. 즈메이가 엄마의 속박에서 벗어난다고 믿는다면 악령은 더 이상 나타나지 않을 것이다.

나는 쉬지 않고 내달렸다. 1층을 향해서.

마침내 1층 바닥에 발을 디딘 순간 눈앞이 빙글빙글 돌았다. 연기를 너무 많이 마신 것 같다. 이 세계가 허구라고는 해도 즈메이의 상상력 아래서 사람은 아무래도 한계가 있고, 기본적인 물리 법칙도 따른다.

나는 다리를 내려다봤다. 피부가 다 타버렸는지 눈에 띄게 가늘어졌다. 나는 두 개의 뼈로 육신을 지탱하고 있…… 아니지, 종아리는 뼈가 두 개라던데, 그러면 나는 네 개의 뼈로 몸을 지탱하고 있다. 이 와중에 무슨 생각을 하는 거지? 안 되겠다, 정신을

염소가 웃는 순간

잃을 것 같다.

나는 불에 휩싸인 휴게실을 둘러보고, 이어서 정문을 봤다. 즈메이가 내 귓가에서 소리를 질러댔지만 잘 들리지 않았다.

휴게실 천장에서 불에 탄 파편들이 계속 떨어졌다. 이제 정문을 빠져나가기만 하면 된다. 열 걸음, 다섯 걸음, 세 걸음, 한 걸음…….

털썩.

나는 바닥에 고꾸라졌다.

잔디 냄새가 코끝을 간질인다. 얼굴에 흙이 닿는다. 바람이 살랑살랑 불어온다. 눈앞은 온통 초록빛이었다. 즈메이는 내 옆에, 풀밭에 무릎을 꿇고 앉아 내 몸을 흔들고 있다. 즈메이가 울고 있다. 그녀 옆에는 빨간 치마를 입은 여자아이가 있다. 다행이다.

이젠 안심이다.

몽롱한 가운데 몸을 일으키는 꼬마 러윈의 모습이 보인다. 아이가 내 앞에서 찬란한 미소를 짓는다. 저 꼬마는 웃는 게 예쁘다. 아이가 손을 내밀어 내 이마에 맺힌 땀을 닦아준다.

"고마워요. 나는 드디어 더 이상 외롭지 않게 됐어요."

꼬마 러윈이 처음으로 내게 말했다.

그 순간 러윈이 사라지고 즈메이와 나 둘만 남았다.

잘됐다.

정말 잘됐다. 갑자기 얼굴의 감촉이, 다리의 통증이 사라졌다. 나는 내가 똑바로 서 있다는 걸 깨달았다. 내 팔에는 간식거리가 안겨 있다.

그러고 보니 나는 서쪽 계단 입구와 휴게실 사이에 서 있었다.

돌아온 건가?

나는 휴게실로 뛰어들었다.

"어이! 아화가 돌아왔어."

버스가 외쳤다.

"버스! 살아 돌아왔어!"

나는 간식을 내던지고 버스를 껴안았다.

"으악, 징그러! 떨어져!"

버스가 내 등을 때렸다.

"다들 돌아왔어! 샤오완, 칼리, 다들 멀쩡해!"

내가 흥분해서 외쳤다.

"어, 네가 아화지? 내 이름이 샤오완인 건 어떻게 알아? 칼리가 말해줬나? 참, 나는 샤오완이라고 불러줘. 아완이라고 불러도 좋지만, 샤오완쯔라고는 부르지 마……."

"너희들…… 무슨 일이 있었는지 기억 안 나?" 나는 위키를 돌아봤다. "위키, 넌 기억하지? 전부 다 네가 설명해줬잖아……."

"무슨 소리야?"

위키는 이해가 안 된다는 표정이었다.

어라? 다들 잊어버렸다고? 아니면 나만 꿈을 꾼 건가?

휴게실을 한 바퀴 둘러봤다. 달라진 점이라면 아량 선배가 없다는 것. 버스, 위키, 야묘, 칼리, 샤오완, 산산 모두 원래의 자리에 앉아 있다. 그러나 산산의 옆자리가 비어 있었다.

나는 휴게실 구석을 살폈다. 등을 보이고 앉은 채 우리를 훔쳐보는 여학생이 있었다.

그녀와 눈이 마주친 순간 나는 즈메이가 오늘 밤의 모험을 잊지 않았다는 걸 알아차렸다.

나는 버스와 위키의 반응을 무시하고 즈메이를 데려왔다.

즈메이는 복잡한 표정으로 나를 쳐다봤다. 눈이 새빨간 게 꼭 울 것 같다. 그녀의 눈에서 엄청 미안해하는 마음이 느껴졌다.

나는 즈메이에게 웃어주고는 그녀의 손을 잡고 우리 자리로 데려와 친구들에게 소개했다.

"아까는 내가 좀 정신이 없었어. 여기 내 친구가 같이 껴도 되겠지? 우리랑 같은 1학년이고 806호에 살아. 번역과이고…… 나 오미라고 해."

"아, 안녕?"

즈메이에게 처음 인사한 사람은 산산이다.

"아화, 버스정류장에서……."

버스가 말을 마치기 전에 위키가 녀석의 발을 걷어찼다.

"아, 안녕…… 나, 나는 즈메이라고 부르면 돼."

즈메이가 떨리는 목소리로 말했다.

그녀를 슬쩍 보니 즈메이도 웃으며 나를 바라봤다.

★ ★ ★

그날 저녁 자기소개를 마친 후 즈메이는 산산 옆에 앉았다. 우리는 쓸데없는 잡담을 한참 늘어놓았다. 다만 나는 화제가 7대 불가사의나 11년 전의 화재 이야기로 넘어가지 않도록 계속 신경 썼다. 그들에게 우리와 함께 목숨 걸고 싸운 기억이 없는 건 좀 아쉽지만, 그런 무서운 기억을 잊어버리는 것도 나쁘지는 않다.

사실상 그런 기억은 어떤 식으로든 사람의 마음에 남는 법이다. 나중에 야묘가 나에게 신기한 이야기를 했다.

"난 원래 너한테 엄청 화나 있었는데, 왠지 몰라도 네가 나쁜 애가 아니라는 게 느껴져. 그래서 계속 미워할 수가 없어."

즈메이는 친구들과 어울리려고 많이 노력했다. 산산이 즈메이를 잘 챙겨줬다. 책에 대한 이야기를 할 때 위키와 즈메이는 우리가 끼어들 수 없는 수준으로 대화했다. 남미 문학이니 일본 소설 등에 대하여. 즈메이가 소설 내용을 주로 이야기한다면, 위키는 작가의 생애나 문학 이론 등을 분석하는 편이었다.

그날 이후 우리 여덟 명은 한 팀이 되어 대학 기숙사 생활을 즐겼다.

같은 문학부라서 그런지 즈메이와 산산은 특별히 친해져 기숙사 방도 바꿔서 같이 썼다. 산산의 룸메이트는 8층으로 옮기는 일에 별 이의를 제기하지 않았다. 고층이 깨끗하고 상쾌하긴 하니까. 얼마 후 즈메이가 친구들에게 가족 이야기를 들려줬다. 즈메이가 〈불길 속의 원혼〉의 생존자라는 사실에 모두 깜짝 놀랐지만, 다들 즈메이의 아픈 곳을 건드리지 않으려고 했다. 그리고 너도나도 즈메이에게 '필요한 게 있으면 나한테 몰래 얘기해'라고 말했다. '몰래' 얘기하라고 한 데는 이유가 있었다. 즈메이가 언제나 우선 남자친구인 나에게 부탁하기 때문이다.

우리는 한 달 정도 후에 교제를 시작했다.

친구들과 유성우를 보러 간 날 밤, 내가 즈메이에게 고백했다.

버스는 처음에 내 취향이 특이하다며 놀렸지만, 두 번 다시 그런 말을 입에 올리지 않았다. 즈메이가 점점 예뻐졌기 때문이다.

즈메이는 산산에게 화장법이나 옷 잘 입는 법 등을 배웠다. 둘이서 자주 쇼핑도 했다. 덕분에 5층에 미녀 자매가 산다는 소문이 돌았다. 응, 죄송하지만 둘 중 한 사람은 이미 내 애인입니다. 즈메이의 변화에 나는 많이 놀랐다. 꾸미는 데 약간 더 신경 썼을 뿐인데, 즈메이는 금세 다른 사람이 됐다. 산산은 나에게 이런 말을 했다. 즈메이가 예뻐진 건 자기가 도와줘서가 아니라 사랑의 힘 때문이라고.

이런 이야기를 버스에게 해주면 버스는 분해서 죽으려 할지도 모른다. 버스는 야묘의 방해 때문에 칼리와 가까워질 기회가 거의 없었다. 하지만 녀석은 여전히 마음을 접지 않았다. 칼리에 대한 마음이 정말 간절한 것 같았다. 버스는 위키한테서 힘들게 천문학 지식을 배우고 있다. 칼리와 사귀지 못하더라도 분명히 버스에게 많은 도움이 될 것이다.

산산과 위키의 관계는 좀 미묘했다. 괴담 관련 모험이 약간의 인상을 남겨서인지 산산은 위키에게 호감을 보이는 반면, 위키는 여전히 인터넷 중독과 카키 중독의 길만 걸었다. 다들 자주 만나지만 두 사람은 딱히 발전이 없었다.

산산은 개강 두 달 만에 열 명이 넘는 남학생의 구애를 거절했다. 나는 가끔 즈메이와 이세계異世界에 빠졌던 날 밤의 이야기를 나눴다. 그때 위키가 산산을 구해줬던 기억이 되살아난다면 두 사람 사이가 달라지지 않을까? 아니, 위키라면 그날 밤을 기억한다고 해도 여전히 포커페이스를 유지하며 내 멋대로 사는 '쿨'한 남자의 노선을 걸을 것이다.

샤오완에게 고백한 남학생이 있다거나, 반대로 샤오완이 어느 남학생을 좋아한다는 소리는 아직 들어보지 못했다. 그러나 샤오완은 기숙사에서 엄청난 인기인이다. 성격이 활달한 데다 가식적인 데도 없고 교우관계가 넓으니 당연한 일이다. 위키 말대로 샤오완의 부모님이 꽤나 재력가인 것도 사실인 모양이었다. 물론 위키는 자기가 그런 말을 했었다는 것도 다 잊었지만. 기숙사 학생회에서 샤오완에게 간사 자리를 제안했지만, 샤오완은 기자의 꿈을 위해 캠퍼스의 은밀한 소문을 캐는 데 시간과 체력을 집중하겠다며 그 제안을 거절했다.

우리 중에 가장 평범하게 생활하는 사람은 역시 나였다. 다들 놀라운 경력을 쌓아가는데 나는 여전히 평범하지만 행복한 삶을 누리고 있다.

즈메이가 어느 날 나에게 왜 자기를 좋아하느냐고 물었는데 나는 어물거리며 넘어갔다. 생각해보면 노픽관 버스정류장에서 만났을 때부터 그녀에게 호감이 있었던 것 같다. 즈메이가 버스에서 자기를 도와줘서 고맙다고 더듬거리는 말로 인사했을 때, 사실 나는 좀 감동했다. 나는 평범한 사람이라 평범한 일에 감동을 받는다.

즈메이의 물음에 내가 대답하지 못한 이유는 버스 말대로 기숙사 입실 첫날부터 여자애를 꾄 격이 됐기 때문이다. 나는 절대로 그런 의도로 즈메이를 도와준 게 아니었다. 결과적으로는 그렇게 됐지만 말이다.

나중에 자세히 생각해봤는데, 이세계에서 누구는 먼저 당하고 누구는 늦게 당한 이유가 있는 것 같다. 버스가 악령에게 제일 먼저 당한 건 녀석이 지하실에서 나에게 악질적인 장난을 쳤기 때문 아닐까? 그다음 사라진 사람은 칼리다. 칼리는 내가 변태가 아니라는 걸 알면서도 야묘에게 해명하지 않았다. 그런 칼리가 나와 함께 거울에 들어갔다 나옴으로써 둘만의 경험을 공유하게 됐는데, 이로써 즈메이에게 원망과 질투를 사서 결국 악령에게 당했다. 즈메이의 무의식이 그녀를 혼내준 것이다. 그 후 즈메이의 무의식은 칼리와 마찬가지로 나와 단둘이 어딘가에 갇히는 상황을 만들었다.

샤오완이 악령에게 당한 것은 그녀의 능력이 악령에게 위협이 되기 때문이었고, 다음으로 야묘가 당한 것은 야묘가 떨어질 뻔하는 바람에 나도 다칠 위험에 처했기 때문이다. 마지막으로 산산과 내가 남았을 때 즈메이의 무의식은 연적을 제거하려고 한 것이다.

잘난 척한다고 생각할지도 모르지만, 나는 정말로 즈메이가 처음부터 나한테 호감이 있었다고 생각한다. 물론 언제부터 나를 좋아했느냐고 물으면 그녀는 대답하지 않는다. 내가 그러듯이.

어쩌면 말로 할 필요가 없는지도 모르겠다.

즈메이는 나중에 『멘데스 이스트베스 경의 주술에 관한 비밀』을 나에게 줬다. 마음 단단히 먹고 읽었는데 정말 재미있었다. 위키에게 읽어보라고 줬더니 위키는 다 읽은 다음 이스트베스의 이름에 숨겨진 암호, 책에 나온 바포메트에 관한 오해 등을 설명하려 했다. 내가 가로채서 설명하자 정말 드물게도 위키가 경악하는 표정을 보였다.

"아화, 네가 그렇게 많은 걸 알고 있을 줄이야."

나는 웃으면서 아무 말도 하지 않았다.

하지만 가끔 이런 궁금증이 든다.

왜 이스트베스 백작의 주술이 즈메이의 무의식에서 나타났을까? 즈메이도 그 책의 내용이 허구라는 건 잘 알 텐데.

어느덧 대학 생활 첫 3개월이 지나고 겨울이 왔다.

내일이면 학기말이다.

"아화, 너는 집에 언제 갈 거야?"

위키가 카키색 외투를 입으며 물었다.

"모레. 집이 좁아서 기숙사에서 좀 쉬려고."

내가 침대에 기대 책을 읽으며 대답했다.

"기숙사에서 즈메이와 둘만의 세계에 빠져보려는 거구나?"

위키가 웃으며 말했다.

"응응."

나는 책을 내려놓고 쑥스럽게 웃었다.

위키가 장난스럽게 웃으며 주머니에서 작은 상자를 꺼내 내게 건넸다.

"선물."

콘돔이었다.

위키가 씩 웃으며 한마디 했다.

"혼자 방을 독점할 날을 한참 기다렸지? 받아."

"이거 무슨 뜻이야? 나랑 즈메이는 정말 순수한 관계라니까!"

나는 화난 척을 했다.

"흠, 내가 소인의 마음으로 군자의 뜻을 헤아리려 했네." 위키가 상자를 한쪽에 던지며 말했다. "어쨌든 내 침대는 안 돼. 힘내라."

위키가 방을 나갔다.

저 녀석은 즈메이와 내가 아직 진도를 다 안 나갔다는 걸 어떻게 알았지? 뭘 보고 그렇게 생각했지? 내가 그렇게 잘 파악되는 인간인가? 음…… 확실히 그런 것 같다.

그날 밤 즈메이가 몰래 내 방에 숨어들었다. 우리는 노트북으로 영화를 봤다. 날씨가 추워서 우리는 서로 꼭 껴안고 이불을 두르고 있었다. 불도 껐다. 한 번에 영화 두 편을 내리 봤다. 하늘에 맹세코 나는 영화만 보려고 했다. 음흉한 마음은 먹지 않았다. 혹시 기회가 된다면 키스 정도……. 그러나 날씨가 너무 추워서인지, 두 편의 영화 중 한 편에서 남녀 주인공의 예상치 못한 열정적인 장면이 나와서인지, 어쨌든 위키의 선물을 잘 썼다.

아침에 새소리를 들으며 눈을 뜨자 아침 8시였다. 조그만 즈메이가 내 침대에서 자고 있었다. 나를 다정하게 껴안은 채. 즈메이의 얼굴을 내려다보는데 더할 나위 없이 행복했다. 나는 그녀와 영원히 같이 있고 싶다. 즈메이의 이모에게 내가 즈메이를 잘 돌보겠다고, 절대 울리지 않겠다고 말하고 싶다. 그리고 언젠가 아량 선배와 셋이서 만나야겠다는 생각이 든다. 그때의 꼬마애가 지금은 잘 자라서 사랑하는 사람도 옆에 있다는 걸 말해주고 싶다. 즈메이와 함께 그녀 부모님의 묘를 찾아뵙고도 싶다. 두 분에게 당신들 딸이 어떤 상황에서도 꿋꿋하게 살아갈 거라고 전하고 싶다.

"응…… 좋은 아침, 아화."

즈메이가 눈을 떴다. 내 얼굴을 보더니 밤에 있었던 일이 생각난 모양이었다. 얼굴이 달아오르더니 귀까지 붉게 물들었다.

나는 즈메이에게 입을 맞췄다.

"안 돼, 지금 완전 못생겼어."

"넌 언제든지 최고로 귀여워."

나는 언제부터 이런 느끼한 말도 잘하게 됐을까?

"말만 잘해…… 어!" 즈메이가 시계를 보고 벌떡 일어났다. "늦었어! 지각하겠다!"

"오늘 방학인데?"

"아니야, 8시 반에 보강이 하나 남았어. 출석률이 중요하다고!"

즈메이는 알몸인 것도 개의치 않고 침대에서 뛰어내렸다.

그 순간 나는 뭔가를 발견했다. 마치 뒤통수를 맞은 것처럼 잠시 꼼짝도 할 수 없었다.

나를 등지고 속옷을 입던 즈메이가 갑자기 동작을 멈췄다.

"아화……." 그녀가 나를 돌아보며 걱정스러운 표정으로 말했다. "그거…… 보기 싫지?"

"아니야, 아니야."

즈메이의 말에 나는 정신을 차렸다. 나도 몸을 일으키고 그녀를 안아줬다.

"너한테 있으니까 예뻐."

즈메이가 쓴웃음을 지으며 다시 옷을 입었다. 그녀는 내 볼에 입을 맞춘 뒤 나가면서 이렇게 말했다.

"11시에 끝나."

"데리러 갈게."

즈메이는 기분 좋게 문을 열고 복도에 누가 없나 살펴본 뒤 살금살금 방을 나갔다. 나는 침대에 앉아서 천천히 옷을 입었다.

이스트베스 백작 이야기가 즈메이의 무의식에 나타난 이유를 드디어 알았다.

즈메이의 등에는 커다란 상처가 있었다. 11년 전의 화재가 남긴 상처다. 상처 색깔은 피부색보다 짙다. 약간 부자연스러운 홍갈색이다.

제일 큰 상처는 허리 부근에 있었다. 척추를 중심으로 좌우 대칭으로 생겼는데, 약간 울퉁불퉁한 삼각형처럼 보였다. 삼각형 양옆에는 비죽 솟은 상처가 두 개씩 나 있고, 구부러진 상처가 양쪽 견갑골까지 닿아 있었다.

그 상처는 마치 정면에서 바라본 염소 머리처럼 보였다.

교활하게 웃는 염소처럼.

옮긴이의 말

스포일러 주의!

아직도『염소가 웃는 순간』을 처음 본 순간의 당혹감이 생생하다. 염소가 웃는다는 게 무슨 뜻일까? 제목부터 의아했다. 하지만『13·67』도 제목만 봐서는 도대체 무슨 내용인지 짐작하기 힘들었으니 제목이야 어쨌든 상관없다. 나를 당혹스럽게 만든 건 이 책을 공포소설로 소개하는 대만 출판사의 홍보 문구였다. 찬호께이가 공포소설을 썼다고?

물론 찬호께이가 추리소설만 쓰는 작가는 아니다. 그는 등단 초기에 공포소설을 여러 권 출간했다. 마법사가 등장하는 라이트노벨 스타일의 작품도 썼다.『풍선인간』에 실린 한국어판 서문에서 생계를 위해 공포소설을 쓰던 시절이 있었다고 스스로 밝히기도 했다. 그때도 추리소설을 쓰고 싶은 마음에 '호러의 탈을 쓴 추리소설'로 출판사의 눈을 속였다고 말했는데『염소가 웃는 순간』도 겉으로는 공포소설인 척하지만 실상은 추리소설이 아닐까 하는 생각이 들었다.

대만에서도 이 작품을 두고 다양한 반응이 나왔다. 『13·67』이나 『망내인』처럼 묵직한 사회파 추리소설을 썼던 찬호께이가 캠퍼스 공포소설을 쓴 것을 의아해하거나 아쉬워하는 목소리도 있었고, 공포소설처럼 보이지만 이야기를 풀어가는 방식은 추리소설이라고 말하는 독자도 있었다. 이 작품이 공포소설에 가까운지 추리소설에 가까운지는 독자 여러분이 판단할 몫이다.

어쨌든 『염소가 웃는 순간』은 기본적으로 악령과 악마의 주술 같은 소재를 다루지만, 추리 요소도 상당히 많이 포함되어 있다. 개인적으로는 주인공 아화가 좌우 반전된 모습이 비친 거울을 발견하고 맞은편의 '올바른' 거울을 공격하는 장면이 고전적인 추리소설의 거울 트릭을 보는 것 같아서 좋았다. 후반부에서 위키가 기숙사에서 벌어지는 초자연적인 사건들이 즈메이의 무의식에서 비롯된 현상임을 설명하는 장면은, '살인자는 바로 너'라고 지목하는 것은 아니지만 추리소설에서 탐정이 범인을 밝히는 대목의 특징을 고스란히 보여준다.

위키가 즈메이가 만든 이세계의 부조리한 점을 지적하는 장면은 찬호께이가 보란듯 깔아둔 복선을 차곡차곡 회수하는 부분이다. 예를 들면 독자들은 '바빌론의 음부'의 이마에 'BABALON'이라는 글자가 떠오르는 장면에서 굉장히 이상한 느낌을 받을 것이다. 악마학이나 성경 내용을 잘 모르다 보니 별생각 없이 넘어가면서도 '바빌론이라면서 왜 이마에는 바발론이라는 글자가 나타나는 거지?' 하는 찜찜함이 남는다. 찬호께이는 이런 식으로 대놓고 무의식 세계의 허점을 드러내지만, 악령에게 쫓기는 긴박한 상황에 정신이 팔려 독자가 이를 알아보지 못하고 넘어가게 만든다. 앞에서 이상하다거나 불편하다고 느꼈던 지점들이 사실은 무의식 세계임을 보여주는 복선이었는데 말이다.

이 작품에서 또 하나 재미있는 부분은 각 장의 서두에 기숙사의 7대 불가사의 괴담을 실었다는 것이다. 서두의 괴담이 슬쩍슬쩍 변형되어 그 장의 핵심적인 사건을 이루는 형식이다. 기숙사 괴담과 실제 소설 속 사건이 어떻게 연결되는지 살펴보며 느끼는 즐거움이 상당하다.

꼼꼼한 스토리 구성력을 자랑하는 찬호께이답게 괴담과 각 장 내용의 연관성도 잘 잡아냈고, 전체적인 복선 회수도 훌륭했다. 빠짐없이 트릭을 해설하고 복선을 정리해 다 읽고 나면 더 이상 궁금한 점이 남지 않는 깔끔함도 찬호께이 작품을 읽을 때 빠뜨릴 수 없는 즐거움일 것이다.

이 작품에서는 전작에서 보여준 홍콩 사회에 대한 고찰이라든가 현대인의 삶에 대한 생각 같은 사회파 추리소설의 면모는 거의 드러나지 않는다. 크고 작은 트릭과 복선, 반전을 조밀하게 잘 짜 넣어 여운을 곱씹기보다 책장이 술술 넘어가는 장르소설로서의 재미가 확실한 작품이다. 지금까지 찬호께이의 책에는 작가의 말이나 서문 등 작품의 집필과정을 설명하는 글이 짧게나마 실려 있었는데, 『염소가 웃는 순간』에는 작가의 목소리를 들을 수 있는 장치가 없다. 어쩌면 찬호께이는 이 책을 그냥 재미있게 읽고 즐겨달라고 말하고 싶었던 것이 아닐까?

2019년 가을
강초아

염소가 웃는 순간

1판 1쇄 인쇄 2019년 11월 13일
1판 1쇄 발행 2019년 11월 20일

지은이 찬호께이
옮긴이 강초아
펴낸이 김기옥

문학팀 제갈은영 | 마케팅 김주현
경영지원 고광현, 김형식, 임민진

표지디자인 소요 이경란 | 본문디자인 고은주
인쇄·제본 (주)민언프린텍

펴낸곳 한스미디어(한즈미디어(주))
주소 04037) 서울시 마포구 양화로 11길 13(서교동, 강원빌딩 5층)
전화 02-707-0337 | 팩스 02-707-0198 | 홈페이지 www.hansmedia.com
출판신고번호 제313-2003-227호 | 신고일자 2003년 6월 25일
ISBN 979-11-6007-438-3 03820

한스미디어 소설 카페 http://cafe.naver.com/ragno | 트위터 @hans_media
페이스북 www.facebook.com/hansmediabooks | 인스타그램 @hansmystery